Sofia

Tome I : Londres

Par

Emilia Lenail

Introduction

Londres, Le 21 août 2018

Figée devant son écran d'ordinateur depuis déjà plusieurs minutes, elle se sentait subitement vidée, comme un pneu qui venait de crever. Elle ne cessait de se répéter qu'il fallait qu'elle bouge, mais son corps ne répondait pas, vaincu par l'abattement et la lassitude. Elle tenta de se raisonner : quoi qu'elle fasse, il fallait seulement qu'elle remue ne serait-ce qu'un orteil, ou au moins qu'elle cligne des yeux...

Le temps s'était arrêté. Elle restait là, assise, les paumes de ses mains moites collées à la table de part et d'autre de son clavier d'ordinateur, repensant à ce qui venait de se passer. C'en était trop. Paralysée par la terreur, prise au piège et à bout de forces, elle se rendit à l'évidence : elle ne pouvait plus continuer à survivre de cette façon, elle en était désormais tout simplement incapable... Elle tenta de respirer plus profondément, seule dans cette pièce encombrée de dossiers, ce bureau qui avait été pour elle comme un deuxième foyer pendant près de cinq ans et dans lequel régnait ce jour-là un tel silence qu'elle pouvait entendre son cœur cogner dans sa poitrine comme un tambour de guerre, annonçant une fin certaine et proche.

Une lutte acharnée avait lieu dans sa tête pour ne pas s'écrouler de désespoir et d'épuisement sur le champ.

Pense à Sofia, tu ne peux pas lui faire cela, tu n'as pas le droit de flancher... réveille-toi, secoue-toi, bouge...

Totalement épuisée, elle se demanda comment elle avait pu tenir aussi longtemps. Elle avait craint de s'effondrer à bien des reprises ces derniers mois, et même si elle avait parfois ployé le genou, elle s'était toujours relevée rapidement avec bravoure, par la force du désespoir et d'un amour d'une puissance infinie. Mais cette fois, quelques instants plus tôt, sa limite venait finalement d'être atteinte.

Elle ne pouvait plus lutter ni endurer, c'était désormais au-dessus de ses forces.

Pas maintenant...ne craque pas, ne sombre pas, tu vas t'en sortir, il le faut, pour Sofia... si tu te perds, elle sera perdue aussi.

Elle envisagea enfin la voie qu'elle avait refusé d'emprunter jusque-là, la voie illégale... la seule option qui lui restait pour survivre et pour assurer la sécurité de Sofia. Elle respira profondément puis, enfin, l'adrénaline prit le relais et son cerveau fût prêt à agir. Elle sut soudain d'à côté pour s'échanger leurs espoirs et refaire le monde autour d'une bière.

Amélie se mit également à faire du porte-à-porte pour déposer des candidatures spontanées durant de longues escapades quotidiennes, interrogeant les gens dans la rue pour leur demander sa route ou parfois même, au fil de la conversation, solliciter quelques conseils pour ses recherches, souhaitant également converser dans la langue locale et s'acclimater à la culture de la ville. Elle trouvait les londoniens très agréables, accessibles et désireux d'aider. Il lui était arrivé à plusieurs reprises qu'un parfait inconnu l'accompagne jusqu'à l'endroit qu'elle cherchait, voyant qu'elle ne comprenait pas ses indications.

Arrivée à la troisième semaine, se trouvant toujours dans la même situation, elle sentit peu à peu l'angoisse monter en elle. Il lui restait moins de deux semaines et elle n'était pas prête à annuler son billet de retour ni à payer sa chambre pour un mois supplémentaire. En revenant de ses courses, elle se perdit dans ses pensées. Elle avait transmis des dizaines de candidatures et exploré de nombreuses pistes, mais elle n'avait pour l'instant aucun résultat. Elle était à court d'idées et ne savait plus quoi faire… Peut-être fallait-il simplement poursuivre ses efforts. Peut-être obtiendrait-elle soudainement plusieurs réponses positives dans quelques semaines ? Cela lui était arrivé par le passé à chaque fois qu'elle était à la recherche d'un emploi en France.

En arrivant à l'auberge de jeunesse, elle interrompit sa réflexion pour ranger ses courses dans le frigo commun puis retourna dans sa chambre. Deux nouvelles arrivantes y défaisaient leurs valises. Les entendant parler français, Amélie les salua, se présenta, leur souhaita la bienvenue et engagea la conversation en leur demandant ce qui les amenait à Londres. Son cœur fit un bon dans sa poitrine lorsque les deux jeunes filles lui répondirent qu'elles étaient là pour leur stage de BTS assistant de manager qui débutait la semaine suivante.

Amélie leur expliqua qu'elle en cherchait désespérément un et leur demanda où se déroulait le leur. Elles lui répondirent qu'il s'agissait de la société *Kids and Frogs*, qui régissait un grand nombre d'activités extrascolaires pour les enfants de Londres et organisait également les transports, tant pour les trajets école-maison que pour les connexions entre les lieux d'activités, ainsi que les voyages et sorties scolaires. Cette société accueillait régulièrement des stagiaires dans le cadre de cette formation, ayant été fondée seize ans auparavant par deux associés français. Elle s'était étendue à la quasi-totalité de l'agglomération londonienne, et bien qu'elle ne fût pas utilisée ni connue par le plus grand nombre, elle réunissait désormais une centaine de salariés répartis sur quatre sites, le siège se trouvant à Fulham, au Sud-Ouest du centre de la ville. Les enfants des familles faisant appel à leurs services étaient en grande majorité scolarisés dans les multiples écoles françaises de Londres.

Dès le lendemain, Amélie enfila une tenue des plus formelles pour se rendre directement à l'accueil de cet établissement et fût très bien reçue par le réceptionniste qui lui donna l'adresse électronique de l'assistante de direction des ressources humaines en charge du recrutement des stagiaires, Madame Brandy. En rentrant, elle se renseigna sur la société. L'un des co-fondateurs avait vendu ses parts à son associé cinq ans plus tôt. Ce dernier, Monsieur Viechri, était donc désormais directeur général, seul à la tête de l'entreprise. Lors de sa fondation, la société avait été nommée de cette façon – littéralement « Enfants et Grenouilles » à la fois en hommage au surnom taquin que les anglais donnaient aux français depuis plusieurs générations mais également pour illustrer le fait qu'ils « sautaient » d'un endroit à un autre de Londres pour accompagner les enfants entre leurs écoles, leurs lieux d'activité et leurs foyers.

Cela plût à Amélie qui rédigea immédiatement une candidature spontanée sur mesure (grâce entre autres aux conseils de ses nouvelles camarades de chambre) dans les deux langues. Le surlendemain, Madame Brandy lui répondit qu'ils ne recevaient de stagiaire en première année de BTS qu'à partir du mois de mai et que c'étaient les étudiants de deuxième année qui commençaient leur stage en novembre. Elle l'invitait donc à la recontacter en mars l'année suivante. Même s'il n'y avait aucune garantie, Amélie avait enfin une piste.

Les jours suivants, elle retrouva espoir et, le cœur un peu plus léger, continua ses recherches pour mettre toutes les chances de son côté. Bien qu'elle soit venue à Londres pour apprendre l'anglais, il n'était pas idiot de faire sa première immersion professionnelle en français dans un contexte anglophone. Elle pourrait par la suite travailler dans un restaurant afin de perfectionner son niveau de langue et cela lui permettrait pendant ce temps de chercher un stage de deuxième année, cette fois-ci en anglais. Elle s'aperçut rapidement que la communauté française était très présente à Londres et envoya donc des candidatures aux différentes administrations et associations françaises et francophones de Londres.

Elle passait désormais tout son temps libre avec Amandine, avec qui elle commençait réellement à se lier d'amitié. Une semaine avant la date prévue de son retour, elle pensa qu'il était temps de prendre une décision. Elle avait bien avancé en trois semaines. Elle pouvait continuer ses recherches en France depuis internet chez ses parents, Jean et Brigitte - où elle n'avait pas de loyer à payer - tout en étudiant et en envoyant ses devoirs à son centre de formation (chose qu'il lui était impossible de faire dans sa chambre de huit), sachant que ce dernier était basé en France et que les coûts postaux seraient donc bien moins élevés.

Elle expliqua tout cela à Amandine devant un kir puis ajouta :

– Je t'avoue qu'il n'y a qu'une chose qui m'inquiète, c'est que je ne recevrai pas mon courrier du Job Center Plus ni mon numéro national d'assurance avant de repartir en France. J'ai donné l'adresse de l'auberge, est-ce que tu pourrais réceptionner cette lettre et me l'envoyer en France s'il te plaît ? Je te rembourserai l'affranchissement du courrier, bien sûr !

– Mais arrête Amélie, enfin ! répondit Amandine. Il n'y a pas besoin de me rembourser, les amis sont faits pour ça, ça ne coûte quand même pas si cher !

– Merci beaucoup ma petite Didine, tu es vraiment adorable ! Tu vas me manquer... on reste en contact sur Facebook et on se retrouve dès que je reviens à Londres, si tu es encore là !

– Avec grand plaisir ma belle ! répondit Amandine de sa voie chantante.

Durant sa dernière semaine à Londres, Amélie poursuivit ses recherches et organisa son retour en France. Elle prit les coordonnées des personnes avec lesquelles elle avait sympathisé, leur expliquant ses projets et leur confiant qu'elle espérait les revoir en revenant. Elle prit également le temps de visiter quelques derniers endroits de Londres jusqu'au jour du départ.

Elle était satisfaite de ce séjour : elle avait pratiqué l'anglais, trouvé des repères, fait des connaissances, entamé les démarches administratives nécessaires pour ses projets professionnels et pour sa couverture sociale, transmis un grand nombre de candidatures et, par la même occasion, progressé dans la réalisation de ces dernières. En somme, elle avait tout mis en place. Elle rentrait en France l'esprit clair, sachant ce qui lui restait à faire, et pensant que lorsqu'elle reviendrait à Londres, elle ne serait plus en terre totalement inconnue.

De retour en Haute-Savoie, fin novembre, elle se plongea dans ses études. Les jours avaient raccourci, les arbres avaient déjà perdu presque toutes leurs feuilles et il commençait à faire froid. Elle avait cent-soixante devoirs à envoyer pour correction et n'en avait transmis qu'une quinzaine depuis le début de sa formation un an plus tôt, en octobre 2011, jonglant entre le travail, le permis de conduire et la préparation de son projet de voyage linguistique.

Elle avait trois années scolaires, à dater de son inscription, pour terminer la formation et s'inscrire aux examens, qu'elle devait donc passer en juin 2014 au plus tard. Il ne lui restait qu'un an et demi pour remplir sa mission. Pour avoir le droit de se présenter aux épreuves, elle devait obligatoirement avoir transmis un minimum de cent-trente devoirs à la correction sur les cent-soixante. Il lui restait huit mois pour réaliser son stage de première année, qui serait probablement non rémunéré. Celui de deuxième année devrait avoir lieu et se terminer au plus tard en décembre 2013. Il lui faudrait donc impérativement trouver un emploi bien avant la fin de ce dernier, sachant que c'est à peu près à cette date que ses droits à l'allocation chômage s'arrêteraient.

Afin de gérer de manière optimale le peu de temps dont elle disposait pour atteindre ses objectifs, elle devait absolument hiérarchiser ses priorités : en premier lieu, elle travaillerait d'arrache-pied sur ses cours pour prendre un maximum d'avance et ce, au détriment de ses recherches professionnelles. Elle misa donc tous ses espoirs sur un éventuel stage chez *Kids and Frogs*. Ce dernier ne pouvait avoir lieu qu'à partir du mois de mai, elle avait donc six mois pour étudier et avancer dans sa formation.

Pendant l'hiver, elle y employa tout son temps et toute son énergie. Elle passait ses journées dans sa chambre et n'en sortait qu'à midi, pour déjeuner avec ses parents, puis partait se promener à pied dans la campagne pendant une heure après le repas afin de se reposer l'esprit, en écoutant toujours la même musique dans ses écouteurs : *The Wall* de Pink Floyd.

Puis elle se replongeait inlassablement dans son travail pour toute l'après-midi, jusqu'à l'heure du dîner. Elle avait une trentaine de manuels à étudier. Elle les lisait attentivement, prenant des notes très résumées pour pouvoir réviser l'essentiel avant l'examen en temps voulu, et parvenait à envoyer quatre à cinq devoirs par semaine pour correction. Le soir, elle discutait souvent avec ses nouveaux amis de Londres sur Facebook, en particulier avec Amandine.

En janvier, deux mois avant la date convenue, elle envoya sa candidature à son interlocutrice de *Kids and Frogs*. Celle-ci lui répondit qu'elle avait bien transmis sa candidature à la Direction des Ressources Humaines et qu'elle recevrait une réponse en mars. Arrivée à mi-mars,

contactées en précisant bien l'urgence de la situation, elle se sentit peu à peu engloutie par l'amertume et le désespoir. Le mois de mars touchait à sa fin. Après avoir déjeuné et s'être promenée, elle se réinstalla comme d'habitude à son bureau pour se remettre au travail puis, regardant ses manuels ouverts et son devoir en cours, se sentit soudain très fatiguée.

Elle relisait la même ligne pour la énième fois sans en saisir un traitre mot. Elle s'aperçut alors que son cerveau saturait dangereusement. Elle y passait tout son temps depuis des mois et les seuls êtres humains qu'elle voyait étaient son père et sa mère. S'ils n'étaient pas là et si elle ne sortait pas une heure par jour pour marcher, sa santé mentale serait probablement menacée.

Elle était incapable de se concentrer sur son travail.

A quoi bon, de toute façon ?

Accoudée à son bureau, elle appuya ses yeux fermés sur les paumes de ses mains. Sa tête était si lourde, son corps tellement las. Luttant contre le sommeil, elle respira un moment dans cette position apaisante et parvint à lâcher prise pendant un instant. Elle ferma ses manuels et rangea son bureau puis ressortit son classeur de devoirs et se mit à les compter. Il y en avait quatre-vingt-douze et elle en attendait quatre de la correction. Elle en avait donc réalisé en tout quatre-vingt-seize, et à en juger par ses notes et ses appréciations, elle était loin de les avoir bâclés.

Elle avait de quoi en être fière. Si elle ne trouvait pas de solution pour ce maudit stage, elle pourrait peut-être demander une année de plus de délai... ou peut-être pas. Elle y avait mis tout son cœur, elle s'était appliquée sans économiser ses efforts. Elle n'avait rien à se reprocher. Si personne ne voulait d'elle, eh bien après tout, tant pis.

Et puis finalement, une bonne nouvelle pouvait arriver à tout moment. Elle avait jeté des dizaines de bouteilles à la mer et envoyé tant de candidatures qu'elle n'aurait pu les compter... si ça ne fonctionnait pas, qu'y pouvait-elle ? En fin de compte, elle s'en fichait. Elle ne pouvait plus réfléchir, elle était momentanément dans l'incapacité totale de travailler et la fatigue avait finalement pris le dessus sur le stress. En regardant par la fenêtre, elle s'aperçut soudainement que le printemps était là, que le soleil brillait, que toute la végétation bourgeonnait.

Il lui sembla que la dernière fois qu'elle avait réellement regardé la nature, elle en avait retenu que les arbres perdaient leurs feuilles... elle décida de ressortir se promener et se promit, cette fois, de ne pas réfléchir sans arrêt à toutes sortes de stratagèmes en regardant le paysage sans le voir. Cette fois, elle ne penserait à rien et se contenterait d'écouter les oiseaux, de sentir la douce chaleur du soleil sur ses épaules et de s'imprégner pleinement de la beauté du printemps.

Elle marcha lentement, admirant avec ivresse le vaste ciel et les imposantes montagnes, du Jura d'un côté et des Alpes de l'autre, enfin réceptive à la magie de sa saison préférée et à la beauté de la région dans laquelle elle avait eu la chance de grandir. Elle songea à se rendre au bord du lac Léman, dont la plage la plus proche se trouvait à une quinzaine de minutes de route de chez ses parents. Entendre les vagues s'écraser inlassablement sur la rive était si apaisant.

En arrivant chez elle, sans trop y croire, elle alluma son ordinateur et ouvrit sa boite mail. Son cœur fit un bon lorsqu'elle vit qu'elle avait reçu un message de Madame Brandy. Elle hésita un instant avant de l'ouvrir. Ce ne pouvait être qu'une bonne nouvelle... dans le cas contraire, elle ne se serait pas donné la peine de revenir vers elle...

Non, pas de faux espoirs.

Après une minute d'hésitation, elle se décida enfin à ouvrir son courriel :

Chère Madame,

À la suite d'un désistement, nous avons le plaisir de vous informer que nous sommes en mesure de vous proposer un stage pour une durée de six semaines dans l'un de nos services, à partir du lundi 20 mai 2013, dans le cadre de votre BTS.

Nous vous prions de nous faire parvenir dès que possible une convention de stage signée et tamponnée par votre organisme de formation.

Bien cordialement,

Anne-Sophie Brandy.

Amélie n'y croyait pas : Enfin, elle avait un stage... à Londres ! Des larmes de joie et de soulagement lui embuèrent la vue. Elle se leva de sa chaise, se mit à sauter à pieds joints au milieu de sa chambre et lança un cri de joie : « YESSS ! », avant de sortir de sa chambre en courant et de crier, une fois arrivée face à ses parents : « J'ai un stage à Londres !!!! ». Jean et Brigitte, partageant de tout cœur sa joie, la félicitèrent : « Bravo ! Enfin, ma chérie ! On peut dire que tu l'as bien mérité ! Félicitations ! »

Après avoir sauté en tous sens pendant une dizaine de minutes, elle parvint à retrouver suffisamment de calme pour téléphoner au secrétariat du centre de formation afin d'obtenir le document demandé. Ensuite, ils prirent tous trois un apéritif en guise de célébration, puis elle alerta la terre entière par téléphone et via les réseaux sociaux qu'elle avait un stage et qu'elle partait à Londres à la mi-mai.

Elle passa le mois d'avril à organiser son séjour et à réunir tous les documents administratifs nécessaires, ce qui ne fût pas sans peine. Elle prit un billet d'avion pour le lundi 13 mai, afin d'avoir le temps de fêter ses retrouvailles à Londres, de s'installer et s'organiser correctement pour le début de cette immersion professionnelle. Pour le retour, elle choisit les voies terrestre et maritime : elle pourrait de cette manière profiter du paysage. Si le stage débutait le lundi 20 mai pour une durée de six semaines, il devrait se terminer le vendredi 28 juin.

Elle décida donc d'organiser son retour pour le 9 juillet, s'offrant ainsi une dizaine de jours de vacances à Londres une fois sa mission accomplie. Elle réserva et paya en une fois l'hébergement pour la durée totale du séjour. A la fin du mois d'avril, tout était prêt. Elle avait envoyé six devoirs supplémentaires, elle en était donc à cent-deux. Elle avait réalisé la totalité de ceux de première année et environ un tiers de ceux de deuxième année. Elle était donc théoriquement en avance, mais elle savait bien qu'elle ne serait pas en mesure de produire le moindre écrit avant juillet et qu'elle devrait ensuite chercher son stage de deuxième année, à commencer en novembre au plus tard. Cette avance était donc vitale.

Elle s'autorisa deux semaines de détente et profita de sa famille et de ses amis avant le début de cette nouvelle aventure.

1. Nouvelle vie

De retour à Londres, en sortant de l'aéroport d'Heathı dirigea vers la station de métro la plus proche. Le trajet jusqu'… auberge de jeunesse dura un peu plus d'une heure. Elle n'avait pas informé Amandine de son retour, elle préférait lui en faire la surprise. Il faisait un temps magnifique, pas un nuage en vue. Tout allait bien, elle se sentait euphorique et pleine d'énergie.

Lorsqu'elle arriva à l'auberge, elle se dirigea d'abord vers le Coffee shop : c'était là que son amie occupait un poste pour s'acquitter du loyer de sa chambre six mois plus tôt. Mais elle ne se trouvait pas derrière le comptoir à ce moment-là. Elle commanda un café latte à la jeune fille qui était de service et lui demanda si elle savait où était Amandine. La jeune femme lui répondit que cette dernière travaillait désormais au bar de l'auberge, qui n'ouvrait qu'à dix-huit heures. Amélie regarda sa montre : il était quatorze heures trente. Elle devait attendre encore trente minutes pour pouvoir récupérer ses clés à l'accueil et s'installer dans sa nouvelle chambre.

A cette idée, elle ressentit une légère appréhension. Lorsqu'elle avait réservé, elle n'avait eu le choix qu'entre des chambres de quatre pour filles ou des chambres mixtes pour six ou huit personnes. Les chambres de quatre pour filles étant trop chères pour elle, elle avait été contrainte de prendre une chambre mixte pour six personnes, quitte à payer un peu plus cher que pour huit. Elle espérait ne pas la partager avec des garçons lourds ou sales. Elle avait suffisamment souffert par le passé de tentatives insistantes ou de gestes déplacés de la part de certains hommes, souvent bien plus âgés qu'elle.

Lors de son précédent séjour, elle avait partagé sa chambre avec des filles à l'hygiène douteuse et d'autres à moitié folles mais l'avantage, d'un point de vue purement primaire, était qu'elle craignait moins de se faire agresser par une fille que par un garçon pour une simple cause de force physique.

Nous verrons bien. Je survivrai, de toute façon...

Elle savoura son café et se détendit sur un des canapés du coffee shop en regardant d'un œil distrait les clips musicaux qui passaient sur l'écran géant.

Elle consulta sa montre : quatorze heures cinquante-huit. Elle se dirigea vers la réception et reconnu les deux filles qui y travaillaient, Elisabeth et Jade, avec qui elle avait également sympathisé lors de son dernier séjour. Elisabeth était une jeune fille noire de vingt ans, jolie et

son évolution à Londres. Elle travaillait désormais trente heures par semaine chez Costa Coffee et vingt-quatre heures au bar de l'auberge pour avoir une chambre gratuite.

Amandine ouvrit ensuite le bar, y installa la musique et vérifia que le réfrigérateur était plein puis servit un coca-cola à Amélie. Étant la seule cliente à cette heure-ci, cette dernière resta trois quarts d'heure accoudée au comptoir à bavarder avec son amie, rattrapant le temps perdu et se remettant à jour dans les nouvelles. Puis les clients commencèrent peu à peu à arriver.

Amélie décida donc d'aller faire ses courses pour la semaine. Elle commençait d'ailleurs à avoir faim. Elle sortit de l'auberge, se rendit au distributeur de billets le plus proche et réfléchit une minute : Il faudrait se serrer la ceinture... Elle n'avait que huit cents euros par mois d'allocation chômage, la chambre lui coûtait entre trois-cents et trois-cent-cinquante livres sterling par mois et son stage ne serait pas rémunéré. Elle avait trois mille euros sur son livret A, somme qu'elle avait soigneusement économisée pendant les six derniers mois où elle n'avait fait qu'étudier, nourrie, logée et blanchie par ses parents.

Mais cet argent serait vital, voire insuffisant pour son deuxième stage qui aurait lieu en novembre, alors que ses droits au chômage se termineraient en décembre. Cette fois-ci, elle ne partait que pour huit semaines et passerait l'été en France, mais lorsqu'elle reviendrait à Londres en septembre (elle se laissait deux mois avant le début du deuxième stage pour trouver un travail pour les week-ends), elle y resterait pour une année, c'était le plan... Elle avait regardé le cours de la livre sterling sur internet le matin même : elle coûtait à ce moment-là environ un euro et trente centimes.

Elle avait également consulté son compte courant : Après avoir payé la chambre pour huit semaines, l'aller en avion, le retour en train, car et ferryboat, ainsi que la *Oyster Card* (une carte illimitée de transports en commun à Londres) pour un mois, elle n'avait plus que deux-cents euros dessus.

Et ce n'était que le premier jour, songea-t-elle avec une pointe d'angoisse. C'était le lundi 13 mai. Son allocation mensuelle de huit cents euros lui serait versée le 5 juin, il fallait donc qu'elle se débrouille pour survivre avec deux cents euros – donc environ cent cinquante livres sterling – pendant trois semaines, ce qui revenait à manger pour cinquante livres par semaine maximum, sachant que les repas de midi étaient heureusement offerts aux stagiaires chez *Kids and Frogs.*

Elle hésita : Si elle tirait tout d'un coup, elle prenait le risque d'égarer son argent, de se le faire voler ou de le dépenser trop vite. En revanche, si elle le tirait en plusieurs fois, elle paierait trois fois au lieu d'une les frais bancaires. Elle finit par choisir de prendre cent cinquante livres en une fois puis en cacha soigneusement cent-dix au fond de son petit sac à main et rangea les quarante livres restantes dans son porte-monnaie.

A dix-huit heures, elle arriva au supermarché le plus proche qui se trouvait à dix minutes à pied de l'auberge. Elle entra dans le magasin et réfléchit, avant d'opter pour le même régime alimentaire que lors de son premier séjour : du jambon et du fromage en tranches pour pouvoir manger un sandwich par jour, deux grands paquets de biscuits en cas de fringale, quelques fruits et un gros pot de café soluble, le moins cher qu'elle trouva.

En revenant à l'auberge, elle se prépara un sandwich qu'elle posa de côté avec son sac de fruits, son pain de mie et ses biscuits, puis rangea soigneusement le jambon et les tranches de fromages dans un sac plastique, y colla une étiquette à son nom et le mit dans le réfrigérateur commun.

Elle remonta dans sa chambre, déposa le reste de sa nourriture et son café dans un sac en tissu au bout de son lit puis descendit au coffee shop, son sandwich à la main, et s'installa sur un des canapés pour le manger tranquillement devant les clips musicaux. Ensuite, elle retourna au bar pour discuter avec quelques visages familiers, Amandine étant bien trop occupée à servir les clients et à gérer la musique pour avoir le temps de bavarder. Amélie se coucha vers vingt-deux-heures, pour se réveiller rassasiée de sommeil le lendemain matin.

Le reste de cette première semaine passa lentement, elle se promena dans Londres et visita quelques sites ou des endroits célèbres qui n'étaient pas payants, comme London Bridge, Soho ou encore Greenwich, où elle se fit bien évidemment photographier par un autre touriste avec un pied de chaque côté du méridien. Le reste du temps, à l'auberge, elle s'organisait pour son stage, mais il n'y avait en réalité plus grand-chose à faire à part attendre.

Le vendredi, elle était prête mais continuait tout de même à tout revérifier inlassablement, des papiers qui se trouvaient dans sa pochette (convention, carnet de stage et autres documents administratifs nécessaires à la validation de ce dernier) à ses vêtements, tous propres (elle avait fait une lessive la veille à la laverie de l'auberge), impeccablement pliés et assemblés pour chaque jour de la semaine dans sa valise pour gagner du temps en se préparant au réveil. Elle avait refait un peu de courses le matin même et pouvait selon ses calculs tenir une semaine de plus, sachant qu'elle se passerait de petits déjeuners et qu'elle mangerait des repas complets les midis du lundi au vendredi.

Il lui restait donc vingt livres pour « faire la fête » et boire un ou deux cafés autres que le soluble, qui certes, lui apportait sa dose quotidienne de caféine pour une bouchée de pain, mais qui ne valait pas un bon Latte du coffee shop. S'il lui restait un peu de sous, elle espérait également pouvoir visiter Kew Gardens, deux ou trois semaines plus tard.

Par ailleurs, Elisabeth et Jade l'avaient informée qu'elle ne serait pas seule dans la chambre pendant le week-end car un groupe de quatre garçons allemands y séjournerait du vendredi au dimanche. Amélie ne s'en inquiéta pas, supposant qu'ils passeraient ces deux jours à visiter Londres, avec le magnifique temps qui était annoncé, et qu'ils rentreraient sans doute tard le soir pour s'endormir rapidement. Ils n'auraient probablement pas beaucoup d'affaires non plus.

Ils arrivèrent en fin d'après-midi et - bonne surprise - se révélèrent très sympathiques. Elle discuta avec eux pendant qu'ils rangeaient leurs affaires et se préparaient à sortir, puis ils partirent au bout d'une heure. Amélie passa une soirée tranquille.

Après avoir mangé, elle était descendue au bar un moment puis, quand l'endroit s'était peu à peu rempli de monde, était remontée se coucher tôt pour bouquiner dans son lit. Elle avait en effet acheté l'intégrale d'Harry Potter en anglais après les avoir déjà tous lus deux fois en français, ce qui l'aidait à comprendre certains passages qu'elle n'aurait peut-être pas compris si elle ne les connaissait pas déjà par cœur.

Cette nuit-là, elle dormit d'un sommeil profond et réparateur, pas-même perturbé par le retour de ses compagnons de chambre tard le soir, ni par leur départ tôt le lendemain matin. Elle se réveilla tranquillement à sept heures et se prépara laborieusement, encore ensommeillée et bouffie après une si longue nuit. Elle bût un café soluble grâce à sa toute petite bouilloire de voyage puis, en descendant au coffee shop, croisa Amandine qui s'apprêtait à sortir.

— Tu veux m'accompagner ? lui proposa-t-elle. Je vais au travail, mais si tu veux, je t'offre un vrai bon café là-bas, fit-elle en haussant un sourcil. Il n'y a personne entre neuf et dix heures. Il y en a pour quarante minutes de bus. Comme ça on pourra papoter.

— Oui, pourquoi pas ? répondit Amélie d'une voix un peu pâteuse en baillant.

Après tout, pensa-t-elle, sa carte de transports était illimitée et elle adorait prendre le bus, surtout en compagnie de son amie, sans parler du fait qu'un bon café serait plus que bienvenu.

– Super, répondit Amandine. On se retrouve ici ?

– D'accord, je vais chercher ma veste et mon sac, j'en ai pour deux minutes, à tout de suite, fit Amélie en partant au pas de course.

– Ne t'inquiète pas, je suis en avance, donc pas de stress, lui répondit Amandine, se retenant d'éclater de rire lorsqu'elle la vit trébucher sur la première marche de l'escalier puis se rattraper vaillamment à la rampe.

En entrant dans sa chambre, elle prit son sac à main, sa gourde d'eau et son livre, qu'elle enfourna dans un sac à dos, puis sortit de sa chambre en enfilant maladroitement sa veste et en lâchant un juron. Elle avait décidément du mal à émerger ce matin-là et avait grande hâte de déguster son café salvateur. Une fois dans le bus, les deux amies discutèrent et rirent pendant tout le trajet. Une fois arrivées à destination, pendant qu'Amandine faisait sa mise en place, Amélie dégusta un excellent latte au sirop de caramel, préparé avec amour par sa chère amie.

Elle eût même droit à un délicieux muffin qui allait être jeté car sa date limite de consommation venait d'être dépassée. Tout de même, pensa-t-elle, malgré les railleries de nombreux français sur la cuisine anglaise, on oubliait souvent qu'ils excellaient en desserts et en pâtisseries. Elle en avait goûté toutes sortes dont elle ignorait l'existence avant de venir à Londres, et les cookies et les muffins étaient bien meilleurs en Angleterre qu'en France, tous ses compatriotes de l'auberge s'accordaient à le dire.

Elle quitta Amandine au bout d'une demi-heure puis partit se promener dans un parc qu'elle avait remarqué sur son trajet. Elle adorait découvrir de nouveaux parcs, surtout ceux qui étaient peu connus et bien arborés à la périphérie de la ville. Pendant quelques heures, elle se croyait presque à la campagne. Elle s'assit sur un banc à l'ombre et lut pendant près de deux heures. En début d'après-midi, sentant son estomac gargouiller, elle prit le chemin du retour, poursuivant sa lecture dans le bus.

Vers dix-huit heures, après avoir mangé, communiqué avec sa famille et ses amis de France sur Facebook et lu encore un peu sur le banc du petit parc en face de l'auberge, elle retourna dans sa chambre et y trouva les quatre allemands en train de se reposer. Elle discuta quelques instants avec eux. Ils lui racontèrent ce qu'ils avaient visité et les attractions qu'ils s'étaient offertes dans la journée, de Buckingham Palace à Madame Tussauds, en passant par London Eye, Big Ben et Soho. Puis au fil de la

Le reste de la journée passa au ralenti. Elle tournait en rond, impatiente et angoissée par sa première journée de stage qui commençait le lendemain. A dix-sept heures, Amandine revint enfin du travail. Étant ensuite en congé pendant deux jours, cette dernière pouvait enfin se détendre.

Les deux amies passèrent le reste de la soirée ensemble jusqu'à ce qu'Amélie aille se coucher vers vingt-deux heures, les yeux grands ouverts, raide et tendue, espérant s'endormir tôt pour être fraiche et dispose le lendemain matin. Mais elle n'y parvint pas. Frustrée, elle tourna dans tous les sens dans son lit, rallumant la lumière pour lire quinze minutes, puis la rééteignant pour tenter de s'endormir, et renouvelant ce manège plusieurs fois jusqu'à deux heures du matin quand enfin elle sombra, priant pour entendre son réveil qu'elle avait programmé pour sonner à peine quatre heures plus tard.

Elle ouvrit grands les yeux cinq minutes avant l'alarme et bondit de son lit pour se préparer. Comme tous les matins, la première chose qu'elle fit fût d'aller remplir sa bouilloire dans le lavabo et de la mettre à chauffer (ce qui prenait une éternité) avant de sauter dans la douche. Elle s'habilla ensuite, avec les vêtements qui étaient déjà préparés depuis plusieurs jours, notant qu'elle avait maigri, ce qui n'était pas pour lui déplaire. Elle mit deux cuillérées de café au fond de son mug, y vida sa minuscule bouilloire dont le contenu n'excédait pas ce volume puis retourna vite la remplir pour la remettre à chauffer.

Elle but sa première tasse puis se coiffa, se maquilla, se parfuma et mit ses boucles d'oreilles. La bouilloire fit son habituel bruit sec, indiquant qu'elle pouvait se servir son deuxième café. Elle vérifia - une fois de plus - le contenu de son sac en bandoulière, se regarda une énième et dernière fois dans le miroir puis consulta l'heure : Il était six heures trente, elle était en avance. Son stage commençait à neuf heures et elle en avait pour quarante minutes de trajet... Elle descendit donc boire un latte au coffee shop où la jeune roumaine qui la servit la complimenta sur son élégance, ce qui lui donna du courage.

A sept heures, elle était déjà dehors, désemparée par tout le temps qui lui restait à « tuer » avant le début de son stage. Elle descendit à la station de métro qui se trouvait à cinq minutes de marche et monta dans le premier train qui l'emmènerait à l'arrêt le plus proche de *Kids and Frogs.* À huit heures moins dix, elle sortit du métro, qui ne se trouvait qu'à trois minutes à pied de son lieu de stage. Elle ne souhaitait pas arriver avec plus de dix minutes d'avance, ayant lu plusieurs articles professionnels le déconseillant.

Elle vit alors un Starbucks juste en face d'elle et y entra. Elle commanda un autre latte puis, le cœur palpitant et sa vessie se remplissant bien trop vite et bien trop fréquemment, réalisa qu'elle en était déjà à son quatrième café à seulement huit heures vingt et qu'il était temps qu'elle se calme un peu. Il ne fallait pas qu'elle demande à aller aux toilettes au bout d'une demi-heure de travail, tout de même… cela ne donnerait pas très bonne impression.

Elle prit donc son téléphone pour se changer les idées et vit qu'elle avait plusieurs messages d'encouragements. Elle répondit donc à ceux de sa mère, de sa sœur Mathilde, de Cécile, son amie d'enfance, et d'Annie, une amie de sa maman, qui avait été d'un grand réconfort pour elle lors de ses passages difficiles de l'adolescence à l'âge adulte et avec qui elle avait également noué une profonde amitié.

Une fois qu'elle eût ouvert et traité tous ses messages, elle regarda l'heure : huit heures quarante. Elle paya son adition, fit un dernier tour aux toilettes et, tout en se lavant les mains, observa minutieusement son reflet dans le miroir pour vérifier de nouveau que son apparence était irréprochable. Elle ressortit dans la fraîcheur matinale et se dirigea lentement vers l'entrée de *Kids and Frogs*.

Elle patienta encore deux minutes puis entra et se rendit à l'accueil, à huit heures quarante-neuf.

– Bonjour, dit-elle à l'agent d'accueil avec un sourire radieux, je suis là pour mon premier jour de stage. Je suis Amélie Leoni.

– Bonjour Amélie ! Et bienvenue ! Je me souviens de toi, je suis heureux que tu aies obtenu ce stage, félicitations !

– Merci, lui répondit-elle, touchée. Et toi, comment tu t'appelles ?

– Sébastien. J'informe tout de suite Madame Brandy de ton arrivée, dit-il en décrochant son téléphone et en composant un numéro à trois chiffres. Anne-Sophie ? Ta nouvelle stagiaire, Amélie, est arrivée. D'accord, à plus tard. Elle arrive dans deux minutes, l'informa-t-il en raccrochant. Bonne chance pour ce premier jour !

– Merci Sébastien, et bonne journée à toi !

Quelques minutes plus tard, une petite dame d'une cinquantaine d'années tirée à quatre épingles et coiffée d'un chignon impeccable entra dans le hall d'un petit pas pressé et lui adressa un sourire :

– Bonjour Mademoiselle Leoni, je suis Madame Brandy, veuillez me suivre, s'il vous plaît.

– Enchantée, répondit timidement Amélie en lui serrant la main avant de lui emboiter le pas.

Le bâtiment datait de plus d'un siècle et avait gardé tout son charme, avec son papier peint à rayures et ses pièces spacieuses et fraiches. Amélie s'était renseignée sur le site principal de l'entreprise. C'était ici que se trouvaient les services administratifs principaux, ainsi que les bureaux de la direction. Mais c'était surtout l'endroit où avaient lieu toute les activités extrascolaires qu'offrait l'association.

Il y avait donc deux bâtiments, dont l'un en L, entre lesquels s'étendait une grande cour avec des paniers de basketball, des lignes de football et des trous dans le sol, permettant d'y placer des poteaux de filets de badminton et de volleyball, du moins de ce qu'elle eut le temps de voir à travers les baies vitrées avant de pénétrer dans un long couloir.

Une fois arrivées au bout de celui-ci, elles contournèrent l'angle du mur avant de s'arrêter devant une grande et lourde porte en bois massif à laquelle Anne-Sophie frappa brièvement avant d'entrer. Une femme svelte d'une trentaine d'années leur tournait le dos, affairée à ranger l'une des six étagères qui, alignées sur trois niveaux, occupaient toute la longueur de deux des murs de la pièce. Trois grosses piles de dossiers sur son bureau la cachaient presque entièrement et son téléphone sonnait en continu.

Un gros paquet de dossiers dans son bras gauche, elle parvint laborieusement à libérer son bras droit pour décrocher le combiné et s'aperçut soudain de leur présence en se retournant.

– Bonjour Katerina, fit Anne Sophie, voici Amélie, ta stagiaire pour les six prochaines semaines.

– Ah, bonjour Anne-Sophie, merci ! Entre, Amélie, tu es la bienvenue ! l'accueillit-elle chaleureusement.

Tu m'étonnes... il était temps qu'on envoie de l'aide à cette pauvre femme !

– Bonjour Madame... Euh...

– Svenova, mais tu peux m'appeler Katerina et me tutoyer, si ça te convient, bien sûr, fit-elle avec un clin d'œil derrière ses lunettes, replaçant en arrière ses épais cheveux châtain clair coupés en carré long.

– D'accord, enchantée Katerina, et merci pour ton accueil.

– Je vous laisse, bonne journée, dit Anne-Sophie en sortant avant de fermer la porte derrière elle.

– Bon, fit Katerina après avoir posé sa pile de dossiers sur sa chaise. Je vais t'expliquer comment fonctionne ce bureau, dont je suis la responsable. Nous effectuons ici le suivi complet des inscriptions, que ce soit pour les transports ou pour les activités des enfants, ce qui veut dire que nous travaillons en étroite collaboration avec tous les autres services, mais plus particulièrement avec celui de la logistique des transports, dont l'efficacité dépend entièrement de nous puisque c'est nous qui validons toutes les inscriptions. Tu me suis ?

– A peu près, répondit humblement Amélie.

– Tu comprendras mieux après une journée complète passée ici. Oh, j'ai un appel en interne, excuse-moi une minute, s'il te plaît.

Elle répondit au téléphone et passa cinq minutes à expliquer à un certain Tobias que tout était en ordre pour son trajet du soir et qu'il n'y avait aucune erreur, qu'elle avait inscrit un certain Louis en CE2 pour un retour ponctuel de l'école de Battersea à son domicile parce qu'elle avait reçu une annulation de dernière minute concernant un petit Edouard de CP. Tobias, qui n'avait visiblement pas été mis en copie de ce courriel, se trouva apparemment rassuré puisqu'elle le salua en lui souhaitant une bonne journée et raccrocha le téléphone, qui se remit instantanément à sonner.

– Cette fois-ci, c'est un appel externe, et nous ne sommes pas censées répondre avant dix heures, lui expliqua Katerina. Nos horaires sont pourtant bien affichés sur le site ! s'exclama-t-elle en riant. C'est d'ailleurs à cette heure-ci qu'arrive Anika, mon assistante. Elle part le soir à dix-huit heures trente, alors que je commence à sept heures du matin et finis à seize heures. Le mercredi, je pars à quatorze heures pour être avec ma fille. Tu remarqueras que c'est un peu le chaos, ici. Le bureau a été laissé à l'abandon pendant deux ans, avec une équipe dans laquelle régnait une sévère mésentente.

Katerina expliqua à Amélie que les deux femmes qui l'avaient précédée se « relayaient » pour se mettre en arrêt maladie et avaient fini par perdre tout intérêt pour leur travail, décourageant toutes les personnes qui avaient par la suite été recrutées dans le service de persévérer plus de trois semaines. Les pourparlers s'étaient éternisés plusieurs mois avant que la direction ne parvienne à en licencier une pour faute grave et négocier un départ d'un commun accord avec l'autre. Plusieurs membres des autres services, notamment de la logistique et de la comptabilité, s'étaient partagé les tâches les plus urgentes pendant ces deux années, mais le bureau et le suivi administratif avaient été littéralement laissés à l'abandon.

– La société aurait pu avoir des problèmes, nota Katerina, l'air grave. La constitution des dossiers était bâclée, tout se faisait plus ou moins par le « bouche à oreille », mais certains documents sont légalement

la première fois. Elle était lasse de cette oisiveté et réalisa avec joie que c'était bel et bien terminé. Elle était enthousiasmée par ce que le déroulement de ce premier jour lui annonçait pour la suite de son stage.

Le reste de la semaine passa très vite. Elle fit une forte impression à sa maîtresse de stage en terminant le tri des dossiers le vendredi avant même d'aller déjeuner. Ils étaient tous impeccablement rangés par ordre alphabétique dans les interminables étagères du bureau pour l'année scolaire 2012-2013, et elle avait même terminé de descendre aux archives tous les dossiers des années antérieures, après les avoir soigneusement triés et rangés dans des cartons qu'elle avait étiquetés.

La pièce était enfin respirable et les trois bureaux enfin dégagés, offrant un espace de travail bien plus agréable. Anika aussi était enchantée.

– Eh bien, pas mal pour une première semaine ! lui dit-elle en haussant les sourcils.

– Oui, magnifique ! s'exclama Katerina en souriant de toutes ses dents. Je t'en prie, installe-toi à ton nouveau bureau !

Les jours suivants, Amélie apprit très vite les différentes tâches. Au début, elle questionnait ses collègues pour chaque courriel, jusqu'à prendre peu à peu connaissance de tous les outils, bases de données et logiciels utilisés par le service et pouvoir enfin chercher seule les réponses à ses questions. Elle sollicitait tout de même assez souvent Anika, mais uniquement pour relire ses messages en anglais et la corriger avant d'appuyer sur le bouton « envoyer ».

Les mails étaient toutefois rédigés en français dans leur grande majorité et il se trouvait qu'Amélie avait toujours eu des facilités en expression écrite dans sa langue maternelle. Au bout de sa deuxième semaine de stage, sachant qu'une centaine de messages arrivaient tous les jours, elles n'en avaient plus que deux cents de retard, les traitant du plus ancien au plus récent sur leur messagerie électronique commune, le dernier datant de moins d'un mois. Elles avaient donc rattrapé deux mois de retard depuis son arrivée dans le service. L'ambiance était joviale dans le bureau, les trois jeunes femmes formaient une très bonne équipe et les fou-rires se faisaient de plus en plus fréquents.

La semaine qui suivit, à la suite des réinscriptions, la campagne de nouvelles inscriptions pour la rentrée de septembre commença, accompagnée de sa surcharge de travail. Le mardi et le mercredi avaient été réservés aux rendez-vous de constitution des dossiers. Il faudrait ensuite travailler en lien avec le service financier, qui avait pour rôle de leur confirmer le paiement des frais de dossier pour chaque nouvel inscrit, avant qu'elles ne puissent procéder à la validation finale et l'enregistrement des élèves dans la base de données pour l'année scolaire suivante.

Katerina faisait désormais entièrement confiance à Amélie et lui déléguait autant de tâches qu'à Anika, la félicitant régulièrement pour sa vitesse d'adaptation, son efficacité et son attitude au travail. Chaque jour, Amélie rentrait de son stage, certes fatiguée, mais heureuse et fière, et ne rencontrait plus aucune difficulté à s'endormir. Elle profitait de chaque minute de ses week-ends, sortant avec Amandine dans toutes sortes de bars et de pubs - quand celle-ci était en repos - ou partait seule en vadrouille la journée et bouquinait le soir avec un plaisir grandissant, son niveau de compréhension de l'anglais s'améliorant de jour en jour.

Mangeant peu et étant toujours en mouvement, Amélie commença peu à peu à nager dans ses vêtements. Elle en était heureuse car elle avait toujours été extrêmement complexée par son surpoids, depuis son enfance. Il avait atteint son apogée à ses dix-neuf ans, et c'est à cette époque, après une dépression et l'abandon de ses études au bout de trois mois d'université à Grenoble, qu'elle avait décidé que sa vie devait absolument changer et qu'elle avait commencé à travailler dans des métiers physiques et prenants pour lesquels elle donnait tout, sans jamais s'économiser. Grâce à cela, elle avait perdu une vingtaine de kilos, mais il lui en restait une bonne dizaine, voire une quinzaine à perdre lorsqu'elle était partie à Londres.

Un dimanche soir de juin, à deux semaines de son retour en France, elle s'observa dans le miroir et fut, pour la première fois de sa vie, satisfaite du reflet qu'il lui renvoyait. Elle se trouvait « presque normale », voire jolie, ce qui était un énorme progrès pour elle à qui il était arrivé à maintes reprises par le passé de s'insulter devant la glace avant de fondre en larmes. Elle en avait parcouru, du chemin, elle s'était battue avec acharnement et sans pitié contre elle-même et, à ce moment-là, deux semaines avant la fin de son stage (qu'elle avait d'ailleurs prolongé d'une semaine puisqu'elle avait de toute façon réservé ses billets de retour pour le 9 juillet), elle se sentait enfin en paix et bien dans sa peau.

Tout le monde semblait l'apprécier, autant au travail qu'à l'auberge. Elle était venue seule ici, elle n'était plus dans l'ombre de qui que ce soit, elle avait parcouru ce chemin sans aide. Elle se promit de ne plus laisser personne la rabaisser. Des larmes de soulagement et de fierté lui brûlèrent les yeux.

Un matin, elle arriva un peu plus tôt pour se rendre dans le bureau d'Anne-Sophie Brandy.

– Bonjour, excuse-moi de te déranger, tu as un moment ?

– Oui, bien sûr, entre. Que puis-je pour toi ?

– Je voudrais savoir si vous accepteriez de me reprendre pour mon stage de deuxième année, lui dit-elle sans détour. Mais il faut que ce soit en milieu anglophone, j'aimerais donc savoir si tu penses que ce serait possible de le faire à l'antenne de Kensington, qui gère les clients des écoles anglaises.

– Je ne voudrais pas m'avancer avant d'être en mesure de te donner une réponse définitive car nous n'avons pas encore commencé le recrutement des stagiaires de novembre, mais au vu des éloges que nous a fait Katerina à ton sujet, je pense que ce ne sera pas un problème, lui répondit-elle. J'en parlerai à Madame Mansay, la directrice de notre service, quand elle arrivera à neuf heures. J'espère qu'exceptionnellement, nous pourrons te donner une réponse avant ton départ pour que tu puisses profiter en toute sérénité de ton été.

– Ce serait super, merci beaucoup ! répondit-elle avec gratitude.

– Il n'y a vraiment pas de quoi, c'est avec plaisir. Je te tiendrai au courant dans la journée. Ce serait pour quelles dates ?

– J'ai compté sept semaines, du lundi 4 novembre au vendredi 20 décembre.

– Tu sais que tu n'es pas obligée de faire plus de six semaines, n'est-ce pas ?

– Oui, je sais, mais une semaine d'expérience en plus est toujours bonne à prendre, répondit-elle avec un sourire.

– Très bien, c'est noté, je reviendrai vers toi dès que j'aurai la réponse de Madame Mansay. D'ailleurs, j'en profiterai pour lui faire signer le rapport de stage que Katerina m'a transmis ce matin.

– Merci beaucoup, c'est parfait, bonne journée Anne-Sophie !

– Merci, à toi aussi.

L'après-midi même, elle reçut une enveloppe interne contenant le rapport de son premier stage, ainsi qu'une lettre de proposition pour le deuxième. Ravie, elle remercia Katerina de son appréciation très élogieuse.

– Mais je t'en prie ! répondit celle-ci. Je n'ai fait que dire la vérité. C'est plutôt à nous de te remercier pour toute ton aide !

Amélie numérisa les deux documents pour les envoyer le jour même par courrier électronique à son école.

– Un souci de moins, murmura-t-elle pour elle-même avec soulagement, commençant tout de même à anticiper, songeant qu'il serait sage d'envoyer un maximum de devoirs à son centre de formation pendant l'été. Mais pour l'heure, elle estima qu'elle avait bien mérité de se détendre un peu.

Le vendredi de l'avant dernière semaine, à la fin de la journée, Katerina invita Amélie et Anika au bar d'à côté, en terrasse, par un temps magnifique. Elle commanda une assiette de charcuterie et de fromage ainsi qu'une bouteille de vin, et les trois coéquipières trinquèrent à leur collaboration. Elles passèrent une très agréable soirée.

Amélie profita bien de sa dernière semaine. La veille de son départ, elle se retrouva au pub d'à côté avec Amandine, Elizabeth et Audrey. Cette dernière était l'amie de longue date d'Amandine, avec qui elle était venue à Londres, mais peu après leur arrivée, elle s'était mise en couple avec un des amis du propriétaire de l'auberge.

Cette relation était toxique et très destructrice pour Audrey, qui essayait de toutes ses forces de s'en extirper, mais son compagnon parvenait toujours à la faire revenir. Amélie l'avait un jour récupérée en larmes devant l'auberge et l'avait consolée autant que possible, mais Audrey avait toujours cette détresse dans le regard et personne à part elle même ne pouvait la sauver. Amandine avait bien essayé de l'aider puis avait fini par accepter son impuissance totale face à cette situation.

Mais ce soir-là, Audrey s'était jointe au groupe et prenait du plaisir à partager un moment convivial avec ses copines.

Puis elle reçut plusieurs textos sur son téléphone et finit par quitter la table, souhaitant un bon retour à Amélie qui l'étreignit en la remerciant, priant de tout son cœur qu'elle se sorte de cette relation infernale avant son retour. Puis ce fut au tour d'Elizabeth de partir et Amandine offrit un dernier verre à sa chère amie. Elles rentrèrent à l'auberge et Amélie annonça qu'elle allait se coucher, sachant qu'elle se lèverait à cinq heures le lendemain matin.

– Tu vas me manquer, ma belle, lui dit son amie en la serrant dans ses bras. Mais cette fois je sais que tu reviendras !

– Oui, vers mi-septembre, je pense... je te tiendrai au courant ma Didine.

– Profite bien de ton été, de ta famille et de tes amis, à bientôt ! Bon voyage et bonne nuit !

– A très vite !

Elle s'aperçut alors qu'elle consacrait tout son temps à cette tâche depuis trois jours et en conclut qu'elle pouvait bien faire une pause. Après tout, il lui restait plus de six semaines avant le début de son stage.

Elle décida de partir dans un parc avec son livre. Elle en était au cinquième tome d'Harry Potter - son préféré - et avait de plus en plus de facilité et de plaisir à lire en anglais, sachant que c'était la langue maternelle de l'autrice et qu'elle se sentait honorée de lire ses livres exactement comme cette dernière les avait écrits, sans qu'ils ne soient déformés par une traduction.

Elle avait également ce sentiment depuis qu'elle revisionnait ses séries anglophones préférées en version originale et se félicitait de tout comprendre, en ajoutant toutefois des sous-titres, mais en anglais.

Elle sortit de l'auberge dix minutes plus tard, son sac à dos sur les épaules, puis monta dans un bus. Cette fois-ci, elle n'avait payé l'abonnement que pour une semaine, et pour ce moyen de transport uniquement, le métro étant nettement plus cher.

Jusqu'à ce qu'elle trouve un emploi, elle ne rechargerait son *Oyster Card* qu'au fur et à mesure, au cas où le trajet entre l'auberge et son futur lieu de travail serait faisable à pied. Dans le bus, elle regarda sur son smartphone combien de temps il fallait pour se rendre à la pâtisserie en marchant et constata que selon Google Maps, le trajet durait une heure. Mais elle marchait vite et savait qu'elle mettrait probablement dix minutes de moins qu'indiqué.

Dimanche étant le dernier jour de validité de sa carte de transports, elle décida qu'elle irait là-bas en bus pour son essai, mais qu'elle reviendrait à pied, pour pouvoir connaître la durée réelle du trajet.

Un peu plus tard, alors qu'elle venait à peine de s'asseoir dans un parc et de sortir son livre de son sac à dos, son téléphone sonna de nouveau. Cette fois-ci, on lui proposa un essai le samedi - donc le lendemain - à partir de neuf heures, dans un petit restaurant traditionnel de Warwick Avenue. « Vingt minutes plus près », pensa-t-elle en souriant après avoir consulté l'itinéraire sur internet.

Cet essai s'étendrait sur toute la journée et serait rémunéré, alors que celui du dimanche ne durerait que trois heures et ne serait pas payé, comme c'était souvent le cas à Londres. Mais elle se rendrait aux deux : elle devait mettre toutes ses chances de son côté.

Lorsqu'elle rentra à l'auberge, elle chercha Amandine puis l'invita à aller boire une bière au pub et lui raconta tout.

– Eh bien, ça a été rapide, dis-donc ! s'exclama son amie.

– Oui, je n'arrive pas à y croire, gloussa Amélie. Je pensais galérer pendant au moins un mois, et en à peine une semaine, j'ai deux essais... incroyable !

– Tu le mérites, ma belle, je suis fière de toi... et moi aussi j'ai quelque chose à t'annoncer...

Son visage s'assombrit. Amélie savait que son amie était fatiguée de l'ambiance du quatrième et dernier étage, où se trouvaient tous les employés (ou plutôt *esclaves*, selon elle) de l'auberge de jeunesse qui avaient droit, contre leurs services, à un lit gratuit dans une chambre de quatre. De petits clans s'étaient formés et l'ambiance s'était détériorée.

De plus, cela faisait maintenant plus d'un an qu'Amandine partageait sa chambre, ce qui devait devenir très lassant au bout de tant de temps. Pour couronner le tout, Audrey, qui était comme une sœur pour elle, était rentrée en France le mois précédent le retour d'Amélie.

C'est à peu près au même moment qu'elle était partie de chez Costa Coffee, après avoir été engagée dans un pub à Camden Town.

– Tu sais, reprit-elle, ça se passe très bien dans mon nouveau travail à Camden, ma patronne est très contente de moi et m'a proposé une chambre au-dessus du pub. J'emménage jeudi prochain, et mardi, c'est mon dernier soir au bar de l'auberge.

– Oh, ma Didine, tu vas terriblement me manquer, mais franchement, je suis soulagée pour toi, il était vraiment temps que tu changes d'air...

– Oui, c'est sûr, je n'en peux plus... mais c'est dommage que je parte au moment-même où tu reviens...

– Et alors ? J'adore Camden, j'aurais dorénavant une bonne excuse pour y aller plus souvent, fit Amélie avec un sourire malicieux.

– On reste en contact, hein, promis ?

– Comment oses-tu en douter ? leva-t-elle le ton en mettant ses poings sur ses hanches, parvenant enfin à décrocher un sourire à Amandine.

– Bon, je vais aller ranger mes affaires là-haut et me reposer un peu, on se revoit après manger ?

– Oui, bien-sûr. Et je t'aiderai à déménager jeudi, d'accord ?

– Merci ma chérie, dit-elle en l'étreignant. Heureusement que tu es revenue.

– A tout à l'heure ma Didine.

Amélie la regarda se diriger vers la porte de l'auberge d'un pas lourd. Elle s'inquiétait pour son amie, se souvenant d'elle lors de leur rencontre un an auparavant, toujours joyeuse, pleine de vie et d'espoir. Elle n'était désormais plus que l'ombre d'elle-même et avait perdu confiance.

Ce soir-là, comme elle s'en doutait, Amélie eut du mal à s'endormir, pensant au week-end qui l'attendait.

Le samedi matin, lorsqu'elle arriva au restaurant *Betty's* à Warwick Avenue, Stanislav, un des deux cuisiniers, l'accueillit chaleureusement en la remerciant d'avoir pu se rendre disponible avec si peu d'anticipation et lui expliqua brièvement le fonctionnement de ce petit établissement, qu'Amélie trouva d'ailleurs charmant et chaleureux, avec ses cinq tables intérieures et ses belles pâtisseries exposées dans deux vitrines. Puis il sollicita tout de suite son aide pour l'épluchage des légumes et la mise en place de la salle, avant de la féliciter au bout d'une heure pour sa vitesse d'adaptation.

Il lui expliqua qu'ils recherchaient quelqu'un pour les week-ends car, depuis le changement de propriétaire du restaurant, les trois coéquipiers n'avaient que peu de congés et plus aucun week-end de libre, sachant que l'ancienne patronne travaillait avec eux à plein temps, alors que la nouvelle se contentait de posséder l'établissement et d'en déléguer la gestion administrative à son comptable.

Cette dernière était toutefois sympathique et à l'écoute, et avait bien compris qu'il fallait qu'ils soient trois personne tous les jours au restaurant, du moins les week-ends, même s'il y avait un plongeur en plus ces deux jours-là, puisque le rythme y était bien plus soutenu. Ce jour-là, Maia, l'autre cuisinière, avait donc pris son premier week-end depuis trois mois.

Arriva ensuite Yara, qui s'occupait principalement de la salle, bien qu'ils fussent tous trois polyvalents, s'entraidant à chaque poste selon leur charge respective de travail aux différents moments du service. Cette dernière lui montra comment préparer les principales sortes de café qui étaient indiqués sur la carte mais ce fût aisé pour Amélie qui avait de l'expérience dans ce domaine.

Après lui avoir montré les différents cocktails de jus de fruits frais qui étaient à la carte ainsi que l'emplacement des vins, Yara lui indiqua qu'elle devrait servir toutes les boissons pendant le service, débarrasser les tables et refaire la mise en place au fur et à mesure que les clients partaient.

Enfin, ce fut au tour de Carlos, le plongeur, d'arriver à onze heures. Il était très sympathique et ne manquait pas d'humour. Il engagea la conversation avec elle tout en travaillant et Amélie, enchantée d'apprendre qu'il était chilien, lui raconta son voyage quelques années plus tôt dans ce beau pays.

Puis, voyant les regards noirs qu'envoyait Yara à Carlos, elle se souvint qu'il s'agissait de son jour d'essai et que c'était le moment de faire ses preuves et non de discuter. Elle interrompit poliment Carlos qui était en train de lui expliquer qu'il avait un autre emploi en semaine puis retourna en salle. Elle se trouva vite très à l'aise dans ces tâches familières et ne fit aucun faux pas.

A la fin du service, ayant nettoyé toutes les tables et refait toute la mise en place de la salle, elle alla spontanément aider Stanislav à ranger et nettoyer la cuisine puis aida Carlos à finir la vaisselle. A dix-sept heures, quand Amélie termina sa journée d'essai et s'apprêta à partir, ils la remercièrent tous les trois pour son travail et lui dirent qu'ils la rappelleraient rapidement s'ils avaient besoin d'elle pour le week-end suivant.

Le lendemain, elle apprécia beaucoup moins son essai à la pâtisserie libanaise. Elle servit des gâteaux sophistiqués et hors de prix à trois clientes richissimes qui empestaient le parfum. Bien que sa collègue, Amal, d'une quarantaine d'année, fût très gentille avec elle, Amélie trouva que ce travail était d'un ennui mortel, sans parler du fait qu'il fallait prendre les gâteaux avec mille précautions pour les emballer sous le regard méfiant et exigeant des clients.

Lorsque le moment de partir arriva enfin, elle demanda tout de même à Amal, qui lui avait dit qu'elle se débrouillait bien, quand elle devrait revenir.

– Je n'en ai aucune idée, lui répondit-elle. Mon patron m'a expliqué ce matin qu'il recrutait pour sa nouvelle pâtisserie qui ouvrira la semaine prochaine dans le quartier de Cricklewood. Il m'a dit qu'il m'enverrait ses candidats pour les essais et la formation.

– Ah, d'accord, répondit Amélie, un peu perplexe. Je verrai bien s'il me rappelle la semaine prochaine alors. Merci pour tout, Amal.

– Merci à toi, je lui dirai que tu t'en es très bien sortie, bonne soirée et peut-être à bientôt, dit-elle en souriant.

Amélie rentra finalement en bus puisque, même si elle devait être par la suite engagée par cet employeur, son lieu de travail serait ailleurs. Cricklewood était de toute façon plus proche de l'auberge et la veille, en rentrant à pied de Warwick Avenue, elle n'avait marché que quarante minutes. Elle était donc confiante.

Mais qu'allait-elle bien pouvoir faire pendant six semaines en ne travaillant que les week-ends, surtout maintenant qu'Amandine était partie ? Elle se raisonna : Depuis qu'elle avait mis le pied à Londres, elle n'avait jamais eu le temps de s'ennuyer, il y avait toujours quelque chose

– Ok, super, donc ne paie pas ta chambre ce soir pour la semaine prochaine. On te laisse dedans gratuitement pour une semaine et dimanche prochain, tu pourras emménager au quatrième étage. Alors à vendredi, dix-huit heures !

En revenant dans sa chambre, elle s'assit un moment au bout de son lit, abasourdie. Elle calcula ses finances : Pour les sept prochaines semaines, elle travaillerait du samedi au mardi, de neuf heures à dix-sept heures, ce qui signifiait qu'elle gagnerait cent quatre-vingt-douze livres sterling par semaine juste pour vivre puisqu'elle n'aurait plus de chambre à payer.

En revanche, une fois qu'elle commencerait son stage, elle gagnerait deux fois moins d'argent, et ses droits au chômage prenaient fin le 5 décembre. Elle décida donc de continuer à se montrer raisonnable, tout en mangeant à sa faim et surtout, un peu plus varié. D'autre part, il fallait absolument qu'elle économise au plus vite deux-cents livres pour pouvoir s'acheter son billet de train pour Noël, car les prix grimperaient très vite à partir d'octobre. Le lendemain matin, elle se rendit dans une banque pour y ouvrir un compte.

Deux semaines plus tard, elle se rendit à la gare de King's Cross pour acheter ses billets d'Eurostar à destination de Paris. Son stage se terminait le 20 décembre et le restaurant, ainsi que le bar de l'auberge, fermaient le 22 pour deux semaines. Elle réserva donc l'aller pour le 23 décembre et le retour pour le 3 janvier. Tout était donc en ordre jusqu'à Noël. Et surtout, tout s'annonçait très bien. Ce serait intense et épuisant jusque-là, mais désormais, à chaque fois qu'elle se sentirait fatiguée ou qu'elle aurait une baisse de moral, elle penserait à son séjour prochain en France, et surtout, à Noël.

2. Amine

Tous les soirs, après ses interminables journées - surtout lorsqu'elle travaillait au bar sept jours consécutifs du vendredi au jeudi, n'ayant qu'une heure de battement entre ses huit heures au restaurant et ses six à huit heures au bar - elle descendait fumer une cigarette devant l'entrée de l'auberge après avoir pris sa douche et mangé. A cette heure tardive, elle voyait toujours les mêmes visages, c'est-à-dire les insomniaques de l'auberge qui ne parvenaient pas à arranger leur situation et les personnes qui travaillaient de nuit.

Un soir, début octobre, alors qu'elle discutait avec d'autres résidents, un certain Amine fit son apparition. Il était discret et réservé. Elle lui souhaita la bienvenue, ayant l'habitude de tendre la main aux nouveaux arrivants qui, comme elle un an auparavant, semblaient souvent un peu perdus. Il en faisait partie. Il avait l'air extrêmement stressé et enchainait cigarette sur cigarette, alors qu'il n'avait manifestement pas l'habitude de fumer.

Elle rit intérieurement, le comparant mentalement à un crapaud lorsqu'il expirait la fumée, les yeux larmoyants. Il lui fit quelques sourires timides, alors elle se présenta et ils commencèrent à discuter. Il venait d'Algérie, il avait été footballeur là-bas mais, à la suite d'un accident lors d'un match, sa carrière, très prometteuse selon ses dires, avait été ruinée.

Il avait donc décidé de venir tenter sa chance à Londres et cela faisait trois mois qu'il avait quitté son pays natal pour l'Angleterre. Il était parvenu à entrer sur le territoire britannique grâce à un visa de tourisme d'une durée de trois mois. Celui-ci, qui ne l'autorisait de toute façon pas à travailler, venait d'expirer. Il se trouvait donc en situation illégale et les employeurs abusaient de lui, ne le payant qu'une ou deux livres sterling de l'heure.

Amélie était révoltée par le nombre d'entrepreneurs londoniens qui exploitaient des jeunes en situation irrégulière, leurs salaires variant selon leur degré de désespoir, et tout ceci dans la ville la plus chère d'Europe.

Les semaines passèrent. Amélie le voyait tous les soirs à la même heure. Il changeait très fréquemment de travail et avait du mal à joindre les deux bouts. Tous deux discutaient de plus en plus. Elle apprit qu'il avait été fiancé avant son accident mais que sa petite amie, comme tant d'autres, l'avait abandonné lorsqu'il avait tout perdu. Il avait été un héros pour ses supporters, jusqu'au jour de l'accident, puis tout s'était écroulé autour de lui.

Amélie le trouvait courageux d'être venu s'installer à Londres sans papiers. Depuis son arrivée dans cette ville, elle avait fait la connaissance de plusieurs jeunes hommes dans cette situation qui travaillaient dur et avaient lutté plus que quiconque non seulement pour s'en sortir, mais également pour aider leurs familles dans leurs pays d'origine. Elle ne pouvait que les admirer et était bien consciente qu'elle-même n'avait rien fait pour mériter cette chance de pouvoir travailler légalement au Royaume-Uni.

Elle noua une amitié de plus en plus forte avec Amine qui la faisait beaucoup rire et qu'elle aidait à progresser en anglais. Elle appréciait sa simplicité. Plusieurs hommes - qui ne lui inspiraient aucune confiance - lui avaient fait des avances depuis son arrivée, mais lui ne tentait rien du tout, ni avec elle, ni avec d'autres femmes, et elle lui en était reconnaissante. Il ne la jugeait pas en tant que française athée mais elle trouvait qu'il ne collait pas au décor de Londres, une ville de fêtards.

Un mois plus tôt, en sortant avec Amandine dans un bar dansant, elle avait fait la connaissance d'un jeune homme nommé Basile. C'était une histoire sans lendemain, mais ce dernier l'avait rappelée. Elle l'avait revu à plusieurs occasions et avait fini par s'attacher à lui, ce qui la contrariait car il était de toute évidence un coureur de jupons. Elle était de toute façon fâchée avec la gent masculine depuis la fin de sa dernière histoire d'amour, deux ans plus tôt, avec un Chilien nommé Luis, dont elle avait eu le malheur de tomber follement amoureuse et qui lui avait brisé le cœur. Mais elle ne se serait jamais imaginée avec Amine jusqu'au jour où, sans crier gare, il l'embrassa.

Bien qu'elle fût très surprise, elle accepta ce baiser sans trop comprendre ce qui lui arrivait. Quelques jours auparavant, une petite franco-algérienne très mignonne avait proposé à Amine de l'épouser, elle ne comprenait donc pas qu'il l'embrasse ce soir-là alors qu'elle n'était pas musulmane. De plus, elle s'était confiée à Amine au sujet de Basile. Il s'était montré à l'écoute mais n'avait jamais montré de signe d'une quelconque jalousie. Elle avait toujours pensé que leur relation n'était que pure amitié...

De plus, elle n'était pas venue ici pour se mettre en couple. Elle n'était là que pour un an afin de se forger une expérience professionnelle et progresser en anglais, mais aussi pour sortir, découvrir Londres et, en somme, vivre pleinement sa jeunesse. Que pouvait donc lui vouloir cet homme avec qui, malgré leur amitié, elle n'avait rien en commun ? Après cet instant un peu hors du temps, elle annonça à Amine qu'elle devait aller se coucher. Il n'y eut pas d'autre explication ce soir-là. Elle eut de la peine à s'endormir, se posant beaucoup de questions, et ne pût s'empêcher de reconnaître que ce baiser l'avait chamboulée.

Le lendemain soir, souhaitant avoir une discussion avec lui, elle lui proposa d'aller se promener dans les rues de Londres comme ils avaient pris l'habitude de le faire, errant sans but précis. Lorsqu'ils commencèrent à marcher, il la prit par la main. Elle fut émue par ce geste quelque peu enfantin. C'était si pur comparé à tout ce qu'elle avait vécu auparavant. Après quelques minutes de silence, elle lui demanda sans détour ce qu'il attendait d'elle. Il plongea ses grands yeux marron-vert dans ceux d'Amélie, prit une inspiration puis déclara :

– Je n'ai jamais vu une fille comme toi, aussi courageuse, volontaire et généreuse, et j'en ai assez de toutes ces femmes qui cherchent la gloire chez un homme en oubliant leur dignité. Tu as un grand cœur et tu es simple. C'est rare.

Elle fut touchée par ces paroles et se laissa flatter.

Elle savait que c'était sincère, mais avait également conscience que leurs cultures n'étaient pas forcément compatibles, alors après un moment d'hésitation, elle lui répondit :

– Merci pour tes éloges. Moi aussi, j'apprécie ta simplicité, je n'ai pas eu beaucoup de chance avec les hommes que j'ai fréquentés par le passé. J'ai été blessée voire écœurée par leur lâcheté, leur incapacité à être fidèle, leur peur de marcher main dans la main avec moi en public, ou de me présenter ne serait-ce qu'à leurs amis...

– Pourquoi auraient-ils honte de toi ? s'insurgea-t-il, Tu es une belle fille, et tu es bien élevée, non ?

– Tu ne comprends peut-être pas notre culture, Amine, mais dans mon pays, les jeunes hommes, pour la plupart, ne veulent pas s'afficher avec une « grosse » dans la rue, ni devant leurs amis. J'ai beaucoup maigri depuis, même s'il faudrait que je m'affine encore un peu, et c'est vrai qu'en dehors de mes kilos en trop, je n'étais pas affreuse. Les hommes avec qui j'ai été s'accordaient à me dire que je serais vraiment belle si je perdais du poids. Mais pour ce qui était de m'afficher à leur bras, c'était autre chose, conclut-elle en haussant les épaules.

– Nous, ça ne nous pose pas de problème... même si c'est vrai qu'on préfère les jeunes femmes quand elles sont plutôt minces. De toute façon, dans notre religion, on se marie pour la vie, et on sait que les gens vieillissent et que personne ne mérite d'être beau ou pas.

– Oui, je comprends... c'est ce qui me plaît chez toi, tu ne regardes pas les femmes comme de la viande. Et bien que tu aies un beau visage, tu n'as absolument rien d'un séducteur. C'est la première fois que je apporté plus de malheur et de restriction que de bonheur et de plénitude.

Les jours qui suivirent, Amine sembla toutefois s'attacher de plus en plus à elle. Il était indéniable qu'il possédait des qualités qu'elle n'avait jamais connues chez un autre homme. Il croyait en elle et la complimentait. Elle se sentait bien avec lui et avait même désormais de petits papillons dans le ventre lorsqu'elle le voyait ou pensait à lui.

Mais une petite voix ne pouvait s'empêcher de lui chuchoter : « Oui, mais tôt ou tard il finira par te demander de te convertir à l'Islam ». Il était sérieux, elle le savait. Mais il répétait un peu trop souvent et avec un peu trop de fierté qu'il était musulman alors que selon elle, les croyances étaient profondément intimes et n'avaient pas à être criées sur les toits.

Il ne buvait pas et n'avait, selon ses dires, jamais eu de rapports sexuels. Cela faisait très peur à Amélie qui ne s'était pas préservée pour le mariage, comme presque toutes les personnes de son âge, du moins en Occident. Après tout, peut-être que c'était le vrai problème des membres de sa génération : ils avaient trop de choix... Peut-être avaient-ils perdu toute capacité d'abnégation, passant ainsi à côté de tous les bienfaits que peut apporter une vie entière avec la même personne.

Ils étaient peut-être tout simplement devenus trop capricieux, trop exigeants, incapables de faire des concessions. Elle-même déplorait le nombre croissant de divorces, surtout quand des enfants étaient impliqués. Elle repensa à ses grand-mères. Cela n'avait pas dû être facile tous les jours, mais elles étaient toutes les deux restées avec leurs conjoints jusqu'à ce que la mort les sépare.

Peut-être qu'Amine représentait sa dernière et unique opportunité de construire une relation forte et durable avec un homme, mais il y avait ce doute au fond d'elle... était-il fondé, ou s'agissait-il d'une peur propre à sa génération qui se résumait tout simplement à la crainte de s'engager ? Elle n'avait aucun moyen de le savoir...

Il lui semblait pourtant que son appréhension était en partie légitime pour des raisons évidentes selon elle, et il fallait qu'elle règle cette question. Elle redemanda donc plusieurs fois à Amine, à plusieurs jours d'intervalle, s'il était bien certain que cela ne lui posait aucun problème qu'elle n'ait aucune intention de se convertir à sa religion et qu'elle ne soit plus vierge. « Non », lui répondait-il inlassablement, avec tant de sincérité dans le regard qu'elle finit par le croire.

Elle lui avoua également qu'elle craignait qu'il ne l'utilise que pour ses papiers et il se vexa.

la peine à s'endormir, se posant beaucoup de questions, et ne pût s'empêcher de reconnaître que ce baiser l'avait chamboulée.

Le lendemain soir, souhaitant avoir une discussion avec lui, elle lui proposa d'aller se promener dans les rues de Londres comme ils avaient pris l'habitude de le faire, errant sans but précis. Lorsqu'ils commencèrent à marcher, il la prit par la main. Elle fut émue par ce geste quelque peu enfantin. C'était si pur comparé à tout ce qu'elle avait vécu auparavant. Après quelques minutes de silence, elle lui demanda sans détour ce qu'il attendait d'elle. Il plongea ses grands yeux marron-vert dans ceux d'Amélie, prit une inspiration puis déclara :

– Je n'ai jamais vu une fille comme toi, aussi courageuse, volontaire et généreuse, et j'en ai assez de toutes ces femmes qui cherchent la gloire chez un homme en oubliant leur dignité. Tu as un grand cœur et tu es simple. C'est rare.

Elle fut touchée par ces paroles et se laissa flatter.

Elle savait que c'était sincère, mais avait également conscience que leurs cultures n'étaient pas forcément compatibles, alors après un moment d'hésitation, elle lui répondit :

– Merci pour tes éloges. Moi aussi, j'apprécie ta simplicité, je n'ai pas eu beaucoup de chance avec les hommes que j'ai fréquentés par le passé. J'ai été blessée voire écœurée par leur lâcheté, leur incapacité à être fidèle, leur peur de marcher main dans la main avec moi en public, ou de me présenter ne serait-ce qu'à leurs amis...

– Pourquoi auraient-ils honte de toi ? s'insurgea-t-il, Tu es une belle fille, et tu es bien élevée, non ?

– Tu ne comprends peut-être pas notre culture, Amine, mais dans mon pays, les jeunes hommes, pour la plupart, ne veulent pas s'afficher avec une « grosse » dans la rue, ni devant leurs amis. J'ai beaucoup maigri depuis, même s'il faudrait que je m'affine encore un peu, et c'est vrai qu'en dehors de mes kilos en trop, je n'étais pas affreuse. Les hommes avec qui j'ai été s'accordaient à me dire que je serais vraiment belle si je perdais du poids. Mais pour ce qui était de m'afficher à leur bras, c'était autre chose, conclut-elle en haussant les épaules.

– Nous, ça ne nous pose pas de problème... même si c'est vrai qu'on préfère les jeunes femmes quand elles sont plutôt minces. De toute façon, dans notre religion, on se marie pour la vie, et on sait que les gens vieillissent et que personne ne mérite d'être beau ou pas.

– Oui, je comprends... c'est ce qui me plaît chez toi, tu ne regardes pas les femmes comme de la viande. Et bien que tu aies un beau visage, tu n'as absolument rien d'un séducteur. C'est la première fois que je rencontre un homme comme toi. Je ne m'attendais absolument pas à ce que tu m'embrasses hier soir... et en parlant de nos différences culturelles, je tiens à te dire que je n'ai aucune intention de me convertir à l'Islam, ni de me marier. Je suis ici pour une année maximum, pour réussir mon diplôme et profiter de la vie londonienne. Honnêtement, je ne vois pas comment envisager une relation avec toi.

– Ton petit ami ne te respecte pas, tu m'en as parlé ! Il ment sans arrêt, cela fait longtemps que tu aurais dû le quitter ! Tu mérites tellement mieux que cela. Moi je te respecterai, je n'aurai que toi, je le jure devant Dieu.

– D'accord. Même si je ne suis pas musulmane ? Je te le répète, j'ai l'intention de continuer à faire la fête et de construire ma carrière. Je n'ai aucune envie de m'enferrer dans une relation dans laquelle je n'ai pas tous mes droits.

– Oui, je sais, mais cela ne me pose aucun problème que tu ne sois pas musulmane, lui répondit Amine avec ferveur. Tu as déjà tes propres règles, ta propre dignité et cela me plaît. Je n'ai pas forcément besoin d'une femme de la même confession que moi, certaines d'entre elles sont bien moins respectables que toi. Et je te ferai confiance, je vois bien que tu es honnête et que tu ne me tromperas pas. Tu m'as raconté ton passé et je sais que tu as connu d'autres hommes. Dans ta culture, c'est normal. Tu n'as pas eu de chance, c'est tout. De toute façon, dans ma religion, les hommes n'ont pas l'obligation de se marier avec une musulmane.

Songeuse, elle observa Amine. Jusqu'à la veille au soir, elle ne s'était même pas posé la question, mais en le regardant bien, elle ne pouvait nier qu'il l'attirait. Une relation entre eux était-elle envisageable ? Malheureusement, la situation d'Amine était catastrophique et elle se demandait s'il faisait assez d'efforts pour l'améliorer. Certes son statut de clandestin l'obligeait à lutter bien plus qu'elle, mais il recevait beaucoup d'aide et était très bien entouré par ses amis algériens qui eux étaient là depuis plusieurs années et qui se montraient extrêmement bienveillants envers lui depuis qu'il était arrivé dans la ville.

Elle ne le connaissait pas assez. Il l'avait embrassée, c'était inopiné. Il lui avait pris la main, elle ne s'y attendait pas. Elle n'aurait jamais cru qu'il avait la moindre vue sur elle, sachant que plusieurs jeunes musulmanes françaises avaient tenté leur chance auprès de lui. C'était trop tôt, elle n'était pas prête à se mettre en couple. Son deuxième stage commençait une semaine plus tard, elle voulait s'y consacrer entièrement.

Elle lui expliqua donc qu'elle ne pouvait pas se prononcer dans l'immédiat et qu'elle souhaitait qu'ils restent amis, au moins dans un premier temps. Il accepta cela mais, ne perdant pas espoir, se montra de plus en plus doux et romantique avec elle, ce qui n'était bien évidemment pas désagréable à Amélie.

Sa première semaine à l'antenne de Kensington de *Kids and Frogs* se passa très bien. Elle y découvrit de nouvelles compétences et apprit à utiliser deux nouveaux logiciels. Deux secrétaires y travaillaient à mi-temps : Bianca, du lundi au mercredi midi, puis Serena, du mercredi après-midi au vendredi soir. Humainement, Amélie appréciait ces deux personnes, mais elle comprit vite que Serena avait du mal à travailler avec Bianca qui, bien qu'extrêmement chaleureuse, passait bien plus de temps à discuter avec tous les membres du département qu'à s'acquitter de ses tâches.

Lorsqu'elle arrivait en milieu de semaine, Serena devait donc rattraper tout le travail non fait par sa collègue en plus du sien. Elle s'était plainte plusieurs fois à leur supérieur direct, mais le problème était que Bianca, très sympathique, était appréciée de tous. Elle était à ce poste depuis une vingtaine d'années et chacun connaissait les terribles épreuves qu'elle avait traversées dans sa vie personnelle.

Serena était la dernière personne en date à partager le poste avec elle, et certainement une des plus coriaces, puisqu'elle était là depuis cinq ans, quand la plupart des employés précédents n'avaient pas tenu plus d'une ou deux années. Travaillant pour deux, elle n'avait malheureusement pas le temps de fraterniser avec ses collègues et rendait de ce fait une image froide et distante, ce qui était doublement injuste selon Amélie qui, de toute évidence, était la seule à avoir une vision claire de ce qui se passait dans ce bureau, s'y trouvant sept heures par jour du lundi au vendredi.

Entre son stage, son travail au restaurant et l'auberge de jeunesse, Amélie fit de plus en plus de connaissances. Elle continua également à voir Amine tous les soirs, mais, au regret de ce dernier, ne pouvait - ou ne souhaitait - pas passer davantage de temps avec lui.

En effet, jonglant avec trois emplois et effectuant tous ses trajets à pied, Amélie mettait un point d'honneur à trouver le temps de rendre visite au moins une fois par semaine à Amandine à Camden et à appeler sa famille ainsi qu'Annie un dimanche sur deux, lorsqu'elle ne travaillait pas au bar.

Elle refusait de sacrifier le peu de temps qu'elle pouvait consacrer à ces personnes pour Amine, avec qui elle passait déjà au moins une ou deux heures tous les soirs. De plus, elle avait de mauvais souvenirs de la vie de couple. Jusqu'à maintenant, les relations amoureuses lui avaient apporté plus de malheur et de restriction que de bonheur et de plénitude.

Les jours qui suivirent, Amine sembla toutefois s'attacher de plus en plus à elle. Il était indéniable qu'il possédait des qualités qu'elle n'avait jamais connues chez un autre homme. Il croyait en elle et la complimentait. Elle se sentait bien avec lui et avait même désormais de petits papillons dans le ventre lorsqu'elle le voyait ou pensait à lui.

Mais une petite voix ne pouvait s'empêcher de lui chuchoter : « Oui, mais tôt ou tard il finira par te demander de te convertir à l'Islam ». Il était sérieux, elle le savait. Mais il répétait un peu trop souvent et avec un peu trop de fierté qu'il était musulman alors que selon elle, les croyances étaient profondément intimes et n'avaient pas à être criées sur les toits.

Il ne buvait pas et n'avait, selon ses dires, jamais eu de rapports sexuels. Cela faisait très peur à Amélie qui ne s'était pas préservée pour le mariage, comme presque toutes les personnes de son âge, du moins en Occident. Après tout, peut-être que c'était le vrai problème des membres de sa génération : ils avaient trop de choix... Peut-être avaient-ils perdu toute capacité d'abnégation, passant ainsi à côté de tous les bienfaits que peut apporter une vie entière avec la même personne.

Ils étaient peut-être tout simplement devenus trop capricieux, trop exigeants, incapables de faire des concessions. Elle-même déplorait le nombre croissant de divorces, surtout quand des enfants étaient impliqués. Elle repensa à ses grand-mères. Cela n'avait pas dû être facile tous les jours, mais elles étaient toutes les deux restées avec leurs conjoints jusqu'à ce que la mort les sépare.

Peut-être qu'Amine représentait sa dernière et unique opportunité de construire une relation forte et durable avec un homme, mais il y avait ce doute au fond d'elle... était-il fondé, ou s'agissait-il d'une peur propre à sa génération qui se résumait tout simplement à la crainte de s'engager ? Elle n'avait aucun moyen de le savoir...

Il lui semblait pourtant que son appréhension était en partie légitime pour des raisons évidentes selon elle, et il fallait qu'elle règle cette question. Elle redemanda donc plusieurs fois à Amine, à plusieurs jours d'intervalle, s'il était bien certain que cela ne lui posait aucun problème qu'elle n'ait aucune intention de se convertir à sa religion et qu'elle ne soit plus vierge. « Non », lui répondait-il inlassablement, avec tant de sincérité dans le regard qu'elle finit par le croire.

Elle lui avoua également qu'elle craignait qu'il ne l'utilise que pour ses papiers et il se vexa.

C'est facile pour lui de se sentir offensé... mais c'est bien plus difficile pour moi de prendre un tel risque.

Cela dit, s'il était sincère, ça devait vraiment être dur pour lui d'entendre cela... il devait toutefois comprendre qu'il était inévitable qu'elle se pose cette question.

Elle décida alors de lui dire sans filtre tout ce qu'elle avait sur le cœur :

– Tu sais Amine, si un jour je me marie, ce sera par amour, et ça n'arrivera que lorsque je serai sûre de mon coup. Je pense que ça prendra un ou deux ans. J'aimerais d'abord que tu me prouves que je peux compter sur toi, et que tu arrives malgré tes difficultés à te faire une situation, comme tes amis avant toi. Ils n'avaient pas le choix, je voudrais que tu considères que toi non plus et que je ne suis pas une simple option pour te faciliter la vie. Il est temps qu'un homme facilite la mienne, et sans trop se plaindre.

– Mais arrête de penser que je veux me servir de toi !

– Écoute, cela fait un peu plus de deux mois que nous nous connaissons. Tu me vois travailler avec acharnement et pourtant avec le sourire, en cumulant un stage non rémunéré, un emploi de serveuse payé au salaire minimum et mes heures de bar pour avoir une chambre gratuite. Je trouve que tu te plains bien plus que tu n'agis. Certes, des employeurs abusent de ta situation et sont vraiment lamentables de ne te payer qu'une ou deux livres de l'heure, mais si tu considères une minute que je travaille en moyenne quatre-vingts heures par semaine pour un salaire hebdomadaire de quatre-vingt-dix livres sterling, ce n'est pas mieux. Je m'accroche parce que je sais que les débuts sont difficiles et que les choses s'arrangeront au fur et à mesure si je tiens bon... ça fait déjà cinq mois que tu es là et ta situation n'a pas évolué. Je te le redis, ne compte pas sur moi pour vivre avec toi avant que tu ne t'en sortes par toi-même. J'ai travaillé trop dur pour en arriver là. Je sais, tu es clandestin, c'est injuste, mais c'est ton choix d'être venu dans ce pays en sachant bien comment cela se passerait. Ce n'est pas ma responsabilité.

– Qu'est-ce que tu crois ? s'insurgea Amine. Je suis un homme ! Dans mon pays, c'est très mal vu de se faire entretenir par une femme, c'est l'homme qui doit subvenir aux besoins de sa famille ! J'ai été un peu déprimé avant de quitter l'Algérie et un peu perdu en arrivant ici. Cette culture est vraiment différente de la mienne et je ne parlais pas un mot d'anglais avant de quitter mon pays. Je suis en train de me faire fabriquer une fausse carte d'identité française, elle sera prête dans une dizaine de jours et lorsque je l'aurai, je pourrai enfin trouver un emploi décent. Je t'aime, Amélie... je ne veux pas te perdre, et bien sûr que je te soutiendrai dès que je le pourrai... tu le mérites tant.

Il l'embrassa et la serra contre lui, et elle se surprit à apprécier autant cette étreinte, elle qui était tellement sur la défensive d'habitude. Puis elle passa de plus en plus de temps avec lui, au détriment de ses heures de sommeil. Bien que leurs instants deviennent de plus en plus sensuels, il ne faisait aucun geste déplacé, ce qui la confortait dans l'idée qu'il était vraiment sérieux et respectueux. Il semblait réellement sincère. Il la tenait par l'épaule ou par la main lors de leurs promenades, elle n'était pas habituée à cela. Il n'avait pas un sou mais n'hésitait pas à l'inviter à manger.

Malgré tout, et même si elle croyait de plus en plus en lui, elle ne pouvait s'empêcher de penser que tout le monde devait croire qu'il profitait d'elle. Alors elle questionna ses amis de l'auberge qui, elle en était convaincue, ne voulaient que son bien. Ils lui répondirent tous que ce n'était pas du tout l'impression que donnait leur relation, que bien qu'elle n'ait rien vu venir, ils avaient tous remarqué qu'il en pinçait pour elle depuis le début, qu'ils l'avaient tous vu l'attendre désespérément jusqu'à ce qu'elle rentre du travail et repousser les avances de plusieurs jeunes filles.

D'après eux, cela se voyait dans ses yeux qu'il était amoureux d'elle et il fallait aussi qu'elle se fasse confiance, pourquoi donc croyait-elle qu'il ne pouvait pas tout simplement l'aimer ? Peu à peu, elle s'attacha à lui et apprécia de plus en plus sa compagnie. La petite voix qui criait gare devint de plus en plus lointaine, jusqu'à se taire complètement. Un soir, quelques jours avant la fin de son stage, à force de s'émoustiller, ils finirent par passer à l'acte.

Le lendemain, Amine semblait pétrifié. Il avait commis un péché selon lui, alors Amélie tenta de le réconforter :

– Ce n'est pas si grave... nous sommes sérieux l'un envers l'autre. Nous nous sommes simplement laissé emporter dans un moment de plaisir.

Il n'y avait selon elle rien de mal à cela. Mais amine ne l'entendait pas de cette oreille. Pendant les deux jours qui suivirent, il semblait stressé et très éprouvé. Il avait perdu l'appétit et répétait sans arrêt qu'il n'aurait jamais dû faire cela. Amélie se mit à le croire lorsqu'il disait qu'il était vierge jusque-là.

Elle se demanda comment cela était possible. Elle n'avait jamais rencontré un homme de plus de vingt-cinq ans qui n'avait jamais eu de rapports sexuels. Elle commença également à paniquer et se sentit responsable du désarroi d'Amine. Le troisième soir, tout angoissé, il lui demanda de l'épouser religieusement pour réparer sa faute.

Elle réfléchit un instant et en arriva à la conclusion que s'il ne voulait qu'un mariage religieux, ce n'était pas pour profiter d'elle, mais bien pour « sauver » sa propre âme. Elle n'y voyait pas d'inconvénient, sachant que c'était de toute façon possible pour un homme de répudier son épouse dans l'Islam.

Cela ne l'engageait à rien, n'étant pas religieuse, même si elle avait quelques croyances. Elle avait parfois songé à se convertir à une religion, et bien des personnes avaient tenté de l'en convaincre. Elle y avait longuement réfléchi mais en était arrivée à chaque fois à la même conclusion : elle ne se retrouvait dans aucune d'elles.

Mais pour l'épanouissement de leur relation, ils auraient de toute façon besoin de rapports physiques qui, apparemment, ne pouvaient avoir lieu sans complexe pour Amine sans avoir la bénédiction d'un imam.

D'un autre côté, cela allait tout de même à l'encontre de ses principes... pourquoi avoir besoin de passer un contrat avec un humain censé représenter Dieu, alors que Dieu était omniscient, qu'il nous voyait et nous connaissait au plus profond de notre âme ? C'est ce qu'elle reprochait aux religions : tous ces rituels humains, alors que selon elle, les croyances d'un être et le cheminement de son âme n'était que le fruit d'une intime relation avec Dieu lui-même, s'il existait vraiment. Pourquoi fallait-il convaincre un iman ou un prêtre, ou même son entourage et son voisinage qu'on était sincère avec soi-même, avec les autres, avec Dieu ? Cela n'avait aucun sens pour elle... mais Amine avait été élevé dans cette foi.

Si elle l'aimait (et c'était le cas), il faudrait de toute façon qu'elle fasse preuve d'ouverture d'esprit, d'écoute et de compréhension, puisque c'était également ce qu'elle exigeait de lui.

Elle prit une profonde inspiration et déclara en le regardant droit dans les yeux :

— Tu sais, selon mes valeurs, je n'ai pas besoin de passer devant un imam pour être fidèle et tenir mes promesses. Mais je comprends que cela soit vital de ton côté et je suis prête à le faire, pour toi, mais à une condition : Ne me demande jamais de me convertir à ta religion.

— Merci mon amour, lui dit-il avec un grand sourire, je te l'ai déjà dit, je m'en fiche que tu ne sois pas musulmane. Je t'aime.

— Pas si vite, répondit-elle. Il y a d'autres conditions. Je sais que c'est urgent pour toi, mais je n'ai même pas encore parlé de toi à ma famille.

Dans trois jours je pars à Paris pour fêter Noël, je reste là-bas pour dix jours. Je leur parlerai de ma rencontre avec toi, et de ma décision. Et je veux qu'Amandine soit présente lors de notre union, or elle ne reviendra pas avant la mi-janvier. Je n'ai personne ici à Londres, pas de famille. Il va me falloir un témoin et je veux que ce soit Amandine.

– D'accord, je comprends, dit-il avec une pointe de déception. Je me rends bien compte du geste que tu fais, ce ne sont pas toutes les femmes qui le feraient... mais ça va être long, surtout quand tu seras en France... tu vas me manquer. J'espère que tu ne me mens pas et que tu reviendras, soupira-t-il.

– Je comprends, c'est dur de faire confiance, après tout ce que tu as vécu... mais c'est difficile pour moi aussi, et c'est vrai qu'on ne se connait pas depuis longtemps. Moi je sais que je tiens toujours ma parole, et j'espère que toi aussi. Tout cela est allé un peu trop vite, j'ai besoin de digérer les évènements. Et... toi aussi, tu vas me manquer.

Ils s'embrassèrent et passèrent une soirée pleine de tendresse. Ils restèrent ensemble pendant tout leur temps libre jusqu'au jour du départ. Elle prit le métro pour la gare de Kings Cross, où elle passa les contrôles de sécurité avant de monter à bord de l'Eurostar à destination de Paris gare du Nord où sa mère, qui était déjà chez son oncle dans les Hauts de Seine, viendrait la récupérer.

C'est donc avec soulagement qu'elle s'assit sur sa place réservée après avoir consciencieusement rangé ses bagages et sorti sa bouteille d'eau de son sac à dos. Le plus dur était fait, le reste du trajet serait confortable et à l'arrivée, Brigitte l'attendrait. Elle avait tellement hâte de la revoir.

Elle se détendit et se perdit peu à peu dans ses pensées. Cela faisait des mois qu'elle était hors d'haleine à longueur de journées et qu'elle s'endormait en quelques secondes, à peine avait-elle posé sa tête sur son oreiller. Elle n'avait pas eu le temps de réfléchir, jusque-là. Alors, tout en regardant distraitement par la fenêtre la foule qui s'affairait sur les quais, elle fit le bilan de ces quatre derniers mois.

Il s'était passé tant de choses qu'elle avait l'impression que plusieurs années s'étaient écoulées. Elle avait énormément avancé, elle avait rencontré de nombreuses personnes de tous horizons et s'était si vite adaptée à la vie londonienne... elle se sentit soudain très fière. Tous ses efforts étaient récompensés. Son deuxième et dernier stage était terminé, son rapport signé et envoyé au centre de formation et elle était embauchée à plein temps au à partir de début janvier au restaurant. Elle allait enfin sortir la tête de l'eau.

Elle planifiait de rester à l'auberge jusqu'à la fin de son séjour, mais sa rencontre avec Amine changeait la donne. Elle pourrait y vivre jusqu'à fin mars pour se donner le temps de voir où cette relation les mènerait et d'économiser un peu d'argent.

Et puis, si une opportunité professionnelle se présentait, elle n'était pas totalement fermée à l'idée de rester à Londres une année de plus, surtout si sa relation avec Amine devenait réellement sérieuse et qu'elle acceptait de l'épouser pour revenir en France avec lui, comme elle le lui avait expliqué.

Elle avait été claire sur ce point, elle ne passerait pas sa vie à Londres et ne fondrait certainement pas une famille dans une grande ville polluée et horriblement chère. Elle adorait pourtant cette mégalopole, mais c'était selon elle un endroit où vivre en étant jeune et célibataire.

Il lui restait également quelques devoirs à rendre et quelques démarches administratives à faire pour s'inscrire aux examens qui auraient lieu en mai et juin. Mais c'était l'avant-veille de Noël, elle n'avait pas économisé ses efforts pendant quatre mois et avait bien mérité de se détendre pendant cette dizaine de jours.

Il valait mieux regarder derrière elle avec fierté que regarder devant avec appréhension. Il fallait surtout savourer l'instant présent. Plusieurs jours de repas et de rires en famille l'attendaient, c'était tout ce qui comptait à ce moment-là.

Une annonce retentit, annonçant le départ imminent du train. S'installant confortablement sur son fauteuil, elle sentit son corps las s'apaiser et sourit lorsque le train commença à bouger. Elle passa les deux heures et demie de trajet à rêvasser paisiblement, admirant le paysage par la fenêtre avant et après le passage dans le tunnel sous la Manche.

Quelques minutes avant l'arrivée du train à Paris, elle rassembla ses affaires, se leva, attrapa ses valises et se prépara à sortir. Un large sourire se dessina sur son visage lorsqu'elle aperçut la silhouette familière et réconfortante de Brigitte à travers la vitre en entrant en gare.

Une fois à l'arrêt complet, lorsque les portes de son wagon s'ouvrirent, elle descendit en traînant péniblement ses deux bagages, s'éloigna un peu de la bordure du quai pour les poser par terre et étreignit sa mère, qui était ravie de la revoir. Cette dernière tira l'une des deux valises à roulettes et elles sortirent de la gare, dans une conversation vive et ininterrompue, jusqu'à arriver à la voiture.

Pendant le trajet jusqu'à la maison de son oncle, Amélie résuma autant que possible à sa mère les mois qui venaient de s'écouler, il y avait tant à raconter. Elle n'eut pas le temps de lui parler d'Amine, elle préférait de toute façon en parler d'abord à sa sœur et à ses cousins.

Lorsqu'elles entrèrent dans la maison, la moitié de la famille était déjà là, le sapin scintillait ainsi que toutes les guirlandes lumineuses accrochées sur chaque mur du salon. Lorsqu'elle entendit les rires tonitruants, les discussions animées et les traditionnelles chamailleries liées aux jeux de société, son cœur s'emplit subitement de joie.

Il n'y avait cette ambiance qu'une fois par an, à Noël, lorsque toute sa famille maternelle était réunie. Pendant trois jours, on ne faisait que boire et manger de bonnes choses, jouer, rire et dormir. Il y aurait une vingtaine de personne : ses oncles, ses tantes, ses cousins et cousines et leurs enfants.

En entrant dans le salon, elle fut prise dans une « salade de museaux », chaque membre de sa famille la saluant chaleureusement en lui faisant la bise, puis elle raconta brièvement son expérience londonienne, monta ses affaires au grenier, là où elle dormirait - comme chaque année - avec ses cousins et sa sœur, et alla prendre une douche avant de redescendre au salon, propre et fraîche pour l'apéritif.

Plusieurs autres membres de sa famille étaient arrivés entretemps. Cette avant-veille de Noël s'annonçait très joyeuse ! Elle se laissa porter, discuta, mangea, ria et joua toute la soirée. Il y avait de la bonne nourriture à volonté et elle s'aperçut soudainement qu'elle en avait manqué lorsque sa bouche fut envahie par un raz de marée de salive en voyant et en sentant les petits fours arriver sur la table basse. Sa famille lui fit d'ailleurs remarquer qu'elle avait perdu du poids, et en effet, depuis son premier stage, elle avait perdu près de huit kilos. C'était si bon d'être là, parmi eux, dans cette ambiance chaleureuse et rassurante.

Vers une heure du matin, lorsque tout le monde fut couché à part ses cousins, sa sœur et elle, elle regarda son téléphone pour la première fois de la soirée. Son cœur fit un bon lorsqu'elle vit qu'elle avait une quinzaine d'appels en absence ainsi qu'une vingtaine de messages sur Facebook. C'était Amine, qui avait essayé de la joindre toute la soirée.

Elle n'avait pas entendu son téléphone, alors il avait commencé à s'inquiéter... Elle ne comprenait pas vraiment pourquoi, car elle lui avait envoyé un message lorsque son train entrait en gare de Paris. Elle annonça à Mathilde, Damien et Mathias qu'elle allait faire un tour dehors pour passer un coup de téléphone. Elle sortit de la maison, marcha quelques mètres et s'assit sur le premier banc qu'elle trouva.

Sa poitrine se serra lorsqu'elle lut les messages. Dans le premier, il la remerciait de l'avoir informé qu'elle était bien arrivée à Paris, mais il lui demandait également de le prévenir quand elle arriverait à la maison de son oncle. Elle n'avait pas vu ce dernier message... en réalité, à partir du moment où elle avait retrouvé sa mère, elle n'avait plus regardé son téléphone et avait profité de chaque instant avec sa famille.

Tout au long de la soirée, Amine l'avait relancée plusieurs fois. Les messages et les appels étaient espacés au départ puis de plus en plus rapprochés et surtout, de plus en plus angoissés... sur les derniers, il la suppliait de le rappeler car il se faisait du souci et lui demandait pourquoi elle lui faisait subir cela... elle se sentit soudainement très oppressée.

Elle osait à peine le rappeler. Elle était en train de lire le dernier message lorsqu'il la rappela. Elle prit son courage à deux mains et répondit :

– Allo ?

– Oh, merci mon Dieu, j'étais tellement inquiet ! Tu es bien arrivée chez ton oncle ?

– Euh... oui, mais... pourquoi étais-tu inquiet ? Je t'ai envoyé un texto en arrivant à la gare et je t'avais dit que ma mère viendrait me chercher, je viens de voir tous tes messages, je t'avoue que ça m'a mis un sacré coup de pression.

– Mais je me faisais du souci ! Tout le monde sait que c'est dangereux, Paris, pour une fille toute seule avec des bagages, surtout dans les gares !

– Euh... d'accord... je comprends, c'est... c'est mignon. Mais tu sais, moi, je n'avais pas peur, en pleine journée. Et quand je suis en compagnie de personnes qui me sont chères, je ne suis pas du genre à rester sur mon téléphone, je ne le regarde même plus. Mais je suis désolée que tu te sois inquiété, je suis en sécurité, ne t'en fais pas.

– Ok mon amour, merci, et désolé si je t'ai stressée, c'est juste que tu me manques beaucoup, c'est dur d'être sans toi.

– Oh, tu es adorable, toi aussi tu me manques, mais je ne vois toute ma famille qu'une fois par an, alors pendant trois jours, je ne vais pas être très disponible, ça n'a rien de personnel, tous ceux qui me connaissent savent que cela fait partie de mes principes : je refuse d'être joignable à chaque instant. Si je ne réponds pas, il ne faut pas s'inquiéter, il faut simplement me laisser un message !

– D'accord, je vais essayer... mais tu me manques tellement mon amour... il n'y a rien à faire ici.

– Toi aussi, tu me manques, mentit-elle une seconde fois, alors qu'elle avait hâte de retrouver ses cousins et sa sœur qu'elle n'avait pas vus depuis des mois. Bon, il est tard, je vais te laisser, mon amour, tu devrais dormir.

– Je ne vais jamais pouvoir dormir en sachant que tu es loin de moi.

Amélie eu un petit rire gêné. Elle avait envie d'écourter cette conversation. Oui, elle était amoureuse, oui, elle avait des petits papillons dans le ventre à chaque fois qu'elle pensait à lui, et, oui, c'était souvent le cas. Mais elle l'avait quitté le jour même et il ne lui manquait pas. C'était sa famille qui lui manquait, et elle n'avait que trois jours pour profiter d'eux. Elle ne voulait pas en perdre une seconde.

C'est donc un peu à contrecœur qu'elle répondit à ses « je t'aime » et à ses « tu me manques » pendant encore dix minutes avant de pouvoir enfin raccrocher. En revenant vers la maison, elle se demanda si elle avait été trop dure. Elle avait souvent observé des jeunes couples se parler des heures au téléphone en se racontant combien ils se manquaient, cinq minutes après s'être quittés... et les avait toujours trouvés barbants et pathétiques. Cela ne collait pas à sa personnalité.

En revanche, elle avait hâte de parler d'Amine à Mathilde, Mathias et Damien. Ils seraient les premières personnes de sa famille à savoir qu'elle était en couple avec lui, et surtout, qu'elle allait l'épouser religieusement. Elle eut un frisson à cette pensée et s'arrêta devant la porte. Elle appréhendait leurs réactions, toute sa famille étant athée... cela-dit, ils étaient également tous très ouverts d'esprit, pensa-t-elle en franchissant le seuil de la porte avant de les retrouver au salon.

Ils se lancèrent tous les quatre dans une longue conversation. Ils étaient très proches, depuis l'enfance. Chacun à tour de rôle mit à jour les autres sur ce qui s'était passé depuis la dernière fois qu'ils s'étaient vus, mais c'était bien Amélie qui avait eu le plus de changements dans sa vie. C'était elle qui avait repris des études et qui était partie en Angleterre. Alors à chaque fois que l'un d'entre eux commençait à la questionner, elle éludait la question en renvoyant habilement le centre d'intérêt sur l'un de ses cousins ou sur sa sœur.

Après une heure et demie de discussion, il y eût un petit silence. Puis Damien, Mathias et Mathilde se tournèrent simultanément vers Amélie :

– Bon alors, Memel, quand est-ce que tu nous racontes ? lui demanda Mathias énergiquement.

– Je ne sais pas vraiment par où commencer, répondit Amélie...

– Commence par le début, suggéra Damien d'un ton ironique. Tu as fini ton stage ? Quand-est-ce que tu passes les examens ?

– Et les amours ? Demanda Mathilde d'un air soupçonneux. Tu étais avec qui au téléphone tout à l'heure ?

Alors Amélie leur raconta son évolution professionnelle : comment elle avait trouvé ses deux stages et les deux autres emplois qu'elle occupait pour survivre, ainsi que le contrat à temps complet qui l'attendait au restaurant *Betty's* lorsqu'elle reviendrait de vacances. Elle leur parla des personnes qu'elle avait rencontrées, des amis qu'elle s'était fait et des relations qu'elle avait tissées chez *Kids and Frogs*. Puis elle finit par admettre qu'elle avait effectivement rencontré un homme.

– J'ai fait sa connaissance peu de temps après mon retour à Londres en septembre, nous sommes très vite devenus amis et nous avons commencé à flirter il y a deux mois, jusqu'à ce que nous passions aux choses sérieuses il y a quelques jours. Amine regrette d'avoir perdu le contrôle et... il veut m'épouser religieusement, conclut-elle en regardant ses pieds.

Il y a un autre problème, reprit-elle après un moment d'hésitation. Il est sans papiers et je craignais qu'il ne m'utilise, jusqu'à ce que je sois rassurée par mes amis de l'auberge qui ont observé l'évolution de notre relation et vu Amine repousser les avances de plusieurs autres filles. Je ne peux pas nier qu'il se montre très romantique et très attaché à moi... d'autre part, je lui ai bien expliqué que je n'étais pas prête à vivre tout de suite avec lui, encore moins à me marier civilement, qu'il fallait qu'il se débrouille par lui-même pendant les mois à venir. Il a accepté mes conditions.

– Et pour le mariage religieux ? lui demanda Mathilde après un instant de réflexion.

– Ben... je ne sais pas trop, mentit Amélie.

– Tu n'es pas religieuse, souligna Mathias, pourquoi te marierais-tu ?

– Justement, rétorqua Damien, ça ne l'engage à rien, et si ça peut le soulager lui, pourquoi pas ? Non ?

– Mouais... dit Mathilde d'un air à la fois pensif et dubitatif. Tu ne le connais pas depuis longtemps. Il sait que tu n'as pas l'intention de te convertir à l'Islam ?

– Oui, je le lui ai répété à plusieurs reprises, répondit Amélie.

– Et il a bien compris que tu ne voulais pas te marier civilement ? lui demanda Damien.

– Je l'espère, répondit Amélie, parce que j'ai été très claire sur ce point ! D'un autre point de vue, c'est vrai que je peux paraître sans pitié, sachant comme c'est difficile de s'en sortir à Londres en étant sans papiers, mais je veux simplement faire les choses dans l'ordre, voir si c'est un battant et être sûre qu'en devenant plus proches il ne me demandera pas de me convertir à sa religion.

– Tu sais, reprit Mathias après un silence, j'ai une amie qui s'est mariée avec un Marocain sans papiers et il est adorable avec elle. Il est très reconnaissant et l'aide énormément en retour. Il ne lui a jamais mis de pression pour qu'elle se convertisse à l'Islam, alors qu'il fait la prière cinq fois par jour. Comment tu le sens, toi, cet Amine ?

– Je ne sais pas, j'ai envie de lui faire confiance, mais d'un autre côté, je ne le connais pas depuis longtemps et il galère. Cela-dit, à Londres, tout le monde galère. Et tout le monde crée des liens très forts en peu de temps, c'est comme si on était pris dans un tourbillon, dans lequel les heures comptent plus que les mois. Je lui ai de toute façon bien fait comprendre que j'étais venue pour un an et que je comptais vivre comme je l'entendais jusqu'à ce que je revienne en France. On verra bien comment notre relation évolue d'ici là, et s'il est prêt à me suivre en temps voulu. En attendant, je pense, comme Damien, que je ne prends aucun risque en l'épousant religieusement. Mais je suis tout de même embêtée de ne pas avoir un membre de ma famille comme témoin. J'ai demandé à Amandine de remplir ce rôle. Elle a dit oui tout de suite, mais... j'avais besoin de vous parler de tout cela avant d'être sûre.

– Et les parents ? Tu vas leur parler de lui avant d'accepter ? demanda Mathilde sur un ton qui impliquait qu'elle avait intérêt à le faire.

– Oui, mais après Noël, quand on sera chez eux, répondit Amélie.

– Ne te pose pas trop de question et profite de cette relation, la conseilla Mathias avec un sourire.

– Oui, si ça te rend heureuse, c'est super, renchérit Mathilde, mais reste tout de même prudente !

– De toute façon, conclut Damien, s'il se comporte mal avec toi, il aura affaire à nous !

Ils continuèrent à converser de tout et de rien pendant encore quelques minutes, puis, voyant qu'il était déjà trois heures et demie du matin et qu'ils baillaient de plus en plus fréquemment, bientôt à s'en décrocher la mâchoire, ils prirent la sage décision d'aller se coucher.

– Il faut garder des forces pour demain ! dit Mathias une fois qu'ils furent tous couchés. Bonne nuit !

– Bonne nuit, marmonnèrent mollement les trois autres en chœur.

Le lendemain, jour du traditionnel réveillon de Noël, toute la famille s'organisa pour la préparation du dîner. Pendant que certains écrivaient de jolis menus et perfectionnaient la décoration de la maison, d'autres faisaient des allers retours dans les magasins, se plaignant à peine arrivés d'avoir encore oublié quelque chose.

Toute la journée, la maison était animée de ce va-et-vient incessant dans l'entrée, du bourdonnement permanent émanant de la cuisine et des discussions provenant du salon. En milieu d'après-midi, ce joyeux chaos se propagea au premier étage lorsqu'ils se décidèrent à aller se laver à tour de rôle, à s'habiller et s'apprêter pour l'évènement. A chaque trajet entre les chambres et la salle de bain, on croisait dix personnes. On se prêtait des affaires qu'on avait oubliées, des collants, du démêlant, du dentifrice, des boucles d'oreilles... Il y avait un trafique impressionnant.

Puis en début de soirée, lorsque la dinde fut au four, les huîtres ouvertes et les toasts grillés, on disposa les petits fours et les biscuits apéritifs sur la table basse du salon, on sortit les flûtes et on servit les kirs royaux. Une fois que tout le monde fut installé autour de la table, les uns sur les canapés et les fauteuils, les autres - les plus souples - en tailleur par terre, et que chacun eut un verre dans la main, ils trinquèrent tous ensemble et commencèrent l'apéritif.

L'ambiance était chaleureuse, les discussions s'entrecroisaient et de temps en temps, entendant une bribe de conversation, les uns interrompaient la leur pour envoyer une boutade aux autres. Il y eut bientôt un brouhaha dans le salon, jusqu'à ce qu'une des tantes d'Amélie annonce d'une voix assez forte pour se faire entendre :

— Bon, je ne voudrais pas casser l'ambiance, mais on a dit que le Père Noël passerait avant le repas, pendant l'apéro, alors il faudrait que quelqu'un accompagne les petites au grenier pour chanter la chanson !

— J'y vais ! déclara Amélie, les deux enfants sur les talons et leurs papas fermant la marche.

Pendant ce temps, leurs mamans (les cousines d'Amélie) ainsi que les autres adultes disposèrent tous les cadeaux sous le sapin. Il y en avait pour tout le monde, mais les piles les plus impressionnantes étaient celles des deux fillettes. Les deux hommes, leurs filles respectives dans les bras, se placèrent sous le velux qu'Amélie ouvrit. Ils commencèrent à chanter la chanson *Petit Papa Noël* de Tino Rossi à pleins poumons avec une foi sans faille.

Lorsqu'ils eurent braillé la dernière note de la chanson, les trois adultes dirent aux deux fillettes qu'ils espéraient avoir chanté assez fort pour que le Père Noël entende leurs prières et qu'ils avaient hâte de voir en bas s'il était passé. En arrivant dans le salon, les deux petits visages s'illuminèrent devant les montagnes de cadeaux et Amélie ne put s'empêcher de s'attendrir. Après plusieurs Noëls pendant lesquels il n'y avait plus que des adultes, cela lui faisait tellement de bien de voir la joie que ce jour qu'elle aimait tant faisait naître dans les yeux innocents des enfants.

C'était cela, la vraie magie de Noël.

Lorsque chacun eut fini de déballer tous ses cadeaux, de remercier tout le monde, de jeter tous les emballages et de faire un peu de rangement, on s'installa en une grande tablée.

Au menu il y avait trois entrées : des huîtres, du foie gras et du saumon fumé, puis arriva la dinde farcie avec ses marrons et ses pommes de terre. Le plateau de fromage circula ensuite, suivi du trou normand pour « digérer » avant la fameuse bûche de Noël. Lorsque le repas fut terminé, il était une heure du matin. Il était alors temps, après avoir débarrassé la table, de sortir les jeux de société et de boire le café en mangeant des truffes !

Ils continuèrent à rire et à profiter de la fête jusqu'à trois heures du matin, quand les premiers annoncèrent qu'ils allaient se coucher. La pièce se vida peu à peu jusqu'à ce que les derniers, dont Amélie, finissent aussi par monter se coucher à six heures du matin.

En se réveillant quelques heures plus tard, à peine avait-elle avalé un café qu'elle se remit à table pour le deuxième round avec les restes de la veille. Ils étaient moins nombreux à ce repas, car certains de ses cousins et cousines allaient manger dans la famille de leurs conjoints le 25 à midi. Après le café, ils allèrent faire une petite promenade digestive puis l'après-midi se déroula dans une bonne ambiance, un peu plus calme, toujours ponctuée de jeux de société, jusqu'à ce qu'on commande quelques pizzas pour accompagner les derniers restes au dîner.

Comme chaque année, le 26 était la journée du voyage de retour, pendant laquelle Amélie ne mangeait presque rien tant elle était ballonnée après ces deux jours de repas quasiment ininterrompus. Après avoir pris une douche en se levant puis bu deux ou trois cafés, elle remarqua que ses parents et sa sœur étaient déjà en train de charger la voiture. Elle se dépêcha donc de se laver les dents, de rassembler ses affaires et de descendre ses valises, qu'elle chargea à son tour dans le coffre du véhicule.

Après avoir grignoté un peu, ils burent un dernier café avec leurs hôtes et partirent. Ils en avaient pour environ six heures de route pour rentrer chez eux en Haute-Savoie. Ils arrivèrent vers dix-neuf heures. Amélie posa ses valises dans sa chambre, prit une douche et alla se coucher sans cérémonie. Ces derniers mois à Londres puis le trajet jusqu'à Paris suivi des longs repas bien arrosés entrecoupés de courtes nuits l'avaient épuisée, et le retour en voiture l'avait achevée.

Toute propre, dans son lit bien confortable, l'estomac enfin dégonflé, elle s'étala sous sa couette avec délice et s'endormit comme une bienheureuse à vingt et une heures pour se réveiller à neuf heures le lendemain matin, en pleine forme.

Pendant les quelques jours qui suivirent, elle fit le tour de tous ses amis, leur raconta tout de nouveau puis partit une journée avec sa sœur en Savoie, à environ cent-cinquante kilomètres de chez ses parents, pour rendre visite à toute sa famille paternelle. Enfin, l'avant-dernier jour de décembre, elle rendit visite à Annie. Cette dernière avait un don pour comprendre les gens et trouver les mots justes. Un lien très fort les unissait toutes les deux.

Puis elle passa le réveillon avec Mathilde chez Cécile et son conjoint, Jordan. Elle raconta de nouveau toutes ses aventures à son amie d'enfance et lui parla d'Amine. Cécile, qu'Amélie connaissait depuis l'âge de dix ans, était une petite brune aux grands yeux d'un bleu vif. Elle était droite et loyale, mais également dotée d'un humour pinçant et d'un cœur d'or. Amélie lui faisait une confiance aveugle. Cécile lui conseilla de se faire confiance et de poursuivre cette relation tant que cela la rendrait heureuse. L'essentiel, lui dit-elle, était qu'elle ne fasse rien à contrecœur.

Ils passèrent tous les quatre une excellente soirée autour d'un copieux apéritif dînatoire, puis vint le moment du compte à rebours pour le passage à l'an 2014, suivi de la traditionnelle bise de bonne année. Le moment qu'Amélie redoutait tant chaque année arriva : celui de répondre aux dizaines de messages de meilleurs vœux que chacun recevait. La tâche était aussi laborieuse qu'ennuyeuse. Pendant une interminable heure, il fallait relire et réécrire indéfiniment les mêmes banalités alors qu'il s'agissait simplement, selon Amélie, d'un jour de plus, qu'on change d'année ou non.

Après avoir tous (enfin) relevé le nez de leurs téléphones, ils continuèrent à discuter et à rire tous les quatre jusqu'à cinq heures du matin, puis Cécile leur ordonna de passer la nuit chez elle. Il était pour elle hors de question de laisser partir ses amies sur la route à cette heure-ci une nuit de nouvel an « avec tous ces ivrognes dangereux sur les routes ». Ce n'est donc que le lendemain matin, après un cachet de paracétamol et trois cafés chacune, que les deux sœurs partirent de chez elle pour un repas chez leurs parents.

Deux jours plus tard, Amélie prit l'avion depuis Genève pour rentrer à Londres. Sur le trajet de l'aéroport à l'auberge de jeunesse, elle pensa à Amine. Elle avait vraiment hâte de le retrouver et de lui raconter ses vacances. Son cœur battait la chamade, elle allait enfin le serrer dans ses bras. Elle repensa à toutes ses réflexions et à toutes les discussions qu'elle avait eues à son sujet avec ses proches. Elle était désormais prête à s'engager avec lui. Elle l'aimait et était impatiente de le revoir. Elle sentait qu'il était vraiment attaché à elle et qu'il était sincère.

Il lui avait certes envoyé un peu trop de messages, mais il avait dû s'ennuyer, alors qu'elle avait vécu intensément, entourée de ses proches qui lui avaient tant manqué. Elle ne pouvait tout de même pas lui reprocher de n'avoir pensé qu'à elle, alors que les trois quarts des résidents de l'auberge étaient également partis et que plus rien ne fonctionnait à Londres pendant deux jours à Noël puis au nouvel an.

Lorsqu'elle sortit du métro, elle tomba nez à nez avec lui. Il l'attendait avec un grand sourire. Elle lâcha ses valises et l'embrassa. Ils s'étreignirent pendant quelques minutes.

– C'est gentil d'être venu me chercher, lui dit-elle avec tendresse.

– Je n'allais tout de même pas te laisser aller à pied jusqu'à l'auberge avec ta valise et ton sac à dos, lui répondit-il en prenant ses bagages. Ça te dirait qu'on aille manger quelque part tous les deux quand tu auras tout posé dans ta chambre ? Je t'invite.

En arrivant à l'auberge, elle rangea toutes ses affaires, se doucha, s'habilla et se pomponna avec soin, puis redescendit toute fraîche et bien apprêtée dans le hall principal où Amine l'attendait. Il la regarda avec tendresse et un soupçon de tristesse dans le regard.

– Tu es belle, mon amour, lui dit-il avec un sourire, avant de l'étreindre avec passion. Tu sens bon, lui murmura-t-il dans un soupir.

Puis ils partirent main dans la main en marchant dans les rues de Londres. Amélie prit alors conscience que cela lui avait beaucoup manqué. Une fois à table, dans le petit fast-food préféré d'Amine, il la regarda et lui confia qu'il regrettait de ne pas pouvoir l'inviter dans un vrai restaurant. Elle lui répondit qu'il n'y avait aucun souci, que c'était très agréable de manger avec lui quel que soit l'endroit dans lequel il l'invitait. Il la dévora des yeux pendant tout le repas. Elle se sentait si heureuse, si aimée, si désirée à cet instant.

Ils rentrèrent à l'auberge. Elle faisait partie des premiers résidents à être revenus, alors elle retourna dans sa chambre pour voir si ses colocataires étaient là, mais rien n'avait bougé depuis son départ. Isabel et Elisabeth étaient visiblement toujours en vacances dans leurs familles respectives. Après tout, ce n'était que le vendredi 3 janvier. Les autres arriveraient probablement tous en même temps, entre le samedi et le dimanche.

Elle invita donc Amine dans sa chambre pour avoir un peu d'intimité avec lui, ce qui était un luxe à l'auberge. Ils s'allongèrent face à face sur son lit et s'étreignirent longuement. Elle aimait sa tendresse, elle se sentait si bien, blottie dans ses bras. Ils se cajolèrent pendant une heure puis, submergé par l'excitation, Amine se leva et s'accroupit par terre à côté de son lit, les mains un peu tremblantes.

– Quand revient Amandine ? lui demanda-t-il d'une voix enrouée.

– Dans deux semaines.

– Oh, soupira-t-il, ça va être long... tu vas tenir ta parole ? lui demanda-t-il d'un ton anxieux en se frottant le visage des deux mains. Parce que depuis qu'on a fait l'amour, je ne pense plus qu'à ça, c'est pour cela aussi que ça a été si dur pendant ton absence. J'espère que tu voudras toujours te marier avec moi devant un imam dans deux semaines, car moi je suis sérieux, et j'ai besoin de contact, mais de cette manière, c'est trop dur...

Elle le regarda intensément. Il avait les traits tirés, et bien qu'elle aurait pu prendre peur, cette déclaration ne la rendit que plus amoureuse. Elle aussi avait envie de lui. Alors elle lui répondit avec douceur :

– Oui, ça va être long et oui, je tiendrai ma parole.

– Alors je peux commencer à chercher un imam ? lui demanda-t-il avec espoir.

Elle réalisa que cela devenait soudainement concret. Elle prit une profonde inspiration et déclara d'une voix un peu tremblante :

– Oui, tu peux.

Il l'embrassa et l'étreignit de nouveau, l'informa qu'il allait prendre une douche pour essayer de « se calmer » et sortit de la pièce.

Épuisée par le trajet et par toutes ces émotions, Amélie sombra dans le sommeil. Vers vingt et une heures, elle fut réveillée par un message. C'était Amine qui lui demandait où elle était. Elle lui répondit qu'elle n'avait pas quitté sa chambre et qu'elle était fatiguée. Il lui souhaita bonne nuit puis elle se rendormit aussitôt, jusqu'au lendemain matin.

Elle se réveilla complètement rassasiée de sommeil à sept heures. Elle se lava le visage à l'eau froide, s'habilla, se maquilla, se coiffa puis descendit au coffee shop où elle savoura un bon café latte. Puis elle partit faire des courses pour la semaine en sachant qu'elle commencerait à plein temps dans le restaurant dès le surlendemain, qu'elle y serait nourrie le matin et le midi et repartirait probablement tous les soirs avec des restes pour le dîner. Elle sourit à cette idée, puis en conclut qu'il était inutile d'acheter trop de nourriture et se contenta de prendre du pain, du fromage et un paquet de biscuits.

Elle revint à l'auberge, rangea ses courses et réorganisa toutes ses affaires, fit un peu de ménage dans la chambre puis redescendit au coffee shop où elle trouva Amine qui venait de se lever. Il avait passé la soirée de la veille à chercher un imam grâce à ses connaissances. Il lui reparla du mariage. Il l'informa qu'un de ses amis connaissait un imam qui serait disponible le soir même, mais qui partait ensuite en voyage pour trois semaines.

Amélie, totalement prise de court, bredouilla que c'était bien trop soudain, qu'elle ne s'attendait pas à cela, qu'elle venait de rentrer à Londres et qu'elle reprendrait le travail dans deux jours. Puis elle lui répéta qu'Amandine ne serait pas là avant deux semaines et que c'était vraiment important pour elle de l'avoir pour témoin. Elle se trouvait totalement désemparée et abasourdie par la précipitation d'Amine.

Il lui répondit d'un ton vif que c'était trop long, qu'il avait déjà suffisamment patienté et qu'il avait sali son âme. Amélie, tendue de la tête au pied, semblait avoir momentanément perdu l'usage de la parole. Elle ne savait quoi lui répondre et resta figée face à lui, la bouche entrouverte. Un silence pénible s'installa.

Amine la regarda et prit une inspiration puis lui dit sur un ton plus calme :

– Franchement, tu ne vois pas que je souffre depuis plus de deux semaines ? Ok, Amandine revient dans quinze jours, mais l'imam revient dans trois semaines, ça repousse encore. Tu n'as pas de religion, qu'est-ce que ça change pour toi qu'on se marie ce soir ou dans trois semaines ? Pour moi ça change tout ! Je me sens mal depuis que j'ai fauté, et il n'y a que le mariage pour réparer cette erreur, et j'ai tellement envie de toi ! Qu'est-ce que ça change qu'Amandine soit là ou pas ? Faysal sera là, je sais que tu l'aimes beaucoup, il peut être ton témoin si tu veux... s'il te plaît mon amour, ne me laisse pas comme ça pendant encore trois semaines... tu devrais être contente que je sois si pressé de t'épouser, tu ne vois pas que je suis sérieux avec toi et que je t'aime ? Est-ce si important pour toi que ton amie soit là ? Si ça l'est vraiment, j'arrêterai d'insister et j'attendrai sans me plaindre.
Je suis désolé de m'être emporté, c'est juste que l'attente est difficile.

– J'ai besoin d'aller faire un tour, répondit-elle simplement. Je reviens dans une heure.

Puis elle tourna les talons et sortit de l'auberge. Elle ne savait plus quoi penser et était dans l'incapacité momentanée de le regarder en face.

Elle marcha lentement, prit le temps de respirer et se mit à réfléchir à ce qu'il venait de lui dire. Elle avait du mal à penser rationnellement en cet instant. Son cœur battait la chamade, elle ne parvenait pas à démêler ses émotions. Elle continua à inspirer profondément et expirer lentement pour calmer sa panique, puis tenta d'identifier un par un les sentiments qui l'assaillaient.

Elle ressentait avant tout de l'excitation, ce qui était plutôt bon signe. Elle était amoureuse et elle avait indéniablement envie de pouvoir faire l'amour avec lui sans retenue. Elle ne pouvait s'empêcher d'être flattée par le fait qu'il veuille réellement s'engager avec elle. C'était compréhensible qu'elle lui semble cruelle.

D'un autre côté, s'il l'aimait, pourquoi la pressait-il donc ainsi ? « Il s'est simplement emporté » se rassura-t-elle. Elle avait bien vu qu'il l'avait instantanément regretté. Elle se sentit un peu honteuse et égoïste, mais surtout, elle avait peur. Peut-être était-ce naturel... c'était comme se trouver en haut d'un plongeoir... plus on hésitait, plus on attendait, et plus il devenait difficile de sauter...

Après tout, qu'est-ce que je risque ? Parfois il faut savoir foncer.

Elle retourna à l'auberge et se planta devant lui :

– D'accord, lui dit-elle. Faisons-le ce soir.

– Oh merci, merci mille fois mon amour ! s'exclama Amine avec soulagement.

Il la serra dans ses bras. Elle se laissa aller et ferma les yeux. Il lui caressa le dos, et elle sentit sa virilité contre sa hanche, ce qui l'émoustilla.

– Ce soir, lui murmura-t-il à l'oreille, ce soir on pourra faire ce qu'on voudra.

Elle se sentait bien dans ses bras, mais cette appréhension était toujours présente. Elle se dégagea de son étreinte, s'éloigna à un mètre de lui, le regarda droit dans les yeux et déclara :

– C'est pour toi, et uniquement pour toi que je le fais. Et juste pour être sûre que ce soit bien clair, je te le redis une dernière fois : Je ne me convertirai jamais à l'Islam, jamais. Et je suis très loin d'être prête à t'épouser civilement. Est-ce bien compris ?

– Oui, bien sûr mon amour, pourquoi tu répètes toujours les mêmes choses ?

– Amine, Est-ce que c'est bien clair pour toi, oui ou non ?

– Oui, ne t'inquiète pas, je n'ai pas l'intention de te mettre la pression, lui affirma-t-il d'un ton rassurant.

Une heure plus tard, tout était organisé. Jawad (un ami d'Amine qu'Amélie appréciait très moyennement) et son épouse, Elena, leur prêteraient leur appartement pour la soirée. Amélie appréciait beaucoup la jeune femme. Cette dernière était d'origine polonaise et s'était mariée très jeune avec Jawad, qu'Amélie trouvait abusif avec elle.

Cette dernière lui avait dit qu'Amine semblait doux et qu'il ferait probablement un bon mari, « en tout cas meilleur que le mien », avait-elle ajouté avec un pauvre sourire. Le rituel devait également avoir lieu dans cet appartement. Jawad serait le témoin d'Amine, Faysal celui d'Amélie. Elle lui avait demandé si Elena pourrait remplir ce rôle, mais Amine lui avait répondu que cette dernière devrait s'occuper de ses deux enfants à l'extérieur, qu'elle les emmènerait au parc puis au fast-food.

Il était onze heures du matin. L'imam devait arriver à dix-huit heures à l'appartement. Amélie et Amine devaient retrouver Faysal et Jawad dans le parc en face de l'auberge à dix-sept heures. Ils marcheraient ensuite tous les quatre jusque chez Jawad à une dizaine de minutes de là. Elle commença lentement à se préparer puis réalisa peu à peu ce qui venait de se passer et ce qui se passerait ensuite. Elle se sentit soudain pétrifiée. Elle avait l'impression d'avoir subi cette décision soudaine, comme si elle n'était qu'une spectatrice impuissante des péripéties de sa propre vie. Son cœur cognait sourdement dans sa poitrine, les minutes passaient au ralenti, ses gestes étaient laborieux. Elle se sentait vidée. Elle s'assit un instant.

Non, elle ne voulait pas se marier, même religieusement... Tout cela était allé beaucoup trop vite... mais elle avait donné sa parole... tout était organisé, elle ne pouvait plus faire marche arrière... elle se reprit peu à peu : ce n'était pas la fin du monde, ce n'était pas comme si elle emménageait avec lui, ou se mariait civilement, ou était enceinte de lui. Tout allait bien se passer.

A l'avenir, elle ne le laisserait plus la pousser à prendre des décisions importantes aussi hâtivement. Leurs mentalités étaient tellement différentes. Pour Amine, il était tout à fait normal d'épouser une personne après ne l'avoir rencontrée que quelques fois. Il l'acceptait comme elle était, elle devait en faire autant. Et puis, elle l'aimait. Elle était de plus en plus attachée à lui et cela l'effrayait. Elle n'aimait pas être en position de faiblesse et le sentiment amoureux pouvait rendre n'importe qui extrêmement vulnérable.

Bref, de toute façon, les dés sont jetés.

Elle s'apprêta du mieux qu'elle pouvait puis redescendit vers quinze heures. Amine n'était pas là. Elle vérifia dans la chambre de ce dernier, fit plusieurs fois le tour de l'auberge puis le chercha dans le hall, au bar, au coffee shop... elle croisa des connaissances qui lui demandèrent gentiment comment elle allait et discutèrent un peu avec elle, mais elle ne dit à personne ce qu'elle s'apprêtait à faire... elle en était incapable.

Elle s'installa au coffee shop puis tenta d'appeler Amine qui ne répondit pas. Elle lui envoya donc un message pour lui dire qu'elle l'attendait mais n'obtint aucune réponse. Elle ne comprenait pas pourquoi il ne venait pas la voir, en cet instant chargé en émotion, alors qu'elle n'avait ni famille ni ami pour lui tenir compagnie dans cette attente.

A dix-sept heures, elle sortit devant l'auberge d'un pas lent et crispé puis regarda vers le parc. Elle y vit quelques silhouettes, alors elle traversa la route et y trouva Amine, Faysal et Jawad. Ils la saluèrent et Amine lui serra la main, ce qui la laissa sans voix. Les trois jeunes hommes marchèrent devant elle en discutant entre eux en arabe. Amélie ne comprenait pas pourquoi personne ne lui parlait. Puis Faysal, jetant un coup d'œil par-dessus son épaule, vit l'expression tendue de son visage et ralentit le pas pour se mettre à son niveau et marcher à côté d'elle. Il lui expliqua gentiment comment se passerait le rituel. En lui faisant un beau sourire, il lui dit d'une voix douce et bienveillante que c'était normal qu'elle soit nerveuse et que tout irait bien. Pendant ce temps, Jawad et Amine conversaient trois mètres devant et Amine ne se retourna pas une seule fois.

Dix minutes plus tard, ils arrivèrent dans l'appartement de Jawad et Elena. Cette dernière était là avec ses deux enfants et lui sourit chaleureusement. Leur présence rassura Amélie, elle n'avait pas envie qu'ils partent, tous les trois. Elena avait préparé un goûter. Il y avait des jus de fruits, des gâteaux et des serviettes sur la table. Elle habilla ses petits pour sortir. Jawad proposa à Amélie de manger quelque chose et lui servit un jus de fruits. Mais elle n'avait pas faim. Elle avait une boule dans la gorge et eu beaucoup de mal à avaler deux gorgées de jus de fruits frais, qu'elle sentit descendre le long de son œsophage jusqu'à son estomac.

Elle s'aperçut alors qu'elle n'avait rien mangé ni bu une goutte d'eau depuis son café de huit heures du matin. Elle demanda donc un grand verre d'eau à Elena et le vida aussi vite que sa gorge serrée le lui permettait. A dix-sept heures quarante-cinq, Elena partit avec ses deux enfants. Amélie se retrouva seule avec Amine, Jawad et Faysal. Ils parlèrent tous trois dans leur langue maternelle et de temps en temps, Faysal avait un petit mot gentil pour elle.

Lorsqu'on sonna à la porte vingt minutes plus tard, Amélie sentit son cœur faire un bon dans sa poitrine. Un homme d'une quarantaine d'années vêtu d'un bisht et coiffé d'une chéchia arriva dans le salon et la salua chaleureusement.

Amine commença à parler à l'imam en arabe, mais celui-ci l'interrompit :

– Est-ce que ta fiancée parle ou comprend l'arabe ?

– Non, répondit Amine.

– Alors nous parlerons anglais.

Amélie lui en fut reconnaissante. Elle le trouvait sympathique.

Il se présenta. Il était marocain et vivait à Londres depuis une dizaine d'année. Il sortit un formulaire de mariage et un stylo puis commença à leur poser des questions. Il nota le nom de chacun sur le formulaire ainsi que les noms des parents respectifs des mariés puis demanda à Amine de lui confirmer qu'il était bien musulman.

Celui-ci acquiesça et l'imam reporta l'information sur le document avant de se tourner vers Amélie :

– Quelle est votre religion, Amélie ?

– Je suis athée, répondit-elle.

– Vraiment ? demanda-t-il, étonné.

– Oui, vraiment, répondit calmement Amélie.

– Vous avez bien au moins été baptisée, non ?

– Non, mes parents aussi sont athées.

– Bon... mais vous êtes française, vous êtes de culture chrétienne, nous pouvons écrire que vous êtes catholique si vous le souhaitez, qu'en pensez-vous ?

– J'en pense que ce serait un mensonge, et je n'aime pas les mensonges, répondit doucement Amélie avec un petit sourire nerveux.

– Je comprends, c'est tout à votre honneur Mademoiselle, répondit-il en écrivant visiblement à contrecœur le mot « aucune » dans la case « religion ».

Puis il prit une inspiration et demanda d'un air un peu sévère en regardant à tour de rôle Amine et Amélie :

– Avez-vous eu des rapports physiques avant ce jour ?

– Oui, répondit Amine d'un air honteux. Que Dieu me pardonne, ajouta-t-il en baissant la tête. C'était en décembre, il y a environ trois semaines, mais j'étais déjà sérieux avec elle, c'est pour cela que j'ai tenu à me marier rapidement. Nous n'avons rien fait depuis, je le jure devant Dieu.

– Bon, nous pouvons mettre une date de mariage antérieure aux faits sur le document, proposa l'imam.

– Oui, s'il vous plaît, répondit Amine, merci pour votre compréhension.

Amélie n'y comprenait rien... si Dieu était omniscient selon leurs croyances, en quoi cela allégeait-il le péché de mentir de surcroit sur le formulaire de mariage ? C'est ce qu'elle reprochait aux religions. Elles étaient cousues de toute pièce par les hommes, pour les hommes, et divisaient les humains par catégories, par communautés, par sectes. Il était bien plus question de paraître et de pression sociale que d'honnêteté envers soi-même, envers les autres, envers Dieu. Étrangement, la pression qui l'avait écrasée tout au long de la journée s'envola soudainement : Non, ce mariage ne l'engageait décidément à rien.

Elle n'était et ne serait jamais religieuse, et ce bout de papier ne valait rien, ce n'était qu'un mensonge pour soulager la conscience d'Amine, pour obtenir la bénédiction d'une sorte de père hypocrite. Si cela pouvait l'aider, tant mieux pour lui. Tout ceci n'était qu'une « grosse blague » pour elle et elle parvint enfin à prendre du recul et de la hauteur sur la situation. Cette mascarade avait au moins le mérite de la conforter sur le fait qu'Amine était vraiment sincère avec elle, et qu'il n'aurait pas « fauté » si facilement avec n'importe quelle femme.

En réalité, il lui faisait bien plus confiance qu'elle ne le pensait pour s'être abandonné à un tel « péché ». Après avoir noté une date mensongère sur le document, l'imam le signa puis demanda à Amine et Amélie ainsi qu'aux deux témoins de le signer à leur tour.

Pour clore la cérémonie, il prononça quelques paroles qui se voulaient rassurantes et qu'Amélie apprécia :

– La réussite d'un mariage ne repose que sur la communication, le respect mutuel et la compréhension des époux l'un envers l'autre. Amélie, je vois que vous êtes ouverte aux différences culturelles d'Amine, et cette ouverture d'esprit doit être réciproque, Amine. Vous ne la forcerez pas à se convertir à notre religion. Elle trouvera peut-être la foi par elle-même, *Inch Allah*, mais la foi ne doit naître que de l'amour et de la joie, et nous, musulmans, ne pouvons que nous efforcer de montrer l'exemple.

Puis les quatre musulmans récitèrent une prière en arabe en ouvrant les mains, paumes en direction du ciel. Amélie n'y comprit rien et Faysal, riant en remarquant son air perplexe, lui expliqua qu'ils venaient de prier pour que leur mariage soit une réussite.

L'imam continua à discuter quelques minutes avec les trois hommes puis félicita Amélie qui lui tendit la main pour la lui serrer. D'un air un peu gêné, il lui expliqua gentiment que son statut lui interdisait cette poignée de main mais lui souhaita du bonheur dans son mariage, puis la salua avant de quitter les lieux. Faysal et Jawad se levèrent à leur tour pour partir. Amélie remercia poliment Jawad de leur avoir prêté l'appartement, puis, une fois qu'il était dans le couloir, regarda Faysal droit dans les yeux et lui dit avec un sourire plein de gratitude :

– Merci infiniment pour ton soutien, Faysal, ça m'a beaucoup aidée. Tu es vraiment quelqu'un de bien, Amine a de la chance de t'avoir pour ami. Je suis heureuse que tu aies été mon témoin.

– Il n'y a pas de souci, c'est normal, lui répondit timidement Faysal de son beau sourire.

C'était un jeune homme humble. Il n'avait que vingt-deux ans mais était arrivé à Londres à l'âge de dix-sept ans, envoyé par sa famille. Livré à lui-même, il avait travaillé dur sans jamais se plaindre ni s'économiser pour apprendre le plus vite possible. Il avait refusé la charité, il avait évolué jusqu'à devenir chef de cuisine pour pouvoir subvenir aux besoins de sa famille en Algérie, et pour les rendre fiers. Il avait selon Amélie beaucoup de mérite.

Amine et Amélie se retrouvèrent seuls dans l'appartement. Il était dix-neuf heures. Elena, Jawad et leurs enfants reviendraient à vingt-deux heures. Après avoir refermé la porte sur Jawad et Faysal, Amine revint dans le salon et regarda Amélie en lui souriant avec tendresse, l'air comblé.

– Ça y est, maintenant, notre relation est *halal*, lui dit-il en s'approchant d'elle.

Elle fit un pas en arrière, le visage fermé.

– Ah, maintenant tu me parles ? Tu t'aperçois enfin que je suis dans la pièce ?

– Qu'est-ce que tu veux dire ? demanda-t-il l'air sincèrement surpris.

– Je veux dire qu'à partir du moment où je t'ai dit oui ce matin, tu m'as ignorée toute la journée puis pendant tout le processus ce soir. Je n'ai pas compris pourquoi... ça a été douloureux, ajouta-t-elle avec tristesse.

– Tu ne comprends pas, lui dit-il d'une voix douce. Chez nous, les époux viennent chacun de leur côté jusque devant l'imam pour se marier.

– Ah, d'accord, répondit-elle. Ça n'explique pas pourquoi tu n'es pas venu me voir cet après-midi, tu aurais pu en profiter pour m'expliquer cela. Heureusement que Faysal était là...

– Je suis désolé mon amour, mais moi aussi j'étais nerveux, j'ai passé l'après-midi à discuter avec Jawad, il m'a rassuré.

– Rassuré sur quoi, au juste ?

– Des doutes que j'avais, mais c'est normal. Ne t'inquiète pas, je suis très heureux, maintenant.

– Je suis contente pour toi que tu aies eu du soutien, moi je n'en ai eu aucun, toutes mes amies sont absentes. Et tu le savais.

– Oui, pardon mon amour, j'aurais dû venir te voir. Comment te sens-tu maintenant ?

– Je ne sais pas trop, répondit-elle.

– Moi je suis heureux, heureux que tu sois désormais ma femme, dit-il avec un grand sourire.

– Je ne suis pas *ta femme*, répondit-elle un peu sèchement. J'ai accepté de passer devant l'imam pour soulager ta conscience, c'est tout !

– D'accord, si tu veux... peu importe. Pour moi, tu es ma femme et je t'aime ! dit-il avant d'éclater d'un rire de joie en l'attrapant par les hanches.

Elle ne put se retenir de rire à son tour. Il avait l'air tellement heureux. Il semblait également très pressé de la déshabiller. Elle se décontracta puis, sentant l'excitation monter en elle, se laissa faire avec délice. Après tout, se dit-elle en soupirant de plaisir, elle se voyait bien n'avoir que cet homme pour le reste de sa vie. Il était peut-être temps pour elle de se ranger. Elle était amoureuse de lui, elle le respectait et lui faisait confiance.

Elle n'avait jamais vraiment cru en la vie de couple puisqu'il semblait, en regardant autour d'elle, que l'adultère était une fatalité bien trop acceptée et endurée par les femmes en Occident. Mais Amine ne semblait pas tenté par les autres femmes et ne la tromperait jamais, elle en était certaine, et c'était bien la première fois que cela lui arrivait.

3. Emménagement

Deux jours plus tard, le lundi, Amélie reprit le travail au restaurant, désormais à plein temps. Elisabeth et Isabel ne revenant finalement pas avant le vendredi, Amélie avait donc la chambre pour elle toute seule et y passa tout son temps libre et ses nuits avec Amine. Ces quelques jours de paix et d'intimité les rapprochèrent énormément. Une semaine plus tôt, il avait reçu sa fausse carte d'identité française accompagnée d'un faux numéro d'assurance.

Grâce à Faysal (une fois de plus), il avait un essai de prévu en tant que commis de cuisine dans un restaurant libanais le samedi. Le vendredi soir, alors qu'elle travaillait au bar, elle lui souhaita bonne chance pour le lendemain matin lorsqu'il partit se coucher, sachant qu'ils risquaient de ne plus se croiser avant qu'il ne s'y rende. Ce soir-là, elle s'endormit heureuse, pensant que tout allait pour le mieux et que l'avenir semblait prometteur.

Le lendemain soir, après sa journée de travail au restaurant, elle revint comme d'habitude à pied de Warwick Avenue avant de prendre une rapide douche et de filer en vitesse au bar pour l'ouvrir à dix-huit heures. Amine ne devrait pas tarder à revenir et passerait sûrement la voir dès son arrivée pour lui dire comment s'était déroulé son premier jour de travail. C'était du moins ce qu'elle lui avait demandé et elle était impatiente de le voir.

A vingt-deux heures, il n'était toujours pas là. Le bar était rempli de clients et, voyant que son frigidaire se vidait dangereusement, Amélie fit signe à Beverley qui passait par là de la remplacer un instant pour pouvoir aller chercher les caisses de boissons manquantes dans la réserve. Cette pièce, accolée à l'arrière du bar, communiquait avec le hall d'entrée de l'auberge en face de la réception. La porte était entrouverte.

Amélie entendit alors ce qui ressemblait à une dispute du côté de la réception, des voix masculines s'y élevant de plus en plus fort. Elle jeta un rapide coup d'œil et reconnut Miguel, le vigile, et Karim, un ami d'Amine qui était à l'auberge depuis une semaine et dont Amélie se méfiait comme de la peste, avec son arrogance et sa réputation de bagarreur dont il était apparemment très fier.

Le ton monta et Amélie, voyant que la situation allait dégénérer de manière imminente, leur demanda gentiment de se calmer mais Karim ne l'écouta pas et tenta de frapper Miguel d'un coup de poing au visage. Ce dernier l'esquiva et attrapa le bras de Karim qui, pris dans l'élan de son propre geste, entra violemment en collision avec le mur la tête la première. Puis Miguel immobilisa son agresseur et Amélie entendit une autre voix familière s'élever et insulter le vigile et reconnût avec horreur celle d'Amine.

Miguel rappela alors à celui-ci qu'il n'avait pas payé sa chambre depuis une semaine, ce qui l'énerva encore plus. Un autre agent de sécurité - appelé en renfort par Elizabeth qui avait été aux premières loges - entra dans le hall de réception. Miguel prit la clé qui dépassait du blouson de Karim qui était encore sonné et la lança à son collègue en lui demandant d'aller chercher les affaires du fauteur de trouble dans sa chambre. Lorsqu'il revint, ils l'attrapèrent chacun par un bras et sortirent devant l'auberge, sous les cris et les insultes d'Amine qu'Amélie suppliait de se calmer. Une fois dehors, elle entendit Miguel parler à Karim :

– C'est bon, tu es calmé ?

– Oui... répondit Karim qui avait de toute évidence laissé sa fierté et son arrogance au vestiaire.

– Alors on va te lâcher et te regarder partir gentiment avec tes affaires sans faire de bruit. Au moindre pas de travers, on appelle la police, c'est clair ?

– Oui...

– Alors bonne continuation, lui dit Miguel en relâchant son emprise.

Amélie se retourna pour parler à Amine mais il avait disparu. Bouleversée, elle se souvint soudainement qu'elle était censée tenir le bar, mais lorsqu'elle se retourna, elle constata que tous les clients avaient observé la scène, y compris Beverley. Quand les deux vigiles rentrèrent dans l'auberge et se rassirent sur leurs tabourets en attendant William (le propriétaire de l'auberge) pour déclarer l'incident, chacun retourna à ses occupations et on ne parla plus que de cette altercation pendant la demi-heure qui suivit, jusqu'à ce que tout le monde passe à autre chose et recommence à festoyer.

Abasourdie, Amélie se remit à la tâche, les dents serrées et le cœur lourd, s'efforçant tout de même de rester souriante avec les clients. Dès qu'elle en eut l'opportunité, elle regarda son téléphone pour voir si Amine avait tenté de la joindre, mais il n'y avait aucun signe de lui. Elle lui envoya un message pour lui dire qu'elle l'appellerait dès qu'elle aurait fini de travailler. Elle ne savait pas comment s'était passé son premier jour de travail ni s'il était toujours dans l'auberge... mais pire encore, elle était choquée par la violence verbale dont il avait fait preuve envers Miguel, et elle n'avait aucune idée du fait qu'il ne payait pas sa chambre depuis une semaine avant ce soir-là...

Quand elle ferma enfin le bar après l'avoir rangé et nettoyé, il était presque trois heures du matin. Elle consulta son téléphone la main tremblante. Elle n'avait toujours aucun message ni appel manqué. Elle tenta deux fois d'appeler Amine, sans succès. Elle lui envoya donc un texto : « Es-tu toujours à l'auberge ? J'espère que tout va bien. » puis elle sortit par l'arrière-cuisine et tomba nez à nez avec Miguel.

– Oh... Salut Miguel... comment tu vas ?

– Moi ça va, merci. Et toi, comment tu te sens ?

– Je ne sais pas trop...

Il y eût un silence gêné. Elle hésita un moment puis, accablée par l'inquiétude, poursuivit d'une voix lente :

– En fait, je ne sais pas où est passé Amine après l'incident et je n'arrive pas à le joindre, je n'ai aucune nouvelle... j'imagine qu'il n'est plus dans l'auberge mais je ne vais tout de même pas aller frapper à sa porte à cette heure-ci pour le vérifier... il n'est pas tout seul.

– Écoute Amélie, je suis désolée mais comme tu t'en doutes, on lui a demandé de partir. Une fois qu'on a jeté son pote dehors, on a parlé au patron, il nous a dit de le faire sortir lui aussi dès que possible. C'est lui qui a fait venir Karim ici.

– Oui, je sais...

– On l'a cherché et on l'a trouvé dans sa chambre. Ça fait une semaine qu'on lui demande de la payer et, après ce qui s'est passé ce soir, on ne peut pas le garder, tu comprends ?

– Oui, bien sûr que je comprends... Merci Miguel, et désolée.

– Pourquoi, désolée ? Tu n'y es pour rien. Va te reposer, il finira bien par te rappeler.

– Oui, dit-elle en regardant l'horloge et en se souvenant qu'une nouvelle longue journée de travail l'attendait dans quelques petites heures. Je vais aller me reposer. Bonne nuit.

– Bonne nuit, Amélie.

Dans son lit, elle se demanda comment tout s'était écroulé aussi vite, pourquoi il ne lui avait pas dit qu'il ne payait plus sa chambre et surtout, pourquoi il avait défendu Karim - dont l'attitude n'était absolument pas défendable - avec tant de ferveur, risquant de se retrouver à la rue et mettant en péril leur couple. Elle ne comprenait pas non plus qu'il ne lui donne aucun signe de vie.

Le lendemain matin, elle tenta de le rappeler en marchant vers le restaurant puis réessaya pendant sa courte pause. Toujours rien... Il répondit enfin quand elle le rappela en sortant de son travail à dix-sept heures, en route pour l'auberge.

– Allô ?

– Amine, enfin, tu réponds...

– Oui, je... désolé mon amour... comment tu vas ?

– Mieux, maintenant que je sais que tu es vivant... mais je ne comprends rien de tout ce qui s'est passé hier. Et je ne sais même pas si tu as eu le poste au restaurant libanais.

– Écoute ma chérie, je ne peux pas t'expliquer maintenant, c'est une longue histoire.

– D'accord, mais quand est-ce que je peux te voir pour que tu me racontes ?

– Tu travailles encore au bar, ce soir ?

– Oui, mais le dimanche je ferme à minuit, et même souvent plus tôt quand il n'y a personne.

– Ok, alors retrouve moi ce soir dans le parc en face de l'auberge.

– D'accord.

– Mon amour ?

– Oui ?

– Je suis vraiment désolé de ne pas t'avoir donné de nouvelles plus tôt, j'ai des soucis, je... je suis désolé. Je t'aime.

– Moi aussi, je t'aime. A ce soir.

Elle le retrouva comme convenu à minuit dans le petit parc. Il l'embrassa puis l'étreignit. Blottie contre lui, elle se détendit enfin. Puis elle se souvint qu'elle attendait des explications de sa part et se dégagea de ses bras en soupirant.

– Alors ? Que s'est-il passé hier ?

– Je... je suis allé au restaurant libanais pour mon essai. Ils m'ont mis à la plonge pour trois heures et ils étaient assez contents de moi, alors Ali, le manager, m'a amené dans son bureau et m'a demandé mon numéro d'assurance nationale et ma carte d'identité. Je les lui ai donnés et il les a bien regardés... je me suis dit que ça sentait mauvais. Puis il m'a demandé si j'étais vraiment français parce que je n'en avais pas l'air. Je lui ai répondu qu'il y avait beaucoup de franco-algériens mais ensuite, il a commencé à me poser des questions et au bout d'un moment, je n'étais plus très convainquant... il a ensuite affirmé qu'il savait très bien que mes documents étaient faux et qu'il devrait les faire vérifier si j'insistais. Je ne savais plus quoi répondre... alors il a conclu qu'il ne voulait pas de problèmes et qu'il ferait comme s'il ne m'avait jamais vu si je partais. Je... j'ai vraiment fait de mon mieux, mais... ça n'a pas fonctionné. Il aurait pu appeler la police aux frontières s'il avait voulu... en fait il ne s'est jamais entendu avec Faysal, qui a insisté pour me faire entrer dans le restaurant.

C'est le propriétaire, qui lui apprécie beaucoup Faysal, qui a accepté... Mais c'est Ali qui a eu le dernier mot. C'était une perte de temps depuis le début...

– Oh... je suis désolée mon amour, ça a dû être terrible...

– C'était tellement humiliant ! s'exclama-t-il, les dents serrées... Et Faysal aussi aurait pu avoir des problèmes... lui aussi a des faux papiers.

– Mais pourquoi tu ne m'as pas appelée en sortant ?

– Je ne sais pas... j'avais honte, je...

Amélie n'insista pas, voyant ses traits tirés et ses yeux brillants d'émotion. Puis il reprit :

– Ensuite, j'étais découragé, je ne savais pas où aller. Faysal n'avait pas terminé son travail et je ne voulais pas le contrarier en lui disant ce qui s'était passé. Alors je suis parti au café Algérien de Cricklewood, où j'avais rencontré la plupart de mes amis d'ici en arrivant à Londres et j'y ai trouvé Karim. Il était déprimé, lui aussi. Il m'a dit qu'on lui avait demandé de partir de l'auberge parce qu'il n'y avait payé que la première nuit quand je l'ai fait venir il y a une semaine... et lui non plus n'a pas de travail depuis qu'il a perdu son emploi il y a deux mois après s'être disputé avec son chef.

– Oui, il aime bien se disputer, marmonna Amélie d'un ton amer.

– Mais mon amour, il a vécu l'enfer ! Il est ici depuis dix ans, sa mère est morte il y a trois ans et il n'a même pas pu aller à son enterrement... tu ne sais pas comment c'est ici pour les sans-papiers. On a tout le temps peur de se faire dénoncer et expulser, les employeurs se permettent de nous sous-payer, on ne peut jamais rentrer au pays pour voir nos familles... je ne dis pas ça pour que tu m'épouses, se reprit-il en voyant l'air crispé d'Amélie. Ne t'inquiète pas pour moi. Je veux juste te faire comprendre que la vie n'a pas été facile pour Karim.

– En parlant de chambre impayée, reprit Amélie après une pause, toi non plus tu ne payais plus la tienne depuis une semaine, n'est-ce pas ?

– Oui... c'est vrai. Et j'espérais tellement être pris dans ce restaurant, j'aurais pu demander une avance au bout de trois jours pour payer au moins une partie de ma réservation... mais ça n'a pas marché.

– Et pourquoi ne m'en as-tu pas parlé plus tôt ?

– Pour quoi faire ? Pour que tu t'inquiètes ?

– Pour m'éviter de l'apprendre par le vigile de l'auberge, répondit-elle d'un ton cinglant. Tu l'as bien insulté, d'ailleurs ! je n'ai pas compris pourquoi.

– Je vais t'expliquer pourquoi ! Parce que ça fait une semaine qu'il me harcèle de son petit air suffisant pour que je paie, je lui ai expliqué ma situation, je lui ai dit que j'allais commencer un nouveau travail et que je paierai dès que possible, mais il me maintenait sous pression, tous les jours... et quand il a commencé à parler à Karim pour lui dire qu'il devait partir, avec son petit sourire, il m'a mis en colère... j'avais déjà passé une sale journée, et je savais que ce serait de toute façon bientôt mon tour puisque mon essai était tombé à l'eau... et que j'allais te perdre, toi. C'est pour cette raison que je ne t'ai plus donné de nouvelles, Je pensais qu'en sachant tout cela tu me laisserais tomber. En somme, je n'avais plus rien à perdre, c'est pour ça que j'ai laissé sortir ma colère quand Miguel nous a pris de haut, Karim et moi.

– Je... je ne sais pas quoi dire. Je comprends, évidemment. Et c'est vrai que ta situation me fait peur, je ne peux pas le nier... où as-tu dormi la nuit dernière, et où vas-tu passer la nuit ce soir ?

Amine ne répondit pas. Il la serra dans ses bras et l'embrassa, puis lui dit en tournant les talons :

– On se revoit demain, ici à la même heure ?

– D'accord, soupira-t-elle.

Amélie eût du mal à s'endormir ce soir-là. Elle se demanda comment leur relation pourrait évoluer dans le bon sens dans ces conditions. Elle ne savait même pas où il dormait... probablement dehors, par ce froid mois de janvier...

Les jours qui suivirent, il vint la rencontrer tous les soirs dans le parc, jusqu'au jour où il lui dit qu'il ne savait pas s'il pourrait venir le lendemain.

– Pourquoi ? lui demanda-t-elle.

Il garda le silence, l'air sombre. Au fond, elle n'était pas sûre de vouloir connaitre la reponse a cette question. Elle n'avait d'ailleurs pas vraiment insisté pour savoir où il dormait depuis bientôt une semaine. Elle savait au fond d'elle-même que si elle le savait, elle se sentirait obligée de l'aider, ce qui impliquerait forcément des sacrifices de sa part.

Elle n'était pas prête à vivre avec lui ni à partir de l'auberge de jeunesse. Elle venait à peine de stabiliser sa situation et à se remettre financièrement sur pieds à la suite de son stage et de son congé sans solde pour Noël. Elle avait une chambre gratuite, sa vie commençait enfin à s'améliorer, tout s'était bien mis en place, était-elle prête à prendre le risque de tout perdre ? Pourquoi avait-il fallu qu'Amine se fasse expulser de l'auberge ? se lamenta-t-elle dans ses pensées, pendant qu'Amine gardait le silence.

D'un autre côté, elle ne pouvait s'empêcher de s'inquiéter pour lui. Il était sans doute à la rue. Et surtout, elle l'aimait... et il lui manquait.

Elle prit une profonde inspiration et brisa enfin le silence :

– Où as-tu dormi cette semaine ? Et où vas-tu dormir ce soir ?

– Mon amour, crois-moi, tu ne veux pas le savoir, soupira-t-il.

A la lumière du lampadaire, elle constata qu'il était pâle, que ses traits étaient tirés et qu'il avait maigri.

– S'il te plaît, dis-moi.

– Je... il me restait une semaine de transports sur mon Oyster Card. Je restais dans le bus toute la nuit et au moins, il y faisait bon.

– Mais demain, tu n'auras plus rien sur ta carte, c'est bien ça ?

– Oui... je n'ai plus un sou. Et c'est compliqué de chercher du travail dans ces conditions. J'ai bien réussi à prendre deux ou trois douches chez des amis, mais je suis trop épuisé pour subir un entretien d'embauche, et pas assez présentable pour distribuer des candidatures en main propre...

– Écoute, je peux recharger ta carte pour une semaine, lui proposa-t-elle en se mordant la lèvre, elle qui n'ayant pas les moyens de prendre le bus avait fait tous ses trajets à pied pendant plusieurs mois, en faisant ses doubles journées de travail. Mais s'il te plaît, la prochaine fois que tu vas prendre une douche chez un copain, habille-toi correctement, laisse ton sac chez lui et va distribuer des candidatures toute la journée, c'est ce que j'ai fait en arrivant à Londres... sinon, je serais probablement dans la même situation que toi.

– Ou tu serais tout simplement rentrée chez tes parents en France et tu aurais pu revenir ici dès que tu l'aurais souhaité, lui répondit-il d'un ton amer.

– Tu es vraiment injuste, dit-elle les larmes aux yeux.

– Pardon... je suis désolée mon amour, je... je suis à bout. Merci beaucoup de vouloir m'aider, je t'aime.

– Allons recharger ta carte.

Trois jours plus tard, lorsqu'il vint lui rendre visite, il avait de bonnes nouvelles. Il avait fait un essai à la plonge d'un restaurant et devait y retourner le lendemain. Elle lâcha un soupir de soulagement et l'embrassa tendrement.

– Il y a autre chose, lui dit-il, j'ai vu Jawad, après le travail...

– Oui, et ?

– Je sais que tu ne lui fais pas confiance, mais un de ses copains lui a dit qu'il quittait sa chambre double. C'est à cinq minutes à pied d'ici, le loyer est de cent cinquante livres la semaine. Il part samedi, dans quatre jours.

– D'accord...

Sa gorge se serra.

Elle réfléchit, partagée entre la crainte de perdre ce qu'elle avait mis des mois à mettre en place et l'envie de partager son lit toutes les nuits avec lui. Cela faisait maintenant deux semaines que ça n'était pas arrivé et elle ne voyait pas comment ils pouvaient y remédier dans les semaines voire les mois à venir... cent-cinquante livres la semaine, pensa-t-elle, ce n'était pas un loyer très élevé pour un quartier tout de même relativement proche du centre.

Quand elle payait son lit dans une chambre de huit, cela lui coûtait soixante-quinze livres la semaine, donc le même montant par personne que si elle partageait cette chambre avec Amine... en espérant que celui-ci paierait dès le départ, songea-t-elle avec angoisse. Elle savait également qu'à Londres, une chambre simple dans une maison valait à peine moins cher qu'une double. Elle n'avait de toute façon pas l'intention de s'éterniser à l'auberge, maintenant qu'elle avait un emploi stable à plein temps, d'autant plus qu'elle en avait assez de travailler au bar. Elle savait qu'elle finirait vite par s'épuiser, à ce rythme.

Mais elle avait planifié de continuer avec cette organisation jusqu'à fin mars au minimum et envisageait même d'y rester jusqu'à ses examens qui débutaient en mai. De cette manière, elle n'aurait pas eu déménager deux fois, ne pouvant pas se permettre de payer une chambre à Londres en étant en France sans aucun revenu pendant ses examens... elle aurait également eu ainsi le choix de rester dans son pays à l'issue de ces derniers. Mais elle avait depuis quelque temps l'ambition de rester à Londres une année de plus pour occuper un emploi dans l'administratif, sachant que les opportunités professionnelles y étaient bien plus nombreuses qu'en France, avec le peu d'expérience qu'elle avait dans ce domaine.

Il lui restait donc quatre mois pour laisser une chance à sa relation de s'épanouir avec Amine, et il était financièrement inconcevable de payer chacun une chambre simple à Londres, pour l'un comme pour l'autre. C'était pour ces raisons que tant de jeunes couples se mettaient en ménage si rapidement à Londres.

– Amine, reprit-elle, tu viens à peine de faire un essai, comment vas-tu payer ta part pour la première semaine de location et les deux semaines de caution ? lui demanda-t-elle.

– Normalement, je commence à travailler demain à plein temps, quarante heures par semaine. Ils étaient dans l'urgence, c'est pour ça qu'ils m'ont pris tout de suite en essai quand je suis entré pour leur proposer ma candidature. Ils m'ont dit qu'ils payaient le salaire à la semaine, tous les samedis. C'est payé cinq livres de l'heure. Et ce samedi, j'aurai travaillé cinq jours complets.

– Ok, laisse-moi réfléchir... le jour de notre entrée dans la maison, il nous faudra payer trois semaines de loyer en comptant les deux semaines de caution, donc deux-cent-vingt-cinq livres chacun, et pour tes quarante heures, tu devrais recevoir deux cents livres.
Je te propose donc de payer trois cents livres, pour que tu ne payes que cent-cinquante pour cette fois et que tu puisses manger et prendre le bus, mais la semaine prochaine, tu paieras la totalité des cent cinquante livres de location pour nous deux et nous serons quittes.

– Ok, merci beaucoup mon amour ! s'exclama-t-il, son visage s'illuminant d'un sourire radieux.

– Attends un peu, Amine, dit-elle d'un air sérieux. Cette fois, ne perds pas ton travail. J'ai à peine de quoi payer pour notre entrée dans la chambre, je compte sur toi...

– Oui, je sais, ne t'inquiète pas, fit-il, tout sourire.

– Non, sérieusement Amine, ne le prends pas mal, mais honnêtement, tu n'es jamais resté plus de quelques jours dans un emploi et c'est un risque énorme que je prends, parce que c'est toi qui es dans le pétrin... ne me mets pas dedans aussi, s'il te plaît. Depuis six mois que tu es à Londres, tu pourrais déjà avoir ta propre chambre... moi je n'ai pas pu parce que j'avais ce stage qui me prenait énormément de temps et qui n'était pas payé, mais toi, tu n'avais qu'à mettre tout ton cœur au travail quand on t'en offrait la chance.

– Oui, je sais... je n'avais pas l'habitude de cette culture, je ne savais pas exactement ce qu'on attendait de moi. Les mentalités sont différentes en Algérie. Mais cette fois, *Wallah*, je vais tout faire pour garder ce travail et te rendre heureuse, je suis un homme, fais-moi confiance mon amour... je ne te décevrai pas.

– D'accord... je te fais confiance. Mais je te le répète, c'est un énorme risque que je prends, j'ai juste ce qu'il faut pour payer ce samedi, je n'ai pas eu le temps de mettre plus de côté... je n'étais pas prête à quitter l'auberge, je compte vraiment sur toi.

– Je sais, mon amour... je sais. Ne t'inquiète pas.

– En revanche, je ne vois pas quand nous pourrons trouver le temps de visiter cette chambre, est-ce que tu as au moins des photos ?

– Oui, Jawad m'en a envoyé quelques-unes... il l'a déjà vue lorsqu'il rendait visite à son ami. Il m'a dit que c'était très propre, qu'on pouvait partager le jardin avec les autres locataires et les propriétaires, et que la chambre était plutôt spacieuse. Tiens, regarde.

Amélie constata en regardant les clichés que cela semblait effectivement très correct pour le loyer demandé. Et de toute façon, ils n'avaient pas vraiment le temps de chercher d'autres options en sachant qu'Amine travaillerait toute la semaine en passant ses nuits dans le bus.

Le lendemain matin, avant de partir au restaurant, elle annonça son départ à Beverley. Cette semaine-là, elle travaillait du lundi au jeudi au bar, ce qui leur laissait le temps de trouver quelqu'un avant le vendredi de la semaine suivante. Il lui restait donc deux soirs au bar et quatre nuits à l'auberge.

A cette idée, elle fut soudain prise de panique et accéléra le pas. Elle s'était organisée avec Amine pour le déménagement : terminant tous deux leur journée de travail à dix-sept heures le samedi, elle récupérerait ses affaires et rendrait sa clé à l'auberge en rentrant puis le retrouverait à dix-huit heures devant la station de métro avec toutes leurs courses, avant d'aller signer leur bail, payer et s'installer dans leur nouvelle chambre.

Il l'avait prévenue qu'il ne viendrait pas la voir avant samedi car il travaillerait dur et devrait se reposer autant que possible dans le bus ou tenter sa chance pour prendre une douche chez un ami. Lorsqu'il n'en avait pas l'opportunité, il se lavait autant que possible au lavabo des toilettes d'un Mc Donald.

Elle espérait qu'il garderait cet emploi et qu'il évoluerait peu à peu, de plongeur à commis, puis de commis à cuisinier... elle ne voyait pas ce qu'il pourrait faire d'autre, ayant arrêté l'école à quinze ans pour se lancer dans une carrière de footballeur professionnel.

Il se plaignait assez souvent de mal de dos et Amélie lui avait expliqué que c'était normal quand on n'avait pas l'habitude de travailler en cuisine et qu'il fallait au moins trois semaines au corps pour s'adapter. Elle espérait vraiment qu'il s'accrocherait pour de bon, cette fois. Il le lui avait promis devant Dieu, il lui avait dit *Wallah*. Cela devait forcément avoir du sens, croyant comme il l'était. Elle chassa les doutes et les appréhensions qui envahissaient sa tête lorsqu'elle arriva dans la rue de son restaurant et se concentra sur le travail qui l'y attendait. Elle savait que cet emploi serait désormais vital.

Le samedi, Amélie se rendit comme convenu devant la station de métro avec toutes ses affaires, après avoir rendu ses clés et dit au revoir aux employés de l'auberge et à Océane, une jeune femme française blonde aux yeux bleus et au visage angélique, dont elle avait fait la connaissance deux semaines auparavant et avec qui elle avait rapidement sympathisé. Amine n'était pas là.

Elle patienta dix minutes puis, voyant qu'il n'arrivait pas, sortit son téléphone pour lui demander ce qu'il fabriquait et reçu un message de lui au moment où elle s'apprêtait à l'appeler : « Je suis en retard, il ne faut pas faire attendre les propriétaires, je t'envoie Jawad pour t'accompagner et t'aider à porter tes affaires, je serai là-bas vers dix-huit heures quarante-cinq. Je t'aime. »

Cinq minutes plus tard, Jawad arriva, la salua avec son sourire hypocrite, lui prit ses deux valises des mains et l'invita à le suivre de son ton jovial et bien trop sûr de lui. Elle le suivit à contrecœur jusqu'à la maison, au seuil de laquelle ils furent accueillis par un couple de Sud-Américains, tous deux âgés d'une quarantaine d'années.

Ils lui firent visiter la maison, lui expliquèrent le règlement et lui montrèrent le calendrier sur lequel figuraient les noms des locataires selon le jour pour lequel chacun avait la charge du ménage des pièces communes, c'est-à-dire la salle de bain, la cuisine et le salon.

Ils lui tendirent ensuite le bail - qui ne faisait que deux pages - pour qu'elle le lise et lui précisèrent qu'ils ne recevaient les loyers qu'en liquide, ce qui ne surprit pas Amélie qui savait que c'était très souvent le cas à Londres. Elle-même recevait son salaire chaque semaine en cash. Elle songea d'ailleurs qu'il serait temps qu'elle demande des fiches de paie à son employeur, maintenant qu'elle y était à plein temps et que c'était désormais sa seule source de revenus.

Jawad reçut alors un appel et sortit de la pièce, puis revint alors qu'Amélie finissait de lire le bail.

– C'était ton mari, lui dit-il. Il a un empêchement et ne pourra pas être là avant vingt et une heures, fit-il d'un air faussement compatissant qui donna envie à Amélie de le gifler.

– Nous ne pouvons pas attendre jusqu'à cette heure-ci, répondit vivement Francisco, l'un des propriétaires.

– Du calme, le reprit Dolores, sa femme. Nous n'avons pas forcément besoin des deux signatures sur le bail et même si Amélie était seule, nous lui donnerions deux clés.

– Oui, c'est vrai, répondit Francisco. En revanche, nous avons besoin de la totalité de la caution et de la première semaine de loyer au moment de la signature.

– Je n'ai que trois cents livres sur moi, répondit Amélie soudain prise de panique. C'est mon... mari, qui devait s'acquitter des cent cinquante euros restants.

– Oui, nous comprenons, mais vous devez également comprendre que nous avons besoin de garanties avant de laisser quelqu'un s'installer sous notre toit. Pouvez-vous tirer le reste de la somme au distributeur de billets ?

— Non, je n'ai que cent euros sur mon compte et il faut aussi que je mange... Ne pouvez-vous pas attendre demain matin ?

— Non, c'est impossible, nous en sommes vraiment désolés.

Un silence s'en suivit, Le cœur d'Amélie battant la chamade. Elle n'avait nulle part où aller. Elle pensa un instant à retourner à l'auberge, mais elle était bien trop fière et aurait bien trop honte de leur demander une faveur après les avoir lâchés avec seulement une semaine de préavis.

— Attendez ! fit Jawad d'un ton qui se voulait à la fois humble et héroïque. Je crois que j'ai l'argent manquant sur moi, dit-il en sortant son porte-monnaie et en plissant les yeux pour compter ses billets. Voilà ! Je m'arrangerai avec ton mari demain, ajouta-t-il en faisant un clin d'œil à Amélie et en tendant sa liasse à Dolores qui s'empressa de recompter la somme.

— C'est tout bon, annonça cette dernière en signant le bail. À vous, dit-elle en tendant le document à Amélie une fois que Francisco l'eût également signé.

Amélie reçut alors ses clés et monta ses bagages avec l'aide de Jawad qu'elle remercia avant de s'enfermer à double tour dans sa nouvelle chambre dès qu'il eut tourné les talons. Elle s'allongea sur son lit et fixa le plafond, sentant chaque muscle de son corps complètement crispé.

Que venait-il de se passer ? Pourquoi Amine avait appelé Jawad au lieu de l'appeler elle ? Pourquoi avait-il fallu qu'elle voie cette sale face de fouine et qu'elle eut en plus été obligée de le remercier alors que cela lui brûlait davantage la bouche que d'avaler une cuiller à soupe de wasabi pur ? Quelque chose n'était pas net dans tout ceci : cet hypocrite de Jawad qui se trouvait là où il fallait juste au bon moment et qui se promenait comme par hasard avec cent-cinquante livres sur lui.

Pourquoi suis-je partie de l'auberge ?

Elle avait eu un mauvais présentiment avant de prendre cette décision mais l'avait tout de même prise, à contrecœur, par amour pour Amine. Elle sentit soudain des larmes amères lui brûler les yeux et les laissa couler.

Un peu plus tard, elle prit une douche et attendit Amine qui lui envoya un message à vingt-deux heures pour lui demander de venir lui ouvrir la porte.

— Oh mon amour, je suis désolé, lui dit-il en l'étreignant.

Elle ne répondit rien et se laissa mollement enlacer. Il était essoufflé et avait l'air épuisé. Puis il monta rapidement ses bagages et elle le suivit dans les escaliers. Ils entrèrent dans la chambre, il posa ses affaires à côté du lit et s'assit dessus, se prenant les mains dans la tête.

– Je suis vraiment désolé, ma chérie... Je vais prendre une douche et t'expliquerai après, lui dit-il les yeux brillant et la mine triste avant de se rendre à la salle de bain.

Amélie l'attendit assise sur le lit, la tête basse, fixant le sol. Puis il revint et s'accroupit en face d'elle, mais elle ne le regarda pas, les yeux dans le vide.

– Alors, que s'est-il passé ? demanda-t-elle entre ses dents après un silence.

Il fondit alors en larmes, se laissant tomber assis sur le sol et se prenant la tête dans les mains. Amélie ne se laissa pas attendrir, vaincue par la lassitude, attendant le verdict. Après un gros sanglot, il reprit la parole d'une voix tremblante :

– Il a refusé de me payer... quand j'ai terminé ma semaine, il m'a demandé mes documents pour me déclarer et préparer un contrat pendant que je me changeais et que je t'envoyais un message pour te dire que j'arriverai en retard. Quand je suis arrivé dans son bureau, il m'a dit qu'il savait que ma carte d'identité était fausse et qu'il aurait pu avoir de gros problèmes à cause de moi... alors il m'a chassé en refusant de me donner mon salaire. Ensuite j'ai téléphoné à Jawad, je voulais passer au café algérien pour emprunter de l'argent à un ami et demander si quelqu'un avait du travail pour moi. Et j'avais trop honte de tout t'avouer...

Il pleura de plus belle puis reprit en reniflant :

– J'aurais tellement voulu nous trouver une situation stable et être un bon mari, mais manque de chance, je suis algérien, dit-il avec colère. Je n'ai aucun droit dans ce pays. Je suis tellement désolé, mon amour, répéta-t-il en s'agenouillant et en enfouissant sa tête dans la poitrine d'Amélie.

Elle leva alors lentement les mains et les posa sur les cheveux d'Amine. Il l'enlaça et la serra fort, puis ils s'allongèrent sur le lit dans les bras l'un de l'autre et restèrent dans cette position pendant un long moment. Ils firent l'amour et Amélie oublia tout, le temps d'une étreinte. Lorsqu'il s'endormit, elle resta dans ses bras, apaisée, puis se mit à penser.

Non, il ne faut pas penser...

Il était tard, elle devait se lever tôt le lendemain pour aller au travail, et lui aussi finirait bien par en trouver un. Elle plissa ses yeux en enfouissant son visage au creux de son torse, humant son doux parfum, puis s'endormit en se disant qu'au moins, maintenant, ils dormiraient ensemble toutes les nuits.

Lorsqu'elle revint du travail le lendemain soir après avoir fait quelques courses, elle le trouva encore couché. Ses affaires n'avaient pas bougé d'à côté du lit et il était sur son téléphone. En somme, il avait dormi toute la journée. Elle prit une profonde inspiration et tenta de garder un ton léger et aimable :

– Salut mon chéri, tu vas bien ?

– Oui, je me suis bien reposé, lui dit-il en souriant.

– Tu n'es pas du tout sorti aujourd'hui ?

– Non, tu sais, j'étais épuisé après la semaine que je viens de passer, ça fait du bien de s'allonger dans un vrai lit.

– D'accord... Est-ce que quelqu'un t'a appelé pour du travail ? lui demanda-t-elle.

– Non... mais j'ai téléphoné à plusieurs copains pour leur demander de m'aider à en trouver. Tu nous prépare un repas, mon amour ?

– Excuse-moi, es-tu sérieux ? J'ai travaillé debout toute la journée, fait les courses et suis rentrée à pied en portant les sacs pour nous nourrir tous les deux, et je dois descendre cuisiner et t'apporter un plateau repas au lit ? Personnellement, je me contenterai du reste de salades que j'ai rapporté de mon restaurant et d'un sandwich au fromage que je vais manger dans la chambre. J'ai rangé le reste des courses dans la cuisine commune, tu peux aller te servir et te préparer ce que tu veux.

– Mais ma chérie, ne le prends pas comme ça, je...

– Laisse-moi tranquille, l'interrompit-elle. Descend, s'il te plaît, j'ai besoin d'un peu de solitude.

Elle mangea en silence dans sa chambre, pensant qu'elle avait peut-être été un peu dure, puis alla prendre une douche en calculant si oui ou non elle pouvait s'en sortir financièrement sans compter sur lui, le temps qu'il trouve un travail. « Si un jour il en trouve un !», pensa-t-elle avec colère.

Ce qui était fait était fait. Elle ne pouvait pas revenir en arrière, il faudrait faire avec. Elle gagnait deux cent quarante livres par semaine et le loyer était de cent cinquante livres. Elle pouvait donc s'en sortir mais tenait à économiser un peu chaque semaine. Tous les jours, elle était nourrie matin et midi par son employeur et rapportait des restes pour le soir.

Mais il faut à présent que je le nourrisse lui, trois fois par jour !

Tentant de contenir sa rage et son angoisse, elle se demanda pourquoi elle lui en voulait tant, si ce qu'il racontait était vrai. C'était bien là le problème : était-ce vrai ? Après tout, elle ne l'avait pas vu aller au travail, et bien qu'elle sache qu'il y avait des employeurs malhonnêtes, elle avait du mal à croire que celui d'Amine l'ait chassé sans lui payer un seul penny pour ses soi-disant quarante heures de travail.

Et toute cette histoire avec Jawad était un peu trop parfaite. Voilà pourquoi elle était en colère : elle avait le sentiment d'avoir été victime d'une manipulation et doutait désormais d'Amine. Mais elle n'avait malheureusement ni preuve ni certitude à ce sujet et était donc bien obligée de lui laisser le bénéfice du doute.

Une fois de plus...

Elle reprit ses calculs : elle pourrait acheter des pâtes et du pain pour le faire survivre dans un premier temps mais n'aurait toujours pas les moyens de prendre de forfaits hebdomadaires pour le bus, c'était certain.

Elle devrait pouvoir économiser au moins trente livres par semaine en faisant bien attention et pourrait de cette manière continuer à acheter des cartes téléphoniques pour les appels en France et à prendre une journée de bus par semaine lorsqu'elle serait en congé, pour se rendre à Camden et passer du temps avec Amandine. Elle ne se priverait sous aucun prétexte de cette bouffée d'oxygène.

Après avoir payé les dernières courses, il ne lui restait que soixante-dix livres sur son compte. Elle avait exceptionnellement demandé son salaire avec un jour d'avance pour pouvoir entrer dans la chambre, mais elle était normalement payée le dimanche. Il faudrait donc qu'elle explique à Amine qu'il devrait se contenter de ce qu'elle avait apporté comme nourriture jusqu'au dimanche suivant. Elle lui annoncerait également qu'elle lui laisserait un mois pour trouver un travail et lui rembourser sa part du loyer.

Après avoir enfilé sa chemise de nuit en sortant de la douche, elle entra dans la chambre. Amine était au téléphone et semblait très heureux. En voyant Amélie, il dit quelque chose en arabe et mit le haut-parleur. Toute sa famille la salua. Ses parents parlaient très bien français.

– Bonjour Amélie, la salua gentiment la maman d'Amine, tu vas bien ?

– Oui, merci, et vous ?

– Oui, je vais beaucoup mieux depuis que je sais que mon fils est avec toi, merci Amélie, lui dit-elle avec émotion en étouffant un sanglot.

– Oui, merci, tu as sauvé notre fils, renchérit le papa.

– Maintenant, je peux enfin dormir sur mes deux oreilles, ajouta la maman. Prend bien soin de toi, que Dieu veille sur toi, tu es une bonne personne.

– Merci Madame, prenez soin de vous également, lui répondit Amélie, émue.

Puis elle leur dit au revoir et quitta la pièce avec son smartphone et sa carte et se dirigea vers la cabine téléphonique qui se trouvait à cinq minutes à pied de la maison en appelant Amandine pour lui demander lequel de ses deux jours de congé l'arrangeait le plus pour qu'elles se retrouvent.

Arrivée à la cabine, elle téléphona à sa sœur et à ses parents pour leur annoncer qu'elle avait emménagé avec Amine – sans leur dire qu'il avait de nouveau perdu son travail – et pour prendre les dernières nouvelles de leur côté. Enfin, ce fut le moment d'appeler Annie. C'était leur rendez-vous hebdomadaire, leurs conversations duraient en général plus d'une heure. Amélie lui demanda de ses nouvelles. Annie avait une maladie, mais elle ne la nommait pas et disait toujours qu'elle était sur la voie de la guérison.

C'était une personne merveilleuse, qui avait une foi inébranlable en la Vie. Elle était entièrement tournée vers les autres et d'une finesse humaine dépassant l'entendement. Elle savait également exprimer le fond de sa pensée avec tact mais avec fermeté pour écarter une personne qu'elle aimait d'une voie qui ne lui correspondait pas. En général, quand cela arrivait, Amélie se braquait puis, quelques jours plus tard, s'apercevait qu'Annie avait une fois de plus été très perspicace. Elle avait toujours eu cette impression étrange qu'Annie la connaissait mieux qu'elle-même.

Mais lorsqu'elle lui avait rendu visite en France, trois semaines plus tôt, elle avait remarqué qu'elle avait perdu beaucoup de poids et d'énergie, cela l'inquiétait... Elle essayait de la ménager depuis, et de ne pas l'inquiéter sur son propre sort. Même si elle restait discrète sur sa maladie et qu'elle était convaincue qu'elle en réchapperait, Annie avait laissé comprendre à ses amis quelques mois plus tôt qu'il s'agissait d'un cancer, et chacun savait qu'elle avait refusé les traitements conventionnels.

Cela paraissait fou mais Amélie pensait que si une seule personne pouvait combattre cette maladie à la seule force de l'esprit, c'était bien elle. Certains moines bouddhistes parvenaient bien à faire ralentir leur cœur à l'extrême, par leur seule concentration et une connaissance parfaite de leur propre corps. Une fois qu'Annie eût dit à Amélie – comme d'habitude – que tout allait très bien et qu'elle continuait sereinement son chemin vers la guérison, elle lui demanda où Amine et elle en étaient dans leur évolution professionnelle.

Lors de leur dernière conversation, elle l'avait implicitement mise en garde contre lui, avec sa douceur et son tact naturels. Comme d'habitude, ses paroles avaient fait leur chemin, rejoignant les propres doutes d'Amélie qu'elle refoulait habilement dès qu'ils apparaissaient. Tout comme elle venait de mentir à sa famille, elle raconta à Annie qu'Amine avait toujours son travail et qu'elle était ravie d'emménager avec lui.

Annie lui répondit que tant qu'elle était heureuse et épanouie, c'était très bien. Mais Amélie avait depuis bien longtemps appris à saisir les messages implicites qu'elle lui envoyait lorsqu'elle concluait de cette manière, pesant chacun de ses mots. Elle changea donc rapidement de sujet, axant la conversation sur son travail et ses démarches pour les inscriptions aux examens.

Annie éprouvait beaucoup de plaisir à écouter toutes les étapes qu'Amélie franchissait chaque semaine, il ne s'en passait pas une sans qu'il n'y ait des changements et des rebondissements. C'était un peu comme un feuilleton hebdomadaire et Annie était fière et impressionnée par la vitesse à laquelle Amélie avançait.

– Ne laisse personne te mettre des bâtons dans les roues, ma douce Amélie, conclut-elle quand il fût temps de raccrocher.

Je sais Annie, je sais que tu sais. Tu me manques tant.

Retenant ses larmes, elle la salua puis raccrocha et repartit en direction de la maison.

La semaine suivante, Amine rentra tous les soirs un peu moins d'une heure après Amélie mais le vendredi, il n'avait toujours pas de travail et avait l'air contrarié.

– Chérie, lui dit-il, j'ai peut-être un essai pour la semaine prochaine mais Jawad me demande tous les jours de le rembourser, il me met la pression...

– Ah bon ? Je ne pense pas que ce soit lui qui ait gagné cet argent de toute façon. Depuis que je le connais, je ne l'ai jamais vu travailler, c'est sa femme qui apporte l'argent au foyer, ainsi que les aides qu'ils touchent frauduleusement en la déclarant comme mère célibataire.

– Justement, il m'énerve, je n'ai pas envie de lui être redevable.

– Eh bien travaille et rembourse-le.

– Ce n'est pas ma faute s'ils sont tous racistes dans ce pays, s'insurgea-t-il. Je cherche un emploi mais tu dois bien comprendre que c'est compliqué pour moi. C'est facile pour toi, tu ne crains pas de montrer une fausse carte d'identité qui peut te faire expulser, dit-il avec frustration.

– D'accord, répondit-elle d'un ton tranchant, effectivement, je n'ai pas eu ce genre d'obstacle et ne me suis jamais posé la question, mais ne me dit pas que c'est *facile* pour moi. Vraiment, c'est insultant.

– Oui, pardon mon amour, je sais que tu es courageuse, très courageuse. Mais je t'explique simplement que maintenant, je crains de présenter cette carte d'identité...

– Montre-la-moi s'il te plaît.

– Tiens, la voici.

– Effectivement, murmura-t-elle, elle est complètement ratée. Regarde la mienne, dit-elle en la sortant de son sac à main. Il suffit de la comparer à une vraie carte d'identité française pour voir que ce n'est qu'une grossière imitation.

– Oui, en effet, grommela Amine. Cet escroc m'a bien eu.

– Combien t'a-t-il fait payer pour cela ?

– Trois cents livres, répondit Amine d'un ton amer.

– Eh bien... encore un truand à Londres qui vit du désespoir des sans-papiers, déclara-t-elle avec tristesse. C'est... révoltant.

– Je t'aime, Amélie, lui dit-il après un instant de silence.

– Je sais... moi aussi je t'aime. Penses-tu que tu pourrais trouver un travail chez une personne de confiance, sans cette immonde fausse pièce d'identité ?

– C'est ce que j'essaie de faire depuis des mois... mais ils profitent de notre position de faiblesse, ils nous paient une ou deux livres de l'heure. Je ne pourrai pas payer la moitié de la chambre dans ces conditions, même en travaillant cent heures par semaine.

– Je vois...

Un silence s'installa. Amélie réfléchit.

De toute évidence, il aurait toujours une excuse pour ne pas travailler tant qu'il n'aurait pas le droit de le faire légalement. Et qu'elle le veuille ou non, elle l'aimait. Elle savait que si elle le quittait maintenant, elle serait dévorée par le regret de ne pas au moins avoir essayé de l'aider et de ne pas lui avoir laissé ne serait-ce qu'une chance de lui prouver que c'était bien le seul obstacle pour lui.

Tous les sans-papiers qu'elle connaissait étaient dans des galères sans fin, se faisant licencier sans cérémonie et parfois sans la totalité de leur salaire, privés du soutien de leur famille et de l'espoir même de pouvoir les revoir dans un futur proche. Ils n'avaient pas même la possibilité de se faire soigner en cas de problème de santé. Certains étaient là depuis dix ans, dix longues années à vivre dans la peur, à ne jamais se sentir en sécurité. Elle en avait conscience et ne pouvait pas faire semblant de l'ignorer... elle savait bien qu'il était clandestin lorsqu'elle avait accepté ses avances.

Elle avait pu avoir sa chance seulement parce qu'elle était née au bon endroit, au bon moment. Comme elle devait avoir l'air égoïste... elle était la première à critiquer les personnes qui vivaient dans le luxe sans se soucier le moins du monde de la misère de temps d'êtres humains... elle se tourna vers Amine et reprit enfin la parole :

– Alors je suppose qu'il ne reste pas d'autre option que nous marier, fit-elle d'un sourire triste.

– Je ne veux pas te presser, je... je suis désolé que tout cela se passe de cette manière... je t'aime, mon amour, tu es la femme de ma vie, tu es un ange.

– Merci... je vais me renseigner demain pour les démarches.

– Je ne sais pas comment te remercier mon amour, je ne sais pas quoi dire...

– Alors, ne dis rien.

Ils firent l'amour avec plus de passion que jamais cette nuit-là.

Le lendemain, en sortant du travail, Amélie se rendit directement à la mairie de leur circonscription, à Wembley.

Il y avait une possibilité pour le 19 mars à quatorze heures, elle réserva donc leur mariage pour cette date. C'était un mercredi. Elle savait qu'aucun membre de sa famille ne serait présent, et c'était sans doute mieux ainsi. Elle leur avait déjà suffisamment montré à tous qu'elle était faible. Elle avait bien essayé de changer et avait cru y être arrivée pendant ses premiers mois à Londres, mais tout ceci n'avait été qu'une illusion.

C'était un fait, elle ne se facilitait jamais la vie et ne faisait jamais les bons choix. Alors autant le faire loin des siens, sans personne pour voir sa détresse. C'était tellement plus facile de mentir au téléphone, séparés géographiquement par une mer. Elle avait dit à Amine qu'elle l'aimait, elle devait aller au bout des choses.

Et puis, peut-être qu'elle se faisait des idées en pensant qu'il l'utilisait, elle qui avait toujours manqué de confiance en elle et qui, au fond de son cœur, était convaincue qu'on ne pouvait pas l'aimer. Mais lui, il l'aimait, il fallait qu'elle parvienne à y croire... elle voyait de l'admiration dans son regard, il l'avait présentée à sa famille, à ses amis... il la désirait ardemment, elle le sentait. Il fallait qu'elle lui fasse confiance, il le fallait. Dans le cas contraire, sa propre frustration envenimerait leur relation.

Elle décida également de rembourser Jawad. Elle non plus ne voulait pas lui être redevable. Et surtout, elle savait bien que c'était en réalité l'argent de sa femme. Elena avait déjà son mari et ses deux enfants à charge, il n'était pas question qu'elle paye en plus pour Amine.

Le lendemain soir, elle demanda à ce dernier d'appeler Jawad pour qu'il la retrouve devant la station de métro. Elle sortit et se rendit au distributeur de billets. Elle venait d'être payée deux-cent-quarante livres pour sa semaine de travail et il lui restait soixante-dix livres sur son compte.

Elle devait payer cent-cinquante livres pour la semaine de loyer et rembourser la même somme à Jawad. Elle fit un rapide calcul mental et pensa qu'elle ne pouvait tout simplement pas survivre - et faire survivre Amine - avec seulement dix livres pendant toute une semaine.

Elle pouvait lui rembourser cent livres ce jour-là puis cinquante la semaine suivante. Mais cela signifiait qu'elle devrait une fois de plus revoir sa tête de fouine, ce qui était au-dessus de ses forces. Alors non sans amertume, elle sortit sa carte bancaire française et tira cent livres dans ses économies qui étaient déjà passées de trois-mille à deux mille cinq cents euros à la suite de son premier stage et des vacances de Noël.

A partir de début février, elle parvint péniblement à économiser cinquante livres par semaine. Ils avaient rendez-vous à la mairie une semaine avant le mariage pour remplir les papiers et faire vérifier leurs identités respectives. Ils s'y rendirent donc le 12 mars et, une fois les documents remplis et signés, on leur annonça qu'ils devaient payer soixante-dix livres pour cet évènement. Elle jeta un coup d'œil à Amine qui avait l'air très embarrassé.

– Je vais aller au distributeur, fit-elle en haussant les épaules avec un pauvre sourire.

Au point où j'en suis, de toute façon...

Et son compte courant anglais redescendit à trois cents livres. En rentrant, Amélie garda le silence. Amine se contenta de lui tenir la main, lui lançant un petit regard furtif et nerveux de temps en temps. Ce jour-là, elle était en congé et il faisait beau. Ils avaient planifié d'aller se promener au parc comme ils le faisaient souvent, ne pouvant même pas se permettre d'aller prendre un café avec une pâtisserie. Ils s'assirent sur un banc puis le téléphone d'Amine sonna. C'était sa mère. Ils parlèrent en arabe pendant une dizaine de minutes puis il raccrocha.

– Ma mère te passe le bonjour. Elle m'a demandé si j'avais reçu un colis qu'elle m'a envoyé il y a trois jours. Ce sont des alliances, lui dit-il avec un sourire en lui posant doucement la main sur le genou.

– C'est très gentil à elle.

– Dans notre culture, l'alliance de l'homme doit être en argent et celle de la femme en or, mais ma mère n'avait pas les moyens d'en payer une en or, donc elle en a pris deux en argent, elle s'en excuse. De toute façon c'est risqué d'envoyer de l'or par la poste.

– Pas de souci.

– Elle m'a aussi dit qu'elle t'organiserait une fête de mariage quand tu viendrais en Algérie et que j'avais intérêt à t'offrir une bague en or quand je travaillerai enfin, dit-il avec un petit rire. Elle pense que je ne te mérite pas.

Amélie resta silencieuse, arborant un sourire figé, fixant les arbres devant elle. Elle repensa à ce que lui avait dit Hanane, la mère d'Amine, le jour où ils avaient emménagé ensemble. « Maintenant, je peux enfin dormir sur mes deux oreilles ». Cette déclaration était pour le moins perturbante...

Elle s'imagina Amine, beau jeune homme de dix-neuf ans, fils ainé et fierté de ses parents et de ses cadets, espoir du football professionnel en Algérie, bien payé, s'écroulant sur un terrain à la suite d'un tacle raté. Selon ses dires, l'impact lui avait fracturé le tibia et le péroné et lui avait bousillé le genou. Il s'était également fracturé une vertèbre en s'écrasant sur le sol dans une mauvaise position et s'était retrouvé immobilisé pendant un mois dans un lit d'hôpital, abandonné par son club et sa fiancée.

Puis il avait dépéri, ayant tout perdu. Il était resté à ne rien faire chez ses parents, à en vouloir à la Terre entière, perdant même la foi pendant quelque temps, avant de se reprendre en main et de décider de partir à Londres pour se donner une deuxième chance. Elle fit alors le calcul et arriva à la conclusion qu'il était resté oisif et dépressif pendant six ans - si l'on ne comptait pas les longs mois de convalescence et de rééducation - alors qu'il était dans la force de l'âge.

Elle ne comprenait pas cela.

Elle songea à tout ce qu'il aurait pu faire pendant ces six années de jeunesse au lieu de se lamenter sur son sort sous le regard impuissant de ses parents. Son père l'avait secoué autant qu'il avait pu, ce qui avait créé de gros conflits entre eux. Sa mère, quant à elle, s'était fait un sang d'encre pendant tout ce temps.

Son sourire s'effaça peu à peu au fil de sa réflexion et, le regard lointain, elle ne remarqua pas qu'Amine l'observait.

– Mon amour, lui dit-il en lui secouant légèrement le genou.

– Oui ? Pardon... j'étais dans mes pensées.

– Je sais. Fais-moi confiance, je ferai de toi une femme heureuse, quand j'aurai enfin le droit de travailler.

– Merci, lui répondit-elle avec un sourire forcé, les yeux brillants.

– Je suis sérieux, mon amour. La dame de la mairie nous a dit que je pourrai directement demander un numéro national d'assurance provisoire sur simple présentation de l'acte de mariage. J'ai déjà pris rendez-vous au Job Centre Plus pour le 25 mars. Et lorsque nous pourrons nous rendre ensemble en France, nous ferons une vraie fête de mariage avec ta famille, d'accord ?

– D'accord. On rentre ? Je vais passer voir Océane à l'auberge. Et demain j'irai voir Didine. Après tout, ce sont mes témoins.

– D'accord mon amour, tu leur passeras le bonjour pour moi. Moi je ne vais pas retourner à la maison, je vais aller voir Faysal. A plus tard, dit-il en l'embrassant.

– Oui, à plus tard.

Lorsqu'elle fut à une centaine de mètres de lui, elle laissa couler les larmes qu'elle avait retenues toute la journée. Elle repensa à ce que lui avaient dit ses proches lorsqu'elle leur avait annoncé leur mariage prochain en leur promettant qu'ils le fêteraient tous ensemble dès que possible et en leur laissant croire qu'Amine travaillait toujours mais qu'il était sous-payé, redoublant d'efforts pour subvenir à leurs besoins.

Annie avait essayé de l'en dissuader avec toute sa tendresse, lui disant qu'elle avait le sentiment qu'elle le faisait pour lui et non pour elle et qu'elle s'y sentait obligée. Amélie avait bien évidemment tout nié et prétendu qu'elle était vraiment heureuse de se marier avec lui. Mathilde lui avait confié qu'il ne lui inspirait pas confiance, mais Amélie lui avait fait remarquer que ça avait toujours été le cas de toutes les personnes qui s'approchaient d'elle. Mathilde était une grande sœur très protectrice.

En revanche, elle ne pourrait jamais oublier ce que son père, inquiet, lui avait dit avec douceur : « Ma fille, tu ne choisis jamais la voie la plus facile... j'espère que tu sais ce que tu fais. » Quant à sa mère... la seule vision de son visage dans son esprit lui déclencha un torrent de larmes qu'elle fût dans l'incapacité totale de contenir. Heureusement, c'était un mardi matin dans un parc presque vide, et elle pût trouver refuge auprès d'un arbre.

Elle s'assit lentement sur les grosses racines de ce dernier puis enfouit sa tête dans ses bras, le front posé sur ses genoux.

Maman, comme tu me manques, j'aimerais tant que tu sois là...

Elle s'effondra, son corps entier secoué de gros sanglots. Quelques minutes plus tard, lorsque ses larmes commencèrent à se tarir, elle releva la tête en s'essuyant le visage du revers de sa manche et repensa à ce que Brigitte lui avait demandé quand elle lui avait annoncé la nouvelle : « Ma chérie, tout cela est très rapide... est-ce qu'il te rend vraiment heureuse ? Est-ce que tu es sûre de ta décision ?»

Amélie lui avait bien évidemment assuré qu'elle était très heureuse d'avoir fait ce choix. « Je te fais confiance. Si c'est ce qui te convient, alors je suis heureuse pour toi » avait conclu sa mère de sa douce voix.

Maman, qu'est-ce que je suis en train de faire ? Je ne mérite pas ta confiance... je suis une ratée, je ne changerai jamais... je ne rendrai jamais fiers mes parents et ils seront toujours inquiets pour moi...

Elle repensa à ses années d'école primaire et de collège, toujours seule, malmenée, insultée et harcelée par les autres. Elle en était parfois réduite à se cacher dans de petits coins de la cour pour qu'on la laisse en paix. Et lorsqu'elle était forcée de la traverser à découvert, elle priait le ciel de devenir invisible et marchait tout droit en regardant le sol, feignant de ne pas entendre les railleries et les insultes sur son passage.

Et voilà où elle en était à vingt-sept ans, malgré tous ses efforts depuis dix ans pour perdre du poids et prendre de l'assurance. Elle était pourtant désormais appréciée et respectée par ses amis ainsi qu'au travail, où elle donnait tout, mais ses relations amoureuses, qu'elle avait commencées tardivement, s'étaient toutes soldées par des échecs cuisants.

Elle avait réussi à faire croire au monde entier qu'elle était désormais sûre d'elle, aux commandes de sa vie, et avait même fini par y croire elle-même, mais en cet instant de profond mal-être, elle savait que derrière sa fierté et sa nouvelle apparence, elle était toujours cette enfant vulnérable, incapable de dire non, de se défendre ni même de se respecter.

Elle resta un moment immobile, vidée et apaisée d'avoir tant pleuré, contemplant les arbres qui commençaient à bourgeonner, puis ferma les yeux pour mieux savourer la douce chaleur de ce soleil de mars.

Accablée de doutes, elle se releva péniblement pour aller voir son amie Océane. Elles étaient devenues très proches et passaient de plus en plus de temps ensemble, n'habitant qu'à cinq minutes l'une de l'autre. Océane était une personne extrêmement intelligente. Elle était empathique, hypersensible et mystique, tout comme Annie.

Dès qu'elle arriva à l'auberge, elle raconta à son amie tout ce qu'elle avait sur le cœur et cette dernière l'écouta et la réconforta, lui disant qu'elle était persuadée qu'Amine l'aimait. Amandine lui dit la même chose le lendemain, et Amélie recommença peu à peu à y croire. Elle songea que ses amies avaient suivi son histoire quotidiennement depuis le début et connaissaient personnellement Amine, contrairement à sa famille. Ses parents et sa sœur s'inquiétaient simplement pour elle, et à juste titre : ils l'avaient vue se faire abuser et trahir tant de fois dans sa vie. Elle-même était tiraillée par la peur d'être manipulée ou trompée à cause de son passé douloureux.

A quoi bon se poser tant de questions et déterrer des cadavres ? Elle avait pris cette décision, et ne pouvait pas savoir ce que lui réservait l'avenir, mais ne le saurait jamais si elle ne prenait pas ce risque. Elle se souvint alors de son mariage religieux et de l'appréhension qu'elle avait ressentie pendant les longues heures qui l'avaient précédé. Elle en avait été malade d'angoisse comme si sa vie allait s'arrêter une fois qu'elle l'aurait fait, alors que cela n'avait en réalité rien changé. La Terre avait continué à tourner, les oiseaux à chanter et le soleil à briller.

Elle savait que les cinq jours qui la séparaient désormais de son mariage passeraient lentement, mais au moins, elle travaillerait, cela l'occuperait. Ils avaient une dizaine d'invités et les propriétaires de la maison avaient accepté de leur laisser le jardin pour fêter l'évènement.

Elena s'était chargée du repas - différentes sortes de petits fours et de petites pâtisseries pour le dessert - ainsi que des boissons pour le dîner de mariage. Océane et Amandine lui avaient offert une jolie petite robe blanche et des escarpins assortis pour le grand jour, et Faysal offrait deux bouteilles de champagne, ayant surpris une conversation entre Amélie et Amine, au cours de laquelle ce dernier lui interdisait d'apporter de l'alcool à leur mariage. Amine avait fait comme si de rien n'était une fois mis devant le fait accompli par Faysal.

Le dimanche, lorsqu'elle appela Annie, Amélie orienta volontairement la conversation sur d'autres sujets après lui avoir brièvement dit qu'elle avait vraiment hâte de se marier avec son cher et tendre. Elle fit de même avec sa famille puis souffla un peu le lundi en sortant du travail, sachant qu'elle aurait deux jours de congé.

Le mardi, elle sortit de la maison avant qu'Amine ne se lève, emportant un sandwich et un livre pour passer sa journée dans un parc. Lorsqu'elle prit le chemin du retour à la fin de la journée, elle fut prise de panique en réalisant qu'elle serait mariée dans vingt-quatre heures. Elle s'arrêta et resta immobile, plantée debout au milieu d'un trottoir, ses sacs dans les mains.

Il fallait qu'elle parle à quelqu'un, tout de suite... elle ne pouvait pas faire part de ses doutes à sa famille ni à ses amis de France. Amandine et Océane travaillant toutes deux dans des pubs, elles ne seraient pas joignables avant minuit.

Elle reprit lentement sa marche puis s'aperçut qu'elle n'avait aucune envie de rentrer chez elle ni de dormir auprès d'Amine. Elle avait seulement envie de s'enfuir en courant. Le cœur battant, elle s'assit à la première terrasse de bar qu'elle trouva sur sa route et commanda une pinte de bière. Elle en but goulument le premier tiers avant de ruminer avec colère, se sentant soudain extrêmement lucide.

Elle lui avait dit qu'elle refusait de se marier et il avait réussi à l'en convaincre, de la pire des façons. Elle lui avait dit qu'elle n'était pas prête à vivre avec lui, mais ils avaient tout de même emménagé ensemble, puisqu'il l'avait mise face à un horrible choix.

Elle lui avait dit qu'elle ne se convertirait jamais à l'Islam, mais qu'elle respecterait sa culture et qu'il devrait en faire autant, et depuis qu'ils vivaient ensemble, elle ne pouvait plus boire ne serait-ce qu'une bière sans qu'il ne lui fasse la morale. Elle n'avait donc pas bu une goutte d'alcool depuis des semaines et ne mangeait plus de porc par respect pour lui, car cela le dégoûtait d'en voir dans le frigidaire ou de l'embrasser après qu'elle en eut mangé.

Cela n'avait aucun sens de l'épouser.

Ce soir, c'était décidé, elle rentrerait et lui tiendrait tête lorsqu'il la réprimanderait pour son haleine alcoolisée. Cette fois-ci, elle lui dirait ses quatre vérités, pensa-t-elle en buvant d'une traite le reste de sa bière avant d'en commander une deuxième. Une demi-heure plus tard, elle quitta le bar d'un pas titubant, puis après avoir redressé sa trajectoire, marcha d'un pas énergique pour rentrer chez elle, comme si elle partait au combat. En arrivant dans la chambre, Amine n'était pas là.

Elle prit une douche puis descendit au jardin fumer une cigarette. Ne le voyant toujours pas arriver, elle mangea une assiette de pâtes au beurre et un reste de salade de betteraves de son restaurant. Lorsqu'il arriva enfin, il était plus de vingt et une heures. Elle avait désaoulé et sa colère s'était estompée, cédant peu à peu la place à l'angoisse.

Il fallait qu'elle lui parle. Elle ne pouvait pas faire ce qui pourrait bien être la plus grosse erreur de sa vie dans une telle précipitation alors qu'il n'avait tenu aucune de ses promesses. Lorsqu'il rentra, il partit dans la salle de bain après l'avoir embrassée. Elle resta assise sur le lit, se tordant les mains, rassemblant tout son courage jusqu'à ce qu'il revienne dans la pièce.

Il s'allongea auprès d'elle et lui entoura la taille de ses bras.

– Amine, il faut que je te parle, parvint-elle à articuler.

— Oh... d'accord, répondit-il en déposant un baiser sur son dos. Qu'y a-t-il ?

— Je... je ne sais pas par où commencer, hésita-t-elle. Je ne suis pas vraiment heureuse de me marier aussi rapidement... j'avais espéré que tu te débrouillerais par toi-même et que nous emménagerions ensemble quand je serais prête financièrement et émotionnellement... j'ai l'impression d'avoir été manipulée.

Un silence pesant s'installa.

Elle le sentait immobile derrière elle et n'avait pas le courage de se retourner pour le regarder.

La bouche sèche, elle prit une profonde inspiration avant de poursuivre d'une voix tremblante :

— Je... mets-toi à ma place, je ne voulais pas me marier, mais tu étais malheureux après avoir fauté... je n'étais pas prête à emménager avec toi mais tu étais à la rue depuis deux semaines et avais soi-disant trouvé un travail... puis tu n'as ni travaillé ni payé quoi que ce soit depuis ce jour-là et maintenant, je dois me marier avec toi car dans le cas contraire, rien ne changera... cela ressemble tout de même un peu à du chantage, non ? Toutes les décisions que j'ai prises, je les ai prises entièrement pour toi, dans l'urgence et à contrecœur, parce que tu me mettais au pied du mur. Qu'est-ce qui me garantit que tu travailleras une fois que nous serons mariés ? Jusqu'ici, si je regarde notre relation d'un œil objectif, tout porte à croire que je m'apprête à commettre une erreur monumentale demain et... je ne veux pas souffrir. J'ai peur...

Un nouveau silence s'installa.

— S'il te plaît, dis quelque chose...

— Que veux-tu que je te dise ? Tu ne me fais pas confiance, je ne peux rien y faire. Et si tu veux annuler notre mariage et m'humilier, fais-le.

— Tu es tellement injuste, s'insurgea-t-elle en se retournant enfin pour le regarder.

— Et toi, tu es tellement égoïste, est-ce que tu sais ce que j'ai traversé ? Toute ma famille t'adore, je t'ai toujours montré que je t'aimais, tu as le pouvoir de me donner le droit de travailler en toute sécurité dans ce pays et tu veux me regarder galérer et me faire traiter comme un chien par tous ces racistes qui abusent des sans-papiers ? Ma grand-mère est très malade, peut-être que je ne la reverrai jamais si je n'ai pas de papiers pour pouvoir rendre visite à ma famille en Algérie. Je t'ai dit que je trouverai du travail en claquant des doigts quand j'aurai enfin un vrai numéro d'assurance. Je croyais que tu m'aimais, je croyais que tu me faisais confiance.

– Tu es vraiment horrible, ce n'est pas ma faute si tu es sans-papiers, est-ce que tu te rends compte de ce que je fais pour toi ? Et tu oses me traiter d'égoïste ?

– Je croyais que tu étais ma femme, ma seule famille ici. Si tu n'es là pour moi que lorsque tout va bien, je me suis trompé sur toi. Et est-ce que tu te rends compte que tu as de la chance que je t'aime, alors que tu n'es plus vierge ?

Elle reçut cette remarque comme un coup de masse en pleine poitrine.

– Mais je… je croyais que… tu m'avais affirmé que ça ne te posait pas de problème ! balbutia-t-elle au bord des larmes. C'était un mensonge ?

– Non, mais honnêtement, même si je n'en parle jamais, ça me fait de la peine et je l'accepte, parce que je n'ai pas le choix.

– Je… je suis désolée, je… Amine, je ne suis pas prête, j'ai tellement peur, dit-elle en s'asseyant sur le sol, les genoux repliés sous le menton, prise de panique. S'il te plaît, essaie de comprendre !

Il se retourna sur le lit et ignora ses sanglots.

Elle se coucha sur la moquette, n'osant pas se mettre au lit avec lui, pensant qu'elle était horrible de lui avoir dit tout cela s'il était vraiment sincère. Elle resta allongée sur le sol toute la nuit sans parvenir à s'endormir, tétanisée.

Dès que le jour se leva au petit matin, elle prit une douche, but un café et sortit fumer une cigarette, seule dans le jardin, dont les tables avaient déjà été placées pour le repas du soir. Elle ne pouvait pas appeler tous les invités pour leur dire que le mariage était annulé. Elle ne pouvait pas laisser tomber Amine maintenant.

Une fois mariés, il trouverait du travail et tout s'arrangerait. Et dans tous les cas, pensa-t-elle en regardant les magnifiques couleurs de l'aube, le jour se lèverait aussi le lendemain, quand elle serait mariée. Elle remonta dans la chambre, s'assit en tailleur sur le sol et envoya des textos à Océane et Amandine pour organiser la journée. Lorsqu'Amine se réveilla, il la regarda avec tristesse puis se leva.

– On se retrouve tous à treize heures devant la mairie ? lui demanda-t-elle sans lever les yeux, les gardant fixés sur son téléphone.

– Oui, répondit-il, j'espère que tu seras là.

Elle ne répondit pas et le regarda quitter la pièce pour se rendre dans la salle de bain.

Elle sortit en vitesse avant qu'il ne revienne et partit se promener deux heures pour calmer ses nerfs et pour être certaine qu'il ne serait plus là quand elle reviendrait. Il savait de toute façon qu'Océane et Amandine devaient arriver à dix heures du matin chez eux. Il partirait sans doute tout de suite après avoir pris sa douche.

Quand elle rentra chez elle, il n'était effectivement plus là et ses témoins arrivèrent peu de temps après. Amélie les présenta l'une à l'autre, sachant qu'elles ne se connaissaient pas, puis elles discutèrent un moment et mangèrent les sandwiches qu'Amandine avait apportés.

Ensuite, Amélie s'habilla, se coiffa et se maquilla à l'aide de ses amies qui s'esbaudirent de sa beauté. Elle se regarda dans la glace et constata qu'elle ne pouvait pas les contredire à ce sujet.

– Il est déjà midi, fit Océane. Si nous devons être à treize heure à la mairie de Wembley, il faut que nous partions tout de suite.

– Oui, allons-y, répondit Amélie en descendant l'escalier suivie de ses témoins.

Elles prirent le bus et discutèrent gaiement. La présence et la bonne humeur de ses amies l'aidèrent énormément. Puis l'ambiance fut chaleureuse et festive lorsqu'elle arriva sur la place de la mairie, où elle fit connaissance avec les conjointes des amis d'Amine. Puis son *futur époux* arriva à son tour, flanqué de ses deux témoins.

Dans le grand hall du service d'état civil, ils furent appelés par la mairesse qui les invita à entrer. Celle-ci prit la parole pour leur lire son discours et ses recommandations, avant de demander aux époux de se tourner l'un vers l'autre pour prononcer leurs vœux. Amélie eut le souffle coupé par le regard intense d'Amine lorsqu'il dit « oui » et y vit une grande fierté lorsqu'elle lui donna la même réponse.

La mairesse les déclara mari et femme et les autorisa à s'embrasser, sous les applaudissements de leurs amis qui résonnèrent dans la pièce, suivi des youyous des invitées algériennes. Lorsqu'ils eurent signé, ainsi que leurs témoins, ils sortirent de la mairie puis passèrent un agréable après-midi dans le jardin.

Quand le jour commença à baisser et que tout le monde en fut au dessert, Faysal fit sauter le bouchon d'une des bouteilles de champagne et rempli les flûtes des quelques personnes qui buvaient de l'alcool. Il fut le premier à trinquer avec Amélie en la félicitant.

– Merci, lui dit-elle.

– Je t'en prie, répondit-il en souriant. Tu as quand même droit à une coupe de champagne le jour de ton mariage, ajouta-t-il avec un clin d'œil en se tournant vers Amine.

– A nous, lança-t-elle à celui-ci en levant son verre dans sa direction avant d'y tremper les lèvres.

Lorsqu'ils furent tous partis, elle se déshabilla, lâcha ses cheveux et enfila sa chemise de nuit avant de s'écrouler sur son lit, épuisée, sans prendre la peine de se démaquiller, puis s'endormit en quelques secondes.

4. Examens

Un mois plus tard, Amine était toujours sans emploi et n'avait aucun essai en vue. La semaine qui avait suivi leur mariage, il s'était occupé de ses démarches administratives. Après avoir récupéré son numéro d'assurance national provisoire qui lui donnait le droit de travailler légalement, il avait contacté un avocat spécialisé en matière d'immigration pour saisir le service concerné afin d'obtenir son premier permis de résidence au Royaume-Uni, valable pour une durée de cinq ans.

Après cet entretien, il était rentré les larmes aux yeux en expliquant à Amélie que cet avocat lui demandait mille deux-cents livres sterling pour la totalité de la procédure et qu'il lui fallait au moins s'acquitter de l'acompte de trois-cents livres pour pouvoir ouvrir son dossier. Pensant ironiquement qu'elle n'était plus à cela près, que ce serait une perte de temps et d'énergie de chercher une autre solution ou même d'en discuter et qu'il s'agissait *encore* d'une urgence, elle lui avait prêté la somme, qui représentait la quasi-totalité des maigres économies qu'elle avait réussi à faire en trois mois au prix de nombreux sacrifices.

Cet argent devait initialement servir à payer son aller-retour en Haute-Savoie au moment de passer ses examens et si possible, à se racheter une paire de chaussures. Les siennes étaient trouées et tellement usées qu'elle pouvait sentir le contact direct du sol sous les pointes de ses pieds. Elle avait donc trouvé un deuxième emploi pour compléter le premier. Elle aidait désormais six heures par semaine un vieil homme de quatre-vingt-cinq ans nommé Gary qui habitait près de son restaurant.

Cet emploi n'étant pas déclaré, elle était payée dix livres de l'heure. Amine aurait pu faire ce type de travail, pensa-t-elle amèrement. Beaucoup de personnes âgées et aisées employaient des jeunes pour quelques heures de ménage et de compagnie. Elle aurait tout-à-fait pu lui trouver un employeur par le bouche-à-oreille, comme elle l'avait fait pour elle-même grâce à l'une des clientes habituées du restaurant. Amélie avait désormais beaucoup de connaissances dans les environs, après six mois à y travailler.

Mais au fond d'elle-même, elle savait qu'il était inutile de proposer du travail à Amine. Il avait toujours une excuse pour ne pas le prendre. Il avait trop mal au dos, c'était trop mal payé, le chef lui parlait mal... plus elle y réfléchissait, et plus il lui semblait s'être fait berner comme une débutante. Elle ressentit soudain une immense colère contre elle-même et pensa à la situation humiliante dans laquelle elle s'était mise.

Étant incapable de s'avouer à elle-même à quel point elle s'était fait rouler, elle savait pertinemment de quoi cela avait l'air d'un point de vue extérieur. La *poire*, manquant de confiance en elle, tombée éperdument amoureuse d'un bel algérien qui l'utilisait non seulement pour obtenir ses papiers, mais aussi pour rester tranquillement à ne rien faire, nourri et logé.

La petite fille blessée hurlait en elle de désespoir.

Non, il ne faut pas que cela se sache, j'aurais bien trop honte...c'est tellement pathétique.

Elle serait la risée de tous et décevrait sa famille, une fois de plus. Elle devrait subir la pitié des uns, le jugement des autres et le désespoir des siens qui l'avaient toujours dite « trop gentille », ce qui selon elle signifiait « trop stupide ».

Une fois de plus, ils avaient tous eu raison depuis le début. Tout ce qu'elle avait toujours pensé se confirmait : Elle ne pouvait pas être aimée ni même respectée par un homme. Maintenant qu'elle était lancée, autant aller jusqu'au bout pour avoir l'air au moins normale aux yeux de la société. Elle devait à tout prix faire croire à tout le monde que tout allait bien et se concentrer sur ses études, elle n'avait tout de même pas fait tous ces efforts pour rien.

Elle laisserait encore un peu de temps à Amine, et s'il ne travaillait toujours pas à son retour à Londres après ses examens, elle aviserait. En attendant, il fallait à tout prix qu'elle garde son calme et qu'elle lui laisse sincèrement une chance de faire ses preuves.

En rentrant chez elle un soir de mi-avril, elle réalisa subitement que ses examens démarreraient un mois plus tard et fût prise de panique. Il lui restait encore trois devoirs à envoyer et elle n'avait toujours pas pris son billet d'avion. Elle pressa soudain le pas pour rentrer chez elle et rattraper le retard qu'elle avait pris. Elle devait absolument commencer à réviser le jour même. Elle se hâta de monter dans la chambre.

Amine, comme d'habitude, était torse nu au lit, utilisant l'ordinateur d'Amélie. Elle fournit un effort colossal pour cacher sa frustration. Ce n'était pas le moment de perdre son temps à se disputer avec lui, d'autant plus que cela s'avérerait totalement inutile.

Elle lui demanda poliment :

– Amine, j'ai besoin de mon ordinateur, s'il te plaît.

– Tu ne vois pas que je suis en train de l'utiliser ? marmonna-t-il avec mauvaise humeur.

–J'en ai besoin pour m'organiser pour mes examens, rétorqua-t-elle.

– Ok, répondit-il d'un air agacé, laisse-moi juste envoyer deux ou trois messages et je te le rends.

Se sentant à deux doigts de perdre son sang-froid, elle sortit prendre une rapide douche et revint dix minutes plus tard. Elle resta debout à côté de la porte, observant Amine qui n'avait pas bougé. Elle reformula sa requête aussi calmement que possible mais il l'ignora et poursuivit ses multiples conversations instantanées sur Facebook.

Amélie s'emporta :

– J'ai besoin de mon ordinateur ! Il faut que je prenne mes billets et que je prépare les documents à imprimer pour mes examens, et je n'ai de toute façon pas à me justifier, c'est le mien ! Tu passes déjà toutes tes nuits et toutes tes journées sur Facebook, tu peux bien décrocher quelques heures ! J'avais accepté de te le prêter pendant que j'étais absente, et uniquement pour que tu cherches du travail, pas pour que tu passes tes journées entières sur les réseaux sociaux en le laissant surchauffer sur la couette du lit et en mangeant au-dessus de mon clavier ! J'en ai toujours pris soin et regarde-le : il est répugnant et constamment en surchauffe ! Tu m'en achèteras un autre, quand tu l'auras complètement détruit ?

– Ok, tiens, je te le rends, ton ordinateur, cria-t-il en le posant sur le lit et en prenant son téléphone. Mais je ne t'autorise pas à me parler sur ce ton, je suis un homme, je suis ton mari.

– Mon *mari* ? explosa-t-elle. Cela fait plus de trois mois que je t'entretiens, je me suis mariée avec toi uniquement pour que tu trouves un emploi ! Depuis trois semaines, tu peux enfin travailler légalement et malgré cela, tous les soirs, je te retrouve dans la même position que lorsque je pars le matin, je n'en peux plus !

– Ce n'est pas ma faute ! Même si j'ai les papiers, je n'ai pas d'expérience et les employeurs sont toujours aussi racistes. Et tu me parles mal, ça ne me donne pas envie de t'aider, déclara-t-il froidement sans lever les yeux de son téléphone.

– M'aider ? Répéta-t-elle, incrédule. C'est tellement injuste, gémit-elle d'impuissance. Il ne s'agit pas de *m'aider*, mais simplement de ne pas être une charge pour moi ! Ce n'est tout de même pas à moi de tout payer pour toi, s'insurgea-t-elle. Tu me dois déjà presque deux mille livres, juste pour le loyer, sans parler des trois-cents que je t'ai prêté pour l'avocat !

– Parce que tu comptes encore ? Hurla-t-il en se redressant, tétanisant Amélie. Nous sommes mariés, nous sommes une famille, tu ne penses qu'à économiser de l'argent pour toi toute seule ! Si les rôles étaient inversés, jamais je ne compterais, jamais je ne te mettrais de pression ! Tu es vraiment égoïste. Du reste, tu oublies la chance que tu as que je sois avec toi et que je t'aime, ajouta-t-il avec dégoût. Avec combien d'hommes as-tu couché avant moi ? Je suis simplement le dernier... pour moi, au moins, tu es la première.

– Mais... tenta-t-elle de contester, complètement prise au dépourvu. Tu... tu le savais ! Tu m'as dit que cela ne te posait pas de problème ! C'est mon passé... tout ça, c'était avant que je ne te rencontre... je ne peux pas changer les choses ! Je... je suis désolée...

Il garda le silence et se tourna sur le côté, dos à elle. Elle partit fumer une cigarette dans le jardin. Elle ne savait plus quoi penser. Peut-être avait-il finalement raison. Elle lui rappelait peut-être trop régulièrement qu'elle comptait sur lui pour trouver du travail.

Et peut-être qu'effectivement, elle était sale... elle avait ressenti ce sentiment une ou deux fois par le passé, après avoir couché avec un homme parce qu'elle n'avait pas su dire non. Elle avait alors eu l'impression que son corps et son âme avaient été souillés, mais s'était laissé faire simplement parce qu'elle était plus ou moins consciemment convaincue que c'était forcément elle qui avait eu une attitude aguicheuse et qu'il fallait l'assumer.

Elle aperçut alors Amine qui descendait l'escalier pour sortir de la maison et ne pût s'empêcher de pousser un soupir de soulagement. Puis elle remonta et termina l'un de ses devoirs qu'elle avait entamé depuis déjà plus de trois semaines. Plus que deux, pensa-t-elle.

Elle s'empressa ensuite de retrouver le calendrier des épreuves. La première avait effectivement lieu le 14 mai. Tout était bien trop détaillé sur le document et incluait tous les lieux et dates d'examens du pays, variant selon les différentes académies. Elle entreprit donc de prendre des notes pour récapituler les informations qui la concernaient, étant candidate libre rattachée à l'académie de Grenoble :

<u>Épreuves écrites</u> (Annecy, Haute-Savoie)

Mercredi 14 mai 2014 :
10h30 – 12h30 : LVA (Anglais)
14h00 – 18h00 Culture générale et Expression

Jeudi 15 mai 2014 :
09h30 – 12h30 : Management des entreprises
14h30 – 18h30 : Économie et droit

Vendredi 16 mai 2014 :
10h30 – 12h30 : LVB (Espagnol)
14h00 – 18h00 : Diagnostic opérationnel

<u>Épreuves orales</u> (La Ravoire, Savoie)

Mercredi 21 mai 2014 :
10h00 : LVA (Anglais)
14h00 : LVB (Espagnol)

Jeudi 12 juin 2014 :
09h00 : Communication professionnelle
13h00 : Action professionnelle

Elle se relut plusieurs fois, imprimant bien les dates dans son esprit, prenant conscience du nombre de jours qui la séparaient de chaque épreuve, puis se mit à concocter un plan de révisions. Pour l'anglais et l'espagnol, elle s'en passerait, elle avait sans aucun doute un niveau bien supérieur à celui qui était requis et ne disposait que de peu de temps.

En revanche, il fallait qu'elle commence au moins à relire les notes qu'elle avait prises en étudiant ses cours pour les quatre autres épreuves écrites. Ce faisant, elle se félicita pour la clarté de ses fiches de révisions et s'aperçut avec joie qu'elle se souvenait très bien de ses leçons, une année après les avoir étudiées.

Sa mémoire avait toujours été une de ses forces, de même que sa capacité à comprendre, reformuler et résumer l'essentiel d'un texte ou d'une idée. De cela au moins elle était fière.

Elle fit le bilan de tout ce qui lui restait à faire avant le début des examens et se demanda comment elle allait bien pouvoir réviser correctement en l'état actuel des choses.

Les propriétaires n'étaient pas méchants, mais ils étaient maniaques de propreté et Amélie ne se sentait pas chez elle mais chez eux, ce qui devait également être le cas des autres locataires qu'elle ne croisait qu'en coup de vent dans les couloirs menant à la cuisine ou à la salle de bain. Les pièces communes n'étaient donc pas une option pour se concentrer sur ses révisions.

La chambre, encore moins. Elle avait demandé plusieurs fois à Amine de couper le son des centaines de notifications qu'il recevait sur l'ordinateur, mais en vain. Et sa simple présence la crispait, elle était incapable de se concentrer sereinement quand il était là.

Mon dieu... pourquoi faut-il que je me retrouve malgré tout dans ses bras chaque soir ? Pourquoi est-ce devenu une telle addiction ? Pourquoi ai-je l'impression que je vais m'écrouler si je mets un terme définitif à tout cela ? Pourquoi n'en ai-je pas la force ? Je suis pitoyable...

Ce n'était de toute façon pas le moment de s'infliger ces reproches, elle devait se concentrer sur ses examens, rien d'autre. Mais quelles dates choisir pour ses billets d'avion ? Elle avait prévenu sa patronne depuis des mois qu'elle partirait une dizaine de jours pendant la deuxième moitié de mai, et une autre serveuse supplémentaire avait de toute façon été recrutée depuis. Elle regarda les prix des billets.

Elle pourrait partir le lundi 12 mai et revenir à Londres le jeudi 22 mai. Il faudrait ensuite qu'elle retourne en Haute-Savoie pour deux ou trois jours pour les oraux du 12 juin. Elle pourrait de cette manière fêter son anniversaire en même temps que la fin de ses examens avec sa famille.

Cette idée lui redonna du courage : elle arrivait bientôt au bout de cette formation qui lui avait pris tant de temps et d'énergie depuis tant de mois. Elle devait y arriver, pensa-t-elle avec force.

Elle entendit les pas d'Amine remontant l'escalier et ne leva pas le nez de son écran lorsqu'il entra dans la chambre pour prendre ses affaires de toilette et ressortir aussitôt. Elle entendit la douche couler. Elle consulta sa montre et comprit pourquoi son estomac gargouillait : Il était vingt et une heures.

Elle descendit dans la cuisine, prit tous les restes qu'elle trouva et se remplit une assiette, avant de laver les quatre boites qui les contenaient et qui s'étaient accumulées dans le frigo, ne contenant plus qu'une ou deux bouchées de nourriture chacune.

Une autre habitude d'Amine qui exaspérait Amélie. Il faisait cela pour ne pas avoir à laver les boites, et lorsqu'il était de corvée de nettoyage des pièces communes, elle devait repasser derrière lui, fatiguée de se justifier auprès des propriétaires qui venait toujours se plaindre à elle, depuis le jour où Amine avait levé le ton sur eux lorsqu'ils avaient osé lui faire ces reproches directement, au début de leur vie commune.

Après avoir mangé et lavé la vaisselle, elle remonta dans la chambre et rouvrit son ordinateur avant qu'Amine, qui venait de revenir de sa douche, ne s'en empare à nouveau. Elle commença à regarder les vols, jonglant avec les dates en fonction des prix, puis sursauta en entendant son téléphone sonner.

C'était sa mère. Elle se figea : si Brigitte l'appelait directement sur son portable à une heure pareille, il devait s'agir d'une urgence.

Elle décrocha :

– Allô maman ? Tout va bien ?

– Bonjour ma chérie, non, ça ne va pas très bien... répondit-elle en soupirant.

– Que se passe-t-il ? Demanda-t-elle d'une voix hésitante, se préparant au pire.

– C'est Annie... elle vient d'être hospitalisée. Apparemment son état s'est beaucoup aggravé et... les médecins disent que cela peut évoluer très rapidement, ajouta-t-elle en étouffant un sanglot. Je suis désolée de te donner ces tristes nouvelles, ma chérie... mais je sais que tu m'en voudrais s'il arrivait quelque chose sans que tu n'aies pu... dire au revoir.

Il y eût un silence.

Mon Dieu, Annie...

Cette amie inestimable, qui avait toujours été là pour elle. Elle ne pouvait pas y croire. Elle l'avait pourtant chaque dimanche au téléphone et n'avait rien vu venir.

Elle sentit soudain l'adrénaline envahir tout son corps : Il fallait qu'elle parte au plus vite, il fallait qu'elle se rende tout de suite au chevet d'Annie.

– Ma chérie ? Dis-moi quelque chose s'il te plaît...

– J'arrive, maman, déclara Amélie d'une voix rauque. Je prends tout de suite un billet d'avion, je serai là dans deux jours au plus tard. Je t'enverrai un message pour te dire à quelle heure j'atterrirai à Genève.

– D'accord ma chérie. J'ai hâte de te revoir, je t'aime.

– Moi aussi je t'aime maman, répondit-elle la gorge serrée, ayant toute la peine du monde à retenir ses larmes. A très bientôt, gros bisous.

Elle raccrocha rapidement puis un torrent de larmes jaillit de ses yeux. Elle s'assit en boule sur le sol pour ne pas tomber puis entoura ses jambes de ses bras et enfouit son visage entre ses genoux. Amine s'approcha d'elle, voyant les sanglots secouant son corps tout entier. Elle releva la tête et tendit lentement le bras pour attraper son ordinateur.

Elle savait qu'il avait compris que son départ était imminent, mais elle n'avait pour l'instant pas le cœur à lui parler. Il avait fait preuve d'un tel manque de compassion envers elle ces derniers mois qu'elle savait qu'il ne penserait qu'à lui, comme d'habitude, et qu'il ne s'inquièterait que de son propre sort. Elle décida donc de se dépêcher de prendre son billet pour le mettre devant le fait accompli.

Elle réserva l'aller le moins cher pour le jeudi dix-sept avril, deux jours plus tard, puis le retour pour le vingt-deux mai. Elle paya la somme en euros, depuis son compte français, n'ayant de toute façon pas suffisamment d'argent sur son compte anglais.

Puis les yeux rouges et les dents serrées, elle se tourna vers Amine qui la regardait avec inquiétude, attendant le verdict.

– Annie est très malade. Je pars après-demain.

– Oh, mon amour... je suis désolé pour elle, mais... comment vais-je faire, seul ici ?

– Tu seras bien obligé de trouver un emploi et de te débrouiller pour payer le loyer.

– Mais... et ton travail ?

– Je leur expliquerai la situation. S'ils ne veulent pas me reprendre en mai, tant pis. Ce sera ton tour de tout payer, et si ce n'est pas le cas, je verrai bien... peut-être que je rentrerai définitivement en France si rien ne change dans notre quotidien.

Amine eût soudain l'air terrifié.

Il était temps qu'il comprenne qu'elle n'accepterait pas éternellement cette situation.

– Mais mon amour, dit-il en reprenant ses esprits, c'est mardi aujourd'hui... comment je vais faire dimanche pour payer le loyer de la semaine prochaine ?

Elle eut un petit rire triste et ironique.

– Je te laisserai ma carte bleue. Il y a pour l'instant cent-cinquante livres sur mon compte, c'est tout ce que j'ai pu économiser après avoir payé le mariage et l'acompte de ton avocat. Je demanderai mes salaires à ma responsable au restaurant et à Gary demain soir, mais sachant que je n'aurai même pas travaillé une demi-semaine, il n'y aura pas grand-chose de plus. Tu devrais avoir un peu plus de deux-cents livres à ta disposition, ce qui te laisse trois ou quatre jours pour commencer un nouveau travail et obtenir au moins une semaine de salaire pour payer le prochain loyer. Je t'ai d'ailleurs parlé hier du restaurant qui se trouve à dix minutes à pied d'ici, dans lequel ils cherchent un plongeur à temps complet en urgence, tu te souviens ? Tu ne m'as pas répondu, tu étais en train de discuter sur Facebook en m'ignorant, comme d'habitude... j'ai obtenu le numéro du chef de cuisine et lui ai envoyé un message hier soir, il m'a répondu tôt ce matin que tu pouvais faire un essai dès que possible. Cela t'intéresse peut-être, maintenant que je ne serai plus là pour tout payer ?

– Ne me parle pas comme ça ! s'emporta-t-il. Oui, je vais m'y rendre à cet essai. Mais tu aurais quand même pu me demander mon avis avant de prendre tes billets. Je t'aurais donné mon accord, je comprends, tu sais...

Elle soutint son regard un moment, le visage crispé. Puis elle s'approcha doucement de lui et lui répondit :

– C'est facile de dire cela maintenant que tu n'as plus le choix. Je n'ai pas à te demander la permission. Je suis épuisée, et... tu vas me manquer.

Il la prit dans ses bras et elle pleura contre son épaule, le sentant raide et totalement désemparé par la situation. Puis elle descendit dans le jardin et envoya des messages à ses amies pour les prévenir qu'elle partait pour plus d'un mois et qu'elle les appellerait pour leur expliquer tout cela en détails en arrivant en France.

Le lendemain, tôt le matin, elle envoya un message au chef de cuisine du restaurant voisin pour lui dire qu'Amine était disponible pour un essai. Puis elle se rendit à son travail et informa sa responsable de la situation et des raisons de sa décision précipitée de partir. Celle-ci se montra extrêmement bienveillante et lui affirma qu'elle garderait sa place jusqu'à son retour.

A la fin de sa journée, elle lui donna son salaire et lui souhaita bon courage dans cette épreuve et bonne chance pour ses examens. Elle passa ensuite chez Gary pour y faire une dernière fois le ménage et récupérer son dû. Celui-ci lui affirma également qu'il l'attendrait et lui demanda si elle connaissait quelqu'un qui pourrait éventuellement la remplacer. Elle téléphona alors à Océane qui accepta tout de suite cette mission, luttant elle-même pour joindre les deux bouts, comme le savait Amélie. Enfin, elle passa à la banque pour y déposer son argent.

En rentrant, elle confia sa carte bleue ainsi que son code à Amine en l'informant qu'il devrait se rendre le lendemain matin à neuf heures au restaurant pour son essai. Elle prit une douche puis fit ses bagages avant de dîner. Ils se retrouvèrent ensuite dans la chambre pour leur dernière soirée et ni l'un, ni l'autre n'eut le cœur aux reproches. Ils se contentèrent de se câliner en silence.

Le lendemain, elle se leva à sept heures du matin et réveilla Amine, lui rappelant qu'il devait travailler deux heures plus tard. Celui-ci eut un mal fou à se lever. Depuis trois mois, il passait ses nuits sur l'ordinateur et dormait toute la journée. Outre le mauvais rythme de sommeil auquel il était désormais habitué, il était pétrifié d'angoisse face au départ d'Amélie et cette dernière savait qu'il avait dû dormir moins de deux heures.

Après une journée complète de travail en cuisine en manquant d'autant de sommeil, il s'écroulerait tôt le soir et trouverait enfin un rythme sain de vie, pensa-t-elle avec espoir.

Il alla se débarbouiller et lorsqu'il revint, Amélie était en train de ranger ses dernières affaires dans son sac à dos.

– Tu prends ton ordinateur ? lui demanda-t-il

– Bien-sûr, j'en ai besoin.

– Alors, tu peux me laisser ton smartphone, s'il te plaît ?

– J'en ai besoin également, lui répondit-elle sur la défensive.

– Et comment vais-je faire sans internet ?

– Il y a des cybercafés partout à Londres...

– Mais ma chérie, lui dit-il d'une voix angoissée, tu vas me manquer, je vais être tout seul ici. Et si j'ai besoin de te parler le soir, ou de parler à ma famille ?

– D'accord, soupira-t-elle à contrecœur après un silence. Échangeons les puces des téléphones. Mais s'il te plaît, n'installe pas toutes sortes d'applications dessus et prends en soin jusqu'à mon retour.

– Pas de souci, mon amour, et merci, dit-il en l'embrassant. A quelle heure est ton vol ?

– A treize heures de Gatwick.

– Ok. Je vais y aller, il est déjà huit heures dix. Je... je suis désolé de t'avoir laissé tout payer pendant tout ce temps, j'ai honte... j'étais déprimé, je n'arrivais pas à me forcer et je sais que c'était injuste pour toi... je serai un homme nouveau quand tu reviendras.

– Merci, mon amour, cela me touche vraiment. Je sais bien que tu te trouvais coincé dans une mauvaise dynamique et je suis vraiment heureuse de te voir te reprendre.

« Pourvu que ça dure », implora-t-elle le ciel en silence.

– Bon courage pour le travail, lui dit-elle en l'embrassant avant de le serrer dans ses bras.

– Bon courage à toi, mon amour, et bon voyage.

Puis il quitta la pièce, et elle se retrouva seule dans sa chambre, dans un silence total. La maison était complètement vide. Elle fixa le mur blanc en face d'elle, perturbée par le tourbillon d'émotions contradictoires qui bouillonnaient dans son esprit. Elle était triste de quitter Amine, mais elle ressentait également un immense soulagement depuis qu'il avait quitté la pièce, comme lorsqu'on pose un sac de randonnée sur le sol après l'avoir porté sur son dos pendant vingt kilomètres.

Elle était à la fois submergée par la peur de l'état dans lequel elle trouverait Annie et par la joie de retrouver sa famille et ses amis. Pour couronner le tout, elle était morte d'angoisse pour ses examens. Si elle les ratait, elle ne le pardonnerait jamais à Amine... C'était à cause de lui qu'elle avait dû prendre un deuxième travail et qu'elle ne parvenait pas à étudier le soir. Elle ne pouvait pas accepter l'idée de rater ses examens.

Non, pas ça... pas après tout le mal que je me suis donné... pas après tout ce que j'ai déjà sacrifié pour lui.

Elle se leva lentement, s'apercevant que pour la première fois depuis longtemps elle *avait le temps*, puis elle prit sa valise et son sac à dos et descendit dans la cuisine où elle but un dernier café. En quittant la maison, elle se sentit soudainement euphorique, comme si elle pouvait respirer à nouveau.

Elle prit alors conscience de plusieurs choses qu'elle avait refoulées et endurées depuis des mois sans se plaindre : elle ne supportait plus cette maison ni ses propriétaires, ni sa vie de couple avec Amine.

Bref, rien ne la rendait heureuse dans cette vie qui lui avait été imposé par un odieux chantage affectif de l'homme qu'elle aimait et qu'elle avait voulu aider. Elle était malheureuse et, maintenant qu'elle quittait ce quotidien dont elle avait été prisonnière ces derniers mois, elle se sentait libérée et... *vivante.*

Elle avait fait tout ce qu'elle pouvait pour aider Amine, jusqu'à le réveiller pour son premier jour de travail. La balle était désormais dans son camp à lui. Il ne pourrait plus rien lui reprocher et une fois que ses examens seraient terminés, plus rien ne la retiendrait à Londres. Elle devait maintenant se concentrer sur ses révisions, et sur Annie.

Mon Dieu, Annie... Tiens bon, je t'en supplie.

Comme prévu, elle arriva à quinze heures trente à Genève où ses parents l'attendaient. Les retrouvailles furent joyeuses et chaleureuses. Dans la voiture, elle leur résuma ce qui s'était passé dans sa vie depuis les vacances de Noël, tout en leur faisant croire que tout se passait bien avec Amine et qu'elle était heureuse de l'avoir épousé.

— Il ne t'a pas demandé de te convertir à l'Islam ? lui demanda son père un peu brusquement, comme s'il brûlait de lui poser cette question depuis des mois.

— Non, le rassura-t-elle. Il est très tolérant et, de toute façon, je lui ai dit plusieurs fois que la religion n'était pas pour moi.

— Et tout se passe bien à son travail ? Et votre vie commune ? la questionna sa mère.

— Oui, tout se passe très bien, à part les propriétaires qui nous cassent un peu les pieds.

— Bon, ce n'est jamais facile, la colocation, répondit Jean. Mais de toute façon, c'est provisoire, n'est-ce pas ?

– Oui, mais tu sais papa, les loyers sont tellement chers à Londres que beaucoup de personnes vivent en colocation dans des maisons, même lorsqu'ils sont en couple. Je me renseignerai pour un studio en rentrant.

– Parce que tu as l'intention de retourner vivre là-bas encore longtemps ? s'enquit Brigitte.

– Non, peut-être encore quelques mois, pour perfectionner mon anglais et pour que nous nous organisions Amine et moi pour un éventuel emménagement en France.

– De toute façon, ce n'est pas si loin que cela, nous te voyons tout de même assez souvent. Nous ne te verrions probablement pas plus si tu changeais de région en France, affirma Brigitte comme pour se rassurer elle-même.

– Et quand allons-nous le rencontrer ? reprit Jean.

– Tu sais, cela fait peu de temps qu'il a un emploi déclaré, il ne va pas pouvoir prendre de vacances tout de suite. J'espère l'amener ici pour les vacances de Noël, en espérant qu'il aura pu rendre visite à sa famille en Algérie d'ici là. De cette manière, il aura aussi le temps de se former un peu aux métiers de la restauration, sachant qu'il n'avait aucune expérience professionnelle à part le football en arrivant à Londres. Ce ne sont pas les postes en cuisine qui manquent en France, ajouta-t-elle en arrivant à se convaincre elle-même, pensant que tout ceci était un excellent plan pour l'avenir. Avec un peu de chance, ce sera un retour définitif à Noël, conclut-elle avec enthousiasme.

Bon... et Annie ? s'enquit-elle d'une voix angoissée après un silence, tu m'as dit qu'elle allait déjà mieux depuis qu'elle est prise en charge à l'hôpital... vous l'avez vue, aujourd'hui ?

– Oui, ce matin, répondit Brigitte.

– Et comment allait-elle ?

– Elle avait le ventre très gonflé, soupira-t-elle. Tu sais, c'est grave, ce qu'elle a. En réalité, c'est un cancer du pancréas qui a maintenant atteint le péritoine, et qui est... très avancé, expliqua-t-elle les yeux brillants. Au bout de deux jours de souffrance seule dans son appartement, elle s'est décidée à appeler les secours qui lui ont envoyé une ambulance. Apparemment, cela faisait plusieurs jours que son ventre gonflait et qu'elle n'arrivait plus à manger, mais tu connais Annie, elle est tellement... courageuse et indépendante... elle a tenté de tenir bon, en méditant, en parlant à son corps, comme elle le dit toujours, ajouta-t-elle avec un regard à la fois septique et admiratif.

– Mais alors... Qu'est-ce qu'ils vont faire ?

— Ils l'ont mises sous diurétiques à haute dose par perfusion et quand nous l'avons quittée, ils s'apprêtaient à lui faire une ponction pour pouvoir enlever le liquide qu'elle a dans l'abdomen.

— Mais qu'est-ce que c'est que ce liquide, au juste ?

— Cela s'appelle l'ascite. Apparemment, c'est une réaction du corps due à l'inflammation du péritoine, si j'ai bien tout compris.

— Et comment va-t-elle, moralement ?

— Oh, tu connais Annie, fit Brigitte avec un sanglot tout en souriant. C'est l'incarnation du courage, elle reste positive et est toujours convaincue qu'elle parviendra à guérir... elle est incroyable, les médecins de l'hôpital n'en reviennent pas et disent qu'elle est la preuve vivante que le moral joue énormément dans l'évolution des maladies. En réalité, cela fait des mois qu'elle a été diagnostiquée, et c'est l'un des cancers les plus agressifs et les plus mortels, mais elle refuse de se laisser abattre.

— Mais... ils vont commencer un traitement ou pas ?

— Non, répondit-elle avec un soupir, ils disent que c'est trop tard... et elle aurait de toute façon refusé, elle dit que la médecine traditionnelle ne peut rien pour elle et qu'elle va continuer ses efforts, avec des remèdes naturels.

— Et tu crois qu'elle peut s'en sortir de cette façon ?

— Je ne sais pas ma chérie... tu me connais, je suis très cartésienne... mais si elle y croit, je me dois d'y croire, tu comprends ? Si une seule personne sur Terre pouvait y arriver, ce serait bien elle.

— Oui, c'est exactement ce que je pense, approuva Amélie.

— Et moi aussi, conclut son père. Elle a une telle force mentale que j'ai envie d'y croire. Même si je sais comment ça se terminera, je pense qu'elle a prouvé qu'elle était capable de ralentir le processus.

— Quand est-ce qu'on pourrait aller la voir ? Ce soir ?

— Je ne sais pas ma chérie, répondit sa mère. Elle doit être épuisée et l'hôpital n'est pas vraiment sur notre route. Le temps que nous arrivions, il sera dix-huit heures passées. D'ailleurs, toi aussi tu as l'air bien fatiguée... peut-être qu'il serait plus sage pour toi de l'appeler ce soir et de passer la voir demain ?

— Oui, tu as raison, je vais m'installer tranquillement et prendre une douche à la maison puis je l'appellerai.

Ce soir-là, Mathilde vint se joindre à eux pour un dîner en famille. Amélie était tellement heureuse d'être auprès des siens. Elle se sentit également rassurée après avoir appelé Annie qui conservait effectivement une positivité héroïque. Cette dernière lui avait expliqué qu'on lui avait retiré trois litres de liquide de l'abdomen et qu'ayant immédiatement retrouvé l'appétit après sa ponction, elle avait très bien mangé.

Les jours qui suivirent, Amélie parvint enfin à envoyer ses deux derniers devoirs obligatoires à la correction, puis se consacra corps et âme à ses révisions. Elle faisait simplement une pause de trois heures dans l'après-midi pour rendre visite à Annie à l'hôpital, heureuse de constater que son état général s'améliorait peu à peu.

Tous les soirs après le dîner, elle discutait avec ses amis de Londres et avec Amine sur Facebook puis se remettait à ses révisions jusque tard dans la nuit. Elle laissait tout de même son ordinateur allumé au cas où il souhaiterait lui parler, car elle s'était aperçue au bout de quelques jours qu'il lui manquait. Leurs échanges étaient brefs, sachant qu'elle devait rapidement se remettre au travail et qu'Amine lui disait devoir se coucher tôt pour travailler le lendemain.

Un soir, pourtant, après qu'il lui eut dit cela, elle regarda une dernière fois ses discussions instantanées avant de se coucher quatre heures plus tard et s'aperçut qu'il était toujours en ligne en train de discuter. Il était deux heures du matin. Elle observa cela plusieurs soirs d'affilée puis le dimanche suivant, dix jours après son départ, il lui expliqua qu'il n'avait toujours pas été payé et que les propriétaires lui avaient demandé de s'acquitter la semaine de loyer.

Elle l'appela :

– Comment est-ce possible ?

– A mon travail, le salaire est mensuel et ils n'ont pas voulu me faire d'avance.

– Insiste un peu ! Ce n'est tout de même pas correct, ils peuvent comprendre, non ?

– Non, ils ne veulent pas comprendre ! C'est comme ça... tu peux m'aider, mon amour ?

– Écoute, j'ai toujours le numéro du chef de cuisine, je lui demanderai moi-même.

– Non, ne fais pas ça ! Bon... je n'ai pas voulu t'en parler car je ne voulais pas t'inquiéter, mais en fait, après l'essai, ils m'ont dit qu'ils ne voulaient pas de moi et m'ont payé pour ma journée... je suis désolé, je ne voulais pas te déconcentrer dans tes révisions... tu comprends ?

– Non... ce n'est pas possible, se lamenta-t-elle à voix haute, le cœur battant à tout rompre. Ce n'est pas possible... je ne comprends pas : qu'y a-t-il de difficile à laver la vaisselle en sachant que tu as un loyer et un avocat à payer ? Pourquoi ne t'ont-ils pas gardé alors qu'ils étaient dans l'urgence ? Que t'ont-ils donné comme raison ?

– Ils m'ont dit que j'étais trop lent et que ça se voyait que ça ne me plaisait pas... mais c'est juste parce qu'ils sont racistes.

– Arrête avec ça ! Je lui avais donné ton nom, il a quand même bien une consonnance arabe ! Il savait qui il faisait venir pour un essai ! Nous sommes à Londres, ce n'est tout de même pas la ville la plus raciste du monde, d'autant plus qu'ils ont des quotas à respecter, imposés par la loi, justement pour proscrire les discriminations, tu le sais aussi bien que moi ! Quel risque prenaient-ils à te mettre à la plonge ? Le vrai problème, c'est ton attitude !

– Oui, peut-être... mais ce n'est pas ma faute, je n'ai pas l'habitude de ce genre de travail... j'ai essayé, mais tu sais bien que j'ai mal au dos... et puis je suis déprimé, depuis que tu m'as abandonné ici. Tu peux m'aider, s'il te plaît ? Je vais tout faire pour trouver vite un autre travail, *Wallah.*

Elle se prit la tête entre les mains, haletante.

Ce n'est pas vrai... c'est un cauchemar...

– Amine, reprit-elle avec autant de sang-froid que possible. Comment pourrais-je t'aider ? Tu sais bien que je ne touche plus de salaire ! Tu ne pouvais pas fournir un réel effort, y mettre tout ton cœur ? C'est comme ça que j'ai commencé ! Mon Dieu, Amine, combien de temps cela va-t-il durer ?

– Mais mon amour, ils vont me jeter dehors si je ne paie pas... tes parents n'ont pas un peu d'argent ?

– Ne pense même pas à mes parents ! rugit-elle. Je ne leur ai pas dit que tu ne travaillais pas et que tu étais à ma charge depuis des mois, j'aurais bien trop honte, et ils s'inquiéteraient bien trop pour moi ! Ok... je vais prendre dans mes économies, mais je n'ai presque plus rien... je vais te virer sept cents livres sur mon compte anglais dont tu as la carte, ça devrait te permettre de payer le loyer pour quatre semaines et de manger pendant une dizaine de jours... et je vais postuler en ligne pour toi, ce sera plus rapide. Mais toi, fais ton maximum pour trouver quelque chose au plus vite de ton côté.

– Merci mon amour, je... je ne sais pas quoi dire... je vais me sortir de cette galère, je te le jure devant Dieu, ne t'inquiète pas. Je t'aime...

– Ouais... dit-elle avant de raccrocher, incapable de lui donner la réponse qu'il attendait.

Elle se connecta à son compte bancaire français. Elle constata avec angoisse qu'elle n'avait plus que mille sept-cents euros. Elle consulta le cours de la livre sterling sur internet et fit un rapide calcul, sachant pertinemment que sa banque aurait un taux moins avantageux et qu'il y aurait des frais de virement international. La livre étant très forte cette année-là, elle sut qu'elle en aurait pour environ mille euros.

Elle n'aurait donc plus que sept cents euros en tout et pour tout en rentrant à Londres. Elle était partie avec trois mille euros d'économies et avait lutté pendant des mois pour les conserver. Sa situation aurait dû commencer à s'améliorer en janvier si elle n'avait pas emménagé avec lui. Elle commença à calculer où elle en serait si elle ne l'avait jamais pris à sa charge, tout en ayant une vie sociale, en ne se privant de rien, puis s'arrêta quand la nausée lui prit.

Cela ne sert à rien de penser de cette façon, ce qui est fait est fait.

Je suis tombée dans le panneau et je lui ai promis que je reviendrai... et maintenant que j'ai dit à tout le monde que tout allait bien, je ne peux pas revenir en arrière. Et puis... je l'aime, je n'y peux rien.

Une fois le virement effectué, elle se connecta à son compte anglais par curiosité, car elle savait bien que l'argent n'y serait pas instantanément. Il était vide, ce qui n'était pas une surprise, puisqu'Amine avait dû payer une semaine de loyer et manger, mais il y avait quelque chose qu'elle ne comprenait pas : Alors qu'un retrait de cent-cinquante euros aurait dû apparaître pour la chambre, elle ne trouva aucune opération de ce type.

Au lieu de cela, elle vit plusieurs paiements par carte dans divers magasins, alimentaires pour la plupart. Elle les additionna et constata avec horreur qu'Amine avait simplement *vécu* pour deux cents euros en dix jours et qu'il devait par conséquent avoir une semaine de retard dans le loyer.

Mon Dieu, donnez-moi la force de le quitter... mais je sais qu'il ne me laissera pas partir facilement... je suis la poule aux œufs d'or.

Elle fondit en larmes.

Quelques minutes plus tard, elle se reprit : Il fallait à tout prix qu'elle réussisse ses examens, même le cœur brisé.

Le lendemain, elle travailla sans répit. Les révisions lui permettaient de détourner son esprit de ses soucis. Après avoir déjeuné avec ses parents, elle partit comme d'habitude voir Annie. Elle avait besoin de parler à quelqu'un de ce qui lui arrivait et Annie était la personne idéale pour cela... mais elle savait que cette dernière lui conseillerait de quitter Amine sur le champ... si Amélie n'en trouvait pas la force, elle décevrait son amie. Et surtout, Annie était gravement malade. Cela aurait été égoïste de lui parler de ses problèmes dérisoires face à l'épée de Damoclès qui se dressait au-dessus de sa tête.

Alors elle se ravisa et s'embourba un peu plus dans son mensonge et dans sa détresse solitaire. Le soir, alors qu'elle se replongeait dans ses fiches juste après le dîner, Amine fit sonner son téléphone pour lui faire comprendre qu'elle devait se connecter à Facebook.

Elle hésita un moment : que lui voulait-il *encore* ? Peut-être avait-t-il besoin d'un rein, pensa-t-elle avec amertume.

Ou peut-être qu'il avait enfin une bonne nouvelle à lui annoncer...

Ne te fais pas trop d'espoir, c'est peine perdue.

Elle se connecta, non sans appréhension. Elle avait une dizaine de messages d'Amine dans la discussion instantanée.

Elle les ouvrit et se décomposa au fur et à mesure qu'elle les lisait, paralysée par la peur et l'incompréhension :

Lundi 28 avril 20:06 Amine
Il faut que je te parle.

Lundi 28 avril 20:09 Amine
Réponds-moi, s'il te plaît, c'est urgent.

Lundi 28 avril 20:12 Amine
Ok. Un ami a regardé ton profil et tes photos sur Facebook et il m'a dit qu'il était surpris que je me sois mis avec une fille comme toi, alors j'ai regardé et j'ai compris ce qu'il voulait dire.

Lundi 28 avril 20:13 Amine
Supprime tes photos ! C'est humiliant pour moi, supprime-les !

Lundi 28 avril 20:14 Amine
Ça me brise le cœur de voir ça, je suis tellement en colère que j'ai envie de mourir !

Lundi 28 avril 20:16 Amine
Réponds-moi, MAINTENANT !

Lundi 28 avril 20:19 Amine
Si tu ne me réponds pas maintenant, je vais tout casser, je te le jure ! Pourquoi tu me fais ça ?? Tu n'as pas honte ?? Je croyais que j'avais épousé une fille bien, pas ce genre de femme !

Lundi 28 avril 20:20 Amine
Wallah j'ai la haine contre toi, Réponds-moi !!!!

Lundi 28 avril 20:39 Amine
Je sais que tu es connectée et que tu as vu mes messages. Rappelle-moi maintenant, ou tu vas le regretter !

Le cœur battant, elle tenta d'assimiler ce qui se passait. Qu'avait-elle donc pu faire de si horrible ? Elle avait accumulé un grand nombre de photos depuis qu'elle s'était inscrite sur le fameux réseau social, huit ans auparavant... maintenant qu'il savait qu'elle était connectée, il la bombarda de plus belle de messages. Prenant son courage à deux mains, elle l'appela :

– Allô, fit-il froidement.

– Je... je ne comprends pas ce qui se passe... qu'ai-je bien pu faire de si terrible ?

– Tu es sérieuse ? Depuis combien de temps n'as-tu pas regardé tes photos ? Tu ne vois pas qu'on dirait une dépravée ? On voit que tu es saoule et tu es entourée d'hommes...

– Mais de quelles photos tu parles ? demanda-t-elle d'une petite voix tremblante.

Il lui expliqua d'un ton glacial comment les trouver pendant qu'elle naviguait sur son profil.

– Mais... ce sont des photos d'une saison que j'avais faite en restauration... ce n'est même pas moi qui les ai postées, j'ai juste été identifiée dessus, comme les vingt autres personnes qui faisaient partie de notre équipe, et avec qui on a pas mal fait la fête... on est tous dans le même état... on était jeunes, on voulait s'amuser... c'est du passé, ajouta-t-elle d'une voix mal assurée.

– Ok, tu sais que je n'ai jamais bu une goutte d'alcool et que je me suis préservé pour le mariage, n'est-ce pas ?

– Oui, mais, mon amour...

– Est-ce que tu crois que j'avais envie d'épouser ce genre de femme, de parler d'elle à toute ma famille pour qu'ils voient ces photos ? hurla-t-il.

– Mais... je comprends mais... ils doivent bien savoir comment c'est en Europe, non ?

– Je leur ai dit à tous que tu étais différente des autres européennes, que tu étais sérieuse, avec la tête sur les épaules, et que c'est pour ça que je t'aimais, et voilà ce que je trouve quand je regarde un peu ta vie !

– Je suis désolée, je... d'accord, je vais les effacer... en plus, si un employeur les regarde, comme ça se fait de plus en plus souvent... je... je suis désolée, je n'aurais jamais pensé que ça t'affecterait autant...

– Non, bien sûr, puisque tu es persuadée que je t'ai épousée pour les papiers et que la seule chose qui t'intéresse, c'est que je trouve du travail ! Tu ne me comprends pas... je viens d'un autre monde, ma culture est différente, c'est très difficile pour moi de m'adapter à Londres. Et maintenant, en plus, tu m'as abandonné, comme ça, sans même me demander mon avis ! Je n'ai pas l'impression d'être un homme avec toi, tu ne fais que me rabaisser et me faire sentir que je suis nul.

– Mais Amine, je... écoute, je vais supprimer les photos mais ça va prendre du temps. Ensuite, je te rappellerai, d'accord ? Je n'ai jamais eu l'intention de te blesser et... je viens de comprendre que tu m'aimes vraiment et que je te demande sans arrêt de trouver du travail comme si c'était aussi facile pour toi que pour moi, alors que je n'ai jamais pris le temps de t'expliquer la mentalité européenne et ce qu'un employeur attendait de toi, je vais me rattraper. J'ai déjà envoyé plusieurs candidatures sur Gumtree pour toi, ça va aller, on va s'en sortir. Je te rappelle dans trente minutes, d'accord ?

– Non, ce n'est pas la peine de me rappeler, merci. Mais si je vois encore ces photos dans une heure, c'est fini entre nous. Bonne nuit.

– Ce n'est pas la peine de me menacer, je vais les effacer, je...

Il lui raccrocha au nez.

Horrifiée de ce qui venait de se passer, elle s'empressa de consulter tous ses albums et d'effacer les photos sur lesquelles elle faisait un peu trop la fête. En les regardant une par une, elle comprit pourquoi cela l'avait tant blessé... mais lui, comprendrait-il un jour son point de vue et sa culture à elle ? L'avenir le lui dirait. Étrangement, le comportement d'Amine renforça également sa conviction qu'il l'aimait.

Elle se souvint des prétendantes musulmanes qui lui avaient proposé de l'épouser et qu'il avait repoussées. Elle repensa à la tendresse dans ses yeux quand il la regardait au début et à la passion avec laquelle il l'aimait la nuit. Dans sa culture, ils partageaient tout, c'était d'ailleurs ce qui lui plaisait chez les Nord Africains, et elle n'avait fait que se plaindre de perdre de l'argent depuis qu'ils vivaient ensemble.

J'ai vraiment tout gâché.

Elle termina enfin de supprimer les photos.

Sa mère entra alors dans sa chambre.

– Tu veux un café, ma chérie ? Oh... mais que t'arrive-t-il ? Tu es sûre que ça va ? Tu es toute pâle !

– Oui, maman, ça va, je suis juste fatiguée.

– Tu en fais trop ma chérie, parfois il faut savoir se vider la tête avant qu'elle n'explose, tu veux venir regarder un film avec papa et moi en buvant un bon café ?

– Oui... je pense que ça me ferait le plus grand bien, j'arrive tout de suite. Merci maman...

– Oh de rien, tu sais, je t'avoue que tu commences à me manquer. Tu es tout le temps en train de travailler dans ta chambre ! Tu as même sauté plusieurs repas. A ce rythme-là, tu ne vas pas être bien en forme pour tes examens. Tu devrais aller voir un peu tes amis aussi, ça te ferait du bien, ma chérie.

– Oui maman, tu as raison... merci pour tout, ajouta-t-elle avec gratitude, les larmes lui montant aux yeux.

– Viens-là ma puce, dit-elle en la prenant dans ses bras, on va se regarder un bon film comique, on va bien rire !

Amélie se promit alors de se vider la tête en regardant un de ses films préférés - *La Grande Vadrouille* - avec ses parents sans penser à Amine, et de faire de son mieux à l'avenir pour nourrir leur amour en espérant qu'il la pardonnerait. En attendant, elle avait bien étudié jusqu'ici et, les épreuves débutant plus de deux semaines plus tard, elle pouvait bien s'autoriser un peu de détente.

Trois jours s'écoulèrent et Amine ne répondait toujours pas à ses messages, ce qui la conforta dans l'idée qu'elle avait vraiment tout gâché et que tout était sa faute. Son sentiment de culpabilité s'était accru de manière exponentielle pendant ce long silence et Amine lui manquait énormément.

Elle en était même arrivée à se dire qu'effectivement, ces fêtes trop arrosées dans sa jeunesse n'étaient pas vraiment glorieuses et qu'elle y avait parfois laissé sa dignité, puis en arriva à la conclusion qu'Amine exercerait probablement une bonne influence sur elle et qu'il ne l'entrainerait pas sur des pistes dangereuses, comme le faisaient malheureusement les conjoints de plusieurs de ses amies. Il était temps qu'elle se range, pensa-t-elle, et c'était avec lui qu'elle voulait regarder vers l'avenir.

Elle culpabilisait tellement qu'elle en était venue à se demander si elle n'avait pas transmis une maladie à Amine qui lui, n'avait connu personne d'autre qu'elle. Si son attitude irresponsable altérait la santé de l'homme qu'elle aimait, elle ne se le pardonnerait jamais.

En rendant visite à Annie à l'hôpital, elle en avait donc profité pour se faire dépister. Le samedi, cela faisait cinq longs jours que ses messages à Amine restaient sans réponse et elle avait envie de partir en courant à Londres pour lui jurer qu'elle l'aimait et le supplier de la pardonner. Elle lui laissa un dernier message en lui disant qu'elle avait le cœur brisé par son silence et il se décida finalement à lui répondre.

Il l'informa qu'il l'avait pardonnée mais qu'elle devait lui promettre d'avoir désormais une vie saine. Il lui demanda si elle avait passé des soirées avec des hommes depuis qu'elle était en France, elle lui promit qu'elle avait passé toutes ses nuits à réviser. Elle n'osa pas lui demander s'il avait trouvé du travail, de peur d'être de nouveau durement punie.

Ce soir-là, ils restèrent en communication pendant trois heures par la discussion instantanée. Amine n'arrêtait pas de lui répéter qu'il l'aimait, qu'elle lui manquait et qu'il avait envie d'elle. Il lui avait même demandé de lui envoyer des photos d'elle en nuisette. Elle ne raffolait pas de ce type de jeux, mais elle lui devait bien ça, après avoir décidé de le laisser seul pour plus de cinq semaines sans lui demander son avis.

Chaque matin, elle passait désormais une heure à postuler en ligne pour lui puis révisait pendant des heures et s'y remettait après avoir rendu visite à Annie l'après-midi. Après le dîner, elle se connectait à Facebook pour parler à Amine. Si elle arrivait cinq minutes plus tard que l'heure habituelle (vingt heures), il s'inquiétait et l'assaillait de messages.

Lorsqu'elle lui demandait si quelqu'un l'avait appelé pour le travail, il lui répondait que non et changeait de sujet. Au bout d'une demi-heure, elle lui disait toujours qu'elle devait réviser mais il se plaignait de se sentir terriblement seul, alors elle n'osait pas le quitter. Au fond, elle savait qu'il faisait cela pour s'assurer qu'elle ne sortirait pas faire la fête.

Quand il la laissait enfin se remettre au travail, il était en général plus de vingt-trois heures. Il lui demandait de garder son ordinateur allumé et connecté et, toutes les heures, lui renvoyait un message pour savoir si tout allait bien. S'ensuivaient des adieux interminables jusqu'à trois heures du matin, puis elle finissait par sombrer peu avant quatre heures pour se relever à sept heures et commencer une nouvelle journée.

Le vendredi suivant, extrêmement fatiguée, elle s'endormit à son bureau. Ce fût sa mère qui la réveilla pour le déjeuner en lui rappelant qu'elle avait une tête de « déterrée ». Amélie lui annonça d'une voix pâteuse qu'elle arrêtait les révisions jusqu'aux examens qui démarraient cinq jours plus tard. Elle était prête mais complètement épuisée, et il fallait qu'elle mette son corps et son cerveau au repos pour être performante au moment venu.

Sa mère abonda dans son sens avec soulagement.

Il faudrait aussi qu'Amine me laisse dormir...

Elle avait désormais des crises d'angoisse tous les soirs en sortant de table, priant pour qu'il la laisse se coucher tôt. Mais dès qu'elle essayait de lui faire comprendre qu'elle avait besoin de dormir, il se vexait.

Cet après-midi-là, elle récupéra les résultats de ses analyses sanguines qui se révélèrent tous parfaits, ce qui la soulagea grandement. Annie lui annonça qu'elle rentrerait chez elle le surlendemain, le dimanche matin. Tout allait donc aussi bien que possible.

Un temps radieux était annoncé pour tout le week-end et Cécile, son amie d'enfance, les avait invitées sa sœur et elle à dîner le samedi soir. Il fallait donc qu'elle explique le soir même à Amine qu'elle ne serait pas joignable le lendemain et qu'il faudrait qu'elle se couche tôt les soirs suivants, jusqu'au week-end d'après.

Amine ne cacha pas son mécontentement lorsqu'il apprit qu'elle sortirait et lui demanda s'il y aurait des hommes à cette soirée. Elle lui répondit en toute sincérité que le seul homme présent serait Jordan, le petit ami de Cécile, et le supplia de lui faire confiance et de la laisser décompresser tranquillement pour un soir.

Il alla jusqu'à lui demander si elle aurait son ordinateur avec elle pour pouvoir communiquer avec lui et elle parvint tant bien que mal à lui faire comprendre qu'on ne dînait pas avec des amis en gardant son ordinateur ouvert sur la table.

– D'accord, conclut-il en soupirant. Je te fais confiance. Ne me déçois pas.

– S'il te plaît, ne sois pas si oppressant, je comprends que tu aies été choqué par mon passé, mais depuis que je suis avec toi, je suis au-dessus de tout soupçon... je suis une personne honnête et loyale, tu n'as pas besoin de te montrer aussi possessif, je ne vois pas comment pourrait marcher notre couple sans confiance mutuelle... je t'aime, tu sais, mon amour.

– Oui, je suis possessif et jaloux, parce que c'est une faiblesse de ne pas l'être, pour un homme. Et cela prouve que je t'aime. Et je suppose que tu vas boire de l'alcool ?

– Oh mon amour... je t'avais bien prévenu dès le départ que je buvais de l'alcool et mangeais du porc, tu m'avais assuré que ça ne te posait pas de problème...

– Eh bien maintenant ça m'en pose un...

– D'accord, je m'en passerai, alors, mentit-elle, songeant qu'il ne pourrait de toute façon pas le vérifier et qu'elle avait tout de même le droit de boire un peu de vin à table pour décompresser.

– D'accord. Tu vas rentrer vers quelle heure ?

– Je ne sais pas, répondit-elle au comble de la frustration, sachant qu'il allait l'attendre pour lui parler sur Facebook. Je ne peux pas te donner d'heure, on reste parfois jusque tard dans la nuit à discuter. J'ai quand même droit à un moment de détente, s'agaça-t-elle.

– Tu recommences à mal me parler !

– Oui… pardon, marmonna-t-elle à contrecœur, sentant la colère monter en elle. Il faut aussi que tu saches qu'à partir de dimanche, j'aimerais me coucher tôt jusqu'à la fin de mes examens.

– C'est quand, déjà ?

– De mercredi à vendredi.

– Ok.

– Bon, il est déjà une heure du matin, j'aimerais me déconnecter et me coucher, cela fait une semaine que je ne dors que trois heures par nuit, il faut vraiment que je récupère, mon chéri, ajouta-t-elle d'une petite voix.

Puis les adieux durèrent encore trente bonnes minutes, ce qui était un supplice pour Amélie qui aimait couper court à une conversation lorsque tout avait été dit, et dont les yeux brûlaient terriblement après avoir passé tant de temps devant l'écran en ayant si cruellement manqué de sommeil ces dernières semaines.

Lorsqu'elle ferma enfin son ordinateur, elle s'écroula pour ne se réveiller qu'à midi le lendemain.

Elle se promena tout l'après-midi dans la campagne puis prit une douche et arriva comme convenu à dix-huit heures chez Cécile et Jordan. Mathilde arriva dix minutes plus tard. Ils passèrent tous les quatre une très agréable soirée, jusqu'à ce qu'Amélie sente son téléphone vibrer dans sa poche, peu avant vingt-trois heures.

Elle se rendit dans le couloir et vit sans surprise qu'il s'agissait d'Amine. Il l'appela une seconde fois. Alors qu'elle regardait son téléphone vibrer dans sa main, elle eût soudainement envie de le jeter contre un mur et de ne plus jamais revenir à Londres. Dès qu'elle passait plus de trois heures avec d'autres personnes qui l'aimaient telle qu'elle était, elle retrouvait sa personnalité et sa joie de vivre et parvenait à retrouver un peu de recul et de lucidité.

Mais l'emprise d'Amine était à présent bien installée, et son angoisse reprit le dessus lorsqu'il l'appela pour la troisième fois consécutive en moins de deux minutes. Elle rédigea un texto expliquant qu'elle allait prendre la route dans un petit moment pour rentrer chez elle et qu'elle devrait de nouveau être connectée dans une heure.

Elle revint à table et, le cœur battant, afficha un air serein et jovial auprès de ses amis et de sa sœur, se disant au passage qu'elle ferait une excellente comédienne. Trente minutes plus tard, elle leur annonça donc qu'elle rentrait, à leur grand regret. Elle se justifia en affirmant qu'elle était épuisée et qu'elle devait se reposer au maximum avant ses examens. Dans sa voiture, son téléphone se remit à vibrer sans interruption, ce qui fit monter crescendo son angoisse, manquant de peu de lui provoquer un grave accident.

Elle rentra presque en courant chez ses parents, la peur au ventre, aussi silencieusement que possible et se hâta d'ouvrir son ordinateur. Elle découvrit sans surprise une dizaine de messages hargneux et passa les deux heures suivantes à se justifier et à s'excuser avant de pouvoir enfin s'endormir le cœur lourd et les oreilles bourdonnantes à trois heures du matin.

Les trois soirs suivants, ils n'eurent que de brefs échanges après le dîner. Il lui demandait tout de même systématiquement une photo d'elle et elle avait fini par comprendre qu'il faisait cela pour vérifier qu'elle était bien dans sa chambre, prête à se coucher. Cela n'avait pas d'importance pour elle tant qu'elle pouvait dormir. Après lui avoir demandé une photo de sa convocation aux épreuves, il lui avait souhaité bonne chance le mardi soir et lui avait dit qu'il la recontacterait le vendredi soir.

Il sait que je ne risque pas de faire la fête pendant ces trois jours-là.

En réalité, tout ce qui lui importait à ce moment-là, c'était de donner le meilleur d'elle-même pour ses examens.

Pendant ces trois jours, Brigitte la conduisit chaque matin à Annecy et lui offrit chaque midi un repas au restaurant. Elle était d'un tel réconfort : elle lui demandait comment s'était passé chaque épreuve puis la regonflait de courage pour la suivante. Elle l'attendait toute la journée en lisant un roman puis la ramenait à la maison le soir.

Amélie recevait également tous les matins des messages d'encouragement de Mathilde, de Cécile et d'Annie et un mot de vive voix de son père quand elle quittait la maison.

Le vendredi, en sortant de sa dernière épreuve à dix-huit heures, elle fondit en larmes, ayant l'impression de l'avoir complètement ratée et fut ramassée à la petite cuiller par sa mère qui lui offrit une bière. Après une longue discussion, Amélie s'aperçut qu'elle n'avait pas fourni un si mauvais travail que cela, et qu'elle aurait probablement tout juste la moyenne pour l'épreuve de « diagnostic opérationnel ».

Elles firent ensuite ensemble le bilan des autres matières : Elle avait sans nul doute réussi les épreuves d'anglais et d'espagnol qu'elle avait trouvées très faciles et dont elle était sortie trente minutes avant la fin ; elle estimait avoir plutôt bien réussi en « Culture générale et expression » ainsi qu'en « Économie et droit » et avait, sans surprise, rendu un travail plus moyen en « Management des entreprises ».

Pour le mois de mai, il ne restait donc plus que les oraux d'espagnol et d'anglais – pour lesquels elle ne s'inquiétait guère – cinq jours plus tard en Savoie, où elles étaient invitées à déjeuner chez son oncle et sa tante qui habitaient près du centre d'examens.

Au fur et à mesure qu'elle discutait avec sa mère, elle s'aperçut que le bilan était encourageant et qu'elle avait fait le plus dur : six épreuves écrites en trois jours. Elle retrouva peu à peu le sourire, sa pression redescendant alors qu'elle sirotait une deuxième bière, jusqu'à ce qu'elle se sente vidée de son énergie, comme un ballon de baudruche complètement dégonflé.

Elle somnola dans la voiture sur la route du retour puis partagea un dîner réconfortant avec ses parents et sa sœur avant de communiquer avec Amine sur Facebook. Celui-ci lui demanda brièvement comment s'étaient passé ses examens avant de lui annoncer qu'il n'avait pas assez d'argent pour payer le loyer jusqu'à son retour.

Lasse, elle lui vira la somme de trois cents livres sans même regarder son compte anglais et sans un reproche, puis regarda son compte français une fois le virement effectué et s'aperçut en haussant les épaules qu'il lui restait désormais moins de trois cents euros.

Elle eut ensuite droit aux interminables conversations creuses et entrecoupées (il discutait avec plusieurs personnes en même temps) et se contenta de répondre à ses messages quand elle en recevait un, ayant bien conscience qu'il s'assurait simplement qu'elle ne sortirait pas fêter la fin de ses épreuves écrites. Il fit de même le samedi soir puis, comme la semaine précédente, lui annonça qu'il la laisserait tranquille jusqu'à la fin de ses oraux le mercredi, sachant que ce serait son dernier soir en Haute-Savoie. Ceux-ci se déroulèrent à merveille, comme elle l'avait espéré.

Le jeudi 22 mai, après un voyage qui lui sembla interminable, elle arriva à vingt heures devant la maison, le cœur battant. Elle s'étonnait qu'Amine ne soit pas venu la chercher à l'aéroport ni même à la station de métro. Après avoir pris une profonde inspiration, elle entra et monta l'escalier puis arriva enfin dans la chambre où elle le trouva torse nu dans son lit, téléphone à la main. *Comme d'habitude...*

— Salut mon chéri ! Me revoilà ! Tu m'as tellement manqué, s'exclama-t-elle avec un grand sourire en lui ouvrant ses bras.

Il se leva et s'avança vers elle avec un petit sourire figé.

Elle nota qu'il avait pris au moins dix kilos depuis qu'elle était partie et se demanda comment c'était possible.

Lorsqu'il arriva à sa hauteur, elle le serra dans ses bras, mais il resta complètement raide pendant une minute, puis ses besoins naturels prirent le dessus, il se détendit et ils finirent par faire l'amour. Tout de suite après l'acte, il s'allongea sur le côté en tournant le dos à Amélie, qui se sentit très mal tout à coup.

Elle était fatiguée et était attendue au travail le lendemain, mais elle savait qu'elle ne pourrait pas trouver le sommeil tant que cette tension ne serait pas dissipée.

– Que... que se passe-t-il mon amour ? Tu n'as pas l'air dans ton assiette...

– J'ai beaucoup souffert pendant ton absence, tu sais ? Je ne sais pas si j'arriverai un jour à te pardonner.

En tout cas tu n'as apparemment pas perdu l'appétit...

– Je suis désolée, soupira-t-elle en se rhabillant pour descendre fumer une cigarette et manger un peu, espérant qu'il restait quelque chose pour elle dans le frigidaire... Cela fait des semaines que je m'excuse, est-ce qu'on pourrait passer à autre chose ? S'il te plaît...

– Tu m'as tellement humilié avec ces photos... tu ne te rends pas compte à quel point j'ai eu la haine contre toi, mais tu étais concentrée sur tes examens, alors je t'ai laissée tranquille.

Vraiment ? C'est ce que tu appelles me laisser tranquille ?

– Qu'est-ce que je peux te dire pour te convaincre ? demanda-t-elle tristement en se levant. Tu sais, je suis allée faire une prise de sang, je craignais tellement de t'avoir transmis une maladie... mais les résultats étaient tous négatifs, lui dit-elle avec un sourire. Il faut dire que j'ai bien fait attention dans le passé, tenta-t-elle de le rassurer, j'ai presque toujours utilisé des préservatifs.

– Tu es sérieuse, là ? Je n'arrive pas à croire que tu me parles de ton passé honteux, lui dit-il d'un ton glacial en se levant.

– Mais... mais... bégaya-t-elle en le regardant s'approcher lentement, le visage déformé par la haine. Je voulais juste te rassurer, je... je ne suis pas aussi sale que tu pourrais le penser...

– Tais-toi, sale pute, cracha-t-il.

Puis il lui décocha un violent coup de poing dans l'épaule. Elle tomba brutalement sur le sol puis se hissa pour s'asseoir contre le mur, le cœur battant, paralysée par la peur.

Non, il n'a pas fait ça, il n'a pas dit ça, ce n'est qu'un cauchemar.

Mais la douleur lancinante dans son épaule lui confirmait qu'il s'agissait bien de la réalité, aussi immonde fusse-t-elle. Il resta planté en face d'elle, la regardant avec dégoût. Puis il retourna lentement s'allonger sur le lit. Elle resta immobile pendant un interminable moment, tétanisée par le choc.

Puis elle reprit peu à peu ses esprits et regarda la porte, songeant que la voie était libre. Ses clés étaient posées sur la table basse juste à côté d'elle et elle savait que ses baskets se trouvaient derrière la porte, mais elle ne se souvenait plus où elle avait mis son téléphone. Tant pis, elle pouvait se rendre au commissariat le plus proche, mais elle n'avait aucune idée d'où il se trouvait et n'avait ni téléphone, ni carte de bus... elle n'avait pas le choix, il fallait absolument qu'elle sorte de cette chambre et qu'elle s'éloigne au maximum de lui. Elle aviserait ensuite.

Elle rassembla tout son courage, se leva aussi vite que possible et sortit de la chambre, attrapant ses baskets et ses clés au vol. Elle dévala les escaliers et sortit de la maison en courant. Les autres habitants devaient la croire complètement folle de se comporter ainsi un jeudi soir à presque minuit.

Elle courut à sa vitesse maximale puis, n'entendant aucun bruit de pas derrière elle, se cacha derrière un mur pour reprendre son souffle et mettre ses chaussures. Elle observa la rue déserte puis regarda la maison qu'elle habitait à une centaine de mètres mais rien n'avait bougé. Tout portait à croire qu'Amine était resté dans la chambre. Elle sentit alors les larmes lui piquer les yeux et s'accroupit pour les laisser couler.

Elle se releva au bout de quelques minutes puis repartit en marchant d'un pas lent, tremblant de tout son corps. Elle se souvint d'un commissariat sur Harrow Road et avança dans sa direction, pensant qu'elle en aurait au moins pour trente minutes de marche. La rue était peu éclairée et elle n'y croisa personne. Elle prit alors conscience du fait qu'elle ne portait qu'une chemise de nuit qui lui arrivait en haut des cuisses et frissonna. Elle ne savait que trop bien qu'il y avait des pervers à Londres, surtout dans ce quartier.

Elle marchait depuis cinq minutes lorsqu'elle entendit une voiture arriver derrière elle sur la grande avenue. Elle n'y préta pas attention jusqu'à ce que le véhicule ralentisse à son niveau et que son conducteur, un homme baraqué, s'adresse à elle :

– Salut ma jolie, tu te sens seule ? Tu veux que je t'emmène quelque part ? Allons, n'aie pas peur, fit-il d'un ton moqueur en sortant sa langue de façon obscène avant de la siffler.

Elle l'ignora et accéléra le pas. Il continua à la suivre en roulant à son allure. Consciente qu'il serait totalement inutile de courir, elle regarda dans tous les sens : tout autour d'elle s'il y avait quelqu'un ; au bout de la route dans un sens et dans l'autre pour voir si un bus ou tout autre véhicule arrivait, puis, par désespoir, en l'air à hauteur des lampadaires, pour voir s'il y avait au moins des caméras.

Rien. Il n'y avait rien ni personne.

Elle trouva la situation presque risible lorsqu'elle s'imagina au milieu de la nuit en chemisette, coincée avec un homme qui avait le double de sa force au volant d'une voiture puissante, alors qu'elle n'avait que sa chemise de nuit et ses baskets et qu'elle était diminuée par sa hanche et son épaule endolories. Elle se trouvait sur la plus longue avenue de Londres, dans une grande ligne droite dont les trottoirs étaient bordés de hauts murs à cet endroit-là.

Elle n'avait aucune échappatoire.

Alors, au comble du désespoir, elle fît volte-face et se mit à courir. L'homme opéra un demi-tour en faisant crisser ses pneus sur l'asphalte puis revint à sa hauteur.

– Tu as remarqué, n'est-ce pas ? Nous sommes seuls, bébé. Allez, ne sois pas si coincée !

– Laissez-moi tranquille, espèce de porc ! hurla-t-elle à s'en briser la voix en s'arrêtant pour lui faire face, comme un animal pris au piège aurait grogné et montré ses crocs, n'ayant plus d'autre option pour sa propre survie.

– Ouais, c'est ça, sale pute, fit-il avec dédain avant de poursuivre sa route et de tourner à droite à la première intersection.

Les jambes tremblantes, elle reprit sa marche en direction de sa *maison*, pensant qu'il était encore plus dangereux de marcher seule jusqu'au commissariat que de passer la nuit dans la même pièce qu'Amine.

Elle passa devant l'auberge de jeunesse, hésita un instant à y entrer pour demander de l'aide mais se ravisa. Après les avoir quittés avec si peu d'anticipation quelques mois auparavant, pour vivre son *conte de fées*, elle aurait bien trop honte d'y retourner mendier de l'aide, en chemise de nuit, trempée de sueur et les yeux rouges.

Elle réfléchit à un plan pour sauver sa peau tout en marchant. Elle savait au fond de son cœur qu'Amine ne la laisserait pas partir avec toutes ses affaires, et c'était lui qui avait son smartphone et son ordinateur, ainsi que sa carte bleue... et il ne sortait jamais de la chambre. Il ne fallait pas non plus oublier qu'il était physiquement bien plus fort qu'elle.

Quand donc aurait-elle l'opportunité de s'échapper ? Elle sentit soudain la fatigue l'envahir. Elle avait passé ses oraux la veille, voyagé tout l'après-midi et était attendue au travail le lendemain à neuf heures pour une longue et dure journée.

Il devait être au moins une heure du matin, sa tête tournait. Il fallait qu'elle se repose, même si sa seule option était de dormir dans la même pièce que lui. Elle n'avait nulle part ailleurs où aller.

Arrivée dans la rue de la maison, elle marcha d'un pas lent, comme si elle se rendait pieds et poings liés au peloton d'exécution. Elle se sentait étrangement calme, comme si le fait d'avoir pleuré toutes les larmes de son corps et d'avoir survécu à deux agressions en moins d'une heure l'avait abattue.

Arrivée sur le seuil de la porte, elle entra et monta silencieusement les marches. Elle eut un instant d'hésitation en posant sa main sur la poignée de la porte de la chambre puis se souvint qu'elle n'avait pas d'autre endroit où dormir dans l'immédiat. Elle prit une profonde inspiration et entra.

Amine était là, dans la même position que lorsqu'elle s'était enfuie, son smartphone dans les mains. Il ne leva même pas les yeux vers elle, comme s'il savait qu'elle n'aurait pas d'autre choix que de revenir.

Elle s'allongea en silence sur le sol mais au bout de cinq minutes, sentant tout son corps endolori par le voyage, le coup qu'elle avait reçu suivi de sa chute et de sa course pour sa survie, elle n'eût d'autre choix que de se glisser sous la couette et s'allongea sur le côté au bord du lit, le plus loin possible de lui, puis finit par s'endormir.

Pendant la nuit, il la harcela en la secouant pour la réveiller une dizaine de fois, lui murmurant à l'oreille des paroles emplies de hargne et de dégoût.

Le lendemain, les yeux bouffis, elle partit au travail. A la fin de sa journée, elle rentra à pied. Elle songea un instant à se rendre au commissariat mais renonça à cette idée : comment pourrait-on la prendre au sérieux alors qu'elle était retournée se coucher auprès de l'homme qui l'avait battue ?

Et de toute façon, tout était sa faute à elle... elle l'avait humilié avec ces photos et elle était sale... alors que lui s'était préservé pour le mariage et l'avait choisie, elle. C'était probablement elle qui l'avait démotivé à force de le harceler pour qu'il trouve du travail. Oui, tout était sa faute.

C'était lui qui l'aimait sincèrement, c'est pour cela qu'il se montrait possessif. Et même si tout cela avait pu lui sembler injuste, c'était elle qui lui avait proposé son aide, elle s'était mise toute seule dans cette situation parce qu'elle l'aimait. C'était son choix. Il fallait l'assumer et tenir ses promesses. Elle n'était rien, elle l'avait toujours su. Elle avait de la chance qu'un homme l'aime et veuille partager sa vie avec elle.

En arrivant chez elle, épuisée, elle prit une douche puis alla directement se coucher sans manger. Il recommença le même manège que la nuit précédente, la réveillant de plus en plus fréquemment en l'insultant.

Cela dura dix longs jours pendant lesquels elle ne prit pas de congé, n'ayant plus un sou, après qu'Amine ait tout dilapidé. Elle ne mangeait le soir que lorsqu'on lui donnait des restes en sortant du travail, car Amine avait gardé sa carte bleue et se débrouillait avec le peu d'argent qui restait dessus.

Elle avait demandé à sa responsable de ne la payer qu'à l'issue de ses dix jours consécutifs de travail pour éviter qu'il ne se serve dans son argent et s'était arrangé avec les propriétaires, leur promettant de leur payer la semaine de retard en même temps que le prochain loyer. Elle travailla également une dizaine d'heures chez Gary.

Elle était devenue un robot, souriant devant les clients, travaillant de toutes ses forces afin de rester éveillée et d'oublier son désarroi. Aux moments creux de la journée, elle s'enfermait dans les toilettes du restaurant pour s'accroupir dans un coin et pleurer toutes les larmes de son corps.

En dehors de ses injures nocturnes, Amine l'ignorait. Il ne lui adressa la parole qu'une fois, au bout de quelques jours, pour lui annoncer d'un air mécontent qu'elle n'avait plus rien sur son compte. Elle en profita pour déclarer la perte de sa carte bleue dans le but d'en recevoir une nouvelle avec un nouveau code, après avoir modifié son adresse de facturation, renseignant celle d'Océane à la place.

Elle se trouvait dans un état second en permanence, mais l'instinct de survie lui permettait de tenir debout et de remplir quotidiennement ses obligations. Sa volonté avait été tout simplement brisée, elle subissait désormais sa vie dont elle était devenue spectatrice. Seule une petite voix intérieure lui rappelait qu'elle avait encore deux oraux à passer, qu'il fallait qu'elle s'accroche.

Alors le dimanche 1er juin, en sortant du travail après avoir récupéré son salaire et informé sa patronne de ses dates d'absence, elle acheta un ticket de bus et se rendit chez Océane pour récupérer ses deux lettres, qui contenaient respectivement sa nouvelle carte bleue et son nouveau code. Elle jeta ce dernier dans la première poubelle qu'elle trouva en sortant après l'avoir appris par cœur.

Elle se rendit ensuite dans un des bureaux de sa banque pour déposer deux-cent cinquante livres sur son compte – ce qu'il restait de dix jours de paie après déduction de deux semaines de loyer, somme liquide qu'elle rangea soigneusement au fond de sa poche. Enfin, elle se rendit dans un cyber café pour prendre ses billets d'avion du 10 au 13 juin, ses derniers oraux ayant lieu le 12.

Après avoir payé ses billets d'avion, il ne lui restait plus que cent livres pour survivre et entretenir Amine avant son prochain salaire, malgré ses heures supplémentaires au restaurant et chez Gary. Elle avait demandé à sa patronne si elle pouvait travailler non-stop du 4 au 9 juin puis en revenant, du samedi 14 au dimanche 22, afin de cumuler ses jours de congé entretemps et pouvoir tout de même payer sa chambre.

En rentrant ce soir-là, luttant contre le sommeil dans le bus, elle ignora les multiples appels d'Amine. Il était dix-neuf heures passées quand elle était sortie du cyber café et il était habitué à la voir arriver à la maison à dix-huit heures précises.

En arrivant, elle frappa d'abord à la porte des propriétaires pour payer sa semaine de retard et la semaine suivante de loyer. Elle rangea ensuite tous les restes de nourriture qu'elle avait rapportés du restaurant dans le frigidaire puis monta l'escalier avec appréhension.

En rentrant dans la chambre, elle ignora Amine et saisit aussi vite que possible ses affaires de douche avant de ressortir au pas de course et de s'enfermer dans la salle de bain.

Une fois qu'elle en sortit, elle ouvrit brièvement la porte de la chambre pour jeter ses affaires au bout du lit et redescendit immédiatement dans la cuisine pour manger. Elle sortit ensuite fumer une cigarette et s'attarda dans le jardin, n'ayant aucune envie de partager sa chambre et son lit avec Amine. Puis à vingt et une heures, tombant de fatigue, elle se résigna à remonter.

Il peut bien me faire ce qu'il veut, je m'en fiche.

Elle avait pris l'habitude de « sortir de son corps » en sa présence, laissant son esprit vagabonder loin de toute cette douleur. Il lui lança un regard noir empli de dédain lorsqu'elle entra dans la chambre. Elle s'allongea directement dans le lit, s'emmitouflant sous la couette.

Il recommença à lui murmurer des horreurs à l'oreille. Elle ne réagissait plus à ses injures et se contentait de refermer faiblement les yeux entre deux salves, chaque précieuse minute de sommeil étant devenue vitale pour elle.

S'ensuivit un silence de quelques minutes à l'issue duquel il éclata en sanglot.

– Mon amour, hoqueta-t-il, je t'aime... pardonne-moi, je t'en supplie.

– Je suis épuisée, murmura-t-elle avant de fondre en larmes à son tour.

– Je sais, tout cela est ma faute... je suis tellement désolé...

Puis il l'enlaça doucement.

Et elle se laissa faire, droguée d'adrénaline et de fatigue, appréciant un peu de tendresse, même venant de son bourreau.

Cette nuit-là, il la laissa dormir d'une traite et elle se réveilla un peu plus reposée le lendemain. Elle l'informa en partant qu'elle avait pris ses billets pour ses derniers oraux et il resta silencieux.

Les jours qui précédèrent son départ, il se montra humble et tendre avec elle. Il ne travaillait toujours pas mais au moins, il ne la torturait plus et ne l'empêchait plus de dormir.

Elle se réveillait tout de même épuisée chaque matin, frustrée de ne pas avoir assez dormi, comme s'il lui aurait fallu trois mois sans sortir du lit pour se rassasier de sommeil.

Elle partit à la date convenue pour passer ses derniers examens.

En quittant la maison, elle ne se sentit pas soulagée comme la fois précédente, elle se contenta de faire ce qu'elle avait à faire. Elle était brisée et son âme voyageait désormais ailleurs en permanence. Ce monde était tout simplement trop dur pour elle, elle le savait depuis son enfance, et le refuge de son esprit s'était toujours trouvé bien plus haut.

C'est là qu'elle avait décidé de rester perchée pour une durée indéterminée, là où elle ne ressentait ni peur ni douleur. Il faudrait simplement redescendre le temps d'une épreuve, deux fois dans la même journée. Puis elle reviendrait auprès de son époux. Car c'est bien ce qu'il était, elle l'avait accepté... pour le meilleur et pour le pire. Et puis au fond d'elle-même, elle savait qu'il y aurait des représailles si elle le quittait. Elle ne voulait plus qu'il la punisse, elle avait compris la leçon.

De retour en Haute Savoie, elle continua à jouer son rôle de femme épanouie avec brio. Elle restait connectée jusqu'à ce qu'Amine lui fasse grâce, tard dans la nuit. Il essayait de se rattraper, de peur qu'elle ne revienne pas. Mais cela n'avait plus aucune importance pour elle, elle avait jeté les armes depuis longtemps. Comme la première fois, il la laissa tranquille le temps qu'elle passe ses épreuves.

La première, « Communication professionnelle », se passa très bien. La seconde, « Action professionnelle » l'après-midi même, fût un fiasco et Amélie pleura toutes les larmes de son corps, comme elle en avait pris l'habitude depuis quelques mois.

Sa mère, qui l'avait de nouveau accompagnée en Savoie et offert un repas au restaurant, l'avait consolée autant qu'elle l'avait pu, lui faisant observer que dans son malheur, elle avait eu de la chance que les épreuves aient été organisées dans cet ordre-là.

Sur le chemin du retour, enveloppée par la présence rassurante de sa mère, elle s'endormit dans la voiture après un soupir de soulagement.

C'est fini. J'ai fait ce que j'ai pu, les dés sont jetés. Advienne que pourra.

Elle fêta comme prévu son anniversaire le soir-même avec sa famille, n'étant plus que l'ombre d'elle-même mais feignant comme d'habitude sa soi-disant plénitude actuelle, puis repartit le lendemain à l'aéroport pour rentrer à Londres.

5. Évolution professionnelle

De retour, elle travailla comme convenu pendant neuf jours de suite, dont quatre soirs chez Gary en sortant du restaurant. N'ayant toujours pas pu s'acheter de nouvelles chaussures, elle attrapa une infection au pied, due à l'humidité du sol et à ses longues heures de travail debout.

Lorsqu'elle eut enfin ses deux jours de congé, boitant tellement qu'elle parvenait à peine à mettre son poids sur son pied, elle examina soigneusement la pointe de ce dernier. Celle-ci était très douloureuse en son centre et elle remarqua une petite boule de pus entre son deuxième et son troisième orteil. Elle se rendit donc au centre médical et on lui diagnostiqua un « pied d'athlète », une infection courante et sans gravité, due à un champignon.

Elle savait qu'elle avait une mycose entre les orteils depuis plus de deux mois, mais depuis trois jours, son pied était enflé et de plus en plus douloureux, et elle était convaincue qu'un abcès s'y était développé. Elle demanda au médecin de le lui percer mais il refusa. Il lui prescrivit une crème antibiotique, lui expliquant que l'état de son pied devrait s'améliorer d'ici une dizaine de jours.

Elle lui demanda s'il pouvait la mettre en arrêt maladie pour quelques jours sachant qu'elle travaillait debout, mais il refusa également, lui affirmant que l'état de son pied ne l'empêchait pas de travailler. Elle rétorqua qu'elle crèverait donc elle-même son abcès le jour même, ce qu'il lui déconseilla vivement de faire, lui expliquant qu'elle risquait une surinfection. Elle haussa les épaules et sortit en le remerciant poliment.

Une fois chez elle, constatant qu'Amine n'était pas là (ce qui était rare), elle chercha une aiguille dans la petite trousse de couture que lui avait donnée sa mère et se munit d'un flacon d'alcool. Après avoir désinfecté l'aiguille, elle perça la petite boule de pus et une goutte de l'épais liquide sortit. Mais ce n'était que la partie émergée de l'iceberg.

Grimaçant de douleur, elle prit son pied entre ses deux mains et le pressa de toutes ses forces de ses doigts, voyant alors un flux discontinu de pus couler sur la serviette qu'elle avait placée en dessous. Puis ce fût un sang foncé qui en sortit, et, au bord de l'évanouissement, elle maintint la pression jusqu'à ce que du sang sain et bien rouge apparaisse.

Elle se dirigea ensuite à cloche pied vers la salle de bain pour laver son pied douloureux au savon avant de rincer abondamment la plaie puis, après l'avoir laissée sécher à l'air libre, la désinfecta, y appliqua un mouchoir en papier et enfila une chaussette pour tenir le tout. Elle s'enveloppa dans un plaid et s'écroula sur son lit, morte de fatigue. Elle se réveilla cinq heures plus tard et constata avec soulagement que la douleur avait disparu.

Elle descendit à la cuisine et mangea quelques restes avant de prendre une douche et de se recoucher à vingt heures. Le lendemain, lorsqu'elle se réveilla, Amine dormait à ses côtés. Elle sortit de la maison avant qu'il ne se réveillât et partit toute la journée.

Elle rendit visite à Amandine et constata avec tristesse que le moral de cette dernière se détériorait de manière de plus en plus préoccupante. Amélie tenta tant bien que mal de l'aider, mais n'étant elle-même pas au mieux de sa forme, elle fut forcée de constater qu'elle était totalement impuissante face au mal-être de son amie. Tout comme elle, elle était venue prendre un nouveau départ à Londres dans l'anonymat, mais les fantômes du passé l'avaient finalement rattrapée.

Elle partit ensuite voir Océane, avec qui elle discuta de l'attitude de plus en plus déplacée de Gary envers elles-deux. Océane avait en effet subi des avances très grossières du vieil homme et Amélie en avait également été victime, mais d'une manière plus subtile puisqu'il savait qu'elle était mariée.

Elle rentra chez elle vers vingt heures, mangea un peu à la cuisine et monta dans sa chambre.

Amine arriva dix minutes après elle, de mauvaise humeur.

– Où étais-tu toute la journée ? aboya-t-il.

– J'étais en congé, je suis allée voir mes amies, répondit-elle d'un ton monocorde.

– Ah, bien sûr ! Tes amies qui pensent que je ne suis pas assez bien pour toi, c'est ça ? Et ton mari, alors ? J'ai l'impression que tu m'évites depuis que tu es revenue de France.

Elle ne répondit pas, son âme voguant déjà loin, dans son havre de paix imaginaire.

– Je te parle, réponds-moi.

– Laisse-moi tranquille, répondit-elle en se levant pour lui faire face. Je n'ai pas de comptes à te rendre. Et toi, as-tu trouvé du travail ? Ou du moins, en as-tu cherché ?

Fou de rage, il s'approcha d'elle et la frappa de nouveau d'un coup de poing sur l'épaule.

Amélie s'empressa d'attraper son téléphone, ne sachant pas très bien qui elle allait appeler - ses parents, Océane ou la police - puis s'apprêta à quitter la pièce, mais Amine l'attrapa, lui immobilisa les bras et lui arracha le téléphone des mains.

– Ok, lui murmura-t-il à l'oreille. Je suis désolé mon amour. Tu as l'air fatiguée, tu devrais dormir... je vais éteindre la lumière.

Il verrouilla la chambre puis garda le téléphone d'Amélie et la clé sous son oreiller en se couchant. Elle s'endormit en quelques minutes.

Il la réveilla de nouveau plusieurs fois dans la nuit pour pleurer à son oreille, lui disant qu'elle lui avait brisé le cœur et que c'était elle qui le poussait à bout. Amélie, en instinct de survie depuis des mois, se rendormait instantanément dès qu'il se taisait.

Deux jours plus tard, voyant qu'elle ne réagissait plus à ses tortures nocturnes, il la frappa de nouveau, après s'être cette fois-ci assuré que son téléphone était hors d'atteinte.

Amélie se releva sans pleurer ni gémir et le regarda droit dans les yeux :

– C'est tout ce que tu as dans le ventre ? Vas-y, frappe plus fort, espèce de lâche, je n'ai rien senti.

L'air outré, il lui remit un coup de poing, tellement violent cette fois qu'elle en fut projetée à terre et se cogna la tête contre le mur. Une fois encore, elle ne montra aucun signe de faiblesse et se releva, plus difficilement que la fois précédente, puis se replaça face à lui, la tête haute.

Après un instant de silence, parfaitement consciente qu'elle en subirait les conséquences, elle passa à l'acte. Elle lui assena à son tour un coup de poing dans l'épaule, de toutes ses forces. Le visage déformé par la surprise, la douleur et la haine, Amine la jeta contre le mur et elle s'écroula sur le sol.

Puis, massant son épaule sur le lit, il la regarda avec des yeux incrédules en marmonnant :

– Tu m'as frappé, sale pute, tu m'as frappé...

Elle ne répondit rien, se releva avec toute la dignité qui lui restait et s'allongea au bord du lit en lui tournant le dos. A partir de ce jour, il ne leva plus jamais la main sur elle.

Le lendemain soir, il s'effondra à genoux devant elle et la supplia de le pardonner, lui déclamant combien il l'aimait et combien il regrettait d'avoir été si ingrat et violent. Elle resta silencieuse, des larmes coulant doucement le long de ses joues, et se laissa faire quand il l'enlaça.

Elle comptait désormais les jours qui la séparaient de la publication des résultats d'examens, le vendredi 4 juillet.

Plus qu'une semaine et je serai enfin fixée.

Son cœur palpita à cette pensée, comme si sa vie en dépendait.

Elle passait désormais déposer tout son argent à la banque en sortant du travail dès qu'elle percevait son salaire, ne conservant en liquide que la somme de son loyer et réglant ce dernier dès qu'elle arrivait à la maison.

Elle s'était en effet aperçue qu'Amine, n'ayant plus le code de sa carte bleue, lui prenait de l'argent liquide en cachette, bien qu'elle apporte suffisamment de nourriture au foyer pour eux deux et qu'elle lui donne régulièrement de petites sommes en liquide quand il en avait besoin.

Elle avait même découvert un jour qu'il lui avait volé une vingtaine de pièces de cinquante pence commémoratives des jeux olympiques de Londres, qu'elle avait soigneusement collectionné depuis sa première venue à Londres près de deux ans plus tôt.

Il les avait déjà dépensées quand elle l'avait confronté et s'était senti très idiot quand elle lui avait dit qu'il s'agissait d'une collection à laquelle elle tenait beaucoup.

– Pourquoi me voles-tu de l'argent comme un enfant de dix ans qui se sert en cachette dans le porte-monnaie de sa mère ? lui avait-elle demandé.

– Parce que j'en ai assez de te demander des sous dès que j'en ai besoin, c'est humiliant pour moi.

Eh bien, travaille...

Sa vie n'avait jamais été aussi pathétique, avait-elle alors pensé.

Il la questionnait désormais également sur ses dépenses, car il avait vu ses fiches de paie (dont il avait besoin pour ses papiers) et se demandait où passait l'argent qu'elle économisait en cachette, lui faisant remarquer qu'elle pourrait lui en donner plus car il ne mangeait soi-disant pas à sa faim.

Elle lui répondait qu'elle payait probablement des choses qu'il ne voyait pas comme des produits d'hygiène, des forfaits de bus ou encore des cartes téléphoniques. Quoi qu'il en soit, Elle avait récupéré suffisamment de sommeil et d'énergie pour avoir de nouveau une vision un peu plus claire sur leur relation.

Depuis qu'elle était revenue de ses oraux, elle cherchait activement du travail à des postes administratifs. Elle avait d'abord prospecté en France, mais il y avait beaucoup moins d'opportunités qu'à Londres pour les débutants, et il lui était de toute façon impossible de faire des allers-retours Angleterre-France pour passer des entretiens d'embauche.

Elle avait également contacté *Kids and Frogs* et leur avait envoyé une candidature spontanée. Il fallait absolument qu'elle trouve un travail mieux rémunéré et moins épuisant pour avoir ne serait-ce que l'espoir de mettre un jour un terme à sa vie commune avec Amine et déménager.

Le problème était qu'il la retenait littéralement prisonnière. Il l'avait physiquement empêchée de sortir ou de se servir de son téléphone les deux dernières fois où il l'avait battue et il était toujours dans la chambre quand elle y était. Il ne la laisserait jamais partir, car il dépendait totalement d'elle, pas seulement pour ses papiers mais aussi pour se nourrir et avoir un toit au-dessus de la tête.

Elle avait pensé plusieurs fois aller se plaindre à la police. Mais malheureusement, c'était au-dessus de ses forces. Et s'ils ne la croyaient pas ? Les traces de ses coups avaient de toute façon disparu au bout d'une semaine. Au-delà de cette peur, elle avait toujours eu depuis l'enfance une réticence démesurée à dénoncer les autres, même lorsque sa propre sécurité était menacée.

Elle avait toujours eu honte d'être une victime à l'école, et le peu de fois où ses bourreaux avaient été pris sur le fait, les adultes avaient toujours fini par lui reprocher implicitement à elle de ne pas savoir se défendre et d'être « trop gentille ».

La croyance selon laquelle tout était sa faute lorsqu'elle était maltraitée était donc profondément ancrée en elle depuis son enfance et, toute sa vie, elle avait eu du mal à demander de l'aide de peur d'avoir l'air faible. Elle aspirait à être un roc, pas un fardeau et ce, quoi qu'il lui en coûte.

De plus, elle n'était pas partie la première fois qu'il avait levé la main sur elle, ni les deux fois suivantes... si elle se plaignait de lui maintenant, personne ne comprendrait pourquoi elle ne s'était pas enfuie plus tôt. Elle avait entendu trop de personnes de son entourage parler avec dédain des femmes battues, prétendant que si elles mettaient tant d'années à quitter leurs conjoints violents, c'était parce qu'elles « aimaient ça ».

Amélie était outrée par de tels propos et comprenait inconsciemment depuis son plus jeune âge le mécanisme sournois qui enlevait toute estime de soi et tout espoir de s'en sortir aux victimes d'abus ou de persécutions quelconques. De ce fait, elle s'était promis de partir dès qu'un homme se montrerait violent.

Comment en était-elle arrivée là, elle ne le comprenait pas elle-même. Il avait su trouver ses failles et frapper où il le fallait. Il avait su la culpabiliser, la rabaisser et l'isoler aux bons moments. Il avait vu une brèche en elle et avait su s'y infiltrer pour la gangrener.

Tout avait échappé à son contrôle, pallier par pallier, et elle était désormais profondément convaincue qu'il était trop tard pour demander de l'aide sans subir l'incompréhension voire les jugements cinglants des uns et des autres. Cela achèverait de la détruire, elle le savait, surtout si ces remarques venaient de personnes qu'elle aimait.

L'amour sera toujours ma pire faiblesse.

Il fallait qu'elle s'en sorte seule, sans que personne ne sache jamais ce qui s'était passé dans l'intimité de leur couple... sans qu'elle ne soit *humiliée*. S'il y avait une chose qui la rendait malade et la blessait au plus profond de son être, c'était l'humiliation. Elle en avait trop subi dans sa vie, elle ne voulait plus jamais se montrer vulnérable.

Elle réfléchissait donc tous les jours à un plan pour sauver sa peau sans éveiller les soupçons d'Amine ni de son entourage. Tout d'abord, elle avait besoin de réunir au moins la somme de six-cents livres pour pouvoir déménager, sachant que les propriétaires ne lui rendraient pas sa caution puisqu'Amine refuserait sans doute de partir. Elle avait compris à ses dépens qu'il faisait partie de ces gens – qu'elle ne comprendrait jamais – qui assumaient parfaitement d'être des parasites.

Depuis qu'elle avait terminé ses examens, elle n'avait que quatre-vingts livres de côté. Elle aurait pu demander à ses parents de lui prêter un peu d'argent, mais elle aurait alors dû tout avouer, du fait qu'Amine n'avait jamais travaillé à celui qu'il avait dilapidé toutes ses économies... et cela, elle ne le pouvait pas.

Il fallait qu'elle lutte plus fort pour pouvoir s'en sortir. Elle devrait également trouver le temps de rassembler ses affaires sans qu'il ne s'en aperçoive, ce qui était en réalité le plus gros problème.

Et surtout... elle avait peur de lui, elle savait qu'il se vengerait si elle le quittait ou si pire encore, la situation dérapait et qu'elle appelait la police. Il était de toute façon inutile d'échafauder un plan à ce moment-là car elle n'avait de toute façon pas encore les moyens financiers de s'enfuir.

Amine avait réussi à lui avoir fait arrêter la consommation de porc et d'alcool, lui sentant la bouche quand elle rentrait le soir pour vérifier qu'elle avait bien respecté les règles. Contre cela aussi, elle avait cessé de résister, bien trop lasse pour lutter.

Il la complimentait régulièrement sur ses valeurs morales, notamment sa générosité, pour en arriver à la conclusion qu'elle ferait une excellente musulmane.

Elle avait eu le malheur de lui confier qu'elle croyait en Dieu lorsqu'ils s'étaient rencontrés et il essayait sans relâche de lui laver le cerveau et de la convertir à l'Islam, lui expliquant que c'est parce qu'il l'aimait qu'il insistait tant, qu'il devait tout faire pour sauver son âme avant qu'il ne soit trop tard.

Pour lui prouver sa bonne foi, elle s'était acheté un exemplaire du Coran et en avait lu une centaine de page. Très tôt dans sa lecture, elle en était arrivée à la conclusion que selon le livre saint, quoi que l'on puisse faire de bien dans cette vie, on était condamné à l'enfer si on ne pratiquait pas cette religion.

À quoi bon en lire le reste ? Elle avait également noté qu'un homme devait corriger sa femme s'il estimait qu'elle n'était pas obéissante et qu'il avait le droit, pour ce faire, de la frapper, mais avec modération et en évitant le visage.

Bien évidemment, la plupart des musulmans ne suivaient pas toutes les règles du Coran à la lettre, mais tout portait à croire qu'Amine – comme tant d'autres hommes, malheureusement – pouvait se cacher derrière certains versets du livre sacré pour justifier les violences qu'il infligeait à Amélie, sincèrement convaincu qu'il les lui faisait subir par amour, pour l'*éduquer*... pour sauver son âme.

Selon elle, dans chaque religion, les droits des femmes n'étaient pas égaux à ceux des hommes et, bien qu'on puisse les utiliser dans un objectif pur de paix et de bienveillance, on pouvait également les interpréter dans un sens totalement différent. En fin de compte, chacun pratiquait sa religion à sa façon en fonction de sa personnalité.

Amine, par exemple, mettait un point d'honneur à se faire *respecter* et *obéir* par sa femme, mais se montrait bien moins pointilleux sur son devoir de subvenir aux besoins du foyer. Il n'éprouvait visiblement aucune honte à vivre à la charge de son épouse. Elle trouvait cela hallucinant d'hypocrisie.

Elle lui réexpliqua pour la énième fois qu'après avoir fait le tour de la question à de nombreuses reprises depuis son adolescence, elle en arrivait une fois de plus à la même conclusion : toutes les religions se contredisaient sur plusieurs points et se revendiquaient pourtant chacune comme la seule valable. Qui croire, dans ce cas ?

Fatiguée de se justifier – d'autant plus qu'elle l'avait prévenu avant de l'épouser – elle avait mis un terme à la discussion en lui faisant noter que ses parents, qui l'avaient élevée dans des valeurs de partage et de tolérance et qui offraient volontiers leur aide à leur prochain, étaient de parfaits athées.

Se convertir à l'Islam signifiait accepter que ces derniers pourriraient malgré tout en enfer pour l'éternité, condamnés par un Dieu dont l'ego était tel qu'il punissait ceux qui ne l'adoraient pas, alors que ce même Dieu n'était soi-disant qu'amour et miséricorde. Cela n'avait aucun sens selon elle et elle ne pouvait rien y changer.

Il avait ensuite recommencé à la réveiller la nuit en lui faisant toujours les mêmes reproches sur son passé, lui rappelant qu'elle pouvait encore être lavée de ses péchés. Tous les jours, il l'appelait à dix-sept heures pile pour vérifier qu'elle était bien sortie du travail et qu'elle rentrerait directement à la maison. Elle devait mentir pour voir Océane ou Amandine, qui avaient selon lui mauvaise influence sur elle.

En résumé, il avait pris le contrôle de la vie d'Amélie sous tous ses aspects, en la coupant des deux seules amies qui lui restaient, en l'épuisant jusqu'à ce qu'elle n'ait plus la force de résister et en la brisant psychologiquement, rejetant toute la faute sur elle et anéantissant son estime d'elle-même, ses ambitions personnelles et ses espoirs.

Le 1er juillet, à vingt-deux heures, ils entendirent soudain quelqu'un tambouriner à la porte d'entrée et se redressèrent dans leur lit avant d'allumer la lumière et de tendre l'oreille pour savoir ce qui se passait en bas.

– Police aux frontières ! Ouvrez !

Francisco et Dolores, les propriétaires, qui dormaient au rez-de-chaussée, ouvrirent après quelques murmures angoissés, et trois officiers entrèrent :

– Nous sommes ici pour Monsieur Amine Blerdemi, est-ce qu'il vit bien ici ?

– Oui, c'est la première porte à gauche au bout de l'escalier, leur indiqua Dolores.

– Bonsoir, dit l'un d'eux en entrant dans la chambre sans frapper, pour les trouver tous deux assis dans leur lit, se cachant avec la couette, les yeux exorbités.

– Bonsoir, répondit Amélie après un silence, sidérée par cette entrée fracassante. Puis-je au moins m'habiller avant que vous commenciez à nous questionner, s'il vous plaît ?

– Euh... oui, bien sûr Madame, désolé, prenez votre temps, répondit l'officier en faisant signe aux deux autres de quitter la pièce.

Ayant déjà une culotte et un t-shirt, elle se contenta d'enfiler un pantalon et un gilet pendant qu'Amine s'habillait également. Puis elle ouvrit la porte et invita les trois hommes à entrer.

Ces derniers étaient là pour vérifier qu'il ne s'agissait pas d'un mariage blanc et, après les avoir interrogés et avoir vérifié leurs placards ainsi que leurs affaires de toilette dans la salle de bain, ils ne purent que constater qu'ils vivaient bien tous deux de manière permanente dans cette chambre équipée uniquement d'un lit double, dans lequel ils avaient d'ailleurs été trouvés ensemble à moitié dévêtus.

Le lendemain soir, Dolores et Francisco leur demandèrent de venir discuter au salon, ce qui ne sentait pas très bon, pensa Amélie.

– Voulez-vous un café ? proposa Francisco d'un air gêné.

– Non merci, répondit Amine.

– Amélie ?

– Non merci. Venez-en au fait s'il vous plaît, qu'on en finisse.

– Écoutez, reprit Dolores, nous ne pouvons pas tolérer des incidents comme celui d'hier soir dans notre maison, ces hommes ont effrayé notre fils, qui n'a que dix ans et qui se couche tôt pour aller à l'école. Nous ne voulons pas de locataires à problèmes.

– Je comprends, répondit simplement Amélie, supposant qu'au moins l'un des trois membres de la famille était sans-papiers. Où voulez-vous en venir ?

– Il faut que vous partiez dès que possible, répondit-elle. Nous vous laissons deux semaines.

– Quoi ? Vous n'avez pas le droit de nous expulser comme ça ! hurla Amine.

– Ils sont chez eux, répondit calmement Amélie.

– Je ne quitterai pas cette chambre ! aboya Amine.

– Mais enfin, gémit Francisco, vous ne pouvez pas rester là où vous n'êtes pas désiré, personne ne fait ça !

– J'ai le droit de rester ! Je n'ai créé aucun problème dans la maison, ces policiers faisaient simplement leur travail. J'ai payé tous les loyers, vous n'avez rien à me reprocher.

Tu as payé les loyers... quel culot.

Cette façon qu'il avait de toujours employer la première personne du singulier pour ce qui les concernait tous deux dès qu'il s'adressait à d'autres personnes horripilait Amélie. Mais oser dire qu'*il* payait les loyers dépassait les limites de la décence.

Francisco et Dolores, à court d'arguments, implorèrent Amélie du regard. Elle avait bien compris que leur situation, probablement irrégulière, ne leur permettait pas d'appeler la police pour faire expulser des locataires de leur maison.

Malheureusement, Amine l'avait également compris et se servait de leur désespoir, comme il s'était tant lamenté qu'on abuse du sien avant qu'Amélie ne l'épouse pour lui donner des *droits*, droits qu'il clamait haut et fort et dont il abusait lui-même désormais.

Elle leva lentement les yeux vers lui. Lorsqu'elle vit son petit sourire satisfait, elle en fût si écœurée qu'elle ressentit un élan de compassion envers les « propriétaires » de la maison. Se sentant soudain plus lucide qu'elle ne l'avait été depuis plusieurs mois, elle redressa la tête et décida de prendre la situation en main.

Après tout, ces rebondissements représentaient peut-être pour elle une issue à cet enfer.

— Amine, reprit-elle avec douceur, c'est vrai que tu as légalement le droit de rester, tant que *tu* paies le loyer. Moi, en revanche, je m'en vais, car de toute ma vie, personne n'a jamais eu à me chasser de force et j'ai bien l'intention que cela reste le cas jusqu'à mon dernier souffle. Vois-tu, lorsque je ne suis pas ou plus la bienvenue, je me retire. Cela s'appelle la fierté. La fierté *bien placée*, je précise.

Amine la regarda d'un air outré. Observant les variations de couleurs et d'expressions sur le visage de celui-ci qui semblait soudainement frappé de mutisme, elle s'amusa à lire dans ses pensées : même s'il se retrouvait seul ici sans payer le loyer, les propriétaires craindraient toujours d'appeler la police et n'auraient donc aucun moyen de le chasser. Mais qui le nourrirait ? Et puis, il perdrait la trace d'Amélie, et alors... il risquerait de tout perdre.

Après quelques minutes, elle rompit de nouveau le silence :

— Francisco, Dolores, je comprends que vous souhaitiez notre départ, mais deux semaines ne seront pas suffisantes pour m'organiser, il va m'en falloir cinq. J'ai déjà payé la semaine qui vient de débuter, je m'acquitterai des deux prochaines ce dimanche. Mais je ne paierai pas les deux dernières, puisque c'est le montant de la caution que je vous avais versée en entrant. Je vais avoir besoin d'économiser de l'argent pour pouvoir reprendre un appartement, sachant que j'ai toujours tout payé seule, ajouta-t-elle en regardant Amine (qui ne retrouvait toujours pas l'usage de la parole) droit dans les yeux.

— Nous comprenons, répondit Dolores en baissant les yeux.

De toute façon, vous n'êtes pas vraiment en position de négocier.

— Parfait, merci.

— Merci à vous, lui répondit sincèrement Dolores.

— Ne vous en faites pas, nous ne nous ferons pas remarquer pendant nos dernières semaines de présence, n'est-ce pas, Amine ? lui demanda-t-elle froidement.

Il hocha la tête.

Ils remontèrent dans la chambre. Amélie fit son possible pour ne pas croiser son regard, se coucha en silence et ferma tout de suite les yeux. Sentant qu'Amine avait besoin de parler mais n'osait pas briser le silence, elle l'ignora et fit semblant de dormir jusqu'à ce qu'il s'allonge à son tour et éteigne la lumière.

Eh oui, ça sent le roussi, pour toi.

Avant de s'endormir, la dernière chose qu'elle lui dit fût qu'elle modifierait le mot de passe de son ordinateur dès le lendemain et qu'elle l'emporterait désormais partout avec elle.

Étrangement, à partir de cette nuit-là, il la laissa dormir.

Elle décida de ne plus lui adresser la parole aussi longtemps que possible et de trouver rapidement une petite chambre simple pour elle seule. Mais il faudrait qu'elle soit discrète.

Le surlendemain, le vendredi 4 juillet, elle se leva plus tôt pour vérifier sur le site de l'académie si ses résultats de BTS étaient disponibles. Hélas, ils ne l'étaient pas encore et elle devait se rendre au travail. Il faudrait donc qu'elle patiente jusqu'au soir.

En arrivant chez elle à dix-huit heures après une journée interminable, elle prit une profonde inspiration avant d'ouvrir son ordinateur. Amine était bien évidemment là. Depuis la décision de rompre le bail deux jours plus tôt, il était pétrifié de peur et se trouvait toujours dans la chambre aux heures où il savait qu'elle y serait, de peur qu'elle ne s'enfuie.

Elle continuait à l'ignorer. Il fallait qu'il soit puni. Il fallait qu'il comprenne.

Elle se connecta sur le site et son pouls s'accéléra car elle savait qu'à cette heure-ci, ses résultats seraient forcément en ligne. Elle entra son numéro de candidat et attendit que la page suivante termine de se charger.

– Oh mon Dieu...murmura-t-elle.

Oh mon Dieu, je n'arrive pas à y croire... j'ai réussi !

Des larmes de joies et de soulagement inondèrent son visage tandis qu'elle s'écroulait par terre sur le dos, bras et jambes écartées, souriant jusqu'aux oreilles sans cesser de sangloter.

Les vannes étaient grandes ouvertes, et tout ce qu'elle avait sur le cœur depuis temps de temps se déversa pendant de longues minutes. Amine, qu'elle ignorait toujours, n'osait pas s'approcher d'elle et c'était très bien comme ça.

Une fois vidée, une nouvelle énergie se répandit en elle. Un nouvel avenir s'offrait à elle. Repensant à son arrivée à Londres presque deux ans plus tôt lorsque tout était alors si incertain, elle ne pouvait croire que tout cela était terminé, que c'était fait !

Commençant enfin à réaliser la signification de cette nouvelle, elle téléphona immédiatement à ses parents puis à sa sœur et à ses amis proches. Chacun la félicita sincèrement et partagea sa joie avec la même intensité qu'elle. Ils savaient tous combien elle avait travaillé dur pour obtenir ce diplôme. Enfin, elle les rendait tous fiers.

Un énorme poids était désormais ôté de ses épaules. Mais il lui restait un autre fardeau, bien plus lourd. La vie qu'elle menait ne lui convenait certainement pas. Et désormais, plus rien ne la retenait à Londres. La meilleure façon de sauver sa peau et de se libérer d'Amine (sans qu'il ne la suive ou qu'il ne la harcèle) pour prendre un nouveau départ serait de retourner en France.

Mais elle aimait cette ville et n'en avait que peu profité à cause de lui. Si elle rentrait maintenant en France, elle n'aurait ni travail ni logement. Ici, elle pouvait chercher un travail sans quitter le sien, et il était également bien plus facile de remplir les conditions pour louer un logement à Londres qu'en Haute-Savoie.

Il lui restait quatre semaines pour en trouver un et elle ne pouvait pas quitter une deuxième fois son travail sans préavis, ce serait réellement ingrat et incorrect de sa part alors qu'ils avaient eu la gentillesse de la reprendre la première fois.

Elle se donna donc quelques jours pour réfléchir.

Prenant soin d'éviter le regard d'Amine, elle sortit fumer une cigarette dans le jardin.

A peine revenue dans la chambre, son téléphone sonna.

Il s'agissait d'un numéro local fixe. Elle décrocha :

– Allô ?

– Bonjour, Mademoiselle Leoni ? fit une voix féminine en français.

– Oui, c'est bien moi, bonsoir.

– Bonsoir et désolée de vous appeler si tard, je pars en vacances demain et je préférais vous appeler avant. Je suis Florence Rivera, responsable du service logistique de *Kids and Frogs*.

– Ah, enchantée ! Que puis-je pour vous ?

– Seriez-vous disponible à partir de septembre pour un poste administratif à plein temps dans notre service ? C'est pour un remplacement, il s'agit d'un contrat d'une année scolaire, donc dix mois. Cela vous conviendrait-il ?

– Oui, bien sûr !

– Alors, j'ai vu que vous étiez en formation pour un BTS Assistant de manager et que c'est dans ce cadre que vous aviez effectué des stages dans notre entreprise, j'imagine que vous avez passé l'examen cette année ?

– Oui ! Vous tombez à pic, je viens d'apprendre que j'étais admise !

— Parfait ! répondit-elle avec soulagement. Dans le cas contraire, je vous avoue que cela aurait été plus compliqué ! J'imagine que vous n'aurez pas votre diplôme officiel avant septembre, je vous invite donc à transmettre tout document faisant foi de vos résultats au service des Ressources Humaines en attendant.

— Pas de souci, je leur transmettrai mon relevé de note comportant la mention « admise » dès ce soir par mail. J'ai déjà téléchargé le document. Quand souhaitez-vous me rencontrer en entretien ?

— Oh, pas besoin d'entretien, bien que nous ne nous soyons jamais vraiment parlé, j'ai observé ton travail et les personnes ayant collaboré avec toi pendant tes stages ne tarissent pas d'éloges à ton sujet ! Honnêtement, je me trouve un peu dans l'urgence et je n'aurai pas le temps de recruter quelqu'un au retour de mes vacances, c'est la période la plus chargée pour moi !

— D'accord, merci beaucoup pour votre confiance !

— Oh, tu peux me tutoyer. Je vais laisser des instructions au service des Ressources Humaines, elles devraient t'envoyer ton contrat lundi matin par mail. Il faudrait ensuite que tu en prennes connaissance et que tu le déposes signé en main propre à leur bureau dès que possible, c'est tout bon pour toi ?

— Oui, c'est parfait ! Cela devrait être rapide de mon côté, je suis en congé les lundis et mardis.

— Super ! Je serai joignable par mail au cas où tu aurais une question. Je t'ai envoyé un courriel il y a environ deux heures mais n'ayant pas de réponse de ta part, j'ai préféré t'appeler.

— Oh, désolée, je n'ai pas consulté ma boite mail, j'étais en train de regarder mes résultats de BTS en ligne !

— Oui, j'imagine qu'en apprenant la bonne nouvelle, tu avais autre chose à faire que lire tes mails ! rit-elle. Je te présente toutes mes félicitations en tout cas. Cela n'a pas dû être facile d'étudier tout en travaillant à plein temps !

Et en étant persécutée sous mon propre toit...

— Merci beaucoup ! Et bonnes vacances à toi !

— Merci ! A bientôt, Amélie.

Amélie raccrocha, radieuse. Elle envoya directement son relevé de note aux Ressources Humaines de *Kids and Frogs* puis poussa un soupir de contentement en fermant son ordinateur.

Amine continuait à l'observer, de plus en plus nerveux.

Elle s'en fichait. Il devait enfin prendre pleinement conscience qu'elle n'avait aucunement besoin de lui, mais que c'était lui, depuis le début, qui était totalement dépendant d'elle.

Et depuis qu'elle l'ignorait, il avait également dû en arriver à la douloureuse conclusion qu'elle survivrait également sans sa tendresse. Somme toute, il perdait peu à peu son emprise sur Amélie et les portes s'ouvraient devant elle les unes après les autres pour le quitter et prendre un nouveau départ.

Il l'avait si souvent prise de haut, la voyant travailler de tout son cœur et avec le sourire, même pour les tâches les plus ingrates, comme si ses efforts étaient totalement inutiles.

Il voyait désormais que l'attitude positive d'Amélie, même lorsqu'elle ne percevait aucun salaire, avait fini par être récompensée. Elle avait tout donné sans aucune garantie de succès et récoltait désormais le fruit de son labeur.

Elle le regarda en coin. Il avait l'air totalement perdu. Il savait bien qu'il ne la méritait pas et qu'il s'était comporté de manière purement immonde et totalement injustifiable avec elle. Et depuis deux jours qu'elle ne lui adressait plus la parole, il ne savait pas comment l'aborder ni par où commencer pour lui demander pardon.

Il avait commis l'erreur de prendre sa gentillesse et sa compassion pour de la faiblesse et avait largement dépassé les limites depuis qu'ils avaient emménagé ensemble. Son air de chien battu montrait simplement qu'il avait enfin reçu une bonne dose d'humilité. Elle ressentit soudain un soupçon de compassion pour lui et se souvint avec nostalgie des raisons pour lesquelles elle était tombée amoureuse de lui dix mois plus tôt.

Non, non et non. Qu'il aille au diable. Il est impardonnable.

Elle décida donc de continuer à l'ignorer aussi longtemps qu'elle le pourrait.

Le lendemain, elle annonça à sa responsable sa démission du restaurant pour la mi-août, ce qui laissait six semaines à cette dernière pour lui trouver un remplaçant. Elle s'accorderait un congé sans solde de deux semaines en France avant de prendre ses nouvelles fonctions chez *Kids and Frogs* le 1er septembre. Mais il fallait qu'elle trouve un logement au plus vite.

Avec le préavis qu'elle avait donné jusqu'au dimanche 2 août, non seulement au restaurant mais aussi pour son logement actuel, l'idéal serait d'avoir ses nouvelles clés le 1er août. De cette manière, elle aurait le temps de déménager tranquillement et pourrait partir en France le 18.

Pour l'instant, ne connaissant pas le salaire qu'on lui proposerait, elle ne savait pas encore si elle devrait continuer à faire ses quelques heures chez Gary. Elle devrait patienter deux jours pour être fixée. Elle en avait plus qu'assez des remarques douteuses qui devenaient de plus en plus fréquentes de la part du vieil homme.

Le lundi matin, bien qu'elle fût en congé, elle se réveilla à sept heures. Entendant les ronflements d'Amine, elle se leva silencieusement pour ne pas le réveiller, mit son livre et son ordinateur dans son sac à dos et sortit de la chambre à pas de loup. Elle se prépara un café dans la cuisine tout en réfléchissant. La veille, comme convenu, elle avait payé ses deux dernières semaines de loyer après avoir récupéré son salaire. Elle disposait donc désormais de quatre semaines pour chercher un nouveau logement sans payer de loyer.

Elle sortit de la maison et se rendit directement dans une agence immobilière, puis y entra dès son ouverture à huit heures. Elle en ressortit deux heures plus tard après avoir communiqué tous ses critères de recherche : elle souhaitait si possible un studio, sinon une chambre, à moins d'une heure de Fulham en bus pour moins de sept cents livres par mois.

Elle se rendit dans un cyber café et commanda un latte. Une fois installée, elle ouvrit son ordinateur et après avoir entré le code wifi indiqué sur son ticket de caisse, se connecta à sa boite mail. Elle avait bien reçu son contrat de travail d'une dizaine de page et commença à le lire attentivement.

Quelle ne fut pas sa joie lorsqu'elle découvrit le salaire net indiqué ! Le taux horaire proposé pour son poste était de neuf livres sterling et la société offrait à tous ses employés une prime mensuelle de cherté de vie de quatre cents livres. Après déduction des nombreux congés dus aux vacances scolaires - ce qui était également un avantage de taille - elle obtiendrait un salaire mensuel net de mille-six-cent cinquante livres.

Elle gagnerait donc six cents livres de plus qu'au restaurant, à un poste bien moins fatiguant physiquement et bien plus épanouissant intellectuellement, sans parler des vacances scolaires, qui lui permettraient de rentrer en Haute-Savoie tous les deux mois ! Elle n'aurait donc plus besoin de travailler pour Gary, ce qui lui procurait un grand soulagement.

Lorsqu'elle eut terminé de lire son contrat, elle ferma son ordinateur, but le reste de son latte puis sortit en vitesse du cyber café pour monter dans le premier bus qui l'amènerait chez *Kids and Frogs*. Elle descendit à l'arrêt le plus proche de la société et marcha quinze minutes avant d'arriver à l'accueil.

— Salut Sébastien ! Ça fait longtemps, tu vas bien ?

— Oh, salut Amélie, ça fait plaisir de te voir ! Oui, je vais bien, merci ! J'ai appris la bonne nouvelle, enfin, *les* bonnes nouvelles ! Félicitations pour ton BTS et pour ton poste à la logistique !

— Merci beaucoup ! Je suis tellement heureuse d'avoir obtenu ce diplôme et de revenir travailler ici !

— Eh bien, *Welcome back*!

— Merci ! Est-ce que je peux me rendre aux Ressources Humaines ?

— Oui, bien sûr ! À tout à l'heure.

— Merci ! À plus tard.

Elle monta les escaliers quatre à quatre, débordante d'énergie, puis frappa à la porte du bureau avant de l'ouvrir lorsqu'elle entendit qu'on l'y invitait.

— Bonjour Mesdames ! s'exclama-t-elle avec un large sourire.

— Ah, tu es déjà là pour signer ton contrat, Amélie ? S'étonna Anne-Sophie.

— Oui, j'en ai pris connaissance ce matin et je suis en congé aujourd'hui. De plus, je pense que Florence sera soulagée une fois que ce sera officiel… j'ai cru comprendre qu'elle avait été un peu prise de court juste avant ses vacances.

— Oui, c'est certain. C'est Madame Mansay qui a ton contrat.

— Bonjour Amélie, la salua celle-ci en fouillant dans une pile de dossier. Voici les deux exemplaires à signer. Si vous en avez le temps, vous pouvez également remplir dès maintenant la demande d'extrait de casier judiciaire, ajouta-t-elle en désignant un ordinateur libre au fond du bureau. Nous demandons cela à tous nos nouveaux employés, la loi nous y oblige étant donné que nous travaillons avec des mineurs. Pensez-vous en avoir le temps ?

— Oui, bien sûr.

— Parfait. En revanche, étant domiciliée au Royaume Uni depuis moins de cinq ans, il nous faudra également un extrait de France, à moins que vous n'ayez vécu dans un autre pays pendant les cinq dernières années ?

— Non, seulement en France et en Angleterre.

— D'accord, cela devrait donc vous prendre environ une heure, c'est bon pour vous ?

— Absolument.

– Alors je vous laisse vous installer à ce poste. Il me faudra également un RIB, votre pièce d'identité et votre NIN.

– Aucun souci, j'ai tout en version numérique sur ma boite mail.

– Très bien, je vous invite donc à vous y connecter et à lancer l'impression de ces trois documents. Je vais aller manger, maintenant, mais Anne-Sophie reste là et prendra sa pause à mon retour, si vous avez besoin d'aide.

– D'accord, bon appétit !

– Merci, à plus tard.

Une fois qu'elle eût tout terminé, elle envoya un mail à Florence pour lui dire que tout était en ordre. Madame Mansay l'informa que cela prendrait environ trois semaines pour obtenir les deux extraits de casier judiciaire mais Amélie avait de toute façon demandé à ce qu'ils soient envoyés à l'adresse de la société. Sébastien devait donc la contacter une fois qu'il aurait reçu les deux courriers puisqu'elle seule était autorisée à les ouvrir.

Lorsqu'elle sortit enfin, il était treize heures trente et son ventre gargouillait bruyamment. Elle prit donc un bus pour rentrer manger à la maison et lut pendant tout le trajet pour oublier sa faim. Elle n'avait rien mangé depuis la veille au soir.

En arrivant, elle se rendit directement à la cuisine pour déjeuner puis après un café, repartit directement sans passer par la chambre, n'ayant aucune envie de croiser Amine. Elle reprit un bus en direction de Camden. Elle n'avait pas vu ni contacté Amandine depuis deux semaines et depuis le matin même, cette dernière semblait injoignable par téléphone, ce qui devenait inquiétant. Elle se rendit au pub où travaillait son amie mais ne la trouva pas. La patronne, Ashley, la reconnût et lui fit signe d'approcher.

– Bonjour, je peux vous aider ? Êtes-vous ici pour récupérer le reste des affaires d'Amandine ?

– Je... je ne comprends pas ce que vous voulez dire, répondit Amélie avec appréhension. Où est-elle ? Je ne parviens pas à la joindre.

– Oh non, n'ayez pas peur, elle ne travaille simplement plus ici. Sa décision a été très soudaine. Elle est partie sur un coup de tête et a oublié quelques affaires dans sa chambre. Voyez-vous, Amandine n'allait pas très bien ces derniers temps, elle semblait de plus en plus déprimée.

– Oui, j'avais remarqué... vous savez si elle est repartie en France ?

– Oui, c'est bien le cas. Elle a... craqué. Elle a fondu en larmes et s'est excusée un millier de fois. Mais elle ne pouvait tout simplement plus continuer ainsi. Elle avait l'air désespérément pressée de rentrer chez elle. Peut-être avait-elle simplement le mal du pays. En tout cas, elle va beaucoup nous manquer, nous l'appréciions beaucoup. Pouvez-vous récupérer ses affaires ou pas ?

– Oui, bien sûr…

– Attendez-moi ici deux minutes.

Ashley redescendit avec un cabas rempli de quelques vêtements, quelques bibelots et un flacon de parfum à moitié plein. Amélie la remercia et se rendit dans un autre café pour se connecter à internet et envoyer un message à son amie dont le téléphone ne devait plus fonctionner depuis qu'elle était rentrée en France, puisqu'il s'agissait d'un prépayé anglais.

Au grand soulagement d'Amélie, Amandine répondit presque instantanément à son message en s'excusant de l'avoir inquiétée et lui donna le numéro de fixe de chez ses parents. Amélie l'appela quelques minutes plus tard depuis une cabine téléphonique.

– Tu m'as fait peur ma Didine ! Est-ce que tu vas mieux, maintenant ?

– Oui, je vais mieux, je… je suis désolée de ne pas t'avoir prévenue, tout est allé très vite. J'ai pété les plombs, je ne pouvais plus rester une minute de plus. Tu sais, j'aimais bien mon travail, mais je n'avais aucune intimité en vivant à côté des patrons au-dessus du pub. Ils étaient adorables avec moi, mais je n'en pouvais plus de cette situation. Il était temps que je rentre. Là je me repose, j'essaie de me remettre de mes émotions. Et toi ? Comment tu vas, ma belle ?

– Moi ça va mieux. Ça n'a pas été facile avec Amine, et il ne travaille toujours pas… mais je l'ai un peu remis à sa place récemment et je cherche une chambre ou un studio… pour moi seule.

– Oh, ma chérie, je suis désolée pour toi… que s'est-il passé entre vous ? Rien de grave, j'espère !

– Non, rien de grave, mentit-elle en réfrénant un sanglot.

Elle aurait tellement aimé dire à son amie ce qu'il lui avait fait subir depuis des mois, et combien elle avait souffert.

Non, je ne peux pas.

Une grosse boule dans sa gorge l'empêcha de parler pendant quelques instants, puis après quelques respirations profondes, elle reprit :

– Et à part ça, j'ai été reçue à mes examens !

– Oh, félicitations ma poulette !

– Merci ! Et ce n'est pas tout, j'ai été embauchée par l'entreprise dans laquelle j'avais fait mes stages ! Je commence en septembre ! Il s'agit d'un contrat de dix mois, jusqu'à juin ! Et c'est bien payé en plus !

– Oh, bravo ! En tout cas, tu ne te laisses pas aller, toi ! Tu es impressionnante ! Je suis fière de toi ma chérie !

– Merci ma Didine… tu vas me manquer. Je vais devoir te laisser, maintenant, bonne soirée et prend bien soin de toi. J'espère qu'on se verra bientôt en France !

– Oui ma belle, on se verra bientôt. Toi aussi, prend bien soin de toi, courage pour ta recherche d'appartement et ton déménagement. Je t'embrasse.

– Moi aussi, à bientôt.

Elle passa ensuite toute la soirée à lire dans un parc. C'était une belle journée ensoleillée. En juillet, la nuit ne tombait pas avant vingt-deux heures à Londres. Elle assista à un magnifique coucher de soleil avant de prendre le chemin du retour. En arrivant chez elle, elle prit une douche, mangea rapidement puis se coucha sans adresser un mot ni un regard à Amine.

Cette situation la maintenait dans un profond état de malaise. Devoir ignorer une personne avec qui elle partageait sa chambre et son lit était un supplice pour elle qui n'était pas d'une nature rancunière et qui détestait « faire la tête ». Elle ne parvenait pas à être elle-même, ni à appeler des amies ou même lire dans sa propre chambre. Dès qu'elle pénétrait dans cette pièce, elle se glissait sous le lit et fermait les yeux le plus vite possible pour éviter qu'Amine ne lui adresse la parole.

Le lendemain, elle repartit toute la journée, se rendit dans un pub avec son ordinateur et discuta avec sa famille et ses amis sur Facebook. Puis elle téléphona à Annie depuis une cabine téléphonique pour lui raconter qu'elle avait été embauchée chez *Kids and Frogs*. Elle ne l'avait pas eue le dimanche précédent, étant donné qu'elle l'avait appelée le vendredi, tout de suite après avoir vu ses résultats d'examens, avant que Florence ne l'appelle pour lui proposer le poste.

Annie devait désormais se rendre toutes les deux semaines à l'hôpital pour des ponctions mais gardait toujours le moral. Amélie s'abstint volontairement de lui parler de sa décision d'emménager seule dans un nouvel endroit, au cas où son plan échouerait. Elle lui en parlerait, ainsi qu'à sa famille, une fois que ce serait fait.

Le lundi suivant, elle reçut un appel de l'agence immobilière qui avait un studio à lui proposer dans le Nord de Londres pour six-cent cinquante livres par mois. N'osant croire à une telle aubaine, Amélie demanda à le visiter le jour même et partit avec son ordinateur au cas où elle voudrait tout de suite le prendre.

Le logement était très petit et très vétuste (à ce prix-là, elle ne s'attendait pas à un miracle) mais bien situé, dans un quartier bien desservi et, surtout, il était indépendant, équipé de toilettes, d'une douche et de deux petites plaques de cuissons. Cela signifiait qu'elle n'aurait plus à partager ces commodités avec d'autres personnes et qu'elle aurait enfin son intimité.

Après la visite, elle confirma donc qu'elle souhaitait louer ce studio et l'agent, qui se nommait Arnal, l'invita à le retrouver à l'agence pour finaliser son dossier et verser un acompte pour pouvoir réserver le logement au plus vite.

Une fois sur place, elle lui envoya les documents demandés par mail avant de lire le bail qu'il lui avait préparé pendant ce temps.

– Je vois que le loyer doit être payé mensuellement et que la caution est de six-cent cinquante livres. Je ne pourrais pas en régler la totalité aujourd'hui...

– Aucun problème. Pour l'instant, vous pouvez vous contenter de régler un acompte, puisque vous n'emménagerez pas avant trois semaines. En revanche, le premier jour du bail, il vous faudra vous acquitter du reste de la caution et du premier mois de loyer.

– Cela vous convient-il si je vous donne deux cents livres pour aujourd'hui ?

– Oui, pas de souci. Vous réglez par carte ?

– Oui. Voilà. Il ne restera donc que mille cent livres à régler, c'est bien cela ?

– Oui, c'est bien cela. Bon, tout est en ordre. Le bien va immédiatement être retiré du marché. Il est à vous ! Je vous donne rendez-vous le vendredi 1er août à neuf heures pour l'état des lieux d'entrée, le paiement final et la remise des clés. Voici les coordonnées bancaires de notre agence. Je vous conseille de les enregistrer dès aujourd'hui sur votre banque en ligne, les délais peuvent parfois être longs.

– Très bien. Merci, à bientôt.

Elle se mit à réfléchir à toute vitesse : Il lui restait trois cents livres sur son compte. C'était le lundi 14 juillet, il fallait qu'elle demande à ne plus avoir de congé avant le jeudi 31 juillet, pour pouvoir prendre deux jours consécutifs et emménager le 1er août. De cette manière, Amine ne s'attendrait pas à ce qu'elle reste à la maison ces deux jours-là, puisqu'elle avait habituellement le lundi et le mardi, et elle pourrait partir discrètement.

Elle savait que sa responsable serait probablement d'accord car, quelques jours après qu'elle eut annoncé sa démission, une autre serveuse avait fait de même mais n'avait laissé que deux semaines de préavis et la personne qui l'avait remplacée, en formation depuis quelques jours, n'était pas encore autonome.

C'est tout de même ridicule… ne puis-je pas simplement rompre avec lui ?

Non… il ne me laissera jamais partir, jamais.

D'autre part, elle ne demanderait pas de salaire avant la veille de son congé afin de tout pouvoir mettre sur son compte en une seule fois et régler le montant dû dans la foulée.

Entre le 16 et le 30 juillet, elle travaillerait donc quinze jours d'affilée plus une douzaine d'heures chez Gary ce qui, en ajoutant les trois cents livres qu'elle possédait sur son compte, lui ferait un total de mille deux cent quarante livres. Elle aurait donc de quoi s'acquitter des mille-cent livres restants le 30 juillet.

Il ne restait plus qu'à tenir bon avec Amine. Il ne fallait surtout pas qu'elle s'attendrisse, surtout pas. La colère était passée depuis longtemps, puisqu'il la laissait désormais tranquille. Mais la peur était bien présente à chaque instant, enfouie au fond d'elle-même.

Elle faisait son possible pour ne pas le regarder car c'était bien cet air de chien battu qui l'avait fait tomber dans le panneau au départ. Elle avait trop d'empathie… c'était là sa faiblesse, son fardeau.

Elle parvint à l'ignorer jusqu'à la fin juillet. Le 30, comme prévu, elle récupéra la totalité de son salaire et se rendit immédiatement dans une des agences de sa banque pour déposer l'argent sur son compte.

Dès qu'elle arriva chez elle, elle se rendit dans la cuisine avec son ordinateur et se connecta à son compte en ligne pour effectuer la totalité du virement puis en envoyer la preuve par mail à l'agent immobilier qui lui répondit presque immédiatement pour en accuser réception.

Le lendemain matin, Amélie se leva à l'heure habituelle et fit semblant d'aller au travail. Elle partit se promener toute la journée et rentra à l'heure habituelle. Le vendredi 1er, elle se leva et sortit de nouveau à la même heure pour ne pas éveiller les soupçons d'Amine qui pensait qu'elle rendrait les clés le dimanche, deux jours plus tard.

Elle se rendit immédiatement au studio, comme convenu avec Arnal. L'état des lieux dura moins d'une heure. A l'issue de celui-ci, il lui remit les clés avant de la saluer et de partir. Elle arriva devant la maison à midi.

Elle monta silencieusement l'escalier puis colla son oreille à la porte de la chambre. Elle n'entendit rien. Mais il pouvait très bien être endormi, et si elle ouvrait et que cela le réveillait, tout serait fichu.

– Il est sorti ! entendit Amélie derrière elle.

Elle fit un bon et frôla la crise cardiaque avant de se retourner et de voir Dolores en bas de l'escalier.

– D'accord... merci.

Elle ouvrit la porte et entra dans la chambre.

Bon. Et maintenant ?

Elle ne savait pas par où commencer. Et surtout, Amine pouvait rentrer à tout moment et la surprendre en train de préparer ses valises. Elle se sentit soudain totalement pétrifiée.

Elle respira profondément puis commença à trier ses affaires et à ranger les plus importantes et les plus précieuses dans ses valises. Une fois qu'elle les eût remplies, ainsi que son sac à dos, elle retourna à sa nouvelle adresse.

Sur le trajet, elle se mit à paniquer : Et s'il était à la maison à son retour ? Comment réagirait-il en la voyant avec des valises vides ? Elle n'avait pas le choix. Il fallait de toute façon qu'elle tente le coup, c'était sa seule chance. En arrivant dans le studio, elle vida ses bagages et rangea à la hâte ses affaires dans l'armoire puis repartit aussi vite que possible en bus pour en récupérer le reste et rendre du même coup ses clés à Dolores, avant de tirer définitivement sa révérence.

Les propriétaires avaient souhaité organiser un état des lieux de sortie le dimanche mais Amélie ne comptait pas le faire. C'était ridicule, puisqu'elle n'attendait pas de retour de caution de leur part et qu'ils ne pouvaient de toute façon pas se retourner contre elle en cas de problème. Elle se contenterait simplement de leur jeter sa clé et de leur dire de se débrouiller avec Amine. Elle avait de toute façon laissé la chambre dans un état impeccable et les propriétaires l'avait suffisamment embêtée pendant des mois.

Elle arriva devant la maison avec ses deux valises et son sac à dos vides. Priant pour qu'il ne soit pas revenu entretemps, elle entra. Au point où elle en était, il fallait qu'elle finisse ce qu'elle avait commencé, qu'il soit là ou pas.

Elle écouta de nouveau à la porte et n'entendit rien. Elle inséra la clé dans la serrure et constata avec horreur qu'elle n'était pas verrouillée. Elle n'avait plus le choix : elle pénétra dans la chambre. Il était là, assis sur le lit, l'air abattu. Elle l'ignora et s'avança dans la pièce la tête haute puis ouvrit ses valises sur le sol et se hâta d'y ranger toutes ses affaires sans cérémonie. Elle l'entendit se lever et passer derrière elle puis fermer la porte à clé.

Non, pas ça...

Elle ne se démonta pas. Après tout, elle aussi avait la clé de la chambre, il n'oserait tout de même pas la fouiller pour la lui prendre...

Si, il en serait capable...

Une fois qu'elle eût terminé et vérifié plusieurs fois qu'elle n'avait rien oublié, elle mit son sac à dos sur ses épaules, empoigna une valise dans chaque main puis fit face à Amine qui lui bloquait la porte, adossé à cette dernière. Elle posa ses valises sur le sol, sortit la clé de sa poche et passa son bras sous celui d'Amine pour ouvrir la porte.

Ce dernier lui attrapa délicatement le poignet.

– S'il te plaît Amélie, il faut que nous parlions.

– Laisse-moi passer.

– Je sais que je me suis très mal comporté...

– Écarte-toi de mon passage. Tu es en train de me retenir prisonnière, ni plus ni moins. C'est illégal, tu sais ? Je veux sortir. Tu ne peux pas m'en empêcher.

– Mon amour, sanglota-t-il.

– Je veux sortir ! Laisse-moi passer !

Elle le poussa de toutes ses forces et tenta d'insérer la clé dans la serrure, mais ce dernier se mit à genou et, l'attrapant par la taille, se mit à pleurer à gros sanglots, la tête enfouie dans sa poitrine.

– Ne me quitte pas, je t'en supplie... je ne peux pas vivre sans toi... je ne sais pas comment m'excuser, je suis un moins que rien, je ne te mérite pas, j'ai tout gâché...

– S'il te plaît, gémit-elle de désespoir, laisse-moi passer ! Je t'en supplie ! Je ne veux pas vivre avec toi et tu ne peux pas m'y forcer.

– Non, ne me quitte pas, murmura-t-il.

– Amine... tu m'as forcé la main pour t'épouser et emménager avec toi, tu m'as manipulée, tu m'as menti en me disant que cela ne te posait aucun problème que je sois athée, tu m'as laissé travailler pour deux sans rien faire alors que tu m'avais dit que tu trouverais un emploi et que tu paierais ta part, tu m'as frappée, insultée et torturée en m'empêchant de dormir... et après tout cela, tu as trouvé le moyen de te faire passer pour la victime en rejetant toute la faute sur moi. Tu m'as pris tout mon argent, tu m'as volé mon smartphone et ma collection de pièces... tu es un monstre. Tu m'as fait perdre sept mois, sept longs mois de souffrance, et pendant tout ce temps, tu es resté à la maison au lieu d'aller travailler. Tu as failli me faire rater mes examens en me pourrissant la vie même quand j'étais en France. Maintenant, j'ai vingt-huit ans et je vais prendre un nouveau départ, au cas où il me reste une chance de trouver le bonheur avec un homme qui me ressemble et avec qui je peux envisager de construire une vie épanouie et une famille. Je ne veux plus de toi, j'ai essayé, j'ai vu qui tu étais vraiment, maintenant laisse-moi partir... s'il te plaît... écarte-toi de cette porte.

– Je ne peux pas vivre sans toi...

Il pleura de plus belle et la serra encore plus fort.

Elle soupira et resta figée là, impuissante...

– Ça ne marchera jamais, reprit-elle calmement. Je perds mon temps et ma jeunesse avec toi. Je veux avoir des enfants mais ce n'est pas possible avec toi. Et tu ne peux pas me dire le contraire. Tu voudras qu'ils soient musulmans et je voudrai qu'ils fassent leurs propres choix. Nous ne sommes pas compatibles. Tu es égoïste, tout ce qui t'importe, c'est ce que toi, tu veux. Tu m'as regardé souffrir sans aucun regret, sans aucune compassion... et ce, malgré tout ce que j'ai fait pour toi. Si je n'avais pas réagi, si je ne m'étais pas défendue, je serais dans une situation épouvantable... et tu le sais très bien. Je ne veux pas de toi, laisse-moi vivre ma vie. Je te souhaite le meilleur. Maintenant laisse-moi passer.

– Laisse-moi encore une chance, je t'en supplie...

– Je t'ai laissé mille chances... cela ne changera rien. Et tu ne peux pas effacer le passé. Tout ce que tu m'as fait endurer était bien réel. Il m'a fallu du temps pour réaliser à quel point c'était grave et pour trouver la force de relever la tête.

– Je sais... j'ai été ignoble. Mais j'étais déprimé et... j'ai tellement honte de moi. Je te jure que je ne me comporterai plus jamais de cette façon.

– Je ne te crois pas. Tu as essayé de me convertir à ta religion par la force et j'ai résisté, plus que tu ne le pensais. Oui, tu m'aimais et tu souhaitais vraiment passer ta vie avec moi, mais uniquement si je devenais musulmane, et tu pensais que tu arriverais à tes fins. Mais maintenant que tu sais que cela ne se produira jamais, tu essaies seulement de sauver ta peau...

– Comment oses-tu dire cela, sanglota-t-il, tu ne sais pas combien je t'aime ! Tu es la femme la plus courageuse, la plus forte et la plus honnête que j'ai vue de ma vie.

– Arrête, s'il te plaît... tu crains juste de ne pas obtenir tes papiers. Ne t'inquiète pas pour cela, nous pouvons rester amis et tu pourras laisser ton adresse officielle à mon domicile si tu le souhaites, mais laisse-moi partir. LAISSE-MOI PASSER !

– Écoute-moi s'il te plaît Amélie. Il y a deux semaines, j'ai reçu mon permis de travail pour cinq ans puis je me suis renseigné auprès de mon avocat. Même si on se séparait demain, je serai tranquille jusqu'à l'expiration de mon permis, j'aurais tous mes droits pendant cette durée et j'aurai le temps de me remarier ou de faire un enfant ici. C'est toi que je crains de perdre... depuis plusieurs semaines, tu ne me parles plus et je ne sais comment m'excuser, parce que je suis totalement impardonnable... et le pire dans tout ça, c'est que si je me suis enfin remis en question pour la première fois de ma vie, c'est parce que tu ne t'es pas laissé faire et que tu as mis un miroir en face de moi. Tu me pousses à m'améliorer... personne n'ose jamais me tenir tête ni me secouer comme tu le fais, à cause de mon mauvais caractère et des terribles dépressions que j'ai traversées ces dernières années. Oui, c'est vrai, je suis égoïste, je m'en rends enfin compte, grâce à toi. Tu es exactement la femme qu'il me faut : douce et pleine d'amour, mais tu sais me remettre à ma place quand j'en ai besoin. Et je sais maintenant que j'ai beaucoup à apprendre de toi.

– Merci pour tous ces éloges, mais cela ne change rien pour moi. Si je me mets en couple avec un homme, c'est pour partager un avenir avec un adulte responsable, pas pour éduquer et prendre à ma charge un adolescent de vingt-sept ans. Je me fiche que tu aies besoin de moi, Moi, je n'ai pas besoin de toi, tu ne m'as rien apporté à part de la souffrance et des difficultés. J'ai fait ma part, j'ai bien vu comment j'étais remerciée. À partir de maintenant, tu as toutes les cartes en main pour un nouveau départ, il ne te manque plus que la motivation : tu peux travailler légalement, tu as accès aux soins médicaux et tu peux trouver un logement décent, et tout ceci pour une durée de cinq ans. De plus, tu es un bel homme et tu sais t'y prendre pour attirer une femme dans tes filets, alors trouve-toi une autre victime, mais cette fois, choisis-en une musulmane et plus docile que moi. J'ai assez donné. Maintenant laisse-moi passer.

– Justement, je ne peux plus me mettre avec une femme docile, maintenant que je t'ai connue... j'ai vraiment tout gâché. J'ai tellement d'admiration pour toi ! C'est vrai, j'ai voulu te forcer à te convertir à l'Islam, parce que je pensais que nous ne pouvions pas vivre ensemble si tu n'étais pas musulmane, que cela serait plus simple face à ma famille et à mes amis, qu'ils seraient tous fiers de moi si j'avais réussi à te faire pratiquer notre religion... mais j'ai eu une conversation avec ma mère peu de temps après notre discussion avec les propriétaires, lorsqu'ils nous ont demandé de partir. Elle était furieuse contre moi, elle m'a dit que je n'avais pas le droit de te forcer et que toute ma famille t'était reconnaissante et t'acceptait exactement comme tu es... et... (il fondit en larmes) elle m'a aussi dit que tu lui avais pris son fardeau et que c'était injuste pour toi... elle était vraiment en colère et désespérée par mon comportement.

– S'il te plaît, Amine... laisse-moi passer. Je... j'ai pris ma décision. Je ne peux pas oublier tout ce que tu m'as fait... quelle est la morale de toute cette histoire ? Si je n'avais pas été aussi résistante, où en serions-nous ? Dans un couple sain, on ne devrait pas avoir à se défendre ni à craindre pour sa sécurité. Si quelqu'un est gentil et généreux envers toi, tu le détruis ? Je suis désolée, je ne peux pas concevoir cela... et le mal est fait.

– Ne peux-tu pas me pardonner, mon amour ? Je te jure que cela ne se reproduira plus jamais.

– Tu m'as juré bien des choses devant Dieu, mais tu n'as pas tenu ta parole. Tes promesses n'ont plus aucune valeur pour moi. Oui, je peux te pardonner. Mais je n'oublierai jamais.

– Je... je ne peux pas imaginer ma vie sans toi... si seulement je pouvais tout effacer et tout recommencer...

Pendant cette longue conversation, Amine ne s'était toujours pas écarté de la porte et dès qu'Amélie s'en approchait, il la serrait dans ses bras en pleurant contre sa poitrine. Elle se sentait prise au piège et son sac à dos était lourd. Elle le posa sur le sol avec ses valises puis s'assit sur le lit pour réfléchir.

Elle ne pouvait pas le pousser, il était bien trop lourd et bien trop fort pour elle, et à chaque fois qu'elle le touchait, il la caressait, l'enlaçait et se remettait à pleurer. Elle lui avait demandé plusieurs fois de s'écarter, il refusait de s'exécuter.

Elle pourrait hurler, mais elle avait toujours détesté se faire remarquer et s'afficher en public, et ce serait elle qui passerait pour une hystérique. Elle s'humilierait elle-même.

Devrait-elle appeler la police ? Il ne montrait aucune violence à ce moment-là et elle en était de toute façon incapable. Était-ce de la lâcheté ? Il y avait certainement un peu de cela, elle devait bien l'admettre. Elle avait grandi en se taisant, quoi qu'on lui fasse endurer. Elle n'avait jamais su dénoncer ni crier au secours. Elle se sentit soudainement tellement lasse qu'elle s'étala sur le lit de tout son long et ferma les yeux.

Il s'approcha d'elle.

– Ne me touche pas. Si tu me touches, je hurle.

– D'accord.

Un long silence s'ensuivit. Elle ne parvenait plus à penser et avait seulement très envie de dormir, de sombrer dans l'inconscience. Elle acceptait son sort, elle n'avait pas la force de faire autrement. Elle était tellement épuisée. Elle devait se rendre à l'évidence : il y avait une autre raison au fait qu'elle n'ait pas hurlé ni appelé la police, une raison qui la faisait se sentir encore plus minable.

Je l'aime encore... je ne sais pas pourquoi ni comment c'est possible, mais je l'aime encore...

Il pouvait être si tendre parfois. Ses grands yeux clairs la faisaient fondre et elle avait tellement aimé chaque minute passée dans ses bras. Il la faisait également beaucoup rire, et cette façon qu'il avait de s'afficher fièrement avec elle la touchait au plus profond de son âme...

Elle avait dû se torturer pour l'ignorer et chercher un appartement dans son dos. Elle avait farouchement résisté contre ses sentiments, que sa raison exécrait. Mais elle était coincée là, dans cette pièce avec lui. À ce moment-là, elle n'était émotionnellement pas assez forte pour provoquer un drame. Elle avait toujours peur de le regretter par la suite. Mais elle n'était pas prête non plus à le pardonner ni à le laisser s'approcher d'elle.

J'y étais presque... si seulement il était revenu une heure plus tard...

Puis elle s'endormit. À son réveil, il était près d'elle, l'entourant délicatement de ses bras. Elle se sentit bien, tout contre lui, et refusa de repenser à ce qui l'avait poussé à fuir, puisque c'était fichu, de toute façon. Elle se sentait étrangement en paix. Elle se blottit contre lui avant de se rendormir. Le lendemain, après une nouvelle conversation à l'issue de laquelle elle accepta de lui laisser une dernière chance, ils emménagèrent donc tous deux dans le studio.

Les deux semaines suivantes furent calmes. Elle partit comme prévu en vacances pour la dernière quinzaine d'août, ce qui lui fit le plus grand bien. Elle était enfin reposée en revenant, avant de commencer son nouveau contrat chez *Kids and Frogs*.

Les mois qui suivirent, Amélie trouva enfin un rythme convenable. Tout se passait très bien à son travail, où sa soif d'apprendre ne se tarissait pas. Très appréciée, elle bâtit des relations cordiales avec de nombreux collègues tout au long de son contrat. Elle avait de nouveau une vie sociale et Amine tint sa parole : Il ne leva plus la main ni le ton sur elle. Il se montra doux et attentionné envers elle et n'essaya plus de régir sa vie.

Un des collègues d'Amélie, Adem, également algérien et d'une grande gentillesse, avait pris les coordonnées d'Amine pour l'aider à trouver du travail. Il connaissait beaucoup de monde à Londres, surtout dans le milieu de l'hôtellerie. Entre octobre 2014 et juin 2015, il lui avait trouvé trois emplois de réceptionniste dans le secteur de l'hôtellerie mais Amine, au grand désespoir d'Amélie, n'avait tenu dans aucun de ces postes.

Avec les quelques salaires qu'il avait touchés, il avait au moins payé un demi-loyer, rempli leur frigo une dizaine de fois et offert une bague à Amélie.

En juin, à l'approche de la fin de son contrat, elle avait reçu une proposition d'embauche pour un poste permanent au service des inscriptions (où elle avait effectué son premier stage de BTS) à partir du mois d'août 2015. Près d'un an plus tôt, alors qu'Amélie venait de prendre ses fonctions au service logistique, Katerina avait quitté Londres et cédé sa place de responsable à Anika.

Le poste d'assistante avait été proposé à Emmanuelle, une jeune Réunionnaise brune à la peau mate, très diplomate et d'une patience angélique. Emmanuelle avait également beaucoup d'humour et était très compétente. En raison d'une forte augmentation de demande et de pression sur le service, un deuxième poste d'assistante venait d'être créé et serait donc occupé par Amélie.

Appréciant la vie londonienne et ayant soif d'étoffer son CV et ses connaissances, elle avait accepté le poste pour une troisième année à Londres et planifiait de commencer à envoyer des candidatures en France.

Kids and Frogs était devenu comme un deuxième foyer pour elle et elle s'y épanouissait, mais malgré qu'Amine la traite désormais avec respect et que leur complicité et leur attachement aient grandi avec le temps, elle ne supportait plus sa paresse et son manque de motivation pour le travail.

Elle ne pouvait envisager aucun avenir avec lui dans ces conditions. Par ailleurs, Océane lui avait annoncé qu'elle rentrerait définitivement en France au cours de l'été. Amélie se sentit désemparée par cette nouvelle, perdant ainsi une amie proche d'un précieux soutien.

Le jour de son départ pour la France pour un mois de vacances en juillet, alors qu'Amine venait de commencer un nouveau travail (de nouveau offert sur un plateau par Adem) depuis trois jours, elle lui posa un ultimatum avant de partir pour l'aéroport.

– Amine, soupira-t-elle. Je t'aime, mais j'ai vingt-neuf ans et il est temps pour moi de penser à l'avenir. Je ne vois pas comment l'envisager sereinement avec toi dans ces conditions.

– Je sais... je suis incapable de garder un travail plus d'un mois. C'est ma faute, soupira-t-il, j'essaie de m'améliorer, mais je ne supporte pas les remarques et ensuite je perds ma motivation.

– Oui... d'accord. Cela fait plus d'un an que je te « coache » et je commence sérieusement à perdre patience. Adem t'a trouvé plusieurs emplois et je passe mon temps à enjoliver tes CV mais nous ne pouvons pas aller travailler à ta place.

– Oui, je sais, je vais tout faire pour m'adapter, je te le promets.

– Amine, soupira-t-elle. Je suis fatiguée de tes promesses...

– Je sais, dit-il d'un air penaud.

– J'ai l'impression qu'à chaque fois que je suis à deux doigts de te quitter, tu trouves un nouveau travail pour un mois puis c'est reparti pour deux mois d'oisiveté. Je pense qu'au fond tu n'as pas envie de travailler.

– Non, ce n'est pas ça... ce nouvel emploi me plaît vraiment, je suis sûr que j'arriverai à le garder.

– Eh bien j'espère vraiment que tu dis vrai, car je ne supporterai pas un échec de plus. Il faut que j'avance. Tu comprends ?

– Qu'est-ce que tu veux dire ?

– Je veux dire que je ne rajeunis pas et que j'ai l'impression de perdre mon temps. Tu ne peux pas nier que j'ai été bien patiente et compréhensive jusqu'à maintenant, n'est-ce pas ?

– Oui, c'est vrai.

– Si tu as perdu ce travail quand je reviens de France, je... je vais devoir me séparer de toi, conclut-elle avec douceur.

– Oui, je comprends.

– C'est un poste permanent avec un mois d'essai, tu ne peux pas gâcher cette chance... je n'en peux plus de cette situation, ajouta-t-elle, les larmes aux yeux. Je t'aime, mais je ne peux pas vivre de cette façon. Cela fait déjà un an et demi... je suis désolée mais tu n'as plus d'excuse. Et c'est injuste que je paie tout toute seule depuis tout ce temps.

– Mon amour... cette fois, je ne gâcherai pas ma chance, je vais tout faire pour y arriver.

– D'accord. Merci. Prends bien soin de toi pendant mon absence.

– Tu es sûre que tu ne veux pas que je t'accompagne à l'aéroport ?

– Non, je n'ai qu'un bagage assez léger, et le temps de faire l'aller-retour, tu risques d'être en retard au travail.

– D'accord, passe de bonnes vacances. Je t'aime.

– Merci, moi aussi je t'aime.

6. Évènement inattendu

Pendant ses vacances, Amélie profita de sa famille et de ses amis. Elle passa notamment beaucoup de temps avec Annie. L'état de cette dernière n'évoluait que très lentement, ce qui ne manquait pas d'impressionner l'ensemble du corps médical.

Bien que ses ponctions abdominales aient désormais lieu une fois par semaine, elle gardait le moral et s'entourait de nombreuses personnes mystiques qui, pratiquant différentes formes de médecine ésotérique, lui proposaient des traitements alternatifs et lui enseignaient de nouvelles méthodes de méditation.

Amélie s'était toujours un peu méfiée des individus de ce type, mais ils avaient le mérite d'apporter un précieux soutien spirituel à son amie et de lui faire garder espoir. Entre ces visiteurs, sa famille, ses amis et l'équipe soignante qui s'occupait d'elle lorsqu'elle était à l'hôpital, Annie était rarement seule, et son courage et sa positivité suscitaient l'admiration et le respect de tous, ce qui lui donnait encore plus de force.

Elle faisait partie de ces personnes - trop rares - qui souhaitaient ardemment se rendre utiles et inspirer les autres en s'évertuant à montrer l'exemple. Le message puissant qu'Annie nous envoyait à tous était que les limites du potentiel humain n'étaient qu'un concept édicté par le mental de chacun, lui-même formaté par l'éducation et la culture qui nous étaient inculquées depuis notre naissance.

Au bout de trois semaines de vacances, Amélie s'était vidé la tête et bien reposée. Elle avait nagé tous les jours dans le lac Léman et était partie trois fois en randonnée. Une fois l'esprit un peu plus clair, la date du retour s'approchant, elle en profita pour prendre du recul et se livrer à une petite séance d'introspection tout en marchant seule dans une grande forêt ou elle ne croisa que de rares promeneurs.

Elle était heureuse et fière de son parcours professionnel, elle pouvait se féliciter de ne pas avoir perdu de temps et d'avoir fait un pas de géant sur ce terrain-là. Elle ne s'était pas contentée d'atteindre ses objectifs, elle les avait dépassés. Elle avait su saisir chaque opportunité et sa motivation restait constante. Elle n'avait jamais eu d'emploi aussi stimulant. Elle acquérait chaque jour de nouvelles compétences et devenait de plus en plus polyvalente.

Depuis qu'elle avait commencé à travailler à plein temps chez *Kids and Frogs* un an plus tôt, on lui avait proposé de nombreux remplacements en heures supplémentaires dans trois services différents. Elle se sentait reconnue, déjeunait tous les jours avec des collègues qu'elle appréciait sincèrement et sortait de temps en temps – trop rarement à son goût – avec ces derniers, qui étaient devenus des amis.

Sur le plan sentimental, certes, Amine était devenu doux avec elle, mais elle ne pouvait nier que cette relation était toujours aussi malsaine, dans un style différent. Il adoptait silencieusement une attitude triste et réprobatrice lorsqu'elle revenait tard le vendredi soir ou qu'il devinait à son haleine qu'elle avait bu une bière alors que cela n'arrivait qu'une ou deux fois par mois.

Au fond, ils étaient toujours aussi incompatibles. Toutes ces questions avaient été étouffées dans un silence permanent et elle n'osait plus les soulever. Son amour pour lui cédait peu à peu place à un sentiment totalement infondé de responsabilité envers lui. Elle savait qu'ils ne pouvaient pas envisager d'avenir ensemble, encore moins de fonder une famille. Cette seule idée la fit frissonner.

Elle se sacrifiait pour lui, ni plus ni moins. En dépit des beaux discours d'Amine soulignant le fait qu'il n'avait pas besoin d'elle pour ses papiers, Amélie savait pertinemment qu'il restait avec elle pour sa sécurité à lui, à tous niveaux. Elle était devenue sa mère et c'était inacceptable. Depuis qu'ils avaient emménagé dans le studio, elle songeait tous les jours à le quitter mais reportait toujours cela au mois suivant. Une partie d'elle espérait qu'il perdrait son travail avant son retour pour qu'elle puisse enfin passer à l'acte. Elle repensa au jour, un an plus tôt, où elle était presque parvenue à déménager sans lui laisser d'adresse.

Si seulement il n'était pas rentré à la maison...

Des larmes lui brûlèrent les yeux, imaginant la vie qu'elle aurait pu connaître sans lui pendant cette année écoulée. Il fallait absolument qu'elle le quitte. Elle réfléchit à ce qu'elle pourrait lui dire pour qu'il parte de son plein gré. Pour commencer, elle ne l'aimait plus. Elle restait avec lui par habitude. Il la satisfaisait aux niveaux physique et affectif et elle craignait d'éprouver un terrible manque après leur séparation. Mais humainement parlant, ils n'avaient que peu de valeurs communes et ne partageaient aucun centre d'intérêt. Leur relation était bien trop déséquilibrée.

Avec le temps, elle avait également compris qu'elle serait toujours frustrée par leurs conversations d'un point de vue intellectuel. Il manquait cruellement de bon sens, si bien que même changer une ampoule ou faire cuire des pâtes semblaient problématiques pour lui.

Comment ai-je pu être aussi aveugle ?

Non, elle ne l'aimait plus, elle en avait la certitude. Elle avait simplement une addiction à l'affection qu'il lui apportait et l'amour n'avait été qu'une illusion au début de leur relation. Sa compassion pour lui l'empêchait également de le quitter, de peur qu'il ne se retrouve à la rue, démuni, dépressif, sans papiers… par sa faute à elle.

C'est donc cela, je suis bel et bien devenue sa mère.

Sa décision était prise : cette fois, si elle devait en arriver à appeler la police, elle le ferait. Pensant cela, elle s'aperçut également qu'elle éprouvait toujours de la peur. Elle avait profondément refoulé ce sentiment depuis qu'il n'avait plus fait preuve d'aucune violence envers elle, mais s'il en avait été capable par le passé, cela pourrait se reproduire. Tout était clair pour elle : elle vivait dans un mensonge depuis une année. C'était uniquement par contrainte qu'elle restait avec lui.

Non, je n'arriverai jamais à le quitter… il ne me laissera pas partir.

En réalité, elle était terrorisée, elle en prenait pleinement conscience en cet instant. C'était aussi pour cela qu'elle restait. Elle s'était engluée dans une relation toxique dont elle se sentait incapable de sortir.

A chaque fois qu'elle était loin de lui, bien que la distance ne suffise pas à la libérer de l'effroyable emprise psychologique qu'Amine exerçait sur elle, elle parvenait à retrouver un regard plus lucide sur la situation. Après réflexion, cela faisait trois semaines qu'elle était partie et… il ne lui manquait absolument pas. Bien au contraire, elle se sentait revivre, toutes ses émotions - positives et négatives - remontant à la surface.

Oui, je suis toujours vivante.

Je peux encore m'en sortir.

Je vais m'en sortir.

Une semaine plus tard, quand elle arriva à l'aéroport de Gatwick, il était là pour l'accueillir. Lorsqu'il l'enlaça, elle lui rendit son étreinte à contrecœur. Il prit ses bagages et ils rentrèrent ensemble au studio.

Pendant le trajet, elle parla peu, se contentant de résumer très brièvement ses vacances. Lui, en revanche, avait beaucoup de bonnes nouvelles à lui annoncer : il avait conservé son emploi et ne recevait pour l'instant aucun reproche de sa hiérarchie.

Normal, tu es en poste de nuit, tu fais seulement acte de présence et personne ne veut de ces horaires.

D'autre part, il avait fait connaissance avec l'agent de sécurité de l'hôtel. Celui-ci lui avait expliqué que son métier était bien rémunéré à Londres et qu'il lui avait fallu faire une formation de deux jours qui lui avait coûté cinq cents livres sterling pour pouvoir l'exercer.

Amine avait donc l'intention de s'offrir ce diplôme dès que possible. Il avait enfin trouvé sa vocation, pensa-t-elle, un travail bien payé à ne rien faire la plupart du temps et à passer des heures sur les réseaux sociaux. Ce métier était parfait pour lui. C'était en réalité une excellente idée.

Lorsqu'ils arrivèrent dans le studio, elle s'assit lourdement sur le lit. Amine la dévisagea.

– Que se passe-t-il, mon amour ? Tu n'as pas l'air dans ton assiette.

– Je suis simplement fatiguée. Je vais prendre une douche.

Lorsqu'elle sortit de la minuscule salle de bain, il l'invita à s'asseoir à la petite table, sur laquelle il avait disposé du fromage, du pain et quelques fruits. Dès qu'elle fut rassasiée, il la serra dans ses bras et se mit à la caresser, puis ils passèrent à l'acte.

Une fois apaisés, blottis l'un contre l'autre dans le lit, elle se remit à réfléchir. La discussion pourrait attendre le lendemain, sa journée avait été suffisamment éprouvante. Mais il n'était que dix-sept heures et la soirée risquait d'être longue. Elle le regarda, il semblait dormir. Elle décida de sortir. Elle se leva mais il la retint doucement par le poignet.

– Où vas-tu comme ça ?

– Je vais me promener.

– Je peux venir avec toi ?

– Non, merci, j'ai envie d'être un peu seule.

– Mais tu ne m'as pas vu depuis un mois... que t'arrive-t-il ? Tu n'as pas l'air bien depuis que tu es revenue.

– On en parlera demain.

– Non, dis-moi ce qui ne va pas, s'il te plaît.

– Amine, soupira-t-elle au bord des larmes, il n'y a pas d'avenir pour nous, je suis malheureuse. Je reste avec toi parce que je m'y sens obligée, je pense que je ne t'aime plus... depuis longtemps. Si tu es ici, c'est simplement parce que tu ne m'as pas laissée partir il y a un an. Je... je suis malheureuse.

Elle fondit en larmes. Il resta silencieux puis, d'un air misérable, s'allongea sur le lit. Alors elle termina de se rhabiller et sortit. Elle marcha lentement dans un parc puis, épuisée, s'assit sur un banc. Pourquoi n'avait-il rien répondu ? Il s'était contenté de rester allongé sur *son* lit dans *son* studio. Il allait refuser de sortir, elle en était certaine. Il allait pleurer dans son giron jusqu'à ce qu'elle jette les armes, une fois de plus, vaincue par la lassitude.

Non, elle avait enclenché le processus, il fallait qu'elle aille au bout. Cette fois, elle s'en sentait capable. Après s'être reposée une demi-heure, elle remonta dans son logement. Il s'était habillé mais restait allongé sur le lit, son téléphone dans les mains.

Elle resta debout, adossée à la porte.

– Je veux que tu partes.

– D'accord, répondit-il froidement, mais laisse-moi quelques jours.

– Non, je te connais, répondit-elle d'un ton sans réplique. Tu pars maintenant. On est en plein été, il ne fait pas froid dehors, tu as un emploi donc tu perçois un salaire. Il y a des auberges de jeunesse partout à Londres et au pire, tu iras pleurer chez l'un de tes amis. Ce n'est plus mon problème. Je ne sais pas pourquoi j'ai fait de ta sécurité ma responsabilité. Tu es un homme dans la force de l'âge, je t'ai donné les mêmes droits que n'importe quel européen, à mes dépens. Tu pars maintenant. Je ne veux plus te voir.

Il resta sur le lit sans bouger, sidéré. Elle fut soudainement assaillie par la peur mais ne le montra pas.

– Tu pars maintenant, répéta-t-elle en sortant lentement son téléphone de sa poche. Tu pars maintenant ou j'appelle la police. Cela fait maintenant un an et demi que tu me forces, tu n'obtiendras plus jamais rien de moi en me contraignant. Pars maintenant ou je te jure que j'appelle la police, et tu sais que *moi*, je tiens mes promesses.

Il se leva. Elle sentit son cœur s'emballer. Mais contre toute attente, il n'y avait aucune colère dans le regard d'Amine. Peu à peu, elle vit l'expression de son visage définir une infinie tristesse et sentit son cœur se serrer. Les larmes ruisselèrent silencieusement sur le visage d'Amine alors qu'il rassemblait ses affaires. Puis il sortit sans se retourner.

Un silence assourdissant s'installa dans la pièce. Elle regarda par la fenêtre et le vit marcher en direction de la station de métro en titubant d'émotion. En traversant la route, il manqua de justesse de se faire écraser par un bus qui le klaxonna bruyamment.

Elle sentit ses jambes tremblantes céder sous son poids. Ses oreilles bourdonnaient. Fébrile, elle fournit un dernier effort pour s'approcher de son lit avant de s'y écrouler. Elle pleura pendant deux longues heures puis, rassemblant ses dernières forces pour se lever et verrouiller la porte, se glissa sous la couette tout habillée avant d'éteindre son téléphone et de sombrer dans un sommeil de plomb.

Elle se réveilla dix heures plus tard, au lever du jour. Ses yeux étaient tellement gonflés qu'elle eut du mal à les ouvrir. Elle se leva, fit chauffer la bouilloire, prit une douche puis but son café avant de se recoucher pour dormir six heures de plus. Il était midi lorsqu'elle réémergea, tiraillée par la faim.

Elle ouvrit les placards, y trouva des pâtes, puis ouvrit le frigo et en sortit du beurre et du fromage râpé. Une demi-heure plus tard, après avoir englouti son repas, elle s'habilla, mit son livre et un paquet de biscuits dans son sac et sortit.

C'était une magnifique journée d'été. Se délectant des rayons de soleil sur son visage, elle se rendit à l'arrêt de bus et décida de partir le plus loin possible à la périphérie de la ville, vers le nord. Lorsqu'elle fut proche du terminus du bus, elle ferma son livre pour observer le paysage et chercher un parc. Dès qu'elle en vit un, elle appuya sur le bouton d'arrêt sur demande du bus et descendit.

Une fois arrivée au parc, elle choisit un coin tranquille à l'abri des regards et s'allongea dans l'herbe. Pour la première fois depuis longtemps, elle se sentit en paix. Il était parti de lui-même, sans provoquer d'esclandre, sans la menacer. Enfin, elle se sentait en sécurité. Enfin, il s'était montré raisonnable. Elle reprendrait son travail deux jours plus tard et pourrait faire ce qu'elle voudrait de ses soirées.

En repartant vers l'arrêt de bus trois heures plus tard, elle se décida enfin à rallumer son téléphone. Elle avait trois longs messages d'amour d'Amine. Elle n'y répondit pas. Elle sortit boire un café dans un bar. C'est à cela que ressemblerait sa vie désormais : elle se laisserait guider par ses envies et ses besoins.

Une semaine plus tard, son état psychologique s'était nettement amélioré. Sa peur et sa rancœur s'étaient volatilisées. Tout semblait facile et fluide mais, aussi inconcevable que cela puisse paraître, elle se sentait seule le soir. Le manque qu'elle redoutait tant commença à s'installer. Elle ne se souvenait désormais que des bons moments avec Amine et en oubliait le reste. Il continuait à lui envoyer des messages ridiculement romantiques et elle ne pouvait s'empêcher de sourire en les lisant, mais s'efforçait de ne pas y répondre.

Il avait fait un bon dans son estime en acceptant de partir. Elle commençait à se convaincre qu'il avait vraiment changé et qu'elle n'avait plus rien à craindre de lui. Il semblait s'être construit un projet professionnel pertinent, il avait tenu sa parole, même si cela avait été long et, surtout, il n'avait plus jamais fait preuve de violence envers elle. Peut-être était-il réellement sincère, finalement.

Non, nous sommes culturellement incompatibles, je ne l'aime plus, c'est seulement la sensation de manque qui me taraude, ce n'est qu'une illusion.

Elle devait tenir bon. Et tôt ou tard, elle devrait annoncer sa rupture à ses proches, ce qu'elle repoussait toujours au lendemain. Elle ne leur avait jamais avoué que cette relation la rendait malheureuse et au fond d'elle-même, elle la vivait comme un échec, car bien qu'elle l'ait épousé dans la précipitation pour l'aider, ce serment la liait à lui, plus ou moins consciemment. D'ailleurs, il faudrait bien qu'ils se reparlent un jour pour la procédure de divorce. Elle se sentait perdue.

Au bout d'un mois, alors qu'elle rentrait du travail un vendredi soir, elle reçut un message d'Amine qui l'invitait à déjeuner le lendemain.

Après tout, pourquoi pas ? Je ne vois pas d'inconvénient à ce que nous gardions contact.

Elle lui répondit qu'elle serait présente et passa une douce nuit. Elle se réveilla à huit heures le lendemain matin et se leva pour ouvrir les rideaux. Elle s'émerveilla de cette belle journée naissante de septembre, s'habilla et prépara sa valise de linge sale pour se rendre à la laverie. Une fois de retour, après avoir soigneusement plié et rangé son linge propre, elle ressortit faire des courses puis fit le ménage avant de prendre une douche et de se pomponner.

Elle le retrouva comme convenu à midi dans un petit restaurant libanais. Pour l'occasion, elle avait mis une jolie robe et s'était légèrement maquillée. Il la dévora des yeux à son arrivée. Elle se sentit belle et désirée. Elle le trouva également très élégant et attirant. Ils se saluèrent comme deux adolescents intimidés lors d'un premier rendez-vous, s'installèrent à table et commandèrent.

– Alors, comment vas-tu ? s'enquit-il.

– Je vais bien, merci. Je suis vraiment épanouie au travail et j'avance dans ma carrière. Et toi ?

– Je loge dans une auberge de jeunesse et je suis toujours réceptionniste dans le même hôtel. J'ai réservé la formation d'agent de sécurité pour la semaine prochaine et je me suis déjà inscrit dans plusieurs boites d'intérim, il ne me restera donc plus qu'à leur envoyer mon attestation de formation dès que je l'aurai.

– Eh bien, bravo !

– Merci. Mais je ne serai jamais arrivé là sans toi. Tu as été tellement patiente et... tu as su me botter les fesses quand j'en avais besoin. C'est vraiment dommage que j'aie tout gâché.

Il y eût un instant de silence. Amine regardait ses chaussures, la mine triste.

– Non, répondit-elle doucement, c'est inutile de regretter. Si j'ai pu t'aider, j'en suis heureuse.

– Y a-t-il une chance que nous nous remettions ensemble ?

– Je... maintenant que je suis là, je ne pense pas que tout cela soit une bonne idée. J'avais envie d'avoir de tes nouvelles, et je dois avouer que tu me manquais, mais... non, certaines choses ne changeront jamais, il faut l'accepter.

– Quelles choses ?

– Nous n'avons pas la même mentalité ni la même culture. Nous ne pouvons pas élever d'enfants ensemble et je ne peux pas vivre comme je l'entends. Cela te contrarie lorsque je bois ne serait-ce qu'un verre d'alcool et je ne mange plus que de la viande halal depuis que je te connais. C'est impossible et tu le sais.

– Mais je t'ai laissée tranquille depuis que nous avons emménagé dans le studio.

– Peut-être, mais j'ai fait ce qu'il fallait pour ne pas te contrarier. Je n'ai pas mis de charcuterie dans le frigo ni acheté une seule bouteille de vin. Même si nous n'avons plus discuté de tout cela depuis des mois, je sais que je n'ai pas le droit de boire ni manger ce que je veux sous mon propre toit tant que tu partages ma vie.

– Tu sais, j'ai beaucoup changé, j'espère que tu l'as remarqué.

– Oui, je l'ai remarqué. Mais ta religion et ton éducation sont profondément ancrées en toi.

– Amélie, je sais que je t'ai poussée à te convertir à ma religion, et de la pire façon qui soit. Mais depuis, j'ai compris la culture européenne et j'ai discuté avec plusieurs amis musulmans et membres de ma famille. Quand je suis arrivé à Londres, j'ai vu toutes ces femmes dénudées et tous ces jeunes gens ivres qui se bagarraient ou qui se comportaient comme des animaux à la sortie des pubs et ça m'a fait peur. Puis lorsque j'ai vu tes photos sur Facebook, j'ai cru que c'était aussi ton style de vie et que c'était toi qui m'avais pris pour un imbécile. Et surtout, je me suis senti humilié en sachant que toutes mes connaissances pouvaient les voir et se faire cette idée de toi. En plus, tu étais partie pour plus d'un mois sans me demander mon avis, même si aujourd'hui je comprends pourquoi. C'est pour toutes ces raisons que j'ai perdu les pédales.

– Oui, je comprends... j'ai tout de suite compris, à vrai dire. Et j'ai culpabilisé, c'est pour cela que je t'ai laissé me punir, jusqu'à ce que tout ceci se transforme en véritable maltraitance.

– Maintenant, je comprends que tu as grandi dans un monde différent du mien et que tu as simplement profité de ta jeunesse. Je vois bien que tu es une femme digne et raisonnable et peu m'importe que tu boives un ou deux verres de temps en temps ou que tu manges du porc. Je crois désormais que nous pouvons nous respecter mutuellement, comme tu l'as cru au début de notre relation.

– Désolée, mais je ne peux m'empêcher de rester sceptique à ce sujet.

– Et si un jour nous avons des enfants, tu auras le droit de leur transmettre ta culture. De toute façon, dans ma religion, un enfant de père musulman l'est automatiquement à sa naissance, donc je serai tranquille à ce niveau-là, même s'il ne pratique pas tout de suite l'Islam. Et au Maghreb, les familles sont toutes différentes, certains sont plus pratiquants que d'autres et cela ne pose de problème à personne, ce n'est pas Daesh. Moi-même, j'ai perdu la foi pendant une période de ma vie et, même si je l'ai retrouvée depuis, je ne fais pas la prière et je dors toute la journée pendant tout le ramadan, je n'ai de leçons à donner à personne. Alors, que la mère de mes enfants soit musulmane ou pas n'a que peu d'importance tant qu'elle a des valeurs morales nobles. Et je pense que c'est ton cas. Je sais ce que tu vaux. Malheureusement, je l'ai compris trop tard. Je me suis laissé guider par ma peur et ma colère. Qu'en penses-tu ?

– Honnêtement, je ne sais pas. Je ne peux pas te répondre aujourd'hui.

– Alors prends ton temps, je ne te forcerai plus jamais, déclara-t-il en lui prenant délicatement la main.

– Merci, murmura-t-elle. Mais ne te fais pas trop d'espoir, s'il te plaît.

– Non, ne t'inquiète pas, soupira-t-il, j'ai appris de mes erreurs.

Il se leva pour régler l'addition puis revint vers elle.

– Prend soin de toi, Amélie. Et quoi que tu décides, je t'aimerai toujours et je n'oublierai jamais ce que tu as fait pour moi.

– Merci. Toi aussi, prend bien soin de toi, et encore merci pour le restaurant.

Elle tourna les talons et prit le chemin du retour.

Un mois plus tard, au début d'octobre, elle reçut une nouvelle invitation de sa part, cette fois-ci à boire un café. Depuis leur dernière entrevue, elle n'avait répondu qu'à trois de ses nombreux messages et avait eu le temps de réfléchir.

D'un naturel optimiste, elle croyait au plus profond d'elle-même qu'il y avait du bon en chaque être humain et qu'on avait tous droit à l'erreur. Il était indéniable qu'Amine avait énormément évolué depuis un an et elle se sentait prête à le pardonner, mais pour ce qui était de revivre avec lui, c'était une autre histoire. L'idée de construire un avenir ou de fonder une famille, quant à elle, lui semblait toujours inconcevable.

Néanmoins, les changements positifs dans le comportement de son ancien compagnon avaient ravivé l'amour qu'elle lui portait au début de leur relation deux ans plus tôt et elle avait de plus en plus de mal à lutter contre ce sentiment.

En outre, si elle abandonnait maintenant, alors que tout s'arrangeait enfin, tous ses efforts auraient été vains et ces deux dernières années seraient perdues. Peut-être fallait-il simplement qu'elle cesse de résister, qu'elle lâche prise, qu'elle fasse abstraction de ses craintes.

Elle savait combien la peur, bien qu'utile voire vitale en certaines circonstances, pouvait représenter un terrible obstacle à la prise de décisions cruciales. Cette émotion n'était pas toujours fondée, encore moins rationnelle. Lorsqu'un individu la laissait prendre le dessus sur sa raison et se gangrener, elle pouvait se transformer en désespoir, en frustration, voire en haine.

Amélie tenta de comprendre l'origine de ses craintes. Elle était convaincue qu'Amine ne se montrerait plus violent avec elle, du moins physiquement, mais c'était la raison qui l'avait conduit à cette violence par le passé qu'elle redoutait : la religion.

Elle repensa à ses années de lycée pendant lesquelles ses amies, pour la plupart, étaient musulmanes. Elle avait toujours apprécié leur compagnie, les trouvant bien plus généreuses et solidaires que la plupart des « français pure souche ». Et aucune ne lui avait jamais reproché d'être athée. Mais elles avaient toutes grandi en France, contrairement à Amine.

Les paroles de celui-ci l'avaient tout de même rassurée lors de leur dernière rencontre mais il restait un problème, et de taille : le permis de résidence d'Amine. Il n'était valable que pour cinq ans et plus son expiration approchait, moins il aurait de chances de refaire sa vie avant et plus il risquait de se retrouver de nouveau en situation illégale. C'était une responsabilité trop lourde à porter pour Amélie.

De plus, elle n'avait toujours pas la certitude qu'il restait avec elle par amour. Son but pourrait être de rester avec elle jusqu'à l'obtention de son permis de résidence permanente puis de la quitter pour se remarier avec une Algérienne qu'il pourrait faire venir au Royaume-Uni. Amélie aurait alors trente-trois ans à ce moment-là... elle avait toujours eu ce doute et l'aurait toujours, elle le savait.

Mais si elle se trompait, ce serait un réel gâchis de ne pas avoir essayé, car qu'elle le veuille ou non, elle l'aimait et il avait des qualités qu'elle n'avait jamais rencontré chez un autre homme. Leur complicité, leurs rires et leurs moments de tendresse lui manquaient. Après tout, il lui avait reparlé un mois auparavant de faire des enfants. Il semblerait étrange qu'il ait ce projet avec elle tout en planifiant de la quitter après obtention de ses papiers.

En l'état actuel des choses, elle refusait catégoriquement de fonder une famille avec lui, mais si leur relation continuait à évoluer favorablement, elle aurait peut-être une opinion différente dans quelques mois… il fallait du temps pour réellement connaître une personne.

Rien n'était figé, leur relation pouvait encore évoluer à force de communication et d'expériences partagées. Mais voudrait-il la suivre en France le moment venu ? De toute manière, étant donné l'évolution actuelle de sa carrière, elle ne pensait pas prendre cette décision avant au moins un an.

C'est un véritable casse-tête…

Elle se sentait perdue. Était-ce une bonne idée d'aller boire un café avec lui ? Elle s'allongea un instant. Que risquait-elle ? Si elle avait envie d'y aller, pourquoi s'en priver ? Elle attrapa son téléphone et lui répondit qu'elle serait au rendez-vous.

Quinze jours plus tard, après des rencontres de plus en plus fréquentes, il réemménagea avec elle. Il travaillait toujours au même poste et avait obtenu son diplôme d'agent de sécurité. Les semaines suivantes furent positives en tout point. Il payait désormais sa part du loyer et des frais communs et se montrait tolérant vis-à-vis du style de vie d'Amélie.

Ils sortaient désormais presque toujours ensemble pour passer du temps avec leurs amis et collègues respectifs, et il lui avait proposé – à sa grande joie – de l'accompagner en France pour rencontrer sa famille. Ils prirent donc leurs billets ensemble pour les vacances de Noël, l'aller en train pour Paris et le retour en avion depuis Genève.

En cette fin d'année, Amélie commençait à ressentir la fatigue et supportait de moins en moins bien les effets secondaires de sa pilule contraceptive. Elle prit rendez-vous au service de gynécologie d'un hôpital de Haute-Savoie pour pouvoir se faire poser un stérilet au cuivre début janvier, l'avant-veille de son vol de retour pour Londres.

De son côté, Amine avait démissionné de son travail et prenait donc ces deux semaines sans solde, ayant – d'après ses dires – une promesse d'embauche dans une agence de sécurité à partir du 7 janvier. Amélie, à qui cela ravivait de mauvais souvenirs, s'inquiétait pour le paiement du prochain loyer début janvier, mais il lui avait assuré qu'il s'était organisé pour s'acquitter de sa part.

Le mardi 22 décembre, ils préparèrent leurs bagages pour leur premier voyage en couple puis se rendirent le lendemain matin à King's Cross pour prendre l'Eurostar. Le voyage se passa dans la joie et la bonne humeur. Amélie était au comble de l'excitation. Elle allait enfin pouvoir présenter l'homme avec qui elle était mariée depuis un an et demi à ses parents, à sa sœur, mais aussi à sa famille élargie.

Elle n'avait parlé à personne des difficultés qu'elle avait rencontrées ces deux dernières années, et maintenant que tout allait pour le mieux, elle était bien contente de s'en être abstenue et de pouvoir leur montrer qu'elle était sincèrement heureuse et qu'ils n'avaient pas à s'inquiéter pour elle.

Amine, quant à lui, appréhendait l'opinion que sa belle-famille se ferait de lui. Mais elle le rassura et lui affirma qu'ils étaient tous très accueillants et larges d'esprit. Et en effet, tous se montrèrent désireux de le mettre à l'aise, mais hélas, ce Noël passé ensemble fût un échec total.

Pendant ces trois journées, il ne sortit pas de sa torpeur et monta sans arrêt s'isoler dans leur chambre comme un enfant de huit ans, au grand désespoir d'Amélie qui faisait de nombreux allers-retours pour tenter de le convaincre de redescendre.

Chacun lui trouva des excuses telles que la barrière de la langue, ou encore le fait qu'ils étaient très nombreux et que cela devait être impressionnant pour lui, mais la colère d'Amélie ne cessait de s'intensifier. Elle ne l'avait pas forcé à venir...

Trois de ses cousins parlaient anglais et avaient essayé de communiquer avec lui avec bienveillance. Il était une des dernières « pièces rapportées » de la famille et elle se souvenait du premier Noël de tous les autres conjoints de ses cousins et cousines : tous avaient été plus ou moins intimidés, mais ils étaient toujours restés avec le groupe, souriants bien que silencieux la plupart du temps.

Et elle savait pertinemment que c'est le comportement qu'elle aurait eu si elle était invitée dans sa famille à lui. En réalité, elle le soupçonnait de réagir de la sorte à cause de l'alcool qui circulait et que tous - sauf lui - buvaient dans la joie et la convivialité.

Quand bien même il n'approuvait pas cela, il n'avait pas le droit de se montrer aussi irrespectueux avec ses hôtes, ce n'était pas comme si elle ne l'avait pas prévenu. S'il l'aimait vraiment, il aurait dû rester avec eux, pour elle, plutôt que de lui gâcher ce qu'il savait être son moment préféré de l'année.

Elle se sentait profondément blessée et humiliée. Plusieurs membres de sa famille étaient venus la réconforter en lui disant que bien qu'ils aient remarqué qu'Amine n'avait pas l'air « très heureux » d'être là, il finirait bien par s'y habituer. A plusieurs reprises, elle sentit des larmes lui brûler les yeux mais les retint par fierté.

Non, il est impardonnable.

Il passait pour une biche effarouchée d'une grande timidité, alors qu'elle le connaissait suffisamment pour savoir qu'il était tout le contraire : une personne sans gêne. Elle pensa alors qu'ils auraient une discussion en rentrant à Londres et qu'en attendant, elle essaierait de profiter du reste des vacances.

Le séjour se passa bien mieux en Haute-Savoie. Amine se montra très poli et reconnaissant envers les parents d'Amélie qui le trouvèrent charmant. Mathilde, en revanche, bien que polie et aimable avec lui par respect pour sa sœur, restait méfiante. Annie le trouva gentil mais Amélie, qui la connaissait bien, voyait dans son regard qu'elle aussi se méfiait de lui.

Pour fêter la nouvelle année, ils étaient invités chez Cécile et Jordan. Ces derniers se montrèrent très accueillants avec Amine et préparèrent un buffet sans viande pour éviter qu'il ne se sente différent, ne mangeant qu'Halal. Ils passèrent une excellente soirée tous les quatre, Jordan discutant avec lui et Amélie conversant avec son amie d'enfance.

Elle était ravie de la tournure que prenait la fin de ce séjour. Elle avait peut-être jugé trop sévèrement Amine. Il avait de toute évidence fait une crise de timidité à Paris, rien de plus. Il n'y avait aucun reproche ni jugement dans son regard chez Jordan et Cécile, alors que le vin coulait à flot. Après s'être souhaité une bonne année 2016, ils continuèrent à discuter gaiement jusqu'à quatre heures du matin puis allèrent se coucher.

S'ensuivit une nuit torride. Amélie, éméchée et reconnaissante de cette soirée et de l'attitude de son bien aimé vis-à-vis de ses amis, se sentait euphorique et très émoustillée. Cela était également dû au manque, après une semaine sans rapports sexuels, puisqu'ils étaient tous deux trop mal à l'aise pour faire quoi que ce soit sous le même toit que Brigitte et Jean. Mais ce soir-là, dans le salon de leurs amis, ils s'en donnèrent à cœur joie.

Le premier lundi de janvier, elle se rendit comme prévu à l'hôpital pour la pose de son stérilet. Deux rendez-vous consécutifs étaient planifiés. Le premier consista en une consultation, à l'issue de laquelle on lui remit une ordonnance pour aller chercher le dispositif en pharmacie avant de revenir au deuxième pour l'acte médical.

Ce fut bien plus douloureux qu'elle ne l'imaginait. La jeune interne en médecine ne parvenait pas à insérer le stérilet et s'y reprit à maintes reprises. Elle se confondait en excuses et n'osait pas forcer davantage en voyant Amélie au bord de l'évanouissement, pâle comme un linge alors que le col de son utérus repoussait le corps étranger par de violentes contractions à chaque nouvelle tentative.

Après une pause, la doctoresse essaya une dernière fois, poussant le dispositif le plus loin possible malgré la résistance. Amélie s'efforça de respirer profondément pour ne pas sombrer dans l'inconscience.

– Je crois que cette fois-ci c'est bon ! annonça la jeune gynécologue. Je vais vérifier en procédant à une échographie.

Amélie pria en silence pour que ce soit terminé.

– Oui, il me semble qu'il est bien placé, reprit l'interne en souriant. Je vais pouvoir vous libérer. Vous allez probablement avoir des douleurs de règles et de petites contractions pendant deux ou trois jours puis tout ira bien.

– Merci, répondit faiblement Amélie en se relevant lentement.

– Je vous en prie. Reposez-vous bien, vous avez été rudement éprouvée.

– D'accord, au revoir, marmonna-t-elle en se concentrant pour ne pas trébucher, les jambes flageolantes.

Elle sortit de l'hôpital en marchant précautionneusement, accrochée au bras de Brigitte qui l'avait accompagnée. Elle s'assit sur chaque banc qui se trouvait sur son chemin pour récupérer un peu, se sentant faible et nauséeuse.

Lorsque sa mère lui ouvrit la portière de la voiture, elle fournit un dernier effort pour s'asseoir péniblement à la place passager puis, après avoir bu un peu d'eau et mangé un biscuit, commença peu à peu à reprendre des couleurs. En arrivant chez ses parents, elle s'allongea sur son lit et fit une sieste de trois heures.

Deux jours plus tard, alors qu'ils étaient de retour à Londres, elle avait toujours mal au ventre. Le trajet avait été extrêmement éprouvant et elle reprenait le travail le lendemain. Dès qu'elle arriva chez elle, elle s'allongea et ne se releva que pour prendre une douche et manger avant de se recoucher.

Au bout de deux semaines, elle se trouvait toujours dans le même état et commença à se poser des questions. Elle faisait un minimum d'efforts en dehors de ses heures de travail et de ses trajets, mais à chaque fois qu'elle restait debout plus de deux minutes, elle était au bord de la syncope.

Les séries de contractions qu'elle endurait jour et nuit l'épuisaient, et Amine se montrait de moins en moins compatissant, la trouvant paresseuse et commençant à se plaindre de ne pas être pleinement satisfait sexuellement.

D'autre part, il ne lui avait toujours pas remboursé sa part du loyer de janvier et sa soi-disant nouvelle prise de fonctions comme agent de sécurité était sans arrêt repoussée. Il n'avait pas repris le travail depuis les vacances de Noël et semblait de nouveau prendre gout à l'oisiveté.

La troisième semaine qui suivit la pose de son stérilet, l'état d'Amélie empira jusqu'à ce qu'elle en perde l'appétit puis le sommeil. Un jeudi soir, en sortant d'une journée interminable pendant laquelle elle avait souffert en silence au travail alors que la douleur atteignait son paroxysme, elle téléphona au 111, le numéro national d'urgences médicales non vitales.

– Urgences médicales bonjour, que puis-je faire pour vous ?

– Bonjour, on m'a posé un stérilet il y a plus de trois semaines et j'ai de plus en plus mal, j'arrive à peine à tenir debout.

– A quel niveau évalueriez-vous la douleur ?

– La douleur est devenue insupportable, j'en ai perdu l'appétit et le sommeil, je suis à bout de nerfs, répondit-elle en tentant de garder son sang-froid.

– Je vois. Laissez-moi demander l'avis d'un médecin, restez en ligne, s'il vous plaît.

– Merci...

– Madame, êtes-vous toujours là ?

– Oui...

– Le médecin me dit que c'est effectivement anormal. Le dispositif doit être mal placé. Malheureusement, nous n'aurons pas de consultation gynécologique avant lundi, pensez-vous pouvoir tenir jusque-là ?

– Non, gémit-elle. C'est à se taper la tête contre les murs. S'il vous plaît... je n'en peux plus.

– D'accord, d'accord, ça va aller, calmez-vous, Madame, je vais faire mon possible pour vous aider. Respirez profondément et restez en ligne, d'accord ?

– D'a... d'accord, haleta-t-elle, s'asseyant en boule sur le sol au milieu d'un trottoir.

– Madame ?

Elle respira profondément, ne trouvant même plus la force de parler, se sentant partir.

– Madame, répondez-moi, tout va bien ? Dois-je vous envoyer une ambulance ?

– Je... je suis là... non, pas besoin d'ambulance... juste besoin qu'on m'enlève cette chose...

– D'accord, nous avons un obstétricien qui peut prendre cinq minutes pour vous l'enlever dans environ une heure, l'hôpital est à Hammersmith, parviendrez-vous à venir par vos propres moyens ?

– Il le faudra bien... je veux dire oui, j'y arriverai... je ferai n'importe quoi pour qu'on me débarrasse de ce truc... je crois que je ne suis pas loin d'Hammersmith...

– Très bien, je vais prendre votre nom et vous donner l'adresse exacte.

Une fois que ce fut chose faite, elle remercia sincèrement son interlocutrice qui lui souhaita bon courage et lui rappela qu'elle pouvait appeler le 999 (numéro principal pour toutes les urgences) si son état s'aggravait durant le trajet.

Elle regarda l'itinéraire sur internet. Effectivement, elle n'avait qu'une ligne de bus à emprunter pour y arriver et le trajet ne durait que vingt minutes. Rassemblant tout son courage, elle se releva en s'agrippant à un poteau.

Quelques personnes la dévisagèrent comme si elle était ivre mais, la voyant traverser la route pliée en deux de douleur, un jeune homme comprit qu'elle était en souffrance et s'empressa de la rejoindre pour lui tenir le bras.

– Tout va bien ?

– Bof bof, répondit-elle en esquissant un sourire qui ressemblait davantage à une grimace... merci beaucoup, vous êtes adorable.

– Pas de problème. Où allez-vous, comme ça ?

– A l'hôpital, on m'a fixé un rendez-vous en urgence mais je ne sais pas où se trouve l'arrêt de bus le plus proche pour me rendre à Hammersmith, pouvez-vous m'aider ?

– Il est juste là, répondit-il en le pointant du doigt. Il n'est qu'à une cinquantaine de mètres, je vous y accompagne, courage.

Il la soutint jusqu'à l'arrêt de bus, la retenant de trébucher à plusieurs reprises, puis l'aida à s'asseoir sur le banc.

– Là, ça va aller, courage. Quel bus prenez-vous ?

– Le 211.

– Il arrive dans une minute, je vais l'attendre avec vous pour vous aider à y grimper.

– Vous n'êtes pas obligé, je... merci infiniment, bredouilla-t-elle les larmes aux yeux. Je ne sais pas comment j'y serais arrivée sans vous... vous êtes mon héros, sourit-elle avant de chavirer sur le côté.

Il la retint de justesse et, lorsque le bus arriva, l'aida à se hisser dedans et indiqua au chauffeur l'arrêt auquel elle devait descendre.

— Pas de problème, Madame, répondit ce dernier, asseyez-vous juste derrière moi et je vous dirai quand descendre. Il n'y en a que pour une quinzaine de minutes. N'hésitez pas à me prévenir si vous vous sentez trop mal.

— Merci… ça va aller, au moins, je suis assise, maintenant. Merci mille fois, ajouta-t-elle avec émotion à l'adresse de son sauveur qui redescendait du bus.

— Il n'y a vraiment pas de quoi, prenez bien soin de vous, courage.

Comme convenu, le chauffeur l'alerta en approchant de l'hôpital et lui indiqua comment s'y rendre. Ayant repris un peu de forces dans le bus, elle parvint à marcher jusqu'au hall d'entrée. Elle s'annonça et on la dirigea directement devant la salle de consultation. Une femme en blouse bleue l'appela et l'invita à y entrer au bout de quelques minutes.

— Bonjour, c'est vous qui avez appelé le 111 pour vous faire enlever un stérilet en urgence ?

— Oui, c'est moi, répondit-elle faiblement. Enlevez-moi ça s'il vous plaît, gémit-elle, enlevez-le-moi…

— Oui, bien sûr, répondit l'obstétricienne avec douceur en lui serrant chaleureusement l'épaule, je vais m'en occuper tout de suite, allons, déshabillez-vous et installez-vous, ça va être très rapide, ne vous inquiétez pas. Respirez profondément, il est important que vous soyez aussi détendue que possible pour que je puisse vous l'ôter. De toute évidence, il est mal placé, vous n'auriez pas dû attendre aussi longtemps, vous devez être à bout. Courage, vous serez bientôt libérée.

Une minute plus tard, elle le retira d'un geste habile et le montra à Amélie.

— Voilà ! C'est ce petit objet qui vous faisait tant souffrir, vous voyez ? Il n'est plus là, c'est fini !

— Merci infiniment, soupira-t-elle.

— Je vous en prie. Laissez-moi tout de même prendre rapidement votre tension artérielle avant de vous laisser partir, vous êtes très pâle.

— D'accord…

— Mmm… c'est bas, il faut absolument rentrer chez vous et vous reposer. Si vous ne vous sentez pas mieux après une bonne nuit de sommeil, il serait sage de vous rendre à votre cabinet médical, au moins pour vérifier votre tension.

— D'accord, merci pour tout… et bon courage à vous.

— Merci ! Levez-vous doucement, voilà. Bonne soirée et bon repos.

En sortant de la salle de consultation, Amélie sentit soudain ses oreilles bourdonner tandis qu'une douleur se propageait dans tout son abdomen. Elle poussa la porte des toilettes qui se trouvaient par miracle juste à côté d'elle et eût tout juste le temps d'atteindre la cuvette après avoir verrouillé la porte derrière elle.

Elle vomit de la bile pendant de longues minutes puis, sentant la douleur descendre dans son abdomen, elle fût soudainement prise d'une terrible diarrhée, comme si son corps tout entier rejetait soudainement toute la douleur qu'elle l'avait contraint à endurer pendant trois longues semaines.

Vingt minutes plus tard, elle se releva enfin, soulagée mais totalement épuisée, se lava les mains puis se rinça le visage à l'eau froide avant de boire avidement au robinet. Puis elle prit le chemin du retour.

En arrivant chez elle, elle trouva Amine assis sur le lit. Elle l'avait complètement oublié. Elle se souvenait vaguement avoir reçu un appel de lui avant d'arriver à l'hôpital puis avait éteint son téléphone en y entrant.

A l'instant où elle était apparue dans le studio, l'expression du visage d'Amine indiquait clairement qu'il s'apprêtait à lui faire une scène, mais il se ravisa immédiatement en voyant les traits déformés d'épuisement et la pâleur d'Amélie. Elle se jeta sur le lit à côté de lui sans dire un mot.

– Mais que diable t'arrive-t-il ? s'enquit-il.

– J'en peux plus, je veux dormir, bonne nuit.

– Mais... tu es malade ?

– Longue histoire... suis allée à l'hôpital... problème réglé... veux dormir...

Elle sombra dans le sommeil à dix-neuf heures pour se réveiller affamée à six heures le lendemain matin.

Après un copieux petit déjeuner, elle fouilla dans ses tiroirs et retrouva une plaquette de pilules contraceptives. Elle en avait pour deux semaines, elle aurait donc le temps de demander une nouvelle ordonnance à son médecin traitant. Elle en avala un comprimé puis se prépara et partit au travail.

Elle était encore très fatiguée mais ne souffrait plus. Et puis, c'était vendredi, elle aurait ensuite tout le week-end pour récupérer complètement.

Lorsqu'elle rentra ce soir-là, Amine l'attendait.

– Salut, ça a été, ta journée ? lui demanda-t-il.

– Oui, je suis épuisée mais au moins, je n'ai plus mal.

– Que s'est-il passé, hier ? Dis-moi la vérité, je te promets de ne pas m'énerver : tu as pris de la drogue ?

– Non, pas du tout ! répondit-elle avec agacement. J'avais très mal au ventre depuis trois semaines, au cas où tu ne l'aurais pas remarqué. La douleur s'intensifiait de jour en jour. Hier, en sortant du travail, je n'en pouvais plus, j'ai appelé le numéro d'urgence et on m'a envoyée dans un hôpital pour enlever le stérilet. Il était mal placé. Ensuite j'ai eu des douleurs intestinales et je suis restée pas loin d'une demi-heure aux toilettes avant de pouvoir repartir.

– Je suis désolé pour toi. Mais pourquoi ne m'as-tu pas appelé ? Et pourquoi as-tu coupé ton téléphone ?

– Écoute Amine, j'étais au plus mal et j'ai éteint mon téléphone en entrant dans l'hôpital car je n'avais pas envie de l'entendre vibrer toutes les deux minutes, sans parler du fait que c'est un manque de respect pour le personnel soignant et les autres patients. Et si je ne t'ai pas téléphoné, c'est parce que je n'en ai pas eu le temps... je ne pensais qu'à arriver à l'hôpital sans m'évanouir et quand tu m'as appelée, j'allais sortir du bus. Et de toute manière... tu n'as jamais pris au sérieux mes douleurs et tu ne t'es pas montré très compatissant. Je ne m'attendais pas à te voir arriver en courant pour voler à mon secours si tu savais ce qui m'arrivait. Voilà, conclut-elle avec amertume.

– Ok... Je suis désolé si je ne me suis pas montré plus compréhensif ces derniers jours. Est-ce que tu vas mieux, maintenant ?

– Oui, beaucoup mieux, je suis seulement fatiguée.

– Oui, j'imagine. Tu vas pouvoir te reposer, ce week-end, mon amour.

– Attends, Amine, murmura-t-elle alors qu'il l'enlaçait tendrement et qu'il commençait à lui caresser langoureusement le dos. Comme je te l'ai dit, je n'ai plus de stérilet, et je ne reprends la pilule que depuis ce matin. Il va falloir utiliser des préservatifs pendant au moins dix jours. J'en ai acheté en sortant du travail.

– Quoi ? Je dois utiliser des préservatifs pour faire l'amour à ma propre femme ??

– Euh... oui... c'est ça ou rien, répliqua-t-elle froidement, choquée par cette réaction.

Il n'eût d'autre choix que de l'accepter, mais ne cacha pas sa frustration au cours des jours suivants, ce qui agaça Amélie qui le trouvait de plus en plus égoïste.

Chassez le naturel, il revient au galop.

Lorsqu'ils purent de nouveau avoir des rapports non protégés, il ne manqua pas de noter qu'elle y mettait moins d'enthousiasme qu'auparavant. Et en effet, elle songeait de nouveau à le quitter. Elle avait décidé trois mois plus tôt de faire une ultime tentative avec lui en voyant qu'il fournissait des efforts, mais avait toujours su que ceux-ci pouvaient n'être que temporaires.

Il n'avait pas payé le loyer de janvier et elle savait pertinemment qu'il ne paierait pas non plus celui de février ni celui de mars, jusqu'à ce qu'elle lui pose un nouvel ultimatum et qu'ils recommencent un nouveau cycle... elle était lasse de se battre et de devoir réclamer son dû, c'en était trop.

Elle avait besoin de temps et de recul avant de mettre un terme définitif à leur relation et décida de changer d'air pendant sa semaine de vacances en février. Elle organisa un petit parcours de cinq jours pour visiter d'autres villes d'Angleterre et du pays de Galles. Elle pourrait alors s'aérer l'esprit, choisir ses mots pour lui annoncer sa décision et penser à l'organisation qui suivrait la séparation, notamment concernant la situation d'Amine.

Il faudrait qu'elle soit suffisamment ferme pour qu'il comprenne que cette fois, sa décision était définitive et qu'elle continuerait à l'aider dans la mesure du possible, sauf s'il refusait de comprendre que c'était réellement terminé.

Une semaine plus tard, mi-février, elle se rendit à la gare de Paddington comme prévu. Sa première étape était Bath, ville connue pour ses thermes, mais aussi pour son architecture et son histoire, de la période des Celtes à l'ère géorgienne en passant par l'occupation romaine.

Elle passa ensuite deux nuits à Bristol, ville vallonée du Sud-Ouest de l'Angleterre. Après avoir visité le musée Georgian House et l'église St Mary Redcliffe le premier jour, elle se rendit le lendemain dans les gorges de l'Avon et s'y promena pendant deux heures avant de remonter, jusqu'à ce qu'elle trouve une vue dégagée d'où elle pouvait admirer l'impressionnant pont suspendu de Clifton.

La vue était spectaculaire avec ce temps magnifique et la rivière en contrebas. Elle s'installa sur un banc, mangea son sandwich, puis se reposa avant de reprendre le train pour la dernière étape de son voyage, rêvant à l'avenir qui l'attendait. Elle songea qu'il était peut-être temps de revenir en France. Elle pourrait commencer à y chercher du travail à distance avant de donner sa démission pour fin juin. Elle commençait de toute façon à avoir le mal du pays, et sa famille lui manquait.

Si elle rentrait définitivement, elle ne serait plus en mesure d'aider Amine, mais après réflexion, elle s'était enfin aperçue que cela n'était pas son problème. Elle avait fait tout ce qu'elle pouvait pour lui et il n'avait fait que lui créer des problèmes, ne fournissant un effort temporaire que lorsqu'elle était sur le point de le quitter. Ce n'était pas l'idée qu'elle se faisait d'un couple.

Assise sur son banc seule au milieu d'une colline, elle se sentait en paix, bien qu'étrangement fatiguée. Se sentant légèrement nauséeuse, elle ne parvint pas à terminer son sandwich et se décida à redescendre pour rassembler ses affaires et rendre ses clés au motel dans lequel elle avait séjourné, avant de se diriger vers Bond Street d'où elle prendrait le car pour se rendre à Cardiff.

Le voyage, en fin d'après-midi, fût très agréable. Se dirigeant vers le Sud-Ouest, elle put admirer un magnifique coucher de soleil se refléter sur la Severn lorsque le véhicule emprunta le pont Prince of Wales qui traversait l'énorme fleuve. Juste avant la tombée de la nuit, elle aperçut flotter au loin le fameux drapeau blanc et vert au milieu duquel se dressait le dragon rouge du pays de Galle.

En arrivant à Cardiff, elle passa une agréable soirée avec un groupe de jeunes, dont elle avait fait la connaissance en arrivant à l'auberge de jeunesse qu'elle avait réservée et qui se révéla être très chaleureuse et conviviale. Elle se souvint alors avec une clarté frappante de l'état d'esprit dans lequel elle était arrivée à Londres et prit pleinement conscience du gâchis que représentait sa cohabitation avec Amine.

Ils n'avaient rien en commun, rien. Il ne s'intéressait absolument pas à la culture de l'Angleterre, ni à celle de la France. Il était simplement venu ici pour avoir une meilleure qualité de vie que dans son pays d'origine, sans trop se fatiguer.

A ces pensées, la nausée lui reprit. Elle ne parvint d'ailleurs pas à terminer sa pinte de bière qui lui avait fait tourner la tête dès les premières gorgées bien qu'elle l'ait précautionneusement sirotée.

Le lendemain matin, elle se rendit au château de Cardiff. Elle termina la visite par l'ascension du donjon polygonal, construit sur une petite colline et au sommet duquel flottait fièrement le drapeau du pays de Galles. De là-haut, on avait une excellente vue d'ensemble sur le château.

Une fois de plus, elle pensa à Amine et réalisa qu'elle ne pourrait jamais partager ce type d'expérience avec lui. A part l'attirance physique, absolument rien ne les liait, déplora-t-elle tristement. A part ça *et* ses papiers, songea-t-elle, prise d'une nouvelle vague de nausées.

Lui aussi savait bien qu'ils n'étaient pas compatibles, comment pouvait-il en être autrement ? Il faisait le minimum nécessaire pour la garder et prétendait l'aimer alors qu'il n'avait besoin d'elle que pour cette raison.

Après tout, elle n'était pas sûre qu'il pourrait conserver ses droits si elle rentrait en France et que leur séparation était découverte. Elle se sentait tellement stupide et naïve. Elle l'avait cru sur parole, simplement parce que cela aurait été trop douloureux de se rendre à l'évidence.

Comment pouvait-il prétendre qu'il l'aimait après tout ce qu'il lui avait fait subir ? Ou alors, sa façon d'aimer était vraiment tordue et il ne pouvait pas offrir mieux que cela. Avant d'être son fardeau, il avait assumé d'être celui de sa famille qu'il « aimait » pendant de nombreuses années. Ils étaient décidément bien différents l'un de l'autre. Comment avait-elle pu croire qu'il pourrait changer en connaissant son histoire ?

Inutile de se flageller, c'est fini de toute façon.

Elle ne regrettait rien, elle avait essayé et avait certes échoué, mais il fallait être deux pour faire fonctionner un couple. Cette histoire lui servirait tout simplement de leçon. Elle n'avait jamais eu de relation de plus de trois mois ni emménagé avec un homme auparavant. Elle décida de voir cela comme une expérience utile, non comme un échec.

Et si personne ne veut de moi ? Et si je ne trouvais jamais l'amour ?

Elle sentit une vague de panique la submerger. Elle n'avait jamais été très chanceuse en amour, sauf une fois, quelques années plus tôt. Un homme bon et doux, Antoine, lui avait déclaré sa flamme. Mais à ce moment-là, elle se remettait difficilement de sa douloureuse rupture avec Luis et planifiait de partir à Londres quelques mois plus tard. Elle était restée muette de stupeur à la suite de ces aveux et s'en était toujours voulu.

Peut-être devrait-elle le rappeler… elle en avait toujours eu envie, mais à chaque fois qu'elle le voyait, il répétait fièrement qu'ils n'étaient qu'amis et ne lui avait plus jamais laissé l'occasion de rediscuter de cela. Il avait dû être profondément blessé.

Non, il doit énormément m'en vouloir, je ne peux pas.

Lorsqu'elle lui avait parlé de ses déboires amoureux, il lui avait clairement fait comprendre qu'elle n'avait pas à se plaindre si elle ne choisissait que des « connards ». Depuis, c'était devenu un sujet tabou. Pourquoi n'avait-il pas pu comprendre que le moment avait simplement été très mal choisi ? Pourquoi ne l'avait-il pas laissée s'exprimer après avoir digéré cette annonce ?

Peu importe, c'est fichu… je suis très bien toute seule, un point c'est tout.

Interrompant ses pensées, elle redescendit du donjon puis, après avoir mangé son sandwich, reprit le bus pour se rendre au musée national d'art et de science. La visite fut passionnante et dura trois heures. Elle se promena ensuite le long du Canal, dans la baie, puis s'assit sur un banc pour manger un muffin.

Fatiguée, elle se rendit ensuite à l'auberge de jeunesse à la tombée de la nuit vers dix-huit heures, prit une douche et descendit pour le dîner qu'elle partagea avec les personnes qu'elle avait rencontrées la veille. Ces dernières lui proposèrent de sortir, mais Amélie déclina leur proposition, se sentant barbouillée.

Le lendemain matin, elle visita l'impressionnant Millenium Stadium de Cardiff avant de prendre le train pour rentrer à Londres. Cette escapade lui avait fait le plus grand bien. Elle était ravie de tout ce qu'elle avait vu et visité et regretta de ne pas avoir plus de temps pour découvrir davantage de nouveaux paysages.

Elle se sentait vidée et épuisée, sans vraiment comprendre pourquoi. Elle avait peut-être trop marché. La perspective de revoir Amine et de devoir mettre un terme à leur relation ne devait pas non plus l'aider. En descendant du train à la gare de Paddington, elle se rendit dans un café pour prendre un thé et un muffin avant de reprendre le bus pour rentrer chez elle.

En arrivant, elle trouva le studio vide. Après avoir pris une douche, elle s'allongea dans son lit et s'endormit. Amine arriva deux heures plus tard. Elle feignit de ne pas l'entendre et se rendormit jusqu'au lendemain matin.

Elle partit au travail en prenant soin de ne pas le réveiller. Sur le trajet, elle se demanda quand et comment aborder la question. Il ne comprendrait probablement pas... à la fin de la journée, lorsqu'elle rentra chez elle, il était absent. Elle était couchée, sur le point de s'endormir quand il arriva. Elle était bien trop épuisée pour démarrer une conversation sans fin, alors elle se contenta de le saluer.

– Tu vas bien ? marmonna-t-elle à demi endormie.

– Oui, et toi ?

– Fatiguée.

– Oui, j'ai remarqué. Je dois repartir, je travaille de nuit ce soir.

– Tu travailles ? Depuis quand ? s'enquit-elle, surprise.

– Depuis trois jours. J'ai un poste d'agent de sécurité mais les horaires varient.

– Félicitations. Pourquoi ne m'en as-tu pas fait part ?

– Je voulais attendre d'avoir essayé un ou deux jours. Voilà, tu le sais, maintenant.

– C'est une bonne nouvelle, tu vas peut-être pouvoir me payer ta part du loyer pour mars, voire pour février et janvier ?

– Pour l'instant, je n'ai pas d'argent, répondit-il d'un air agacé. Bonne nuit.

Il sortit à la hâte.

Amélie sentit les larmes lui monter aux yeux. Elle se sentait étrangement vulnérable depuis quelques jours. Il ne lui paierait jamais les loyers de janvier et février, tout comme il n'avait jamais essayé de lui rembourser une partie de ceux qu'elle avait payé seule pour deux pendant presque deux ans. Peut-être même qu'il travaillait depuis plus longtemps et qu'il lui mentait pour ne pas s'acquitter de sa part. Elle se sentit de nouveau nauséeuse.

Elle se retourna dans son lit pour se mettre à plat ventre mais ressentit une vive douleur dans les seins dès qu'elle s'appuya dessus, comme si elle avait des bleus. « Bizarre » pensa-t-elle. Ce devait être l'approche d'un nouveau cycle. Elle n'avait pourtant jamais éprouvé de telles douleurs mammaires avant ses règles. D'ailleurs, quand étaient-elles supposées arriver ? Après un rapide calcul, elle s'aperçut qu'ayant terminé sa plaquette de pilules contraceptives quatre jours plus tôt, elle devrait déjà saigner depuis au moins deux jours. Et ces nausées qu'elle ressentait depuis une semaine...

Oh mon Dieu... non, c'est impossible.

Elle se rendit aux toilettes pour vérifier : pas une goutte de sang. Elle se palpa la poitrine : pas de doute, cette dernière avait pris du volume et étaient extrêmement tendue. Mais comment cela aurait-il bien pu se produire ? Elle avait arrêté sa pilule le jour où on lui avait posé le stérilet puis avait recommencé à la prendre dès qu'on le lui avait retiré, utilisant des préservatifs pendant deux semaines pour éviter tout risque.

Non, pas de panique, c'est scientifiquement impossible.

Et pourtant, tous les symptômes étaient réunis.

Elle n'osait pas y songer, pas avec lui... elle se ressaisit : elle s'inquiétait sans doute inutilement. L'arrêt puis de la reprise de la pilule avait dû provoquer un dérèglement hormonal. Il fallait toutefois qu'elle en ait le cœur net. Elle se promit donc de s'acheter un test de grossesse le lendemain, se convaincant qu'il serait forcément négatif.

Elle eût du mal à s'endormir. Lorsqu'elle sombra enfin dans le sommeil, ce fut pour passer une nuit agitée, entrecoupée de rêves étranges et de réveils en sursaut à chaque fois qu'elle s'appuyait sur sa poitrine.

Le lendemain, elle passa une interminable journée, attendant avec angoisse de pouvoir se rendre à la pharmacie en sortant du travail. En arrivant chez elle, Amine était là. Il lui adressa à peine la parole, craignant sans doute qu'elle ne lui redemande de s'acquitter de sa part du loyer et des courses. Il partit à vingt et une heures, comme la veille.

Elle s'assit au bout du lit, le dispositif encore emballé dans les mains, le regard perdu dans le vide. Bien qu'elle eût fait son possible pour se convaincre du contraire tout au long de la journée, elle savait déjà ce que lui révèlerait le test.

Figée d'angoisse, elle relut plusieurs fois le mode d'emploi puis, rassemblant tout son courage, se leva et entra dans les toilettes pour procéder au test. Bien qu'il soit écrit sur la notice qu'il fallait attendre plusieurs minutes après la miction pour obtenir le résultat, la deuxième barre apparut presque instantanément... confirmant la grossesse.

En état de choc, elle fixa le test des yeux comme si elle possédait le super-pouvoir d'en modifier le résultat par la pensée. Elle avait sans doute mal compris son mode d'utilisation, il fallait qu'elle le relise. Après l'avoir revérifié trois fois, elle en arriva enfin à la conclusion qu'il n'y avait plus aucun doute possible, qu'elle le veuille ou non.

Sans réfléchir, elle remit le tout dans la boite en carton qu'elle jeta à la poubelle puis ferma celle-ci avant de sortir la jeter dans un container, n'obéissant qu'à son instinct qui lui criait qu'il ne fallait surtout pas qu'Amine le découvre... en revenant dans le studio, elle se rassit sur le lit et fixa le mur, en état de choc.

Mon Dieu, non... ce n'est pas possible.

Elle se massa machinalement le ventre puis retira vivement sa main en prenant conscience de son geste. Non, elle ne pouvait pas avoir d'enfant avec lui, pensa-t-elle, horrifiée. Il la laisserait tout payer, il en profiterait pour ne rien faire et... il aurait un moyen de pression sur elle pour les vingt prochaines années. La sachant en position de faiblesse, il pourrait aussi redevenir violent... il pourrait même l'être avec le bébé, songea-t-elle, tétanisée.

Ses larmes commencèrent à ruisseler sur son visage et son corps se mit à tressaillir de sanglots incontrôlables.

Non, pas avec lui... je ne peux pas... c'est impossible...

Le lendemain, pendant sa pause de midi, elle appela un centre d'avortement. On lui demanda toutes les informations pratiques puis on lui proposa un entretien téléphonique avec un psychologue avant de prendre rendez-vous pour l'acte médical. Elle l'accepta et demanda à être rappelée le soir-même mais il n'y avait pas de créneau disponible avant le lundi suivant, cinq jours plus tard.

Quelques minutes après avoir raccroché, elle se demanda pourquoi elle avait choisi de perdre son temps à attendre un stupide rendez-vous téléphonique avant de pouvoir passer à l'acte. Peut-être avait-elle simplement besoin de soutien pour cette décision douloureuse ? Quel autre choix avait-elle de toute façon ? Et si Amine le découvrait ?

La peur - que celui-ci n'avait en réalité jamais cessé de lui inspirer - refaisait brutalement surface et s'emparait de tout son être. Dans cet état de profonde vulnérabilité, assaillie par la montée d'hormones, elle se sentait totalement submergée par ses émotions et en perdait tout contrôle.

En arrivant chez elle, elle sursauta stupidement en le voyant assis sur le lit.

– Je t'ai fait peur ? lui demanda-t-il d'un air surpris.

– Oui, avoua-t-elle d'un rire nerveux, je ne sais pas pourquoi !

– J'ai deux heures devant moi, lui annonça-t-il avec un sourire entendu avant de s'approcher d'elle.

– Non, pas ce soir ! répondit-elle d'une voix plus aiguë qu'elle ne l'aurait voulu.

– Mais pourquoi ? Nous n'avons rien fait depuis une semaine, ça n'était jamais arrivé avant, dit-il d'un air déçu et contrarié.

Amélie chercha une excuse. Elle ne voulait pas qu'il remarque les changements de son corps et n'avait de surcroit aucune envie qu'il la touche.

– Je suis indisposée, mentit-elle. Et d'ailleurs, c'est le premier jour, j'ai très mal au ventre.

– Ah, d'accord, c'est pour cela que tu étais fatiguée ces deux derniers jours, répondit-il, visiblement soulagé avant de s'allonger sur le lit et de braquer ses yeux sur son téléphone.

Lorsqu'il partit enfin deux heures plus tard, Amélie se mit à réfléchir à toute vitesse. Elle se félicita de lui avoir fait croire que ses règles venaient de débuter : cela lui laissait trois ou quatre jours pour passer à l'action.

Mais quelle action ? Ah oui, c'est vrai... je dois avorter.

Un nouveau torrent de larmes jaillit de ses yeux à cette idée puis elle retira la main qu'elle avait de nouveau placée inconsciemment sur son ventre. Elle n'aurait aucun soutien avant cinq jours... comment allait-elle supporter cette attente ? Chaque minute était un supplice. Il fallait qu'elle fasse quelque chose.

Je vais m'enfuir !

Elle prendrait une chambre le plus vite possible et se cacherait.

Pour quoi faire ? Ah oui... pour avorter.

Ses mains se mirent à trembler.

Et après ?

Eh bien, elle devrait faire le deuil de ce qui aurait pu devenir son bébé, se remettre d'avoir été utilisée par l'homme qu'elle avait aimé et accepter le fait qu'elle ne se remettrait jamais en couple et qu'elle n'aurait jamais d'enfant puisqu'elle était incapable d'inspirer du respect à un homme, comme elle l'avait toujours su.

Au fond, le seul amour auquel elle avait toujours sincèrement cru était celui d'un enfant. Depuis petite, elle avait toujours trouvé ce lien magique et impressionnant de puissance dans le règne animal. Depuis qu'elle était adolescente, elle rêvait d'être mère. Mais pas dans ces conditions. Il serait effroyablement égoïste d'imposer cette vie à un petit être innocent.

D'un autre côté, elle sentait que cet avortement l'achèverait. Tant pis, elle pourrait toujours se suicider après l'avoir fait. Dans ce cas, pourquoi perdre son temps à avorter avant ?

Ses pensées devenaient de plus en plus incohérentes. Des idées noires se bousculaient dans sa tête et un tsunami d'émotions contradictoires lui brassait les entrailles. Secouée de spasmes, elle eut tout juste le temps de courir aux toilettes avant de vomir dans la cuvette entre deux sanglots. Puis elle prit une douche brûlante, accroupie dans le petit bac carré, tremblant de tout son corps.

Après s'être emmitouflée dans des vêtements chauds et confortables, prenant soin de poser un saladier sur sa table de nuit, elle ouvrit son ordinateur et chercha une chambre. Dès qu'elle en trouva une, elle téléphona au numéro indiqué sur l'annonce et demanda à la visiter dès le lendemain soir en expliquant que ce serait pour emménager le plus rapidement possible. Elle tomba ensuite dans un sommeil de nouveau très agité.

Le matin, elle peina à se lever et se retint de pleurer en rêvant de pouvoir s'échapper dans un havre de paix où elle pourrait dormir autant qu'elle en aurait besoin, où elle pourrait élever son bébé sans que personne ne puisse les trouver.

Dans cet endroit, ils seraient tous deux en sécurité, il n'y aurait plus de peur ni de désespoir, seulement de l'amour et de la joie. Le paradis, peut-être ? Elle n'y avait jamais vraiment trop cru, mais peut-être que cela valait la peine d'essayer, étant données les perspectives qui s'offraient à elle ici-bas, pensa-t-elle en se caressant le ventre, le regard dans le vide.

– Au moins, nous ne serions pas séparés, murmura-t-elle doucement.

Elle fondit de nouveau en larmes. Elle termina péniblement de se préparer puis sortit pour se rendre au travail. Au moins, là-bas, elle devrait jouer son rôle et pourrait s'occuper l'esprit pour faire passer le temps. Mais comment survivrait-elle au week-end ?

Par chance, en sortant du bus, elle reçut un appel du centre d'avortement. On lui annonça qu'un rendez-vous s'était libéré et que la psychologue pourrait l'appeler le lendemain. Elle aurait donc de l'aide avant le week-end et pourrait au moins parler à un autre être humain de ce qui la traversait... quelqu'un pourrait enfin partager son fardeau.

En sortant du travail à dix-sept heures, elle se rendit directement à l'adresse indiquée pour visiter la chambre. Cela ne lui prit pas plus de dix minutes. Elle était très petite, dans une maison qui avait au moins le mérite de ne pas être occupée par le propriétaire et qui n'était habitée que par des filles, plus ou moins de l'âge d'Amélie.

Elle s'en fichait, elle prendrait n'importe quel logement, tant qu'elle n'avait ni à dormir dehors, ni dans le même lit qu'Amine. Elle annonça donc au propriétaire qu'elle reviendrait très rapidement vers lui pour la date exacte de son emménagement. Il lui répondit que la chambre était de toute façon libre et lui assura qu'il la lui réserverait jusqu'au mardi suivant.

Le lendemain, elle pria pour qu'Amine soit absent à l'heure de son rendez-vous téléphonique. Il y avait de bonnes chances que ce soit le cas puisque c'était un vendredi soir et qu'il la croyait indisposée. Elle n'avait aucune envie de recevoir cet appel dehors, elle avait besoin d'intimité pour pouvoir partager ce qu'elle avait sur le cœur.

Lorsqu'elle entra, elle constata avec soulagement qu'il s'était effectivement absenté et attendit l'appel qui devait avoir lieu une demi-heure plus tard. La psychologue eut finalement quinze minutes de retard.

– Allô ?

– Bonsoir Amélie, je suis Kate, comment vous sentez-vous ? s'enquit une voix douce.

– Honnêtement ? Très mal, répondit-elle la gorge serrée en retenant ses larmes.

– Que puis-je faire pour vous ?

– Je... je ne sais pas, s'étrangla-t-elle. Vous ne pouvez rien faire... personne ne peut rien faire...

– Respirez, ça va aller. Prenez une grande inspiration et quand vous vous en sentirez prête, racontez-moi tout. Je ne suis pas là pour vous juger, je suis là pour être sûre que vous ne regretterez pas votre décision, quelle qu'elle soit.

– Y a-t-il des femmes qui ne regrettent pas d'avoir avorté ?

– Je pense que pour certaines, c'est la seule solution possible et qu'à chaque fois qu'elles y repensent, elles en arrivent à la même conclusion. Mais ce n'est facile pour aucune d'entre elles et cela reste malgré tout une expérience douloureuse dont elle se souviendront toute leur vie.

– Mais que faire quand on n'a pas d'autre option, quand on sait qu'il serait totalement irresponsable de ne pas le faire ?

– Il me faudrait plus de détails pour répondre à cette question. On a parfois besoin d'un avis extérieur pour voir certaines solutions qu'on n'aurait pas envisagé seul, surtout quand on est tourmenté par la peur, en pleine montée hormonale. En avez-vous parlé à qui que ce soit ?

– Non, à personne.

– J'imagine donc que le problème principal vient du père, si même lui n'est pas au courant. Le craignez-vous ?

En réponse à cette question, Amélie explosa en sanglots. Au bout de cinq minutes, elle reprit contenance, s'excusa et commença à raconter son histoire à son interlocutrice.

Lorsqu'elle eut terminé, il y eût un instant de silence et elle paniqua, craignant soudainement que la conversation ait été coupée et que tout son récit se soit perdu dans le vide intersidéral.

– Allô ? Vous êtes toujours là ? s'enquit-elle d'une voix tremblante.

– Oui, pardon, je suis là, je vous ai bien écoutée. J'étais seulement perdue dans ma réflexion.

– Alors, qu'en dites-vous ?

– Il est clair que vous ne pouvez pas élever sereinement un enfant avec cet homme.

– Donc vous êtes d'accord avec moi ? Je n'ai pas d'autre choix que d'interrompre ma grossesse ?

– Ce n'est pas ce que j'ai dit… J'ai l'impression que vous êtes prête à accueillir un enfant et que vous prenez cette décision à contrecœur. Pour moi, la seule et unique raison qui vous pousse à avorter est le p… le *géniteur* de votre bébé.

Elle marqua une pause.

– Que… que voulez-vous dire ?

– Écoutez, Amélie, lorsque j'entends votre histoire, je ne peux être qu'admirative de votre courage, de votre générosité et de votre capacité d'abnégation. Vous avez toutes les qualités requises pour être mère et de toute évidence, vous le désirez ardemment. Je conseille à certaines femmes d'avorter lorsqu'elles-mêmes ne se sentent pas prêtes à être mères, mais nous savons toutes les deux que ce n'est pas votre cas. Vos peurs sont tout à fait légitimes, je reconnais malheureusement très bien le profil de votre conjoint et je sais que les violences conjugales s'intensifient au fil du temps, car la victime ne peut pas résister éternellement, et son bourreau le sait. Cet homme vous a manipulée et a détruit votre confiance en vous-même. Il a une attitude égoïste et tyrannique et ne changera pas, il est même très probable qu'il vous culpabilise encore davantage si vous avez cet enfant ensemble. Vous avez donc toutes les raisons de le craindre.

– D'accord... où voulez-vous en venir ?

– Ce que j'essaie de vous dire, c'est que j'ai l'impression que vous ne voulez pas avorter. Si vous faites ce sacrifice à cause de lui, il vous aura vraiment tout pris et je pense que vous le regretterez terriblement. Vous êtes une jeune femme très responsable et avez beaucoup d'amour à donner. Que penseriez-vous de quitter votre conjoint et d'élever seule votre enfant ?

– Sans... sans le lui dire ?

– Oui.

– Mais s'il apprend la vérité ?

– Effectivement, il y aurait des représailles s'il le découvrait. Alors pourquoi ne rentreriez-vous pas en France auprès de votre famille ? Il ne vous retrouvera pas là-bas, et vous avez besoin de soutien.

– Mais ce serait un terrible mensonge ! Je ne sais pas si j'assumerai de priver un père de son enfant...

– Essayez de voir les choses différemment : que vous avortiez ou que vous vous enfuyiez pour l'élever toute seule, il n'aura pas cet enfant, mais dans le premier cas, vous vous priverez également vous-même et ce bébé de l'amour que vous auriez pu lui apporter et de la vie que vous pourriez lui offrir. Je suis convaincue que le défi de la maternité ne vous fait pas peur, c'est seulement votre mari que vous craignez. Et je pense sincèrement que ce n'est pas une bonne raison pour avorter car vous risqueriez de le regretter, de vous perdre.

– Vous... vous avez raison... je ne peux pas le faire, j'en suis incapable... c'est... c'est trop dur.

–Vous avez encore le temps d'y penser, vous êtes enceinte de moins d'un mois. Vous êtes face un terrible choix dont les deux options vous paraissent insurmontables, je m'efforce simplement de vous montrer qu'il pourrait y en avoir une troisième. Bien qu'elle ne soit pas idéale, elle est peut-être la seule émotionnellement acceptable pour vous.

– Merci beaucoup, je vais y penser.

– Oui, prenez votre temps, rien ne presse, ce n'est pas une décision à prendre trop rapidement.

– Merci infiniment pour votre aide, je me sens déjà mieux, je vous en suis sincèrement reconnaissante.

– Je vous en prie, je suis heureuse si j'ai pu vous être utile. Prenez bien soin de vous et tenez-moi au courant. Si ça ne va pas, rappelez-moi à ce numéro, c'est ma ligne directe, d'accord ?

– Je n'y manquerai pas. Merci encore, bonne soirée.

– Courage à vous.

7. La peur au ventre

Après cette longue conversation, Amélie resta pensive pendant quelques minutes. Elle n'avait découvert sa grossesse que depuis trois jours et pour la première fois depuis qu'elle avait été assommée par cette nouvelle, elle se sentait relativement calme. Kate avait raison, rien ne pressait.

Amélie décida qu'elle irait se promener le lendemain pour réfléchir sereinement. Elle se déshabilla et se blottit sous la couette en position fœtale, les deux mains sur son ventre. Peut-être y avait-il finalement encore un peu d'espoir. Elle s'endormit paisiblement avec un petit sourire au coin des lèvres.

Ce week-end-là, elle ne vit presque pas Amine, ce qui facilita énormément sa réflexion. Elle n'envoya que quelques messages à sa famille et à Annie pour leur dire que tout allait bien et qu'ayant un emploi du temps chargé, elle n'aurait sans doute pas le temps de leur téléphoner.

Le mardi au plus tard, elle devrait donner sa réponse pour la chambre. Si elle suivait le conseil de Kate, il ne serait pas idiot d'y emménager le temps de donner sa démission et de terminer son préavis chez *Kids and frogs*.

Mais cela signifierait devoir retourner du jour au lendemain vivre chez ses parents à vingt-neuf ans avec un bébé, sans qu'ils n'aient jamais su auparavant qu'elle rencontrait des difficultés à Londres... combien de temps devrait-elle rester à leur charge ?

En démissionnant, elle n'aurait droit à aucune allocation chômage et ne serait pas non plus en mesure de trouver un emploi en étant enceinte. Elle devrait donc demander le RSA à la CAF et postuler pour un logement social. N'étant pas sans domicile, elle devrait attendre au moins deux ans pour en obtenir un.

La perspective de vivre comme un parasite chez ses parents pendant toute sa grossesse et le début de la vie de son enfant ne l'enchantait vraiment pas. Elle ne pouvait pas non plus réquisitionner deux chambres dans leur appartement. Non, ce n'était pas une bonne idée de repartir en France en pleurant, n'ayant montré aucun signe de détresse auparavant.

Et puis, que diraient le reste de sa famille élargie et ses amis ? Peut-être qu'ils la jugeraient et la trouveraient égoïste d'avoir ainsi privé son enfant de son père, et vice versa. Elle n'avait pas la force de tout raconter, de devoir se justifier auprès de chacun. Elle pensait les rendre tous fiers d'elle, pas tomber encore plus bas... Il fallait qu'elle s'en sorte seule.

Elle pourrait appeler le propriétaire de la maison lundi matin pour lui dire qu'elle emménagerait dans la chambre le mardi. Puis elle conviendrait d'un rendez-vous avec Arnal pour lui rendre les clés du studio le plus vite possible.

Le lundi, elle annoncerait à Amine qu'elle ne serait plus là le lendemain et qu'il avait deux semaines pour trouver un endroit où loger. S'il refusait de lui rendre la clé, elle informerait Arnal qu'un squatteur habitait dans le studio et refusait d'en sortir. Tant pis si elle ne récupérait pas sa caution.

Désormais, seul son bébé comptait. Depuis qu'elle avait pris conscience que l'avortement n'était pas envisageable, elle se sentait revivre et était reconnaissante envers Kate pour cela. Mais elle était morte de peur et devait trouver une solution pour se mettre en sécurité au plus vite. Si un retour en France n'était pas envisageable, elle devait trouver un moyen de s'en sortir ici, à Londres.

Elle savait que ce ne serait pas facile, mais elle était prête à se battre. Une nouvelle force grandissait en elle. Elle ne baisserait plus jamais les bras, quoi qu'il en coûte. De rudes épreuves l'attendaient, elle décida donc de rentrer se reposer pour pouvoir reprendre des forces.

En s'allongeant sur son lit une heure plus tard, elle ressentit des vagues de douleurs pelviennes et tenta de respirer profondément. Puis elle subit tout au long de l'après-midi des séries de contractions utérines dont l'intensité montait en crescendo. Amine arriva alors. Elle lui fit croire qu'elle était toujours indisposée et que c'était cela qui lui provoquait des douleurs dans le bas ventre.

Elle fit son maximum pour cacher son inconfort mais ne pouvait s'empêcher de grimacer à chaque nouvelle vague. Vers vingt-deux heures, elle ressentit une contraction tellement forte qu'elle se leva pour aller se cacher dans les toilettes, pensant également qu'une douche chaude pourrait peut-être la soulager et, le souffle coupé, s'assit sur la cuvette des toilettes en attendant que ça passe.

Mais au lieu de cela, la douleur continua à s'intensifier et Amélie sentit que son seuil de tolérance était sur le point d'être dépassé. Il fallait qu'elle s'allonge, et vite.

Elle se leva brusquement pour regagner son lit mais dès qu'elle fût sur ses deux jambes, ce fut le trou noir.

Elle entendit la voix d'Amine lointaine puis de plus en plus claire alors que le bourdonnement de ses oreilles s'évanouissait progressivement.

– Oui, je l'ai allongée sur le dos mais elle est toujours inconsciente, cela fait dix minutes maintenant. Venez vite, s'il vous plaît ! Non, elle ne se réveille pas, j'ai essayé de lui tapoter les joues, de lui secouer les épaules, de lui parler, rien à faire ! Oui, elle respire... mais elle s'est cognée en tombant et je n'ai pas vu ce qui s'est passé, j'ai seulement entendu un bruit sourd dans la douche, je ne sais pas si c'est le choc qui lui a fait perdre connaissance ou si elle s'est évanouie puis heurtée en tombant... non, je ne vois aucune trace sur sa tête, mais une bosse et un hématome commencent à apparaître sur son épaule... elle a dû se la cogner sur le lavabo en tombant... dans combien de temps arrive l'ambulance ? Dans cinq minutes ? D'accord... oui, elle respire toujours... attendez ! Je crois que je vois ses paupières bouger ! D'accord, je raccroche et j'attends l'ambulance... d'accord, je ne lui donne rien à boire, merci, au revoir. Amélie ? Tu m'entends ?

– Que... que s'est-il passé ? bafouilla-t-elle

– Tu t'es écroulée dans la salle de bains, ça fait dix minutes que j'essaie de te ranimer... tu m'as fait une de ces peurs ! Mais que t'est-il arrivé ?

– Je ne sais pas, mentit-elle, se sentant misérable. Je me suis levée des toilettes puis... plus rien. Je n'ai même pas senti que je m'étais cognée... jusqu'à maintenant, fit-elle en grimaçant.

– De toute façon, l'ambulance va arriver... ça va aller, conclut-il dans un soupir de soulagement.

– Merci, bredouilla-t-elle.

– De quoi ? Je n'allais tout de même pas te laisser gésir inconsciente sur le sol sans rien faire, sourit-il.

Il l'aida à se relever doucement puis à se rallonger sur le lit.

Une minute plus tard, on frappa à la porte et deux ambulancières entrèrent. Amélie, n'ayant plus mal au ventre et ne s'inquiétant pas pour son épaule qui, bien que douloureuse, avait conservé toute sa mobilité, se sentit un peu honteuse.

– Bonjour ! lança l'une d'elles d'un ton énergique. Alors, vous êtes revenue parmi nous ?

– Oui, on dirait, marmonna Amélie. Je ne sais pas ce qui s'est passé... c'est vraiment stupide...

– Mmmh... dix minutes d'inconscience, ce n'est pas anodin, répondit-elle en vérifiant sa tension, son pouls et sa température. Bon, toutes vos constantes sont normales, mais comme je vous le disais, il faut tout de même chercher la cause de votre malaise. Je vais donc vous poser une série de questions, si vous êtes d'accord. De quand datent vos dernières règles ?

– Euh... laissez-moi réfléchir...

Mon Dieu, c'est en train de tourner au cauchemar...

– Vous ne connaissez pas la date de vos dernières règles ?

– Puis-je être seule pour répondre à vos questions s'il vous plaît ? bredouilla-t-elle. Je... ce sont des histoires de femmes, ajouta-t-elle à l'adresse d'Amine. Je dois leur expliquer tout ce qui s'est passé avec mon stérilet, désolée...

– Confidentialité du patient ! s'exclama l'autre ambulancière d'une voix tonitruante alors qu'Amine s'apprêtait à protester, veuillez sortir, jeune homme, s'il vous plaît.

C'est un sketch...

– Ok, je suis enceinte, murmura Amélie dès que la porte se referma sur Amine. Mais il ne le sait pas, et je ne veux pas qu'il le sache... je... je sais que ça peut avoir l'air cruel mais j'étais sur le point de le quitter et voilà que j'apprends que je suis enceinte et que je tombe dans les pommes... je ne sais pas encore quoi faire, j'ai besoin de temps. Vous comprenez ?

– Oh, pauvre chérie... Oui, je comprends, mais dans ce cas, nous devons vous emmener à l'hôpital pour écarter la possibilité d'une grossesse extra utérine. Pouvez-vous marcher jusqu'à l'ambulance ?

– Oui, ça devrait aller.

– Très bien, cela nous fera gagner un peu de temps. Nous allons vous aider.

Lorsqu'elles ouvrirent la porte, Amine était juste derrière celle-ci.

– Je... je vais à l'hôpital, lui annonça Amélie. Je te tiendrai informé.

– Tu ne veux pas que je vienne avec toi ?

– Non, ça va aller, je me sens mieux, maintenant. Et l'attente risque d'être longue.

– D'accord... j'attendrai de tes nouvelles.

Effectivement, l'attente fut longue.

On l'appela enfin vers quatre heures du matin.

– Bonjour, je suis l'obstétricienne, c'est moi qui m'occuperai de vous ce soir, dit une jeune et belle indienne en blouse blanche.

– Bonjour... d'accord.

– Installez-vous sur la couchette et expliquez-moi ce qui vous amène.

Amélie s'exécuta, puis la doctoresse procéda à l'échographie.

— là, dit-elle d'une voix douce en tournant l'écran vers elle. Vous voyez, tout va bien, l'embryon est bien placé, ce n'est pas une grossesse extra utérine.

Amélie, sans voix, regarda l'écran, fascinée.

Bonjour, toi...

— Je vais maintenant le mesurer pour dater la grossesse. Voilà, c'est fait, annonça-t-elle après quelques minutes. Vous êtes enceinte d'environ cinq semaines. Il va maintenant falloir choisir une sage-femme et un hôpital pour le suivi. Où habitez-vous ?

— A Golders Green.

— Alors j'imagine que ce sera le Hampstead Heath Hospital.

— D'accord... mais pourquoi me suis-je évanouie ? C'est la première fois de ma vie que je perds connaissance...

— Cela arrive à certaines femmes en début de grossesse. L'utérus se contracte et s'agrandit pour fournir l'espace nécessaire à la croissance du fœtus. Dans certains cas, cela s'avère très douloureux. Je pense que c'est la douleur qui a provoqué votre malaise.

— Mais... je ne suis pas du genre à tomber dans les pommes au moindre bobo ! se vexa Amélie, ce qui fit sourire la gynécologue.

— Eh bien, il y a une première fois à tout. Vos constantes sont normales, l'embryon est bien placé, tout devrait aller pour le mieux, je vais pouvoir vous libérer.

— Merci... au revoir.

— Au revoir, prenez soin de vous.

Amélie arriva chez elle à six heures du matin et se coucha sans cérémonie, épuisée. Lorsqu'elle se réveilla à treize heures, Amine était sorti. Elle dévora une belle assiette de pâtes au cheddar râpé avant de prendre une douche.

Et maintenant ? Que vais-je lui dire quand il rentrera ?

Elle se prit la tête entre les mains. Il avait forcément découvert sa grossesse. Elle l'avait trouvé bien près de la porte en sortant du studio avec les ambulancières. Et puis... il avait eu l'air sincèrement inquiet quand elle s'était écroulée.

Oui, bon... il n'avait pas envie qu'on retrouve le cadavre de sa femme dans son studio alors qu'il était seul avec elle.

Tout de même... qu'aurait-elle fait s'il n'avait pas été là ?

Je me serai réveillée au bout de dix minutes puis je serai partie à l'hôpital en bus.

Malgré son cynisme, Amélie sentait la culpabilité lui pincer le cœur. Parfois, un incident de ce type remettait tout en perspective. Et si sa grossesse se passait mal, qui l'emmènerait à l'hôpital ? De toute manière, il savait qu'elle était enceinte, elle en était certaine. Elle revit son regard lorsqu'elle avait repris conscience et se souvint de sa douceur quand il l'avait aidée à se rallonger sur le lit.

Non, elle ne pouvait pas lui faire ça. Il était le père de son enfant. Elle ressentit une bouffée de tendresse pour lui en réalisant cela. Il était temps de pardonner. Il travaillait désormais, même le dimanche, apparemment. Il fallait qu'elle lui laisse une chance d'être un bon père.

Beaucoup de couples se retrouvaient parfois au bord de la séparation en traversant des crises, mais le temps guérissait les blessures. Et surtout... maintenant qu'il savait qu'elle attendait un enfant de lui, il avait un bon moyen de l'empêcher de filer. Elle devrait peut-être faire de nouvelles concessions, mais aucune n'était insurmontable pour elle. Seul son bébé comptait.

Amine arriva à dix-huit heures.

– Comment vas-tu, aujourd'hui ? s'enquit-il avec inquiétude en lui prenant délicatement la main. Je t'ai entendu rentrer peu de temps avant de me lever... ça a dû être long.

– Oh, tu sais, les urgences, c'est toujours comme ça, répondit-elle en baissant les yeux.

– Oui... alors ? que t'ont-ils dit ?

– Oh rien, je... tout va bien, c'est normal apparemment, je...

– Oui ?

– Je... suis enceinte.

Il baissa les yeux.

– Je m'en doutais. Ma sœur aussi s'était évanouie au début de sa première grossesse. C'est une excellente nouvelle, ajouta-t-il avec un sourire forcé.

– Vraiment ? Tu le penses ?

– Bien sûr ! Un enfant est un cadeau du ciel.

Ah, c'est donc ça, nous y voilà : tu as le devoir d'être reconnaissant, ou du moins de prétendre l'être.

Elle se reprit. Si elle souhaitait arrondir les angles, elle se devait de bannir ce type de pensée de son esprit. Amine était simplement sous le choc de cette nouvelle, comme elle l'avait elle-même été pendant trois jours. Ils restèrent silencieux durant quelques minutes.

– Pour l'instant, reprit-elle, je ne suis enceinte que de cinq semaines et dans un premier temps, je souhaiterais ne pas l'ébruiter… on ne sait jamais.

– Ah… ma mère est déjà au courant et je ne lui ai pas demandé de garder le secret, donc je pense que toute ma famille le sait déjà…

– Comment peut-elle le savoir avant que je ne t'en aie informé ? s'enquit-elle vivement.

– Je l'ai appelée hier soir, quand tu es partie à l'hôpital. Je lui ai raconté ce qui t'était arrivé et elle a plus ou moins deviné.

– Et… tu as écouté ma conversation avec les infirmières, non ?

– J'ai entendu, oui. Et je pensais que tu étais en train de faire une fausse-couche.

– Donc ta famille sait que je suis peut-être enceinte et que j'ai peut-être fait une fausse couche. En somme, ils ne sont sûrs de rien.

– Ma mère ne pensait pas que tu faisais une fausse couche et elle était certaine que tu étais enceinte.

– Bref, soupira-t-elle. Tout le monde est au courant ou le sera probablement d'ici la fin de la journée, de ton côté…

– Oui, et alors ? C'est aussi mon enfant, j'ai le droit de le dire à ma famille !

Elle ne répondit pas à cette remarque qui la fit frémir.

Bon… il semblerait que je n'aie plus d'autre option que de rester avec lui.

– Et maintenant ? reprit-elle après un instant de silence.

– Quoi, maintenant ? Tu es enceinte et dans huit mois nous aurons un bébé.

– Oui… dans un studio avec de la moquette toute pourrie et une douche minuscule ? En plus, le logement n'est qu'à mon nom. Je voudrais que tu en trouves un plus grand et en meilleur état. Et cette fois, c'est toi qui le mettras à ton nom. J'ai besoin de sécurité… il faudrait aussi que tu te décides enfin à payer régulièrement ta part du loyer…

– Je ne vois pas pourquoi nous déménagerions dans un appartement plus cher ! s'insurgea-t-il. Si tu n'es pas contente, tu n'as qu'à te trouver un logement ! Et je t'ai déjà dit que je n'avais pas d'argent !

Choquée, elle réfléchit un instant en silence. Elle eut soudain une lueur d'espoir, sans trop y croire.

– Tu… si tu veux dire que tu ne souhaites pas t'impliquer, je… je vais devoir rentrer en France… les enfants coûtent extrêmement cher à Londres, je n'y arriverai pas seule.

– Tu crois que tu peux rentrer en France sans ma permission alors que tu portes mon enfant ?

Nous y voilà...

En quelques secondes, elle prit conscience qu'elle était la seule garantie d'Amine à Londres pour obtenir ses papiers. Leur enfant à naître, qu'il ne désirait visiblement pas, représentait pour lui une bouée de sauvetage doublée d'un parfait moyen de pression sur elle. Désespérée, elle réalisa qu'il ne les laisserait jamais quitter le territoire britannique.

C'est un cauchemar... j'aurai dû sauter dans le premier avion pour Genève quand j'en avais encore le temps...

– Écoute, Amine, soupira-t-elle. Soyons honnêtes : tu sais très bien que cette grossesse n'était pas prévue et que je suis malheureuse avec toi... je planifiais de te quitter, et toi de rester avec moi jusqu'à l'obtention de ton permis définitif de résidence.

– Quoi ? Comment oses-tu penser cela ? fit-il d'un air horrifié.

– C'est pour cette raison que tu ne m'as jamais laissée partir, poursuivit-elle en ignorant sa remarque. Bien que cet enfant soit une sécurité supplémentaire pour tes papiers, tu aurais préféré fonder une famille avec une musulmane une fois que tu n'aurais plus eu besoin de moi. Mais c'est trop tard, maintenant... Amine... la vie est bien trop chère, ici, et... tu sais combien je me languis de rentrer dans mon pays. Que... que dirais-tu que nous déménagions en France ? tenta-t-elle.

– Je n'ai aucune envie de vivre en France ! répondit-il sèchement. Pourquoi le bébé grandirait-il auprès de ta famille et pas de la mienne ?

Dépitée, elle réalisa l'ampleur du pétrin dans lequel elle se trouvait. Elle était fichue... tout ce qu'elle pouvait faire à présent, c'était accepter son sort et composer avec lui pour protéger son enfant pendant les dix-huit années à venir.

Comme tant de mères avant moi...

– Amine, reprit-elle en pesant chacun de ses mots, c'est dans *mon* corps que cela se passe. Je peux encore avorter... nous sommes en Angleterre. Ici, les hommes ne disposent pas du corps de leurs femmes.

– Quoi ? C'est totalement raciste, ce que tu dis !

– Arrête, répondit-elle calmement, cela ne fonctionne plus.

– Si tu veux avorter, qu'y puis-je ? fit-il en détournant le regard. C'est ton choix, ta conscience.

Amélie eut un rictus amer.

– Je vois... ton Dieu n'aurait rien à te reprocher si je le faisais et au fond, cela te soulagerait. En revanche, si tu sais que tu as un enfant et que tu ne t'en occupes pas, cela représentera un terrible péché et la honte sera sur ta famille et toi. Ai-je bien résumé ?

Amine resta silencieux.

– Alors c'est simple : soit tu me laisses partir, sois tu cherches un logement plus convenable. Je vais tout de suite envoyer un mail à Arnal pour lui donner mon préavis, puisque je suis seule locataire sur le bail. Tu disposes donc de quatre semaines. Tu te débrouilleras pour la caution et le premier mois de loyer, comme je l'ai toujours fait. Et puisque tu n'as pas payé ta part sur les trois derniers loyers, je ne paierai rien non plus pendant trois mois.

– Mais...

Amélie l'observa chercher un moyen de pression puis s'apercevoir qu'il était pris au piège.

Du moins pour l'instant.

Pendant qu'il continuait à réfléchir, retournant douloureusement le problème en tous sens dans sa tête, elle en profita pour envoyer le mail à Arnal puis le lui montra.

– Voilà, reprit-elle en le regardant droit dans les yeux. Tu as un mois. Tu assumes tes responsabilités de père et d'époux ou je m'en vais en France pour trouver le soutien dont j'ai besoin. Est-ce clair ?

Il hocha la tête silencieusement.

– Très bien, répondit-elle

Ils mangèrent sans se parler, chacun dans ses pensées, puis Amélie sortit appeler sa mère.

– Allô ma chérie ?

– Maman ? Tu vas bien ?

– Oui, je vais bien, merci, et toi ? Je croyais que tu n'aurais pas le temps de nous appeler ce week-end ! Ça me fait plaisir de t'entendre.

– Oh, finalement, tu vois, j'ai trouvé le temps. Tout le monde va bien ?

– Oui, tout le monde va bien.

– Et Annie ?

– Ses ponctions sont de plus en plus fréquentes mais elle garde le moral. Elle est impressionnante, soupira-t-elle.

– Oui, c'est certain... bon, je t'appelle parce que j'ai quelque chose à t'annoncer.

– Tu es enceinte !

– Oh, maman ! Décidément, tu devines tout, il n'y a jamais de suspense pour toi ! rit-elle.

— Oh, ma chérie, je suis tellement heureuse pour toi ! Tu as toujours voulu avoir un enfant, c'est merveilleux !

— Oui, c'est vraiment super, répondit Amélie en retenant ses larmes.

— Donc tout va toujours bien avec Amine, je suppose ?

— Oui, oui, bien sûr, mentit-elle. C'est juste que... ce n'était pas prévu... j'aurais préféré être suivie en France, dans un ou deux ans, tu vois ?

— Oui, je comprends, moi aussi j'aurais préféré t'avoir tout près de moi, ma chérie.

— Mais bon, tout se passera bien ! conclut-elle un peu trop vigoureusement. Je n'ai pas vraiment le choix, il vaut mieux que je sois déjà employée et que je bénéficie d'un congé maternité ici, ce n'est pas en étant enceinte que je trouverai du travail en France.

— C'est sûr... de toute façon, tu n'es pas toute seule, à Londres. Et ce n'est pas si loin de chez nous, nous viendrons te rendre visite aussi souvent que possible ! Oh, je n'arrive pas à croire que je vais être grand-mère ! s'extasia-t-elle.

— Oui, c'est génial ! Mais attention, je ne suis enceinte que de cinq semaines alors s'il te plaît, ne le dis qu'à papa et Mathilde et demande-leur de garder le secret encore deux mois !

— Bien sûr ma chérie, pas de souci. Tu viens toujours pour les vacances d'avril, n'est-ce pas ?

— Oui maman, j'aurai une semaine. Je viendrai du samedi au samedi. Tu fais bien de m'y faire penser, d'ailleurs... avec toutes ces émotions, j'ai complètement oublié de prendre mes billets ! Je vais les prendre dès ce soir, je t'enverrai un message pour t'indiquer mon heure d'arrivée.

— Super ! Alors à très bientôt ma puce.

— A bientôt ma petite maman, j'ai hâte !

— Et moi donc ! Allez, va vite te coucher, tu commences une dure semaine demain, il faut te reposer.

— Oui, maman, bonne soirée.

Elle raccrocha, le cœur léger. Elle n'avait pas pensé au bonheur que cet évènement apporterait également à sa famille. Son père et sa sœur seraient certainement ravis, eux aussi. Souriant à cette pensée, elle rentra chez elle et vit qu'Amine était en train d'utiliser son ordinateur.

— Oh... tu en as pour longtemps avec mon PC ? J'en ai besoin...

— Ah... d'accord, donne-moi cinq minutes et je te le rends.

— Bon, je vais prendre une douche en attendant.

Lorsqu'elle revint, il lui rendit son ordinateur et se rendit à son tour dans la salle de bain. Elle prit ses billets d'avion et, regardant le calendrier, constata qu'elle partirait six semaines plus tard. Ce serait alors le printemps en Haute-Savoie.

Elle décida ensuite de se connecter rapidement à Facebook pour demander des nouvelles de quelques amis. Lorsqu'elle l'ouvrit, elle s'aperçut qu'elle était sur le compte d'Amine qui avait oublié de se déconnecter. Elle s'apprêtait à le faire pour lui lorsqu'elle remarqua un message non lu d'une jolie jeune femme voilée.

Le cœur battant, elle ouvrit la conversation complète. Bien que celle-ci était majoritairement écrite en arabe, elle y trouva tout de même quelques phrases en anglais et les lut. Amine se plaignait clairement d'Amélie qui ne voulait pas se convertir à l'Islam. La jeune fille le réconfortait en lui disant que celle-ci ne méritait pas de l'avoir pour mari, puis lui envoyait des petits cœurs et des citations du Coran.

Amélie remonta le fil de conversation jusqu'au début pour en découvrir la date : novembre 2014. Cela faisait plus d'un an qu'ils se parlaient tous les jours, ou presque. Elle se sentit étrangement calme en découvrant tout ceci, comme si plus rien ne pouvait l'atteindre. Novembre 2014... c'est peu de temps après notre emménagement dans le studio... lorsqu'il a commencé à « évoluer ».

Et moi qui croyais qu'il s'était simplement remis en question par amour pour moi...

Une boule dans la gorge, elle ferma Facebook sans déconnecter Amine puis modifia le mot de passe de son ordinateur avant de l'éteindre et de le poser sur la table de nuit. Le cœur lourd, elle ferma les yeux et s'endormit. Il tenta de la réveiller et de l'émoustiller mais elle feignit l'inconscience.

Les deux semaines qui suivirent, ils se croisèrent à peine. Amine travaillait souvent en soirée et était généralement déjà parti lorsqu'elle rentrait du travail. Elle laissait désormais son ordinateur à son bureau et vérifiait régulièrement le compte Facebook d'Amine.

Il semblait que depuis qu'il avait appris la grossesse d'Amélie, il n'avait plus envoyé de message à la jeune femme voilée, au grand regret de cette dernière qui lui en avait envoyé une vingtaine, tous restés sans réponse.

De toute évidence, cette fille n'habitait pas en Angleterre et Amine n'avait pas quitté le territoire une seule fois depuis le début de ces échanges. Ils ne s'étaient donc jamais rencontrés. Peut-être avait-il simplement trouvé un soutien moral dans ces discussions... ou peut-être que c'était avec elle qu'il souhaitait construire une famille une fois qu'il aurait obtenu ce qu'il voulait d'Amélie...

Tremblant de rage et de tristesse, elle fut prise d'une salve de nausées et partit vomir aux toilettes puis, se rinçant le visage à l'eau froide, tenta de se calmer. Il ne pourrait pas faire venir une Algérienne sans papiers au bout de leurs cinq ans de mariage s'ils avaient un enfant ensemble. De toute évidence, s'il avait envisagé quelque chose avec cette jeune musulmane, il avait changé d'avis et lui avait fait ses adieux le soir où il avait su qu'Amélie était enceinte.

Elle était désormais bien obligée de rester avec lui et commençait à ressentir un état de manque affectif. Elle ne pourrait pas éternellement l'éviter... en outre, il travaillait énormément depuis plus d'un mois et Amélie commençait à penser qu'il prendrait peut-être finalement son rôle de futur père au sérieux.

L'arrivée d'un bébé chamboulerait leur vie. Peut-être que cela renforcerait leur couple et ferait réellement d'eux une famille... personne ne pouvait prédire l'avenir. Alors elle décida de se montrer plus avenante avec lui la prochaine fois qu'ils passeraient un moment ensemble.

Il travailla en soirée tout le reste de la semaine. Le samedi, il lui annonça qu'il avait trouvé un nouveau logement et qu'ils pourraient y emménager deux semaines plus tard, le jour même où elle rendrait les clés du studio.

Il s'agissait également d'un appartement d'une pièce, mais bien plus spacieux et mieux agencé. C'était du parquet vitrifié qui recouvrait le sol, ce qu'Amélie trouvait bien plus hygiénique que la vieille moquette des années soixante à laquelle elle était habituée.

Lorsqu'il lui en montra les photos du logement, elle en fut d'autant plus satisfaite qu'il se trouvait juste à côté de l'arrêt de bus. La salle de bains était deux fois plus grande et en bien meilleur état que dans son studio actuel, quant à la pièce principale, elle était tout en longueur, ce qui permettait d'y aménager un coin nuit.

– De combien est le loyer ? s'enquit-elle.

– Il est moins élevé que notre précédent studio, lui répondit-il, évasif.

– Comment est-ce possible ? s'inquiéta-t-elle.

– Je me suis arrangé avec une de mes connaissances. Tu m'as demandé de me conduire en homme et de me débrouiller, c'est ce que je fais. Alors maintenant, tu dois me faire confiance.

– Bon...

Le 27 mars, ils emménagèrent donc à leur nouveau domicile. Amélie appréciait particulièrement la luminosité de l'appartement, alors que les journées s'allongeaient. Elle était désormais enceinte de 9 semaines et partirait en vacances deux semaines plus tard. Elle avait trouvé une sage-femme dans les environs et s'était inscrite à l'hôpital de son secteur pour y accoucher.

La naissance était prévue pour le 29 octobre. Amine travaillait douze heures par jour et Amélie se demandait combien d'argent il gagnait sachant qu'il avait un salaire horaire très honorable.

Mais il ne faisait pas de courses, il n'en avait probablement pas le temps... il n'était que rarement à la maison en même temps qu'elle. Les symptômes du premier trimestre commencèrent à s'estomper et Amélie se sentit de mieux en mieux. Leur relation s'était adoucie. Ils ne se croisaient de toute manière pas beaucoup.

Juste avant de partir en vacances, Amélie informa son employeur de sa grossesse, avant de l'annoncer à Anika et Emmanuelle. Elles se réjouirent toutes deux de cette bonne nouvelle et la félicitèrent. Elle les intima - tout comme elle venait de le faire auprès du bureau des ressources humaines - à rester discrètes à ce sujet jusqu'au deuxième trimestre. Les trois femmes étaient devenues très proches et formaient une excellente équipe, riant souvent aux éclats dans leur bureau commun.

Pendant son séjour en France, Amélie en profita pour appeler ses tantes, oncles, cousins et cousines pour leur annoncer la nouvelle, arrivant à sa douzième semaine de gestation. Elle rendit bien évidemment visite à Cécile, puis à Annie la veille de son retour à Londres.

Cette dernière était hospitalisée depuis deux semaines et Amélie avait attendu une opportunité de la voir seule à seule. En effet, les sœurs d'Annie se relayaient à son chevet et il était difficile d'avoir une conversation intime avec elle. Elle lui avait téléphoné tous les jours depuis son arrivée en France et avait enfin réussi à réserver ce créneau pour l'avoir pour elle seule.

Elle fut saisie en la voyant dans son lit d'hôpital. Annie, qu'elle n'avait pas vue depuis presque quatre mois et qui n'avait rien laissé transparaître lors de leurs conversations téléphoniques hebdomadaires, avait terriblement maigri.

Son visage avait changé, il était dépouillé de sa chair. Sa chemise d'hôpital, de travers, découvrait une épaule décharnée. Amélie tenta de masquer sa peur en s'approchant d'elle, mais son amie avait bien remarqué son expression surprise et affolée.

– Bonjour mon petit chou, lui dit-elle, tu vas bien ?

— Oui, et... et toi ? demanda-t-elle timidement, pensant que cette question était ridicule.

— Eh bien, tu vois, je suis toujours en voie de guérison, mais je passe par un stade difficile. Tu as dû me trouver changée, non ?

— Non, je... c'est juste que ça fait longtemps que je ne t'ai pas vue et...

— Et je suis extrêmement maigre, finit-elle pour Amélie. J'ai bien vu ton regard quand tu es entrée dans ma chambre, ajouta-t-elle avec un sourire bienveillant.

— Non, c'est juste que... oui, tu as beaucoup maigri et je m'inquiète pour toi, avoua-t-elle en regardant ses pieds.

— Allons, ne t'inquiète pas pour moi, je te l'ai dit, c'est une étape difficile de ma guérison. Assez parlé de moi, où en es-tu ? La dernière fois que je t'ai eue au téléphone, tu m'as dit que tu avais quelque chose à m'annoncer quand tu me verrais. Alors, quelle est cette nouvelle ?

— Je... je suis enceinte de presque trois mois, annonça-t-elle en évitant le regard de son amie.

— Je vois... es-tu heureuse de cet évènement ?

— Oui, bien sûr, je... cet enfant est un cadeau, une sacrée surprise !

— Mais tu n'étais pas prête à l'avoir avec Amine, conclut Annie en fixant Amélie, jusqu'à ce que cette dernière plonge son regard dans le sien.

— Non... ce n'est pas avec lui que j'espérais fonder une famille, avoua-t-elle. Mais la vie est ainsi faite... je ferai de mon mieux étant données les circonstances. Je... je serai forte, je te le promets.

— Oh, je sais que tu es forte, ma douce Amélie. J'aurais simplement voulu que tu aies enfin un homme qui prenne un peu de ton fardeau, au lieu de s'appuyer sur toi sans aucune gratitude. Nous en avons parlé maintes et maintes fois, tu te sous-estimes énormément. Mais cela fait partie de ton chemin.

Amélie sentit ses yeux brûler mais se concentra pour ne pas ciller, de peur que ses paupières ne fassent tomber une larme. Elle ne voulait pas pleurer devant Annie.

Tu dis que je suis forte, mais regarde-toi... je ne t'arriverai jamais à la cheville. Que vais-je devenir sans toi ? Qu'allons-nous tous devenir sans toi ?

Elle savait que c'était la dernière fois qu'elle voyait son amie. Elle en avait la certitude. Elle profita de chaque seconde de cette après-midi avec elle.

— Ah, il est vingt heures, constata Annie. Sylvie ne va pas tarder à arriver.

– Bon... alors je vais vous laisser tranquilles entre sœurs, répondit Amélie.

– Oh, tu peux rester, si tu veux.

– C'est que... je ne voudrais pas déranger...

– Mais non, tu ne déranges personne, Sylvie t'apprécie beaucoup, tu sais.

– Bon... d'accord.

Sylvie arriva effectivement dix minutes plus tard. Elles discutèrent un moment toutes les trois, puis Amélie se leva.

– Bon, je vais devoir y aller, dit-elle, le cœur lourd, avant de s'avancer vers Annie en ouvrant ses bras.

– Oh... bon, d'accord, répondit celle-ci, les larmes aux yeux. On se revoit bientôt ?

– Oui, je reviendrai cet été, dit-elle en souriant.

– D'accord, répondit Annie, l'air pensif.

– Je dois prendre mon avion demain matin, je t'appellerai dimanche prochain, promis.

Elle la serra dans ses bras et fût horrifiée de constater combien Annie était maigre. Elle sentait tous ses os et avait peur de la casser.

– Prend bien soin de toi, ma Ninie, lui dit-elle en souriant, retenant ses larmes.

– Non, ne pars pas, répondit Annie les yeux brillants. S'il te plaît, je ne veux pas que tu partes.

– Je... mais... bégaya Amélie, prise au dépourvu. Je peux rester encore un moment, mais je dois me coucher tôt pour prendre mon avion demain matin.

Elle se sentait totalement égoïste. La mort de son amie était imminente, elle l'avait compris. Et elle parlait de prendre un avion le lendemain... mais que pouvait-elle faire ? Les sœurs d'Annie étaient présentes autour d'elles, Amélie se sentait de trop. Ou alors, elle craignait simplement de perdre son travail, de subir la colère d'Amine, de ne pas pouvoir subvenir aux besoins de son enfant ?

Tous ces soucis semblaient bien insignifiants, en sachant que la vie de son amie touchait à sa fin. Elle savait parfaitement que si les rôles avaient été inversés, Annie ne l'aurait pas abandonnée une seule seconde. Elle resta là, figée à côté du lit, ne sachant que faire. Puis elle sentit une main se poser doucement sur son épaule.

– Rentre à la maison, Amélie, lui dit Sylvie, je reste avec Annie, ne t'inquiète pas.

– Annie, je... je suis vraiment désolée mais je dois partir.

Sa voix se brisa.

– Oh non, ne pars pas... s'il te plaît.

– Annie, reprit Sylvie d'une voix douce, elle doit rentrer chez elle.

– Bon... d'accord. Promets-moi de bien prendre soin de toi, ma douce Amélie.

– Je te le promets. Je... je t'aime de tout mon cœur, s'étrangla-t-elle.

– Je sais, répondit Annie en souriant, moi aussi je t'aime.

– A bientôt Annie, sourit-elle en ouvrant la porte pour sortir.

– A bientôt, ma belle.

Après avoir refermé la porte derrière elle, Amélie retint sa respiration et marcha de plus en plus vite pour sortir de l'hôpital et regagner le parking. Dès qu'elle fût dans sa voiture, toutes portières fermées, elle laissa sortir son chagrin et son désespoir sans retenue, reconnaissante qu'il fasse nuit.

Elle rentra à Londres le lendemain. Annie mourut une semaine plus tard. Amélie reprit donc deux jours de congé et un aller-retour Londres-Genève pour assister à ses funérailles.

Le mois de mai fût calme. La grossesse d'Amélie n'était plus un secret pour personne et tout le monde se montrait adorable avec elle à son travail. Elle était désormais enceinte de quatre mois et, bien que profondément touchée par la mort d'Annie, se sentait très en forme.

Partant vivre avec son petit ami dans le nord de Londres, Anika avait déposé sa démission pour la fin juillet et c'était Emmanuelle qui reprendrait son poste en août. Un recrutement était donc en cours pour le deuxième poste d'assistante.

Amine travaillait toujours autant. Elle le croisait très peu et le trouvait de plus en plus énigmatique. En dehors de leurs ébats nocturnes, il n'y avait que peu de communication entre eux. Elle se demandait s'il mijotait quelque chose et commençait à s'inquiéter, car elle trouvait tout cela un peu trop « parfait ».

Il y eût ensuite le ramadan de début juin à début juillet et Amine passait toutes ses soirées à l'extérieur pour ne rentrer qu'au milieu de la nuit. Au moins, pendant cette période, il rapportait des restes de nourriture que les musulmans se partageaient au dîner pendant le mois saint. Ils ne se retrouvaient désormais dans le lit conjugal que quelques heures par nuit.

Puis après avoir fait ses adieux à Anika, Amélie repartit en vacances en France pour un mois, de mi-juillet à mi-août. Tout était en place pour l'arrivée du bébé, même si l'hôpital qui la suivait avait oublié de planifier l'échographie des cinq mois - pourtant cruciale - alors qu'elle les avait bien informés de ses dates de vacances. Elle dût donc faire pratiquer cet examen chez une sage-femme en France avec deux semaines de retard.

Elle s'y rendit avec sa mère. Elle était impatiente de connaître le sexe de son enfant. Une petite partie d'elle espérait que ce serait une fille, mais dans le fond, cela lui était égal.

La sage-femme procéda à une échographie en trois dimensions et Amélie sentit les larmes lui monter aux yeux en voyant son magnifique bébé qui - en toute objectivité - était parfait.

— Et voilà, c'est terminé. Votre bébé n'a aucune malformation, il est de taille normale et le placenta est bien placé, donc tout va bien ! Souhaitez-vous savoir si c'est un garçon ou une fille ?

— Oh oui, s'il vous plaît ! répondit Amélie avec un large sourire, les yeux brillant comme ceux d'un enfant la veille de Noël.

— Eh bien, vous aurez une jolie petite fille, félicitations !

— Oh, génial ! une petite fille, tu as entendu, maman ?

— Oui, c'est super, ma chérie !

— Cela m'arrange, je trouve cela tellement difficile de trouver un prénom de garçon ! Mais j'ai plein d'idées de prénoms de fille, s'exclama-t-elle en riant. Merci beaucoup ! ajouta-t-elle à l'adresse de la sage-femme.

— Je vous en prie, profitez bien de votre grossesse !

Souriant jusqu'aux oreilles, Amélie sortit du cabinet et, une fois dans la voiture, regarda encore et encore les clichés médicaux pendant que sa mère conduisait.

Elle est absolument parfaite... ma petite fille...

Comme en réponse à ses pensées, elle sentit des bulles dans son ventre. Elle avait ressenti cela pour la première fois deux semaines auparavant et ce phénomène devenait de plus en plus fréquent et intense à mesure que le fœtus grandissait... que *sa fille* grandissait, pensa-t-elle avec tendresse, comme si tout ceci avait pris une dimension soudainement bien plus réelle.

Elle avait tellement hâte de sentir ses petits poings et ses petits pieds cogner dans son ventre. En la voyant à l'écran, elle avait ressenti l'envie pressante de la rencontrer, de la tenir dans ses bras, de la regarder dormir en l'écoutant respirer.

Bientôt, mon petit, mon tout petit bébé.

Entrant dans son sixième mois de grossesse, elle fût réveillée un matin par un petit coup dans le ventre et sourit de toutes ses dents dans son lit, attendant sans bouger que cela se reproduise. Puis ce fut une grande fiesta pendant cinq minutes et Amélie ne put se retenir de glousser.

Elle pensa qu'Amine aurait peut-être aimé poser ses mains sur son ventre... mais jusque là, il n'avait pas semblé très impliqué dans la grossesse. Peut-être le serait-il davantage lors de leurs retrouvailles une semaine plus tard, maintenant qu'on sentait le bébé bouger et que le ventre d'Amélie commençait réellement à s'arrondir.

Amine n'avait pas donné signe de vie depuis qu'elle lui avait envoyé un message pour lui annoncer qu'elle attendait une fille et que tout se passait bien, trois semaines auparavant.

Cet après-midi-là, elle partit se promener avec sa mère quand son téléphone sonna, indiquant le numéro d'Amine.

– Allô ?

– Allô, tu vas bien ? lui demanda-t-il.

– Oui, ça va, et toi ?

– Pas vraiment...

– Que se passe-t-il ?

– J'ai été expulsé de notre appartement, hier.

– Tu... quoi ? Comment est-ce possible ?

– Je le sous-louais, c'était un logement social. Le locataire officiel vivait en réalité chez sa mère et gagnait un peu d'argent de cette manière.

– Mais comment... comment as-tu pu faire cela ? Tu savais bien ce que tu risquais si tu étais découvert !

– C'est à cause de toi ! aboya-t-il. Tu m'as demandé de trouver un autre logement et de payer les trois premiers mois tout seul. Ce type me proposait de louer le sien pour cent-cinquante livres par mois, je ne pouvais pas refuser.

– C'est *ma* faute ? Comment oses-tu dire ça ? Ça ne te posait visiblement aucun problème que je paie des loyers de plus de six cents livres par mois toute seule pendant un an et demi ! Et tu travailles douze heures par jour avec un salaire d'agent de sécurité, tu avais largement les moyens de prendre quelque chose de légal, plutôt que de mettre ta famille en danger ! Et nos affaires, où sont-elles ?

– Je les ai mises en sûreté, chez un copain de Faysal.

– Ok, et maintenant, reprit-elle en tentant de se calmer, tu as trouvé un autre logement ?

– Non, j'ai dormi à la mosquée la nuit dernière et je vais me débrouiller comme ça jusqu'à ton retour. Dès que tu reviendras, nous irons à la mairie pour leur dire que nous sommes à la rue, comme ça ils seront obligés de nous donner un logement social.

– Attends... tu plaisantes ? Tu veux que je revienne sans avoir nulle part où dormir alors que je suis enceinte de six mois ?

– Justement, tu dois avoir un gros ventre, maintenant, ils le verront !

– Mais...

Elle était tellement indignée qu'elle ne trouvait plus ses mots. Elle respira profondément puis reprit, plus calmement :

– Amine... ils ne nous donneront jamais de logement social avec les revenus que nous avons et c'est parfaitement normal. Il y en a très peu à disposition et il y a des familles qui sont réellement en situation précaire. Ils nous diront simplement d'aller à l'hôtel en attendant de trouver un logement par nos propres moyens.

– Ok, alors tu le paieras toi-même, car moi, je refuse de payer un loyer normal à Londres !

– Je... je n'en reviens pas... ton salaire doit être bien plus élevé que le mien... tu peux largement payer la moitié d'un loyer ! On pourrait trouver un petit appartement avec une chambre pour mille livres, on paierait chacun cinq cents par mois...

– Quoi ? Je devrais payer cinq cents livres par mois juste pour dormir ? Non, je n'ai pas d'argent pour un tel loyer !

– Tu crois que je ne sais pas compter ? hurla-t-elle, perdant tout contrôle. Tu as un salaire net d'au moins dix livres de l'heure et ça fait trois mois que tu travailles douze heures par jour, sept jours par semaine ! Tu dois toucher plus de trois mille livres par mois et tu ne payais que cent cinquante livres de loyer, tu ne fais même pas de courses, comment peux-tu me dire que tu n'as pas d'argent et que je serai à la rue en revenant de mes vacances alors que j'attends ton enfant ? Tu veux juste garder ton argent pour toi tout seul ! Tu es immonde !

Elle lui raccrocha au nez puis explosa en sanglots. Brigitte pouvait difficilement ne pas avoir entendu sa conversation et avait bien évidemment tout compris, ayant été professeur d'anglais pendant toute sa carrière. Voyant sa fille pleurer de rage et de désespoir, elle posa une main rassurante sur son avant-bras.

– Calme-toi, ma chérie, tu ne peux pas te mettre dans un état pareil, tu es enceinte... respire.

Amélie laissa tout son chagrin se déverser sur l'épaule de sa mère. Quand elle fut un peu apaisée, elle lui raconta ce qui venait de se passer.

– Mais... a-t-il conscience que tu es enceinte ? Il ne devrait pas te causer autant de stress, s'inquiéta-t-elle. Je croyais que tout se passait bien...

– Eh bien... j'ai menti, murmura Amélie. Je mens depuis le début... pardon, maman, murmura-t-elle en repartant dans une nouvelle crise de larmes.

– Viens ma chérie, rentrons à la maison, tu vas me raconter tout cela devant un bon goûter, tu veux bien ?

– Oui... d'accord, sanglota-t-elle.

Elle expliqua l'histoire de l'appartement sous-loué à Brigitte, tout en trouvant des excuses et des circonstances atténuantes à Amine pour qu'elle ne le juge pas trop durement.

– Je... je le rappellerai demain. Il devait être à cran après avoir été jeté à la rue. Je n'ai pas été très diplomate, il faut bien le reconnaître.

– Tout de même, ma chérie... oser te demander de revenir à Londres sans logement alors que tu es enceinte... c'est inexcusable. Enfin c'est mon opinion, et tu sais que je suis tolérante.

– Oui... je vais arranger tout ça, ne t'inquiète pas ma petite maman.

Elle partit dans sa chambre et ouvrit son ordinateur. Amine lui avait envoyé plusieurs messages sur Facebook. Il lui reprochait d'être égoïste et de ne pas se soucier de lui, et l'informait qu'elle devrait lui faire un virement si elle souhaitait qu'il trouve une chambre provisoire avant son retour. Dans son dernier message, il lui expliquait que si elle n'était pas d'accord, elle n'aurait qu'à se débrouiller toute seule à Londres et qu'il ferait sa vie de son côté.

Tremblant de colère, elle s'apprêtait à répondre puis se ravisa.

Elle décida à la place de chercher un avocat sur internet pour un rendez-vous en urgence. Si elle devait élever seule sa fille, elle le ferait en France. Elle rentrerait au tout début de son congé maternité pour se donner le temps de trouver un travail dès que celui-ci se terminerait. Cela lui permettrait d'avoir quatre mois supplémentaires de salaire et de s'occuper de son bébé.

Mais dans son message, Amine avait bien précisé qu'elle devrait se débrouiller toute seule « à Londres ». Elle et leur enfant étaient sa garantie d'obtenir son permis de travail définitif... elle ne pouvait pas partir illégalement, il ne la laisserait pas faire et - elle ne le savait que trop bien - n'aurait aucun scrupule à utiliser la loi pour la forcer à rester sur le territoire britannique.

Elle trouva une jeune avocate spécialisée en droit de la famille et en droit international qui pouvait la recevoir rapidement. Elle se rendit donc le lendemain matin à son cabinet pour une consultation.

– Bonjour, je suis Maître Alix Morel, que puis-je faire pour vous, Madame Leoni ?

– Enchantée. Je viens vous demander conseil car je rencontre des problèmes avec mon *mari* qui me met dans une situation ingérable, et je voudrais connaître mes options pour pouvoir protéger au mieux mon enfant à naître. Je suis enceinte de six mois. Je... ce n'étais pas prévu et... à vrai dire, j'étais prête à m'enfuir dès que je l'ai su mais... je me suis ravisée. J'ai souhaité donner une autre chance à mon conjoint, pensant qu'il pourrait peut-être se montrer plus responsable en sachant qu'il serait bientôt père et... je n'assumais pas de priver ma fille de son papa...

– Je vois. Et le fait d'être bientôt père n'a pas eu sur lui les effets positifs que vous espériez, c'est bien cela ?

Amélie acquiesça, puis expliqua la situation.

– Vous voyez, conclut-elle, je pense qu'il sait qu'un enfant coûte extrêmement cher à Londres et il n'a pas vraiment envie de se lancer dans cette aventure... mais l'ennui, c'est qu'il a besoin de ses papiers et je pense qu'il ne nous laisserait jamais quitter le territoire britannique.

– Oui, je comprends. Malheureusement, le droit international de vous permet pas de partir sans son accord avec l'enfant, même s'il n'est pas encore né. Vous auriez à la rigueur pu prétendre qu'il n'en était pas le père mais, étant mariés, cela complique les choses.

– Je vois... c'est ce qu'on appelle l'ironie du sort, répondit-elle avec un sourire amer. Il a dû se renseigner au préalable. C'est pour cela qu'il a fait profil bas jusqu'à ce que je dépasse le délai légal d'avortement. De toute manière, je n'aurais jamais pu passer à l'acte mais cela, il ne pouvait pas en être certain.

– Effectivement. Dans votre situation, la meilleure chose à faire est de contacter un avocat à Londres pour demander à quitter le Royaume-Uni auprès d'un juge britannique. Etant donné que vous êtes tous deux domiciliés là-bas, il n'y a malheureusement rien que je ne puisse faire pour vous aujourd'hui.

– Je comprends. Vous m'avez déjà bien aidée, je sais maintenant que cette solution n'est pas envisageable. Merci, ajouta-t-elle en se relevant. Bonne fin de journée.

– Merci, à vous aussi. Bon courage.

Pendant le trajet de retour, Amélie se mit à réfléchir. Amine ne souhaitait clairement pas s'impliquer dans son rôle de père, du moins financièrement. Mais d'un point de vue affectif, sa fille aurait besoin d'un père, de *son* père, aussi médiocre soit-il. Elle n'avait de toute façon pas d'autre choix que de rentrer à Londres, et il était hors de question qu'elle y retourne sans certitude d'avoir un toit au-dessus de la tête, d'autant plus que son vol aurait lieu en fin de journée... elle demanderait donc à Amine de chercher une chambre provisoire et lui ferait un virement comme il l'avait demandé. Elle aviserait par la suite.

Monstre... c'est bel et bien toi, maintenant, qui te retrouves en position de force... tu as gagné.

Elle décida alors d'accepter le fait que chaque jour serait désormais un combat pour préserver sa fille.

– Ne t'inquiète pas, mon amour, murmura-t-elle en posant ses deux mains sur son ventre. Tout ira bien, maman est là.

Le soir-même, elle téléphona à Amine, acceptant ses conditions et allant même jusqu'à s'excuser auprès de lui pour ne pas s'être apitoyée sur son sort alors que n'ayant « pas d'argent » pour prendre une chambre d'hôtel, il avait dormi deux nuits à la mosquée. Elle était fascinée par son aisance à demander la charité et à assumer de dormir gratuitement au sec quand tant d'autres, se trouvant en réelle difficulté, passaient tout l'hiver dehors.

Amine trouva donc une petite chambre le lendemain. Il lui communiqua leur nouvelle adresse et l'informa qu'il lui laisserait la clé dans un pot de fleur le jour de son arrivée car il ne pourrait pas venir la chercher à l'aéroport pour l'aider à porter ses valises.

En effet, il travaillait.

Mais pas pour de l'argent, apparemment.

Amélie avait rassuré sa mère - qui n'était pas totalement dupe pour autant - avant de partir en prétendant qu'Amine s'était confondu en excuses et avait pris une chambre qu'il avait lui-même payée.

Lorsqu'elle y entra en revenant de ses vacances, elle eût du mal à s'y mouvoir avec ses valises et se demanda où elle pourrait bien les poser. Amine avait rapatrié toutes leurs affaires et les avaient disposées en une montagne de sacs accolés au mur de droite. La douche, minuscule, se trouvait juste à côté de la porte d'entrée et le peu d'espace restant était occupé par un lit, serré contre le mur de gauche. Entre ce dernier et l'amas de sacs, il ne restait qu'un passage d'un demi-mètre de large pour pouvoir circuler d'un bout à l'autre de la pièce.

C'était un bâtiment constitué d'une douzaine de chambre et de deux cuisines communes. Les résidents étaient pour la plupart des hommes célibataires d'une trentaine d'années. Ils ne se croisaient que de temps en temps, se saluant poliment.

La veille de son retour au travail, s'ennuyant à mourir, elle engagea la discussion avec l'un d'entre eux qui cuisinait en même temps qu'elle. Ils se présentèrent succinctement, elle lui expliqua que son conjoint et elle se trouvaient là de manière provisoire et ajouta qu'elle passait tout son temps libre à chercher un appartement digne de ce nom pour l'arrivée de leur bébé.

– Cela doit être difficile, lui répondit-il avec compassion. D'autant que votre mari n'est pas souvent là.

– En effet, répondit-elle timidement en baissant les yeux. Il travaille beaucoup en ce moment, et lui aussi cherche un appartement. Vous avez la même chambre que nous ?

– Oui, toutes les chambres sont identiques dans ce bâtiment.

– Tout de même, six cents livres par mois pour ça, c'est du vol, même pour Londres.

– Six cents livres ? répéta-t-il, surpris. Je paye quatre cents cinquante, sinon je n'accepterai pas de vivre dans un tel trou à rats.

– Oui, pardon, quatre cents cinquante, c'est ce que je voulais dire.

Salaud. Non seulement tu ne paies pas mais en plus tu me voles.

– Bon, mon repas est chaud, je vais l'emporter dans ma chambre, lui annonça-t-il après un instant de silence. Bon appétit.

– Merci, à vous aussi, et bonne soirée.

Elle retourna dans sa misérable chambre avec son assiette, tremblant de rage. Elle tenta tant bien que mal de se calmer mais n'y parvint pas. Lorsqu'Amine rentra, elle n'attendit même pas qu'il se déchausse.

– Salut, dit-elle entre ses dents. Dis-moi, tu m'as bien demandé six cents livres pour la chambre ?

– Oui, c'est le prix du loyer mensuel. Sachant que j'ai payé tout seul les trois derniers mois, c'est normal.

– Mmm. Je vois. Tu as payé quatre cent cinquante pour trois mois et là, tu viens de me voler cent cinquante livres, bien que je t'aie entretenu pendant presque deux ans et que tu gagnes désormais un très bon salaire, répliqua-t-elle d'une voix glaciale, luttant pour ne pas laisser exploser sa colère.

– Non, je te jure que c'est six cents.

– Tu me *jures*... tu n'as vraiment honte de rien...

– Si tu ne me crois pas, c'est ton problème, lui répondit-il avec dédain en haussant les épaules.

– Espèce d'ordure, marmonna-t-elle, la mâchoire serrée.

– Comment ? haussa-t-il le ton.

– Espèce d'*ordure*, répéta-t-elle ostensiblement en le regardant droit dans les yeux. Tu es un monstre...

–Je ne t'autorise pas à me parler sur ce ton ! Si t'adresses encore une fois à moi de cette façon, un jour, je prendrai notre fille et tu ne la reverras jamais !

La colère d'Amélie céda subitement la place à une effroyable terreur. Son visage se vida de ses couleurs et elle se figea, avant de porter lentement les mains à son ventre.

Il la regarda d'un air satisfait de lui-même, conscient d'avoir visé juste. S'ensuivit un long et pénible silence puis Amélie, en état de choc, se leva d'un pas chancelant et se dirigea dans la petite salle de bain.

Son ventre proéminent lui empêchait de se laver correctement, tant la douche était étroite. Elle parvint tant bien que mal à rincer les zones difficilement accessibles de son corps - les orteils en particulier - puis enfila machinalement sa chemise de nuit après s'être séchée. Elle caressa doucement son ventre et sentit une farandole de petits coups en retour. Un sourire de plénitude se dessina alors sur son visage.

—Je ne laisserai personne nous séparer, mon bébé. Je suis là, maman est là.

Elle sortit calmement de la salle de bain. Pendant les deux mois qui suivraient, sa fille resterait dans son ventre, ou personne ne pouvait la lui prendre. Ensuite, elle l'allaiterait et ne la quitterait pas une seconde pendant ses quatre mois de congé maternité.

Un jour après l'autre... pour l'instant, elle est en sécurité, avec moi.

— Au fait, fit Amine, j'ai trouvé un appartement avec une chambre pour mille livres par mois à Willesden, disponible tout de suite. Mais je refuse de payer la moitié du loyer, je paierai trois cents et toi sept cents. J'ai trouvé une de tes fiches de paie en déménageant, tu gagnes mille sept cents livres par mois.

— Mais... tu gagnes bien plus que cela, protesta-t-elle timidement. Peut-être même le double...

— Tu crois que je vais payer ce prix pour un loyer ?

— Mais pourquoi moi, je pourrais payer encore plus, alors que j'ai payé toute seule pendant tout ce temps pour nous deux ?

— Parce que toi, tu l'acceptes. Moi, non.

Retenant des larmes de désespoir, elle tenta de relativiser. C'était un loyer relativement bas. Il ne leur restait qu'une semaine dans la chambre et elle devait accoucher deux mois plus tard, il fallait sauter sur l'occasion.

De plus, elle avait repris le travail depuis deux semaines et était épuisée de perdre du temps à devoir chercher ses affaires dans les sacs comme s'ils étaient en camping. Il lui faudrait également du temps pour aménager leur nouveau logement.

Alors, ravalant son indignation, elle acquiesça d'un hochement de tête.

— Bien. Je travaille de sept à dix-neuf heures toute la semaine donc c'est toi qui te rendras à l'agence et qui paieras la caution. Elle se trouve juste à côté de l'appartement. De cette façon, tu pourras le visiter avant. Moi, je l'ai déjà vu.

— Il va aussi falloir payer le premier mois de loyer.

— Tiens, voilà ma part, dit-il en lui tendant une liasse de trois-cents livres.

— Il va aussi me falloir ta pièce d'identité pour pouvoir mettre ton nom sur le bail.

— La voici.

— Merci.

Le lendemain, la matinée fut intense au bureau. Le service était en période de surcharge de travail et les mails s'étaient accumulés pendant les quatre semaines de fermeture. Amélie se surpassa pour rattraper un maximum de retard alors que sa nouvelle collègue, Natascha, arrivée depuis deux semaines, était en cours de formation.

Cette dernière, brune à la peau claire et à la silhouette très mince, semblait sympathique et compétente. Elle se montra très serviable avec Amélie dont le ventre était désormais bien arrondi.

Pendant sa pause de midi, Amélie téléphona à l'agence immobilière pour avoir un rendez-vous le jour même. Ahmed, en charge de cet appartement, lui proposa de la rencontrer à dix-sept heures pour lui faire signer les documents après le lui avoir fait visiter. Elle demanda ensuite à Emmanuelle si elle pouvait sortir une heure plus tôt pour pouvoir y être.

— Mais bien sûr ! Pas de souci, lui répondit-elle chaleureusement. Il est temps que vous emménagiez dans un logement correct, ajouta-t-elle en riant, pointant le ventre d'Amélie du doigt.

— Oui, c'est sûr ! Mais ne t'inquiète pas, je ferai une heure de plus demain.

— Oh, ne te tracasse pas pour ça, demain, c'est vendredi et tu as un déménagement à faire avec ton gros ventre. Tu la rattraperas plus tard, cette heure. Franchement, tu n'es jamais absente !

— Merci beaucoup Manue.

— Avec grand plaisir. Dis-moi si tu as besoin d'un coup de main.

— Non, ne t'inquiète pas, ce n'est pas comme si on avait des meubles...

— Oui, c'est sûr. Il n'y a que des meublés en location dans cette ville ! Et c'est où, au fait ?

– A Willesden.

– Sans blague ! C'est là que j'habite ! Je t'inviterai quand tu auras emménagé ! On se fera des barbecues dans le jardin de ma colocation !

– Oh, ce serait génial, répondit Amélie, enchantée.

En arrivant au point de rendez-vous, Ahmed la salua et l'invita à le suivre pour visiter l'appartement. Celui-ci se trouvait au rez-de-chaussée, ce qui en plus de rendre le déménagement plus aisé, serait un avantage considérable lorsqu'Amélie aurait une poussette.

La cuisine, qui faisait office de pièce principale, était séparée de la spacieuse chambre, qui donnait elle-même sur une petite salle de bain (tout de même deux fois plus grande que la précédente). Au fond se trouvait une porte qui offrait un accès direct à l'arrière-cour.

Elle nota que l'évier de la cuisine était immense, ce qui serait très pratique pour baigner le bébé. Pour couronner le tout, l'appartement était équipé d'une machine à laver, ce qui représentait un réel luxe après trois années à faire des allers-retours dans des laveries.

Une fois qu'elle eut accepté avec enthousiasme de prendre l'appartement, Ahmed l'invita à le suivre pour signer le bail et en effet, l'agence ne se trouvait qu'à cinquante mètres sur le même trottoir. Elle lui fournit tous les renseignements nécessaires puis il fit une photocopie des deux cartes d'identité. Soudain, une idée vint à Amélie.

– Serait-il possible de faire un bail de colocation ? Vous savez, avec deux locataires distincts, qui doivent s'acquitter à parts égales du loyer ?

– Euh... oui, mais en général, les couples mariés se débrouillent entre eux...

– Oui, en général.

Elle marqua un silence, lui faisant comprendre qu'elle ne souhaitait pas développer.

– Euh... pardon, ça ne me regarde pas, oui, bien sûr, je vais vous corriger cela. En revanche il faudra impérativement la signature de votre époux.

– Pas de problème, je vous rapporte cet exemplaire signé par ses soins demain soir en échange des clés. En attendant, je vais vous régler la caution et le premier mois de loyer.

Lorsque ce fut chose faite, elle retourna à son taudis pour sa dernière nuit. Lorsqu'Amine arriva vers vingt heures, elle le salua joyeusement.

– Salut ! il est très bien, cet appartement, je n'aurais pas trouvé mieux, lui dit-elle d'un ton jovial. J'ai déjà tout payé, il ne manque que ta signature sur le bail.

– Oh… d'accord.

Il lut le document en diagonale (il n'avait jamais signé de bail auparavant) et le signa.

– Merci ! lui dit-elle avec bonne humeur. Nous aurons les clés demain soir. Et le lit est tout neuf, le matelas est encore emballé. Il nous reste cinq jours dans cette chambre, on pourra en profiter pour prendre notre temps pour emménager.

– Oui, je travaille de seize heures à deux heures du matin ce week-end, je devrais pouvoir tout apporter là-bas, avec ton aide. Je prendrais les affaires lourdes. En revanche, je ne vais pas avoir le temps de déballer les sacs et les valises.

– Tu ne peux pas prendre un jour de congé pour m'aider ?

– Non, je travaille, c'est tout.

– Bon… d'accord. Et… il serait temps de parler du nom du bébé.

– Ma mère voudrait qu'on l'appelle Myriam, déclara-t-il avec enthousiasme.

– Je n'aime pas trop…

– Quoi ? fit-il agressivement. Tu ne veux pas faire plaisir à ma mère, elle qui est tout pour moi ?

– Je n'ai absolument rien contre ta mère que je trouve très gentille, répondit-elle avec douceur, sentant une nouvelle menace arriver. De toute façon, je parlais du nom de famille.

– Quel nom de famille ? Qu'est-ce que tu crois, elle aura le mien, c'est tout.

– Euh… je pensais ajouter le mien derrière. Cela donnerait Blerdemi-Leoni. Qu'en penses-tu ?

– J'en pense que cela ne se fait pas, les enfants portent le nom de leur père, c'est comme ça.

– Cela se fait de plus en plus, au contraire, je…

– Écoute, l'interrompit-il, je suis son père, et tu sais ce qui risque d'arriver si tu me contraries, n'est-ce pas ?

– Je… alors laisse-moi choisir son prénom.

– Tu veux dire, un prénom français ? Hors de question !

– Non… un prénom mixte, un peu international.

– C'est-à-dire ? Donne-moi celui que tu as en tête.

– Sofia.

– Oui, c'est joli… je vais y réfléchir.

Il sortit passer un coup de téléphone puis revint trente minutes plus tard.

– Ma mère et mes tantes trouvent ce prénom très joli. Mais elles préfèrent Myriam. On pourrait l'appeler Sofia Myriam, pour que ma famille puisse l'appeler Myriam ?

– Non, répondit-elle froidement. Tu refuses qu'elle porte mon nom, je refuse que ta famille choisisse son prénom, je suis sa mère.

– Bon, fit-il après un moment d'hésitation. Va pour Sofia, lui dit-il en souriant comme s'il faisait preuve d'une grande magnanimité.

Le lendemain, en terminant sa semaine de travail, elle se rendit directement à l'agence pour leur donner le bail signé et prendre les clés de leur nouveau logement. Puis elle retourna en vitesse au taudis pour y prendre sa chemise de nuit, quelques vêtements, ses affaires de toilette et des draps propres avant de retourner dans son nouvel appartement pour y passer sa première nuit.

Après avoir fait le lit et pris une douche, elle envoya rapidement un message à Amine pour lui dire qu'elle passerait la nuit là-bas (il n'avait pas encore les clés) et qu'il pouvait la rejoindre le lendemain matin en faisant un premier trajet pour rapporter des affaires.

Dès qu'elle eut envoyé le message, elle éteignit son téléphone, fila s'acheter des viennoiseries dans le magasin alimentaire qui se trouvait littéralement à côté de chez elle puis revint les déguster avant de s'endormir en souriant, apaisée par le doux remue-ménage de Sofia.

Le lendemain, ils parvinrent à apporter toutes leurs affaires dans leur nouveau logement, par un samedi ensoleillé de mi-septembre. Le bus était direct et il n'y avait que dix minutes de trajet. Le déménagement fut expéditif. Ils ne prirent aucune pause et ne mangèrent qu'en milieu d'après-midi, après avoir terminé de vider la chambre. Amélie put donc en rendre les clés et lui dire adieu avec jubilation, alors qu'Amine partait au travail.

Elle passa le reste de la journée à tout ranger et aménager sans s'économiser, ce qui lui valut des douleurs pelviennes en allant se coucher vers vingt-trois heures. En y réfléchissant bien, elle ne se souvenait pas avoir senti son bébé bouger au cours de cette longue journée.

Elle fut alors prise d'une crise d'angoisse et regretta d'avoir tant forcé. Puis elle se raisonna et se détendit, confortablement allongée. Elle attendit patiemment que Sofia s'agite, caressant doucement son ventre. Et la *fiesta* commença. Amélie soupira d'aisance et de soulagement, murmurant des paroles de tendresse à sa chère enfant à naître avant de s'endormir.

Le dimanche, Amine se réveilla à midi, étant rentré du travail au milieu de la nuit, et Amélie le laissa se lever tranquillement, se restaurer et s'habiller pendant qu'elle réfléchissait. Elle savait qu'elle devrait acheter seule toutes les affaires du bébé, elle ne pourrait pas le faire si elle payait sept cents livres de loyer. Puis, sachant qu'il repartirait dans quelques heures, elle se lança.

– Au fait, tu sais, le bail a été rédigé comme pour une colocation.

– Et alors ? lui demanda-t-il, soudain attentif.

– Alors chaque locataire honore un contrat qui lui est propre et doit s'acquitter de sa part du loyer. Et tu l'as signé, ajouta-t-elle sur un ton léger après avoir marqué une pause pour lui laisser le temps de digérer ses paroles.

Amine resta bouche bée. Elle pouvait presque entendre ses pensées s'entrechoquer à toute vitesse dans sa tête.

– Peu importe, fit-il en haussant les épaules. Si une partie du loyer n'est pas payée, ils nous expulseront tous les deux. A toi de voir si tu veux te retrouver à la rue au bord de l'accouchement, ou avec un nourrisson dans les bras.

– Non, je ne crois pas qu'ils expulseraient une femme enceinte qui paie sa part du loyer. S'ils nous envoient les autorités, je leur expliquerai que je suis prête à mettre le bail à mon seul nom et à payer la totalité du loyer s'ils t'expulsent.

– Ton raisonnement est ridicule, car dans ce cas, tu devrais payer mille livres au lieu de sept cents.

– Oh, je donnerai bien plus cher pour ne plus subir tes menaces. Si on en arrivait là, je les remercierais de m'avoir débarrassée de mon bourreau, dit-elle calmement, les larmes aux yeux. De plus, si tu n'habitais plus avec moi, en tant que mère célibataire, j'obtiendrais des aides bien plus hautes que la maigre part de loyer que tu as l'intention de payer.

Amine réfléchit quelques minutes. Il avait déjà calculé les allocations d'un parent isolé et lui avait proposé quelques mois plus tôt de se déclarer comme tel, comme beaucoup de couples le faisaient à Londres, mais à son grand regret, Amélie refusait de frauder.

– Eh bien, d'accord, fit-il après un silence. Je m'acquitterai de la moitié du loyer. Mais je ne paierai rien d'autre.

– C'est déjà le cas, de toute façon... je... je n'arrive pas à croire que j'en arrive là... devoir proférer de telles menaces pour obtenir ce qui devrait être totalement naturel... quand je pense à tout ce temps où tu ne travaillais pas... tu avais réussi à me faire croire que j'étais égoïste et que si tu avais de l'argent, tu paierais tout pour moi sans compter... si tu étais un homme, tu m'interdirais de payer en sachant ce que tu gagnes, conclut-elle avec tristesse en secouant doucement la tête.

– Es-tu en train de dire que je ne suis pas un homme ? Je suis très gentil et patient avec toi, tu sais, tu as de la chance. Si tu me manques de respect, je te montrerai qui est l'homme ici. Méfie-toi de moi.

– Sinon quoi ? fit-elle d'une voix tremblante. Tu vas enlever Sofia ? Tu perdrais tout si tu faisais cela. Même si tu arrivais à l'emmener en Algérie, cela signifierait que tu ne pourrais plus jamais revenir en Europe.

– Oh, je ne suis pas si stupide. Je pourrais déclarer aux services sociaux que tu maltraites notre enfant, dans un premier temps.

– Tu... tu es...

– Je suis quoi ?

– Non, rien...

– Je préfère cela.

Sur ces paroles, il enfila une veste et sortit.

Une fois de plus, il avait su viser juste. Il savait combien Amélie craignait les services sociaux britanniques.

Sa collègue et amie, Serena, avec qui elle avait fait son stage de deuxième année, avait vécu un terrible drame quelques mois auparavant. Sa fille ainée de treize ans, en pleine rébellion, avait prétendu que ses parents la maltraitaient et quelques jours plus tard, en rentrant du travail, leur mère avait trouvé la maison vide. Les services sociaux avaient pris ses trois enfants.

Il leur avait ensuite fallu, à son mari et elle, quatre mois de lutte acharnée pour les récupérer, bien que l'adolescente ait avoué au bout de quelques jours qu'elle avait menti, regrettant son acte.

Pendant ces longs mois, Amélie avait suivi l'histoire de très près, de bien trop près, étant émotionnellement fragile du fait de sa grossesse. Elle avait vu son amie dépérir à force d'être traînée dans la boue, épuisée de se défendre, sans parler du fait que ses enfants lui manquaient terriblement et qu'elle était morte d'inquiétude pour eux.

Amélie avait par la suite effectué des recherches sur internet et consulté des blogs sur lesquels elle avait lu des histoires horribles. L'une de celles qui l'avaient le plus marquée concernait une femme sourde qui s'était retrouvée seule pendant sa grossesse et à qui on avait retiré son enfant dès la naissance, sous prétexte qu'elle ne pourrait pas l'entendre pleurer.

Elle avait conscience que ces faits n'étaient pas vérifiables, mais ce qui était arrivé à Serena était bien réel, elle l'avait vu de ses yeux, se trouvant aux premières loges. Certains de ses amis, professeurs dans le système public, déploraient également de gros problèmes de comportement chez les adolescents, et lorsqu'ils convoquaient leurs parents, ceux-ci, se confondant en excuses, leur expliquaient que leurs enfants les menaçaient d'appeler les services sociaux s'ils les punissaient.

Il allait de soi que les enfants devaient être protégés, pour éviter que certains parents abusifs n'agissent en toute impunité, mais elle se demandait comment envisager l'avenir de la prochaine génération si les parents commençaient à craindre leurs propres enfants... et dans ce pays, la façon de faire des services sociaux était radicale, ils retiraient des mineurs à leur familles au moindre soupçon et n'enquêtaient qu'ensuite, prenant le risque de traumatiser gravement les enfants, et ce sans aucun fondement, une simple accusation étant un motif suffisant.

Ressentant de nouvelles douleurs pelviennes, elle réalisa en frissonnant qu'il pourrait arriver bien pire à Sofia que d'être séparée de sa mère et de partir vivre en Algérie ou dans une famille d'accueil londonienne.

Il fallait à tout prix qu'elle parvienne à ne plus s'angoisser pour l'avenir.

Facile à dire...

Elle décida de rester allongée toute la journée. Elle avait énormément forcé la veille, et maintenant que tout était prêt et bien aménagé dans l'appartement, elle s'économiserait au maximum jusqu'à la naissance de sa fille, six semaines plus tard.

Elle avait fixé des rendez-vous à l'hôpital et chez la sage-femme dans la semaine pour le suivi de grossesse, entrant bientôt dans son neuvième mois. Elle serait donc bientôt rassurée.

Une fois alitée, elle sentit un mini combat de boxe dans son ventre. Elle ne savait pas comment cela était possible, mais ces manifestations de son bébé avaient le pouvoir d'apaiser tous ses maux et de la plonger dans un état de profonde grâce en l'espace de quelques secondes, même dans les pires circonstances.

Elle tiendrait bon pour elle. Un jour, tout s'arrangerait. Elle pourrait tout supporter, tout endurer, tant que Sofia irait bien.

Elle ouvrit son ordinateur et le déposa sur un plateau qui lui permettait de voir son écran au-dessus de son ventre puis sortit sa carte bleue. Elle commanda tout le matériel nécessaire auquel elle pensa – Un panier de Moise, un landau, des couches, une dizaine de pyjamas et un porte bébé, n'étant pas sûre de bien réussir à utiliser l'écharpe que lui avait donné une de ses collègues.

Puis elle prit son petit sac de tricot, qu'elle avait préparé lors de ses dernières vacances en France dans le but de confectionner une petite peluche à sa fille, comme sa mère l'avait fait pour elle lorsqu'elle l'attendait. Elle en sortit son modèle, ses aiguilles à tricoter et ses deux pelotes de laine.

Ce serait exactement le même que celui qu'elle avait elle-même reçu à sa naissance (et qu'elle avait toujours), c'est-à-dire une sorte de petit bonhomme rond avec un petit bonnet, mais de couleurs différentes. Le sien était bleu marine et écru, celui de Sofia serait rose pâle et rouge foncé. Elle se mit à l'ouvrage le cœur plus léger, cette activité ayant le mérite de la détendre.

8. Tombée du nid

Le mois de septembre touchait à sa fin. Depuis qu'ils avaient emménagé dans leur nouvel appartement, Amélie ne croisait que rarement Amine et devait s'occuper seule du ménage et des courses. Elle avait décidé de travailler jusqu'au terme de sa grossesse qui était prévu au milieu des vacances de la Toussaint afin d'avoir un maximum de temps pour son enfant à partir de sa naissance. Mais elle se sentait de plus en plus fatiguée entre le travail, les trajets et les tâches ménagères.

Elle avait commandé tout le nécessaire pour l'arrivée du bébé mais n'avait pas encore trouvé le temps ni l'énergie de monter son lit à barreaux. Elle s'en occuperait après la naissance, disposant de toute façon d'un panier de Moïse en attendant. Elle ressentait de plus en plus fréquemment des douleurs dans le bas ventre mais on lui avait affirmé lors des dernières visites médicales que cela était normal. Cependant, le fœtus était toujours en siège et cela signifiait que la naissance aurait probablement lieu par césarienne.

Début octobre, à moins d'un mois du terme, Amélie avait perdu l'appétit et se forçait à manger pour le bien de son bébé. Étrangement, Elle prit sept kilos en une semaine alors qu'elle avait pris le même poids en huit mois. Ses chevilles et ses mollets étaient enflés ainsi que ses mains qui la faisaient souffrir lorsqu'elle serrait les poings. Elle ne parvenait plus à ouvrir les bouteilles et brisa plusieurs verres en les lâchant dans des instants de faiblesse.

Elle avait également souvent des maux de tête et voyait parfois de petits flashs de lumière. Elle pensait que cela était dû à sa terrible angoisse qui s'intensifiait chaque jour, sentant de moins en moins fréquemment les mouvements du bébé. Elle en était arrivée à guetter ces derniers à longueur de journées et cherchait du réconfort dans les bras d'Amine la nuit lorsqu'il dormait auprès d'elle, lui confiant combien elle était inquiète.

– Je pense que c'est normal, lui répondait-il. Presque toutes les femmes passent par cette étape, il ne faut pas en faire toute une histoire. Tu te fais du souci pour rien.

Même s'il ne la prenait pas au sérieux, elle continuait à se blottir contre lui, pétrifiée de peur. Elle se rendait de plus en plus souvent à l'hôpital pour être rassurée. On la faisait uriner dans un bocal puis on prenait sa tension artérielle. Lorsque celle-ci était un peu trop haute, on lui demandait de se détendre et on la reprenait plusieurs fois jusqu'à obtenir un chiffre correct.

Elle avait beau expliquer que sa tension à elle se trouvait plutôt dans la moyenne basse, personne ne l'écoutait. Lors de sa dernière visite, elle avait d'ailleurs ressenti une terrible douleur dans tout le bras lorsque l'appareil le lui avait serré et avait arraché celui-ci d'un geste incontrôlé. Elle avait ensuite été réprimandée comme une enfant de huit ans par l'infirmière.

Apparemment, tout était normal. Elle insistait timidement, expliquant qu'elle se sentait vraiment mal et qu'elle ne sentait presque plus le bébé bouger. On lui répondait que c'était parce que celui-ci grandissait et n'avait plus assez de place pour se mouvoir. Elle leur montrait ses chevilles, les informant que celles-ci avaient doublé de volume en quelques jours mais s'entendait dire qu'elle avait simplement pris du poids, que cela était commun pour les femmes enceintes douées d'un appétit vorace, surtout dans le dernier trimestre.

Mais je n'ai absolument pas faim... je me force à manger... au secours...

On la renvoyait dans la salle d'attente puis après une ou deux heures, on procédait à une échographie. A chaque fois, la personne avait du mal à trouver le pouls du fœtus et accusait la fiabilité de la machine une fois qu'elle parvenait à le percevoir. Puis on lui répétait que son bébé se portait à merveille, mis à part le fait qu'il était toujours en siège.

Amélie rentrait alors chez elle la mort dans l'âme, se sentant abandonnée et terrorisée.

– accroche-toi, mon bébé, lui murmurait-elle. Je sais que tu ne vas pas bien. J'ai cherché de l'aide mais personne ne veut m'entendre. Plus que deux semaines, tiens bon, je t'en supplie.

Le lendemain de sa dernière visite, elle se sentit affreusement mal en se levant le matin. Elle ressentait des douleurs lancinantes dans les bras et les jambes et constata avec horreur que ses cuisses ne rentraient plus dans le pantalon qu'elle portait la veille. Ses doigts enflés étaient si douloureux et engourdis qu'elle eut un mal fou à remonter la fermeture éclair de son manteau.

Elle se rendit tout de même au travail. Elle préférait être entourée de personnes bienveillantes que rester seule dans son appartement où personne ne serait là pour la secourir en cas de problème, et dans lequel elle passerait sa journée à ruminer.

En arrivant au bureau, elle confia à Emmanuelle qu'elle ne se sentait pas bien.

– Je ne sais pas quoi te dire, ma belle. Tu devrais peut-être te rendre à l'hôpital ?

– J'y suis déjà allée hier, répondit tristement Amélie. Ils m'ont dit que tout allait bien. Je dois juste être une chochotte hypochondriaque... je vois bien que je les embête à venir tous les deux jours.

– Oh non, ne sois pas si dure avec toi-même ! C'est simplement qu'il s'agit de ta première grossesse, tu n'as aucun point de comparaison pour savoir ce qui est normal et ce qui ne l'est pas... c'est compliqué. Si tu veux partir plus tôt, n'hésite pas à me le dire, d'accord ?

– D'accord... merci. Mais je préfère rester ici qu'être seule chez moi.

– Alors reste avec nous, répondit Emmanuelle avec un sourire.

En sortant du travail le soir, elle se rendit dans une pharmacie pour acheter des bas de contention.

– Vous avez les chevilles enflées ? s'enquit la pharmacienne.

– Pas seulement les chevilles... je suis gonflée jusqu'en haut des cuisses depuis ce matin.

– Je vois. Dans ce cas, je ne suis pas sûre que des bas de contention soient une solution, vous devriez être vue par un médecin, ce n'est pas normal.

– J'ai été vue hier. Apparemment tout va bien et je me plains sans raison. Je ne voudrais pas leur faire de nouveau perdre leur temps, ajouta-t-elle les yeux brillants de terreur.

– Comme vous voudrez, lui répondit la pharmacienne avec inquiétude. Mais s'il vous plaît, gardez tout de même un œil sur votre état et n'hésitez pas à vous rendre si besoin dans un autre hôpital, d'accord ?

– D'accord, répondit Amélie d'une petite voix en haussant les épaules. Merci.

– Prenez bien soin de vous, chérie.

En rentrant chez elle, elle constata qu'Amine n'était pas là. Elle passa une très mauvaise nuit entre la peur, les cauchemars et les maux de tête. Elle n'avait plus senti le bébé bouger depuis presque vingt-quatre heures. Elle fut soulagée lorsque le jour se leva enfin et, ne supportant plus d'être seule dans sa détresse, partit en avance au travail. Elle resta silencieuse toute la matinée, paralysée de peur devant son écran d'ordinateur.

Vers onze heures et demie, Maud, une collègue d'une cinquantaine d'années, entra dans le bureau pour les saluer comme elle avait l'habitude de le faire.

– Oh, ça va, Amélie ? s'enquit-elle. Tu n'as pas l'air dans ton assiette.

– Oui, oui, ça va, marmonna-t-elle d'une voix faible.

– Ça n'en a pas vraiment l'air, ma grande... dis-moi, qu'est-ce qui ne va pas ?

— Oh… je… j'ai les jambes gonflées et… je n'ai pas senti mon bébé bouger depuis hier matin, répondit-elle d'un ton faussement désinvolte en se retenant de pleurer.

— Mais que fais-tu encore là ? Va tout de suite à l'hôpital !

— Oh… à quoi bon ? répondit-elle avec un faible sourire. Je suis suivie dans un hôpital au Nord de Londres, il y en a pour une heure de trajet. Ils vont encore me faire poireauter deux heures pour me dire que tout va bien et me faire comprendre qu'ils n'ont pas que ça à faire.

— Alors va dans un autre hôpital ! Celui de Kensington se trouve à quinze minutes en bus d'ici et c'est l'hôpital public le plus réputé de la ville. Tu ne peux pas rester dans cet état à deux semaines de ton accouchement ! Pleure, rajoutes en un peu, qu'ils te prennent réellement en charge !

— Tu crois ?

— Écoute, je suis une maman, moi aussi. Les symptômes que tu décris ne sont pas normaux, tu as besoin d'aide, maintenant ! Il ne faut pas rire avec ces choses-là.

— Qu'en penses-tu, Manue ?

— Je pense que tu devrais t'y rendre, répondit-elle d'un air inquiet. Je n'ai jamais eu d'enfant, mais si Maud pense que tes symptômes sont inquiétants, il vaut mieux y aller… dans le meilleur des cas, ils te rassureront, tu n'as rien à perdre.

— Bon… d'accord, j'y vais…

Elle se leva, enfila son manteau qu'elle n'essaya même pas de fermer puis sortit d'un pas lent, les épaules basses, pensant qu'on lui dirait une fois de plus qu'il n'y avait rien d'inquiétant.

Elle prit un sandwich avant de prendre le bus et se força à le manger en route, réalisant qu'elle n'avait rien avalé depuis la veille à la même heure.

Elle entra d'un pas nonchalant dans le hall d'entrée de l'hôpital puis on la dirigea vers les urgences gynécologiques. Elle expliqua la situation, insistant bien sur la gravité de ses symptômes.

— Bon, veuillez uriner dans ce récipient et le donner à la réceptionniste, s'il vous plaît.

Elle s'exécuta puis s'installa dans la salle d'attente. Au bout de vingt minutes, une infirmière l'appela pour prendre sa tension artérielle.

— 178, annonça-t-elle d'un air préoccupé. C'est élevé. Vous a-t-on fait un prélèvement d'urine ?

— Oui, dès que je suis entrée.

– Bon, nous allons encore patienter quelques minutes en attendant les résultats. Réinstallez-vous dans la salle d'attente.

A peine dix minutes plus tard, on l'appela de nouveau et elle fut invitée à s'installer sur un lit dans une salle de consultation.

– Bonjour, je suis le Dr Dartey, se présenta une petite femme noire menue à l'air dynamique. Nous avons trouvé un taux élevé de protéines dans vos urines. Étant donnés les symptômes que vous avez décrits à votre arrivée et votre tension artérielle, nous allons procéder rapidement à une échographie et déterminer l'état de santé de votre bébé. Levez votre t-shirt, s'il vous plaît, lui demanda-t-elle en préparant rapidement ses instruments. Appelez l'obstétricien et le pédiatre, ajouta-t-elle à l'adresse de l'aide-soignante qui venait d'entrer dans la pièce. Une ou deux infirmières ne seraient pas de trop non-plus.

La jeune femme s'exécuta puis revint dans la salle de consultation au bout d'une minute.

– Ils arrivent dès que possible, annonça-t-elle. Souhaitez-vous que nous prévenions quelqu'un ? demanda-t-elle à Amélie.

– Mon mari, fit-elle timidement. C'est mon contact d'urgence, ses coordonnées sont rattachées à mon profil. Il n'est pas loin, il devrait arriver en moins d'une demi-heure, ajouta-t-elle comme pour se rassurer elle-même

– Très bien, je lui dis que c'est urgent, répondit l'aide-soignante en ressortant.

– C'est... c'est grave ? bégaya Amélie d'une voix tremblante à l'adresse du médecin.

– Ne vous inquiétez pas, je cherche simplement le pouls du bébé. Installez le tensiomètre et posez-lui des électrodes, ordonna-t-elle à une infirmière qui venait d'entrer d'un pas vif et qui s'exécuta immédiatement. J'ai besoin d'avoir toutes ses constantes. Je n'arrive pas à trouver le pouls du fœtus, ajouta-t-elle entre ses dents à l'adresse d'une deuxième infirmière. Où est donc l'obstétricien ?

– Il termine une césarienne, il est au courant de la situation, il va arriver aussi vite que possible.

– Bon... silence maintenant, il faut que j'entende ce pouls.

Amélie resta silencieuse, figée de terreur, coopérant machinalement pendant que les deux infirmières installaient toutes sortes de gadgets sur son corps. Elle entendit alors les « bip » de son pouls puis sentit le tensiomètre se serrer puis se relâcher régulièrement sur son bras. Le Dr Dartey continuait à scruter le pouls de son bébé avec un stéthoscope.

Amélie réunit tout son courage pour ne pas céder à la panique.

S'il te plaît mon bébé, s'il te plaît... Mon Dieu, je vous en supplie, pas ça... je peux tout endurer, mais pas ça...

Le Docteur leva les yeux vers le moniteur.

– La tension continue à monter. Vous allez avoir une césarienne aujourd'hui. Prête à être maman ? Attendez... ça y est, j'ai un pouls, dit-elle avec un sourire de soulagement.

Amélie respira à nouveau. L'obstétricien, un homme grand et mince d'une quarantaine d'années aux yeux d'un bleu perçant entra dans la salle d'un pas vif. Le Dr Dartey leva une main pour lui faire signe de ne pas faire de bruit, puis elle positionna la sonde du doppler à côté de l'embout de son stéthoscope. Le spécialiste approcha et prit précautionneusement l'objet de la main de la doctoresse en prenant soin de ne pas le faire bouger.

– C'est faible... et irrégulier. Il faut ouvrir, maintenant. Je veux que la mère et le fœtus soient tous deux monitorés en permanence, on les emmène au bloc. Prévenez l'anesthésiste.

Puis les sons du pouls fœtal disparurent.

– Je n'ai plus de pouls ! Vite, bougez-vous !

– Noooooon gémit Amélie, sa voix se brisant. Pas ça ! Sauvez mon bébé, je vous en supplie ! cria-t-elle de désespoir.

Sa tension artérielle grimpa alors en flèche.

– Calmez-vous, lui dit le Dr Dartey en lui prenant amicalement l'épaule, si votre tension monte, c'est dangereux pour vous mais aussi pour le bébé, je sais que c'est facile à dire, mais faites votre possible pour vous détendre.

Amélie tenta de calmer ses sanglots incontrôlables en respirant aussi lentement et profondément que possible. Il y avait désormais une dizaine de personnes autour d'elle.

– C'est bien, chérie, c'est bien, continuez comme ça, nous vous occupons de vous.

– Est-ce que... est-ce que mon bébé va vivre ? bafouilla-t-elle.

– Nous allons faire tout notre possible, je vous le promets. Le Dr Jason est un excellent chirurgien, vous avez de la chance.

– On a un pouls ! s'exclama ce dernier d'une voix tonitruante. Allez, on y va !

Et la procession parcourut un long couloir au pas de charge.

– Putain, on a de nouveau perdu le pouls ! Allez, péridurale ! beugla-t-il en entrant dans le bloc, s'adressant au médecin anesthésiste qui terminait d'enfiler ses gants.

A l'aide de deux infirmières, le Dr Jason souleva rapidement Amélie pour la faire asseoir sur une table après lui avoir retiré à la hâte son pantalon et son slip.

– Attention, je vais piquer, annonça l'anesthésiste avant de s'exécuter. Amélie sentit alors un pincement dans sa vertèbre puis une sensation de chaleur qui se diffusait vers le bas. Pendant ce temps, une aide-soignante appliqua du sparadrap sur ses boucles d'oreille.

– C'est bon, on y va, annonça le Dr Jason en repositionnant Amélie sur la couchette pendant qu'un infirmier installait une sorte de paravent, jusqu'à ce qu'elle ne puisse plus qu'entendre le chirurgien. Mettez-lui une sonde urinaire. Est-ce que vous sentez ça, Madame ? s'enquit-il en lui faisant glisser un objet sur la peau au-dessus du pubis.

– A peine, répondit Amélie.

– Ça fera l'affaire.

Puis elle sentit le scalpel lui ouvrir le ventre.

– Bon Dieu ! Jura le chirurgien. Mais qu'est-ce que c'est que ça ? Mais où êtes-vous suivie ?

– Au Hampstead Heath Hospital...

– A quand remonte votre dernière échographie ? demanda-t-il tout continuant à s'affairer dans le bas ventre d'Amélie.

– C'était il y a deux jours...

– Et ils n'ont pas vu que le placenta était bas ? aboya t il. Il faut la perfuser, elle perd bien trop de sang ! Allez, vite ! ordonna-t-il.

Quatre personnes posèrent alors simultanément des cathéters sur les deux mains et à l'intérieur des deux coudes d'Amélie qui retenait son souffle, sentant de grandes secousses dans ses entrailles.

Elle sentit alors des frissons dans tout son corps et s'aperçut en passant sa langue sur ses lèvres que celles-ci étaient dures et sèches comme du carton. Une adorable aide-soignante vint les lui humecter avec une compresse et lui prit la main.

– Est-ce que... est-ce que mon bébé est vivant ? lui murmura Amélie.

– Le chirurgien fait tout son possible pour le sortir mais il y a eu des complications, lui répondit-elle calmement.

– Je ne peux pas... je ne veux pas... vivre sans elle, bégaya-t-elle. Je ne peux pas...

– Ça va aller, courage...

– Et... mon mari ? Il est peut-être... dans la salle d'attente ? Peut-être... qu'on ne le laisse pas... entrer au bloc ?

– Peut-être...

– Vous voulez bien... rester avec moi... jusqu'à la fin... s'il vous plaît ?

– Bien sûr, je reste avec vous, chérie, je suis là

Pendant ce qui lui sembla une éternité, Amélie retint son souffle, écoutant le Dr Jason marmonner en mettant son utérus sans dessus dessous.

– Il n'a toujours pas... réussi... à sortir mon bébé ? demanda Amélie, pétrifiée.

– Il y est presque, répondit-elle en jetant un coup d'œil derrière le rideau. Ça y est ! Il l'a donné au pédiatre...

– C'est quoi, son groupe sanguin ? s'enquit vivement l'obstétricien qui était toujours aux prises avec Amélie.

– Nous ne savons pas, nous n'avons pas d'information sur elle, elle est venue en urgence sans son dossier de grossesse.

– Alors deux unités de O négatif, vite ! Il faut que je stoppe cette hémorragie !

– Et... mon bébé ? gémit Amélie.

– Le pédiatre s'en occupe.

– Mais... pourquoi je n'entends rien ? demanda-t-elle, terrorisée.

– Doucement, essayez de ne pas bouger, le Dr Jason essaie d'arrêter votre hémorragie.

– Mais je ne veux pas qu'on me sauve la vie, gémit-elle, pas sans mon bébé...

– Calmez-vous, je suis là, je vais jeter un œil, d'accord ? Je reviens tout de suite.

Amélie attendit pendant quelques interminables secondes.

– Alors ? s'enquit-elle en voyant revenir son ange gardien. Est-elle... vivante ?

– Elle est vivante, lui répondit-elle d'une voix chaleureuse, mais elle est très faible. Le pédiatre s'occupe d'elle. Comment s'appelle-t-elle ?

– So... Sofia, répondit Amélie dans une longue plainte, ne pouvant plus contenir son émotion.

Merci, merci, merci... je ne vous oublierai jamais, jamais... mon bébé... maman est là... maman sera toujours là pour toi...

– Puis-je... la voir ? parvint-elle à articuler entre deux sanglots.

– Attendez un instant, ils sont en train de vérifier si elle est assez stable. Je vais voir ce que je peux faire.

Elle revint cinq minutes plus tard, tenant avec mille précaution un tout petit bébé emmailloté. C'était la plus belle chose qu'il ait été donné à Amélie de voir. Sofia avait de grands yeux clos avec de longs cils noirs, et d'épais cheveux bruns dépassaient de son minuscule bonnet.

— Oh... bon... bonjour, toi, dit-elle en souriant, sa voix se brisant. Je ne peux pas... la prendre, dit-elle avec frustration, perfusée de partout.

— Je vais mettre sa joue contre la vôtre pendant une minute si vous le souhaitez.

— Oh... oui, s'il vous plaît.

Sentant la peau tiède et soyeuse de ce visage parfait contre sa joue desséchée, elle vécut la minute la plus heureuse de sa vie. Le temps se figea. La grâce de cet instant resterait gravée à jamais dans chaque cellule de son être.

— Voilà, c'est bon ! s'écria le chirurgien . On referme. Eh bien... on a eu chaud ! Merci à tous, vous avez fait un excellent boulot. Et vous, Madame, vous m'avez donné des sueurs ! Vous êtes coriace en tout cas ! dit-il en enlevant ses gants avant de s'essuyer le front. Félicitations, *Mommy* !

— Je... merci... merci infiniment, sanglota-t-elle de gratitude.

— Je vous en prie, dit-il avec un sourire avant de sortir du bloc.

L'ange gardien redonna Sofia au pédiatre puis revint vers Amélie.

— Pourquoi... pourquoi ne pleure-t-elle pas ?

— Elle est très faible. Elle pèse un kilo neuf cent soixante pour quarante-sept centimètres.

— Mais co... comment est-ce possible ? Il y a trois jours, lors de ma dernière échographie, on a estimé son poids à deux kilos huit cents.

— Vous pourrez en discuter avec le pédiatre lorsque vous serez toutes deux hors de danger. Nous allons maintenant vous emmener en soins intensifs afin de garder une surveillance constante sur vous.

— Et ma fille ?

— Le pédiatre va lui faire subir des analyses et déterminer les soins qui doivent lui être apportés.

— Je... d'accord...

Quelques minutes plus tard, elle se retrouva dans un endroit qui ressemblait à un hall de gare. Les lits étaient disposés les uns à côté des autres, tous occupés par des patients séparés par des rideaux. Privée de son enfant, Amélie se laissa peu à peu gagner par la panique. Un aide-soignant la nettoya.

— Excusez-moi, savez-vous où est mon bébé ?

— Non, mais ne vous inquiétez pas, le pédiatre va sûrement bientôt venir vous voir.

— Merci. Et mon mari ? Ils l'ont appelé il y a au moins une heure, se hasarda-t-elle, ayant perdu la notion du temps. Peut-être me cherche-t-il partout dans l'hôpital ?

– Je n'en ai aucune idée, Madame, désolé.

– J'ai affreusement soif, auriez-vous la gentillesse de me donner un verre d'eau, s'il vous plaît ?

– Non, on m'a malheureusement prévenu que vous auriez probablement soif mais que je ne devais surtout pas vous donner d'eau. C'est à cause de l'hémorragie, il faut attendre un peu.

– Je... d'accord, je comprends, répondit-elle la bouche sèche.

Elle chercha des repères. Au bout de la pièce, il y avait une horloge. Il était dix-huit heures. Elle tenta de se souvenir à quelle heure Amine avait été prévenu. Elle était arrivée aux urgences vers quatorze heures et avait entendu le chirurgien déclarer la naissance de Sofia à seize heures. Amine devait donc être prévenu depuis environ trois heures...

Ses pensées furent soudainement interrompues par une infirmière qui entra avec un petit chariot qui contenait... Sofia ! Amélie sourit de soulagement en la voyant et hissa son corps - dont la moitié n'était plus qu'un poids mort - pour se redresser en replaçant ses oreillers. L'infirmière plaça le petit chariot juste à côté d'elle et en souleva délicatement Sofia.

– Bonjour *mom*, voici votre bébé, annonça-t-elle avec un sourire. Souhaitez-vous essayé de l'allaiter ?

– Oh oui ! sourit Amélie en soulevant sa chemise puis en tendant les bras avec impatience, avant d'y recevoir une petite Sofia dont la minuscule bouche faisait de petites bulles.

Amélie plaça son mamelon contre les lèvres du nourrisson qui les ouvrit et commença à téter. C'est alors que le pédiatre arriva. C'était un homme de taille moyenne aux cheveux blancs et au visage jovial qui devait approcher de l'âge de la retraite.

– Bonjour, *mom*. Oh mon Dieu ! Elle arrive à téter ? Eh bien, elle a de la volonté cette petite. Je venais justement pour vous annoncer que nous allions devoir la mettre sous couveuse pendant vingt-quatre heures. Sa température et son taux de glycémie sont très bas. Ensuite, elle devra rester aux soins intensifs pour une durée indéterminée.

– Mais où cela se trouve-t-il ? Nous allons être séparées ? s'enquit Amélie avec angoisse.

– J'en ai bien peur, puisque vous serez également en soins intensifs, mais du côté des mamans. Ne vous inquiétez pas, nous prendrons bien soin de votre petite princesse.

Amélie regarda le visage d'ange de Sofia, le cœur brisé. Puis le pédiatre tendit les mains avec un sourire compatissant.

— Il va falloir que je la ramène dans mon service, *mom*. Quant à vous, profitez-en pour vous reposer et reprendre des forces. Ce petit bout de chou aura besoin d'une maman en pleine forme en sortant d'ici. Bon courage à vous, ajouta-t-il en reposant Sofia dans son chariot.

Amélie les regarda s'éloigner, impuissante. Elle aurait voulu se lever et se rendre à la salle des couveuses pour veiller Sofia mais elle ne sentait pas ses jambes.

— Combien de temps la péridurale fait-elle effet ? demanda-t-elle brusquement à une femme en blouse blanche qui passait par là.

— Ça dépend, c'était une naissance par voix basse ou par césarienne ?

— Par césarienne.

— Alors, vous en avez encore pour quelques heures !

Amélie ravala son amertume. Elle regarda l'horloge. Dix-huit heures trente. Où était donc Amine ? Lui avait des jambes fonctionnelles, il pouvait se rendre au chevet de Sofia... puis revenir lui donner des nouvelles de cette dernière. Elle sentit la colère monter lentement en elle.

— Excusez-moi, héla-t-elle une autre blouse blanche.

— Oui ?

— Est-ce qu'un homme se présentant comme mon mari a cherché à me trouver ?

— Je n'en ai aucune idée, Madame, répondit la jeune femme d'un air désolé. Depuis combien de temps a-t-il été prévenu ?

— Depuis trois heures et demie, environ. Il n'arrive peut-être pas à me trouver ?

— Peut-être, répondit-elle en haussant les épaules d'un air mal à l'aise.

Il n'y avait donc rien d'autre à faire qu'attendre... Les minutes passaient avec une effroyable lenteur. Elle avait soif, elle s'inquiétait pour Sofia et... elle était de plus en plus furieuse contre Amine.

Il m'a abandonnée... il nous a abandonnées, ce monstre...

Et pendant ce temps-là, Sofia se trouvait Dieu sait où dans cet immense hôpital. Peut-être son état s'était-il de nouveau détérioré ? Elle n'avait aucun moyen de le savoir. Alors elle ferma les yeux et essaya de toutes ses forces de sentir ses jambes. Elle avait envie de courir voir Sofia. Des larmes de rage et de frustration ruisselèrent sur ses joues.

Elle vit passer une femme sur une chaise roulante, poussée par un membre du corps médical. Une idée lui vint soudain.

— S'il vous plaît ! Pourriez-vous m'emmener voir ma fille ? demanda-t-elle à un jeune homme, les yeux pleins d'espoir. Elle a été emmenée en couveuse et je suis encore sous effet de la péridurale. Je... je veux juste la voir.

– Je suis désolé, Madame, mais vous êtes sous observation médicale. C'est grave, ce qui vous est arrivé, et vous n'êtes pas encore hors de danger. Et de plus, même lorsqu'on vous permettra de quitter cette zone, il n'est malheureusement pas garanti que quelqu'un sera disponible pour vous pousser.

– Oh... oui, je comprends... dit-elle en voyant tout le personnel médical s'affairer et courir en tous sens.

– Vous n'avez pas un proche qui peut vous y amener ? Ou au moins aller voir votre fille et vous tenir informée ? Le père de votre enfant, par exemple ?

– Oui... je lui demanderai quand il arrivera, marmonna-t-elle.

Elle regarda de nouveau l'horloge. Dix-huit heures quarante.

L'aide-soignante revint auprès d'elle et ferma le rideau.

– Je vais regarder si vous avez besoin d'être nettoyée, *mom.*

– D'accord... merci. Ai-je droit à un peu d'eau, maintenant ?

– Pas encore, *mom.* Désolée, c'est trop tôt. Votre tension artérielle ne baisse pas, ajouta-t-elle en regardant la machine. Essayez de dormir, cela vous fera du bien.

Dormir... la bonne blague.

Elle continua à fulminer intérieurement pendant plus d'une heure, se concentrant pour sentir ses jambes. Puis enfin, Amine arriva d'un pas lent, l'air penaud, à vingt heures. Elle serra les dents.

– Salut... alors... comment ça va, maintenant ? se hasarda-t-il.

– Super. Je ne me suis jamais sentie aussi bien. Heureusement que tu étais là pour me soutenir dans cette épreuve, souffla-t-elle sans desserrer la mâchoire, évitant de le regarder pour ne pas succomber à l'envie de lui sauter dessus et de l'étrangler.

– Oh, ça va ! se défendit-il. Je ne pouvais pas quitter mon travail comme ça, j'ai demandé à mon collègue s'il pouvait venir plus tôt, il m'a dit que c'était impossible.

– Oh, je comprends, fit-elle d'un ton glacial. Tu étais tellement utile dans ce chantier désertique et tu as une telle conscience professionnelle que tu n'as pas pu abandonner ton poste lorsque l'hôpital t'a appelé.

– Écoute, répondit-il en haussant le ton, il y a du matériel qui coûte cher sur ce chantier, c'est pour cela que mon responsable ne pouvait pas me laisser partir.

– Donc tu lui as expliqué que l'hôpital t'avait appelé pour te dire que ta femme allait subir une césarienne d'urgence car sa vie ainsi que celle de ton enfant étaient menacées et il t'a dit que tu devais rester surveiller le chantier ?

– Oui.

– Je peux voir les messages ?

– Il n'y a pas de message, je l'ai appelé.

– Puis-je voir ton historique d'appels ?

– Je l'ai effacé.

– Donc, je récapitule : l'hôpital t'appelle, tu demandes poliment à ton collègue s'il peut te remplacer, il te répond que non, tu demandes à ton chef si tu peux partir, il ne t'y autorise pas, et tu obéis. Et tu restes quatre heures de plus à ne rien faire en attendant d'avoir fini ta journée. D'accord...

Un long silence s'installa. Amine ne savait que répondre et évitait soigneusement de croiser le regard d'Amélie qui sentait son cœur cogner dans sa poitrine et ressentait des pulsions meurtrières. Elle avait envie qu'il disparaisse de son champ de vision.

– Puisque tu es là, reprit-elle poliment, pourrais-tu aller voir comment va Sofia puis me tenir informée ?

– En fait, je ne vais pas tarder à rentrer, je suis épuisé. De toute façon, je suis sûr qu'ils s'en occupent bien. Vous êtes toutes les deux en sécurité. Cela ne sert à rien que je dérange les personnes qui la soignent. Je ne sais même pas où elle se trouve.

Des flashs crépitaient dans le champ de vision d'Amélie et des douleurs lancinantes transperçaient ses tempes. Son rythme cardiaque s'accéléra et un aide-soignant entra rapidement, entendant la machine s'affoler.

– Tout va bien, *mom* ?

– Sortez ! aboya Amine. Je n'accepte pas qu'un homme voie ma femme dans cette tenue !

– Pardon, répondit le jeune homme d'un air contrit en s'empressant de tourner la tête, je vais chercher une infirmière.

– COMMENT OSES-TU ? hurla Amélie, je t'interdis de lui parler de cette façon, c'est mon corps ! Où étais-tu pendant que tous ces gens me sauvaient la vie et prenaient soin de moi ? Comment oses-tu t'adresser à eux sur ce ton ?

– Que se passe-t-il ici ? s'enquit l'infirmière en tirant le rideau avant de se précipiter vers Amélie qui avait explosé en sanglots et dont les constantes vitales s'emballaient.

Elle la serra dans ses bras avec tendresse.

– Ça va aller, chérie, calmez-vous. Je sais... je sais. Vous avez vécu une expérience affreusement traumatisante mais c'est fini, ça va aller. De grâce, calmez-vous, il faut à tout prix que vous vous reposiez. Votre bébé a besoin de sa mère.

Ces dernières paroles terminèrent de la calmer.

– Quant à vous, Monsieur, ajouta-t-elle d'un ton ferme à l'adresse d'Amine, il faut que vous compreniez que votre femme est toujours dans un état critique, il faudrait éviter de la stresser. Je vous invite à aller voir votre enfant. Il faut tout faire pour rassurer sa maman. C'est au bout du couloir, à gauche. Si vous ne trouvez pas, n'hésitez pas à demander votre chemin, vous croiserez du monde.

Il s'exécuta, visiblement à contrecœur. Le connaissant, Amélie pensa que cela devait être très dur pour lui de recevoir des ordres d'une femme. L'infirmière ne relâcha son étreinte que lorsqu'il eut disparu.

– Bien. Bonne nouvelle : vous allez pouvoir boire un peu d'eau. Tenez, dit-elle en revenant avec un tout petit gobelet, qu'Amélie avala d'une traite.

– Doucement, *mom* !

– Puis-je en ravoir, s'il vous plaît ? la supplia-t-elle avec avidité.

– Pas tout de suite. Dans un premier temps, nous allons vous en donner en petites quantités et de manière espacée.

– D'accord, répondit Amélie, s'imaginant sous une fontaine la bouche grande ouverte.

Amine revint cinq minutes plus tard.

– Comment va-t-elle ? lui demanda-t-elle froidement sans le regarder.

– Elle est entre de bonnes mains, elle... elle est tellement maigre, dit-il d'un air effrayé. Bon, je vais y aller. Je passerai demain, j'ai pris trois jours de congé paternité à la suite de mes deux jours habituels.

Amélie ne répondit pas et l'ignora jusqu'à ce qu'il parte. Il avait donc cinq jours de congé mais ne pouvait pas rester là pour veiller sur elle ni sur Sofia. Il était *fatigué*.

Le pauvre aide-soignant qui avait été ensauvagé par Amine revint timidement avec un petit gobelet.

– Vous pouvez venir, l'invita-t-elle. Je ne vois aucun inconvénient à ce que vous vous occupiez de moi... je ne suis pas sa propriété. Il est parti, de toute façon et je... je suis désolée pour son attitude ingrate et irrespectueuse envers vous.

– Oh, ne vous inquiétez pas, j'en ai vu d'autres. Tenez, dit-il en lui tendant le gobelet. Doucement, *mom* !

– Puis-je en ravoir, s'il vous plaît ?

– Je vais voir ce que je peux faire.

Il revint cinq minutes plus tard avec un autre petit gobelet.

– Voilà. Le docteur dit que je pourrai vous en apporter un grand dans une vingtaine de minutes, si vous promettez de le boire lentement, ajouta-t-il d'un air sévère.

– C'est promis.

A vingt-deux heures, après avoir enfin pu étancher sa soif, elle paniqua de nouveau en pensant à Sofia. Si seulement elle retrouvait l'usage de ses jambes... à chaque fois que quelqu'un passait, elle tentait poliment sa chance, demandant qu'on l'amène à son bébé. La réponse était toujours la même : « dormez, *mom* ». Elle avait même entendu deux infirmières chuchoter entre elles. Apparemment, Amélie était tellement épuisée qu'elle finirait forcément par s'endormir. Mais elle restait totalement éveillée, obsédée par l'idée de voir son bébé.

Vers minuit, elle sentit enfin un fourmillement dans sa jambe gauche. Elle se pinça les cuisses à plusieurs reprises jusqu'à pouvoir les sentir puis, à trois heures du matin, parvint à remuer ses orteils.

A cinq heures, après avoir réussi à plier les genoux une dizaine de fois, constatant au passage avec horreur que ses jambes étaient énormes et complètement déformées par un terrible œdème du haut des cuisses à la pointe des pieds, elle se mit en tête de partir à la recherche de Sofia.

Elle laissa lentement glisser hors du lit sa jambe gauche encore partiellement endormie jusqu'à sentir le sol froid sous son pied, puis se redressa avec peine, démêlant tous les câbles qui la reliaient à la machine qui la monitorait.

Elle débrancha celle-ci, retira l'oxymètre de son doigt puis le tensiomètre de son bras et s'appuya sur sa jambe gauche pour vérifier si elle était assez solide pour soutenir son poids, avant de tirer sa jambe droite de sous son drap jusqu'à ce que son deuxième pied soit au sol.

Elle démêla ses perfusions, plaça leur support roulant devant elle et s'appuya de toutes ses forces de ses deux poings sur son matelas pour se lever. Une fois debout, elle chancela légèrement avant de trouver son équilibre, euphorique.

J'arrive, mon amour ! Maman arrive !

Elle fit trois pas laborieux, gardant une main au-dessus du matelas au cas où une de ses jambes tremblantes céderait sous son poids puis, une fois au bout de son lit, tira discrètement le rideau pour jeter un œil à ce qui s'y passait derrière : Personne.

La voie était libre. Elle ouvrit donc entièrement le rideau aussi silencieusement que possible et fit quelque pas en poussant son support de perfusion, très fière de sa petite fugue, un petit sourire satisfait aux lèvres. Dans quelques minutes, elle serait auprès de Sofia.

– Attention ! s'écria une aide-soignante. La sonde ! La sonde urinaire !

Amélie s'arrêta et se retourna, constatant que le tuyau qui reliait la poche d'urine accrochée au bout de son lit à son urètre était complètement tendu. De toute évidence, l'anesthésie faisait encore effet... elle se sentit beaucoup moins fière tout à coup et préféra s'abstenir d'imaginer la suite des évènements si elle avait fait un pas de plus. Elle se contenta d'afficher un air penaud.

– Eh bien, *mom*, il était temps de vous arrêter ! Vous êtes du genre tenace, vous. Ne bougez pas, je vais chercher un fauteuil roulant et vous emmener voir votre bébé. En tout cas, c'est une très bonne chose que vous parveniez déjà à vous lever et à faire quelques pas. Plus vite vous marcherez, et plus vite vos jambes dégonfleront, ajouta-t-elle en les regardant d'un air préoccupé. Au passage, je vous prendrai des bas de contention.

Elle revint dix minutes plus tard, la fit asseoir sur le lit et l'aida à enfiler ses bas avant de l'aider à s'installer dans le fauteuil roulant. Amélie mémorisa le chemin jusqu'à la salle des couveuses. Puis elle se retrouva face à une sorte d'aquarium au milieu duquel se trouvait Sofia. Le nourrisson avait une perfusion dans un bras et un tuyau dans le nez. C'était la première fois qu'elle la voyait en couche, on ne lui avait montrée qu'emmaillotée, jusque-là.

Amélie fut saisie d'effroi lorsqu'elle prit la mesure de sa maigreur. Ses genoux paraissaient énormes tant ses cuisses et ses mollets étaient décharnés et on pouvait compter ses côtes.

– Mais... pourquoi est-elle si maigre ?

– Le pédiatre va passer dans la matinée pour tout vous expliquer, *mom*, répondit l'infirmière avec compassion.

– Je... je voudrais la toucher... est-ce possible, si je me lave bien les mains avant ?

– Oui, allez-y, il y a un lavabo et du savon juste ici, lui répondit-elle en désignant l'un des angles de la pièce. Vous serez de toute façon obligée de vous lever pour passer les bras dans la couveuse.

– Pas de problème, ça va aller.

Elle se leva péniblement, l'aide-soignante la soutenant par un bras, puis se dirigea vers le lavabo pour se laver consciencieusement les mains avant de se positionner devant la couveuse et d'y insérer ses avant-bras.

D'une main, elle caressa délicatement la tête de Sofia et de l'autre, prit sa minuscule petite main qui se referma sur son pouce.

Mon pauvre, pauvre petit bébé... tu as du tellement souffrir et... personne ne t'entendait...

Son cœur se brisa à cette pensée mais elle refusa de pleurer devant Sofia. Elle serait forte pour elle. Il fallait qu'elle lui fasse reprendre des forces. Regardant son bébé avec une infinie tendresse, elle en perdit la notion du temps.

Elle fut brutalement sortie de sa béatitude par un gros « splatch ». Ayant une petite idée de la nature et de la provenance de ce bruit, morte de honte, elle baissa lentement les yeux vers le sol, entre ses pieds. Un amas multicolore de caillots de sang de la taille d'une grosse éponge venait d'être expulsé de son corps.

– Je... je suis désolée, je... je n'ai absolument rien senti venir.

– Pas de problème, *mom,* soupira l'aide-soignante. Je vais vous chercher du papier pour vous essuyer les jambes puis je vais vous amener dans votre nouvelle chambre, maintenant que vous êtes à peu près stable. Avez-vous des couches culottes pour femme ?

– Oui, dans mon sac de maternité, je vais demander à mon mari de me l'apporter dès que possible, si on me rend mon téléphone.

– Oui, on va vous apporter vos effets personnels dès que vous serez installée, c'est déjà prévu.

A neuf heures, alors qu'elle était installée dans un nouveau lit, on lui apporta sur un plateau un copieux petit déjeuner, composé de grandes tranches de pain avec des pots de beurre, de confiture et de miel, ainsi qu'un muffin et une orange, le tout accompagné d'un café. L'eau à la bouche, elle se prépara de grandes tartines.

Elle ne savait pas si c'était dû à la volonté de reprendre des forces et de produire suffisamment de lait pour Sofia, à l'euphorie d'être en vie ou au retour d'un appétit perdu depuis des semaines, mais elle dévora avidement ses énormes tartines.

Le rideau s'ouvrit alors et le pédiatre apparut. Il dévisagea Amélie d'un air surpris pendant quelques secondes alors que les joues de cette dernière étaient remplies comme celles d'un hamster puis il s'esclaffa.

– Bonjour, *mom,* je vois que vous avez retrouvé l'appétit, c'est un excellent signe ! s'exclama-t-il avec un large sourire.

– Pardon, répondit-elle d'une voie collante après avoir réussi à avaler la quasi-totalité de ce qu'elle avait dans la bouche.

– Il n'y a aucun mal, *mom.* Je suis venu vous parler de votre fille afin que vous compreniez ce qui vous a toutes deux amenées à traverser cette épreuve.

Amélie marqua une pause. Elle n'était pas certaine d'avoir envie de reparler de cela ni même d'y repenser. Mais il fallait qu'elle connaisse l'état de santé de Sofia...

– Je vous écoute, finit-elle par déclarer avec appréhension.

– Bien. Comme vous le savez, j'ai fait de nombreuses analyses sur votre bébé et j'ai également pu m'entretenir avec l'obstétricien qui vous a opérée. Il se trouve que vous avez cumulé deux graves problèmes médicaux non diagnostiqués : une prééclampsie, qui était responsable de vos œdèmes et de votre tension artérielle élevée, et une restriction de croissance du fœtus, due à un dysfonctionnement du placenta qui était bas... voire très probablement déjà décollé, ce qui a eu une troisième grave conséquence : En ouvrant, le chirurgien a transpercé le placenta et a par la suite éprouvé de grandes difficultés à sortir le fœtus. Il en est résulté une hémorragie massive. Vous avez perdu trois litres de sang. Avez-vous des questions par rapport à votre césarienne ? demanda-t-il après un silence.

– Non, répondit Amélie d'une voix étouffée, tentant de garder contenance.

Elle termina son café puis reprit la parole après une profonde inspiration.

– Comment va mon bébé ?

– Elle s'en sort très bien, répondit-il avec un sourire. Elle a été sous-nourrie à la fin de la gestation, ce qui explique sa maigreur. En conséquence, elle souffre d'hypothermie et d'hypoglycémie, mais elle est stable et récupère très vite. Elle est forte... comme sa mère, ajouta-t-il avec douceur. Nous l'avons d'abord nourrie par intraveineuse mais nous allons pouvoir la sortir de sa couveuse dès cet après-midi, lui retirer sa perfusion et la nourrir directement par l'estomac avec du lait maternisé en passant par son nez. Elle sera installée sur un matelas chauffant et monitorée en permanence, pour éviter que sa température ou son taux de glycémie ne recommencent à chuter. En dehors de cela, vous avez une parfaite petite fille. Félicitations, *mom.*

– Merci infiniment, Docteur... et...

– Oui ?

– Je veux l'allaiter, mais je ne sais pas comment je vais faire... où se trouve le service de néonatalogie ? Est-il loin d'ici ?

– Vous savez, nous recommandons toujours l'allaitement, mais dans votre cas, je ne sais pas si cela sera possible. Votre état nécessite un maximum de repos et, sachant qu'il n'y a pas eu de travail, la montée de lait sera plus difficile à faire venir.

– Comment la provoquer ?

– Il faudrait que votre bébé sollicite votre sein, mais dans son état, elle risque de manquer de force. Vous pouvez aussi vous aider avec les tire-lait, à côté de la néonatologie. Mais je ne vois pas comment vous pourrez faire autant d'allers-retours dans votre état, le service est à l'autre bout de cet étage.

– Merci, Docteur.

– Je vous en prie. Ménagez-vous, *mom*, ajouta-t-il.

On lui apporta ensuite ses effets personnels, incluant son téléphone. Elle avait un grand nombre d'appels et de messages. Son cœur s'emballa lorsqu'elle vit un message de sa mère. Sa famille était au courant... elle décida de l'appeler immédiatement.

– Allô, répondit Brigitte d'une petite voix.

– Maman ? Ça va ?

– Ma puce... si seulement j'avais pu être là, sanglota-t-elle. Comment tu vas ? s'enquit-elle après avoir repris contenance. Et ton bébé ?

– Nous sommes hors de danger toutes les deux, maman, rassurez-vous tous. Je ne vais pas pouvoir rester longtemps au téléphone, je vais aller voir Sofia... comment avez-vous su ?

– Amine nous a prévenus, répondit-elle d'un ton étrange.

– Ah... d'accord. Désolée maman, je dois justement lui envoyer un message pour qu'il m'apporte des affaires, il faut que je raccroche.

– Oui, ma puce, pas de souci... papa et moi arriverons dans trois jours, lundi.

– D'accord, maman, à bientôt, conclut-elle en souriant.

Puis elle envoya un message à Amine pour lui demander d'apporter le plus vite possible le sac de maternité qu'elle avait déjà préparé depuis deux semaines, ses notes de grossesse, qu'on lui avait demandées, des vêtements de rechanges et des affaires de toilette. Elle envoya ensuite un message à Emmanuelle, lui expliquant brièvement la situation - qui s'inquiétait, n'ayant plus de nouvelles depuis qu'elle était partie du travail la veille - et lui demandant de rassurer également l'ensemble de ses collègues.

Il ne lui restait plus qu'à attendre qu'Amine lui apporte ses affaires. Il n'était que dix heures. Il fallait qu'elle évite de se lever et de déambuler dans l'hôpital sans protection hygiénique. Sofia resterait sous couveuse jusqu'en début d'après-midi. S'apercevant soudainement qu'elle était épuisée, elle prit donc enfin la sage décision de dormir un peu, surélevant ses jambes pour les faire dégonfler plus vite.

Elle se réveilla à midi lorsqu'on lui apporta son déjeuner, qu'elle mangea avec autant d'appétit que son précédent repas. On vint ensuite lui enlever sa sonde urinaire puis à treize heures, elle vérifia son portable : aucune nouvelle d'Amine. Agacée, elle l'appela : pas de réponse. Folle de frustration, elle le rappela trois fois consécutives, sans succès.

Tant pis. Elle mettrait son slip de la veille et le bourrerait de papier toilette, au cas où. Elle irait voir Sofia puis tirerait son lait, il n'y avait plus une minute à perdre. Elle se leva donc et, une fois prête, se dirigea d'un pas extrêmement lent vers la salle des couveuses. Ses jambes étaient lourdes et douloureuses, et maintenant que les effets de la péridurale avaient totalement disparu, elle avait mal dans le bas ventre. Sa cicatrice encore fraîche la tiraillait et elle dût faire des pauses tous les dix pas, se fatiguant vite.

Elle était à bout de force en arrivant devant la couveuse de Sofia trente minutes plus tard. Celle-ci était vide. Elle soupira de désespoir. Tous ces efforts pour rien... si seulement quelqu'un pouvait la pousser dans un fauteuil roulant. Mais que faisait Amine ? Elle étouffa sa colère, pensant avant tout à Sofia.

– Excusez-moi, pouvez-vous m'indiquer le service de néonatologie s'il vous plaît ? demanda-t-elle à la première employée de l'hôpital qu'elle croisa.

– Oui, bien sûr, répondit une jeune femme blonde. Tournez à droite, puis allez tout au fond du long couloir et ce sera à gauche.

– Merci, dit-elle en grimaçant, reprenant son pas de tortue.

– Oh... qu'est-il arrivé à vos jambes ?

– Je... peu importe. Longue histoire.

– Attendez, je vais vous y emmener.

Elle ouvrit une porte et en sortit un fauteuil roulant avant d'inviter Amélie à s'y asseoir.

– Merci beaucoup, dit Amélie, je sais que vous devez avoir bien d'autres choses à faire...

– Pas de souci, répondit la jeune femme avec bienveillance. Voilà, nous y sommes annonça-t-elle au bout de cinq minutes.

Amélie se leva et la remercia de nouveau puis entra dans le service et annonça son nom à la personne de l'accueil.

— Ah oui, suivez-moi, répondit celle-ci. Maman Leoni est là ! annonça-t-elle en entrant dans une salle où se trouvaient six bébés dans des lits chauffants.

— Oh, vous arrivez à un moment propice, fit une grande femme noire - sûrement Est Africaine - coiffée d'un long voile. Je m'appelle Khadija, c'est moi qui m'occuperai de votre belle petite fille de huit heures à dix-sept heures. J'allais justement la nourrir, mais le pédiatre m'a confié que vous souhaitiez l'allaiter, alors allons-y.

Elle fit asseoir Amélie sur un fauteuil puis, après lui avoir proposé un coussin d'allaitement, y déposa délicatement Sofia qui ouvrit tout de suite la bouche en sentant l'odeur de sa mère, ce qui fit sourire les deux femmes.

Sofia téta cinq minutes puis s'endormit dans les bras d'Amélie. Cette dernière l'étreignit et lui déposa un baiser sur le front.

— Elle s'est déjà endormie, constata-t-elle tristement. Elle n'a presque rien avalé.

— Je ne m'attendais pas à mieux, c'est très encourageant au contraire. Elle est encore très faible, c'est merveilleux qu'elle se soit donné la peine de téter quelques minutes. Cela va aussi aider à déclencher votre montée de lait, et même si elle n'en a avalé que quelques gouttes, le colostrum est précieux pour son état de santé. Vous pouvez aller tirer votre lait dans la pièce à côté pendant que je la nourris, si vous vous en sentez le courage.

— Puis-je la garder encore un petit instant ?

— Oui, elle ne risque pas de se refroidir dans vos bras. Et votre affection est aussi vitale pour elle que la nourriture, mais son taux de glycémie a tendance à chuter rapidement, c'est pour cette raison que je suis très stricte sur les horaires de repas.

— Oui, je comprends. Tenez, je vous la rends, dit-elle en la lui tendant après lui avoir déposer un dernier baiser sur la joue. Je vais aller tirer mon lait.

— Très bien, *mom*. Ne vous inquiétez pas si vous n'arrivez pas à en sortir beaucoup, ça viendra. Quand vous aurez terminé, venez me donner votre lait, je la nourrirai avec après la tétée lors du prochain repas, avant de le compléter avec du lait maternisé.

Amélie s'installa donc dans la pièce prévue à cet effet et appliqua l'appareil à son sein. Il y avait plusieurs niveaux de puissance. Elle commença avec la minimale puis, au bout de cinq minutes, voyant qu'une seule goutte était sortie, passa à la vitesse moyenne. Elle commença à s'impatienter quand, au bout de dix minutes, elle n'avait réussi à faire sortir que quelques gouttes supplémentaires. De rage, elle régla la machine sur puissance maximale. Ce fut douloureux, mais elle parvint à obtenir un centimètre de lait, avant de passer au deuxième sein.

Elle revint avec un misérable biberon rempli de deux centimètres de lait et le tendit à Khadija d'un air maussade.

– Bravo, *mom* ! s'exclama celle-ci. C'est un très bon début, ajouta-t-elle avec un sourire.

– Ah bon, vous trouvez ? s'étonna Amélie.

– Oui ! Vous verrez, si vous continuez comme cela, d'ici deux jours, votre montée de lait devrait arriver.

– D'accord, répondit Amélie, retrouvant espoir. À quelle heure est prévu le prochain repas ?

– Ils ont lieu toutes les trois heures. Je termine à dix-sept heures, je la nourrirai juste avant de partir. Mais je ne vois pas d'inconvénient à ce que vous ne veniez que pour un repas sur deux, vu votre état, ajouta-t-elle en regardant ses jambes. Vous devez avoir besoin de repos.

– Non, ne vous inquiétez pas, ça ira. Je viendrai plus tôt pour tenter de tirer encore un peu de lait. D'ailleurs, si vous n'y voyez pas d'inconvénient, tant qu'il sera nécessaire de lui donner du lait industriel, je souhaiterais que cela ne se fasse que par le nez. Je ne voudrais pas qu'elle s'habitue à téter au biberon et qu'elle trouve par la suite trop difficile de prendre le sein.

– Comme vous voudrez, *mom*, tant qu'elle est hospitalisée, c'est tout à fait possible. Par ailleurs, il faudrait nous fournir des couches, nous ne pouvons pas les offrir à tous les nourrissons de l'hôpital indéfiniment.

– Bien sûr, je comprends. J'ai envoyé un message à mon mari ce matin pour qu'il m'apporte le sac de maternité et quelques affaires, j'espère que j'aurai ce qu'il faut pour la prochaine tétée.

– Très bien, si c'est le cas, venez vers cinq heures moins vingt, je lui change toujours la couche avant de la nourrir pour la réveiller. Cette fois, vous pourriez le faire vous-même si vous le souhaitez.

– Avec plaisir, conclut-elle en faisant une dernière caresse sur la joue de Sofia avant de prendre le chemin du retour.

– *Mom*, une dernière chose : buvez beaucoup d'eau !

Amélie Acquiesça. En sortant de la néonatologie, elle regarda la grande horloge. Il était déjà quatorze heures. Il lui fallut une demi-heure pour regagner ses quartiers, à vitesse maximale. Il faudrait donc qu'elle reparte vers quinze heures trente, une heure plus tard, pour avoir le temps de tirer du lait, de changer la couche de Sofia et de la mettre au sein. Elle regarda son téléphone. Amine lui avait répondu, il arriverait vers seize heures trente. Elle lui écrivit rapidement qu'il faudrait qu'il la retrouve là-bas avec les affaires.

Elle se traina douloureusement aux toilettes. On ne lui avait enlevé sa sonde que depuis deux heures et c'était la première fois qu'elle y allait. Épuisée, elle s'allongea ensuite quelques minutes et but environ un litre d'eau à petite gorgées. Puis elle repartit vers le service de Sofia. A mi-chemin, elle rencontra le Dr Dartey.

– Oh, Amélie ! La salua celle-ci. Vous marchez déjà, c'est merveilleux !

– Bonjour Docteur, lui répondit Amélie avec un grand sourire, comment allez-vous ?

– Je vais bien, merci, et vous, surtout ? Et votre bébé ? Mon Dieu, vous nous avez fait une de ces peurs !

– Oui, nous l'avons échappé belle, Sofia et moi... grâce à vous, ajouta-t-elle avec gratitude.

– Oh, fit le Dr Dartey en chassant l'air d'un geste de la main, je n'ai fait que mon travail. Vous, en revanche, vous avez très bien fait de venir... bien joué ! Une heure plus tard et... bref, heureuse que vous vous en sortiez bien toutes les deux. Alors vous l'avez appelée Sofia ? Très joli prénom !

– Oh, merci !

– Vous a-t-on déjà expliqué ce qui vous est arrivé ? s'enquit-elle.

– Oui, j'ai eu tous les détails, merci, s'empressa de répondre Amélie, ne souhaitant plus en entendre parler.

– Vous êtes solides, toutes les deux... Félicitations, *mom.*

– Merci, je... je ne vous oublierai jamais...

– Oh, rit-elle, vous savez, je suis comme tout le monde, je préfère les histoires qui finissent bien ! Prenez bien soin de vous, *mom*, et de votre petite Sofia.

– Je vous le promets. Au revoir, Dr Dartey.

– Au revoir, répondit le médecin en hochant la tête avec un sourire avant de tourner les talons.

Amélie mit quinze minutes à parcourir la centaine de mètres qui la séparait encore de Sofia en faisant abstraction de toutes les mères césarisées qu'elle croisait, confortablement assises sur des fauteuils roulants poussés par leurs conjoints.

Dans un dernier effort, elle passa embrasser rapidement Sofia avant de se rendre dans la salle des tire-lait. Une fois de plus, elle mit la machine à puissance maximale et ne parvint à extraire qu'un centimètre supplémentaire avant de se rendre au point de rendez-vous à seize heures trente, constatant qu'Amine n'était toujours pas arrivé. Elle salua Khadija en s'excusant de ne toujours pas avoir de couches et, comme convenu, changea Sofia avant de la mettre cinq minutes à chaque sein. Khadija lui administra ensuite le lait d'Amélie, puis compléta le repas par du lait maternisé.

– Bon travail, *mom.* J'ai transmis les instructions à ma collègue qui prend la relève. Elle s'appelle Tawana, dit-elle en montrant du doigt une jeune femme noire au visage doux et souriant derrière une vitre. Et votre mari ? Il n'est toujours pas arrivé ?

– Non, il... il a dû être retardé. Il devrait être là d'une minute à l'autre.

– Je vois. Prochain repas : vingt heures. Vous savez désormais quoi faire.

– Oui, merci pour tout, bonne soirée.

– Bonne soirée, et surtout, bon courage.

En arrivant au dernier tiers du trajet de retour vingt minutes plus tard, elle tomba nez à nez avec Amine.

– Salut. Tu t'es bien reposé ? lui demanda-t-elle froidement.

– J'ai dû faire des courses, répondit-il sèchement.

– De huit à dix-sept heures ?

– Je me suis réveillé tard, ce matin.

– Tu veux dire, à quatorze heures du matin, quand tu m'as enfin répondu ?

– J'étais épuisé ! Je me suis couché tard, hier soir, j'ai fait le ménage avant l'arrivée de tes parents.

– J'avais laissé l'appartement rangé et propre, et mes parents n'arrivent que dans trois jours... et je...

Elle s'interrompit d'elle-même.

À quoi bon discuter avec lui... il nous a littéralement laissées crever.

C'était une perte de temps et d'énergie. Son manque d'implication, sa lâcheté et son égoïsme dépassaient l'entendement. Elle ne parvenait pas à y croire...

Eh oui... il arrive encore à me surprendre.

Elle se contenta de lui prendre le sac des mains et l'ouvrit pour fouiller dedans. Elle avait des couches pour elle et pour Sofia, des lingettes, une serviette propre, son dossier de grossesse... tout ce qui était déjà dedans. Il y avait seulement ajouté le gel douche.

– Et le shampoing ? et les vêtements propres ? demanda-t-elle sèchement.

– Oh, j'ai oublié.

– Peux-tu au moins aller m'acheter un shampoing en bas, s'il te plaît ?

– Je dois y aller, je t'apporterai tout ça demain...

– Mais... je... bonne soirée.

Elle lui tourna le dos pour s'asseoir péniblement sur son lit. Lorsqu'il eut disparu, elle se releva et partit aux toilettes avec le sac à langer. Sur la cuvette, elle ressentit une soudaine douleur dans le bas ventre et, au bout de quelques minutes, expulsa une grosse boule dure de la taille d'une balle de golf. Elle regarda le répugnant caillot flotter dans l'eau de la cuvette puis procéda à une toilette intime avec les lingettes pour bébé avant d'enfiler une couche-culotte.

Elle se rallongea ensuite sur son lit et, à bout de nerfs, appela l'infirmière pour avoir une dose d'anti-douleurs. Celle-ci en profita pour lui faire sa piqure d'anticoagulants et Amélie lui donna son dossier de grossesse. Devant repartir une heure plus tard, elle programma son réveil, mais à peine commençait-elle à s'endormir qu'elle vit Emmanuelle arriver accompagnée de Leila, une collègue et amie.

– Oh, salut les filles ! C'est gentil de me rendre visite !

– Tu plaisantes ? C'est normal ! s'exclama Manue.

– Nous venons de sortir du travail, tous les collègues pensent bien à toi, dit Leila. On vient de croiser ton mari, ajouta-t-elle d'un air suspicieux. Il avait l'air pressé... il est parti te chercher quelque chose ?

– Non... il est parti, tout court. Il était arrivé depuis dix minutes, ajouta-t-elle avec un rire triste après un silence.

– Sale égoïste, marmonna Leila qui avait l'habitude d'exprimer sans filtre le fond de sa pensée.

Manue baissa les yeux.

– Pardon, Amélie, dit-elle. C'est juste que j'étais très inquiète pour toi hier soir, alors j'ai trouvé ses coordonnées dans tes contacts d'urgence et je l'ai appelé. Il m'a dit que tu étais à l'hôpital, en train de donner naissance, et qu'il irait te voir quand il finirait son travail. Nous n'avons pas bien compris, avec Leila. Nous savions que c'était grave, puisque tu étais très mal en partant et que la naissance était prévue dans deux semaines.

– Eh bien, fit Amélie, maintenant, vous savez qui est mon *mari*, murmura-t-elle avec un sourire désabusé. Oui... il nous a laissées mourir, ma fille et moi... il est resté une heure hier soir, j'ai dû le forcer à aller voir Sofia puisque je ne pouvais pas y aller moi-même. Puis nous sommes restées séparées toute la nuit jusqu'à ce que mes jambes reviennent à la vie, tôt ce matin... et Monsieur a attendu dix-sept heures pour venir aujourd'hui puis est reparti au bout de dix minutes... alors qu'il est en congé pour cinq jours. Voilà, conclut-elle.

Un silence s'ensuivit.

– Nous, nous sommes là, déclara Leila. Et nous t'avons pris plein de bonnes choses à manger.

– C'est gentil, répondit-elle avec une boule dans la gorge.

– C'est le moins qu'on puisse faire, répondit Manue.

– Je… je ne vais pas pouvoir rester longtemps ici, s'excusa Amélie. Le prochain repas de Sofia est prévu un peu avant vingt heures mais je dois y être une heure plus tôt pour tirer du lait et la mettre au sein avant qu'ils la nourrissent avec du lait maternisé. Et en marchant à vitesse maximale, il me faut trente minutes puisque personne n'est là pour me pousser en fauteuil roulant, ajouta-t-elle d'un ton amer.

– Oh, mais nous allons t'emmener ! déclara Leila.

– Mais bien sûr ! renchérit Manue. Si nous pouvons t'aider… et comme ça, nous pourrons voir la petite Sofia !

– Oh, merci les filles, cela m'aidera énormément… je… je suis épuisée, avoua-t-elle enfin.

– Tu m'étonnes, fit Leila avec compassion.

– J'aimerais tellement qu'on m'enlève ces maudites perfusions, reprit-elle. Je rêve d'une bonne douche.

– Patience, *darling*, ça viendra, fit Manue.

– Bon. Assez parlé de moi, je me suis suffisamment lamentée pour aujourd'hui. Quoi de neuf au travail ?

Les amies d'Amélie restèrent à discuter avec elle dans la chambre puis quand ce fut l'heure, l'accompagnèrent au service de néonatologie et lui tinrent compagnie pendant qu'elle tirait son lait. Elles firent mille efforts pour éviter du regard le spectacle terrifiant du sein d'Amélie qui se faisait puissamment aspirer par la machine alors qu'elle continuait stoïquement à bavarder comme si de rien n'était.

Elles s'émerveillèrent devant Sofia lorsque Tawana les autorisa à entrer pendant quelques minutes dans la nurserie, puis attendirent dans le couloir qu'Amélie ait terminé de la nourrir pour pouvoir la ramener à son lit.

– Merci beaucoup, les filles, vous m'avez épargné bien des efforts… et vous m'avez fait gagner une heure de repos.

– Avec plaisir, *darling*, répondit Manue avec un sourire. Nous allons te laisser dormir avant la prochaine tétée. J'espère que quelqu'un sera là pour te pousser, ajouta-t-elle tristement.

– Oh, ne vous inquiétez pas pour moi. Plus vite j'aurai requinqué Sofia et plus vite tout cela s'arrêtera. C'est l'affaire de quelques jours, je tiendrai bon, conclut-elle avec un sourire.

— Repose-toi bien, Amélie, lui dit Leila en la saluant.

— Au revoir, les filles, et merci pour tout.

Elle parvint à dormir deux heures puis recommença le même rituel pour la tétée de vingt-trois heures. Comme personne n'était disponible pour la pousser, elle ne se recoucha qu'à minuit moins le quart, tentant d'ignorer le fait que les cinq autres femmes de la chambre avaient toutes un homme auprès d'elles. Deux d'entre elles avaient même leurs bébés.

Ne disposant que d'une heure pour se reposer avant le prochain round, elle essaya de s'endormir mais n'y parvint pas. Son cœur battait la chamade et le manque de sommeil, la douleur et le marathon d'allers-retours faisaient monter son taux d'adrénaline.

Elle respira profondément et, au bout d'une demi-heure, se sentit enfin glisser dans le sommeil, mais fut tout à coup réveillée par les plaintes d'un bébé. Sa mère étant auprès de ce dernier, elle pensa que celle-ci le mettrait directement au sein et qu'elle aurait peut-être une chance de dormir au moins une vingtaine de minutes, mais le bébé pleura de plus en plus fort et son père se mit à faire les cent pas au milieu de la chambre en lui tapotant le dos.

Les cris du bébé, un beau poupon de près de quatre kilos, montèrent en puissance et Amélie entendit sa mère dire timidement à son conjoint qu'il avait faim et qu'elle devait lui donner le sein, mais celui-ci n'en fit qu'à sa tête, continuant de le tapoter dans le dos.

Amélie recommença à voir des flashs de lumière. Les pleurs de l'enfant raisonnaient dans ses tempes et lui transperçaient le cœur, faisant naître en elle de violentes pulsions d'agressivité envers son père, lui qui avait la chance d'avoir un bébé assez fort pour crier et refusait pourtant de le laisser se faire nourrir par sa propre mère qui se trouvait juste à côté de lui.

Le pouls d'Amélie s'affola et une infirmière arriva.

— Tout va bien, *mom* ? Votre tension artérielle recommence à grimper... il faut dormir, *mom*.

— Ce serait plus facile si cet abruti laissait son bébé prendre le lait de sa mère, répondit-elle la mâchoire serrée et les yeux exorbités, fusillant l'homme du regard.

— Oh... je vais lui dire un mot. Monsieur ! Un enfant de trois jours qui pleure a simplement besoin de manger, et à en juger par l'intensité de ses cris, il est affamé.

Dès que le nourrisson fut au sein, le silence se fit. Comme par miracle, pensa Amélie avec ironie alors qu'elle n'avait désormais plus le temps de dormir. Elle repartit pour le repas de deux heures.

Elle parvint à sombrer dans l'inconscience entre trois et quatre heures, puis entre six et sept heures et enfin, de huit à neuf heures. Elle engloutit son petit déjeuner avant la tétée d'onze heures et en revenant, une infirmière l'attendait pour lui enlever ses perfusions.

Elle devrait désormais prendre ses médicaments contre l'hypertension et ses comprimés de fer par voie orale et pourrait enfin prendre une bonne douche. Mais elle n'en avait plus le temps et repartit pour le repas suivant, puisqu'Amine ne se montrait toujours pas.

Elle n'avait fait que quelques pas lorsqu'il fit enfin son apparition, un sac de vêtements dans une main et une bouteille de shampoing dans l'autre.

– Oh, merci, dit-elle en jetant le tout sur son lit. Peux-tu m'emmener auprès de Sofia, s'il te plaît ? Il y a un fauteuil roulant juste derrière toi.

– En arrivant devant le berceau de son bébé, après avoir tiré son lait en ignorant l'expression horrifiée d'Amine, elle salua Khadija et se leva pour changer la couche.

– Non, restez assise, *mom*, l'intima cette dernière. Bonjour *dad*, heureuse de vous rencontrer, dit-elle à Amine en le regardant droit dans les yeux. C'est bien que vous soyez là, vous allez pouvoir changer la couche vous-même.

Il s'apprêtait à protester mais Khadija ne lui en laissa pas la chance et lui adressa une tirade en arabe avant de lui montrer comment s'y prendre, puis il s'exécuta, contrarié.

– Pour le prochain repas, ce serait mieux de tirer votre lait *après* avoir mis votre bébé au sein, *mom*.

– De toute façon, je n'ai presque rien, marmonna Amélie.

– Un peu de patience, *mom* ! s'exclama-t-elle en souriant. Elle est née depuis moins de quarante-huit heures et elle tète de mieux en mieux ! Et si vous lui présentez un sein vide à chaque fois, elle ne va plus avoir envie de faire l'effort de téter, ajouta-t-elle avec un clin d'œil. Détendez-vous et continuez à manger, dormir et surtout, à boire. A tout à l'heure, *mom*.

Amine la ramena à sa chambre puis elle lui demanda de l'aider à prendre sa douche, car elle savait qu'elle aurait du mal à rincer certaines zones de son corps. Lorsqu'il la vit nue, un mélange d'horreur et de dégoût s'afficha sur son visage.

– Mais... ton corps... balbutia-t-il.

– Alors, tu m'aides ? lui demanda-t-elle en haussant les épaules.

Lorsqu'elle eut terminé de se savonner, il lui rinça le dos et les jambes en évitant de la toucher pendant qu'elle s'agrippait à la barre, de peur de glisser. Puis elle prit rapidement sa serviette pour se couvrir en évitant son regard, honteuse. Elle lui demanda vivement de sortir avant de s'enfermer et d'éclater en sanglots.

Le cœur lourd, elle enfila une couche propre, une brassière et une chemise d'hôpital puis eut un mal fou à remettre ses bas de contention, constatant avec désespoir qu'elle n'avait pas du tout dégonflé.

Elle parvint ensuite à enfiler un legging extensible et nota qu'elle avait étrangement la taille et les fesses plus fines qu'avant sa grossesse. En se regardant dans la glace pour la première fois depuis trois jours, elle remarqua qu'il en était de même pour ses bras et ses mains. Son visage, en revanche, était bouffi.

Elle se sentait enfin propre et fraiche, bien qu'elle perde du sang de manière continue depuis l'expulsion de son dernier caillot. Réalisant qu'elle n'était peut-être pas la seule à avoir besoin de la salle de bains, elle en sortit puis retourna vers son lit devant lequel elle trouva Amine debout, prêt à partir.

– Bon, prends soin de toi, lui dit-il. Je ne sais pas si je vais pouvoir venir demain, je vais préparer l'appartement pour tes parents qui arrivent lundi.

Elle ne répondit rien et hocha la tête sans le regarder.

Au fond, elle était soulagée de ne plus le voir.

Après la tétée de dix-sept heures, Elle tira son lait et constata avec joie qu'elle avait rempli environ dix centimètres du biberon. Elle le donna à Tawana qui la félicita avec un grand sourire avant de le mettre de côté pour le prochain repas.

– Bravo, *mom* ! J'ai aussi trouvé que Sofia avait très bien tété juste avant. Je pense que la montée de lait commence, bon travail !

– Merci, répondit Amélie, retrouvant du baume au cœur.

– Continuez bien à boire. Ce soir, lorsque vous donnerez le sein à votre bébé, une infirmière viendra lui faire une prise de sang pour vérifier son taux de glycémie.

– D'accord... à tout à l'heure.

Lorsqu'elle revint un peu avant vingt heures, l'infirmière l'attendait.

– Bonsoir, *mom*, allez-y, occupez-vous de votre princesse, je vais attendre qu'elle soit au sein pour piquer. Chez les nourrissons, nous prélevons le sang dans le talon et ce n'est jamais agréable, c'est mieux si elle a le réconfort du sein maternel.

– D'accord, répondit Amélie avec appréhension.

Lorsque l'infirmière introduisit l'aiguille, Sofia pleura d'une petite voix aigrelette à fendre le cœur. Les larmes se mirent instantanément à ruisseler sur le visage d'Amélie qui entendait le son de la voix de son enfant pour la première fois.

– Désolée, *mom*, je sais, ça fait mal au cœur... là, c'est fini.

Sofia, qui n'avait jamais été aussi éveillée, attrapa vigoureusement le mamelon et téta goulûment, puis Amélie la mit à l'autre sein jusqu'à ce que le nourrisson s'y endorme au bout de dix minutes, ce qui était un record.

– Je pense qu'elle va bientôt pouvoir sortir des soins intensifs, dit l'infirmière d'un air pensif après avoir observé le repas de Sofia. Nous allons attendre les résultats d'analyse, mais elle a visiblement repris des forces et votre montée de lait n'est plus qu'une question d'heures.

Effectivement, Amélie tira la moitié d'un biberon de lait juste après. Toute la nuit, elle sentit des picotements dans ses seins de plus en plus tendus et volumineux. Après la tétée de deux heures du matin, Tawana n'eut pas besoin d'administrer de lait maternisé en complément et elle conserva même une partie de celui qu'Amélie avait tiré pour la tétée suivante alors que Sofia, repue, avait régurgité.

– Je pense que ce qu'elle prend directement au sein est désormais suffisant ou presque, annonça Tawana avec un sourire. Le pédiatre est passé tout à l'heure pendant votre absence. Le taux de glycémie est revenu à la normale. Je crois bien que c'est la dernière nuit que vous passez à faire des allers-retours, *mom*. Vous avez été très courageuse, bravo. Vos efforts sont enfin récompensés.

Amélie, remplie d'espoir, retourna dans son lit à sa vitesse de croisière et comme d'habitude, dormit une heure jusqu'au prochain round. Lorsqu'elle se réveilla, sa poitrine avait laissé place à deux obus douloureux, ce qui la motiva encore davantage à aller nourrir Sofia. Et en effet, cette dernière, qui avait pris des forces et restait de plus en plus longtemps éveillée au sein, fut rassasiée par la seule tétée.

– Bravo, mom, fit Tawana. Pas besoin de tirer votre lait, allez vite vous recoucher. Je ferai informer le pédiatre que l'allaitement exclusif est bien mis en place. Nous allons pouvoir enlever ce tuyau et baisser progressivement la température du matelas, pour voir si sa température corporelle se maintient.

– D'accord, répondit Amélie avec un sourire. Merci pour tout, à tout à l'heure.

Elle continua ses allers et venues jusqu'au dimanche soir, espérant à chacune de ses visites qu'elle repartirait avec Sofia et commençant à s'impatienter. Épuisée par le manque de sommeil et les tétées de plus en plus longues, elle était à bout de nerfs. Elle supportait la douleur lancinante de son bas ventre et de ses jambes depuis trois jours et souffrait désormais de surcroit d'un terrible mal de dos dû au poids de sa poitrine depuis sa spectaculaire montée de lait.

Elle enviait désespérément les mamans dont le bébé dormait juste à côté d'elles. Elles n'avaient qu'à tendre les bras pour les nourrir. Elle relança Tawana à vingt heures. Celle-ci lui répondit que d'après le pédiatre, Sofia devait être déchargée du service de néonatologie le soir même, mais il n'avait pas encore eu le temps de remplir les papiers ce qui, apparemment, était un travail fastidieux.

Alors Amélie, les nerfs à vif, s'installa dans un fauteuil et resta sur place en attendant de pouvoir enfin repartir avec Sofia. Après la tétée suivante, à vingt-trois heures, elle se réinstalla puis à minuit, craqua littéralement.

—Je n'en peux plus, sanglota-t-elle. Ne puis-je pas retourner dans mon lit avec mon bébé en attendant que le pédiatre termine la partie administrative ? Cela fait trois jours que je ne dors jamais plus d'une heure consécutive et j'ai mal partout ! se lamenta-t-elle en déversant un torrent de larmes d'épuisement. J'attends ici depuis quatre heures, j'ai terriblement besoin de m'allonger...

— Oh, *mom*... oui, je comprends, lui répondit une infirmière. Je vais voir ce que je peux faire.

Cinq minutes plus tard, elle réapparût en poussant un petit chariot contenant Sofia.

— Allons-y, *mom*.

— C'est que... je vous préviens, je ne marche pas très vite, s'excusa-t-elle.

— Oh... attendez, je vais demander à un collègue de vous pousser dans un fauteuil roulant.

— Merci beaucoup...

A une heure du matin, elle s'allongea enfin dans son lit, Sofia à ses côtés. Elle décida de la nourrir avec un peu d'avance, n'ayant pas envie de se rendormir pour se réveiller moins d'une heure plus tard, ce qui devenait de plus en plus frustrant, à la longue.

Elle n'avait jamais eu autant d'intimité avec son enfant et la regarda tendrement pendant quelques minutes une fois qu'elle tomba endormie dans ses bras, rassasiée.

Mon tout petit bébé...

Elle était si petite, si frêle... comme un oisillon tombé du nid. Elle la reposa dans son lit qu'elle colla au sien, la couvrit bien puis prit sa minuscule main dans la sienne avant de sombrer dans un sommeil de plomb jusqu'à quatre heures.

Le lundi matin, elle était un peu plus reposée, ayant pu dormir presque deux heures et demie sur trois, et n'ayant pas eu à se lever pendant plus de huit heures d'affilée. Elle sourit de toutes ses dents en réalisant que ses parents viendraient la voir en milieu d'après-midi. Mais juste avant le repas, une infirmière vint prendre la température de Sofia.

– Oh... elle est redescendue à 35°C... je vais tout de suite prévenir le pédiatre.

Non, non, non... Je ne peux pas recommencer ce cirque... je ne veux plus être séparée d'elle, plus jamais !

Sans réfléchir, elle retira vivement son pull et ouvrit sa chemise avant de sortir Sofia de son lit et de la déshabiller entièrement jusqu'à ce qu'il ne lui reste plus que sa couche, puis l'installa sur son ventre, face à face, et referma sa chemise sur leurs deux corps collés peau contre peau.

Elle étala ensuite son pull sur le dos du nouveau-né, ainsi que les couvertures de bébé puis, par-dessus toutes ces couches, son propre drap et sa couette. Elle referma ensuite ses deux bras sur le dos de son petit et attendit le pédiatre.

Celui-ci arriva dix minutes plus tard et ne put s'empêcher de sourire en voyant cette image. Seule la minuscule tête de Sofia coiffée de son petit bonnet dépassait des couvertures. Amélie lança un regard de hibou au pédiatre.

– Bonjour *mom.* Je vois que vous avez pris les choses en main, plaisanta-t-il en s'approchant avec son thermomètre. Il va falloir que je lui mette dans le creux de l'aisselle, si vous voulez bien sortir son bras de là-dessous.

Elle s'exécuta, puis une fois qu'il eut placé le bout du thermomètre au bon endroit, replaça le petit bras contre son corps. Au bout de quelques minutes, le médecin retira l'objet.

– 37°C. Bon, on va laisser gérer maman, alors, fit-il avec un sourire en coin. Tenez, je vais vous le laisser, il faudra prendre sa température très régulièrement, au moins jusqu'à ce qu'elle atteigne le poids de trois kilos.

– Merci Docteur !

– Je vous en prie. Aurez-vous de l'aide à la maison ? s'enquit-il, l'absence d'Amine ne lui ayant pas échappé.

– Mes parents arrivent cet après-midi et restent à la maison pour cinq jours. Ensuite, ma sœur vient pour une semaine le lendemain de leur départ.

– Parfait, répondit-il, soulagé. De toute façon, même si votre bébé est autorisé à rentrer à la maison, ce n'est peut-être pas encore votre cas. Il faudra voir cela avec le service de gynécologie. Prenez-bien soin de vous, *mom*, et de votre beau bébé.

– Promis. Merci pour tout.

9. Nouvelles contraintes

A partir de ce moment, elle ne mit Sofia dans son petit lit que pour aller aux toilettes ou lui changer sa couche, jusqu'à ce que ses parents arrivent en milieu d'après-midi. Ils s'esbaudirent bien évidemment face à la perfection de leur première petite fille et Brigitte eut les larmes aux yeux en constatant la maigreur du nourrisson lorsqu'Amélie la déshabilla devant eux.

Puis une infirmière vint retirer les points de suture de cette dernière.

– Magnifique ! s'exclama-t-elle.

Amélie, deux montgolfières lui obstruant la vue, ne parvenait pas à regarder sa cicatrice, alors sa mère la prit en photo pour la lui montrer et effectivement, il n'y avait qu'un mince trait rouge bien régulier au-dessus de son pubis. Ses parents eurent alors l'occasion de voir ses jambes, qui n'avaient toujours pas dégonflé d'un poil, et eurent du mal à cacher leur inquiétude.

Après la tétée de seize heures, elle leur demanda de veiller sur Sofia pour lui permettre de faire une sieste. Brigitte et Jean s'alternèrent donc pour garder le nourrisson bien au chaud dans leurs bras jusqu'à ce qu'elle se réveille à dix-neuf heures. Ils descendirent ensuite tous deux s'acheter des sandwiches pour accompagner Amélie dont le dîner venait d'être servi.

Une infirmière vint alors lui faire sa piqure d'anticoagulants et lui donner ses cachets.

– Votre tension artérielle commence enfin à descendre, *mom*, constata-t-elle. Je vais en informer le médecin.

A vingt-trois heures, alors que ses parents étaient partis, elle revint lui annoncer qu'elle serait libérée le lendemain matin à neuf heures. Amélie envoya donc un message à sa mère pour l'en informer. Elle était heureuse de sortir de l'hôpital mais était terrorisée à l'idée de cohabiter de nouveau avec Amine et de partager son lit avec lui.

Heureusement que ses parents étaient là... il jouerait les gendres parfaits et, de toute façon, repartirait au travail deux jours plus tard.

Le mardi matin, à huit heures, Amélie avait nourri Sofia, s'était habillée et avait rassemblé ses affaires lorsque ses parents arrivèrent. Elle resta assise sur le lit avec son bébé dans les bras en attendant qu'on lui donne ses documents de décharge et ses ordonnances. Vingt minutes plus tard, on lui apporta le tout puis Brigitte et Jean l'emmenèrent en chaise roulante au service de néonatologie pour dire au revoir aux personnes qui avaient pris soin de son bébé.

Ils se rendirent ensuite à l'accueil du rez-de-chaussée pour commander un taxi et Amélie en profita pour demander à récupérer son dossier de grossesse, mais on lui répondit que ce dernier partirait aux archives de l'hôpital, selon la procédure habituelle.

Ils prirent chacun un café et un muffin à la cafétaria en attendant le taxi qui devait arriver trente minutes plus tard. Amélie en profita pour allaiter Sofia, de peur qu'elle ne se refroidisse avant même de sortir de l'hôpital. Brigitte lui offrit alors ses cadeaux de naissance : deux couvertures et un magnifique nid d'ange, tous en laine, tricotés à la main par ses soins.

Amélie, heureuse et reconnaissante, emmitoufla son bébé frileux dans les confections de sa mère avant de le déposer dans le couffin qui faisait partie de la poussette qu'elle avait acheté deux mois plus tôt et que ses parents avaient apporté en venant à l'hôpital.

Lorsqu'elle sortit quelques minutes plus tard, elle se sentit euphorique en sentant l'air frais et les doux rayons d'un beau soleil d'automne sur son visage. Puis après un trajet de quarante minutes, ils arrivèrent chez elle.

Amine était là, arborant sa bienveillance habituelle lorsque ses beaux-parents étaient présents. La matinée passa rapidement puis, après avoir servi le repas qu'il avait préparé à tout le monde, mangé et lavé la vaisselle, il annonça qu'il devait sortir.

Amélie se retrouva seule avec ses parents et Sofia dans son nid douillet et ils prirent enfin le temps de discuter.

– Comment vous a reçu Amine, hier ? s'enquit Amélie.

– Très bien, répondit sa mère.

– Et c'est donc lui qui vous a prévenu que j'étais à l'hôpital ?

– Oui, répondit Brigitte, la gorge serrée.

– Que se passe-t-il, maman ?

– Oh, rien, c'est juste que... il m'a appelée juste après avoir été prévenu par l'hôpital et... tu me connais, je ne suis pas du genre à me mêler de ce qui ne me regarde pas mais... évidemment, je me suis inquiétée pour toi, je lui ai demandé de me rappeler dès qu'il serait sur place, mais... il m'a dit qu'il n'irait pas tout de suite, qu'il devait attendre d'avoir fini son travail et... ton père et moi nous sentions impuissants, tu comprends ? Nous n'avions aucun moyen d'arriver rapidement et lui, qui n'avait qu'à prendre un taxi ou même le métro pour pouvoir être près de toi... il a... il a décidé d'attendre la fin de sa journée de travail. Je lui ai dit, ma chérie, je lui ai dit qu'il ne pouvait pas t'abandonner dans un moment pareil, sanglota-t-elle... je lui ai dit que tu n'avais aucune famille sur place à part lui, je... je lui ai dit que ce qui t'arrivait était grave... mais il a continué à me répéter qu'il ne pouvait pas quitter son travail... c'est... c'est un lâche. Je veux dire que... que j'ai trouvé son attitude absolument impardonnable, je... je n'en revenais pas. Je ne peux pas comprendre cela, ma chérie, désolée. Ton père, ta sœur et moi nous sommes rongé les sangs pendant des heures en attendant d'avoir des nouvelles... c'était horrible.

– Tu sais, ma biche, continua Jean en prenant la main de sa femme bouleversée, moi, je serais parti en courant dans un taxi si c'était arrivé à ta mère, dit-il simplement. Qui se soucie de perdre son emploi quand il risque de perdre sa femme et son enfant ? Aucun patron ne refuserait à son employé d'abandonner son poste pour une telle raison.

– Mathilde est très remontée, elle aussi, reprit sa mère. Tu la connais, ajouta-t-elle d'un air entendu. Et puis... j'ai commencé à me méfier de lui quand il t'a fait cet odieux chantage, cet été... tu as fait ton possible pour me rassurer, mais je ne suis pas totalement dupe et... ça commence à faire beaucoup, si tu vois ce que je veux dire. Bref, te traite-t-il bien ?

Amélie resta silencieuse. De toute évidence, elle ne pouvait plus mentir ni trouver d'excuses à Amine et n'en avait de toute façon aucune envie. Mais elle venait de rentrer chez elle après les quatre jours les plus éprouvants de sa vie, et d'autres défis l'attendaient : elle devait se rétablir et surtout, requinquer sa fille. Elle n'économiserait pas ses efforts jusqu'à ce que cette dernière soit hors de danger.

Elle n'avait pas la force de tout raconter à ses parents à cet instant. Et puis, par où commencer ? Elle leur mentait depuis si longtemps.

– Voulez-vous un café ? demanda-t-elle brusquement.

– Euh, oui, volontiers, répondit son père.

– Attends, ne te lève pas, ma chérie, dit Brigitte. Je vais m'en occuper. Tu en veux un, toi aussi ?

– Non merci, je vais plutôt essayer de dormir, si vous voulez bien vous occuper de la petite merveille quand j'en aurai fini avec elle, dit-elle en se préparant à l'allaiter.

– Bien sûr, répondit Jean avec un large sourire.

Le soir, Amine rentra vers vingt-deux heures. Tout le monde était déjà couché, Amélie dans la chambre, sa fille dans son panier de Moïse juste à côté d'elle et ses parents dans le clic-clac de la pièce principale. Il prit une douche et vint se coucher auprès d'Amélie. Il l'enlaça alors et elle le laissa faire, n'ayant pas été câlinée depuis cette intense expérience.

Ayant terriblement besoin de réconfort, elle fit abstraction de sa rancœur l'espace de quelques minutes et se blottit contre son torse en plissant les yeux alors qu'il la serrait dans ses bras. Puis, haletant, il prit sa main et la dirigea vers son membre.

– Ça fait tellement longtemps... murmura-t-il. S'il te plaît mon amour, aide-moi...

Le cœur d'Amélie se brisa en mille morceaux. Elle retira lentement sa main, se dégagea de l'étreinte d'Amine et se tourna dos à lui pour faire face à Sofia. Elle posa une main protectrice sur le petit ventre de cette dernière puis s'endormit, des larmes silencieuses coulant sur son oreiller. Le lendemain matin, il reprit le travail, au grand soulagement d'Amélie.

Elle mit à profit le séjour de ses parents pour récupérer un maximum d'heures de sommeil. Amine ne passait que peu de temps dans l'appartement avec eux et dès qu'elle se couchait le soir, elle lui tournait le dos. Jean se chargeait de ses piqures d'anticoagulants d'Amélie et une sage-femme venait chaque jour prendre sa tension artérielle et peser Sofia.

– Bravo, *mom*, fit-elle au bout du quatrième jour. Elle prend en moyenne quarante grammes par jour, continuez ainsi. Votre tension continue de descendre progressivement mais ce n'est pas encore gagné. A partir de maintenant, vous pourrez aller la prendre vous-même à l'accueil du centre médical qui se trouve à quelques pas de chez vous. Je vous suggère de vous y inscrire dès que possible pour y être suivie régulièrement, si ce n'est pas déjà fait. Une de mes collègues viendra une dernière fois dans trois jours pour peser votre bébé et, si cela continue de cette manière, nous arrêterons de vous rendre visite et c'est vous qui viendrez une fois par semaine. Vous allez également recevoir une convocation pour les vaccins obligatoires dans environ un mois. Mais sachez que vous pouvez venir dans notre centre quand vous le souhaitez, même si ce n'est que pour peser votre bébé. Ne lui donnez pas de bain avant qu'elle n'ait dépassé les trois kilos, ce n'est pas nécessaire et il faut éviter à tout prix de la refroidir.

– D'accord, merci. Bonne journée.

– Bonne journée, *mom*.

Ses parents partirent en milieu d'après-midi ce jour-là, la laissant seule, puisqu'Amine s'était rendu à son travail dans la matinée. Ses jambes avaient enfin dégonflé, de moitié en l'espace d'une nuit. Elle sortit une paire de bas de contention de taille moyenne, espérant pouvoir bientôt mettre ceux de première taille. Son ventre la faisait de moins en moins souffrir et elle avait décidé d'arrêter les anti-douleurs.

Après cinq jours à avoir passé quasiment tout son temps en position allongée, elle se sentait plus reposée et avait une envie grandissante de sortir se promener aux alentours mais n'osait pas prendre le risque de faire chuter la température de Sofia.

Elle passa le reste de la journée au lit, allaitant Sofia quasiment sans interruption. Celle-ci avait un appétit de plus en plus vorace. Entre deux tétées, Amélie la regardait dormir paisiblement dans ses bras, humant son odeur délicieuse et écoutant sa respiration ponctuée d'adorables petits bruits de bébé.

Elle ne s'en lassait pas et aurait pu passer ses journées à admirer et cajoler sa merveilleuse petite fille. Le temps était figé par cette osmose, alors qu'elles étaient seules dans leur cocon l'une contre l'autre.

Amélie sentit toutefois monter l'appréhension en elle en fin de journée, lorsque l'heure du retour d'Amine approcha. Il arriva à vingt et une heure. En entrant, il la salua puis regarda avec insistance la vaisselle accumulée dans l'évier avant de jeter un œil réprobateur dans le frigidaire vide, puis passa devant Amélie pour se rendre dans la salle de bain en ne cachant pas son mécontentement.

Amélie était tendue de la tête aux pieds depuis qu'il avait franchi le seuil de la porte d'entrée. N'ayant pas pu sortir de la journée de peur de refroidir Sofia, elle n'avait mangé que des viennoiseries que ses parents lui avaient achetées avant de partir.

Qu'espérait-il ? Elle avait subi une opération majeure une semaine auparavant et Sofia passait ses journées pendue à sa poitrine, se rattrapant avec avidité après avoir été sous nourrie pendant des semaines dans l'utérus. Elle était toujours très maigre, mais ses joues s'étaient déjà arrondies et la peau de ses jambes était de moins en moins fripée, se remplissant peu à peu de chair.

Songeant avec espoir que Mathilde arriverait le lendemain, elle déposa une petite Sofia repue et profondément endormie dans son couffin, éteignit la lumière de la chambre et feignit de dormir dès qu'Amine sortit de sa douche.

Lorsque Sofia la réveilla trois heures plus tard, il dormait. Elle profita de ce nouvel instant de tendre symbiose dans l'intimité de la nuit, priant pour que Sofia soit endormie au moment où il se lèverait pour partir au travail. Elle était tétanisée par la simple idée de lui adresser la parole ou même un simple regard.

Ses prières furent exaucées : Sofia se réveilla une fois à quatre heures du matin pour une nouvelle tétée puis se rendormit pour ne se réveiller qu'à huit heures, alors qu'Amine venait de partir. Amélie soupira de soulagement et toutes deux passèrent une matinée idyllique.

Mathilde arriva à treize heures. Amélie, qui l'avait attendue avec impatience, l'estomac grondant, lui mit son bébé dans les bras dès qu'elle franchit le seuil de la porte, lui fit rapidement la bise puis lui annonça qu'il n'y avait rien à manger et qu'elle sortait quelques minutes faire des courses dans le magasin juste à côté.

– Mais… je… je fais comment si elle pleure ? balbutia Mathilde, prise au dépourvu.

– Elle ne pleurera pas, elle vient de passer une heure au sein ! Berce-là et elle commencera vite sa deuxième activité favorite : dormir dans des bras.

Attrapant son manteau au vol, elle sortit en vitesse et revint quinze minutes plus tard avec un poulet rôti, des œufs, des baked beans, du cheddar, du pain et des yaourts qu'elle posa sur la table avant d'y installer également les assiettes et les couverts et de boire un grand verre d'eau d'une traite.

Elle mit les haricots à chauffer dans une casserole et servit le poulet. Une fois qu'elle eût découpé sa part en petits morceaux dans son assiette, elle reprit Sofia des bras de sa tante et la remit au sein en la tenant d'un bras, avant d'attaquer son repas de l'autre main.

– Bon appétit ! dit-elle après avoir avalé sa première bouchée.

– Merci, répondit Mathilde qui était également affamée.

– Alors, tu as fait bon voyage ? s'enquit Amélie après avoir vidé la moitié de son assiette.

– Oui, ça a été, aucun retard à déplorer. Mais ça a été long, j'avais tellement hâte de voir ma petite nièce ! Elle est tellement parfaite ! Elle m'a fait craquer pendant que tu étais aux courses, dit-elle d'une voix aigüe, les yeux emplis de tendresse.

– Alors, elle n'a pas pleuré ? demanda Amélie avec un sourire.

– Non. Elle adore déjà sa tata ! affirma-t-elle avec conviction.

Elles terminèrent tranquillement leur repas puis Amélie plaça Sofia sur son épaule et lui tapota le dos jusqu'à ce qu'elle fasse un rot, qui s'accompagna d'une régurgitation, ce qui devenait une habitude.

– Oups. Je crois que cette petite coquine a les yeux plus gros que le ventre ! rit Amélie en s'essuyant l'épaule avec une lingette pour bébé sous le regard légèrement dégoûté de Mathilde.

– Je peux la reprendre ? lui demanda celle-ci avec un grand sourire en tendant les bras.

– Bien sûr !

– Elle ne va pas me vomir dessus ?

– Non, ne t'inquiète pas, elle a seulement recraché le trop plein sur maman. Maintenant qu'elle a roté, tu es hors de danger, répondit Amélie avec un clin d'œil.

Elle en profita pour débarrasser la table, préparer le café et laver la vaisselle. Puis elle mit de l'ordre dans l'appartement et prépara une liste de courses pour la semaine.

– J'ai hâte de pouvoir sortir, confia-t-elle à sa sœur devant une tasse de café. Les quelques secondes que j'ai passées dehors tout à l'heure m'en ont vraiment donné envie, soupira-t-elle. Mais c'est encore trop tôt pour sortir mon petit bout de chou... lundi, une sage-femme doit venir contrôler son poids, je lui demanderai quand je pourrai lui faire prendre l'air.

– Oui, je te comprends... cela lui ferait du bien à elle aussi, renchérit Mathilde en regardant Sofia avec tendresse. Et il ne fait pas si froid, en octobre à Londres.

– Non, mais je crains tellement que sa température ne recommence à chuter, répondit Amélie avec un frisson. Cela arrive très rapidement, tu sais...

Son regard se perdit dans le vide, alors qu'une foule de souvenirs flous l'assaillaient.

– Bref, reprit-elle brusquement après cette minute d'égarement. Cela t'embêterait-il de la garder une heure, le temps que j'aille prendre ma tension au cabinet médical et terminer mes courses ?

– Non, pas du tout, répondit Mathilde avec un sourire radieux. J'espère seulement que tout va bien se passer et que tu ne seras pas retardée.

– Ne t'inquiète pas, je marche de plus en plus vite, surtout avec une bonne motivation : je sais très bien qu'elle me manquera au bout de quinze minutes !

Lorsqu'elle fut dehors, elle se sentit revivre. Elle marchait presque aussi vite qu'avant sa grossesse et ses jambes avaient encore dégonflé depuis la veille. Cinq minutes plus tard, elle arriva au centre médical et se rendit en salle d'attente où se trouvait un appareil mis à disposition des patients pour prendre leur tension artérielle. La sienne s'avéra normale.

En revenant vers chez elle, son sentiment de bien-être la quitta peu à peu alors que des souvenirs de son séjour à l'hôpital surgissaient dans son esprit sous formes de flashs, lui provoquant subitement une crise de larmes en pleine rue.

Elle se cacha entre deux maisons, tremblant de tout son corps, plaquant de toutes ses forces ses mains sur sa bouche pour étouffer ses propres gémissements qu'elle ne parvenait pas à réfréner.

Après quelques respirations profondes, elle parvint à se calmer et s'essuya le visage avec les manches de son manteau. Elle respira lentement pendant encore quelques minutes pour être certaine que cela ne se reproduirait pas puis sortit enfin de sa cachette.

Elle fit rapidement ses courses puis se hâta de rentrer, luttant contre les souvenirs qui lui revenaient et commençant à ressentir des douleurs dans le dos et le bas ventre.

Dès qu'elle pénétra dans l'appartement, elle fut instantanément apaisée par l'odeur de Sofia. Elle entra dans la chambre où Mathilde s'était installée pour câliner sa nièce adorée. Sofia, prenant conscience du retour de sa mère, se mit à pleurer et Mathilde la tendit immédiatement à Amélie qui la mit au sein.

Tenant Sofia d'une main, elle s'installa confortablement sur son lit et laissa son corps entier se détendre, couvant son petit du regard et comptant ses minuscules orteils.

– Tu vas bien ? s'enquit Mathilde. Tu as l'air un peu pâle...

– Oui, ça va, la rassura-t-elle. C'est simplement que je ne peux pas encore marcher ni rester debout très longtemps pour l'instant, mais je progresse tous les jours.

– Oui, ça va aller... ça n'a pas dû être facile, tout ce qui t'est arrivé. Tu nous as fait une belle frayeur, ajouta-t-elle les yeux brillants.

– Je sais... je suis désolée...

– Désolée de quoi ? Ce n'est pas ta faute ! Et... ça va, avec Amine ?

– Pas terrible, comme tu t'en doutes, répondit Amélie en haussant les épaules et en évitant le regard de sa sœur. Je suppose que la chute du niveau hormonal et le manque de sommeil n'aident pas non plus.

– Elles ont bon dos, les hormones !

– Je sais, Mathilde... je sais. Mais je ne veux pas... je ne peux pas repenser à tout ça maintenant, je... je dois juste remplumer mon pauvre petit bébé jusqu'à ce qu'il soit hors de danger.

– D'accord... je comprends. C'est juste que je n'ai pas hâte de le voir... il rentre à quelle heure ?

– Aucune idée...

Elles passèrent le reste de l'après-midi à papoter et à rire. Amine n'arriva pas avant vingt-trois heures et repartit le lendemain matin à sept heures. Amélie ne comprenait pas comment cela était possible... en général, soit il était de l'après-midi, soit du matin.

Elle le soupçonna d'éviter sa sœur et ressentit un élan de colère envers lui. Il savait que Mathilde se méfiait de lui, mais Amélie ne tolèrerait pas qu'il manque de respect à un membre de sa famille. Il avait au moins l'obligation de la saluer.

Le dimanche soir, Amélie était sur des charbons ardents. Elle ne supportait plus de rester enfermée et avait envie de se promener avec Mathilde et Sofia, ou au moins d'aller boire un café à l'extérieur.

Les deux sœurs veillèrent tard ce soir-là, si bien qu'elles n'étaient pas couchées lorsqu'Amine rentra. Ce dernier passa devant Mathilde sans la saluer, ce qui la laissa sans voix.

– Amine ! l'appela sèchement Amélie.

– Quoi ? répondit-il sur un ton de défi en se retournant.

– Est-ce que tu peux dire bonjour à ma sœur qui est là depuis deux jours, s'il te plaît ? lui demanda-t-elle, la mâchoire crispée.

– Je lui ai fait un signe de tête en passant devant elle, ça voulait dire Bonjour.

– Oui, ne t'inquiète pas, Amélie, fit Mathilde d'une petite voix. Il n'y a aucun souci.

– Si, il y a un souci, continua Amélie d'une voix tremblante, sentant qu'elle perdait peu à peu le contrôle de ses nerfs. Ce type manque de respect à ma famille, ajouta-t-elle en le regardant droit dans les yeux pour la première fois depuis qu'elle était rentrée de l'hôpital. C'est un gros souci, pour moi.

– Tu ne crois tout de même pas que je vais te laisser me parler de cette façon parce qu'il y a ta sœur ? aboya Amine avec haine. Je n'ai pas peur d'elle, et je n'ai aucun respect pour elle car je sais qu'elle n'en a aucun pour moi.

– Comment veux-tu qu'elle ait du respect pour toi alors que tu as laissé crever sa petite sœur et sa nièce ? cria-t-elle.

La voyant trembler de tout son corps, Mathilde s'empressa de lui prendre Sofia des bras puis sortit dans le couloir de la salle de bain et ferma la porte.

– ESPÈCE DE MONSTRE !! hurla-t-elle. Tu as parlé au personnel soignant comme à de la *merde*, alors que tu n'étais jamais là et qu'ils faisaient *ton* travail, comme s'ils n'en avaient pas assez à faire !! Et maintenant, tu oses manquer de respect à ma sœur alors que c'est grâce à elle que j'ai enfin pu faire des courses et prendre une douche… Tu n'avais pas l'air content quand le frigo était vide, hier, hein ?? Sale égoïste !! Tu as un bébé et tu pars toute la journée pour *travailler* mais tu ne veux rien payer !! Tu es horrible !! Et tu n'as même pas honte ! Et où étais-tu pendant tes cinq jours de congé paternité, hein ?? Tu nous as laissées crever toutes les deux !! Va au diable, espèce de pourri, sors, SORS TOUT DE SUITE !!!

Elle s'écroula sur le sol en suffoquant, secouée d'énormes sanglots. Amine sortit de l'appartement sans dire un mot.

Mathilde entrouvrit doucement la porte et regarda sa sœur qui pleurait toutes les larmes de son corps, recroquevillée sur le sol puis, s'assurant qu'Amine était bien parti, entra lentement dans la pièce en serrant Sofia dans ses bras.

– Ce n'est rien ma chérie, lui murmura-t-elle en lui caressant la tête. Maman a un gros chagrin. Tu sais, cela arrive aussi aux grandes personnes, ma petite puce. Elle a eu très, très peur pour toi. Elle t'aime de tout son cœur. Maintenant, tata va consoler maman, d'accord ?

Elle posa Sofia au milieu du lit, lui déposa un baiser sur le front puis s'accroupit auprès d'Amélie dont la respiration commençait à ralentir. Elle posa une main sur son épaule.

– Relève-toi, ma sœur, viens, lui dit-elle en lui prenant une main, puis la seconde.

Elle la hissa sur ses pieds puis l'enlaça. Amélie lui rendit son étreinte et pleura encore quelques minutes sur son épaule.

– Je... je suis désolée, dit-elle d'une voix enrouée.

– Ne t'en fais pas. Il fallait bien que ça sorte à un moment ou à un autre... je préfère que ce soit arrivé pendant que j'étais là.

– J'ai... j'ai fait peur à Sofia, gémit-elle en regardant cette dernière puis en lui souriant après s'être essuyé le visage avec le mouchoir que lui tendait Mathilde.

– Je ne suis pas sûre qu'elle ait bien compris ce qui se passait. Je l'ai bercée en lui bouchant les oreilles. Et puis de toute façon, elle découvrira bien tôt ou tard que sa mère n'est pas faite de pierre.

Amélie s'assit sur le lit et caressa la joue de sa fille qui se mit à gazouiller en ouvrant et fermant frénétiquement la bouche.

– Je vois, soupira Amélie avec tendresse en soulevant son t-shirt.

Sofia téta goulûment en pinçant de sa petite main la poitrine de sa mère comme s'il s'agissait d'un doudou.

– Et maintenant, qu'est-ce que tu vas faire ? s'enquit Mathilde.

– Je... je ne sais pas. Nous ferions peut-être mieux de nous coucher. Je suis fatiguée, il est déjà presque minuit. La sage-femme vient nous rendre visite à neuf heures demain matin. J'espère qu'après cela, nous pourrons sortir. Mais j'ai peur... Tu sais, depuis qu'elle a quitté son matelas chauffant du service de néonatologie, elle est presque tout le temps dans mes bras. Elle se réveille de plus en plus vite si je la mets dans son lit, elle n'a pas le temps de se refroidir... et l'appartement est bien chauffé. Dehors, ce sera une autre affaire.

– Nous verrons bien demain, conclut Mathilde en baillant. Je vais me coucher, repose-toi bien.

– Bonne nuit.

Amine revint une heure plus tard et se glissa directement sous la couette en tournant le dos à Amélie puis repartit à sept heures du matin. Les deux sœurs prirent leur petit déjeuner puis la sage-femme arriva. Elle félicita de nouveau Amélie après avoir constaté que Sofia avait encore pris cent-trente grammes en trois jours. À onze jours, elle pesait désormais deux kilos quatre cents.

– Peut-elle sortir, ou devons-nous attendre encore quelques jours ?

– Vous pouvez essayer progressivement : d'abord une demi-heure en prenant sa température toutes les dix minutes puis, si tout se passe bien, vous pouvez allonger la durée quotidienne des sorties. Cela vous fera du bien à toutes les deux de prendre un peu d'air et de lumière, même pour quelques minutes. Et votre tension ?

– Elle est normale depuis deux jours.

– Très bien. Je vous souhaite un bon rétablissement, *mom*. Vous savez où nous trouver au moindre problème. Je vous invite à venir peser votre bébé au moins une fois par semaine jusqu'à ce qu'elle dépasse les trois kilos, ce qui ne devrait plus tarder ! Cette demoiselle est douée d'un bel appétit !

– Merci, bonne journée à vous.

Après avoir refermé la porte derrière la sage-femme, Amélie jeta un œil par la fenêtre puis se tourna vers Mathilde.

– Il fait beau, aujourd'hui, et on dirait qu'il n'y a pas de vent ! constata-t-elle avec un sourire rempli d'espoir. Il y a un parc à moins de deux-cents mètres, on peut essayer d'y aller, qu'en dis-tu ?

– Avec plaisir !

Après l'avoir changée et allaitée, Amélie mit un épais pyjama et un bonnet à Sofia puis l'emmitoufla dans son nid d'ange en laine et, après l'avoir posée dans son landau, ajouta deux plaids qu'elle borda soigneusement tout autour d'elle en ne laissant dépasser que sa tête. Elle ferma ensuite la housse du landau et enfila son manteau, dans la poche duquel elle mit le thermomètre, et toutes trois sortirent.

Au bout de dix minutes de marche, Amélie commença à avoir mal au dos et au ventre et s'assit sur un banc. Elle en profita pour prendre la température de Sofia.

– Oh non, se lamenta-t-elle, prise de panique, elle est redescendue à trente-cinq degrés ! Vite, rentrons !

– D'accord, je vais pousser le landau, déclara Mathilde qui partit au pas de charge.

Amélie peinait à la suivre. Elle n'avait plus de force dans les jambes et avait de plus en plus mal au dos. Elle serra les dents et força le pas. Dès qu'elles entrèrent dans l'appartement, elle jeta son manteau sur le canapé, retira son pull et son t-shirt, sortit Sofia de son landau sans cérémonie avant de la déshabiller énergiquement, de la plaquer contre son corps et de s'enrouler avec elle dans les plaids.

Puis elle se glissa dans son lit sous la couette et lui caressa vigoureusement le dos. Cinq minutes plus tard, elle demanda à Mathilde de lui donner le thermomètre et soupira de soulagement en constatant que la température du nourrisson était remontée à trente-sept degrés. Le petit être s'était endormi, la tête enfouie dans le cou de sa mère, un adorable petit rictus de contentement au coin des lèvres.

– Bon... je crois que tu vas devoir patienter avant de sortir, fit Mathilde avec un sourire désolé.

– Non... je vais devenir folle si nous restons enfermées... j'ai une autre idée.

Elle se leva, tenant toujours Sofia d'un bras, et fouilla avec l'autre dans son placard avant d'en sortir son écharpe de portage. Elle remit son pyjama à Sofia et, s'étant entrainée à utiliser l'écharpe avant la naissance de cette dernière, parvint assez facilement à l'ajuster de manière à ce qu'elles soient bien calées et serrées l'une contre l'autre.

Sofia se rendormit aussitôt comme une bienheureuse, la joue contre la poitrine de sa mère qui leva les bras en l'air en signe de triomphe.

– Bravo, dit Mathilde d'un ton solennel. Maintenant tu dois tout défaire et te rhabiller avant de tout recommencer !

– Non, je n'ai volontairement gardé que ma brassière. Regarde, ce n'est pas fini !

Elle sortit une veste polaire et l'enfila, puis ajouta un petit plaid sur le dos de son bébé avant de remonter la fermeture éclair jusqu'au milieu du dos du nourrisson. Puis elle fit de même avec son manteau et remit le petit bonnet sur la tête de Sofia.

– Voilà ! On sort ?

– Oui, avec plaisir, répondit Mathilde avec un sourire. Ooooh, regarde-là... elle a l'air si bien. Elle est tellement craquante ! Mais tu es sûre que ça va aller, pour toi ? Tu as déjà mal au dos au bout de cinq minutes de marche sans rien porter...

– Heureusement, il y a des bus, à Londres ! Et des super fauteuils dans les coffee shops !

Elles ressortirent donc et effectivement, le simple fait de marcher cinquante mètres jusqu'à l'arrêt de bus puis d'attendre quelques minutes debout donna l'impression à Amélie d'avoir un poignard planté entre les reins. Elle s'assit avec soulagement dans le bus quand celui-ci arriva enfin.

Elles se rendirent à Kilburn pour y boire un café, ce qui combla Amélie de joie. Elles rentrèrent ensuite pour déjeuner puis repartirent l'après-midi, vadrouillant en bus pour visiter la ville, n'en sortant que pour changer de ligne.

En début de soirée, Amine fit son apparition. Ils se saluèrent tous trois sobrement puis il se rendit à la salle de bain pour prendre une douche. Mathilde avait l'air très mal à l'aise et, pour détendre l'atmosphère, leur proposa ensuite de prendre quelques photos d'eux avec Sofia. Ils acceptèrent et se forcèrent à sourire sur les clichés.

Puis les deux sœurs continuèrent à discuter de tout et de rien et Amine s'approcha soudain d'elles, l'air grave.

– Peux-tu traduire s'il te plaît ? demanda-t-il à Amélie.

– Oui...

– Vous parlez français, mais ne croyez pas que je ne comprends pas ce que vous dites. Je sais très bien que vous dites du mal de moi depuis tout à l'heure.

Amélie traduisit à sa sœur ce qu'il venait de dire d'un air mi-blasé, mi-désespéré.

– Mais non, pas du tout ! tenta de le rassurer Mathilde.

– Je sais très bien ce que j'ai entendu, affirma-t-il.

– Mais Amélie, dis-lui qu'il se trompe complètement !

– C'est peine perdue, fit-elle en haussant les épaules. J'ai cessé de m'expliquer et de me justifier pour tout et n'importe quoi depuis longtemps.

– C'est bien ce que je pensais, marmonna Amine en se rhabillant pour ressortir.

– Mais, il est complètement paranoïaque ! s'exclama Mathilde lorsqu'il eut fermé la porte derrière lui.

– Complètement, répondit simplement Amélie.

– Je n'ai rien dit ! Par respect pour toi et par amour pour Sofia, alors que je n'en pense pas moins ! fit-elle, les lèvres tremblantes. C'est lui qui m'évite comme la peste depuis que je suis là ! C'est tellement injuste... que puis-je faire pour lui faire comprendre qu'il se trompe ?

– Rien. Il est inutile de discuter avec lui. Il est et sera toujours dans la peur, la haine et la menace. C'est parce qu'il ne voit que son nombril. On ne peut pas le refaire, ajouta-t-elle amèrement. Regarde comment il nous a abandonnées alors que j'ai tout sacrifié pour l'aider. Et c'est encore lui la victime... il s'attire la pitié des autres et abuse de leur générosité jusqu'à ce qu'ils lui tournent le dos. Il ne sait fonctionner que de cette façon... tout lui est dû, rien n'est jamais sa faute, il est malchanceux, la vie est injuste avec lui... je l'ai compris trop tard. Ou plutôt, je l'ai compris il y a bien longtemps, mais je n'ai pas fait confiance à mon instinct et il a réussi à chaque fois à me faire douter et à me culpabiliser.

– Mais... tu ne peux pas rester vivre avec lui... tu seras malheureuse !

– Je ferai avec. Pour Sofia. Je ne veux pas de garde alternée ni de bataille juridique... je n'en ai pas la force.

Et je mourrai d'angoisse qu'il ne l'enlève à chaque fois qu'il sera seul avec elle...

– Mais... il t'a laissé crever ! Et depuis que Sofia est née il ne s'occupe absolument pas d'elle !

Et il m'a frappé, insultée, menacée... et il a tout fait pour me forcer à me convertir à sa religion... penses-tu qu'il me laisserait donner une éducation athée à sa fille ?

– Mathilde, je n'ai pas le choix... je dois rester avec lui et supporter ses caprices égocentriques, dit-elle d'un ton grave. C'est la seule façon de protéger Sofia.

– Qu'est-ce que tu veux dire ? T'a-t-il menacée ? s'enquit-elle brusquement en se levant.

– Non, ne t'inquiète pas, mentit Amélie... de toute manière, pour le moment, je n'ai pas la capacité de résister, je dois retrouver mes forces et requinquer Sofia. Peut-être que nos rapports s'adouciront par la suite et que nous trouverons un terrain d'entente... Pour l'instant, je n'ai pas envie de penser à lui, je veux profiter du temps passé avec toi.

– Mais Amélie, je...

– Mathilde, je ne *veux* plus parler de lui, ni même penser à lui, dit-elle d'un ton sans appel.

Pendant le reste du séjour de Mathilde, elles passèrent leurs journées à se promener dehors, la plupart du temps en bus. Lorsqu'Amélie avait mal au dos, sa sœur prenait Sofia dans ses bras. Elle parvenait à marcher un peu plus longtemps chaque jour, son dos se remusclant peu à peu. Ses jambes étaient désormais toutes fines, ainsi que sa taille. Elle avait perdu beaucoup de poids, bien qu'elle mange comme un ogre.

L'allaitement lui demandait beaucoup d'énergie et l'appétit de Sofia devenait gargantuesque.

Puis le samedi, Amélie accompagna sa sœur jusqu'à l'aéroport de Gatwick où elle lui offrit un English breakfast. Lorsqu'elle la vit disparaitre dans le couloir d'embarquement une heure plus tard, son cœur se serra.

Ça y est... nous sommes désormais seules avec lui...

Ce jour-là, elle avait pris son landau. Elle savait qu'elle serait seule pour le trajet de retour et que Mathilde ne pourrait plus prendre le relais en cas de mal de dos. La veille, elle s'était rendue au centre de sage-femmes et Sofia pesait alors deux kilos cinq-cents soixante. Elle détacha son écharpe et déposa son bébé dans la poussette après l'avoir soigneusement emmitouflé.

Elle se rhabilla, palpa sa poche de manteau pour vérifier une énième fois que son thermomètre s'y trouvait toujours puis descendit à la station de métro. Pour l'instant, elle ne mettrait pas le nez à l'extérieur et il faisait encore plus chaud dans le métro que dans l'aéroport. Elle ne prit donc la température de Sofia qu'au bout d'une demi-heure, par acquis de conscience, constatant sans surprise que celle-ci était normale.

Elle réfléchit à ce qu'elle pourrait faire du reste de sa journée. Il n'était que quatorze heures, il faisait beau dehors et elle n'était pas pressée de rentrer chez elle. Elle décida donc de sortir du métro à London Bridge et de terminer le trajet en bus, même si cela lui prendrait plus d'une heure et demie. Elle fut de nouveau victime d'une de ses incontrôlables crises de larmes, qu'elle cacha tant bien que mal en remontant son col roulé jusqu'à ses yeux et en collant son front contre la vitre.

Elle ne passa que dix minutes à l'extérieur avant de monter dans un bus. Elle reprit la température de Sofia : celle-ci était toujours normale. Elle ne la revérifia qu'après avoir changé de bus à Westminster, puis une dernière fois en arrivant devant chez elle après quinze minutes de marche. Elle resta stable.

À peine arrivée chez elle, sentant à nouveau les larmes lui monter aux yeux, elle décida de ressortir immédiatement. Elle se rendit au parc de Roundwood, à dix minutes à pied de son appartement, et entreprit d'en faire le tour. À la suite de sa césarienne, ses muscles avaient littéralement fondu et elle souhaitait retrouver une force physique à peu près normale dès que possible.

Elle marcha à sa vitesse maximale, ignorant les larmes qui coulaient sur ses joues à chaque fois qu'une nouvelle vague de souvenirs l'assaillait, tentant de chasser ces derniers de son esprit aussi vite que possible. Elle s'arrêta toutes les dix minutes, s'asseyant sur un banc pour reprendre son souffle, soulager ses jambes et s'assurer que la chaleur corporelle de Sofia restait stable.

Celle-ci dormit à poings fermés jusqu'à leur retour à l'appartement vers dix-huit heures, après qu'Amélie ait fait quelques courses, puis se réveilla en pleurant, affamée.

Amélie la nourrit pendant une heure, confortablement installée sur son lit, puis la remit dans son landau qu'elle installa dans la salle de bain, juste en face de la vitre de la douche pour pouvoir se laver rapidement avant qu'elle ne se remette à brailler.

Sofia regardait sa mère avec des yeux ronds quand celle-ci essuyait la buée de la vitre toutes les deux minutes pour lui faire un « coucou ! » avec un grand sourire.

Puis Amélie se prépara un sandwich qu'elle engloutit en moins de dix minutes avant de mettre de l'ordre dans l'appartement et d'aller se coucher à vingt heures, épuisée, son bébé accroché à son sein. Au bout d'une quarantaine de minutes, elle déposa une petite Sofia endormie dans son panier de Moïse, prenant mille précautions pour ne pas la réveiller.

Lorsqu'Amine arriva, vingt minutes plus tard, elle feignit le sommeil, tendue de la tête aux pieds, son cœur cognant si fort dans sa poitrine qu'elle craignait qu'il ne l'entende.

Il se rendit directement à la salle de bains et une fois douché, alla se restaurer dans la cuisine, faisant bruyamment claquer les portes des placards, probablement agacé que sa femme n'ait rien cuisiné pour lui.

Elle posa une main sur le petit ventre de Sofia, craignant que cette dernière ne soit réveillée par le vacarme que son père faisait dans la cuisine. Puis celui-ci entra dans la chambre d'un pas lourd et s'immobilisa debout à côté du lit.

– Je sais que tu ne dors pas, dit-il d'un ton menaçant. Demain, je suis de l'après-midi, nous parlerons dans la matinée. Bonne nuit.

Amélie garda le silence. Elle osait à peine respirer et tous ses muscles étaient contractés. Elle resta figée et ne bougea pas un orteil avant d'entendre les ronflements d'Amine. Puis Sofia se réveilla en gémissant et elle la mit aussi rapidement que possible au sein, de peur qu'il ne se réveille.

Elle regarda l'heure sur son téléphone. Sofia avait dormi à peine deux heures. Elle se réveillait de plus en plus fréquemment et Amélie était épuisée. La tétée dura une heure et Amélie lutta contre le sommeil avant de la remettre dans son panier, mais elle se réveilla de nouveau trente minutes plus tard.

– Je sais ce que tu veux, petite coquine, murmura Amélie avec tendresse. Tu voudrais être en permanence contre ta maman mais ce n'est pas possible, mon petit bébé.

Trois heures plus tard, après avoir répété ce petit manège une dizaine de fois, Sofia se réveillant désormais à peine quelques secondes après avoir été déposée dans son couffin, Amélie jeta les armes et dormit d'un œil jusqu'au petit matin, allongée sur le dos, le haut du corps redressé sur trois oreillers, ses bras enveloppant Sofia qui était allongée sur son ventre.

Elle se promit de monter le lit à barreaux et de le caler entre le mur et le lit parental pour écarter tout risque de chute dans l'après-midi, dès qu'Amine serait parti. Elle attendit que le jour se lève, appréhendant la « discussion » qu'elle devrait avoir avec lui et à laquelle elle ne pourrait désormais plus échapper.

Lorsqu'il se réveilla vers dix heures, Amélie était déjà levée depuis trois heures et visionnait une série sur Netflix, assise sur son canapé, Sofia dormant dans ses bras. Après s'être débarbouillé dans la salle de bain, il mangea une tranche de brioche avec son café puis une fois rassasié, rompit le silence :

– Ta sœur est-elle bien rentrée, hier ?

– Oui.

– Très bien. A-t-elle passé un bon séjour ?

– Oui, je crois...

– Bon. Je me suis renseigné auprès d'un imam, je dois te laisser tranquille pendant quarante jours à partir de la naissance du bébé... ensuite, nous pourrons... reprendre nos rapports physiques.

Amélie resta silencieuse.

– Je sais que ça a été un accouchement difficile pour toi, reprit-il en s'approchant d'elle avec un regard qui se voulait bienveillant. Mais cela fait maintenant plus de deux semaines, il faut aller de l'avant et recommencer à t'occuper de ton foyer... et de ton mari, conclut-il d'un ton pompeux.

Il ouvrit alors ses bras et l'enlaça. Elle se figea, ne sachant quelle émotion elle ressentait avec le plus d'intensité : La peur, la colère ou le dégoût.

– As-tu déjà pris rendez-vous pour déclarer la naissance de Sofia ? s'enquit-il en relâchant son étreinte.

– Non, je vais le faire demain. Je m'étais renseignée à l'hôpital... au Royaume-Uni, on a six semaines pour le faire.

– D'accord. Tu te souviens que c'est mon nom de famille uniquement qu'elle portera ?

– Oui, marmonna-t-elle.

– Quoi ? Cela ne te plaît pas ? Souviens-toi de ce qui pourrait t'arriver. Tu es une bonne mère et je n'ai pas envie de te séparer de ton enfant, mais ne me pousse pas, d'accord ?

– D'acc... d'accord, bégaya-t-elle, la gorge sèche.

– Je vais t'envoyer auprès de ta mère pendant ton congé maternité.

– *M'envoyer* ? répéta-t-elle, incrédule.

– Oui, je suis le père de famille, c'est moi qui prends les décisions.

Elle garda le silence, résistant de toutes ses forces à l'envie de le rabaisser à ce qu'il était : un minable. Après une minute de réflexion, elle conclut avec pragmatisme qu'il serait en réalité merveilleux d'être séparée de lui pendant plusieurs semaines et de pouvoir profiter pleinement de son bébé sans avoir la peur au ventre à chaque instant, bien qu'elle ne comprenne pas que lui puisse ne serait-ce qu'envisager de rester séparé de Sofia aussi longtemps. Cela la dépassait...

– Je vais partir en Algérie pendant un mois et demi, reprit-il. Je ne souhaite pas que tu restes seule à Londres pendant tout ce temps. Tu me rejoindras pour deux ou trois semaines en janvier.

– En Algérie ?

– Oui, en Algérie. Pourquoi, cela te pose-t-il un problème ?

– N... non.

– Bien. Quand se termine ton congé maternité ?

– Je reprends le lundi 13 février.

– Et moi je serai en Algérie du 16 décembre au 6 février. Tu pourrais venir en janvier... D'autre part, les délais sont très longs en ce moment pour les passeports au consulat d'Algérie. Sofia n'en aura pas avant le voyage... vous devrez toutes les deux partir avec un visa. Il faut donc que tu lui fasses faire un passeport français.

– Bien. C'est dimanche, aujourd'hui, je m'occuperai de tout cela la semaine prochaine.

– Très bien. Il est déjà onze heures, ajouta-t-il en regardant sa montre. Je dois y aller, bonne journée.

– Bonne journée.

Elle respira à nouveau normalement lorsque la porte se referma sur lui. Elle réalisa qu'il n'avait pas donné une minute d'attention à Sofia de la matinée et qu'il ne l'avait pas même embrassée avant de partir...

– Alors, qu'allons-nous faire aujourd'hui, mon bébé ?

En guise de réponse, Sofia fit claquer sa bouche, ses petits bras et ses petites jambes gesticulant d'impatience, puis commença à se plaindre. Amélie la mit donc au sein puis, la tenant d'une main, se décida à consulter sa boîte mail, qu'elle n'avait pas ouverte depuis la naissance de Sofia.

Une fois qu'elle eut supprimé une trentaine de messages publicitaires et répondu aux mails de plusieurs amis et membres de sa famille, elle consulta sa boîte professionnelle, sur laquelle elle découvrit des messages de félicitations des ressources humaines et de plusieurs collègues, ainsi qu'un long courriel de Raoul Viechri, directeur général de *Kids and Frogs*. Celui-ci la félicitait, lui témoignait sa sympathie pour la dure épreuve à laquelle elle avait dû faire face et l'intimait à se reposer et à profiter de son enfant.

Amélie fut touchée par tous ces témoignages de soutien. Elle répondit à Monsieur Viechri puis aux ressources humaines, leur demandant de transférer son message à tous ses collègues, les remerciant tous sincèrement et leur promettant de venir leur présenter Sofia dès que possible. Elle joint une photo de cette dernière à chacune de ses réponses avant de les envoyer puis ferma son ordinateur à midi et demi, affamée.

Elle mangea de nouveau un sandwich puis décida de sortir faire le tour du parc. Sofia dormit dans son landau pendant toute la promenade. Sa température ne baissait plus et Amélie parvint à marcher vingt minutes d'affilée entre deux pauses.

Lorsqu'elles rentrèrent une heure et demie plus tard, Sofia dormait toujours, permettant à Amélie de lancer une lessive et de monter le lit de bébé qu'elle installa entre le mur et le lit parental. De cette façon, si elle s'endormait avec sa fille dans son lit, celle-ci serait en sécurité entre son corps et le lit à barreaux.

Après la sieste et la tétée de son bébé, Amélie consulta ses comptes sur son ordinateur. Elle dressa ensuite une liste de courses pour le lendemain en faisant l'inventaire de tout ce qui manquait dans l'appartement et en conclut que son salaire du mois d'octobre serait plus que bienvenu, deux jours plus tard.

Elle ressortit ensuite faire le tour du parc et parvint à le faire en une heure en ne faisant qu'une pause de cinq minutes au milieu.

Sofia, qui n'avait pas dormi cette fois-ci, avait gazouillé pendant toute la promenade en réponse aux innombrables grimaces de sa mère qui tentait par tous les moyens de lui arracher son tout premier sourire.

Amélie prenait de plus en plus de photos de son enfant, chaque pose, chaque expression de cette petite merveille lui paraissant absolument fascinante. En rentrant, elle réussit même un magnifique cliché de son petit visage hurlant, la bouche ouverte de travers, mimique caractéristique de l'envie de téter. Elle l'avait ensuite rapidement mise au sein avant que ses tympans n'explosent.

Les jours qui suivirent, Amine et Amélie se croisèrent peu, se contentant de se saluer poliment et de se tenir informés des nombreuses démarches en cours. Amine prenait Sofia cinq minutes dans ses bras le soir en rentrant du travail, la rendant immédiatement à sa mère si elle pleurait ou si elle avait besoin d'être changée.

Il ne cachait pas son mécontentement en constatant qu'aucun repas cuisiné ne l'attendait lorsqu'il rentrait et Amélie se sentait tendue comme un arc dès qu'il était présent, craignant de nouvelles menaces. Elle n'avait pas le temps de cuisiner et se nourrissait exclusivement de sandwiches et de viennoiseries, prise dans un tourbillon administratif et gérant seule l'approvisionnement en tout dans l'appartement ainsi que les tâches ménagères.

Pour couronner le tout, elle passait la majeure partie de ses journées et de ses nuits avec un adorable petit vampire accroché à sa poitrine. Elle était par ailleurs parvenue à donner un rythme régulier de sommeil à sa fille.

Elle avait abandonné la lutte pour la coucher dans son lit le soir, bien trop épuisée pour cela, et depuis que Sofia dormait à ses côtés, elle ne se réveillait qu'une fois par nuit pour téter. Amélie, retrouvant peu à peu ses forces, faisait le tour du parc deux fois par jour, en milieu de matinée puis en milieu d'après-midi.

Sachant que Sofia s'endormait en quelques minutes lorsqu'elle était promenée dans son landau et que sa mère l'y laissait en rentrant jusqu'à ce qu'elle se réveille (en profitant pour s'occuper des tâches ménagères ou prendre une douche), Sofia ne faisait plus que deux siestes distinctes, d'une à deux heures chacune et bien réparties dans la journée.

Après avoir déclaré la naissance de sa fille à la mairie, Amélie obtint un rendez-vous au consulat de France le 10 novembre pour la demande de transcription et de passeport. En attendant cette date, elle avait réuni tous les documents demandés et s'était rendue chez un photographe pour prendre les photos d'identité (sur lesquelles Sofia était affreuse, comme tous les bébés, apparemment) et imprimer le faire-part de naissance qu'elle avait soigneusement préparé sur son ordinateur en une trentaine d'exemplaires. Elle les envoya à toutes ses connaissances le jour même.

Quelques jours plus tard, lors de son rendez-vous au consulat, on lui annonça qu'étant prioritaires, les Français résidant au Royaume-Uni obtenaient leurs passeports en seulement une semaine. *Kids and Frogs* se trouvant non loin de South Kensington, elle en profita pour rendre visite à ses collègues et leur présenter sa petite merveille dont la beauté fit l'unanimité.

A presqu'un mois, Sofia venait de dépasser le poids de trois kilos. Bien qu'elle soit toujours fine, ses petites joues étaient désormais bien rondes et la peau de ses cuisses était tendue par la chair. Elle était hors de danger et devenait un magnifique bébé, avec ses fossettes au creux des joues, son joli petit nez retroussé, ses lèvres pleines et ses yeux noirs en amende, brillant comme des scarabées et mis en valeur par ses long cils bien fournis.

Amélie discuta également avec Emmanuelle de la possibilité de revenir à temps partiel jusqu'à la fin mai pour pouvoir profiter de son bébé qu'elle avait l'intention d'allaiter au moins jusqu'à ses six mois. Celle-ci accepta tout de suite et lui demanda de lui envoyer les horaires qu'elle souhaiterait avoir pendant cette période pour pouvoir soumettre sa demande à la direction. Elle lui proposa au passage de venir déjeuner chez elle le dimanche suivant, trois jours plus tard, et Amélie accepta l'invitation avec joie.

En rentrant chez elle en milieu d'après-midi, elle ouvrit son ordinateur pour prendre ses billets d'avion. Elle prit d'abord son aller-retour pour Genève du 12 décembre au 20 janvier, puis chercha un aller-retour pour l'Algérie. La famille d'Amine se trouvait proche de Sétif, à trois heures de route d'Alger. Elle chercha d'abord un vol Genève-Sétif mais ce trajet n'existait pas. Elle consulta donc les trajets Genève-Alger, puis s'aperçut qu'il existait des vols Lyon-Sétif, moins coûteux et mieux desservis. Elle en conclut que c'était la meilleure option et se mit à réfléchir aux dates de son séjour.

Elle se figea soudainement, prise de panique en repensant à toutes les menaces d'enlèvement qu'avait proférées Amine. Elle se souvint qu'une de ses amies, franco-tunisienne, n'avait pas pu quitter la Tunisie pour rentrer en France avec ses enfants sans l'accord de son mari (qui était également tunisien). Elle avait dû lui téléphoner en urgence pour qu'il envoie un mail d'autorisation aux douaniers avant qu'ils ne ratent leur avion. Et si Amine ne donnait pas l'autorisation à Sofia de quitter le territoire algérien ?

Non, je ne peux pas aller là-bas... c'est bien trop risqué...

D'un autre côté, si elle refusait de se rendre en Algérie, elle en subirait également les conséquences... peut-être qu'Amine exigerait de prendre Sofia en partant en décembre pour ne revenir qu'un mois et demi plus tard, pensa-t-elle avec horreur. Pendant une minute, elle songea à prendre les billets puis prétendre que Sofia était malade la veille du départ.

Non, il ne me croira jamais... il me fera vivre l'enfer et mettra ses menaces à exécution.

Elle décida de se renseigner auprès du consulat d'Algérie et en consulta les horaires d'ouverture : il était déjà fermé. Elle éteignit donc son ordinateur, décidant de les appeler le lendemain matin avant d'effectuer les demandes de visa et de prendre les billets.

Le vendredi, à neuf heures précises, elle leur téléphona, leur demandant en premier lieu des informations sur la procédure de demande de visa. On lui expliqua qu'elle devrait demander des visas en tant que membres de la famille d'un citoyen algérien. Le coût de la procédure était de quatre-vingts livres par personne et le délai de réception des visas de trois semaines à partir de l'enregistrement de la demande.

Sachant qu'elle partait un mois plus tard en France, il fallait faire vite. Le cœur palpitant, elle posa ensuite la question qui lui brûlait les lèvres :

– Pour quitter l'Algérie avec ma fille, ai-je besoin d'une autorisation de son père ?

– Non, Madame, puisqu'elle n'a pas de passeport algérien et qu'elle entrera sur notre territoire avec un passeport français et un visa de tourisme.

– D'accord, merci, répondit-elle d'un ton neutre. D'ailleurs... son père a déposé une demande il y a une semaine auprès de votre administration, il m'a dit que les délais étaient très longs, savez-vous quand le passeport de notre fille sera prêt ?

– Ah, il y en a pour quatre mois au minimum, Madame. Depuis que le passeport biométrique est devenu obligatoire pour les Algériens, nous croulons sous les demandes.

– Je comprends. Merci beaucoup et bonne journée.

En raccrochant son téléphone, elle poussa un long soupir de soulagement et regarda Sofia avec tendresse. Au moins, personne ne pourrait *légalement* les empêcher de repartir en France à la fin du séjour. Mais elle refusait de payer ce montant exorbitant pour les visas...

Elle téléphona à Amine. Celui-ci, qui n'avait plus l'habitude qu'elle l'appelle, répondit au bout d'une sonnerie :

– Allô ? Que se passe-t-il ?

– Je viens de me renseigner auprès du consulat d'Algérie, les visas sont de quatre-vingts livres pour chacune. Je n'en ai pas les moyens.

– Eh bien... il va falloir que tu trouves une solution, car j'ai dit à toute ma famille qu'ils rencontreraient ma fille en janvier.

– Je... je pense que tu pourrais au moins payer nos visas, sachant que je paie déjà les deux allers-retours en avion et que tu n'as jamais rien dépensé pour Sofia. Je veux dire... les couches, les vêtements de bébé et tout le matériel ne sont pas gratuits...

– D'accord, soupira-t-il, mais ne me fais pas de reproches concernant les affaires de bébé, je vais justement te rapporter un formulaire à remplir pour obtenir l'aide universelle. Tu toucheras quatre-vingts livres par mois de l'État britannique, tu n'auras donc plus rien à me demander.

– D'accord... merci, marmonna-t-elle. Peux-tu me virer dès maintenant les cent-soixante livres pour que je puisse valider les demandes de visa s'il te plaît ?

– Là, je n'ai pas trop le temps, et je n'ai plus beaucoup d'argent. Il vaudrait mieux que tu paies toi-même dans un premier temps, je te rembourserai avec mon prochain salaire.

Mais oui, bien sûr...

– Malheureusement, je n'ai pas la somme nécessaire pour payer les billets *et* les visas ce mois-ci... si j'attends mon prochain salaire, je risque de les recevoir trop tard...

– Bon, d'accord, acquiesça-t-il à contrecœur après un silence. Je m'en occupe. Je t'enverrai un message dès que ce sera fait.

– Merci, à plus tard.

Elle partit faire le tour du parc avec Sofia pour sa sieste matinale dans le landau et en rentrant une heure plus tard, ayant reçu la confirmation d'Amine, vérifia son compte bancaire et finalisa ses demandes. Elle consulta ensuite les vols Lyon-Sétif. Elle n'avait aucune envie rester deux voire trois semaines chez la famille d'Amine à la merci de ce dernier... une semaine lui suffirait amplement.

Elle entama une réservation pour un aller le jeudi 5 janvier et, consultant les retours, se creusa la tête : son billet pour Londres étant déjà réservé le pour le 20 janvier depuis Genève, elle devrait pouvoir faire comprendre à Amine que Sofia et elle auraient besoin de récupérer entre deux trajets... elle réserva donc le vol de retour Sétif-Lyon pour le mardi 17. La durée du séjour en Algérie serait donc de douze jours... presque deux semaines.

Elle procéda au paiement, soulagée d'avoir enfin terminé toutes ces démarches. Il n'y avait plus rien d'autre à faire qu'à attendre. Elle se prépara un sandwich après avoir allaité Sofia puis, se sentant soudain désœuvrée, sentit une nouvelle crise d'angoisse monter en elle. Elle se hâta d'aller se cacher dans la salle de bain pour laisser se déverser sa détresse puis revint auprès de son bébé, qui commençait à s'impatienter dans son transat, et le prit dans ses bras. Elle s'installa dans son lit et câlina Sofia jusqu'à l'heure de la promenade de l'après-midi.

Ce soir-là, Amine rentra à dix-neuf heures et Amélie, qui avait déjà mangé, resta dans son lit, son enfant somnolant contre sa poitrine.

– Salut, lui dit-il. Tu as pu prendre les billets pour l'Algérie ?

– Oui, répondit-elle d'une voix morne. Je les ai pris du 6 au 17 janvier...

– Quoi ? Vous ne restez même pas deux semaines ? fit-il avec mauvaise humeur.

– C'est que... début janvier, les billets étaient plus chers et... nos billets de retour Genève-Londres sont réservés pour le 20 janvier... j'ai... j'ai fait ce que j'ai pu, désolée.

– Et pourquoi rentres-tu le 20 janvier à Londres alors que je ne reviens que le 6 février ?

– Parce que... je voudrais m'organiser et avoir le temps de redonner un rythme à Sofia avant de reprendre le travail... il faudra aussi trouver une nounou...

– Ok, répondit-il sèchement. La prochaine fois, je partirai seul avec elle en Algérie et nous y resterons plus longtemps, conclut-il avant d'aller prendre sa douche.

Amélie serra Sofia dans ses bras, paralysée par la peur et le désespoir. En sortant de la salle de bain, Amine se rendit dans la cuisine, faisant de bruyants gestes d'humeur. Elle se figea dans son lit, son cœur cognant dans sa poitrine. Elle compta les jours qui la séparaient de son vol pour Genève.

Mon Dieu... 30 jours...

Le visage déformé par l'angoisse, elle réalisa également qu'une semaine plus tard, cela ferait quarante jours qu'elle aurait donné naissance à Sofia, ce qui « autoriserait » de nouveau Amine - selon sa religion - à avoir des rapports sexuels avec elle.

Non... pas ça... plutôt mourir.

Elle fut parcourue d'un frisson en s'imaginant se laisser faire. Mais si elle le refusait, l'ambiance serait encore plus lourde et à plus ou moins long terme, la séparation serait inévitable... en l'état actuel des choses, aucun accord amiable n'était envisageable en cas de divorce... elle serait morte d'angoisse à chaque instant, craignant qu'il ne déclare de fausses accusations auprès des services sociaux pour obtenir la garde exclusive de Sofia.

Je dois me montrer docile... il le faut... pour l'amour de ma vie...

Elle lui caressa doucement le dos.

– Tout ira bien, mon merveilleux petit bébé, lui murmura-t-elle à l'oreille. Je te protègerai toujours... quoi qu'il m'en coûte.

Deux jours plus tard, elle se rendit comme convenu chez Emmanuelle, à dix minutes de marche de son appartement. Cette dernière partageait une maison avec quatre colocataires et, ce jour-là, ces derniers étaient tous de sortie et Amélie profita d'un moment d'intimité avec son amie et collègue qui, par ailleurs, cuisinait très bien. Pendant le trajet, Sofia s'était endormie dans son landau, ce qui permit aux deux jeunes femmes d'avoir une conversation d'adultes.

– Alors, comment vas-tu mon petit chou ? s'enquit Manue. Pas trop fatiguée ?

– Oh, un peu, mais j'aime tellement pouponner ! J'adore passer mes journées seule avec elle, c'est... indescriptible.

– Oh, c'est génial ! Et tu t'es bien remise de tes émotions et de ta césarienne ?

– Oui, ça va mieux, j'ai repris des forces, mais je continue à saigner tous les jours et selon ma dernière prise de sang, je suis toujours anémiée. On m'a donc prévenue que je prendrai du fer pendant encore plusieurs mois, au moins jusqu'à ce que j'arrête l'allaitement. En tout cas, ma tension artérielle est revenue à la normale et Sofia est hors de danger depuis qu'elle a atteint les trois kilos.

– Oui... elle est magnifique, fit Manue en la regardant dormir avec tendresse.

– Tu pourras la prendre dans tes bras quand elle se réveillera, lança Amélie avec un clin d'œil.

– Oooh, merci !

– Mais avec plaisir ! Je vois bien que Tatie Manue est complètement gaga et qu'elle en meurt d'envie !

Emmanuelle éclata de rire puis leur servit sa spécialité : un rougail saucisses, qui s'avéra délicieux.

– Et... Amine ? Il t'aide ? s'enquit-elle en se rasseyant, l'air sombre.

– Pour être honnête, non, lui confia-t-elle après une hésitation. A vrai dire, poursuivit-elle sombrement, ce serait plus facile sans lui. Il refuse de payer quoi que ce soit et n'a jamais changé une couche, à part celle qu'une des puéricultrices du service de néonatologie l'avait forcé à changer.

– Je vois...

– J'arrive à m'en sortir, toute seule... mais le soir, il me met une terrible pression... il trouve que je ne fais rien dans la maison et... il me menace dès que je montre le moindre mécontentement, conclut-elle.

– Oh, *darling*... il est... horrible... désolée, mais tu m'avais déjà confié par le passé qu'il ne te traitait pas avec le respect que tu mérites, et il est tellement... égoïste, dit-elle en grimaçant. Si tu penses que ce serait plus facile toute seule, pourquoi n'envisagerais-tu pas de... te séparer de lui ?

– Je... je ne peux pas... j'ai bien trop peur qu'il ne mette ses menaces à exécution, répondit Amélie en reniflant. Il obtient tout ce qu'il veut de moi en me terrorisant... je... je ne suis pas assez solide émotionnellement pour prendre un tel risque et... je dois aller en Algérie avec Sofia en janvier pour la présenter à sa famille...

– En Algérie ? Mais elle aura à peine trois mois ! Et s'il refuse de la laisser repartir en France ?

– Il ne peut pas, je me suis renseignée. Tant qu'elle n'a pas la nationalité algérienne, elle ne risque rien... et je pense qu'il vaut mieux éviter d'attiser la colère d'Amine, du moins pour l'instant. Et puis... c'est également la famille de Sofia et ils n'y sont pour rien s'il se comporte aussi mal. Ils ont le droit de la connaître autant que ma famille. Mais oui, j'ai très peur...

– Eh bien... tu es vraiment courageuse. Et pour l'hôpital qui t'a suivie pendant ta grossesse ? Nous en avons longuement discuté avec les collègues. Nous ne comprenons pas comment ils ont pu passer à côté d'autant de symptômes alors que tu t'y rendais plusieurs fois par semaine pour leur dire que tu ne te sentais pas bien. Je pense que tu as été victime d'une terrible négligence médicale, affirma-t-elle avec indignation. As-tu pensé à les attaquer en justice ?

– Je... à vrai dire, non... je... je n'ai pas la force de repenser à tout cela, dit-elle en réfrénant une énième crise de larmes... pas pour l'instant, conclut-elle en empoignant sa fourchette d'une main tremblante.

– Oh... désolée *darling*. Je sais que c'est encore frais et que tu as d'autres chats à fouetter en ce moment. Tu as raison, prend le temps de te rétablir.

Elles discutèrent ensuite de l'organisation prévue pour son retour de congé maternité et Amélie prit des notes sur un morceau de papier, lui promettant de lui envoyer la demande par mail le soir même afin que Manue puisse la faire valider par les ressources humaines le lendemain. Elle travaillerait donc vingt-cinq heures par semaine sur trois jours du lundi au mercredi jusqu'à la fin du mois de mai.

Puis Sofia se réveilla et Emmanuelle la garda dans ses bras pendant un long moment, totalement sous le charme de ce petit être qui gazouillait en la regardant avec des yeux ronds. Puis après l'avoir allaitée et bu un café, Amélie prit congé de son amie et fit sa promenade habituelle avant de rentrer chez elle.

Bien qu'il ait été difficile d'évoquer les aspects douloureux de sa vie, cela lui avait fait du bien de se confier et elle se sentait désormais plus légère. Relevant peu à peu la tête du guidon, elle parvenait de nouveau à réfléchir rationnellement, du moins lors de ses escapades quotidiennes.

Elle repensa aux propos d'Emmanuelle au sujet de la négligence médicale dont elle avait été victime... Elle avait remarqué un cabinet d'avocats dans sa rue, à dix minutes à pied de chez elle. Ces derniers indiquaient en gros sur leur façade qu'ils travaillaient gratuitement sur des dossiers d'erreurs médicales, ne prenant un pourcentage qu'en cas de gain de cause.

Elle décida donc de s'y rendre le lendemain. Elle songea qu'elle pourrait éventuellement y demander également quelques renseignements en droit de la famille...

Après une longue soirée d'angoisse en présence d'Amine et une nuit entrecoupée de cauchemars, elle sauta du lit dès qu'il partit, remerciant le ciel qu'il ait décidé de travailler sans jour de congé jusqu'à son départ en Algérie. Elle se prépara à la hâte, engloutit un croissant avec son café puis après avoir habillé et nourri Sofia, sortit de l'appartement à sept heures et demie et décida de faire le tour du parc pour pouvoir mettre de l'ordre dans ses pensées avant de se rendre au cabinet d'avocats qui n'ouvrait qu'à neuf heures. Elle repassa ensuite chez elle, prit ses comptes rendus d'hospitalisation et repartit en marchant vers le cabinet.

Elle arriva devant la porte de celui-ci cinq minutes avant l'ouverture. Lorsque la secrétaire l'invita à entrer, elle lui expliqua son cas et demanda s'il était possible de voir un avocat. Celle-ci lui donna rendez-vous pour l'après-midi même à quatorze heures. Elle revint donc après la promenade-sieste de l'après-midi et Sofia resta endormie pendant tout l'entretien.

– Je suis Dana Rajah, se présenta une belle brune d'une trentaine d'années à la magnifique chevelure longue et épaisse. Que puis-je pour vous ?

– Je... je pense avoir été victime de négligence médicale...

– Je vois. Avez-vous apporté des documents qui appuient vos soupçons ?

– Oui, les voici, fit-elle en les lui tendant d'une main tremblante.

Dana les lut attentivement puis, au bout de dix minutes, reprit la parole.

– En effet, c'est... assez catastrophique, comme bilan. Veuillez patienter, ajouta-t-elle en se levant, je vais voir ma collègue spécialisée dans ce domaine. C'est elle qui gère ce type de cas, je ne fais qu'un pré-tri des dossiers.

– D'accord...

– Je suis là, annonça Dana en revenant quelques minutes plus tard avec les documents. Saïda a accepté le dossier, elle pense effectivement que c'est un bon cas.

– Euh... très bien, merci beaucoup... et maintenant ?

– Je vais vous faire signer toute une série de documents, si vous êtes toujours d'accord pour que nous attaquions le NHS en votre nom.

– Ah, c'est le NHS que nous attaquons ?

– Oui, pourquoi ?

– Oh, c'est seulement que je pensais attaquer l'hôpital qui me suivait. Le personnel de l'hôpital de Kensington nous a sauvé la vie... je... ils font aussi partie du NHS.

– Vous faites totalement fausse route, Amélie. Ce n'est pas de cette façon qu'il faut raisonner. Le NHS est responsable de la formation et des conditions de travail de l'ensemble de son personnel et c'est cet organisme qui recrute les directeurs des hôpitaux. Le personnel soignant n'est absolument pas visé et serait au contraire reconnaissant à l'avenir de devoir sauver moins de vie en catastrophe, faute de soins appropriés dans le suivi des patients. Ce sont les failles d'un système que nous combattons, et non son personnel, qui en est la première victime.

– D'accord, je comprends tout à fait.

– Bien, je vais donc rédiger les documents. Pouvez-vous revenir dans deux jours ?

– Oui, à quelle heure ?

– Disons quatorze heures, si cela vous convient.

– C'est parfait pour moi. Merci pour tout et à bientôt.

– A bientôt Amélie, merci à vous.

Elle revint donc le mercredi à l'heure convenue. Dana l'invita à signer plusieurs documents après en avoir lu et paraphé chaque page.

– Voilà, c'est fait, annonça Amélie au bout de vingt minutes.

– Très bien. Je vous remercie. Juste une question : avez-vous conservé votre dossier de suivi de grossesse ?

– Non, je l'ai donné à l'hôpital de Kensington, ils m'ont dit qu'ils allaient l'archiver.

– Je vois. Bien, nous les appellerons nous-même. Nous vous tiendrons informée du suivi de votre dossier.

– Merci. Une dernière question...

– Oui ? C'est Saïda qui s'occupera de mon cas ?

– Oui, c'est sa spécialité.

– Et quelle est la vôtre ?

– Le droit de la famille et l'immigration.

– Intéressant...

– Pourquoi ?

Il y eut un silence.

– Je... mon mari ne me mène pas une vie facile, se hasarda-t-elle en se tordant les mains. Et il se trouve que je l'ai épousé pour lui donner des droits au Royaume-Uni... il est algérien et était sans-papiers quand nous nous sommes rencontrés.

– Je vous écoute.

– Il... il a un comportement abusif et me menace d'enlever notre enfant dès que je m'oppose aux injustices qu'il me fait subir...

– Et que comptez-vous faire ?

– J'aimerais trouver un terrain d'entente avec lui... en cas de séparation. Mais je n'en suis pas encore là, s'empressa-t-elle d'ajouter. J'ai simplement peur pour mon enfant... et je sais qu'il a peur pour ses papiers.

– Vous avez peur ?

– Je suis... terrorisée, en réalité.

– Souhaitez-vous que nous prenions rendez-vous pour des renseignements ?

– Je ne sais pas... j'espère toujours que la situation s'apaisera d'elle-même... j'aimerais trouver la force d'avoir une discussion constructive avec lui dès que possible... il s'est remis en question par le passé... mais voyez-vous, il sait à quel point j'aime notre enfant et malheureusement...

– Il s'en sert comme levier pour être en position de force, conclut Dana pour elle.

– Oui... répondit Amélie en levant enfin les yeux pour les plonger dans le regard intense et ténébreux de la jeune avocate.

– Je comprends, dit cette dernière d'un ton grave. Lorsque vous serez prête, n'hésitez pas à m'appeler pour convenir d'un rendez-vous. Notez toutefois que celui-ci ne sera pas gratuit.

– Oui... je m'en doute, c'est normal. Je vous remercie. Bonne fin de journée à vous et encore merci.

– Je vous en prie. Prenez bien soin de vous et... n'oubliez pas : aucun être, femme ou enfant, n'est la propriété de qui que ce soit. A bientôt, Amélie.

– Oui... à bientôt.

10. Prise au piège

Les jours suivants, l'humeur d'Amine sembla s'améliorer. Amélie s'en contenta, se trouvant par conséquent moins stressée en fin de journées par son retour. Ce n'est que le dimanche soir, lorsqu'il lui caressa le dos, qu'elle comprit ce qu'il attendait d'elle : Le lendemain, ce serait le fameux quarantième jour... elle plaqua ses mains sur sa bouche en le réalisant...

Mon Dieu, non... non, je ne veux pas, je ne peux pas...

Elle n'avait jamais connu ce problème auparavant. Elle passa une affreuse nuit, songeant à ce qui l'attendrait le lendemain : soit elle se résignerait et se laisserait faire, soit elle s'y refuserait et l'ambiance, glaciale depuis plus d'un mois, empirerait encore. Comptant silencieusement sur ses doigts, elle grimaça de désespoir : vingt-deux jours... vingt-deux longs jours la séparaient de son départ...

Le lendemain, comme elle s'y attendait, il se parfuma en sortant de sa douche et vint l'enlacer en souriant. Elle se figea et, d'un geste incontrôlé, le repoussa avant de se recroqueviller sous sa couette, serrant d'une main un des barreaux du lit de Sofia qui y dormait paisiblement.

– Je... je suis désolée... je ne peux pas, gémit-elle. Je saigne toujours...

Il ne répondit rien et s'allongea à côté d'elle et passa deux heures à se retourner incessamment dans le lit en soupirant bruyamment. Puis Sofia se réveilla, lui donnant une occasion désespérément attendue de quitter le lit conjugal pour aller l'allaiter sur le canapé. Lorsqu'elle fut endormie à son sein, Amine ronflait et Amélie se faufila aussi silencieusement que possible dans son lit, son petit dans les bras.

Ce manège dura trois soirs, pendant lesquels la frustration et la colère d'Amine stressaient tellement Amélie qu'elle eut de nouveau l'impression de voir des flashs de lumière et se demanda si elle était réellement hors de danger concernant sa tension artérielle.

En rentrant le vendredi, il ne la salua pas. Après avoir une fois de plus fait claquer tous les placards de la cuisine en faisant sursauter Amélie à chaque nouveau choc, il se mit à laver la vaisselle avec rage. Figée de terreur, elle décida alors qu'il était temps de rompre le silence. Tout en allaitant Sofia, elle s'installa derrière lui sur le canapé.

– Tu as passé une bonne journée ? s'enquit elle d'une petite voix.

Il ne répondit pas.

– Je... je pense qu'il est temps que nous ayons une conversation, reprit-elle. Tu as l'air très en colère et...

– OUI, JE SUIS EN COLÈRE ! hurla-t-il soudain, pétrifiant Amélie qui serra nerveusement son enfant dans ses bras. PARCE QUE TU NE FAIS RIEN DE LA JOURNÉE ! TU NE M'AIDES PAS !

Il se retourna alors brusquement et jeta à travers la pièce un couteau de cuisine dont la lame passa entre la tête d'Amélie et celle de Sofia. Amélie, en état de choc, pencha le haut de son corps au-dessus de son enfant et se tourna lentement, se mettant dos à Amine pour protéger Sofia, au cas où il jetterait de nouveaux projectiles dans leur direction. Par chance, celle-ci s'était endormi et l'éclat de voix de son père ne l'avait pas réveillée. Amélie savait qu'elle était partie pour au moins une heure de sommeil.

Elle se leva donc lentement, la déposa dans son lit à barreaux, accrocha une serviette sur le côté qui communiquait avec le lit parental, puis après avoir éteint la lumière de la chambre, se déshabilla silencieusement sous la couette. Lorsqu'Amine vint se coucher, elle posa la main sur son membre puis s'allongea sur le dos et écarta les jambes. L'étreinte fut brève. Une fois qu'Amine ronfla, elle prit une douche puis remit son pyjama et se recoucha, juste au moment où Sofia se réveillait.

– Plus que dix-sept jours mon bébé, lui murmura-t-elle en lui offrant le sein.

La semaine suivante, après avoir reçu un message du consulat de France, elle s'y rendit pour récupérer les deux passeports et le livret de famille mis à jour. Pendant le week-end, ils reçurent la visite de Faysal, qui s'était marié huit mois plus tôt avec une jeune femme britannique d'origine algérienne nommée Yasmine. Cette dernière, qui l'accompagnait, était tombée enceinte à peine un mois après leur mariage et son accouchement était prévu deux mois plus tard, en janvier.

Amélie la trouva adorable et discuta un moment avec elle. Yasmine, qui n'avait que vingt ans, lui confia qu'elle était passionnée par les bébés et les enfants et qu'elle souhaitait suivre une formation pour être nounou à Londres.

Amélie reçut les deux visas cinq jours avant son départ pour la France. L'humeur d'Amine, pour qui Amélie écartait pourtant les jambes deux soirs sur trois, s'assombrit de nouveau. Il eut une discussion unilatérale avec elle en la sermonnant sur le fait que Sofia ne devrait pas se trouver en présence de personnes qui boivent de l'alcool, une fois en France.

Amélie, qui survivait tant bien que mal en attendant le jour du voyage, acquiesçait docilement à toutes les requêtes, remontrances et mises en garde d'Amine qui semblait en proie à une terrible crise de paranoïa à l'approche de leur départ. Elle sentait la tension monter de jour en jour et se trouva peu à peu paralysée par la terreur, cédant à tous ses caprices de peur que la situation ne dégénère.

La veille du départ, elle passa une nuit blanche, regardant passer les minutes qui la séparaient de ce moment qu'elle attendait de plus en plus désespérément. Leur avion décollerait à neuf heures, elle avait réservé un cab pour cinq heures du matin. Tout était prêt pour le voyage, il fallait simplement que l'heure arrive...

Lorsque son réveil sonna à quatre heures, elle le coupa presque instantanément, craignant de réveiller Amine, puis s'habilla silencieusement dans la salle de bain avant d'avaler un café en vitesse et de prendre délicatement Sofia dans ses bras. Cette dernière ne se réveilla même pas lorsqu'elle lui enfila son surpyjama et la déposa dans le landau.

Elle sortit presque en courant de l'appartement, avant qu'il ne se réveille, puis attendit le cab de l'autre côté de la rue, cachée derrière une camionnette, constatant qu'elle avait plus d'une demi-heure d'avance.

Lorsque le cab arriva, elle plia la poussette à la vitesse de la lumière après avoir attaché Sofia contre elle en écharpe pendant que le chauffeur chargeait ses valises dans le coffre. Lorsque toutes les portières furent fermées et qu'il démarra, Amélie colla son front contre la fenêtre pour laisser silencieusement couler des larmes de soulagement.

C'était la première fois qu'elle prenait l'avion avec son bébé. L'enregistrement des bagages fut laborieux, elle avait deux valises et le landau à mettre en soute, puis il fallut passer les contrôles de sécurité avec son sac à langer et son sac à dos, avant de présenter les passeports à la douane, ainsi que le livret de famille puisqu'elles n'avaient pas le même nom de famille.

Sofia, accrochée en écharpe contre sa mère, dormit paisiblement jusqu'à ce qu'Amélie la détache d'elle une fois assise dans l'avion. Elle lui donna le sein au décollage puis à l'atterrissage pour éviter le mal d'oreilles.

En arrivant à Genève, ses parents et sa sœur étaient là pour l'accueillir. Elle passa un séjour reposant et idyllique chez ses parents, pouvant enfin profiter pleinement de son bébé sans aucune pression et se laissant bichonner par Brigitte.

Au bout d'une dizaine de jours, ils partirent en région parisienne pour fêter Noël en famille, comme d'habitude, dans la maison de son oncle. Une fois arrivés, Sofia, qui avait dormi pendant tout le trajet, se contenta pendant deux jours de petites siestes régulières, trop courtes pour qu'Amélie ait le temps de s'endormir avant le prochain réveil. Elle passait de bras en bras et semblait ravie de faire la fête, excitée en permanence par de nombreux stimuli.

Au milieu de sa deuxième nuit blanche, Amélie fondit en larmes en suppliant Sofia de dormir. Deux de ses cousins, qui étaient encore debout en train de discuter dans le salon, lui prirent le bébé des bras et lui ordonnèrent de se coucher. Amélie s'exécuta avec gratitude. Les deux jours qui suivirent, épuisée, Sofia dormit pendant de longues périodes sans interruption.

Amine envoyait des messages menaçant à Amélie depuis qu'elle était partie et, la veille de Noël, à bout de nerfs, elle décida de lui téléphoner en milieu d'après-midi, après avoir confié Sofia à Brigitte. Elle sortit et fit quelques pas pour s'asseoir sur un banc à une dizaine de mètres de la maison.

– Allô ?

– Salut... tout se passe bien, en Algérie ?

– Oui, très bien, répondit-il froidement. Et dans ta famille ?

– Oui...

– Et où est Sofia ? fit-il d'un ton menaçant. J'imagine qu'elle passe dans les bras de chaque membre de ta famille, et que tout le monde boit de l'alcool...

– Amine, s'il te plaît... soupira-t-elle. C'est ma famille... c'est notre culture... mais pourquoi donc m'as-tu épousée ? demanda-t-elle, sa voix se brisant. Inutile de répondre, je sais très bien pourquoi... mais maintenant, nous avons un enfant... nous savons tous les deux que ce n'était pas prévu, mais il va falloir s'adapter... pour elle, conclut-elle d'une voix fébrile.

– Crois-moi, tout cela finira mal.

– Mais pourquoi cela doit-il mal finir ? gémit-elle. Beaucoup d'enfants bénéficient d'une double culture, c'est un atout... cela leur donne une précieuse ouverture d'esprit...

– Mais tu ne veux pas que je l'éduque à ma façon.

– Non, je n'ai jamais dit cela ! Je pense que nous pouvons chacun lui enseigner nos valeurs dans un respect mutuel.

– C'est impossible, je refuse qu'elle passe du temps avec des gens qui boivent. Elle pourra voir tes parents de temps en temps mais je ne veux plus qu'elle fête Noël avec ta famille.

– Mais... Noël est une fête très importante, pour nous... surtout pour les enfants...

– Donc tu ne veux pas qu'elle soit musulmane ?

– Je n'ai rien contre le fait que tu lui enseignes ta religion... mais je ne veux pas que tu la forces à la pratiquer en grandissant, je veux simplement qu'elle fasse ses propres choix, sans pression.

– Cela ne se passe pas de cette façon... elle est née musulmane puisque son père est musulman. Qu'attends-tu de moi ? que je la laisse manger du porc jusqu'à ce qu'elle « fasse ses propres choix » ?

– Non, ce n'est pas ce que j'ai dit. Moi-même, je n'en mange plus, par respect pour toi.

– Sauf quand tu es en France, sans moi. Et Sofia voudra en manger aussi, si toute sa famille en mange. Je te le répète : elle n'a pas besoin de fréquenter ta famille élargie, seulement tes parents.

– Et ma sœur ? demanda-t-elle, sentant la colère monter en elle.

Il y eut un silence.

– Tu vois, reprit-il d'une voix menaçante, tu es mon ennemie, nous sommes en guerre, annonça-t-il d'un ton sentencieux. L'un de nous gagnera et l'autre perdra tout.

– Mais Amine, reprit-elle d'une voix suppliante, ce serait terrible de la priver d'un de ses parents, comment peux-tu envisager cela ? Elle n'a que deux mois... nous pouvons discuter des choses point par point au fur et à mesure qu'elle grandit... tout ce que je souhaite, c'est qu'elle soit heureuse et en bonne santé et... après ce que tu m'as fait endurer pour me convertir à l'Islam, je veux simplement m'assurer que... que tu ne la malmèneras pas si... si elle décide en grandissant de ne pas pratiquer ta religion...

– Tu as très bien compris ce que je voulais dire, arrête de parler, c'est inutile.

– Je... on ne sait jamais de quoi demain sera fait... pourquoi craindre l'avenir ? On peut toujours trouver un terrain d'entente en communiquant... mais les menaces... les menaces ne fonctionnent pas éternellement, conclut-elle avec un sanglot.

– Oui, tu as raison, on ne sait jamais de quoi demain sera fait. Parfois, les gens meurent...

Amélie sentit son sang se glacer dans ses veines.

– Où... où veux-tu en venir ? bégaya-t-elle.

– Tu m'as très bien compris. Joyeux Noël, ajouta-t-il avant de raccrocher.

Elle resta assise sur son banc pendant cinq minutes, sous le choc, puis se leva lentement et marcha d'un pas lourd vers la maison. Lorsqu'elle prit Sofia dans ses bras, elle la serra avec plus de tendresse que jamais. Elle ne savait pas comment cela était possible, mais ce petit être innocent avait le pouvoir miraculeux d'apaiser tous ses maux en l'espace de quelques secondes.

Elle songea alors à son voyage en Algérie, dont la date approchait. Elle ne pouvait pas y échapper. Le temps avait ralenti, tous ses sens étaient en éveil. Elle vécut pleinement son séjour dans la maison de son oncle et en savoura chaque seconde avec sa famille, comme si c'était son dernier Noël.

Le 26 décembre, ils rentrèrent tous les cinq en Haute-Savoie où elle se reposa et fit le tour de ses amis avant de passer le nouvel an seule avec ses parents. C'est dans la première minute de l'année 2017 que Sofia fit son tout premier sourire, alors qu'Amélie venait de faire sauter une bombe surprise, répandant des cotillons et des serpentins partout dans la pièce, y compris sur la tête des trois adultes.

Amélie s'extasia et se livra à plusieurs séries de grimaces, de singeries et de danses ridicules pendant l'heure qui suivit, parvenant à obtenir une dizaine d'autres sourires.

Début janvier, elle partit deux jours en Savoie avec Mathilde pour faire le tour de leur famille paternelle et leur présenter sa merveille, qui usait et abusait désormais de son charme, ayant bien vite compris que chacun de ses sourires suscitait un « Ooooh !» plein de tendresse et d'admiration, quel qu'en soit le destinataire.

De retour chez ses parents le 3 janvier, Amélie commença à subir des crises d'angoisse de plus en plus rapprochées et de plus en plus intenses, partant pour l'Algérie deux jours plus tard. Elle acheta des cadeaux pour les parents et les frères et sœurs d'Amine la veille de son départ et, le moment venu, Brigitte et Jean l'emmenèrent à l'aéroport de Lyon St Exupéry, où elle enregistra son bagage en soute avant de boire un dernier café avec eux.

Le décollage était prévu pour treize heures et le vol durerait moins de deux heures. Avec un nœud à l'estomac, elle embarqua à midi et demi après avoir étreint ses parents. La tante d'Amine, Fatima (sœur ainée de sa mère), devait venir la récupérer à l'aéroport de Sétif. Elle avait l'air très gentille, du moins c'est l'impression qu'Amélie en avait eue lors de brefs échanges avec elle pendant les visioconférences d'Amine avec les différents membres de sa famille.

Dix minutes avant l'atterrissage, le pilote annonça soudainement qu'il ne pouvait pas se poser à l'aéroport de Sétif à la suite d'importantes chutes de neige et qu'il allait devoir atterrir en urgence à Alger. Amélie, affolée, se demanda comment elle pourrait bien se rendre dans la famille d'Amine depuis Alger, qui se trouvait à plus de trois heures de route...

En descendant de l'avion, elle alluma tout de suite son téléphone pour l'appeler et le prévenir de ce contretemps. Celui-ci lui dit qu'il aller chercher une solution et qu'il la rappellerait dès que possible. Après avoir franchi les douanes et récupéré ses bagages, elle attendit dans le hall de l'aéroport avec d'autres passagers aussi confus qu'elle.

Le personnel les informa qu'une solution était recherchée pour les acheminer jusqu'à Sétif mais que, ne sachant pas combien de temps cela prendrait, il serait préférable pour ceux qui en avaient la possibilité de trouver par eux-mêmes un moyen d'arriver à destination.

Plus d'une heure après avoir atterri, Amélie s'impatienta, consciente que le trajet serait encore long, et s'inquiéta du fait qu'Amine ne l'ait toujours pas rappelée. Comme d'habitude quand elle était dans le pétrin, il faisait le mort, attendant qu'elle s'en sorte seule.

Sofia, qui dormait toujours profondément contre sa poitrine, avait bien trop chaud et sa couche était pleine, après quatre heures sans avoir été changée. Amélie avait mal au dos, portant son enfant debout depuis plus d'une heure, mais n'avait d'autre choix que de rester au point d'information au cas où une solution serait trouvée.

Une demi-heure plus tard, à bout de nerfs, elle rappela Amine.

– Allô ? Alors, ils ont trouvé une solution ? s'enquit-il la bouche pleine.

– Non... je croyais que *tu* cherchais une solution, répondit-elle au bord des larmes.

– Désolé, personne n'est en mesure de venir te chercher, mais on m'a dit que dans ces cas-là, l'aéroport fournissait un moyen d'arriver à destination.

– Je... je suis épuisée, je n'ai pas un dinar, tu aurais peut-être pu m'envoyer un taxi, depuis tout ce temps, non ? dit-elle aussi calmement que possible, à bout de nerfs.

– Ok. Rappelle-moi dans trente minutes si tu es toujours à Alger et je t'enverrai un taxi.

– Trente minutes ? Mais j'attends déjà debout depuis une heure et demie avec toutes mes affaires, je ne peux même pas aller aux toilettes ou changer la couche de Sofia !

– Parle-moi sur un autre ton. Je suis sûr qu'une solution va bientôt être trouvée. A plus tard, conclut-il en raccrochant.

Au même moment, un des employés de l'aéroport annonça qu'un car était prêt à partir pour Sétif et invita les passagers du vol à le suivre. Un jeune homme proposa gentiment à Amélie de lui porter sa valise, pendant qu'un autre lui prenait le sac à langer et son sac à dos.

Les mains enfin libres, elle put remonter les fesses de Sofia pour soulager son dos et sentit alors que son bébé était trempé de sueur, ce qui n'était pas idéal, alors qu'ils sortaient dans le froid pour marcher jusqu'au car.

On la laissa monter dedans en premier et sa voisine resta debout quelques minutes, lui offrant son siège pour lui permettre d'y changer Sofia. Une fois que celle-ci fut enfin au sec avec une couche et un pyjama propres, Amélie invita la jeune femme à se rasseoir en la remerciant puis s'installa confortablement pour donner le sein à Sofia qui s'était enfin réveillée.

Le trajet dura trois heures et Amélie déplora de ne pas avoir eu l'occasion d'aller soulager sa vessie depuis qu'elle avait embarqué à Lyon, mais tenta de profiter du paysage tout en discutant avec sa sympathique voisine, algéroise d'origine kabyle, qui parlait parfaitement français.

Elle mourait de soif et une autre passagère, la voyant secouer sa gourde vide avec déception, lui offrit une bouteille d'eau qu'elle accepta avec gratitude.

Lorsqu'Amélie arriva à l'aéroport de Sétif, Amine et sa tante l'accueillirent et l'aidèrent à charger ses bagages dans le coffre, puis ils arrivèrent à vingt heures chez les parents d'Amine où un bon dîner les attendait.

La belle-famille d'Amélie se montra très accueillante et attentionnée envers elle. Amélie leur confia Sofia pour qu'ils puissent la pouponner à tour de rôle pendant qu'elle déballait ses affaires dans la chambre. En revenant au salon, elle leur offrit les cadeaux qu'elle leur avait achetés la veille et qu'ils furent touchés de recevoir.

Pendant le séjour, Amine ne fit que de rares apparitions dans l'appartement, se comportant comme le prince des lieux, pendant que sa famille prenait soin d'Amélie et de Sofia et les emmenait rendre visite à de nombreux amis et membres de leur famille élargie.

Hanane, sa belle-mère, lui organisa une fête de mariage, à laquelle une vingtaine de femmes furent conviées et pour laquelle une des sœurs d'Amine, Aïcha, avait confectionné une robe sur mesure à l'intention d'Amélie. Chacune des invitées avait apporté des mets succulents et Amélie se régala. Les femmes dansèrent et mangèrent tout l'après-midi dans une ambiance chaleureuse.

Lorsqu'il passait en coup de vent, Amine semblait très fier de sa femme qui s'adaptait parfaitement aux circonstances et se montrait souriante et aimable avec tout le monde, tentant d'apprendre quelques mots d'arabe et proposant spontanément son aide à Hanane, Aïcha et Aziza (l'autre sœur d'Amine) pour la cuisine et les tâches ménagères.

Il devait probablement penser qu'il donnait l'impression d'être un bon mari qui avait su rendre sa femme obéissante, mais Amélie se contentait simplement de traiter ces personnes de la même façon qu'ils la traitaient : avec respect et bienveillance.

Plus elle les fréquentait et plus elle se demandait ce qui avait bien pu faire d'Amine un tel tyran impitoyable. Manifestement, ce n'était pas du fait de ses parents ; l'attitude tout aussi exemplaire de ses deux sœurs et de ses deux frères en témoignait... elle repensa à sa dernière conversation avec lui, à la veille de Noël. Peut-être espérait-il toujours qu'elle se convertisse à l'Islam, afin d'élever Sofia dans leur foi commune...

Il ne comprendrait sans doute jamais qu'il était impossible pour Amélie de se forcer à croire en quoi que ce soit, ni que son amour pour lui était définitivement brisé depuis qu'il l'avait abandonnée à l'hôpital... mais peut-être que leur relation s'adoucirait après ce séjour et qu'elle supporterait de vivre sous le même toit que lui.

Car une séparation amiable était inenvisageable... il ne prendrait jamais le risque de la laisser donner une éducation athée et occidentale à Sofia, elle en était certaine. Ses menaces étaient sérieuses.

Sofia avait besoin de sa famille paternelle, de son héritage algérien. Cela faisait partie d'elle, autant que les traditions françaises. Il fallait qu'Amélie fasse son maximum pour maintenir la paix et l'harmonie dans la vie de son enfant.

Quant aux rapports sexuels... peut-être qu'elle y retrouverait goût, un jour ou l'autre... en attendant, logeant sous le toit de ses parents, il laissait Amélie tranquille, à son grand soulagement.

Nous verrons bien en rentrant à Londres...

Sur les conseils de sa mère et de ses tantes, Amine décida de passer une journée avec elle et Sofia, trois jours avant leur départ. Après qu'Amélie ait confié à Nordine, son beau-père, qu'elle aimerait beaucoup visiter la ville de Constantine qui ne se trouvait qu'à une heure de route de leur domicile, ce dernier leur appela un taxi pour les y conduire. Amélie ne décrocha pas un mot de la matinée, ressentant toujours une terrible angoisse lorsqu'elle se trouvait seule avec Amine.

Elle apprécia toutefois la visite de cette magnifique ville aux nombreux ponts et aux panoramas pittoresques. Ils prirent la télécabine qui traversaient les gorges du Rhummel, d'où la vue était spectaculaire. Après avoir également vu le pont suspendu Sidi M'Cid, ils visitèrent le centre-ville, où Amine l'invita au restaurant.

Très mal à l'aise, elle mangea silencieusement, se forçant de temps en temps à sourire à Amine en évitant son regard. En milieu d'après-midi, celui-ci lui reprocha de n'être « jamais contente » et décida d'appeler un taxi pour rentrer après qu'elle eut acheté quelques porte-clés pour sa famille dans une boutique de souvenirs. C'est avec soulagement qu'elle retrouva sa belle-famille en rentrant.

Le lendemain, avant-veille de son retour à Lyon, Amine, qui était sorti toute la matinée, entra dans l'appartement en milieu d'après-midi en annonçant que l'un de ses amis était avec lui et qu'Amélie devait se voiler. Celle-ci tenta de protester mais il lui lança un regard noir et demanda à sa mère de lui en prêter un.

Amélie s'exécuta les larmes aux yeux puis Hanane, au bout de cinq minutes, lui enleva son voile en disant à Amine de la laisser tranquille. Amélie discuta ensuite poliment avec l'ami d'Amine, qui était très sympathique puis, au bout de cinq minutes, confia Sofia à sa grand-mère pour pouvoir laisser couler ses larmes dans la chambre.

Le soir, les tantes d'Amine, Fatima et Karima, vinrent dîner à la maison. Tout comme Hanane et Nordine, elles parlaient parfaitement français. Elles discutèrent avec Amélie pendant tout le repas puis au bout d'un moment, sur le ton de la conversation, Fatima lui raconta que l'un des cousins d'Amine avait également épousé une Française qui s'était ensuite convertie à l'Islam.

– Comme toi, Inch Allah, ajouta-t-elle avec bonne humeur.

Amélie, dans un sourire crispé, secoua doucement la tête de droite à gauche en guise de réponse, puis on changea de sujet.

– Tu pourrais nous laisser Sofia, en partant à Lyon, suggéra Karima quelques minutes plus tard. Amine te la ramènera dans trois semaines, qu'en penses-tu ?

Amélie, figée d'horreur à cette idée, sentit tous les regards se tourner vers elle pendant un silence qui lui parut durer une éternité.

– Mais je... elle n'a que trois mois, balbutia-t-elle et je... je l'allaite ! ajouta-t-elle en réalisant que c'était une raison parfaite pour clore la discussion.

– Ah, oui... c'est vrai, conclut Hanane d'un air déçu. La prochaine fois.

En allant se coucher ce soir-là, Amélie ne parvint pas à s'endormir avant le petit matin. Pendant de longues heures, des pensées sombres se bousculèrent dans son esprit, maintenant ses yeux grands ouverts. Elle se souvint d'une conversation qu'elle avait eue avec Elena et qui lui avait glacé le sang, quelques mois auparavant.

Jawad envoyait régulièrement leur fille pendant plusieurs mois consécutifs dans sa famille en Algérie sans se soucier de l'avis de sa femme et ce, depuis qu'elle était bébé. En revanche, Elena n'était pas autorisée à rendre visite à sa mère en Pologne avec leurs enfants sans la présence de son mari.

Elle repensa à toutes les menaces d'Amine, mais sa famille n'y était pour rien, ou du moins, c'est l'impression qu'ils lui donnaient. Peut-être s'y prenaient-ils simplement en douceur pour atteindre leur objectif, contrairement à Amine ? Il lui était impossible de le savoir avec certitude. Dans tous les cas, il faudrait maintenir des relations pacifiques aussi longtemps que possible dans l'intérêt de Sofia.

Mais je ne laisserai jamais qui que ce soit me séparer d'elle, quoi qu'il m'en coûte. Je me battrai jusqu'au bout.

Le lendemain, dernier jour de son séjour en Algérie, elle se demanda si elle était paranoïaque mais il lui sembla que les parents et les tantes d'Amine se montraient plus froids avec elle.

Seules les belles-sœurs d'Amélie étaient toujours aussi chaleureuses. Elle avait même l'impression que ces dernières se montraient protectrices envers elle. L'angoisse monta en elle tout au long de la journée et le soir, Amine qui - pour une fois - arriva à une heure raisonnable, la trouva encore éveillée, sur le point de se coucher.

— Salut... demain, qui nous emmènera à l'aéroport, Sofia et moi ? s'enquit-elle.

Il resta silencieux pendant quelques minutes.

— C'est encore Fatima, répondit-il enfin.

— C'est... c'est très gentil de sa part.

— Oui. Et que comptes-tu faire, à Londres, pendant plus de deux semaines avant de reprendre le travail ? lui demanda-t-il d'un air suspicieux.

— Je vais m'occuper de Sofia et m'organiser avant la reprise... il faut que je lui trouve une nounou. Mais je serai à mi-temps, j'aurai un maigre salaire. Je travaillerai du lundi au mercredi. Si tu es en congé les lundis et mardis, il ne restera qu'à trouver une solution pour les mercredis.

— Ou alors, quand tu auras arrêté de l'allaiter, nous pourrions l'envoyer dans ma famille jusqu'à tes prochaines vacances.

— Amine, je... non, ce n'est pas possible. Tu ne peux pas me demander cela... je suis sa mère, je... je refuse.

— Ah oui ? Tu penses que tu peux refuser ? Tu as déjà oublié ce que je t'ai dit avant Noël ?

– Non, répondit-elle en baissant les yeux, étouffant un sanglot. Je ne l'oublierai *jamais*... Mais souviens-toi que pour l'instant, elle n'a que la nationalité française et réside au Royaume-Uni. Il y a des lois qui protège les enfants, en Europe.

– Je n'en ai rien à faire de vos lois, s'exclama-t-il avec dédain en bombant le torse.

Elle prit son petit et le serra contre elle. Amine attrapa rageusement le sac à main d'Amélie avant de le vider sur le lit, puis il brandit la pochette dans laquelle se trouvaient leurs deux passeports ainsi que le livret de famille.

– Que vas-tu faire, maintenant ? lui dit-il d'un air menaçant. Tu veux appeler la police ? ajouta-t-il en prenant le téléphone d'Amélie. Trop tard, dit-il d'un air mauvais en le mettant dans sa poche.

– Je... je te demande pardon, je... je n'aurais pas dû te parler sur ce ton, dit Amélie d'une voix tremblante en regardant le sol. Tu as raison, ce serait une bonne idée de l'envoyer de temps en temps en Algérie, nous pourrons en reparler à ton retour à Londres. Je t'en supplie, pardonne-moi et rends-moi mon téléphone et nos passeports.

Il resta de marbre, la regardant avec mépris alors qu'elle s'agenouillait devant lui.

– Tu sais, reprit-elle au bout de quelques minutes. Si mes parents ne me voient pas arriver demain à l'aéroport de Lyon et sont sans nouvelles de moi... ce sont eux qui appelleront la police.

Il feignit l'indifférence pendant une minute, son visage changeant tout de même de couleur, puis lui tendit sa pochette et son téléphone.

– J'accepte tes excuses, déclara-t-il d'un ton pompeux. Bonne nuit, ajouta-t-il en s'allongeant sous la couette.

Amélie passa de nouveau une très mauvaise nuit. Le lendemain, elle fit ses adieux à sa belle-famille en les remerciant tous pour leur accueil puis suivit Fatima à sa voiture, accompagnée d'Amine.

Durant le trajet, Fatima et Amine discutèrent à l'avant pendant qu'Amélie, à l'arrière, regardait le paysage, tenant la petite main de Sofia. Lorsqu'ils traversèrent Sétif, elle observa la ville, n'en ayant pas eu l'occasion la dernière fois qu'elle y était passée puisqu'il faisait nuit. Elle put voir la fontaine d'Ain El Fouara, majestueuse, sans se douter que la statue de cette dernière, représentant une femme nue, serait dégradée quelques mois plus tard par des déséquilibrés.

Lorsqu'elle eut enregistré ses bagages et que le moment de l'embarquement arriva, elle éprouva un sentiment de libération alors qu'Amine disparaissait de son champ de vision. Mais étrangement, elle se sentait toujours angoissée. Elle ressentit du soulagement lorsque l'avion s'élança dans les airs, mais ce n'est que lorsqu'il se posa à Lyon, dans son pays, qu'elle put à nouveau respirer normalement.

Après avoir récupéré ses bagages, un sourire radieux étira son visage en voyant ses parents apparaître devant elle. Elle n'avait jamais été aussi heureuse de les voir. Elle détacha son écharpe pour libérer Sofia et la donner à Jean pour étreindre Brigitte avant d'inverser les rôles.

Sur le trajet du retour, elle leur raconta son séjour, n'en mentionnant que le positif. Elle ne souhaitait pas les inquiéter. Épuisée, elle se coucha tôt ce soir-là, n'ouvrant l'œil qu'à deux reprises pour mettre son sein à disposition de Sofia qui dormait à ses côtés. Elle ne se réveilla qu'à neuf heures le lendemain matin.

A dix heures (donc neuf heures à Londres), elle téléphona au cabinet d'avocats et prit rendez-vous avec Dana pour une consultation. Celui-ci fut fixé au lundi 23 janvier. Elle envoya également via Facebook un message à Yasmine qui avait accouché quelques jours auparavant d'un garçon de quatre kilos et demi nommé Yannis. Elle la félicita et lui demanda quand elle pourrait venir lui rendre visite et rencontrer son bébé.

Yasmine l'invita chez elle le samedi 21, lendemain de son retour. Amélie passa ses deux derniers jours en Haute-Savoie à se reposer et à profiter de sa famille. Elle arriva dans son appartement à Londres le vendredi à dix-neuf heures.

Le samedi, après une bonne nuit de repos, elle se rendit comme convenu chez Yasmine avec quelques cadeaux de naissance. Le petit Yannis, âgé seulement d'une semaine, était un colosse et faisait quasiment la taille de Sofia qui avait trois mois de plus. L'accouchement avait été difficile pour Yasmine, ce qui semblait logique étant donné le gabarit du nourrisson. Mais la jeune maman semblait en forme.

– Comment s'est passé ton voyage en Algérie ? s'enquit celle-ci devant une bonne tasse de thé.

– Bien, merci. J'ai été très bien reçue par la famille d'Amine.

– Tant mieux ! Et quand reprends-tu le travail ?

– Le 13 février, mais je serai à mi-temps. C'est en partie pour cela que je voulais discuter avec toi. Tu m'avais confié que tu aimerais devenir nounou et je voudrais savoir si cela t'intéresserait de garder Sofia pendant que tu suis ta formation, pas tout de suite, bien sûr ! Ton bébé aura à peine un mois quand je reprendrai le travail... mais si tu es intéressée par la suite, dis-moi à partir de quand, que je trouve quelqu'un d'autre pour dépanner en attendant.

– Oh ! J'en serais enchantée, répondit Yasmine avec enthousiasme. Sofia est tellement adorable ! Je pense pouvoir le faire dès que tu retourneras au travail, si tu es à mi-temps. Ce serait pour combien de jours par semaine ?

– Eh bien, je travaillerai du lundi au mercredi... et Amine est en congé les lundis et mardis mais... il ne m'a pas répondu quand je lui ai demandé s'il acceptait de la garder ces deux jours-là. Je lui en reparlerai quand il reviendra le 6 février. En attendant, c'est sûr que j'aurai besoin de toi pour les mercredis. Est-ce que dix livres de l'heure te conviendraient ?

– Oh, tu n'es pas obligée de me payer, je n'ai pas encore le diplôme !

– Oh que si ! Tout travail mérite salaire et je préfère te la confier à toi plutôt qu'à une inconnue, même diplômée.

– Oh, merci beaucoup ! Alors oui, avec plaisir.

– Super, merci à toi, Yasmine.

Elles passèrent un agréable après-midi, allaitant leurs enfants respectifs, mangeant des biscuits et discutant de tout et de rien.

En rentrant, Amélie passa voir Emmanuelle qui lui proposa de rester pour partager le barbecue que ses colocataires et elle avaient improvisé dans leur jardin. Elle accepta avec joie et rentra à vingt heures après une journée bien remplie.

Le lendemain, elle se promena toute la journée de parc en parc avec Sofia, totalement détendue et heureuse de cette liberté, seule avec son bébé adoré.

Le lundi matin, elle fit deux fois le tour du parc de Roundwood puis se rendit dans un magasin de vêtements où elle racheta des pyjamas et des bodys à Sofia qui grandissait vite. Elle fit quelques courses en revenant chez elle, déjeuna puis ressortit marcher une dizaine de minutes dehors pour endormir Sofia dans son landau avant de se rendre à son rendez-vous avec Dana.

Puis elle fût reçue par cette dernière au cabinet.

– Bonjour, Amélie, comment allez-vous ?

– Je vais bien, merci, et vous-même ?

– Très bien. Alors, c'est un rendez-vous de consultation que vous avez pris aujourd'hui ?

– Oui, je n'ai pas l'intention de lancer de procédure... du moins pas pour l'instant... j'ai seulement besoin de renseignements, au cas où...

– Je vous écoute.

Amélie lui raconta toute son histoire en essayant de la résumer autant que possible, ne mentionnant que les points essentiels : Son mariage avec Amine dans le but de régulariser sa situation, les violences physiques qu'elle avait subies de sa part, son oisiveté pendant presque deux ans puis son refus de participer aux dépenses du foyer.

Elle évoqua également les menaces, les longues nuits pendant lesquelles il l'avait harcelée sans relâche pour la convertir à l'Islam ainsi que toutes ses insultes et tentatives d'intimidation.

Dana, qui l'écoutait attentivement, ouvrait des yeux de plus en plus ronds.

– Et depuis la moitié de ma grossesse, poursuivit Amélie d'une voix tremblante, il me menace désormais de me séparer définitivement de Sofia à chaque fois que je tente de contester une de ses décisions, aussi injuste soit-elle. Récemment, il m'a même plus ou moins explicitement menacée de... de mort, conclut-elle.

– Je vois, fit sombrement Dana en plongeant son regard intense dans celui d'Amélie. Et qu'attendez-vous pour le dénoncer à la police, vous séparer de lui et demander le divorce ?

Amélie, prise de court, ne sut quoi répondre. Après un instant de réflexion, elle reprit la parole d'une voix hésitante.

– Je... je ne sais pas... c'est le père de Sofia... si je divorce maintenant, il risque d'être expulsé et elle ne le reverra pas avant ses dix-huit ans, car je ne la laisserai jamais mettre les pieds sur le sol algérien sans être certaine qu'elle puisse en ressortir à sa guise. Il est un époux épouvantable, mais même s'il ne se montre pour l'instant que peu impliqué dans l'éducation de Sofia, elle aura tôt ou tard besoin de son père et de savoir d'où elle vient... je ne suis pas prête à courir de tels risques, d'autant plus qu'il est hargneux et que...

– Vous craignez des représailles, termina Dana pour elle. Vous savez, soupira-t-elle, nous traitons régulièrement des cas de séparation ou de divorce pour violences conjugales. Les femmes victimes d'abus conjugaux ont toutes un point commun : elles repoussent toujours la séparation, espérant que les choses s'arrangeront d'elles-mêmes et craignant la colère de leurs conjoints si elles osent leur faire l'affront de les quitter. Mais nous savons par expérience que les choses ne s'arrangent jamais. Au contraire, les violences empirent avec le temps. Malheureusement, l'emprise psychologique est si profondément ancrée en elles que les victimes finissent par accepter la violence de leurs bourreaux et s'habituer à être traitées comme moins que rien, persuadées qu'il n'y a aucune issue.

Amélie regarda ses genoux, touchée dans le mille.

– C'est déjà un premier pas encourageant que vous veniez me consulter, reprit Dana avec douceur. Certaines femmes attendent des années voire des décennies pour mettre un terme à leur calvaire. Et pendant ce temps, leurs enfants grandissent dans une ambiance glauque et insécurisante.

– Le problème, reprit Amélie, ce sont ces maudits papiers... il ne me laissera pas facilement partir tant qu'il n'aura pas obtenu sa résidence permanente et... s'il ne peut pas l'obtenir grâce à moi... il se servira de Sofia et sera d'autant plus déterminé à en obtenir la garde.

Elles marquèrent une pause.

– Depuis quand m'avez-vous dit que vous étiez mariés, demanda Dana d'un air pensif avant de lancer une recherche sur son ordinateur.

– Depuis le 19 mars 2014. Cela fera bientôt trois ans.

– Et vous êtes en contrat à durée indéterminée, n'est-ce pas ?

– Oui, depuis 2015.

– Bien. Laissez-moi vérifier quelque chose... Oui, c'est bien ce que je pensais. Si vous lancez la procédure maintenant et que vous êtes toujours en CDI au Royaume-Uni le jour où le divorce est prononcé, il sera toujours éligible à un permis permanent. Mais avec le Brexit, tout est incertain, vous feriez bien de vous dépêcher avant que les lois ne changent. Il faudra encore quelques mois de négociation pour trouver de nouveaux accords, mais je vous conseille de ne pas trop attendre.

– D'accord, répondit Amélie en tentant d'assimiler toutes ces informations. Et combien de temps prendrait la procédure ?

– De six mois en cas de divorce consenti à un an lorsqu'il est contesté par le défendeur. Dans tous les cas, le divorce est accordé pour l'un de ces trois motifs : Abandon de domicile conjugal, adultère ou attitude déraisonnable. C'est pour ce dernier motif, qui inclut les violences conjugales, que vous devrez soumettre votre demande. Il faudra donc me fournir tout document qui pourrait appuyer vos déclarations.

– Très bien. J'ai un paquet de messages à l'appui, fit-elle avec un rire amer. Et qu'en est-il de la garde d'enfant ?

– Au Royaume-Uni, le divorce et la garde des enfants sont deux choses séparées. Vous aurez par défaut la garde de votre fille, et ce sera à lui de soumettre une demande pour un droit de visite ou d'hébergement. Dans le cadre d'une séparation des parents pour violences conjugales, ce sont généralement - dans un premier temps - des visites en lieu médiatisé qui sont ordonnées par la cour.

– Et si je lui propose une solution amiable ? Lorsque je reprendrai le travail dans trois semaines, il gardera Sofia les lundis et mardis puisqu'il est en congé ces deux jours-là. Je pourrai peut-être lui proposer de continuer ainsi même une fois séparés, mais... (elle déglutit avec difficulté) s'il mettait ses menaces à exécution et qu'il partait pour l'aéroport un beau matin pour l'emmener en Algérie... quels recours aurais-je ?

– S'il n'y a aucune décision de la cour et que vous vous arrangez entre vous, vous aurez des recours en cas d'enlèvement mais je vous préviens : cela arrive tous les jours et certains parents mettent parfois des mois voire des années à récupérer leurs enfants... quand ces derniers sont trouvables. De plus, Sofia n'a pas la nationalité britannique et ne pourra pas y prétendre avant ses cinq ans, et le Royaume-Uni n'ayant aucun accord avec l'Algérie... il ne la rechercheront pas éternellement.

– D'accord... bon, je... je pense avoir eu les réponses à toutes mes questions. Je vous remercie.

– Je vous en prie. Prenez bien soin de vous et... n'attendez pas trop longtemps. Pour le bien être de votre fille. Au revoir, Amélie, et bon courage.

Elle sortit du cabinet, le moral dans les chaussettes. Ses pensées se bousculèrent dans sa tête et l'angoisse la saisit de nouveau, si intensément qu'elle fut prise de nausées. Elle attrapa sa gourde sous la poussette de Sofia – qui dormait toujours – et but quelques gorgées d'eau fraîche avant de repartir faire un tour du parc.

Lorsqu'elle parvint au bout de quelques minutes de marche à réfléchir rationnellement, elle fit le bilan de ce qu'elle avait compris des informations que Dana lui avait données.

Une chose était certaine : Elle n'était plus enchaînée à Amine pour les droits de résidence en Angleterre de ce dernier. L'autre bonne nouvelle était qu'elle aurait la garde exclusive de Sofia par défaut et, tant qu'elle l'allaiterait, aucun juge n'octroierait à Amine des droits de garde de plus d'une demi-journée, surtout dans un contexte de divorce pour violences conjugales, ce qui minimiserait considérablement le risque d'enlèvement.

Peut-être que le simple fait d'expliquer à Amine qu'ils pouvaient désormais se séparer et divorcer sans perdre ses chances d'obtenir son permis de résidence permanente suffirait à le convaincre ? Mais ces menaces... non, elle en revenait toujours à la même conclusion... il serait prêt à tout pour séparer Sofia de son athée de mère, elle en était convaincue.

En revanche, si elle faisait cadrer les droits de garde par un juge et demandait une interdiction de sortie du territoire sans l'accord des deux parents, Sofia serait protégée... sauf s'il l'accusait de maltraiter son enfant et obtenait la garde et l'autorité parentale exclusive...

Son cœur s'emballa et sa gorge se serra à cette idée.

Non, je ne peux pas me séparer de lui, c'est impossible... je serai docile, j'irai même jusqu'à me convertir à l'Islam s'il le faut...

Sofia se réveilla et la regarda d'un air interrogateur avant de lui adresser l'un de ses magnifiques sourires, qui avaient le don de faire fondre sa mère. Amélie s'approcha d'un banc, la sortit de son landau et la serra dans ses bras.

– Je suis là, mon bébé, lui murmura-t-elle. Je serai toujours là.

Quoi qu'il m'en coûte.

Elle décida de ne plus penser à une éventuelle séparation et de profiter de ces deux semaines d'osmose et de sérénité avant le retour de son bourreau. Il lui resterait ensuite une semaine de congé avant de reprendre le travail et Amine serait probablement tous les jours au travail, ce qui lui laisserait encore de belles et longues journées à passer avec Sofia. Puis elles seraient ensemble quatre jours par semaine pendant trois mois.

C'était la seule chose qui comptait aux yeux d'Amélie : chaque instant passé avec l'amour de sa vie. Elle en savoura chaque seconde. Elle emmenait Sofia partout, tantôt en landau, tantôt en écharpe pour faire ses courses, se promener, boire un café ou rendre visite à Elena, Yasmine ou Emmanuelle. Elle n'avait de comptes à rendre à personne et ne s'empressait pas de rentrer à la maison avant dix-huit heures au cas où Amine serait de retour.

Elle appréciait tout particulièrement d'être seule avec son bébé la nuit, ce dont elle n'avait jamais eu l'opportunité depuis sa naissance. Les tétées nocturnes étaient des instants magiques et hors du temps, dans le silence et l'intimité de la nuit.

Elle organisait ses journées en fonction de son degré de fatigue et du temps qu'il faisait dehors : s'il faisait beau, elle se permettait de laisser un peu de bazar dans l'appartement et de remettre le ménage ou la vaisselle à plus tard pour profiter du soleil.

Lorsqu'il faisait trop mauvais pour sortir, elle jouait à la poupée, habillant Sofia de jolis vêtements et la photographiant dans chaque nouvelle tenue. Elle lui faisait des prouts sur le ventre à chaque fois qu'elle la changeait, ce qui ne manquait jamais de provoquer d'adorables éclats de rire.

Puis Amine revint. Amélie se montra docile à tous niveaux et lui rappela qu'elle comptait sur lui pour garder Sofia le lundi et le mardi la semaine suivante. Pour économiser les coûts de garde, elle avait demandé à travailler neuf heures ces deux jours-là et sept heures le mercredi.

– Ah oui, c'est vrai. Ok, pas de problème, avait-il dit sans lever les yeux de son téléphone, allongé sur le lit.

– Je me disais, s'était-elle hasardée avec autant de tact que possible, peut-être que tu pourrais commencer à t'occuper un peu d'elle dès maintenant, tu sais, histoire de t'y habituer ? Sa couche est justement pleine.

Pour toute réponse, il lui avait jeté un regard noir. Il y arriverait bien en temps voulu, avait pensé Amélie, non sans inquiétude.

Elle avait commencé à tirer des réserves de lait et cinq jours avant de reprendre le travail, fit essayer le biberon à Sofia, qui le refusa dans un premier temps mais, dès que sa mère lui fit tomber une goutte sur la lèvre, se mit volontiers à téter la tétine caoutchouteuse.

Amélie s'estima très chanceuse. Sofia ne posait jamais de problème pour quoi que ce soit. Elle ne faisait jamais de crise dans les lieux publics, se montrait sage comme une image pendant les rendez-vous de sa mère et n'avait pas émis un seul son autre que quelques gazouillis pendant ses quatre trajets en avion. Et voilà qu'elle avait accepté le biberon en quelques minutes.

Elle fut tout à coup prise de panique : et si Sofia refusait le sein après avoir essayé le biberon, qui lui coûtait bien moins d'effort ? Elle le lui présenta et Sofia - bien que repue - se mit à téter comme d'habitude, au grand soulagement de sa mère.

Le premier jour de travail d'Amélie fut l'un des plus durs de sa vie. Cinq minutes après être montée dans le bus, Sofia lui manquait déjà. Elle avait beau avoir donné des instructions claires à Amine, elle n'était pas rassurée car ce dernier, avec sa fierté mal placée, ne l'écoutait que d'une oreille, la regardant d'un air dédaigneux.

Elle l'avait tout de même convaincu de lui donner au moins un biberon la veille et avait pu corriger sa position, de manière à éviter les risques de fausse route. Le reste n'était pas vital... dans le pire des cas, elle trouverait sa fille avec une couche de deux kilos collée aux fesses en rentrant le soir, en espérant que cela ne lui provoquerait pas d'érythème.

Elle l'avait supplié de rester joignable à tout instant pour qu'elle puisse l'appeler et prendre des nouvelles de son bébé, dont elle serait séparée pour la première fois en quatre mois. Mais ce fut lui qu'il l'appela à plusieurs reprises. N'ayant rien écouté de ses instructions, il était totalement perdu.

Elle apprécia tout de même de passer une journée avec des adultes et de pouvoir prendre le temps de manger ou de boire un café sans se faire vomir dessus ni entendre des cris stridents lui rappeler que sa pause était terminée. Mais à chaque fois qu'elle pensait à son bébé, son cœur se serrait et elle ressentait de terribles picotements dans la poitrine.

Dans la journée, elle remplit entièrement quatre biberons de deux-cent-cinquante millilitres en tirant son lait aux toilettes, faute de locaux prévus à cet effet sur son lieu de travail. Elle avait acheté un mini frigo qui les contenait tout juste et qui était caché sous son bureau. Le soir, en partant, elle les mit tous dans son sac isotherme, songeant avec satisfaction que les provisions pour le lendemain étaient faites.

Lorsqu'elle arriva chez elle, elle fut accueillie par un ravissant sourire édenté et d'adorables gazouillis. Elle serra Sofia dans ses bras comme si elle ne l'avait pas vue depuis des mois puis la laissa avec joie soulager ses seins douloureusement engorgés, songeant qu'elle était tout de même bien plus douce et bien plus mignonne qu'un tire-lait.

Apparemment, tout s'était bien passé. Elle dut toute de même laver et stériliser tous les biberons dans la soirée mais elle ne s'attendait pas à mieux de la part d'Amine et préférait de toute façon le faire elle-même, dans le doute. Il garda donc Sofia le lendemain, comme prévu.

Le mercredi, en allant la récupérer chez Yasmine, elle discuta un moment avec cette dernière, avec qui elle se liait peu à peu d'amitié. Puis elle eût ses quatre jours consécutifs de congé et profita de son bébé, seule du matin au soir avec elle. Elle n'avait jusque-là pas osé parler à Amine du salaire de Yasmine mais, les tensions s'étant un peu apaisées depuis qu'elle avait repris le travail et qu'il semblait enfin s'apercevoir de la charge de travail que représentait un bébé, elle se lança le dimanche soir :

– Amine, il faudrait que je te parle du salaire de Yasmine. Je la paye quatre-vingts livres pour la journée et...

– Ce n'est pas mon problème, l'interrompit-il sèchement. Faysal m'a dit qu'elle t'avait proposé de garder Sofia gratuitement, ce n'est pas ma faute si tu jettes ton argent par les fenêtres.

– Mais Amine... si elle n'était pas là, nous aurions dû payer une nounou de toute façon ! C'est moi qui lui ai demandé de remplir ce rôle parce que je lui fais confiance… elle a accepté de la garder alors que son bébé avait à peine un mois, je refuse d'abuser de sa gentillesse.

– Et alors, je ne vais pas payer alors que je la garde déjà le lundi et le mardi, c'est moi, la nounou ! Tu pourrais me payer, moi aussi !

– Es-tu sérieux ? Nous sommes tous les deux ses parents ! Je suis passée à mi-temps pour être avec elle quatre jours par semaine, je ne me considère pas comme sa nounou ! Je suis simplement sa mère…

– Oui mais c'est normal, pour toi. Tu es une femme, c'est ton rôle en tant que mère. Et d'ailleurs… c'est très fatigant pour moi de m'occuper de Sofia pendant mes deux seuls jours de congé alors que je travaille dur tous les autres jours.

– D'accord… je te répète que je suis passée à mi-temps pour pouvoir l'élever, ce qui signifie également que mon salaire n'est plus le même. Pourrais-tu payer la moitié du salaire de Yasmine, s'il te plaît ?

– Non, elle avait proposé de le faire gratuitement et moi j'aurais accepté.

– D'accord…

De toute évidence, le sujet était clos et Amélie n'avait aucune envie d'insister, de peur de recevoir de nouvelles menaces. Elle chercha donc sur internet des renseignements sur les aides sociales qu'elle pouvait percevoir si elle recrutait une nounou agréée du lundi au mercredi, Amine n'ayant manifestement aucune envie de garder Sofia indéfiniment pendant ses jours de congé.

Mais comme elle s'y attendait, elle n'avait droit à aucune aide puisqu'Amine travaillait et avait un salaire largement assez élevé pour couvrir ces frais.

Mais il ne veut rien payer… la vie serait décidément plus facile à tous niveaux s'il n'était pas là…

Elle chassa rapidement cette idée de sa tête, pensant qu'elle préférait le subir que prendre le risque qu'on lui arrache Sofia, car c'était la seule et unique épreuve qu'elle n'aurait pas la force d'endurer.

Et cela, il l'a bien compris… ce monstre.

Le lendemain, c'est avec le cœur lourd qu'elle repartit au travail pour une nouvelle semaine. Le soir, lorsqu'elle rentra, l'appartement était sale et désordonné. La vaisselle s'entassait dans l'évier et Amine, affichant sa mauvaise humeur, lui tendit Sofia dès qu'elle franchit le seuil de la porte puis sortit.

Amélie haussa les épaules, préférant de loin être seule avec Sofia, même s'il lui avait laissé toutes ces tâches ménagères à faire. Elle regarda sa toute petite fille avec tendresse puis s'assit confortablement sur le canapé pour la nourrir, seule, en parfaite osmose, dans le silence paisible qu'avait laissé Amine en partant.

Puis elle lava la vaisselle, fit le ménage et s'occupa du linge, Sofia accrochée en écharpe contre elle pour ne pas avoir à s'interrompre toutes les cinq minutes. Elle prit ensuite la dernière demi-baguette à moitié rassie et, ne trouvant rien d'autre que du beurre dans le frigidaire, s'en fit deux grandes tartines. Après les avoir mangées, prit une rapide douche et se coucha.

Elle entendit Amine rentrer à minuit puis se réveilla de nouveau à deux heures du matin, le voyant sur son téléphone dans le lit, puis à quatre heures, dans la même position. En se levant à sept heures pour se rendre au travail, elle se demanda comment il pourrait bien tenir toute la journée en s'occupant de Sofia. Elle ressentit soudain un frisson d'angoisse : Et s'il pétait les plombs lorsque cette dernière se mettrait à crier ?

– Amine... je vais partir au travail dans quinze minutes, il faut que tu te lèves pour t'occuper de Sofia.

Il ne bougea pas. Elle le secoua par l'épaule, l'appelant de plus en plus fort. Il lui poussa soudain brusquement le bras.

– Oui, j'ai compris ! aboya-t-il. Tu vas au travail. Tu n'as qu'à mettre Sofia à côté de moi, dit-il en se retournant sur le dos.

– Amine... tu ne peux pas dormir quand elle est éveillée, c'est... c'est trop risqué, lui dit-elle d'une voix angoissée.

– D'accord ! s'agaça-t-il en prenant son smartphone, je me réveille, voilà. Tu es contente ?

– Merci, dit-elle amèrement en posant Sofia dans son bras libre, alors qu'il commençait à converser sur Facebook.

Cette dernière, hypnotisée par l'écran de son père, ne bougea plus. Amélie s'en alla la peur au ventre, jetant un dernier regard à son bébé avant de fermer la porte, se promettant que c'était la dernière fois avant longtemps qu'elle la laisserait seule avec Amine. Pendant la matinée, elle tenta à plusieurs reprises de le joindre mais il ne répondit pas. Elle serra les dents jusqu'à ce qu'il décroche enfin à quatorze heures.

– Allô ! aboya-t-il.

– Allô ? Je te dérange ? demanda-t-elle en tendant l'oreille pour entendre la voix de son bébé.

– Oui, je suis en train de m'occuper de Sofia. Qu'est-ce que tu veux ?

– Je voulais seulement savoir si tout allait bien... répondit-elle avec un soupir de soulagement en entendant les gémissements de sa fille.

– Oui, tout va bien, à plus tard, dit-il avant de raccrocher brusquement.

Elle regarda l'heure sur son téléphone.

Plus que trois heures et demie et je m'en vais d'ici… j'arrive mon bébé, j'arrive…

Dans le bureau cet après-midi-là, le temps passa au ralenti. Elle était tellement obsédée par l'idée de retrouver Sofia qu'elle eut une montée de lait colossale et dut aller trois fois le tirer aux toilettes, versant ce qu'elle avait produit en plus dans une bouteille d'eau vide après avoir rempli tous les biberons. Lorsqu'elle eut enfin terminé sa journée à dix-sept heures trente, elle courut à toutes jambes à l'arrêt de bus.

En arrivant chez elle une heure plus tard, essoufflée, elle les trouva dans la même position qu'en partant. Elle prit délicatement Sofia du bras d'Amine qui ne lui adressa pas un regard, puis s'installa sur le canapé pour la câliner avant de la nourrir en lui caressant la joue, enfin rassérénée.

Après l'avoir fait roter, elle la déposa un instant dans son lit à barreaux pour pouvoir ramasser les vêtements sales qui trainaient un peu partout, les mettre dans le lave-linge et retirer le linge propre de l'étendoir pour pouvoir le plier.

Sofia se mit alors à pleurer et Amine, qui était toujours allongé sur le lit avec son smartphone dans les mains, s'impatienta.

– Tu l'as rendue capricieuse, dit-il. Elle pleure tout le temps, il faut sans arrêt s'occuper d'elle !

– Oui… c'est un bébé de quatre mois et demi… répondit-elle aussi calmement que possible en s'approchant du lit, les bras chargés de linge propre, alors que Sofia pleurait de plus en plus fort.

– SOFIA ! Hurla-t-il subitement en se dressant devant le bébé.

La fillette hurla de plus belle et Amélie lâcha tout le linge sur le lit puis se précipita pour la prendre dans ses bras. Il se rallongea et se reconcentra sur son téléphone. Puis elle ouvrit le frigidaire pour y ranger le lait qu'elle avait tiré dans la journée.

– Ah, tu as fait un peu de courses, remarqua-t-elle. Merci. A-t-elle été sage dans le magasin ? Normalement, à l'extérieur, c'est un ange !

– Je ne sais pas, je ne l'ai pas prise avec moi.

– Tu… quoi ? demanda-t-elle, sidérée.

– Quoi ? Où est le problème ? Le magasin n'est qu'à deux pas d'ici, ça m'a pris vingt minutes.

— Tu... tu l'as laissée toute seule dans l'appartement pendant vingt minutes ? répéta-t-elle, hébétée, comme pour s'assurer qu'elle avait bien entendu.

— Et alors ? Tu n'es pas contente ? Souviens-toi que si je ne te sépare pas d'elle, c'est parce que j'ai bon cœur, mais ne m'énerve pas trop.

Elle resta immobile, bouche bée, ne prêtant pas même attention à Sofia qui gesticulait dans ses bras en gazouillant.

C'en était trop. Qu'importe ce qui arriverait, il fallait qu'elle prenne le risque de le quitter. Si elle demandait le divorce et qu'il lançait de fausses accusations contre elle par la suite, il serait bien moins crédible que si elle ne faisait rien. Tout compte fait, il valait mieux qu'elle dégaine la première.

C'était terminé. Sa décision était prise. Elle n'avait pas su se protéger et avait fait passer les besoins d'Amine avant les siens, mais elle ne les ferait jamais passer avant ceux de son enfant, jamais. Le lendemain, Sofia serait en sécurité chez Yasmine, elle aviserait ensuite.

Amélie sortit de sa torpeur, réalisant que la porte du frigidaire était grande ouverte et qu'elle n'avait pas terminé de ranger ses biberons, puis s'aperçut qu'il en restait un de la veille.

— Amine ? l'appela-t-elle doucement.

— Quoi ?

— Pourquoi reste-t-il un biberon dans le frigo ? Je t'en avais mis quatre pour qu'elle puisse en prendre un toutes les trois heures.

— Elle n'avait pas faim ce matin.

Ou plutôt, tu étais à moitié endormi pendant toute la matinée et tu la scotchais à ton smartphone à chaque fois qu'elle pleurait, incapable que tu étais de lever tes grosses fesses pour lui préparer un biberon... c'est pour ça que tu n'as pas répondu avant quatorze heures...

Silencieuse, elle termina de ranger le frigo puis allongea Sofia sur le lit avant de s'agenouiller à côté d'elle pour plier le linge, tout en lui faisant des grimaces et en se cachant derrière chaque vêtement avant de le plier pour lui faire un « Mais où est Sofia ? Ah, la voilà ! », suscitant de grands éclats de rire.

Elle lui donna ensuite un bain, lui redonna le sein puis, après avoir pris une douche en l'emmenant avec son panier de Moïse avec elle dans la salle de bain, lui donna son dernier biberon de la journée, avant de l'allaiter une dernière fois au lit.

Le lendemain, mercredi, elle confia Sofia à Yasmine avant de se rendre au travail puis une fois dans le bureau, commença à effectuer sur internet des simulations d'aides en tant que mère célibataire entre deux mails ou deux coups de téléphone.

Elle procéda ensuite à un rapide calcul pour savoir combien de temps elle pourrait encore survivre en payant Yasmine trois jours par semaine sans possibilité de la déclarer et en vivant avec Amine qui, en plus de ne rien vouloir payer en dehors de sa part du loyer, l'empêchait d'avoir des aides.

Travaillant à temps partiel, elle gagnait mille-cent livres par mois, auxquels s'ajoutaient les quatre-vingts livres d'allocation universelle. Elle payait cinq cents livres de loyer toutes charges comprises tant qu'Amine était là et aurait besoin de Yasmine vingt-huit heures par semaine pour un salaire horaire de dix livres, ce qui revenait à plus de mille deux-cents livres par mois.

Elle songea qu'elle devrait pouvoir négocier un salaire mensuel de mille livres avec elle, cela se faisait de réduire le taux horaire en cas d'augmentation de quotité et, connaissant Yasmine, cette dernière accepterait.

Ses charges seraient donc de mille cinq cents livres pour un revenu de mille cent quatre-vingts livres par mois. Elle avait réussi à économiser quatre mille livres depuis qu'elle travaillait chez *Kids and Frogs*. En en prélevant moins de deux mille dans ce budget, elle pourrait garder Yasmine pendant encore trois mois en la payant du lundi au mercredi et en se serrant la ceinture, d'autant plus que le divorce ne serait pas gratuit.

Il y aurait également une nouvelle caution à régler en emménageant dans un nouvel appartement, mais celle-ci serait remboursée par celle qu'on lui rendrait en quittant le précédent.

Elle disposait donc de moins de trois mois pour réussir à se séparer d'Amine, déménager et trouver une nounou agréée pour pouvoir déclarer les salaires de cette dernière ainsi que son loyer et percevoir des aides.

Elle se doutait bien qu'Amine ne partirait pas de lui-même de l'appartement qu'ils habitaient actuellement.

Mon Dieu... comment vais-je faire ?

Elle ne pourrait pas s'enfuir, avec son bébé et tout le matériel qui l'accompagnait... et même si elle le faisait pendant qu'il était au travail, s'il rentrait par surprise et la prenait sur le fait, cela provoquerait un drame...

Et Sofia... elle ne pouvait pas se battre physiquement ou partir en courant avec Sofia dans les bras... il fallait qu'elle parvienne par un moyen ou un autre à le faire partir de son plein gré.

Mais avant, elle devait à tout prix demander le divorce en exposant tous les faits, preuves à l'appui. Il fallait que tout soit noté noir sur blanc et envoyé à un juge avant qu'elle n'annonce à Amine qu'elle se séparait de lui.

Pendant sa pause, elle prit donc son téléphone et partit marcher dans la rue. Le cœur battant, elle s'arrêta dans une ruelle, regardant autour d'elle s'il n'y avait pas d'oreilles indiscrètes puis téléphona au cabinet d'avocat et demanda à parler à Dana.

– Allô, Amélie ? Que puis-je pour vous ?

– Bonjour Dana, je... je suis prête.

– Bien.

– Quand pouvons-nous lancer la procédure ?

– Seriez-vous disponible vendredi matin ?

– Oui... c'est parfait pour moi. Je viendrai avec tous les documents.

– Très bien. Bon courage à vous, à vendredi.

– Merci, à vendredi...

Après avoir raccroché, elle fit volte-face et regarda l'heure : il lui restait vingt minutes de pause. Tant pis, elle ne mangerait pas, elle n'en avait pas le temps. Elle retourna dans son bureau au pas de charge et n'y trouva qu'Emmanuelle, Natascha étant sortie à son tour pour déjeuner.

– Manue ?

– Oui, *darling* ?

– Est-ce que ça t'embête si j'imprime des documents personnels ? C'est... c'est urgent.

– Non, vas-y, pas de souci, nous ne sommes pas à cinquante pages près... est-ce que tout va bien ?

– Je... je te raconterai une autre fois.

– Veux-tu passer chez moi, ce week-end ?

– Oui, avec grand plaisir. Merci pour tout, Manue.

Amélie fit alors des captures écran de tous les messages menaçants ou haineux qu'Amine lui avait adressés depuis qu'ils vivaient ensemble. Une fois qu'elle eut fait le tour des textos, de WhatsApp et de Facebook, elle se les envoya toutes à elle-même par mail depuis son smartphone puis ouvrit sa messagerie électronique sur son ordinateur avant de lancer les impressions.

Elle venait tout juste de récupérer les documents dans l'imprimante lorsque Natascha revint de sa pause. Elle les rangea dans une chemise qu'elle mit dans son sac à dos puis se remit au travail.

Lorsqu'elle arriva chez Yasmine, cette dernière lui proposa un thé, comme la semaine précédente.

– Avec plaisir, merci Yasmine, accepta Amélie. Je dois justement te parler.

– D'accord... je t'écoute. Tout va bien ?

– Pas vraiment, répondit-elle en se tordant les mains. Je... je vais me séparer d'Amine, mais il ne le sait pas encore... il faut que tu me promettes de n'en parler à personne avant que ce ne soit officiel, dit-elle en la regardant droit dans les yeux.

– Oh mon Dieu... je suis désolée. Bien-sûr, tu as ma parole.

– Et je te fais confiance. Il... il s'occupe mal de Sofia et... il se plaint que c'est trop de travail pour lui, alors je voulais savoir si tu serais également disponible les lundis et mardis. Si ce n'est pas possible pour toi, je ferai aussi vite que possible pour trouver quelqu'un d'autre mais en attendant, je... je ne peux pas la laisser seule avec lui, j'ai bien trop peur qu'il... et il y a eu tellement de menaces... bref.

– Ne t'inquiète pas, bien sûr que je peux la garder ! Tu sais, Yannis est beaucoup plus calme quand elle est là. Je les mets côte à côte sur leur tapis et il ne se sent plus seul.

– En revanche, je... Amine ne veut pas m'aider à payer et je doute qu'il accepte une fois que je lui aurai dit ce que j'ai à lui dire, alors...

– Je te l'ai déjà dit, Amélie, tu n'es pas obligée de me payer, je ne suis même pas diplômée !

– Non, je refuse de ne pas te payer, le seul problème, c'est que je ne peux pas déclarer tes salaires pour obtenir des aides... et d'ailleurs, lorsque je reprendrai le travail à plein temps, je devrai trouver une nounou agréée.

– Oui, je comprends. En attendant, si nous coupions la poire en deux : disons cinq livres de l'heure jusqu'à ce que tu déménages et que tu trouves une autre nounou. C'est d'accord pour toi ?

– Tu en es sûre ?

– Certaine. Je refuse d'accepter une livre de plus de ta part.

– Merci beaucoup, tu es vraiment adorable... comme je te l'avais déjà expliqué, j'ai des journées de travail plus longues le lundi et le mardi, est-ce que ça va aller pour toi ?

– Oui, aucun souci. Je te préviendrai si j'ai des rendez-vous ou si Yannis est malade.

– Oui, si tu as quoi que ce soit de prévu, je peux facilement rattraper mes heures un autre jour.

– D'accord, c'est parfait pour moi.

— Cela ferait donc environ vingt-huit heures de garde par semaine, mais arrondissons à trente en cas de retard de ma part, donc cent-cinquante livres par semaine, c'est bon pour toi ?

— Oui, très bien.

— Merci encore...

— Arrête de me remercier ! Et... que s'est-il passé avec Amine ? Quelles menaces évoquais-tu ? Si tu as envie d'en parler, bien sûr...

— Oui, je veux bien t'en parler, mais je te préviens... c'est une longue histoire...

Elle commença donc à lui raconter... cela lui fit un bien fou de se confier. Yasmine l'écoutait attentivement, l'expression de son visage variant au fil du récit.

— Eh bien... fit cette dernière d'un air pensif au bout d'une heure. Tu sais, cela ne m'étonne pas vraiment... Faysal m'a parlé de lui et... il le trouve ingrat et égoïste. Et puis... j'ai moi-même remarqué qu'il n'était pas vraiment impliqué dans l'éducation de Sofia. Mais je ne pensais pas qu'il était capable d'une telle attitude... pourquoi ne t'es-tu pas enfuie en France dans ta famille lorsque tu as découvert que tu étais enceinte ?

—J'y ai pensé, mais je... je ne pouvais pas. C'est son père... et sa famille s'est montrée gentille avec moi, et c'est aussi la famille de Sofia.

— Tu sais, si vous vous séparez et que ça vire au drame, ils seront de son côté à lui. Et n'oublie pas que tu es sa mère... ce serait pire que tout pour elle s'ils la séparaient de toi. Les enfants ont besoin de leurs mères et les mères de leurs enfants.

— Oui... espérons que ça ne vire pas au drame, comme tu le dis. Je ne vais pas tout de suite lui parler de la séparation et du divorce. Je dois voir mon avocate après-demain. Ce soir, je lui dirai seulement qu'il n'a plus besoin de garder Sofia pendant ses jours de congé. Je pense qu'il en sera soulagé, de toute façon. Et ensuite... dès que j'en aurai l'occasion, je lui proposerai une séparation amiable. Il pourrait peut-être venir chercher Sofia ici en début d'après-midi les lundis et mardis s'il le souhaite... puis me la ramener à la fin de la journée... mais j'ai tellement peur...

— Oui, je comprends. Tu verras bien en temps voulu, tiens-moi au courant. Et ne t'inquiète pas, je ne dirai rien à Faysal.

— Merci Yasmine. Merci pour tout.

Amélie prit congé de son amie et rentra chez elle avec Sofia qui s'était endormie après avoir passé plus d'une heure au sein de sa mère, bercée par sa voix.

Lorsqu'elle rentra ce soir-là, Amine était présent. Elle lui annonça que Yasmine pourrait désormais garder Sofia du lundi au mercredi. Il sembla satisfait.

Le lendemain, elle réunit tous ses documents administratifs ainsi que les conversations qu'elle avait imprimées et les ajouta à sa pochette, qu'elle gardait cachée au fond d'une étagère remplie de vêtements dans son armoire, frémissant à chaque fois qu'Amine s'en approchait.

Le vendredi matin, comme convenu, elle se rendit à son rendez-vous avec Dana. Celle-ci prit connaissance des documents puis rédigea une demande de divorce pour violences physique, psychologique, émotionnelle et financière, mentionnant les faits et incidents les plus marquants et les plus pertinents, preuves à l'appui.

Elle demanda ensuite à Amélie de relire la déclaration et de la signer, puis lui tendit un contrat et toutes sortes de formulaires à parapher et à signer, ainsi que la facture. Elle lui conseilla également d'annoncer rapidement sa décision à Amine, sachant que la notification de demande de divorce lui parviendrait quelques jours plus tard.

La procédure coûterait mille deux-cents livres tous frais inclus. La somme de quatre-vingts livres qu'elle avait déjà réglée lors de sa première consultation un mois plus tôt en était déduite. Elle décida donc de régler le reste en une fois le jour même, prélevant mille livres de ses économies et payant la différence depuis son compte courant.

Après avoir déjeuné, elle sortit se promener au parc et en fit deux fois le tour, tentant d'apaiser ses angoisses, pendant que Sofia dormait paisiblement dans son landau.

Voilà. C'est fait. Les dés sont jetés... advienne que pourra.

11. Libération

Dimanche après-midi, elle se rendit chez Emmanuelle et lui raconta tout à elle aussi. Elle avait désormais ouvert les vannes, lâchant enfin prise. Elle se promit d'en parler à ses parents puis à sa sœur dès qu'elle aurait confronté Amine.

Elle savait qu'elle aurait besoin de soutien dans les mois à venir... la copie de sa demande de divorce restait cachée au fond de son armoire et elle repoussait l'inévitable avec angoisse depuis deux jours.

Elle décida qu'elle discuterait avec lui le lundi soir au plus tard, après avoir caché ses documents à son bureau. C'était plus sûr. Elle songea également qu'il serait sage d'y cacher leurs passeports à toutes les deux, leur livret de famille et tous ses papiers personnels, ainsi que son ordinateur.

Le lundi matin, elle se réveilla à six heures, trente minutes avant son alarme qu'elle désactiva, puis prit mille précautions pour ne pas réveiller Sofia ni Amine, fouillant dans l'obscurité pour réunir tout ce qu'elle souhaitait maintenir hors de portée de ce dernier. Une fois qu'elle eût tout rassemblé et soigneusement rangé dans son sac à dos, elle prit un café, fit sa toilette et s'habilla avant de réveiller Sofia pour la nourrir. Elle la changea et prépara le sac à langer qu'elle accrocha au landau, puis sortit à pas de loup.

Lorsqu'elle monta dans le bus cinq minutes plus tard, elle ressentit une étrange impression de soulagement et de liberté. Son bébé ainsi que toutes ses affaires de valeurs étaient avec elle et seraient désormais tous en lieu sûr.

Elle déposa Sofia chez Yasmine puis se rendit au travail, où elle rangea sa pochette et son ordinateur personnel dans le tiroir à serrure de son bureau. Il ne restait plus qu'à annoncer sa décision à Amine. Elle frissonna à cette pensée et décida de se concentrer sur son travail. Elle avait tout mis en place, il était inutile de s'angoisser avant de rentrer chez elle.

En arrivant à son appartement, elle se découragea et repoussa l'instant fatidique au lendemain. Le mardi soir, tétanisée, elle s'apprêtait de nouveau à remettre la discussion au lendemain mais, au moment d'écarter ses jambes, trouva enfin le courage de lui dire non. Non, elle ne se laisserait plus jamais faire. Elle se sentit soudain répugnée à cette idée. Ce monstre ne la toucherait plus jamais. Alors qu'il lui baissait son slip, elle lui attrapa la main, la repoussa puis se leva pour se rhabiller sous le regard interrogateur d'Amine.

— Il faut que nous parlions, annonça-t-elle avant de se rendre dans la cuisine et de s'asseoir sur le canapé.

— Qu'y a-t-il ? demanda-t-il en l'y rejoignant deux minutes plus tard.

Il y eut un silence de quelques minutes pendant lequel Amélie, prise de panique, chercha ses mots.

— C'est... terminé, parvint-elle enfin à articuler.

— Qu'est-ce qui est terminé ? demanda-t-il d'un ton sardonique.

— Tout. Tu ne me toucheras plus jamais. Tu ne dormiras plus dans mon lit, tu ne vivras plus sous mon toit.

— Je vois. C'est ton choix. Tu sais ce qui t'attend.

— Fais ce qui te chante. Je veux que tu sois parti quand je rentrerai du travail demain soir.

— Ah oui ? C'est toi qui ne veux plus vivre avec moi, c'est à toi de partir.

— Avec Sofia ? C'est bien trop compliqué pour moi. Toi, tu n'as qu'à trouver une chambre d'hôtel ou un lit dans une auberge dans un premier temps.

— Et qui a décidé que Sofia resterait avec toi ? Si tu veux te séparer de moi, tu n'as qu'à partir, je ne te retiens pas.

— Et qui va l'allaiter ?

— Elle peut très bien boire du lait en poudre comme beaucoup de bébés.

— Et tu paieras donc seul une nounou à plein temps et un loyer complet ? Et tu te lèveras la nuit pour la nourrir ? fit-elle avec un sourire ironique. Nous savons tous les deux que tu me suggères cela simplement parce que tu sais que c'est impossible...

— Alors nous restons tous les trois ici. Mon nom est sur le contrat de location, tu ne peux pas me jeter dehors.

— Amine, je suis malheureuse, soupira-t-elle, et tu le sais puisque tu en es responsable et que tu me contrains à rester et à me montrer docile par la menace. Et je sais que tu n'es pas heureux non plus... alors finissons-en, s'il te plaît.

— Je refuse.

— Je t'aiderais pour tes papiers, jusqu'à ce que tu obtiennes ton permis permanent.

Il y eut un silence.

— Non, je ne te fais pas confiance, répondit-il.

— Amine... j'ai déjà demandé le divorce, annonça-t-elle.

— Co... comment ? bégaya-t-il, décontenancé.

– J'ai demandé le divorce. Et je me suis renseignée auprès de mon avocate, tu peux tout de même obtenir ton permis permanent.

– Je ne te crois pas. Et Sofia, alors ?

– Tu... tu pourrais aller la chercher l'après-midi chez Yasmine pendant tes jours de congé, puis me l'amener ensuite au travail ?

– Non, je refuse, c'est ma fille et je veux vivre tous les jours avec elle.

– Mais tu ne t'en occupes même pas ! Tu joues cinq minutes avec elle en rentrant le soir puis tu l'ignores. Tu ne t'es jamais levé la nuit et tu n'as jamais changé une couche, sauf quand tu y étais forcé... tu ne l'a gardée que quatre fois et tu n'en pouvais déjà plus ! Arrête de te servir d'elle comme moyen de pression !

– Je refuse de partir. Le sujet est clos. Bonne nuit.

Il repartit se coucher, laissant Amélie désespérée dans le salon.

Les jours suivants, elle ne lui adressa la parole que pour lui répéter la même chose, chaque soir lorsqu'il rentrait du travail :

– Je veux que tu partes.

– Je refuse, répondait-il inlassablement.

Une rage silencieuse monta peu à peu en elle, se mêlant au stress et au désespoir. Le lundi, en rentrant chez elle, elle trouva la demande de divorce qu'il avait dû recevoir le jour même posée bien en évidence sur la table. Elle fût parcourue d'un frisson.

– Alors ? fit Amine derrière elle, allongé sur le lit, lui faisant faire un bon dans l'entrée.

– Tu m'as fait peur, balbutia-t-elle le cœur battant. Je... je ne t'avais pas vu...

– Alors comme ça, tu as demandé le divorce pour violence conjugale.

– Oui, murmura-t-elle.

– Très bien.

– Où... où veux-tu en venir ?

– Tu le regretteras.

Elle garda le silence, luttant contre la panique. Elle sortit Sofia de son landau et commença à la nourrir.

Un mois plus tard, Amélie, à bout de nerfs, songea que c'était son propre stress qui aurait sa peau. Elle continuait à demander à Amine de partir tous les soirs mais il ne se donnait même plus la peine de lui répondre, le regard fixé sur son smartphone.

Elle perdait parfois le contrôle de ses nerfs, l'insultant entre ses dents, lui exprimant combien il la répugnait et à quel point elle exécrait sa seule présence. Mais il restait silencieux, vautré sur le lit, affichant un étrange petit rictus de satisfaction.

Amélie se demandait ce qu'il pouvait bien planifier pour rester si calme. De nombreuses théories passèrent dans son esprit, accentuant dangereusement son stress.

Un soir, Sofia, qui mangeait désormais des purées et des compotes qu'elle lui préparait, se mit à vomir alors qu'Amélie la tenait dans ses bras, assise dans son lit. Elle maintint son enfant sur le côté pour éviter qu'elle ne s'étouffe et, une fois que celle-ci eut terminé, lui donna un bain, la changea, la déposa dans son lit à barreaux puis se précipita vers le lit parental pour changer les draps.

Amine, toujours sur son téléphone, n'avait pas bougé.

– Excuse-moi, pourrais-tu *s'il te plaît* te lever cinq minutes pour que je puisse changer les draps ?

Il ne répondit pas et continua à taper des messages sur son smartphone.

– Il est minuit, reprit-elle aussi calmement que possible en soulevant la partie du drap housse qui était souillée, attendant qu'il se lève pour pouvoir l'enlever entièrement et en remettre un propre. Je travaille demain, Sofia et malade et le vomi va s'imprégner dans le matelas si je ne me dépêche pas de le nettoyer. Je ne te demande pas de *m'aider*, juste de te lever cinq minutes.

Il ne répondit pas et afficha de nouveau un petit sourire.

– ESPÈCE DE GROS FAINÉANT ! explosa-t-elle. Vas-tu enlever tes grosses fesses molles de là ?? Je ne te supporte plus, toi et tes gros pieds puants, tu me dégoûtes ! Sors de mon lit, de mon foyer, de mon champ de vision, DE MA VIE !!! Espèce de grosse merde !!!

Le sourire d'Amine s'élargit.

Elle se figea soudainement d'horreur, comprenant enfin pourquoi il restait impassible, son smartphone à la main, à chaque fois qu'elle perdait le contrôle de ses nerfs... son visage se vida de son sang.

– Espèce de tordu, gémit-elle. Tu... tu m'enregistres ?

Il ne répondit pas. Il se leva lentement d'un air suffisant, puis s'installa dans le canapé.

Les jambes en coton et les mains tremblantes, Amélie nettoya le matelas et termina péniblement de changer les draps puis, après s'être rapidement nettoyée avec un gant de toilette et avoir enfilé une chemise de nuit propre, reprit Sofia dans ses bras et la câlina. Cette dernière chercha le sein mais Amélie la fit patienter une quinzaine de minutes pour être certaine qu'elle ne vomirait pas à nouveau.

Tout en la cajolant, elle repensa à toutes les fois où Amine était resté silencieux alors qu'elle avait perdu son sang-froid. C'était désormais évident, pensa-t-elle avec effroi. Il la poussait à bout puis l'enregistrait… il préparait sa défense pour démontrer que c'était elle qui le malmenait, et non le contraire.

Des larmes brûlantes roulèrent sur ses joues livides. Elle regarda son enfant avec une infinie tendresse, puis lui donna le sein tant attendu, songeant que chaque instant avec elle était un cadeau.

Elle fit d'effroyables cauchemars cette nuit-là.

Un autre long mois passa, pendant lequel elle eût un sommeil très agité. En journée, elle subissait des crises de larmes incontrôlables, courant aux toilettes avec son tire-lait pour ne pas éveiller les soupçons. Comment sa vie avait-elle pu devenir un tel cauchemar ?

Comment ? En ayant aimé ce monstre et en ayant tout fait pour l'aider…

Elle profitait de chacune de ses journées de congé passées avec Sofia, qui souriait sans arrêt et charmait toutes les personnes qu'elle croisait. Désormais âgée de sept mois, elle se tenait assise et observait tout autour d'elle. C'était un véritable rayon de soleil. Elle seule parvenait encore à faire rire et sourire Amélie. Il n'y avait qu'en sa présence que celle-ci se sentait vivante, savourant l'instant présent et oubliant momentanément le reste.

En dehors de ces moments de grâce, elle se sentait vidée de tout espoir. Lorsqu'elle récupéra Sofia chez Yasmine un mercredi soir de mai, elle laissa aller son chagrin et se confia à cette dernière.

– Oh mon Dieu, Amélie… je suis tellement désolée pour toi… je ne vois qu'une solution.

– Laquelle ? s'enquit-elle d'une voix morne en reniflant.

– Appelle la police…

– Oui, c'est peut-être ce que je devrais faire, murmura-t-elle, le regard lointain. Je… je suis désolée de m'être laissée aller, je… je suis vraiment fatiguée. Mais ça va aller, se reprit-elle d'une voix un peu plus énergique. Ne t'inquiète pas pour moi, je m'en sortirai, affirma-t-elle avec un pauvre sourire. Merci pour tout, Yasmine.

– Si je peux faire quoi que ce soit… fit cette dernière d'une petite voix, les yeux emplis de compassion et d'impuissance.

– Non, tu en fais déjà bien assez. C'est à moi seule de trouver une issue à ce cauchemar, et je la trouverai en temps voulu.

– J'en suis certaine, fit Yasmine avec un sourire. Je n'ai jamais vu une femme aussi forte et honnête que toi.

– Oh, merci... cela me touche énormément, je... je n'ai pas une très haute opinion de moi-même ces derniers temps, fit-elle, de nouveau au bord des larmes. Bon, je vais devoir rentrer... à la semaine prochaine.

– Courage, Amélie... à lundi.

Le lendemain, elle téléphona à son avocate en lui exposant la situation. Cette dernière, effarée d'apprendre qu'ils vivaient toujours sous le même toit, lui conseilla également d'appeler la police. Mais Amélie, de nouveau brisée au plus profond de son âme, ne parvenait pas à s'y résoudre.

Le dimanche, elle passa voir Emmanuelle.

– Salut, *my darling*... Comment vas-tu ? Je te sens sur des charbons ardents en ce moment...

– Oui... c'est le moins qu'on puisse dire.

– Amine refuse toujours de partir ?

– Oui... ça devient vraiment invivable, avoua-t-elle en ravalant un sanglot d'épuisement.

– Mais bon sang, dénonce-le à la police, ce pourri ! Après tout ce qu'il t'a fait ! Il faut que ça cesse ! Tu es dans une immense détresse, je le vois dans ton regard, tu... tu n'es plus que l'ombre de toi-même... pense à ta fille, tu serais tellement bien, seule avec elle...

– Mais Manue... je me suis emportée à plusieurs reprises et il... il m'a enregistrée, dit-elle avant de fondre en larmes.

– Mais Amélie, n'importe qui pèterait les plombs dans cette situation ! Franchement, il y a de quoi ! Et réfléchis une minute, il vaut mieux que tu parles à la police avant lui.

– Oui... tu as sans doute raison, mais... j'ai tellement peur...

– Je sais, *darling*, mais crois-moi, tout ira bien si tu dénonces enfin ce monstre. La police te protègera, j'en mettrais ma main à couper, aies confiance...

– Oui, tu... tu as raison, balbutia-t-elle.

Quelques minutes plus tard, elle prit congé de son amie puis marcha lentement dans le parc, vidée de toute énergie. Elle s'assit sur un banc et, voyant Sofia dormir paisiblement dans son landau, décida qu'il était temps d'appeler sa mère pour lui annoncer qu'elle avait demandé le divorce et tout lui raconter, sans enjoliver la vérité.

Elle ne supportait plus de vivre dans le mensonge et, au point où elle en était, il valait mieux tout déballer à Brigitte, qui avait bien compris qui était Amine depuis la naissance de Sofia et qui s'inquiétait probablement davantage en étant tenue à l'écart.

Sortant son téléphone, elle regarda Sofia.

Oui, si un jour cette dernière avait des problèmes et s'isolait dans sa détresse au lieu de se confier à elle et de lui demander de l'aide, elle se ferait un sang d'encre et se sentirait terriblement impuissante.

Elle lança l'appel.

Elle raconta tout à Brigitte, tout. Sans filtre et sans mensonge.

– Oh, ma chérie… mais pourquoi ne t'es-tu pas confiée à moi plus tôt ? sanglota-t-elle. Je suis ta mère, je t'aime, j'aurais pu t'aider, te soutenir, te conseiller… tu aurais pu revenir à la maison, tu sais bien que la porte est ouverte !

– Je… je suis désolée maman, je… je ne voulais pas vous inquiéter, je… je suis une ratée. Et maintenant c'est trop tard, je ne m'en sortirais jamais…

– Mais si, ma chérie, tu vas t'en sortir, tiens bon ! Fais ce que te disent tes amis et ton avocate, appelle la police et débarrasse-toi de lui une fois pour toutes !

– Mais maman… il m'a enregistrée… et si on m'enlevait Sofia ? couina-t-elle.

– Mais ma puce, il te malmène depuis des années et te pousse à bout depuis bientôt trois mois ! Ils comprendront, fais leur confiance ! Veux-tu que je vienne ?

– Non, maman, je… ça va aller… je… je vais les appeler.

– Ne les appelle pas, va les voir !

– Je… d'accord.

– Maintenant ! sanglota Brigitte d'impuissance. Rappelle-moi ce soir, quand il sera enfin parti, d'accord ?

– Oui maman…

– Courage, ma chérie, à tout à l'heure.

Elle se dirigea vers son appartement d'un pas lourd. Elle tenta de trouver la force de faire ce qu'on lui conseillait mais… elle se sentait tellement lasse qu'elle n'en eût pas le courage. Lorsqu'elle arriva chez elle, Sofia se réveilla. Amélie s'assit lourdement sur le canapé pour la nourrir, puis Amine arriva.

– Amine, marmonna-t-elle d'un ton monocorde, les yeux dans le vide. Je… je veux que tu partes…

– Nous en avons déjà parlé, répondit-il en haussant les épaules, je refuse. Et je ne signerai pas le divorce.

– Amine, sanglota-t-elle. Si tu n'es pas parti demain soir, je… j'appellerai la police, balbutia-t-elle.

– Si tu fais cela, ce sera la guerre entre nous.

Elle fondit en larmes. Il alla prendre une douche.

Lorsqu'il revint dix minutes plus tard, elle était en train de laver la vaisselle, Sofia en écharpe. Il vint derrière elle.

– Nous devrions peut-être arrêter tout cela, lui dit-il. Si tu annules ta demande de divorce, je te pardonnerai et j'effacerai les enregistrements.

Elle resta immobile et silencieuse, appuyée sur le rebord de l'évier pour ne pas flancher. Il lui passa la main dans le dos et la fit descendre au creux de ses reins.

– Ne me touche pas, dit-elle d'un ton glacial entre ses dents serrées. Enlève ta main. Tout de suite.

– Je te le répète, dit-il en s'éloignant d'elle. Si tu retires ta demande, nous effacerons tout. Tous les couples traversent des crises, c'est normal.

Elle entendit alors son téléphone vibrer. C'était sa mère. Elle se précipita dans l'arrière-cour pour lui répondre en chuchotant, lui expliquant qu'elle avait prévenu Amine qu'elle appellerait la police le lendemain s'il était toujours là lorsqu'elle rentrerait du travail. Brigitte ne put qu'approuver d'un ton dubitatif.

Au milieu de la nuit, alors qu'elle venait de déposer une petite Sofia endormie dans son lit, Amélie se tourna comme d'habitude face à elle, dos à Amine qui était endormi... du moins c'est ce qu'elle croyait. Il se mit à marmonner et à gigoter puis se colla derrière elle en la caressant puis la serra contre lui, son membre pressé contre le bas de son dos. Elle se débattit, lui ordonnant de la lâcher, mais il resserra son étreinte, continuant de marmonner. Pressée contre les barreaux du lit de Sofia, elle lui infligea une salve de coup de coudes dans les côtes.

– Que se passe-t-il ? demanda-t-il d'une voix faussement endormie et désorientée.

– Ne me touche... plus... jamais, haleta-t-elle.

– Oh, pardon, je devais être en train de rêver, dit-il d'un ton contrit avant de se retourner et de ronfler bruyamment.

Amélie se colla littéralement au lit de sa fille, serrant les barreaux de ses mains, les yeux grands ouverts, jusqu'à ce qu'elle entende la respiration régulière d'Amine, évoquant le sommeil non simulé.

Elle se leva et alla s'allonger sur le canapé dans la cuisine. Ce dernier n'était pas confortable mais, après ce qui venait de se passer, elle n'aurait de toute façon pas réussi à s'endormir. Elle passa une nuit blanche, ponctuée de tétée nocturnes.

Elle se prépara au petit matin, habilla Sofia et la nourrit. Une fois que tout fut prêt, elle installa sa fille dans la poussette puis entra dans la chambre.

– Amine, l'appela-t-elle plusieurs fois consécutives, de plus en plus fort, jusqu'à ce qu'il se réveille. Ce soir, en rentrant, je veux trouver cet appartement vidé de tes affaires et tes clés sur la table de la cuisine. Si tu n'es pas parti quand je reviens, j'appelle la police.

Elle tourna les talons et sortit dans la fraicheur du matin.

La journée fut longue. Heureusement, la surcharge de travail que subissait le service à cette période maintint son esprit concentré sur autre chose que ce qui l'attendait le soir. Elle était convaincue qu'il serait toujours là lorsqu'elle rentrerait chez elle. Et en effet, lorsqu'elle arriva avec Sofia, il était allongé sur le lit, son smartphone à la main, comme d'habitude. Mais elle était déterminée à le faire partir, coûte que coûte.

– Amine, pars maintenant, dit-elle froidement.

Il ne répondit pas. Il avait dû démarrer l'enregistreur sur son téléphone. Songeant que ce serait la fin de tout si elle ne tenait pas parole, elle rassembla tout son courage.

– Bien. J'appelle la police, dit-elle d'une voix tremblante en sortant son téléphone de sa poche, s'agrippant au manche de la poussette qu'elle gardait derrière elle.

Il se redressa soudainement, la voyant taper les trois chiffres, puis se leva et la rejoignit dans l'entrée.

– Tu sais que tu vas le regretter, si tu fais ça ? dit-il d'une voix menaçante, bien que ses yeux exprimassent la peur.

Elle lança l'appel.

– Très bien, dit-il, moi aussi je les appelle.

– Urgences bonjour, répondit-on dans le téléphone d'Amélie, de quel service avez-vous besoin ? Les urgences médicales, les pompiers ou la police ?

– La police, répondit Amélie alors qu'on répondait également au téléphone d'Amine.

– Police bonjour, que puis-je pour vous ? demanda une voix féminine.

– Je... cela fait trois mois que... que j'ai demandé le divorce et que je demande à mon mari de partir de notre appartement mais... il refuse, et... hier soir, il m'a agressé sexuellement dans le lit en prétendant qu'il faisait un rêve... ce matin je... je lui ai demandé encore une fois de s'en aller. Je lui ai dit que j'appellerai la police ce soir s'il n'était pas parti mais... il est toujours là. Cela fait des années qu'il abuse de moi, j'ai... j'ai tellement peur… à chaque fois que j'essaie de me défendre, il me menace de me séparer définitivement de notre fille…

– Quel âge a-t-elle ?

– Sept mois…

– Je vois. Est-il toujours à côté de vous ?

– Oui, il… il appelle également la police.

– Oh, laissez-le faire. Quelle est votre adresse ?

Amélie la leur déclina et à peine deux minutes après avoir raccroché, deux jeunes officiers arrivèrent. L'un d'eux, le plus grand, entra dans l'appartement et s'adressa à Amine, l'autre invita Amélie à le suivre dans le couloir avec Sofia, qu'elle tenait dans ses bras. Il lui demanda de lui raconter son histoire et elle s'exécuta. Puis il hocha la tête à la fin de son récit.

– Restez dans le couloir avec votre bébé, dit-il, je vais rejoindre mon coéquipier.

– D'accord…

Il entra, fermant la porte derrière lui, puis la rouvrit dix minutes plus tard, laissant sortir Amine avec un sac à dos et une valise.

– Bonsoir Madame, fit l'officier, qui avait discuté avec Amine. Nous avons parlé avec votre mari : pour l'agression sexuelle, il a bien évidemment nié et prétendu qu'il rêvait au moment des faits. Nous lui avons gentiment expliqué qu'il ne pouvait pas rester sous le même toit que vous contre votre gré et qu'il risquait de gros problèmes en se comportant de la sorte. Il a donc accepté de partir, mais sachez qu'il est légalement en droit de revenir, son nom apparaissant au même titre que le vôtre sur le contrat de location.

– D'accord… mais… je ne pense pas qu'il oserait revenir, après ce qui vient de se passer…

– Vous savez, répondit l'autre officier, nous connaissons bien ce type d'individu, il est tout à fait capable de revenir. Nous l'avons écouté raconter sa version : il n'a aucun scrupule, se prend pour la victime et sait qu'il a des droits.

– Que… que me suggérez-vous ?

– Nous vous recommandons fortement de porter plainte.

Amélie regarda Sofia qui observait chaque visage à tour de rôle d'un air interrogateur et imagina son père derrière des barreaux.

– Je… je ne peux pas faire cela, je… je ne suis pas prête. C'est le père de mon enfant, je… je ne peux pas faire ça à ma fille.

– Comme vous voudrez, soupira le grand policier. Si vous changez d'avis, vous savez où nous trouver, dit-il en lui tendant sa carte de visite. Bon courage à vous, bonne soirée.

Ils sortirent tous deux de l'appartement.

Le silence bourdonna dans les oreilles d'Amélie. Réalisant avec horreur qu'Amine avait toujours les clés, elle verrouilla la porte et laissa la sienne dans la serrure, afin qu'il ne puisse pas l'ouvrir de l'extérieur.

Elle emmena Sofia avec elle dans la salle de bain, l'attacha dans son cosy et se déshabilla. Sous une douche brûlante, elle laissa aller un torrent de larmes entre deux « coucou » souriants adressés à Sofia, puis enfila sa chemise de nuit, mit de la musique apaisante sur son téléphone et donna un bain à son bébé en lui massant le dos avant de la mettre en pyjama.

Elle se figea un instant devant le lit qu'elle avait partagé avec Amine pendant tant de temps puis, sentant toute sa colère lui remonter à la gorge, en changea rageusement les draps. Elle ne voulait plus sentir l'odeur de ce monstre.

Elle prit toutes les affaires qu'il avait laissées en partant, les mit dans trois gros sacs poubelle qu'elle déposa dans l'arrière-cour puis, après un ménage énergique, s'installa dans son lit pour donner le sein à Sofia, avant de sombrer dans un sommeil de plomb.

Le lendemain matin, en se réveillant, elle fût prise d'une crise de panique. Amine était en congé le mardi et avait toujours la clé de l'appartement. Elle alla chercher les trois gros sacs poubelle, les posa sur la table de la cuisine et vérifia chaque recoin de l'appartement pour vérifier qu'il ne restait plus rien de lui puis lui écrivit un message : « Toutes tes affaires sont sur la table de la cuisine. Laisse tes clés et claque la porte en partant. »

Puis elle partit comme d'habitude déposer Sofia chez Yasmine avant de se rendre au travail. Dès qu'elle fût seule dans le bureau avec Emmanuelle, elle lui raconta tout ce qui s'était passé la veille. Elle n'avait rien contre Natascha mais ne la connaissait que peu et n'était pas prête à lui raconter son histoire, même si celle-ci s'était forcément aperçue qu'Amélie avait de graves problèmes conjugaux. Pendant toute la matinée, elle vérifia nerveusement son téléphone toutes les dix minutes, au cas où elle recevrait un message d'Amine.

Ce n'est qu'en début d'après-midi, alors qu'elles étaient toutes trois dans le bureau, qu'elle reçut une réponse :

« Je me suis rendu dans un centre d'aide aux victimes et j'ai consulté un avocat. Mon nom est sur le contrat de location, je suis chez moi. Je serai là quand tu rentreras ce soir. Bonne journée. »

– Non... non... non ! gémit Amélie en s'écroulant sur son bureau, tremblant de tout son corps.

– Que se passe-t-il ? s'enquit Emmanuelle en se levant pour se précipiter vers elle.

– Il... il est... revenu, couina-t-elle avant de fondre en larmes sous le regard interloqué de Natascha.

– Viens, *darling*, allons faire un tour, lui dit-elle en lui prenant le bras pour l'aider à se lever. Nous revenons dans une quinzaine de minutes, ajouta-t-elle à l'adresse de Natascha.

– D'accord... pas de souci, répondit celle-ci d'une petite voix.

Elles sortirent et contournèrent le bâtiment pour s'asseoir dans un escalier, à l'abri des regards. Amélie s'effondra.

– Oh, *darling*... ça va aller... mais je ne comprends pas, comment a-t-il pu revenir après ce qui s'est passé hier ?

– Les policiers m'avaient prévenue, hoqueta-t-elle. Il... il est dans son droit... parce que je n'ai pas porté plainte...

– Appelle ton avocate !

Elle s'exécuta. Elle raconta à Dana les récents évènements, peinant à garder son calme.

– Oh... je suis désolée, Amélie, mais les policiers qui vous ont parlé hier ont raison, la seule solution pour vous est de porter plainte.

– Que... que risque-t-il si je le fais ? s'enquit-elle d'une voix hésitante.

– Il risque gros. Mais il n'aura que ce qu'il mérite, Amélie... Et vous, alors ? Pensez un peu à vous et aux dommages qu'il vous a causés, réfléchissez bien.

– Il y a forcément une autre solution ! gémit-elle au comble du désespoir.

– Malheureusement non... vous pouvez toujours rappeler la police et leur dire que vous le craignez et ils le sortiront, mais il reviendra de nouveau...

– Je comprends, dit-elle d'un ton abattu.

– Tenez-moi au courant et prenez soin de vous, courage...

– Merci.

Elle raccrocha.

– Alors ? s'enquit Emmanuelle.

– Alors elle ne peut rien faire de plus, comme je m'en doutais.

– Il serait peut-être temps de porter plainte, dit-elle avec douceur.

– Je ne peux pas, Manue, répondit Amélie en plongeant son regard rougi dans les yeux de son amie.

– Oh, darling... je comprends, ce n'est pas facile... mais tu as besoin d'aide et je... hé, j'ai une idée ! Appelle ta mère et demande-lui de venir ! Je suis sûre qu'il partira si ta mère est là...

Amélie réfléchit un instant. Oui, en effet, il n'oserait jamais rester en présence de Brigitte. Et cette dernière avait elle-même insisté pour venir la soutenir.

– C'est une excellente idée, Manue, dit Amélie en retrouvant soudainement espoir. Est-ce que je peux l'appeler maintenant ?

– Bah évidemment ! Je retourne au bureau, prends ton temps. A tout à l'heure, *darling*.

– Merci infiniment, Manue, je fais vite.

Elle appela alors sa mère et lui exposa la situation avant de lui demander si elle était toujours d'accord pour venir.

– Je cherche tout de suite un billet pour arriver le plus vite possible, annonça Brigitte. Je te transférerai la confirmation par mail dès que je l'aurai reçue. Courage ma chérie, j'arrive !

– Merci maman, répondit-elle dans un sanglot, avant de fondre de nouveau en larmes lorsque sa mère eut raccroché.

Elle reprit le chemin de son bureau d'un pas lent et chancelant puis se remit au travail, bien qu'elle eût du mal à se concentrer, guettant sa boite mail.

Une heure plus tard, elle reçut la confirmation de réservation de vol de sa mère. Il s'agissait d'un aller simple. Brigitte arrivait le lendemain à dix-sept heures trente à l'aéroport de Gatwick. Amélie l'imprima et le document en quatre dans sa poche pour avoir une preuve au cas où Amine ne la croirait pas.

Plus qu'un soir...

Dès que Natascha sortit du bureau pour aller aux toilettes, Amélie annonça à Emmanuelle que sa mère arriverait le lendemain.

– Bien... ça va s'arranger, ouf ! répondit celle-ci avec soulagement.

– Je... je suis désolée d'avoir craqué comme ça dans le bureau...

– Ce n'est rien, *darling*, tu as beau être courageuse, tu n'es pas surhumaine.

– Merci pour ta compréhension... Natascha doit me prendre pour une folle. Je vais lui donner quelques explications quand elle reviendra des toilettes.

Celle-ci entra justement dans le bureau.

– Natascha, je... je suis désolée pour tout à l'heure. J'ai vécu des choses difficiles ces derniers mois et... pour résumer, mon mari n'est pas un saint et... cela fait trois mois que j'ai demandé le divorce et pendant tout ce temps, il refusait de partir. Mais ça va s'arranger. Manue m'a donné la bonne idée de demander à ma mère de venir et elle arrive demain. Tout va bientôt rentrer dans l'ordre, je... je ne ferai plus de crise de nerfs dans le bureau, conclut-elle avec un petit rire gêné.

– Oh ma pauvre, répondit Natascha avec un regard compatissant. Cela n'a pas dû être facile pour toi. Ma sœur aînée est dans une situation similaire à la tienne, alors ne t'inquiète pas. Je l'ai vue faire des crises de désespoir bien plus impressionnantes que la tienne, je comprends...

– Merci Natascha.

– Cela te dirait de déjeuner avec moi, demain ?

– Oui, avec plaisir.

Elle se remirent toutes trois au travail. Amélie sentit l'angoisse remonter peu à peu en elle à mesure que la fin de la journée approchait. Ce jour-là, Amélie et Emmanuelle terminaient à dix-huit heures tandis que Natascha partait une heure plus tôt. Dès que cette dernière sortit du bureau, Amélie se tourna vers son amie.

– Manue... j'ai quelque chose à te demander, si tu es d'accord.

– Dis-moi, *darling*.

– Je ne sais pas comment ça va se passer ce soir quand je rentrerai et... j'aimerais que Sofia soit en sécurité. Est-ce que tu accepterais que je la laisse chez toi avant de rentrer chez moi ? Cela ne durera pas plus d'une heure... je veux juste m'assurer qu'il parte définitivement en me laissant les clés, avant de venir récupérer ma fille.

– Oui, bien sûr ! Je ne fais rien ce soir, et je l'adore, cette petite beauté ! Mes colocataires aussi, d'ailleurs. Ils vont être ravis !

– Oh, merci, Manue !

– Mais de rien, *darling* ! Euh... juste une chose : Tu lui changeras bien sa couche avant de me la laisser, ce n'est vraiment pas mon truc, le caca de bébé, ajouta-t-elle en grimaçant.

– Promis, répondit Amélie avec un sourire amusé.

A dix-huit heures, elle fonça à l'arrêt de bus pour se rendre chez Yasmine.

– Salut ! Tu restes boire un thé, comme d'habitude ? lui proposa cette dernière.

– Non, pas ce soir, désolée Yasmine, je suis pressée...

– Oh, d'accord, répondit-elle d'un air surpris.

– Je t'appellerai ce soir si tu es d'accord, seras-tu disponible ?

– Oui, pas de souci. Tout va bien ? s'enquit-elle.

– Oui et non, c'est une longue histoire, mais j'espère qu'elle sera réglée quand je t'appellerai...

– D'accord... bonne chance, alors, tiens-moi au courant.

– Oui, ne t'inquiète pas. Je file, merci pour tout, conclut-elle après avoir rassemblé toutes ses affaires.

Elle allaita Sofia dans le bus en se rendant chez Emmanuelle puis, après l'avoir changée et laissée chez cette dernière, prit le chemin de son appartement. Il n'y en avait que pour dix minutes de marche et Amélie ralentit le pas, subitement prise de panique. Elle respira profondément en arrivant devant la porte d'entrée puis introduisit la clé dans la serrure et l'ouvrit.

Amine l'attendait, assis sur le canapé, un sourire aux lèvres. Il se leva. Elle entra et la porte se referma derrière elle. Elle resta silencieuse, redressant la tête et le regardant droit dans les yeux, serrant les poings pour ne pas trembler.

– Bonsoir, dit-il. J'espère que tu as passé une bonne journée. Je me suis permis de remettre toutes mes affaires à leur place, puisque j'habite ici, comme le mentionne le contrat de location, déclara-t-il en brandissant le dit document. Alors, qu'as-tu à me dire ?

– Ma mère arrive demain.

Le sourire d'Amine s'effaça peu à peu, puis toute trace d'arrogance s'envola de son visage qui se décomposa, alors qu'Amélie continuait à le fixer sans ciller.

– Je... ta... ta mère ? balbutia-t-il en se forçant à sourire. C'est une excellente nouvelle ! Tu sais que je l'apprécie beaucoup. Et combien de temps restera t elle ?

– Elle pense rester environ un mois, mais elle n'a pris qu'un aller simple, répondit-elle calmement en sortant le billet de sa poche et en le lui tendant. Elle ne repartira que lorsqu'elle sera certaine que Sofia et moi sommes en sécurité.

Une minute de silence s'ensuivit, pendant laquelle Amélie ne bougea pas d'un cil, observant Amine dont la panique était quasiment palpable.

– Je... je pense effectivement que ça te fera du bien de passer du temps avec ta mère, dit-il en s'essuyant nerveusement le front. Je vais vous laisser entre vous, je... oui, je vais m'en aller et je reviendrai lorsqu'elle sera repartie.

– Lorsqu'elle rentrera en France, j'aurai déménagé, rétorqua-t-elle froidement. J'enverrai dès demain par mail la notification de préavis d'un mois pour rendre l'appartement. Je l'écrirai en notre nom à tous les deux et te mettrai en copie. Si tu souhaites garder l'appartement pour y habiter seul, libre à toi de t'organiser directement avec l'agence. Maintenant, prend les affaires dont tu as besoin dans l'immédiat. J'en réunirai de nouveau le reste quand j'en aurai le temps. Tu n'auras qu'à m'envoyer un message pour me dire quand tu souhaites venir les récupérer. Tu as cinq minutes.

Il s'exécuta, l'air perdu. Cinq minutes plus tard, il se tenait devant la porte d'entrée, le front suant, muni de son sac à dos et de sa valise.

– Donne-moi ta clé, s'il te plaît.

– Amélie, je...

– Ta clé, s'il te plaît.

Il la posa sur la table.

– Je... j'aimerais appeler tes parents, balbutia-t-il. Je... je voudrais m'excuser auprès d'eux pour tout ce que je t'ai fait...

Elle eut un sourire désabusé et secoua la tête, dépitée.

Puis elle ouvrit grand la porte et s'écarta du passage en l'invitant à sortir d'un geste de la main. Il sortit en silence, regardant le sol, puis elle le regarda s'éloigner dans le couloir, ouvrir la porte extérieure et disparaître de son champ de vision. Elle referma la porte et s'y adossa, se laissant lentement glisser jusqu'à se retrouver assise sur le sol.

– Il est parti, soupira-t-elle à voix haute, comme pour se convaincre que c'était bien réel. Ça y est... c'est fini, sanglota-t-elle de joie et de soulagement.

Elle resta ainsi pendant quelques minutes puis se releva. Elle téléphona à Yasmine et lui raconta ce qui s'était passé.

– Eh bien, soupira-t-elle. Il n'a pas été facile à faire partir ! C'est incroyable... enfin, je suis soulagée pour toi. J'imagine que tu n'auras plus besoin que je garde Sofia, du moins jusqu'à ce que ta mère parte ?

– Oh ! Je... je n'avais même pas pensé à cela, avoua-t-elle, honteuse.

– Tu m'étonnes, rit Yasmine. Ne t'inquiète pas, il n'y a aucun problème. Je t'avoue que cela devenait fatigant et que je ne serai pas mécontente de ne me consacrer qu'à mon fils.

– Oh... mais pourquoi ne m'en as-tu pas parlé plus tôt ?

– Et comment aurais-tu fait ? Tu étais dans le pétrin. Et je m'étais engagée jusqu'à la fin mai. Tu me libères deux semaines plus tôt, c'est tout.

– Oh mon Dieu ! Je reprends à plein temps dans deux semaines ! réalisa-t-elle soudain. Je n'ai même pas commencé à chercher une nounou agréée... heureusement que ma mère arrive...

– Eh oui, les mères sont irremplaçables !

– Oh que oui ! répondit Amélie avec une larme de gratitude coulant le long de sa joue. Je vais aller chercher Sofia, merci pour tout Yasmine... à demain.

– A demain.

Elle se rendit à l'épicerie qui se trouvait juste derrière la maison d'Emmanuelle et y acheta une bouteille de vin et une boite de lait en poudre, puis se rendit chez son amie. En arrivant, elle sortit sa bouteille et annonça qu'elle ne raconterait son histoire qu'après avoir allaité Sofia, avant de se servir un bon verre de vin.

Il était près de vingt-et-une heure lorsqu'elle posa une petite Sofia repue et endormie dans sa poussette, alors qu'Emmanuelle débouchait la bouteille et lui en servait un verre accompagné de petits fours.

Elle trinqua avec elle et lui raconta ce qui s'était passé, puis repartit à vingt-deux heures trente et se doucha en arrivant, Sofia dormant toujours à poings fermés dans sa poussette. Lorsque celle-ci se réveilla une demi-heure plus tard, Amélie lui donna son tout premier biberon de lait en poudre.

Il était temps qu'elle commence à alterner pour pouvoir arrêter progressivement l'allaitement. Elle avait prévu de ne plus tirer son lait au travail après les vacances d'été, quand Sofia serait âgée de dix mois. C'était bien trop épuisant. En attendant, elle commencerait par lui donner un biberon de lait maternisé chaque soir et pourrait de cette façon s'autoriser un verre de temps en temps. Sofia dormit d'une traite jusqu'à six heures et, au réveil, soulagea cette fois-ci la poitrine engorgée de sa mère.

Au bureau le lendemain, Amélie envoya son mail de préavis à l'agence immobilière en mettant comme convenu Amine en copie puis commença à regarder quelques annonces de location. Elle cherchait un petit appartement de deux pièces. Elle n'aurait donc qu'un mois pour en trouver un.

Terminant à seize heures ce jour-là, elle envoya un message à sa mère, l'invitant à la retrouver à London Bridge vers dix-huit heures pour y boire un verre et terminer le trajet ensemble jusqu'à son appartement. Elle ressentit de l'excitation et de la joie à cette idée et s'aperçut qu'elle n'avait plus ressenti ce type de sentiment depuis des mois. Elle déjeuna comme prévu avec Natascha et, à partir de ce jour, sympathisa de plus en plus avec cette dernière jusqu'à en devenir proche.

La fin du mois de mai se passa à merveille. Elle profita pleinement de ses deux derniers week-ends de quatre jours en se promenant dans

Londres avec Sofia et Brigitte sous un soleil radieux. Elle avait retrouvé le sourire et même la faculté de rire. Elle avait également réussi à trouver un appartement de deux pièces d'environ trente mètres carré, situé à environ trois-cents mètres de son logement actuel, ce qui faciliterait le déménagement.

Elle avait fermé les yeux en le visitant, essayant de l'imaginer vide et propre et résistant à l'envie de se boucher le nez. Les locataires en place étaient visiblement des gens répugnants. Sachant que leur logement allait être visité, ils ne s'étaient pas même donné la peine de faire un peu de ménage. L'agent, nommé Samy, se confondit en excuses en promettant de faire venir une entreprise de nettoyage avant qu'Amélie n'emménage.

Le loyer serait de neuf-cent-cinquante livres par mois, toutes charges comprises, sauf l'électricité. Le jeune couple qui y habitait devait rendre les clés le samedi 10 juin, Amélie les aurait le vendredi 16 et rendraient celles de son appartement actuel le samedi 17, ce qui lui laisserait deux jours pour déménager. Heureusement que Brigitte serait là pour garder Sofia et l'aider à s'installer, elle se demandait comment elle aurait bien pu faire sans elle.

Elle préleva de nouveau neuf cents livres dans ses économies pour régler l'acompte, promettant de payer le premier mois de loyer le jour de l'état des lieux d'entrée, trois semaines plus tard. Son salaire lui serait versé dans quelques jours et, n'ayant momentanément pas de nounou à rémunérer, elle devrait pouvoir s'acquitter de la somme sans avoir à toucher à ses économies.

Bien, un souci de moins.

Alors que le mois de mai touchait à sa fin, elle organisa des rencontres avec trois nounous qu'elle avait trouvées sur un site internet, mais aucune ne fit l'affaire. La première manquait clairement d'expérience et semblait simplement faire ce métier parce que ses beaux-parents, chez qui elle habitait, l'y avait forcée ; la deuxième semblait extrêmement stricte, pour ne pas dire austère et, lorsqu'elle se rendit chez la troisième, qui avait à ce moment-là deux enfants en bas âge à sa charge, Amélie ne put que constater que la jeune femme, qui voulait pourtant bien faire, semblait totalement débordée et se faisait marcher sur les pieds.

Puis une nounou contacta Amélie par internet. Après avoir lu avec enthousiasme les références élogieuses de cette quadragénaire nommée Imran qui vivait à deux rues de son futur logement, Amélie lui proposa de la rencontrer. Lorsqu'elle arriva chez Imran, elle constata avec joie que les lieux étaient impeccablement propres et sécurisés. Les trois enfants qu'elle gardait ce jour-là étaient calmes et semblaient proches de leur nounou, en totale confiance.

Les deux femmes discutèrent pendant une heure. Amélie lui expliqua qu'elle n'aurait besoin de ses services que pendant deux ou trois semaines avant ses vacances qui dureraient six semaines. Elle souhaitait donc faire démarrer le contrat à durée indéterminée à partir de son retour au travail le 24 août, Si Imran était d'accord pour garder Sofia du 22 juin au 12 juillet en contrat temporaire.

Celle-ci accepta et Amélie l'informa qu'elle la recontacterait à la mi-juin au plus tard pour définir la date exacte de prise de poste, ne sachant pas encore exactement quand partirait Brigitte. Elles s'organiseraient alors pour une adaptation progressive sur deux jours avant de mettre Sofia à plein temps chez elle.

Le samedi 27 mai, Brigitte, Sofia et Amélie étaient invitées à déjeuner chez Emmanuelle. Au moment de boire le café, Amélie proposa ses nouveaux horaires à Emmanuelle.

– J'aimerais commencer à huit heures trente et terminer à dix-sept heures trente tous les jours à partir de lundi, si ça te convient. De cette manière, je continuerai à prendre une heure de pause par jour jusqu'aux vacances d'été pour pouvoir tirer mon lait, comme d'habitude : une de trente minutes à treize heures et deux de quinze minutes dont une le matin et l'autre l'après-midi. Je ferai donc mes quarante heures par semaine. En revanche, à la rentrée des grandes vacances, j'arrêterai de tirer mon lait et je ne prendrai qu'une pause d'une demi-heure en milieu de journée pour pouvoir terminer à dix-sept heures. Est-ce que cela te convient ?

– Oui, c'est parfait pour moi, mais... il faut que je t'annonce quelque chose.

– Ah oui ? Qu'y a-t-il ?

– J'ai posé ma démission pour fin août... je rentre définitivement à la Réunion.

– Oh noooon... mais que vais-je devenir sans toi ??

– Oh, *darling* ! répondit Emmanuelle en riant. Tu t'en sortiras très bien ! Je dois d'ailleurs te faire une proposition : Souhaiterais-tu occuper le poste de responsable du service à ma place ?

– Euh... attends une minute... Monsieur Viechri est déjà au courant, n'est-ce pas ? Est-il d'accord ?

– Évidemment, sinon je ne te le proposerais pas.

– D'accord, euh... merci beaucoup, je suis touchée... hum...

– Tu n'es pas obligée de me donner ta réponse tout de suite, bien sûr, fit Emmanuelle d'un air amusé.

– Je... je te donnerai une réponse lundi, si cela te convient.

– Oui, c'est très bien, lundi, il n'y a pas d'urgence.

– Et Natascha ? Est-elle au courant ?

– Non, je ne lui annoncerai mon départ que lorsque toi ou - si tu refuses - quelqu'un d'autre sera affecté à mon poste.

– Tu n'as donc pas l'intention de le lui proposer si je décline l'offre ?

– Eh bien, fit Emmanuelle d'un air hésitant, elle ne travaille dans le service que depuis un an et... elle fait encore beaucoup d'erreurs et supporte assez mal les remarques. Je trouve également qu'elle se plaint beaucoup et qu'elle parle trop dans le dos des autres. Je veux dire... le poste nécessite un certain savoir-être, également. Il y a beaucoup de pression, il faut être endurant et savoir se remettre en question.

– Je vois... je la trouve plutôt agréable...

– Moi, je la trouve un peu... obséquieuse, un peu... fausse. J'ai l'impression qu'elle aime se mettre en avant et qu'elle veut faire les choses à sa manière.

– D'accord... je garderai tes impressions dans un coin de ma tête. Je regrette le temps où nous étions toutes les trois, Anika, toi et moi. On formait vraiment une super équipe !

– Oh que oui ! rit Emmanuelle. Nous avions vraiment une bonne ambiance. Nous étions tellement solidaires.

– Oui... Manue, si je prends ton poste, qui va s'occuper du recrutement pour le mien ?

– Nous deux, avec le directeur adjoint, Laurent Cardani.

– D'accord, je te tiens vite au courant. Merci encore, en tous les cas.

– Mais de rien, *darling*. Tu le mérites ! Dans le cas contraire, nous ne te l'aurions pas proposé, rit-elle.

Dans la soirée, Amélie se réjouit de recevoir un appel de Mathilde qui lui annonça qu'elle viendrait lui rendre visite pendant que leur mère était là. Elle arriverait le vendredi suivant et resterait cinq jours à Londres.

Cela faisait presque deux semaines qu'Amine était parti et elle lui avait envoyé plusieurs messages pour savoir s'il voulait voir Sofia et quand il pourrait passer récupérer ses affaires, qu'elle avait de nouveau emballées dans des sacs poubelle. Mais il ne répondait pas. Elle n'avait aucune nouvelle de lui depuis le jour de son départ.

La première semaine de travail à plein temps fut éprouvante pour Amélie. Heureusement, Brigitte avait décidé de la rejoindre tous les jours près de son lieu de travail avec Sofia pour déjeuner avec elle, ce qui lui permettait d'allaiter et de cajoler son bébé tout en mangeant en compagnie de sa mère, au lieu d'aller tirer son lait dans les toilettes.

Elle décida d'accepter le poste de responsable du service, puis une offre d'emploi pour le poste d'assistant fut rédigée pour être mise en ligne à la mi-juin. Emmanuelle avait annoncé la nouvelle à Natascha, qui avait complimenté et félicité Amélie pour sa promotion.

Le samedi, lendemain de l'arrivée de Mathilde, Amélie envoya un énième message à Amine pour l'informer qu'elle jetterait ses affaires s'il ne venait pas les chercher avant la fin du week-end. Il lui répondit alors enfin pour lui donner rendez-vous sur le trottoir d'en face le dimanche après-midi à quatorze heures, en lui demandant de venir sans Brigitte.

Bien qu'il n'ait pas demandé à voir Sofia, Amélie l'emmena avec elle et Mathilde insista pour les accompagner, craignant pour leur sécurité. Une fois en face de lui, les deux sœurs posèrent les sacs poubelle à ses pieds sur le trottoir. Il leur lança un bref « salut » puis ramassa ses sacs et s'apprêta à partir.

– Tu ne veux pas passer un peu de temps avec Sofia ? s'enquit alors Amélie. Cela fait maintenant trois semaines que tu ne donnes aucun signe de vie… je croyais que tu avais refusé de partir pendant trois mois parce que tu ne pouvais pas passer un jour sans elle, ajouta-t-elle d'un ton amer entre ses dents. Elle est juste devant toi, tu ne vas tout de même pas l'ignorer, si ?

– Ok, dit-il en la sortant de sa poussette.

Il la câlina deux minutes, l'embrassa puis prit une dizaine de selfies avec elle avant de la reposer. Puis il partit, sous les regards hallucinés de Mathilde et d'Amélie. Elles repartirent en direction de l'appartement sans dire un mot.

Mathilde rentra en France le mardi suivant et Brigitte prit son billet de retour pour le samedi 24 juin.

Le jeudi 15 juin, Amélie téléphona à Samy pour vérifier que le rendez-vous d'état des lieux d'entrée était bien maintenu pour le lendemain soir. Ce dernier, contrit, lui avoua que les locataires venaient seulement de partir.

Il avait mis une semaine à leur faire quitter les lieux, leur rappelant tous les jours que quelqu'un emménageait très prochainement, jusqu'à ce qu'il soit contraint d'appeler la police pour les faire sortir, mais n'avait par conséquent pas pu faire venir d'entreprise de nettoyage.

Amélie lui répondit qu'elle n'avait de toute façon pas le choix et qu'elle s'occuperait donc elle-même du ménage. Elle l'informa également qu'elle s'était acquittée du premier mois de loyer.

Elles arrivèrent donc toutes trois à dix-huit heures trente dans le nouvel appartement, qui était effectivement très sale.

– Bon, fit Samy d'un air gêné en tendant à Amélie le formulaire d'état des lieux, j'ai déjà tout coché. J'ai mis « très sale » et « mauvais état » partout. Au moins, vous n'aurez pas à batailler pour récupérer votre caution en partant, à moins que vous ne parveniez à laisser le logement en pire état que maintenant, ajouta-t-il avec un petit rire nerveux.

– Ce n'est pas votre faute, lui répondit Amélie avec douceur, je sais que vous avez fait tout votre possible pour que je puisse y emménager à la date convenue et je vous en suis reconnaissante. Je préfère avoir une journée de ménage à faire que me retrouver sans domicile avec mon bébé et toutes nos affaires.

– Merci de votre compréhension, soupira-t-il en s'essuyant le front. La plupart des gens se plaignent pour bien moins que cela. Allons maintenant remettre les compteurs à zéro et vérifier que tout fonctionne.

Une fois que ce fut chose faite, Amélie jeta un coup d'œil à la chambre. Le matelas était couvert de tâches jaunâtres et de brûlures de cigarettes.

– Samy, étant donné qu'il s'agit d'un meublé, serait-il possible d'avoir un lit et un matelas neufs ?

– Oh oui, bien sûr, mais ce ne sera malheureusement pas possible avant demain matin, je suis vraiment désolé.

– Aucun souci, je rends les clés de mon appartement actuel demain. Nous y passerons notre dernière nuit ce soir.

– Ah, parfait ! dit-il avec soulagement, je vous enverrai deux gars à dix heures demain pour vous débarrasser de cette épave et la remplacer par un nouveau lit. Mais il faudra que quelqu'un soit là pour leur ouvrir.

– Pas de problème.

Elle signa l'état des lieux et lui en tendit un exemplaire, puis il s'en alla.

– Bien, fit Amélie en balayant la pièce des yeux. Il est dix-neuf heures. Rentrons à la maison, je vais prendre tous les produits de nettoyage et un maximum d'affaires puis revenir ici. Est-ce que tu pourrais garder Sofia et préparer le repas pendant que je nettoie le plus urgent, s'il te plaît ?

– Oui, bien sûr ma chérie, mais tu dois être épuisée… tu ne veux pas plutôt qu'on le fasse demain ?

– Non, je préfère nettoyer au moins le sol et les étagères de l'armoire. Je refuse de poser mes affaires dans une telle crasse et l'état des lieux de sortie de demain est prévu pour midi.

– Je comprends... à quelle heure penses-tu revenir ?

– Pas avant vingt et une heures... mais tu peux manger sans moi si tu as trop faim, et mettre ma part au micro-ondes.

– Non, ne t'inquiète pas, je t'attendrai.

Les fenêtres grandes ouvertes, elle se mit à l'ouvrage vingt minutes plus tard. Après avoir nettoyé l'armoire puis balayé et passé la serpillère deux fois sur tous les sols, le logement semblait presque propre... si on s'abstenait de regarder les murs et les fenêtres de trop près et qu'on n'ouvrait pas le frigidaire ni les placards de la cuisine.

Il faudrait également nettoyer l'évier, la cuisinière, la douche et les toilettes, mais la chambre était impeccable, il ne manquait plus qu'à y changer le lit et ce serait fait le lendemain dans la matinée. Elle referma les fenêtres puis repartit, retrouvant Brigitte et Sofia à vingt-et-une heure. Après une bonne douche bien méritée, affamée, elle dévora la grosse portion de pâtes à la Carbonara que Brigitte lui avait servie, puis s'endormit en quelques secondes après avoir nourri Sofia.

Le lendemain, elles se levèrent à sept heures et parvinrent à terminer de vider l'appartement à neuf heures. À dix heures, Brigitte termina le nettoyage du coin cuisine et Amélie celui de la salle de bain et des toilettes, puis elle repartit avec les produits détergents pour faire le ménage dans l'appartement qu'elle devait rendre à midi.

Lorsqu'elle le quitta deux heures plus tard, après avoir rendu ses clés à Ahmed et lui avoir souhaité bonne continuation, elle éprouva un immense soulagement. Désormais, Amine n'aurait plus son adresse, et son nouvel appartement était à son seul nom.

Oui, c'est bel et bien fini... je ne vivrai plus jamais avec lui.

Lorsqu'elle arriva dans son nouveau chez elle, un lit flambant neuf était arrivé et Brigitte avait préparé un bon repas. Puis après avoir fait les fenêtres, nettoyé le frigidaire, tout déballé et tout rangé, elles sortirent se promener et dinèrent dans un restaurant à Greenwich. Tout était propre et aménagé, et Amélie, sortant enfin la tête du guidon, réalisa alors avec appréhension que sa mère partirait une semaine plus tard.

Après avoir signé un contrat temporaire avec Imran, elle organisa une matinée d'adaptation de quatre heures pour Sofia le jeudi, puis une journée complète le vendredi, sachant que Brigitte serait encore dans les parages en cas de problème, à la veille de son départ. C'est le cœur lourd qu'Amélie l'accompagna le samedi à la gare de London Bridge pour prendre le train à destination de Gatwick.

Mais sa tristesse ne fut rien comparée à la détresse soudaine de Sofia, qui semblait comprendre qu'une séparation était en cours et qui s'accrocha subitement à sa mère de toute la force de ses petits bras en hurlant.

– Mais non, mon bébé, je ne te quitte pas, que t'arrive-t-il ? C'est grand-mère qui s'en va, fais-lui un câlin.

– Laisse-là, cette pauvre petite, dit Brigitte. Elle a été très perturbée ces derniers temps entre ta reprise à temps complet, le départ de son père, puis le déménagement. Tous ses repères ont été chamboulés.

Brigitte caressa doucement la joue de Sofia qui s'agrippait désespérément à sa mère comme si sa vie en dépendait, puis lui déposa un baiser sur le front avant d'étreindre Amélie. Elle lui fit un dernier signe de la main en disparaissant de son champ de vision. Amélie retint ses larmes et serra Sofia dans ses bras en lui murmurant des paroles rassurantes, puis s'installa à la terrasse d'un café pour boire un latte et lui donner le sein, ô combien réconfortant.

Le premier mercredi de juillet, à une semaine de ses vacances, Amélie fut convoquée en fin de matinée avec Emmanuelle chez le directeur général, Raoul Viechri. Celui-ci, en compagnie de son adjoint, les informa qu'ils avaient annulé le processus de recrutement pour le poste d'assistant au service des inscriptions car ils avaient décidé entretemps d'y affecter une employée d'un autre service de la société. Emmanuelle et Amélie échangèrent un regard perplexe.

– Il s'agit de Serena Moreau, de l'antenne anglophone de Kensington, annonça Monsieur Viechri.

– Ah bon ? s'étonna Emmanuelle. Mais elle n'avait pas postulé au service des inscriptions... et nous avons reçu plusieurs candidatures internes, pourquoi elle ?

– Eh bien, Bianca a de gros problèmes familiaux et est souvent en arrêt maladie, répondit Monsieur Cardani. Nous avons donc décidé de faire passer l'autre mi-temps en poste à temps complet et Serena souhaitait justement passer à quarante heures par semaine.

– Mais... je n'y comprends rien, fit Emmanuelle. Pourquoi ne pas lui avoir offert le poste à l'antenne anglophone, dans ce cas ?

– Parce nous l'avons offert à une personne de l'extérieur qui nous a été recommandée, répondit Monsieur Viechri.

– Euh... d'accord, répondit Emmanuelle, abasourdie. Et notre sélection de candidats en vue des entretiens d'embauche ?

– Tout est annulé, répondit Monsieur Viechri avec un sourire bienveillant. Amélie, pouvez-vous me faire savoir à quelle date vous comptez reprendre le travail après les vacances d'été ?

– Le jeudi 24 août.

– Très bien, je serai moi-même déjà de retour, répondit-il. Nous pourrons nous voir ce jour-là, disons à quatorze heures ?

– D'accord, répondit-elle en en prenant note sur son agenda.

– Très bien. Bon après-midi, Mesdames.

– Merci Monsieur Viechri, à vous aussi, répondit Amélie en se levant, ne sachant que penser de cette entrevue. Au revoir, Monsieur Cardani.

Peu après, elles décidèrent de prendre leur pose en même temps pour pouvoir déjeuner ensemble, comme cela devenait de plus en plus fréquent.

– Franchement, Manue, ça sent mauvais, déclara Amélie avec inquiétude. Serena est très compétente et connait déjà parfaitement le poste à l'antenne anglophone... et elle souhaitait y rester... si une personne de l'extérieur a été pistonnée, pourquoi ne pas lui avoir proposé le poste au service des inscriptions, où deux personnes auraient été présentes en permanence pour la former, au lieu de l'envoyer sur un poste où elle sera seule, en déplaçant Serena comme un pion sans lui demander son avis malgré ses dix années d'ancienneté ?

– En effet... j'ai vraiment du mal à comprendre leur stratégie... ce n'est pas très correct envers Serena mais ça ne l'est pas non plus envers nous, quand on compte le nombre d'heures que nous avons passé à éplucher chaque candidature. Et tu avais tout de même bien le droit de choisir la personne qui complèterait ton équipe, puisque ce n'est pas non plus toi qui as choisi Natascha.

– C'est à se demander s'ils ont oublié que Serena a été mon maître de stage, renchérit Amélie, dépitée.

– Ah oui, c'est vrai ! Je n'avais pas pensé à cela... effectivement, ils ont dû oublier.

– Franchement, je commence à regretter d'avoir accepté le poste, déclara amèrement Amélie.

– Et moi, je suis bien contente de le quitter, répondit Emmanuelle avec un sourire compatissant. Je suis sûre que c'est encore cette fouine de Sandrine qui a pistonné une de ses copines... cela fait à peine deux ans qu'elle a remplacé Françoise à la direction des ressources humaines et elle a déjà réussi à en faire entrer deux, voire trois, si ma théorie est exacte.

– Oui, c'est vrai que l'ambiance générale s'est dégradée depuis qu'elle est là... la bienveillance est partie avec Françoise, déplora Amélie. Jusqu'à maintenant, cela ne m'atteignait pas, puisque je m'entendais bien avec Anika et toi... mais je me demande ce que ça va donner avec Natascha et Serena, avoua-t-elle avec appréhension. Ce n'est pas le même type de caractère.

– Non, c'est certain... mais tu vas t'en sortir... j'espère.

– Manue ! Tu ne m'aides pas, là !

– Pardon, rit-elle, mais c'est déjà un poste avec beaucoup de pression, alors je n'ose même pas imaginer à quoi ça ressemble quand il y a une ambiance pourrie dans le service... mais tu vas survivre ! Au pire, tu feras comme Anika et moi, tu partiras au bout d'un an, s'esclaffa-t-elle. Je plaisante, *darling*. Fais simplement bien attention pendant le premier mois, il va falloir poser ton autorité... Anika n'en a pas eu besoin avec nous deux et je n'en ai pas eu besoin avec toi, mais avec Natascha, oui.

– Bien... mais tu étais déjà responsable quand elle est entrée dans le service, alors que moi, j'étais son égale.

– Je sais, *darling*... c'est pour ça que je t'avais prévenue, la dernière fois. En revanche, je ne comprends toujours pas pourquoi ils ont déplacé Serena dans ton service sans te demander ton avis...

– Moi, je le sais... je suis restée en contact avec elle après mon stage. Il y a eu cette histoire avec les services sociaux, ça l'a... détruite, littéralement. Elle en a pris plein la figure de tous les côtés et depuis, elle a tendance à tout envoyer balader. Elle était restée bien patiente pendant cinq longues années vis-à-vis du manque de professionnalisme de Bianca, se contentant d'en toucher un mot de temps en temps à son supérieur direct sur place. Mais cela n'a eu aucun effet et depuis quelques années, Serena demande régulièrement des réunions avec le directeur général. Malheureusement, à chaque fois, Bianca trouve le moyen de les faire tous s'apitoyer sur son sort et cela se retourne contre Serena, ce qui accroit encore son sentiment d'injustice. C'est un cercle vicieux... il y a de quoi devenir folle, pour elle... alors pour mettre fin aux conflits, ils l'ont changée de service. Et maintenant, elle va se retrouver avec moi comme chef alors que c'est elle qui m'a formée et qu'elle a dix ans de plus d'expérience que moi... je te le redis, tout cela sent très, très mauvais !

– Ok, pas de panique, *my darling* ! Je ne te dis pas que tes craintes sont infondées, ni que ce sera facile, mais ce qui est certain, c'est que ça ne risque pas de fonctionner si tu baisses les bras avant même d'avoir commencé. Sois vigilante dès le départ, tu verras bien.

– D'accord... je vais essayer, répondit-elle sans conviction. Je vais lui téléphoner ce soir, j'espère qu'ils l'ont prévenue qu'elle changeait de service.

– J'imagine qu'ils l'ont fait juste après nous en avoir informées, sinon, ils t'auraient demandé de ne pas lui en parler...

– Ils ne savent peut-être pas que nous sommes en lien. S'ils ont oublié que j'ai fait un stage à l'antenne de Kensington, ils pensent probablement que je ne l'ai jamais rencontrée. Tant pis, je prends le risque. Car même s'ils l'ont déjà informée qu'elle travaillerait désormais aux inscriptions, ils n'ont peut-être pas mentionné le fait que je serai responsable du service... il faut que je l'appelle.

– Oui, c'est sans doute mieux.

Amélie tenta de joindre Serena en sortant du travail, mais celle-ci ne répondit pas. Elle récupéra donc Sofia et lui donna l'habituelle tétée, dont le pouvoir apaisant relevait de la magie, pour l'une comme pour l'autre. Puis son téléphone sonna. C'était Serena.

– Salut Serena, tu vas bien ?

– Oui, et toi, depuis le temps ?

– Oh, pas mal de choses se sont passées depuis la dernière fois que je t'ai parlé. Mas je te raconterai tout cela plus en détail autour d'un café si le cœur t'en dit. Au travail également, il y a du nouveau. Emmanuelle s'en va, elle rentre définitivement à la Réunion. On m'a donc offert son poste.

– Ah ! Fit Serena, surprise.

Il y eut un silence.

– Eh bien... félicitations ! reprit-elle. Je... je viens justement de recevoir un mail... on m'a refusé le contrat à temps plein au poste que j'occupe actuellement et... je suis transférée aux inscriptions, conclut-elle la gorge serrée.

– Je suis au courant, répondit Amélie. J'en ai également été informée aujourd'hui. Je suis désolée pour toi. C'est tellement embarrassant...

– Oh, voyons... ce n'est pas ta faute, le problème vient de la direction. Cela fait un moment que la tension monte entre eux et moi. Je... je vais faire avec.

– Ça va, tes enfants ?

– Oh, oui. Nous partons en vacances dans trois jours.

– C'est super, ça va vous faire du bien. Et tu reprends le travail à quelle date ?

– Le lundi 21 août. Je reste une semaine à Kensington pour former ma remplaçante et je commence aux inscriptions la semaine suivante.

– D'accord, super. Manue reprend le 21 aussi, puis j'arrive trois jours plus tard. Son dernier jour sera le jeudi 31 août. Natascha arrivera en même temps que toi dans le service, le 28. Et à partir du 1er septembre, je serai officiellement responsable.

– Eh bien... encore toutes mes félicitations.

– Merci, bonnes vacances à vous cinq, repose-toi bien ! On se voit à la rentrée.

Après avoir raccroché, le mauvais pressentiment d'Amélie s'accentua. Elle ne voyait pas comment elle pourrait « poser son autorité », comme le disait Manue, avec deux personnes avec qui elle était déjà proche et qui savaient déjà tout de sa vie et de ses faiblesses.

Elle décida qu'elle devrait tenir au moins un an, pour terminer son expérience londonienne en beauté sur son CV, mais aussi et surtout pour être toujours en CDI le jour où le divorce serait prononcé, afin de ne pas faire courir à Sofia le risque de ne plus avoir aucun contact avec son père avant de nombreuses années. Elle n'avait d'ailleurs aucune nouvelle de lui depuis le jour où elle lui avait remis ses sacs d'affaires en présence de Mathilde.

Il s'était écoulé quatre semaines depuis ce jour, donc sept semaines depuis la séparation. Mais Amine ne répondait pas aux messages d'Amélie qui ne lui écrivait que pour lui proposer de voir Sofia.

Une semaine auparavant, elle s'était entretenue avec Dana par téléphone. Celle-ci l'avait informée qu'Amine refusait toujours de signer le divorce et lui avait transmis une copie de sa réponse officielle : Selon ses dires, il était un mari exemplaire et tout ce qu'avait raconté Amélie n'était qu'un tissu de mensonges. Car selon ses propos, « si elle était si malheureuse avec lui, pourquoi n'était-elle pas partie plus tôt ? ».

Il avait ensuite soumis une demande de réconciliation au cabinet d'avocats qui représentait Amélie. Ces derniers lui avaient envoyé une lettre lui rappelant les violences conjugales qu'elle avait subies et lui conseillant fortement de refuser la réconciliation.

Amélie s'était également renseignée au sujet de ses droits à emmener Sofia dans un autre pays pour les vacances et, ayant la garde exclusive de son enfant jusqu'à nouvel ordre, elle pouvait l'emmener en France sans en demander l'accord d'Amine dans une limite de vingt-huit jours.

Elle avait donc réservé ses billets d'avion du 12 juillet au 8 août et se languissait d'être en vacances, mais partirait probablement l'esprit plus tranquille si Sofia voyait son père avant. Elle repensa à la façon dont cette dernière s'était agrippée à elle dans le hall de gare en accompagnant Brigitte.

En se séparant d'Amine, elle n'aurait jamais pensé qu'il disparaîtrait aussi brusquement de la vie de Sofia, surtout après avoir prétexté pendant trois mois que celle-ci était la cause de son refus de quitter le foyer. Il s'était simplement servi de ce petit ange innocent, tout comme il se servait d'elle depuis des années, pensa Amélie avec rage. Elle posa les yeux sur le fruit de ses entrailles et ressenti un terrible élan de compassion.

Il ne te mérite pas, petite merveille. Mais je t'aimerai pour deux.

La mort dans l'âme, elle décida d'appeler Amine, même si cette idée était loin de l'enchanter. Il fallait tout de même qu'elle insiste un peu. Comme elle s'y attendait, il ne répondit pas. Alors elle rappela une deuxième puis une troisième fois.

– Allô ? répondit-il enfin d'une voix fébrile.

– Bonjour Amine, je t'appelle pour savoir si oui ou non tu souhaites voir Sofia. Nous pouvons nous retrouver au parc de Roundwood, si tu le souhaites.

– Est-ce que ta mère est toujours là ?

– Cela ne te regarde pas. Mais je viendrai seule si tu souhaites voir Sofia au parc. Serais-tu disponible ce samedi ?

– Tu sais bien que je travaille, les week-ends.

– Et tu sais que je travaille du lundi au vendredi. En revanche, tu es soit du matin, soit du soir, donc tu peux prendre une heure dans la matinée ou l'après-midi. Écoute... je ne vais pas te courir après, je n'ai aucune envie de te voir... c'est pour Sofia que je le fais. Tu as brusquement disparu de sa vie, ce n'est pas juste pour elle. Alors je te le demande pour la dernière fois : à quelle heure pourrais-tu être disponible samedi ?

– D'accord, disons à onze heures du matin, mais jure-moi sur Sofia que tu viendras seule.

– Je n'ai pas besoin de jurer quoi que ce soit sur Sofia, tu me connais suffisamment pour savoir que ma parole est fiable.

– D'accord. Sinon, vous pourriez venir chez moi ?

– Hors de question. Nous nous rencontrerons dans un endroit public avec du monde autour. Dans un parc un samedi ensoleillé, cela me paraît très bien. Seras-tu au rendez-vous ?

– Oui… à samedi.

Après trois jours d'angoisse, elle se rendit au point de rendez-vous à l'heure convenue et y attendit Amine. Au bout de quinze minutes, elle s'impatienta puis, alors qu'elle était sur le point de faire volte-face, il lui téléphona pour lui dire qu'il était en chemin. Apparemment, il ne s'était pas réveillé.

Il arriva donc à onze heures trente. Il sortit Sofia de sa poussette. Celle-ci lui fit de grands sourires et il l'étreignit. Il joua quelques minutes avec elle, qui riait et gazouillait. Amélie ne put s'empêcher de sourire. Il se prit de nouveau en photo avec elle, puis Amélie installa une couverture sur le sol pour qu'il puisse s'y asseoir avec Sofia et s'éloigna de deux mètres.

– Amélie, il faut que nous parlions, dit-il.

– Non, je n'ai rien à te dire, tu sais ce que je veux. Je ne suis ici que pour Sofia, ignore-moi, s'il te plaît.

– Que penses-tu de ma demande de réconciliation ?

– Je refuse de revivre avec toi… plutôt mourir.

– Et moi je refuse de signer le divorce, dit-il d'un ton soudain menaçant. Je ne le signerai jamais, *Wallah*, cracha-t-il. Je te laisse encore un peu de temps pour réfléchir puis je passerai aux choses sérieuses, mais il sera trop tard pour accepter une réconciliation quand tu auras tout perdu, ajouta-t-il froidement avant de soulever Sofia au-dessus de son visage, la faisant rire aux éclats.

– Amine… dit-elle d'une voix tremblante, ne pourrions-nous pas essayer de nous entendre, s'il te plaît ? Je ne veux pas vivre avec toi, je… je ne peux pas… mais nous pouvons avoir des rapports cordiaux… pour Sofia, gémit-elle.

– C'est toi qui m'as séparé d'elle ! hurla-t-il en la posant sur la couverture avant de se lever. Sale pute ! *Wallah*, tu vas le regretter, tu ne dormiras plus jamais tranquille ! Tu es ma femme, tu dois m'obéir ! Et tu m'as humilié, salope, grosse pute !

Il continua à l'insulter en s'approchant de plus en plus d'elle, les poings serrés. Amélie regarda Sofia qui se tenait immobile, l'air interrogateur, puis jeta un coup d'œil autour d'elle. Une trentaine de personnes les regardait. Amine s'en aperçut également et elle profita de ces quelques secondes d'inattention pour aller en courant s'asseoir auprès de sa petite fille, avant de la soulever dans ses bras en souriant.

Mais Sofia tournait la tête dans tous les sens, apeurée. Amine, conscient des regards, s'était calmé. Amélie se leva et s'avança vers lui avec dignité.

— Ne laisse pas ce souvenir à Sofia... embrasse-la et fais-lui un sourire.

Il s'exécuta puis continua à marmonner des insultes ordurières et des menaces à l'égard d'Amélie en s'éloignant.

Elle serra Sofia dans ses bras.

— Ce n'est rien mon bébé, murmura-t-elle. Papa s'est mis en colère, ce sont des histoires d'adultes. Il t'aime très fort. C'est fini, maintenant, tout va bien.

Pour se remettre de ses émotions, elle fit le tour du parc puis rentra tranquillement chez elle, pensant qu'elle se promènerait toute la journée avec Sofia le lendemain et qu'il ne lui resterait ensuite que deux jours de travail avant son congé estival. Dans quatre jours, elles seraient dans l'avion pour Genève.

Amélie passa de merveilleuses vacances en Haute-Savoie avec Sofia qui, à neuf mois, était devenue un beau bébé bien dodu, avec de magnifiques joues à croquer. On avait du mal à croire qu'elle avait été si maigre à sa naissance.

Amélie l'emmena partout pendant les quatre semaines de son séjour. Sofia s'adaptait à toutes les situations, s'endormant dans sa poussette lorsqu'Amélie mangeait au restaurant ou buvait un verre en terrasse, et faisant d'innombrables sourires lorsqu'elle était éveillée, quel que soit le contexte. Il n'y avait que la nuit qu'elle hurlait dès qu'Amélie la mettait dans son lit de bébé. Pendant un mois, elles dormirent donc ensemble dans le grand lit.

Lorsqu'elle rentra à Londres, il restait deux semaines de vacances à Amélie avant de reprendre le travail. Elle décida de les mettre à profit pour effectuer toutes ses démarches concernant les aides sociales et pour s'inscrire aux bébés nageurs avec Sofia qui avait adoré barboter dans le lac pendant les vacances.

Puis elle reçut un message d'Amine, qui n'avait plus donné de nouvelles depuis leur dernière rencontre, et qui lui demandait si elle avait pris une décision concernant sa demande de réconciliation.

Il est complètement fou...

Elle lui répondit qu'elle n'avait pas changé d'avis et lui proposa de nouveau, non sans appréhension, de le rencontrer pour qu'il puisse voir Sofia, à condition qu'il ne recommence pas à l'insulter. Il accepta et lui donna rendez-vous le lundi, en fin de matinée, au même endroit que la dernière fois.

— Je te préviens, lui dit-elle d'une voix tremblante lorsqu'il arriva face à elles, si tu me hurles de nouveau dessus devant Sofia, je ne te proposerai plus de rencontres amiables... ce n'est pas à moi de te courir après pour qu'elle puisse te voir. Tu aurais dû effectuer des démarches depuis longtemps pour obtenir un droit de visite.

– Je n'ai aucune démarche à faire, je refuse le divorce ! Tu vas te remettre avec moi, sinon je te jure que tu vas le regretter !

Puis il recommença à hurler des injures, avant même d'avoir sorti Sofia de sa poussette. Amélie tourna les talons puis se ravisa au bout de quelques mètres, alors qu'il avait cessé de crier. Elle se retourna et le regarda partir puis l'interpela et revint vers lui, le cœur battant.

– S'il te plaît, soupira-t-elle. Laisse un bon souvenir de cette rencontre à Sofia...

Il sortit la fillette de sa poussette, l'embrassa brièvement avant de reprendre une salve de selfies avec elle puis l'étreignit une dernière fois avant de la reposer. Amélie prit Sofia dans ses bras et le regarda s'éloigner, le cœur serré.

C'était ta dernière chance... je ne te donnerai plus l'occasion de traumatiser mon bébé en insultant et en menaçant sa mère sous ses yeux...

– Je suis désolée, mon amour. Papa t'aime... je ne sais pas quand tu le reverras mais n'oublie pas qu'il t'aime.

Dix jours plus tard, elle reprit le travail. Elle fut seule avec Emmanuelle le jeudi et le vendredi. Celle-ci était revenue trois jours plus tôt qu'Amélie et avait déjà traité une grande partie des mails qui s'étaient accumulés pendant les cinq semaines de fermeture du bureau.

Elles travaillèrent toutes deux d'arrache-pied pour se remettre à jour avant la semaine suivante, traitant les nombreuses nouvelles demandes d'inscriptions et classant les dossiers après les avoir vérifiés un par un. Emmanuelle et Monsieur Viechri, qu'Amélie avait vu en entretien comme prévu, l'avaient informée de toutes ses missions une fois qu'elle occuperait le poste de responsable.

La semaine suivante, Serena et Natascha revinrent de vacances et se montrèrent coopératives et efficaces. Pendant qu'Amélie formait Serena, Emmanuelle, avec l'aide de Natascha, s'évertua à avancer au maximum le travail d'Amélie jusqu'au dernier jour de son contrat, le jeudi 31 août.

Amélie l'invita à dîner chez elle après qu'elle eut fait ses adieux à tous les collègues qu'elle appréciait. La soirée fut chargée en émotion. Elles rirent aux éclats en évoquant des dizaines de souvenirs partagés au cours de ces deux années de collaboration. Puis c'est avec les larmes aux yeux qu'elles s'étreignirent sur le pas de la porte en se promettant de garder contact.

Amélie se mit au lit avec Sofia et pensa à sa prise de fonction le lendemain. Tout était opérationnel. Elle avait terminé de préparer le calendrier pour la nouvelle année scolaire et le transmettrait à la première heure à son nouveau supérieur direct, le directeur général. Puis ce serait le week-end et elle aurait deux jours pour profiter de Sofia. La reprise s'étant bien passée, elle ne pouvait qu'être confiante pour la suite des évènements.

12. Survie en milieu hostile

La première journée d'Amélie en tant que responsable s'avéra très chargée. Elle fût sollicitée par tous les autres chefs de services qui, après l'avoir félicitée pour sa promotion, avaient des dizaines de choses à lui demander. Elle ne se démonta pas et parvint à s'acquitter de toutes ses tâches, même si elle dût pour cela travailler sans pause jusqu'à la fin de la journée et partir avec dix minutes de retard en courant pour pouvoir récupérer Sofia à l'heure chez sa nounou.

La semaine suivante fut extrêmement éprouvante, mais Amélie se sentait exaltée par ses nouvelles fonctions. Elle collaborait très efficacement avec les autres services mais également avec les différentes écoles de Londres, ce qui rendait son travail très enrichissant.

Elle tissa des liens cordiaux avec tous et fit notamment la connaissance d'une nouvelle collègue fraichement recrutée au service de comptabilité nommée Sandra, qui ne manquait pas d'humour ni de caractère, et avec qui Amélie appréciait tout particulièrement de collaborer.

En revanche, comme elle le craignait, l'ambiance se dégrada rapidement au sein de son propre service. Natascha tentait régulièrement de lui marcher dessus en contestant ouvertement ses décisions et ses instructions, ou en lui coupant la parole pour répondre à sa place aux questions de Serena.

Amélie, qui détestait les conflits, tenta de lui faire comprendre gentiment que cette attitude n'était pas appropriée puis, au bout de la deuxième semaine, au comble de l'agacement, la réprimanda sèchement et lui exprima sans gants sa façon de penser. Natascha passa le reste de la journée face à son écran et ne lui adressa plus la parole, vexée.

Serena, quant à elle, était régulièrement sollicitée à Kensington pour y former la nouvelle secrétaire qui, comme Emmanuelle l'avait très justement deviné, était une amie de longue date de Sandrine, et qui se montra inefficace et incompétente. Elle était totalement perdue et ne démontrait que de faibles capacités d'apprentissage et d'adaptation au poste.

Serena, compatissante envers cette dernière, s'exécutait de bonne grâce, bien qu'elle fût effarée par le culot de la direction de lui envoyer un mail deux à trois fois par semaine pour l'envoyer à son ancien poste, qu'on lui avait pourtant retiré sans lui demander son avis alors même qu'elle avait demandé à l'occuper à plein temps.

Amélie, qui était en copie de ces mails, se sentait quelque peu agacée également. On ne lui demandait pas son avis à elle non-plus, et se retrouver avec une personne de moins dans le bureau pendant deux à trois jours par semaine était très inconfortable en cette période de forte pression sur le service.

Mais elle souhaitait bien faire et travaillait désormais le soir chez elle une fois que Sofia était endormie, afin de rattraper le retard qui s'accumulait au cours de la journée, ne souhaitant rien demander à Natascha qui se plaignait déjà suffisamment de la surcharge de travail qu'elle subissait.

La pression s'atténua peu à peu à la fin du mois de septembre et Amélie n'eût plus besoin de travailler tard le soir, bien qu'elle continuât à manger ses sandwiches devant son écran, ne pouvant se permettre de prendre de pause à midi de peur d'arriver en retard chez la nounou le soir pour récupérer Sofia.

C'est à peu près à cette période que cette dernière commença à tomber très souvent malade, enchaînant les virus, alors que ses dents sortaient les unes après les autres. Amélie passa plus d'une nuit blanche mais ne manqua aucune journée de travail. Morte d'angoisse, elle surveillait Sofia pendant la quasi-totalité de ses nuits, lui prenant la température, la regardant respirer et lui administrant du paracétamol lorsque c'était nécessaire.

La fillette avait également de plus en plus de mal à s'endormir le soir, récupérant ses heures de sommeil chez la nounou pendant de longues siestes en journée. Amélie, qui avait planifié d'arrêter l'allaitement après les vacances d'été, avait finalement continué à lui donner le sein le matin au réveil et le soir en rentrant du travail, puis une dernière fois avant de dormir.

Elle s'en félicita lors de sa semaine de vacances, mi-octobre, alors que Sofia tomba très malade. Son état empira pendant une semaine, sa fièvre montant de jour en jour. Amélie, désespérée, l'emmenait chaque matin au centre médical, où l'on vérifiait inlassablement ses oreilles et sa gorge avant d'en conclure qu'il s'agissait d'un quelconque virus qui finirait par passer.

Pendant cinq jours, Sofia refusa d'avaler quoi que ce soit d'autre que le lait maternel, ce qui, en plus de lui apporter du réconfort, la maintint hydratée pendant cette longue semaine.

Le samedi matin, lorsqu'elle se réveilla, Amélie toucha la cuisse de Sofia et fut affolée en s'y brûlant presque. Elle prit sa température et, constatant avec horreur que celle-ci était montée à quarante-et-un degré, deux heures à peine après sa dernière dose de paracétamol, partit en courant au centre médical sans même changer la couche de Sofia.

Lorsque le médecin ouvrit la bouche de Sofia pour regarder le fond de sa gorge, Amélie l'interrompit brusquement :

– Qu'est-ce que c'est que ce truc ?

– Quel truc ? répondit le pédiatre d'un air surpris.

Amélie ouvrit la bouche de Sofia et étira la commissure de ses lèvres avec son doigt.

– Le gros truc vert, au fond de la gencive, là ! Qu'est-ce que c'est ? le pressa-t-elle.

– Oh… je crois que nous avons trouvé la cause de cette forte fièvre, *mom*. Elle a un abcès dentaire… c'est une prémolaire en train de sortir qui a blessé la gencive… de toute évidence, la plaie s'est infectée… il faut la mettre tout de suite sous antibiotiques. Bien joué, *mom*.

– Merci, marmonna Amélie, épuisée.

L'état de Sofia s'améliora rapidement puis, à peine s'était-elle rétablie qu'elle fut assaillie par un virus intestinal qui lui provoqua des vomissements spectaculaires. Amélie dut la changer plusieurs fois et lui donna de l'eau entre deux crises, mais Sofia, assoiffée, buvait avidement et vomissait tout de nouveau cinq minutes après. Puis elle s'endormit profondément alors qu'Amélie s'activait pour changer les draps et nettoyer le sol.

Lorsque cette dernière revint à son chevet, elle tenta de la réveiller pour lui donner de l'eau puis le sein, mais n'y parvint pas. Sofia ne réagissait à aucun stimulus, restant inconsciente.

Amélie, prise de panique, appela les urgences médicales. Pendant que l'ambulance était en chemin, un médecin la questionna puis lui donna des instructions par téléphone. Il lui demanda de poser Sofia sur le carrelage froid et dur, puis de lui presser les cuisses et de lui parler très fort mais il n'y eut aucun résultat : elle ne bougea pas d'un cil.

C'est à bord de l'ambulance, juste en arrivant à l'hôpital qu'elle ouvrit enfin les yeux. Elle regarda autour d'elle de son air interrogateur le plus attendrissant et, voyant un visage inconnu, lui adressa un grand sourire. Amélie s'excusa d'avoir paniqué, mais les ambulanciers lui répondirent qu'elle avait bien fait de les appeler et qu'il fallait tout de même que Sofia soit vue par un médecin pour vérifier son état de déshydratation.

La semaine suivante, elle eût une angine, puis celle d'après, une otite. Heureusement qu'elle avait fait de belles réserves de graisse pendant l'été, songea Amélie, car pendant deux mois, Sofia ne mangea que très peu et mit du temps à retrouver l'appétit, même une fois rétablie. Malgré tout, à la grande fascination d'Amélie, la fillette était restée gracieuse et enjouée, même dans les pires moments de douleur et de fièvre, ce qui avait bien souvent faussé le diagnostic des médecins.

Ce n'est qu'un vendredi après-midi de fin octobre qu'Amine recontacta Amélie pour voir Sofia. Amélie fut prise de panique. Depuis leur séparation, c'était toujours elle qui l'avait sollicité pour ces rencontres et, celles-ci s'étant toutes très mal terminées, elle lui avait bien dit lors de la dernière qu'elle refuserait désormais ce type de contact. Mais cela faisait deux mois que Sofia n'avait pas vu son père et qu'Amélie n'avait pas même pris de nouvelles de l'avancement de la procédure, prise dans un tourbillon infernal entre le travail et la santé de Sofia.

Elle n'avait pas non plus vérifié son compte bancaire depuis une dizaine de jours. Elle se souvenait simplement avoir payé Imran pour le premier mois complet de garde en fin septembre, puis son loyer début octobre, juste après avoir perçu son salaire mensuel qui s'élevait désormais à deux mille trois cents livres. Elle avait pu s'acquitter de ces importantes sommes grâce à l'argent qu'elle n'avait pas dépensé pendant l'été mais ne savait pas si elle avait déjà perçu ses aides sociales, ni à quel montant ces dernières s'élèveraient.

En sortant du travail, elle décida de téléphoner à Dana en chemin pour connaître l'avancement de la procédure.

– Il refuse toujours de signer le divorce, lui répondit l'avocate. La procédure va être longue et laborieuse, j'en ai bien peur.

– Je vois... et qu'en est-il des droits de visite pour Sofia ?

– Je vous l'ai dit, vous en avez la garde exclusive par défaut. N'a-t-il pas fait les démarches nécessaires ?

– Non... c'est moi qui ai insisté pour organiser des rencontres, mais cela s'est très mal terminé à chaque fois... je lui ai donc dit qu'il faudrait désormais qu'il se débrouille par lui-même pour la voir car je ne souhaitais plus qu'il me hurle dessus et m'insulte devant ma fille. Mais il me demande une nouvelle rencontre...

– Amélie, soupira Dana, vous ne pouvez pas garder de contact avec lui ! Il refuse de signer, il va donc falloir démontrer qu'il vous a maltraitée et vous fait peur. Si vous lui proposez de le rencontrer, il peut se servir de cela pour prouver que vous ne le craignez pas et que vous avez exagéré les faits, et vous savez aussi bien que moi qu'il en est capable !

– Mais... c'était pour Sofia... je n'ai aucune envie de le voir et j'en ai une boule au ventre à chaque fois, mais je dois bien accepter le fait qu'il reste son père, gémit-elle.

– Justement, il est son père ! C'est sa responsabilité, à lui seul, de faire en sorte de garder contact avec son enfant ! Il aurait pu le faire dès le premier jour de la séparation et la voir une fois par semaine… si les rôles avaient été inversés, pensez-vous que vous seriez restée les bras croisés pendant des mois ? Ce n'est même pas lui qui vous a demandé ces rencontres, c'est tout de même aberrant !

– Je… je le sais bien… mais Sofia… mon Dieu, pauvre petite Sofia…

– Je comprends, c'est tout à votre honneur de vouloir maintenir le lien malgré tout ce qu'il vous a fait endurer, mais souvenez-vous que vous prenez le risque de vous discréditer en le rencontrant, et qu'il aurait très facilement obtenu ses droits de visite s'il l'avait souhaité. Il ne s'agissait que d'un formulaire à remplir ! Il peut d'ailleurs encore le faire, il n'y a aucune limite dans le temps pour cela.

– Bon… d'accord. Je vais lui répondre que je refuse…

– Bien. Je vous recontacte si j'ai du nouveau.

– Merci Dana… et bon week-end.

Pendant le reste du trajet, elle réfléchit à la réponse qu'elle pourrait donner à Amine. Lorsqu'elle arriva chez Imran, comme d'habitude, dès qu'elle vit Sofia lui sourire en lui tendant les bras, ses soucis s'évanouirent. Elle lui donna l'habituelle tétée sur son canapé en arrivant chez elle.

Après avoir donné un bain à Sofia, elle lui prépara son repas. Sofia mangeait toujours peu et Amélie finissait ses purées et ses compotes avant de grignoter un morceau de fromage avec du pain. Elle s'allongea avec elle dans le grand lit puis lui donna un biberon, avant de la remettre au sein.

Une fois que Sofia fut endormie, Amélie prit une douche, ses pensées se bousculant dans sa tête. Elle angoissait quant à sa situation financière et ne savait toujours pas quoi répondre au message d'Amine. En sortant de la salle de bain, elle décida de consulter son compte bancaire et ses mails. Elle avait dû recevoir une réponse des aides sociales depuis plusieurs jours, ayant envoyé sa première fiche de paie en tant que responsable depuis plus de deux semaines.

En effet, elle avait bien reçu un courrier à ce sujet. Payant neuf cent cinquante livres de loyer et mille deux cents livres de garde d'enfant, en prenant ses revenus en compte, il avait été décidé qu'elle percevrait une aide de trois cents livres. Ses revenus totaux s'élèveraient donc à deux mille six cents livres et ses charges fixes mensuelles à deux mille cent cinquante, ce qui lui laisserait quatre cent cinquante livres par mois pour « vivre » ou plutôt pour survivre, pensa-t-elle avec inquiétude.

L'électricité n'était pas incluse dans son loyer. Elle avait un compteur qu'elle rechargeait à la demande, comme cela se faisait souvent à Londres. En économisant l'énergie au maximum, elle le rechargeait d'au moins dix livres chaque week-end. Sa carte de transport lui revenait quant à elle à vingt-cinq livres par semaine, en ne prenant que le bus. Elle disposerait donc de moins de trois cents livres par mois pour payer les couches, le lait en poudre et les produits d'hygiène et de toilette, sans parler de la nourriture.

Mon Dieu... et comment vais-je faire pour lui acheter des vêtements ?

Elle continua ses calculs : Il lui restait deux-mille livres d'économies et, n'ayant pas remis le montant de sa caution sur son compte d'épargne, elle disposait encore de neuf cents livres sur son compte courant. Elle devrait virer mille deux-cents euros à la nounou à la fin du mois.

Elle décida donc de transférer mille livres de son livret A à son compte courant et d'acheter tout de suite leurs billets de train pour Noël. Le lendemain, elle achèterait des vêtements à Sofia pour les six prochains mois, ainsi que des réserves de lait en poudre, de couches et de produits d'entretien. Puis elle se débrouillerait pour survivre jusqu'à son prochain salaire, sachant que ses aides lui seraient versées une semaine avant ce dernier.

Le cœur serré en pensant aux difficultés qui l'attendaient, elle ferma son ordinateur puis repensa au message d'Amine, sentant la colère monter en elle. Il n'avait jamais versé la moindre contribution aux besoins de Sofia et faisait trainer la procédure de divorce.

C'était à cause de lui qu'elle allait de nouveau devoir se priver, et c'était pour lui qu'elle avait décidé de ne pas quitter son travail avant que le divorce ne soit prononcé. En outre, il aurait pu demander lui-même des droits de visite mais préférait remettre cette responsabilité supplémentaire sur les épaules d'Amélie.

Elle rédigea un message :

« Bonsoir Amine, comme je t'en ai parlé lors de notre dernière rencontre, je ne souhaite plus organiser de visites amiables et prendre le risque que tu fasses peur à Sofia en me hurlant dessus. Je t'invite à demander des droits de visite auprès de la cour, comme tu aurais déjà pu le faire depuis cinq mois. Bonne soirée. »

Une fois le message envoyé, elle éteignit tout de suite son téléphone. Au fond, elle savait qu'il ne ferait jamais cette demande. Ces visites seraient en lieu médiatisé et il était bien trop fier pour supporter cette humiliation. En plus de confirmer les violences conjugales qu'il niait, cela officialiserait leur séparation et cela, il ne l'acceptait pas non plus.

Elle avait bien compris sa stratégie : il repousserait indéfiniment le divorce et espérait revivre avec elle au moins quelques mois supplémentaires, jusqu'au moment où il pourrait entamer ses démarches pour son permis permanent de résidence, un an plus tard.

Il n'en avait rien à faire de Sofia, il se la gardait sous le coude pour pouvoir l'utiliser au cas où il n'obtiendrait pas ses papiers grâce à son mariage avec Amélie. Sinon comment aurait-il pu supporter de ne la voir que trois fois en cinq mois, pour une durée d'à peine dix minutes à chaque rencontre ? Comment avait-il pu de surcroit gâcher ces précieux instants offerts sur un plateau en passant ses nerfs sur Amélie ?

Oui, il fallait qu'elle l'aide jusqu'au bout à obtenir ses papiers... l'idée qu'il puisse utiliser l'amour de son enfant innocent pour obtenir ses droits la rendait malade. Au moins, s'il décidait de garder contact avec Sofia une fois qu'il aurait obtenu son permis, elle saurait que ce ne serait pas pour une raison aussi vile et égoïste.

Mais la fin de ce calvaire était indéfiniment repoussée par le refus de ce tyran borné de signer le divorce. C'était aussi rageant que désespérant. Cela faisait maintenant un mois et demi qu'Amélie ne touchait pas terre entre son travail et son rôle de maman. Elle manquait cruellement de sommeil et Sofia lui manquait terriblement pendant ses longues semaines de travail.

Et tout ça pour quoi ? Pour vivre avec moins de trois cents livres par mois ? Cela n'a aucun sens...

Si au moins son travail se passait bien, elle aurait une petite raison de se lever le matin et d'abandonner son bébé pendant plus de dix heures chez une inconnue qui lui coûtait plus de la moitié de son salaire.

Mais malgré ses efforts pour arranger la situation avec Natascha, les choses empiraient. Elle prenait du temps chaque jour pour discuter avec ses collègues comme autrefois, tentant de leur montrer qu'elles étaient toujours amies, mais c'était une erreur monumentale.

Natascha prétendait la soutenir et la respecter, mais Amélie avait remarqué qu'elle faisait de même avec Serena, avant de casser du sucre sur le dos de cette dernière dès qu'elle sortait du bureau. Tout comme Amine, elle était la perpétuelle et innocente victime d'une justice aveugle.

Elle l'avait prise avec des pincettes pendant des semaines après l'avoir vexée et avait couvert toutes ses erreurs auprès du directeur général en en prenant l'entière responsabilité sans jamais la nommer. Elle l'avait défendue auprès de quelques autres chefs de service qui avait selon ses dires été désagréables et injustes envers elle, mais tous ces efforts avaient eu deux conséquences contraires à celles qu'elle espérait : Amélie était devenue le bureau des pleurs, et Natascha se plaignait indubitablement d'elle auprès des autres collègues, déjeunant avec eux à la cantine tous les midis.

En effet, Amélie avait remarqué que de nombreuses personnes avec qui elle avait pourtant toujours eu de bons rapports ne lui adressaient plus la parole, et Serena lui avait un jour conseillé de se méfier de Natascha qui, selon elle, « n'était pas son amie ». Après quatre ans à avoir travaillé dans cet établissement et gagné le respect et l'estime de ses collègues et de ses supérieurs, Natascha détruisait sa réputation et lui faisait perdre la camaraderie et le soutien dont elle avait tant besoin par ces temps difficiles.

Serena, quant à elle, était en conflit avec la direction et refusait désormais ouvertement de se rendre à l'antenne de Kensington. Elle se trouvait dans une position très délicate et était en permanence sur des charbons ardents, ce qui ne manquait pas d'accroître les médisances de Natascha au sujet du service et de la gestion de ce dernier.

Seule Amélie soutenait Serena, lui permettant de prendre des pauses lorsqu'elle avait besoin de se ressaisir, refusant de prendre parti pour la direction et affirmant qu'elle avait besoin d'elle à temps complet dans son service, sachant fort bien que dans son cas, l'injustice était bien réelle et durait depuis plusieurs années.

Mais pour éviter que Natascha ne l'accuse d'un quelconque traitement de faveur, elle lui autorisait également autant de pauses qu'elle le souhaitait, bien qu'elles ne fussent pas justifiées dans son cas. En bref, elle s'était engouffrée dans un cercle vicieux dont elle ne voyait aucune issue.

Heureusement, sa collaboration avec les autres chefs de service et avec les membres de la direction était toujours aussi agréable et enrichissante, bien que ces derniers aient conscience qu'elle luttait avec de sérieuses difficultés au sein de son équipe.

Monsieur Cardani avait un jour tenté de discuter de Serena avec elle mais elle lui avait fermement fait comprendre que c'était ce qui arrivait lorsqu'on déplaçait une personne sans tenir compte de son avis, ni de celui du chef de service qui la recevrait dans son équipe. Il avait donc respecté le choix d'Amélie de soutenir Serena et avait cessé d'en dire de mal devant elle. La question était donc éludée, dans un respect mutuel, y compris avec Monsieur Viechri, qui appréciait le travail et l'efficacité d'Amélie.

D'autre part, elle s'était peu à peu liée d'amitié à Sandra, du service de comptabilité, qui avait un fort caractère et se désintéressait totalement des potins. Elles étaient toutes deux sur la même longueur d'onde et avaient pris l'habitude de déjeuner ensemble à l'extérieur. Amélie avait désormais une personne à qui se confier et en était reconnaissante, ses amies étant toutes parties de Londres les unes après les autres.

Les yeux grands ouverts dans son lit, à côté de Sofia qui dormait paisiblement, elle s'aperçut soudainement qu'il était plus de minuit et que chaque muscle de son corps était tendu. Elle décida alors d'interrompre ses pensées et de tenter de dormir.

Son téléphone était éteint, elle ne risquait donc pas de recevoir de réponse d'Amine, et un beau week-end plein de tendresse et de rires l'attendait avec Sofia. Il serait sage de s'endormir pour récupérer quelques heures de sommeil et profiter pleinement de ces deux jours avec elle.

Amélie n'eut aucune réponse d'Amine avant le vendredi suivant. Ignorant son dernier message, il lui reposait exactement la même question. Tout comme elle l'avait fait une semaine auparavant, elle téléphona à Dana en sortant du travail. Celle-ci lui confirma qu'il refusait toujours de signer le divorce.

En chemin, Amélie réfléchit et décida d'appeler Amine et de jouer cartes sur table avec lui. A bout de nerfs, c'est donc ce qu'elle fit après avoir nourri, baigné et couché Sofia. Il ne répondit qu'à sa troisième tentative.

– Bonsoir Amine, j'ai bien eu ton message dans lequel tu me demandes de rencontrer Sofia. N'as-tu pas lu ma réponse à cette même demande la semaine dernière ?

– Si, je l'ai lue, mais je ne suis pas d'accord. C'est ma fille, je ne vois pas pourquoi je devrais la voir en lieu médiatisé comme si j'étais une sorte de monstre dangereux.

Mais tu es un monstre dangereux...

– Je vois... dans ce cas je ne peux malheureusement rien pour toi, répondit-elle d'une voix fébrile. Il est temps de ranger ta fierté dans ta poche, par amour pour elle, et d'assumer les conséquences de tes actes... je... je refuse de me faire de nouveau insulter devant mon enfant et je... j'ai fait suffisamment d'efforts pour toi, je n'ai pas eu beaucoup de gratitude en retour. Tant que cette histoire de divorce n'est pas réglée, je... je ne peux pas te rencontrer et... de toute façon, nous savons tous les deux comment cela se terminera, une fois de plus.

– Non, cette fois-ci je resterai calme. J'ai compris que tu n'accepterais jamais la réconciliation... je l'accepte.

— Alors pourquoi refuses-tu de signer le divorce ? gémit-elle, sa voix se brisant.

— Eh bien... peut-être que nous pouvons d'abord entretenir des rapports amicaux et voir si c'est vraiment ce que tu veux, il n'y a pas d'urgence.

— Oui, c'est vraiment ce que je veux ! Et si, il y a urgence ! s'exclama-t-elle de désespoir. Je suis à bout, je ne perçois que très peu d'aides, j'occupe un poste à plein temps pour payer une nounou qui garde mon enfant pendant que je travaille, cela n'a aucun sens ! Et toi... tu ne m'aides pas, tu ne m'as jamais aidée ! Je... je suis épuisée, et je continue à travailler pour que tu puisses obtenir tes papiers... pour que cela fonctionne, il faut que je sois en CDI au Royaume-Uni le jour où le divorce est prononcé, mais je te préviens, je... je risque de craquer avant... si tu signes le divorce maintenant, ce sera l'affaire de quelques mois et je ferai ce que je peux pour tenir, mais si tu ralentis volontairement le processus, je... je ne peux rien garantir. Cela fait seulement deux mois que j'ai repris le travail et je suis déjà au bout du rouleau. Je ne me sacrifierai pas éternellement pour toi... et je ne sais même pas combien de temps je vais réussir à tenir financièrement.

Il y eût un silence.

— Ok, fit Amine d'une voix fébrile. Je vais t'aider. Je vais accepter le divorce et te verser une pension tous les mois, mais tu dois me promettre que tu tiendras bon, sinon... tu le regretteras.

— Mais arrête de me menacer tout le temps ! explosa-t-elle en fondant en larmes. Ne vois-tu pas que tout ce que j'ai fait pour toi, je l'ai fait par amour ? Ne vois-tu pas que ce que je fais aujourd'hui, c'est par amour pour Sofia ? J'ai toujours tenu mes promesses, il est totalement inutile de me menacer et tu le sais ! J'ai suffisamment de pression, il n'est vraiment pas nécessaire de m'en rajouter !

— Ok, je voulais juste m'assurer que tu savais ce qui t'arriverais si tu me trahissais. Je vais t'aider, par amour pour ma fille.

C'est toi-même que tu vas aider...

— Merci, parvint-elle à articuler d'une voix rauque.

— Et Sofia ? s'enquit-il. Quand pourrais-je la voir ?

— Je te l'ai déjà dit, c'est à toi de faire le nécessaire.

— Et je t'ai déjà dit que je refusais. Veux-tu vraiment me contrarier ?

Tout ce que tu veux, c'est prendre des selfies avec elle pour avoir des preuves que tu as gardé le contact, au cas où...

— Ok... elle est malade depuis quelques jours, mentit-elle. Ça va un peu mieux, mais je n'ai vraiment pas envie que cela empire de nouveau, je vais la garder bien au chaud ce week-end. Que dirais-tu d'un appel en visioconférence demain en fin d'après-midi ?

De cette façon, tu pourras faire des captures d'écran... c'est mieux que rien.

– D'accord, répondit-il après un moment d'hésitation. Nous verrons la semaine prochaine pour une vraie rencontre.

– D'accord.

– Bonne nuit.

Elle raccrocha, espérant qu'il n'allait pas changer d'avis au cours du week-end concernant le divorce. Après réflexion, elle en arriva à la conclusion qu'il ne pouvait que se rendre à l'évidence en entendant les arguments qu'elle lui avait exposés : il était totalement dans son intérêt de signer le divorce.

Ses menaces, quant à elles, n'étaient pas à prendre à la légère, mais Amélie savait que Sofia et elles seraient en sécurité tant qu'elle tiendrait bon au travail jusqu'à la fin de la procédure. Il était de toute façon plus avantageux pour Amine d'utiliser leur mariage qui d'une part était antérieur à la naissance de Sofia, et d'autre part lui évitait les immenses sacrifices qu'un parent célibataire devait faire dans la ville la plus chère d'Europe.

De plus, si elle le « trahissait » et qu'il n'obtenait pas ses papiers par le biais d'Amélie, il n'aurait d'autre option pour sauver sa peau que de l'accuser de tout et n'importe quoi pour avoir la garde de Sofia et utiliser cette dernière pour arriver à ses fins. Mais il serait par la suite également suivi par les services sociaux, après une séparation aussi longue et ayant été violent avec son ex-femme.

Oui... il signera le divorce, je sais qu'il le signera... il n'a pas de meilleure option, c'est lui qui se trouve en position de faiblesse, ses menaces le prouvent.

Les pensées d'Amélie furent subitement interrompues par les pleurs de Sofia qui venait de se réveiller. Amélie la prit dans son lit et s'allongea avec elle. Instantanément apaisée par les petits bruits de respiration et l'odeur de son bébé, elle sombra rapidement dans un sommeil sans rêve.

Elle se rendirent le lendemain matin à leur troisième séance de bébés nageurs. Amélie ne regrettait pas de les y avoir inscrites lorsqu'elle en avait encore les moyens, car c'était un grand moment de joie et de complicité, et Sofia était aussi à l'aise dans l'eau que sa mère, ce qui leur garantissait au moins un loisir commun pour les années à venir. Elle avait hâte d'en découvrir d'autres.

En fin d'après-midi, elle appela comme convenu Amine en visioconférence. Sofia n'avait pas vraiment l'air de comprendre ce concept et se désintéressait de l'écran, malgré les « regarde, c'est papa ! » d'Amélie et les tentatives d'Amine d'attirer son attention. L'appel fut vite écourté, au grand soulagement d'Amélie.

Mais à peine une heure plus tard, elle reçut un message d'Amine qui lui disait que ses parents également aimeraient bien parler à Sofia et recevoir quelques photos d'elle. Elle décida donc de les appeler via Facebook. La visioconférence fût courte tout comme la précédente, mais Amélie était contente d'avoir fait ce qu'elle pouvait pour apaiser les tensions, au moins jusqu'à ce qu'il accepte le divorce.

Le lundi, à midi, Dana lui téléphona pour lui annoncer qu'il l'avait effectivement signé dans la matinée.

— Mes coups de pression ont finalement eu raison de lui, s'exclama-t-elle avec fierté.

— Désolée Dana, mais je pense que j'y suis aussi pour quelque chose...

Elle lui raconta sa conversation téléphonique avec Amine.

— Bien joué, Amélie. Même si je vous avais déconseillé d'avoir des contacts avec lui, cela en valait la peine. La procédure est désormais nettement facilitée et nous allons gagner de longs mois. Mais s'il vous plaît, à partir de maintenant, il faut à tout prix éviter tout contact, car c'est maintenant le juge qui doit déterminer si la demande est pertinente.

— Combien de temps pensez-vous que cela durera ?

— Environ six mois. Notez toutefois que Monsieur Blerdemi peut se rétracter à tout moment.

— Il ne le fera pas, affirma Amélie. Ce n'est pas dans son intérêt.

Et il n'y a bien que son intérêt qui compte pour lui...

— Effectivement. Ce serait stupide de sa part, il n'aurait absolument rien à y gagner... sauf s'il pense qu'il y a encore une chance de revivre avec vous. N'oubliez pas que cela lui faciliterait les choses pour obtenir son droit de résidence. C'est pour cette raison qu'il vaudrait mieux éviter toute relation amicale jusqu'à ce que le divorce soit définitivement prononcé. Et je vous en prie, ne culpabilisez pas vis-à-vis de votre fille : C'est à lui de faire les démarches nécessaires pour la voir.

— Oui, je sais... je lui répondrai dorénavant cela à chaque fois qu'il demandera à voir Sofia. Et, Dana ?

— Oui ?

— Avez-vous eu des nouvelles de mon cas de négligence médicale ?

– Non... les deux hôpitaux se renvoient sans arrêt la balle. Apparemment, votre dossier de suivi de grossesse a été « perdu ». Je suis désolée, il n'y a pas grand-chose que nous puissions faire de plus.

– Je vois. Merci, Dana, et bon après-midi.

Deux semaines plus tard, Amélie reçut un nouveau message d'Amine qui lui demandait de nouveau une rencontre au parc. Elle refusa et lui rappela qu'il devait remplir une demande de droit de visite et la soumettre à la cour, et qu'elle ne souhaitait plus avoir de contacts avec lui.

Il lui répondit un long message dans lequel il la sermonna sur le fait que Sofia avait autant besoin de son père que de sa mère. Elle rétorqua qu'elle était tout à fait d'accord avec lui et qu'il devenait urgent qu'il fasse le nécessaire pour le bien-être de leur enfant.

Puis elle reçut un message de Hanane qui lui expliquait gentiment qu'elle savait que son fils s'était mal comporté mais qu'Amélie devait enterrer le passé et penser avant tout au bien être de Sofia, ce à quoi cette dernière répondit par les mêmes arguments qu'elle avait précédemment exposés à Amine.

Deux des cousines de celui-ci commencèrent à discuter également avec elle sur Facebook, évitant soigneusement le sujet du conflit, jusqu'à ce qu'un soir, à bout de nerfs, Amélie décide de supprimer toute sa belle-famille de ses contacts.

Cela n'avait aucun sens, Amine donnait sa version des faits à sa famille, se faisant comme d'habitude passer pour la victime. Si ces derniers souhaitaient des photos et des nouvelles de Sofia, c'était à Amine de faire le nécessaire.

Elle en avait plus qu'assez de répondre à des dizaines de messages tous les jours alors qu'elle croulait sous son travail et toutes ses responsabilités. Elle refusait de passer le peu de temps libre qu'elle pouvait consacrer à Sofia à se justifier sur son téléphone. La fillette avait d'ailleurs fait ses premiers pas, sous les acclamations enthousiastes d'Amélie.

Amine lui envoyait désormais cent-cinquante livres sterling par mois. Cette contribution s'avéra vitale, bien que dérisoire comparée aux dépenses faramineuses auxquelles Amélie faisait face, d'autant plus qu'elle avait dû allumer le chauffage à l'approche du mois de décembre et que, son appartement étant très mal isolé, sa consommation d'électricité était passée à trente livres par semaine.

Elle devait tout calculer et malgré tout, elle continuait à prélever dans ses économies pour pouvoir manger à sa faim, jusqu'à les avoir complètement dilapidées à la fin décembre, lorsqu'elle n'eut d'autre choix que de se racheter des chaussures ainsi que des vêtements d'hiver pour Sofia.

Amine continua à lui envoyer un message moralisateur par mois, lui rappelant combien Sofia lui manquait, et Amélie lui répondait inlassablement qu'elle n'y pouvait rien et que c'était à lui seul d'y remédier.

L'ambiance empirait dans le bureau et deux semaines avant les vacances de Noël, Serena fut arrêtée par son médecin traitant pour stress au travail. Amélie eût beau prendre à elle seule la charge des tâches supplémentaires en travaillant jusque tard le soir sur son ordinateur personnel pendant que Sofia dormait, Natascha en profita évidemment pour se plaindre à qui voulait l'entendre de la pression qu'elle subissait, due à l'absence de Serena.

Amélie lui répondait pourtant systématiquement qu'elle n'avait pas à se surmener et qu'elle devait simplement se contenter de faire ce qu'elle pouvait pendant ses heures habituelles de travail, mais Natascha arborait tout de même une mine triste et épuisée en permanence.

Avant les vacances, on recruta une personne en contrat temporaire pour une durée de trois mois. En effet, il avait été décidé par la direction que la société passerait progressivement au tout numérique. Il fallait donc scanner tous les dossiers en cours avant de les détruire, puisqu'ils contenaient des informations sensibles.

Si ce nouveau collaborateur s'avérait efficace, Amélie songea qu'elle pourrait en profiter pour le former aux autres tâches du service pour pallier l'absence de Serena, qui serait très probablement en arrêt pour une longue durée. Elle procéda au recrutement avec Monsieur Cardani et après avoir fait passer des entretiens aux trois candidats qu'ils avaient retenus pour le poste, ils choisirent un jeune homme nommé Hugo.

La dernière semaine avant ses vacances, Amélie lutta pour terminer le travail et préparer au mieux le mois de janvier. Elle se réjouissait de l'arrivée d'Hugo dans son service, pensant que cela remonterait le moral des troupes.

C'est sur les rotules qu'elle rentra du travail le vendredi 22 décembre. Elle se leva tôt le lendemain matin pour prendre l'Eurostar avec Sofia afin de se rendre, comme d'habitude, chez son oncle en région parisienne pour y fêter Noël.

Ce séjour ne s'avéra pas aussi reposant et réparateur qu'elle l'aurait espéré. Elle passa le plus clair de son temps à raconter sa séparation et à en expliquer les causes, se sentant obligée de se justifier pour la situation dramatique dans laquelle son enfant innocente d'à peine un an s'était retrouvée.

Mais elle n'avait ni le temps, ni l'énergie, ni même l'envie de tout raconter en détail. Elle laissa la plupart de ses interlocuteurs dans un état d'incompréhension et sentit peu à peu l'angoisse et le doute la saisir.

Et si tout était sa faute, à elle ? Peut-être aurait-elle pu faire en sorte que les choses se passent différemment. Elle compta alors les semaines qui séparaient Sofia de la dernière fois qu'elle avait vu son père et fut horrifiée en réalisant que quatre mois s'étaient écoulés.

Heureusement, ses parents et sa sœur, qui connaissait l'histoire dans tous ses détails, avaient quant à eux un avis très tranché sur la question et ne manquèrent pas de lui rappeler ce qu'il lui avait fait endurer, alors qu'elle avait été extrêmement « patiente » avec lui.

Elle se souvenait alors de la naissance de Sofia et de son séjour à l'hôpital, ainsi que des effroyables menaces qu'il avait proférées, puis sa conscience s'apaisait un peu. Elle se consolait en se rejouant le film dans sa tête et en constatant qu'elle avait fait tout ce qui était humainement possible pour éviter des drames d'une trop grande ampleur et pour le bien-être et la sécurité de son enfant.

N'ayant pas eu les moyens de prendre un billet de retour depuis Genève, elle resta exceptionnellement en région parisienne pour fêter le nouvel an avec sa cousine, Chloé, de qui elle avait toujours été très proche et à qui elle eut le temps de raconter son histoire plus en détails. Celle-ci lui témoigna un soutien sans faille qui lui fit le plus grand bien. Amélie rentra début janvier à Londres, un peu plus sereine.

Elle reçut de nouveau un message d'Amine, ce qui la replongea dans sa détresse. Après une longue lutte contre ses propres doutes, elle repensa aux conversations qu'elle avait eues avec toutes les personnes qui avaient la version complète de l'histoire et dont le soutien était vital pour l'empêcher de s'écrouler de désespoir.

Ces derniers trouvaient tous Amine monstrueux et ne comprenaient pas pourquoi elle n'avait pas porté plainte contre lui ni pourquoi elle s'évertuait à l'aider pour ses papiers. Selon eux, Sofia serait bien mieux sans lui et il ne méritait pas mieux que de se faire expulser ou emprisonner.

Mais Amélie, rongée par la culpabilité et la peur, n'était pas de cet avis. Elle avait sincèrement aimé cet homme et s'inquiétait douloureusement pour l'avenir de son enfant. Selon elle, Sofia avait le droit de se faire sa propre opinion de son père et sa mère, qui l'en avait privée, n'avait certainement pas à interférer là-dedans. En revanche, elle ne pouvait pas non plus le laisser mettre la sécurité de son enfant en péril.

C'est un vrai casse-tête...

Au comble du désespoir, elle décida de téléphoner à Dana pour lui demander s'il n'existait pas une quelconque solution à ce problème sans issue. Après lui avoir répété pour la énième fois que l'arrêt des contacts n'était pas de son fait et relevait uniquement de la responsabilité d'Amine, Dana, sentant qu'Amélie était réellement tourmentée, lui conseilla une alternative.

Amélie pouvait déposer Sofia chez des amis communs de confiance pour qu'Amine lui rende visite. Il faudrait une personne que Sofia connaissait bien et qui la mettrait en confiance pour la reprise des contacts. Amélie, séduite par cette idée, remercia Dana avant de raccrocher. Elle savait exactement à qui s'adresser. Elle téléphona à Yasmine et lui exposa la situation. Cette dernière accepta immédiatement.

Amélie envoya ensuite un message à Amine pour lui soumettre l'idée et lui proposer de rendre visite à Sofia chez Yasmine et Faysal le samedi suivant, mais elle ne reçut pas de réponse avant le vendredi. Il lui annonça alors qu'il n'était pas disponible ce week-end-là, trop pris par le travail.

Elle réitéra sa proposition la semaine suivante, mais Amine finit par lui répondre qu'il trouvait cet arrangement humiliant, et qu'il souhaitait garder Sofia deux jours complets, le lundi et le mardi.

Amelie, prise au dépourvu par cette demande, sombra dans la panique en repensant aux multiples menaces d'enlèvement puis après quelques minutes, parvint à prendre un peu de recul et retrouva une vision un tant soit peu objective de la situation, résumant cette dernière : ils s'étaient séparés en mai, huit mois plus tôt alors que Sofia n'était qu'un bébé et depuis, il n'avait vu celle-ci qu'à trois brèves occasions, la dernière rencontre ayant eu lieu en août, six mois plus tôt.

C'était surréaliste de demander subitement à l'avoir deux jours consécutifs sans aucune reprise progressive de contact au préalable... à quel moment pensait-il au bien-être de Sofia ?

De plus, il savait pertinemment qu'Amélie n'accepterait pas cela, alors qu'elle insistait depuis des mois pour qu'il sollicite des visites en lieu médiatisé... pourquoi donc lui demandait-il subitement une telle chose ?

Pour pouvoir l'abandonner, tout en prouvant à la justice, à ses proches et même à Sofia qu'il a tout fait pour garder contact avec elle et que c'est moi qui l'en ai empêché... espèce de lâche...

Des larmes brûlantes de rage et de désespoir roulèrent silencieusement le long de ses joues. Elle lui répondit le fond de sa pensée et l'invita à la recontacter lorsqu'il serait décidé à accepter sa proposition de reprendre progressivement contact avec Sofia à l'aide de Yasmine. Dans le cas contraire, il aurait toujours la possibilité de demander ses droits de visite.

Un mois plus tard, Amélie commença peu à peu à dépérir. Manquant d'argent, elle ne mangeait qu'un sandwich par jour à midi et se contentait de terminer les repas de Sofia le soir, quand celle-ci n'en voulait plus. Elle s'écroulait tout habillée aux côtés de sa fille, n'étant désormais apaisée que par le contact et la présence de cette dernière, puis se réveillait au milieu de la nuit et, après s'être douchée et mise en pyjama, se recouchait dans son lit.

Mais elle ne parvenait pas à se rendormir, victime de terrible crises de panique, et attendait que Sofia se réveille en pleurant, comme toutes les nuits, utilisant ce prétexte pour pouvoir se recoucher auprès d'elle et retrouver la paix et le sommeil. Elle perdit sept kilos en un mois.

Mi-février, à la veille de ses vacances d'hiver, Amine lui demanda à nouveau un droit de garde de deux jours par semaine. Lorsqu'elle vit ce message, alors que Sofia était couchée, elle fut prise de violentes douleurs intestinales et de telles palpitations qu'elle pensa vivre ses derniers instants.

Elle s'imagina subitement Sofia seule dans l'appartement avec le cadavre de sa mère et sa panique s'accentua, accélérant encore son rythme cardiaque. Prostrée en position fœtale sur son canapé, elle trouva la force de tendre le bras pour attraper son téléphone et appela sa mère :

– Maman... je vais crever, annonça-t-elle le souffle court.

– Quoi ? Mais qu'est-ce que tu racontes, ma chérie ? s'enquit Brigitte, affolée. Parle-moi !

– Pardon, maman... je... je ne vais pas mourir... je pense que... c'est seulement une crise d'angoisse... reste avec moi le temps que ça passe, s'il te plaît... et si tu ne m'entends plus, appelle Sandra pour qu'elle m'envoie une ambulance... je t'envoie son numéro.

– Ma chérie, calme-toi, ça va aller, fit Brigitte, impuissante.

– Non, maman... ça ne va pas aller, gémit Amélie.

Ses larmes commencèrent enfin à sortir, la soulageant peu à peu de son fardeau.

– Écoute, ma puce, je vais venir te rendre visite, d'accord ?

– Oui, maman... s'il te plaît...

Elle laissa alors aller son chagrin et l'anxiété s'estompa peu à peu. Puis elle rassura sa mère et s'excusa de l'avoir dérangée.

– Tu ne me déranges pas, ma chérie, j'ai seulement... mal pour toi... et je préfère être auprès de toi. Appelle-moi dès que ça va mal, d'accord ?

– Oui maman... mais je m'en veux tellement...

– Pourquoi ?

– Pour... pour tout. Je suis désolée de te faire du souci, maman...

– Ne dis pas de bêtises, ma chérie, toutes les mamans se font du souci pour leurs enfants, même quand tout va bien. Tu fais tout ce qu'il faut pour t'en sortir, et un jour, tout ira mieux...

– Non, maman... Sofia n'a pas vu son père depuis des mois et... j'ai tellement peur de lui... je ne vois pas comment ça pourrait s'arranger... je suis une horrible mère et une horrible personne, conclut-elle dans une nouvelle crise de larmes.

– Je t'interdis de dire cela ! Tu es une mère formidable... tu fais tout ce que tu peux pour protéger ta fille et pour préserver son père, même s'il ne le mérite pas. Tu es dans une situation infernale et tu fais preuve d'un immense courage, je suis fière de toi.

– Merci maman, je t'aime...

– Promets-moi que tu n'hésiteras pas à m'appeler si ça ne va pas, d'accord ?

– Promis.

– Bien. Je garderai mon téléphone allumé près de moi tout le temps jusqu'à ce que je sois avec toi. Je te rappellerai demain pour te dire à quelle date j'arriverai. Maintenant repose-toi, ma chérie, bonne nuit.

Elle retourna se coucher auprès de Sofia puis, apaisée par sa présence, s'endormit enfin.

Le lendemain matin, elle resta bloquée devant son téléphone, ne sachant quoi répondre à Amine. Cela faisait désormais six mois, six longs mois que Sofia ne l'avait pas vu. Il lui était impossible d'honorer la demande de garde d'Amine et celui-ci refusait toute option alternative.

Rongée par la culpabilité et le doute, elle décida alors de faire ce qu'elle avait promis à son avocate de ne plus faire et rédigea un message à Amine :

« Bonjour, je ne peux pas te la laisser deux jours par semaine alors qu'elle ne t'a pas vu depuis des mois, sans parler de toutes tes menaces. Mais puisque tu ne te décides pas à faire le nécessaire pour la voir dans d'autres circonstances, je te propose de nous rencontrer à nouveau tous les trois. En revanche, je te verrai d'abord seule, au cas où tu éprouverais de nouveau le besoin de déverser ta haine sur moi. Je laisserai Sofia chez Yasmine pendant que nous discuterons puis j'irai la chercher si tu te montres civilisé. Je suis en vacances la semaine prochaine, dis-moi quel jour te conviendrait. »

Il lui répondit quelques minutes plus tard qu'il acceptait sa proposition et l'informa qu'il serait disponible le jeudi. Elle s'organisa ensuite avec Yasmine pour lui faire garder Sofia environ une demi-heure ce jour-là puis donna rendez-vous à Amine à quatorze heures, à cinq minutes à pied de chez Yasmine et Faysal.

Le lundi suivant, elle reçut un message d'Amine lui demandant si c'était toujours d'accord pour le lendemain. Elle lui répondit qu'ils s'étaient mis d'accord pour le jeudi et non le mardi, mais il rétorqua qu'il travaillait le jeudi et qu'il avait confondu les jours.

Amélie lui répondit qu'elle ferait de son mieux mais qu'elle avait fixé un rendez-vous pour Sofia au centre médical à dix-sept heures ce jour-là. Elle rappela Yasmine, mais cette dernière n'était pas disponible le lendemain après-midi. Elle téléphona ensuite à Serena qui accepta de la garder, puis fixa un nouveau rendez-vous avec Amine non loin de chez elle, à la station de métro de Wembley.

Le lendemain à l'heure prévue, Serena vint chercher Sofia en voiture puis Amélie patienta, le cœur battant. Lorsqu'Amine arriva, il avait l'air calme. Il lui proposa de boire un café. Elle accepta puis, une fois assise, lui dit tout ce qu'elle avait sur le cœur.

Étrangement, il l'écouta calmement. Amélie, trouvant cela suspect, sentit de nouveau monter l'anxiété en elle. Puis il prit la parole, confirmant ses craintes :

– Je sais, Amélie, dit-il d'une voix douce en la regardant dans les yeux. C'est moi qui ai tout gâché, tout est ma faute. Et tu sais, mes menaces n'étaient pas sérieuses, j'étais simplement en colère. Mais je ne le suis plus et je... je n'ai pas regardé une seule femme depuis que nous sommes séparés, je... je ne pense qu'à toi, tu me manques.

Non, non, non, non... c'est un cauchemar...

Elle repensa aux mises en garde de son avocate : « n'oubliez pas que revivre avec vous lui faciliterait les choses pour obtenir son droit de résidence. »

C'était uniquement pour cette raison qu'il était là... et il la croyait assez stupide et désespérée pour retomber dans un tel piège, pour la énième fois.

– Amine, fit-elle en cherchant ses mots. Je ne revivrai jamais, plus *jamais* avec toi. Sors-toi cette idée de la tête, pour *toujours*.

– Qu'est-ce que tu crois ? Moi non plus je ne veux pas revivre avec toi, après tout le mal que tu m'as fait, répondit-il d'un ton dédaigneux en bombant le torse.

– Bien... nous sommes d'accord. Allons chercher Sofia, conclut-elle en se levant après avoir consulté sa montre.

Il était déjà presque quinze heures. Elle en avait pour quarante minutes de trajet pour se rendre à son rendez-vous de dix-sept heures. Elle invita énergiquement Amine à la suivre, lui rappelant qu'il ne restait pas beaucoup de temps, puis pressa le pas. Elle se retourna plusieurs fois pour voir s'il suivait mais il traînait les pieds à une dizaine de mètres derrière elle. Puis il s'arrêta.

– Laisse tomber, je la verrai une prochaine fois, dit-il en tournant les talons.

Amélie resta clouée sur place, médusée. Elle le regarda s'éloigner vers la station de métro, n'en croyant pas ses yeux. Puis une fois qu'il eut disparu de son champ de vision, elle fit volte-face et prit lentement le chemin de la maison de Serena, abasourdie.

Bien que sa conscience fût quelque peu soulagée par cet épisode, Amélie ne parvint pas à retrouver la paix ni le sommeil. Au contraire, son état empirait. Elle était malade d'angoisse à l'approche de la reprise du travail, après une semaine de vacances.

Lorsqu'Hugo était arrivé un mois plus tôt dans le service, elle l'avait accueilli chaleureusement. C'était un jeune homme sympathique, plein d'ambition et désireux de bien faire, mais qui manquait malheureusement d'assurance et qui s'avéra extrêmement influençable et manipulable. Il était donc une proie facile pour Natascha. C'était elle, et non Amélie qui avait assis son autorité sur lui.

Natascha adoptait une attitude assurée et soignait son apparence, à l'inverse d'Amélie qui, surmenée et épuisée, avait à peine le temps de se coiffer le matin et ne pouvait toujours pas porter autre chose que des leggings depuis sa grossesse, son bas ventre étant toujours sensible plus d'un an après sa césarienne. Elle avait beau avoir toujours pensé que l'habit ne faisait pas le moine, ce n'était pas le cas de la plupart des gens.

Mais cela n'était pas la seule cause du problème. Dévorée par ses propres doutes, Amélie perdait fréquemment son assurance et de plus en plus souvent, le contrôle de ses nerfs. Elle était devenue totalement laxiste avec son équipe, se remettant sans cesse en question et tentant de satisfaire les besoins des uns et des autres. Elle n'avait pas de mal à comprendre qu'Hugo ait plus de respect pour Natascha que pour elle, et cela lui importait peu, jusqu'à ce que l'efficacité du service s'en trouve affectée.

Comme elle l'avait craint, la situation empira à son retour de congé. Heureusement, Brigitte arriverait le vendredi même et resterait pour deux semaines, ce qui donnait à Amélie une pensée positive à laquelle se raccrocher lorsqu'elle fulminait silencieusement au travail, littéralement piétinée par sa propre équipe, prise dans un cercle vicieux qu'elle avait elle-même initié et dont elle ne voyait aucune issue.

Serena était toujours en arrêt de travail. Hugo, en pamoison devant Natascha et déjeunant avec elle tous les midis, avait peu à peu perdu toute forme de respect pour Amélie. Cette dernière dut se justifier auprès de sa hiérarchie pour des erreurs de plus en plus récurrentes, toujours en en assumant l'entière responsabilité.

De surcroit, les deux nouveaux « amis » discutaient longuement pendant les heures de travail ce qui, en plus de les rendre inefficaces, empêchait Amélie de se concentrer sur ses innombrables tâches de responsable.

Par ailleurs, il avait été décidé en accord avec la direction de faire un grand tri dans les archives. Pour ce faire, on proposa des heures supplémentaires à un collègue animateur aux activités parascolaires nommé Ilias, qui s'avéra humble et très efficace, soulageant Amélie qui pouvait enfin compter sur quelqu'un.

Un jour, il lui confia qu'Hugo commettait de nombreuses erreurs et qu'il avait dû en rattraper un certain nombre. Cela n'avait rien d'étonnant puisqu'il discutait en permanence avec Natascha, buvant ses paroles en même temps qu'il scannait puis détruisait les dossiers. Mais Amélie souhaita tout de même s'assurer de la véracité des dires d'Ilias.

Elle vérifia tous les dossiers numérisés et constata qu'il y avait effectivement de nombreuses erreurs dans la nomination de ces derniers par rapport à leur contenu. Il y manquait également de nombreux documents et, pis que tout, les dates de création des fichiers indiquaient qu'Hugo, qui scannait une vingtaine de dossiers par jour durant ses deux premières semaines de prise de poste, n'en enregistrait plus que trois ou quatre quotidiennement.

Il avait bien souvent confié à Amélie qu'il espérait qu'elle le formerait bientôt aux autres tâches du service, soulignant le fait qu'il « valait mieux que cela ». Elle lui avait alors rappelé avec patience et bienveillance qu'il avait postulé à cette offre d'emploi en toute connaissance de cause mais que, si sa productivité était supérieure aux objectifs fixés dans sa mission initiale, elle pourrait effectivement diversifier ses tâches. Mais de toute évidence, c'était raté, grâce à sa chère « amie ».

Ne parvenant plus à se concentrer dans l'ambiance « festive » du bureau et ayant lâchement abandonné tout risque de confrontation avec Natascha, Amélie avait demandé un bureau séparé. Après tout, elle était la seule responsable de service à devoir partager une pièce avec son équipe alors qu'elle avait de nombreuses tâches supplémentaires inhérentes à son seul poste.

Ce faisant, elle se tira une balle dans le pied. Les rumeurs se répandirent comme une trainée de poudre dans tout l'établissement : de toute évidence, il y avait des problèmes d'entente au service des inscriptions. Pour couronner le tout, Amélie s'aperçut au bout de trois jours que la productivité de Natascha et de Hugo était désormais quasiment nulle.

Amélie commença à vérifier régulièrement la boite mail commune et remarqua que très peu de messages étaient traités par Natascha. Puis elle découvrit que Hugo avait mélangé les dossiers de deux anciens élèves dans un seul fichier numérique et en avait déjà très probablement détruit la version papier.

Ils se foutent de ma gueule...

Exaspérée, elle entra en trombe dans le bureau, surprenant Natascha et Hugo en train de danser dans de grands éclats de rire.

– Excusez-moi de vous interrompre, dit-elle froidement. Natascha, il y a plus de soixante-dix mails à traiter dans la messagerie commune, ce serait aimable à toi d'en traiter au moins une dizaine dans la journée, étant donné que j'en ai deux fois plus sur ma boite mail personnelle de *responsable*. Quant à toi, Hugo, tu n'as numérisé que deux dossiers en trois heures. Il faudrait peut-être passer la seconde. J'ai toujours été tolérante avec les discussions personnelles, sachant que j'y prend moi-même souvent part. Mais ce n'est envisageable que lorsqu'il n'y a plus de travail à faire, ou lorsque cela fait des heures qu'on se donne au maximum et qu'on a besoin de souffler. Il s'agit simplement de bon sens et de conscience professionnelle, rien de plus.

Elle les regarda à tour de rôle. Visiblement, elle avait cassé l'ambiance. Sans un mot, ils s'assirent chacun à leur poste et se mirent au travail.

– Hugo, ajouta-t-elle, pourrais-tu passer à mon bureau dans environ une heure s'il te plaît ?

– Oui, bien sûr, répondit-il d'une voix mal assurée.

Une heure plus tard, il s'assit face à elle avec un regard de défi.

Je vois que Natascha a eu le temps de te monter le bourrichon...

– Alors, Hugo, il faut que je te parle de certaines choses. J'ai remarqué que ta concentration et ton efficacité étaient en chute libre ces derniers temps, lui annonça-t-elle calmement.

– Ah Bon ? J'ai pourtant l'impression de me donner à fond, répondit-il sur la défensive.

– Écoute, Hugo, je suis sûre que tu es quelqu'un d'honnête et de capable. Comment se fait-il que tu sois passé de vingt dossiers à seulement trois ou quatre par jour ? Et je ne te parle même pas des innombrables erreurs... J'ai pu tout réorganiser et récupérer les documents manquants de la plupart des dossiers qui, par chance, avaient été envoyés par mail ou que tu n'avais pas encore détruits. J'y ai passé plusieurs heures, alors que c'est un travail que je t'avais volontairement délégué, croulant déjà sous la pression de mes propres tâches.

Elle sortit les dossiers qu'elle avait récupéré de la pile destinée à la destruction et l'invita à s'installer à côté d'elle pour lui montrer les erreurs qu'il avait commises et le travail qu'elle avait fourni pour les rattraper.

– Il y a malheureusement deux dossiers dont je n'ai pas pu récupérer les documents, que tu avais déjà détruit en ayant omis de les scanner. Qu'as-tu à répondre ?

– Eh bien, dit-il d'un ton hautain, l'erreur est humaine, cela peut arriver à tout le monde.

– Hugo... s'il te plaît, change de ton. Tu étais motivé en arrivant dans le service et j'avais placé des espoirs en toi. N'oublie pas que c'est moi la responsable de service, c'est moi qui en endosse toutes les responsabilités, et c'est moi qui t'ai recruté. J'attends un minimum de loyauté et de professionnalisme de ta part.

– Ah, c'est donc cela ! Natascha avait raison, tu as quelque chose contre elle !

– Hugo, tu devrais apprendre à ne pas écouter tout ce qu'on te dit, surtout quand tu n'as qu'une version de l'histoire.

– Alors, quelle est la tienne ? s'enquit-il d'un air soudain désespéré.

– Cela ne te concerne pas, je te demande simplement de te souvenir que c'est moi ta supérieure hiérarchique, que j'attends des résultats pour le bon fonctionnement de ce service et que je ne peux pas accepter une telle désinvolture de ta part, s'agaça-t-elle.

– Je le savais... Natascha m'avait prévenu. Tu cherches des excuses pour ne pas prolonger mon contrat parce que tu veux recruter Ilias à ma place.

– Hugo, s'il te plaît ! Ne vois-tu pas qu'elle te manipule ? Tout ce que je demande, c'est qu'on travaille correctement ! J'effectue le travail de quatre personnes en ce moment ! Ce n'est pas normal.

– Tu es injuste avec Natascha, elle t'apprécie et elle ne comprend pas ce que tu as contre elle.

– C'est bien plus compliqué que cela, répondit Amélie entre ses dents serrées.

– Tu sais, Amélie, reprit-il d'un air perdu, moi aussi je t'apprécie, mais je ne sais plus quoi penser... pourquoi ne me donnes-tu pas ta version ? Je te promets que je ne lui répèterai pas...

– Hugo, marmonna-t-elle, excédée. Maintenant, ça suffit, retourne travailler et tout se passera bien si tu donnes le meilleur de toi-même comme au début.

– Mais j'ai besoin de savoir ! répliqua-t-il, les larmes aux yeux.

– D'accord ! explosa-t-elle. C'est une horrible hypocrite manipulatrice qui a monté tous mes collègues et amis contre moi tout en me piétinant depuis qu'on m'a offert cette promotion que, crois-moi, j'ai méritée ! Elle passe son temps à me discréditer et convoite mon poste, tellement persuadée qu'elle ferait mieux que moi à ma place ! Voilà, tu es satisfait ? Maintenant laisse-moi un peu tranquille, j'ai du travail ! Et toi aussi, d'ailleurs.

– D'a... d'accord, balbutia-t-il. Je... je ne dirai rien, ne t'inquiète pas.

Mais qu'est-ce que je viens de faire ? Non, non, non, non, non...

Cinq minutes plus tard, Natascha entra dans son bureau.

– Je peux te parler, Amélie ?

– Oui, soupira-t-elle, au supplice.

– N'en veux pas à Hugo mais... il était bouleversé et j'ai lourdement insisté pour qu'il me dise ce qui le tracassait... co... comment peux-tu croire que je convoite ton poste et que je monte les autres collègues contre toi ? demanda-t-elle d'un air choqué, les yeux brillants et la lèvre tremblante.

Amélie se prit la tête entre les mains en soupirant.

Mon Dieu... tout ce que je souhaite depuis ma naissance, c'est qu'on me foute la paix... la paix, mon Dieu, je vous en supplie, la paix...

– Natascha, pas maintenant, répondit Amélie entre ses dents. J'ai énormément de travail à terminer et j'ai une deuxième journée qui m'attend à la maison. Nous en parlerons une autre fois, même si je sais que ce sera inutile.

– Mais pourquoi serait-ce inutile ?

– Parce que tu es une hypocrite manipulatrice. Tu as un besoin maladif de reconnaissance d'être au centre de l'attention. C'est pour cela que tu m'as écrasée. Tu m'as privée à la fois du soutien de mes collègues qui autrefois m'appréciaient, et de ce qui aurait pu être le début d'une belle carrière... c'est trop tard, le mal est fait. C'est pour cela qu'il est inutile d'en parler. Maintenant laisse-moi travailler.

– C'est faux ! Je ne dis que du bien de toi ! Et franchement, même si tu partais, je ne voudrais ton poste pour rien au monde ! Quand je vois la pression que tu subis, ma pauvre...

Sors de là, espèce de garce, avant que je ne pète les plombs...

– D'accord, répondit Amélie la mâchoire crispée. Je me suis trompée, j'en suis désolée. Merci d'avoir éclairci la situation. Pourrais-tu s'il te plaît traiter un maximum de mails pendant les deux heures de travail qui te restent aujourd'hui ?

– Je n'ai pas l'impression de t'avoir convaincue, répondit-elle en secouant la tête comme si on venait de lui annoncer le décès d'un membre de sa famille.

Amélie la regarda avec un sourire figé puis se remit au travail en l'ignorant, jusqu'à ce qu'elle se décide enfin à sortir de son bureau, la mine déconfite et les épaules basses. Puis Amélie eût juste le temps de verrouiller sa porte avant de fondre en larmes, nerveusement épuisée.

Elle passa ensuite deux nuits quasiment blanches pour rattraper le retard qui avait été cumulé. Lorsqu'elle sortit du bureau le vendredi soir, elle était enfin à jour et Brigitte, qui avait atterri en milieu de journée, lui fit la surprise de l'attendre à la sortie du travail. Lorsqu'elle vit sa mère, elle s'effondra dans ses bras en déversant des torrents de larmes.

– Eh bien... ma pauvre chérie, fit Brigitte d'une voix douce. Tu as le poids du monde sur tes épaules... ça va aller, je suis là. Allons chercher Sofia, d'accord ?

Brigitte l'invita à manger un *fish and chips* et Amélie, qui ne mangeait pas à sa faim depuis des semaines, se délecta de se remplir ainsi le ventre, entourée d'amour maternel. Le lendemain, sa mère lui remplit le frigidaire après les avoir accompagnées aux bébés nageurs pour les photographier, puis lui offrit un bon café latte avant de lui préparer un copieux repas en rentrant. Elles partirent ensuite se promener au bord de la Tamise puis le soir, après un bon dîner, Amélie coucha Sofia et vida son sac à sa mère devant une bouteille de vin.

Lorsque Brigitte repartit deux semaines plus tard, Amélie se livra un combat acharné à elle-même pour ne pas s'écrouler de désespoir sur le champ.

Non... si je montre la moindre faiblesse psychologique, les services sociaux viendront et ils me prendront Sofia... je n'ai pas le droit de flancher, surtout pas... reste forte, reste forte ! Pour Sofia...

L'ambiance au travail s'était à peu près stabilisée. Désormais, Hugo et Natascha savaient qu'elle contrôlait leur travail et s'arrêtaient net de parler, leur sourire s'effaçant, dès qu'elle entrait dans le bureau. Elle trouvait cela totalement ridicule, ne leur ayant jamais interdit de discuter. De toute évidence, elle était officiellement devenue un chef tyrannique, mais préférait cette réputation au chaos qui avait régné dans le bureau avant qu'elle ne tape du poing sur la table.

Puis à la mi-mars, Serena revint, ayant cumulé le maximum légal de renouvellements d'arrêt de travail qu'un médecin généraliste puisse prescrire. Amélie savait que Sandrine tentait de la licencier pour arrêt abusif de travail en fouillant dans sa vie privée via les réseaux sociaux pour prouver que celle-ci n'était pas déprimée ni stressée à en juger par ses photos de famille.

Amélie, qui trouvait cela lamentable, s'était efforcée de rester dans une position neutre jusqu'au retour de Serena. Cette dernière, arrivant dans le bureau après trois mois d'arrêt, était sur des charbons ardents, parfaitement consciente que la direction voulait se débarrasser d'elle, mais prête à les affronter.

A peine eut elle franchi le seuil du bureau que sa ligne directe sonna.

– C'est Monsieur Cardani, murmura-t-elle en regardant Amélie, avant de décrocher. Allô ? Non, je ne monterai pas dans votre bureau. Oui, j'étais en arrêt maladie et je suis revenue. Si vous souhaitez me recevoir, envoyez-moi une convocation officielle en indiquant le motif de l'entretien. Je n'ai rien de plus à vous dire, au revoir.

Elle raccrocha, tremblant de rage. Des plaques rouges apparurent sur son cou mais elle ne souffla pas un mot, allumant son ordinateur et se mettant au travail sous les regards ébahis de Hugo et de Natascha. Dans l'après-midi, elle vint dans le bureau d'Amélie et lui montra une convocation qu'elle venait de recevoir pour un entretien une semaine plus tard avec Monsieur Cardani et Sandrine. L'objet en était bien évidemment le licenciement.

– Contacte un des syndicats de l'établissement, lui suggéra Amélie. Et dis-leur qu'ils peuvent me contacter s'ils ont besoin de mon témoignage.

– Tu... tu n'es pas obligée, Amélie... Merci.

– Je ne peux pas laisser passer une telle injustice... ce serait lâche de ma part.

En effet, le syndicat la contacta et elle rédigea une longue lettre dans laquelle tout y passa depuis le premier jour où elle avait mis les pieds à l'antenne de Kensington pour son stage de première année. Elle se permit d'ajouter qu'il avait été très inconfortable pour elle d'avoir reçu dans son service quelqu'un qui d'une part n'avait pas choisi d'être là et qui, d'autre part, avait été son maître de stage.

Deux jours plus tard, Sandrine téléphona à Amélie et tenta de sa voix sucrée de la convaincre de retirer son témoignage, mais celle-ci refusa en lui disant simplement que dans son monde à elle, on ne jetait pas une mère de trois enfants après lui avoir fait subir de telles injustices pendant ses dix ans de bons et loyaux services. La discussion fut vite clause.

Elle dût ensuite monter au bureau de Monsieur Viechri, le cœur battant, pour leur rendez-vous hebdomadaire. Après toutes ces années pendant lesquelles elle avait gagné l'estime de la direction, elle avait peut-être gâché cela également. C'était sa dernière source de soutien. Lorsqu'elle entra dans le bureau du directeur général, Monsieur Cardani était également présent.

Ça sent le roussi...

Contre toute attente, ce n'est pas du ressentiment ni de la déception qu'elle lut dans leurs regards, mais du respect, et même de l'admiration.

– Rassurez-vous, dit Monsieur Cardani avec un sourire en coin. Elle ne sera pas licenciée... grâce à vous. Je vais vous laisser, bonne fin de journée.

Elle continua ensuite son entretien habituel avec Monsieur Viechri et ce sujet ne fut plus abordé.

En revanche, l'ambiance se détériora de nouveau dans le service et Serena réitéra ses mises en garde à Amélie concernant Natascha. Amélie fut quelque peu agacée par ces déclarations floues de Serena qui, n'étant pas une adepte de la délation, ne rentrait pas dans les détails.

Mais effectivement, Hugo recommença à commettre des erreurs et montrait de nouveau une attitude de défi, soigneusement monté contre Amélie par Natascha. Un jour, elle le surprit au téléphone avec un client, sans qu'elle ne lui ait permis de remplir cette nouvelle tâche, étant déjà en retard sur son travail de numérisation.

Une fois qu'il eût raccroché, il se justifia en disant à Amélie qu'il était tout à fait capable de répondre au téléphone, ce dont Amélie n'avait jamais douté. Malheureusement, il manquait à Hugo une qualité essentielle qu'on recherchait chez les nouvelles recrues dans tout emploi : le savoir-être au travail.

Elle décida donc de revenir dans le bureau commun et éplucha de nouveau chacun des dossiers que Hugo avait traités.

– Il manque de nouveau des documents dans plusieurs fichiers, dit-elle calmement. Pourrais-tu me donner les dossiers que tu t'apprêtes à détruire s'il te plaît ?

Il s'exécuta à contrecœur.

– On dirait bien qu'ils ont malheureusement déjà été détruits, dit-elle simplement.

– Et alors ? répondit-il sèchement, j'ai commis une erreur, voilà tout.

– Je vois. Dans ce cas, je préfère t'informer tout de suite que je ne souhaite pas prolonger ton contrat, qui se termine dans deux semaines. J'ai déjà essayé de t'expliquer les choses et je t'ai laissé une deuxième chance. Malheureusement, cela ne fonctionne pas.

– Quoi ? Tu n'as pas le droit !

– Hugo, soupira-t-elle, c'est moi, la responsable de ce service et c'est moi qui dois répondre te toutes les erreurs de l'équipe à la fin de la journée. C'est à moi que la direction demandera si oui ou non nous prolongeons ton contrat, et je te préviens d'ores et déjà que la réponse sera non. J'aurais sincèrement aimé que les choses se passent différemment.

Serena et Amina, silencieuses, regardaient à tour de rôle les visages d'Amélie et de Hugo comme si elles assistaient à un match de tennis. Puis Amélie sortit du bureau et tomba nez à nez avec Monsieur Cardani.

– Ah, Amélie, vous tombez bien. Il faudrait que vous me fassiez savoir si oui ou non vous comptez prolonger le contrat de Hugo.

– Non, répondit-elle. Je suis désolée pour Hugo, mais je passe plus de temps à réparer ses erreurs que si j'effectuais seule son travail en plus du mien. Nous nous débrouillerons sans lui pour terminer cette mission.

– Euh... d'accord, répondit-il, décontenancé. C'est à vous de décider. Souhaitez-vous en parler ?

– Non, merci, répondit-elle avec un rire désabusé.

Si elle l'avait pu, c'est Natascha qu'elle aurait licenciée, mais celle-ci était en CDI. Elle ne pouvait s'empêcher de penser que tout aurait été différent pour Hugo qui était encore jeune, si celle-ci n'avait pas été là. Elle revint dans le bureau d'un pas lourd.

– Je vais contacter le syndicat ! annonça Hugo au bord des larmes lorsqu'elle franchit le pas de la porte.

– C'est inutile, soupira Amélie.

– Ce n'est pas toi qui décides ! Il y a du monde au-dessus de toi !

Sur ces paroles, il composa un numéro.

– Bonjour Monsieur Cardani, puis-je monter vous voir ? Ah... d'accord, pas de souci, je... désolé de vous avoir dérangé.

Il raccrocha, dépité. Puis le téléphone d'Amélie se mit à sonner. C'était Monsieur Cardani. Elle décrocha.

– Amélie ? Montez dans mon bureau, s'il vous plaît.

Elle s'exécuta. Elle lui raconta dans les grandes lignes la désinvolture et le manque de respect dont Hugo faisait preuve, s'abstenant de mentionner les torts de Natascha qui avait monté la société entière contre elle et qui était bien plus maligne que Hugo.

– Bon... il va falloir qu'il se calme. Il ne peut pas passer au-dessus de sa supérieure. J'ai l'impression qu'il n'a pas bien compris le concept de hiérarchie.

– Non... il faut dire qu'il n'a pas été aidé, commenta tristement Amélie en baissant les yeux.

– Oui... j'ai remarqué, répondit Monsieur Cardani. Vous n'avez pas une équipe très loyale, cette année.

Amélie garda le silence. Le téléphone sonna.

– Tiens... c'est Hugo, constata le directeur adjoint en secouant la tête. Il s'enfonce, ajouta-t-il en ignorant le téléphone qui sonnait en continu.

Puis Hugo frappa et entra en trombe dans son bureau.

– Monsieur Cardani, dit-il en jetant un regard noir à Amélie, j'ai besoin de vous parler.

– Je ne vous ai pas invité à entrer, Hugo, répondit-il froidement. Je vous conseille d'accepter la décision de votre supérieure et de terminer votre contrat avec dignité.

– Je... d'accord... désolé de vous avoir dérangé, répondit Hugo au bord des larmes avant de sortir.

– C'est vraiment dommage, fit tristement Amélie. Je croyais vraiment en lui...

– Je sais... il est jeune et impulsif. Mais comme je vous connais, vous l'avez bien accueilli, il n'a aucune excuse. Tant pis pour lui s'il ne sait pas se faire sa propre opinion ni se fier aux bonnes personnes.

Amélie sortit du bureau du directeur adjoint, la mort dans l'âme. Il avait sans doute raison, mais cela ne rendait pas la situation moins douloureuse pour elle. C'était la première fois qu'elle recrutait et formait quelqu'un. Il lui avait fait une excellente impression lors de son entretien et de ses premiers jours de prise de poste.

Un cuisant échec de plus...

Lorsqu'elle revint dans le bureau, Hugo avait les yeux rougis et semblait très agité.

– Si tu as besoin de prendre l'air, Hugo, tu peux, lui dit-elle avec douceur. Prends ton temps.

– Oui, très bonne idée, aboya-t-il. Je vais contacter le syndicat.

Puis tout se passa très vite. Hugo, visiblement incapable de se calmer, fut convoqué l'après-midi même chez le directeur adjoint, avec Sandrine. Comme il avait le droit d'être accompagné par un collègue, Natascha vint avec lui pour le « soutenir ».

Impressionnant... après lui avoir saboté une opportunité professionnelle, elle trouve encore le moyen d'avoir le beau rôle.

Ou alors, peut-être saisissait-elle une occasion de mettre le doute sur les capacités d'Amélie à être responsable. Le pire dans tout cela, c'est que toute confrontation directe avec Natascha s'avérait totalement inutile : Cela ne ferait qu'empirer la réputation d'Amélie.

Elle ne pouvait à présent que s'efforcer de rester professionnelle avec elle, bien que son aversion pour elle était désormais devenue physique. Elle aurait tant aimé qu'elle disparaisse de sa vie, comme par magie.

Hugo fût donc licencié sans préavis avec départ immédiat.

– Ridicule, soupira Serena en revenant dans le bureau après avoir pris une petite pause. Ils sont en train de pleurer dans les bras l'un de l'autre en plein milieu du trottoir. Elle n'a vraiment pas de limite...

Et effectivement, à la suite de cet épisode, plus personne n'adressa la parole à Amélie en dehors de Serena et Sandra, des chefs de service et de la direction. Natascha arborait désormais en permanence une attitude abattue, ce qui agaçait Amélie au plus haut point. Quelques jours plus tard, alors que Serena était en pause, Natascha demanda à Amélie comment elle allait et comment allait Sofia, prétendant toujours être une amie sincère.

Tu me prends vraiment pour une imbécile...

– Tout va bien, merci, lui répondit-elle aussi gentiment que possible.

– Tu sais, je suis triste pour Hugo, que j'aimais beaucoup, mais je sais qu'il a dépassé les bornes. Et j'aimerais que nous reparlions de l'opinion que tu te fais sur mes intentions...

– C'est inutile, Natascha.

– Tu sais, tu crois que je manque de loyauté, mais heureusement que je l'ai accompagné à cette réunion... il avait l'intention de te démonter, mais je l'en ai empêché.

– Merci, répondit Amélie entre ses dents serrées.

– Sérieusement Amélie, j'apprécie de travailler avec toi et je ne voudrais ton poste pour rien au monde, même si tu partais...

– Écoute, Natascha, tu sais très bien dans quel pétrin je me trouve, et tu sais aussi que je risque de craquer à tout moment. C'est naturel que tu aies de l'ambition et que tu songes récupérer mon poste au cas où je partais, il n'y a aucun mal à cela, c'est la suite logique du service. Ce que je te reproche, c'est de tirer tout le temps la couverture à toi et de contester toutes mes décisions comme si tu étais persuadée que tu ferais mieux à ma place... et tu peux dire ce que tu veux, le simple fait que tu aies accompagné Hugo à cette réunion montre que c'est lui que tu soutiens vis-à-vis de moi, ce qui fait planer un sérieux doute sur mes qualités de responsable.

– Pas du tout... il était perdu et les syndiqués lui ont répondu qu'ils ne pouvaient rien pour lui... je ne pouvais tout de même pas le laisser tomber.

– Bref, comme je te le disais, il est inutile de discuter. J'ai ma part de responsabilité : j'ai manqué de professionnalisme en parlant sans filtres avec vous, en vous faisant confiance et en pensant que nous pouvions être amis. Je souhaitais me montrer humaine et être appréciée, en pensant bêtement que cela fonctionnerait.

– Mais Amélie, je t'apprécie, et lui aussi t'appréciait, rétorqua Natascha les larmes aux yeux.

– La discussion est clause. Tout ce que je veux, c'est que le travail soit fait et qu'on me fiche la paix. Et merci infiniment pour ton soutien.

Quelques minutes plus tard, le téléphone portable d'Amélie sonna. C'était Mathilde.

– Allô, Mathilde ? Tout va bien ? Que se passe-t-il ?

– Amélie, sanglota-t-elle, j'ai eu tellement peur ! Où est Sofia ?

– Euh... chez sa nounou, pourquoi ?

– Une femme de la police nationale m'a appelée, elle m'a demandé si je connaissais une Amélie Sofia... je n'ai rien compris... elle m'a dit que cette personne était en danger, je lui ai dit que ma sœur s'appelait Amélie et que ma nièce s'appelait Sofia et elle m'a répondu que ça devait être une erreur puis elle a raccroché...

– Mais qu'est-ce que c'est que cette histoire ? Tout va bien, Mathilde, je t'assure... la nounou m'a envoyé des photos il y a cinq minutes... à moins que... Oh, mon Dieu ! Il n'a tout de même pas fait ça, gémit-elle... écoute Mathilde, j'ai eu un souci avec un collègue il y a quelques jours, nous avons dû le licencier. Je sais que sa grande sœur travaille à la police nationale... elle a dû vouloir te faire peur pour venger son frère... tes coordonnées sont probablement encore dans le système depuis ton altercation avec ta collègue... je suis désolée, ma sœur, c'est seulement une famille de cinglés, ne t'inquiète pas. Je te rappelle ce soir, d'accord ?

Après avoir raccroché, elle jeta un coup d'œil à Natascha qui semblait s'enfoncer dans sa chaise.

13. Évasion

Ce soir-là, comme si la journée n'avait pas été suffisamment éprouvante, Amélie reçut un message d'Amine. Elle n'avait plus eu de nouvelles de lui depuis l'épisode de Wembley un mois plus tôt, pendant les vacances de février. Il ne lui avait d'ailleurs plus versé d'argent depuis.

Dans son message, il l'informait qu'il avait des vêtements et des jouets à donner à Sofia. Il les avait déposés chez Faysal et Yasmine, mais il fallait qu'elle se dépêche de les récupérer car le couple partait trois jours plus tard pour l'Algérie.

Amélie, à bout de forces, ignora son message. Elle était épuisée et n'avait ni le temps ni l'énergie de courir chez Faysal et Yasmine pour aller chercher ces paquets. Et de toute façon, il devait s'agir d'affaires qu'il s'était procurées gratuitement, comme elle l'avait vu faire avant de rendre visite à sa famille en Algérie, se faisant passer pour quelqu'un d'extrêmement généreux.

De plus, elle avait déjà acheté tous les vêtements dont Sofia avait besoin et ne voulait plus rien de lui. C'était de nourriture qu'elle avait besoin, et elle préférait mourir de faim que de lui demander quoi que ce soit. Cela faisait à peine deux semaines que Brigitte était partie et Amélie avait terminé les réserves que sa mère lui avait achetées.

Elle termina péniblement sa semaine de travail, se demandant comment elle pourrait encore survivre ne serait-ce qu'un mois supplémentaire dans ces conditions. Son quotidien n'était plus qu'une succession de problèmes et de contraintes auxquels elle passait un temps fou à trouver des solutions. Chaque journée était un combat qu'elle estimait avoir gagné tant que Sofia s'endormait le ventre plein et le sourire aux lèvres.

Il n'y a qu'elle qui compte... je peux supporter tout le reste tant qu'elle va bien et qu'elle est en sécurité.

La fillette, âgée d'un an et demi, était devenue un petit clown et une source inépuisable d'amour. Lorsqu'Amélie la voyait arriver vers elle en gazouillant le matin, les cheveux ébouriffés, tendant vers elle ses adorables petits bras potelés, elle oubliait tous ses soucis. Chaque seconde passée avec sa fille avait une valeur inestimable. Elles dormaient désormais toutes les nuits l'une contre l'autre dans le grand lit et Amélie n'en avait plus rien à faire des remarques désapprobatrices des uns et des autres à ce sujet.

Selon elle, l'être humain était la seule espèce mammifère dont les petits dormaient seuls. De mémoire, elle avait toujours vu les chiots et les poulains dormir contre leurs mamans. On avait bien osé affirmer à une époque que le lait en poudre était meilleur pour les bébés que celui de leurs propres mères, ce qui revenait à affirmer qu'un bras artificiel était bien plus fiable qu'un bras en chair et en os. Elle ne jugeait pas les femmes qui n'allaitaient pas, elle souhaitait seulement qu'on fiche la paix à celles qui le faisaient.

Les débats sur l'indécence que représentait l'allaitement en public étaient tout simplement aberrants et n'avaient pas même lieu d'être. Elle ne comprenait pas comment le fait qu'une mère nourrisse son bébé de la manière la plus naturelle du monde puisse être mal vu. Apparemment, les affiches publicitaires de femmes dénudées étaient bien moins choquantes pour l'Homme occidental moderne.

Elle avait cessé de se justifier pour tout et n'importe quoi. Elle ne jugeait pas les autres sur leurs choix personnels et attendait la même déférence en retour. Elle ne savait qu'une chose : dormir l'une contre l'autre leur procurait à chacune un sentiment vital de sécurité et d'apaisement. Dès que Sofia n'était pas auprès d'elle, Amélie sombrait dans l'angoisse et la paranoïa. Elle avait atteint un tel niveau de fatigue qu'elle s'écroulait tous les soirs en quelques secondes à côté de Sofia après lui avoir donné son dîner.

Elle se réveillait ensuite au milieu de la nuit en nage, ayant de terribles cauchemars récurrents, dans lesquels elle finissait toujours par être séparée de son bébé, que ce soit par Amine, par les services sociaux ou même par la mort. Elle ruminait ensuite des idées noires, imaginant à nouveau Sofia livrée à elle-même dans l'appartement avec le corps inerte de sa mère.

Son cœur se brisait tous les matins lorsqu'elle déposait sa fille chez la nounou avant de se rendre au travail, une boule au ventre. Heureusement, elle était de plus en plus proche de Sandra, avec qui elle déjeunait tous les jours et qu'elle voyait désormais presque tous les week-ends. Cette dernière lui permettait de tout dédramatiser, du moins pendant les moments qu'elles partageaient. Car dès qu'Amélie se retrouvait sans Sandra ni Sofia, elle replongeait dans ses tourments destructeurs.

Au bureau, l'ambiance était bien plus sérieuse et professionnelle depuis que Serena était revenue et que Hugo était parti. Mais c'est à l'approche du mois d'avril que la pression commença comme chaque année à s'accentuer de manière exponentielle et Amélie, qui ne mangeait qu'une fois par jour et qui se réveillait de plus en plus fatiguée de ses courtes nuits de sommeil agitées de cauchemars, éprouva une peine immense à résister.

Quelques jours après son dernier message resté sans réponse, Amine lui renvoya un long sermon, lui exprimant son mécontentement quant au fait qu'elle n'était pas venue prendre les affaires qu'il avait laissées pour Sofia, lui rappelant combien cette dernière lui manquait et combien Amélie était égoïste et sans cœur. Elle envisagea de lui répondre puis se ravisa, songeant que ce serait aussi inutile que de parler à un mur.

Je suis nulle... autant au travail que dans ma vie privée... je ne mérite pas l'amour de Sofia... tout est ma faute... je suis nulle... je ne suis rien.

Elle ouvrit ses mails. Contre toute attente, elle y découvrit un long message d'excuses d'Hugo, pour ses réactions incontrôlées et pour le mauvais tour que sa sœur avait joué à Mathilde. En le lisant, elle fondit en larmes. Enfin, quelqu'un s'excusait. Elle eut envie de le remercier et de lui dire combien elle regrettait que les évènements aient pris cette tournure puis se figea devant son écran, sentant la rage monter en elle.

Non ! non, je n'accepterai pas tes excuses ! J'ai fait tout ce que je pouvais pour toi et tu m'as trahie, discréditée et humiliée... Et tu as mentionné le nom de mon enfant pour effrayer ma sœur... tu as touché à ma famille, va au diable ! Allez tous au diable !

Chaque jour, un combat sans merci se livrait dans son esprit. Elle était en colère et en voulait à la Terre entière, puis la minute d'après, elle dégringolait dans un profond désespoir, convaincue que tout était sa faute, qu'elle était une horrible personne et qu'elle ne méritait pas de voir grandir sa fille, quand elle avait privé son père de cette chance.

Dans les pires moments, elle téléphonait à sa mère qui lui rappelait qu'elle était une bonne personne et qu'elle avait toujours fait de son mieux. Puis elle replongeait dans sa détresse à la seconde où elle raccrochait.

À chaque instant, elle avait le sentiment qu'elle allait s'écrouler. Elle avait mal dans tout son corps, s'essoufflant au moindre effort, sauf quand elle était avec Sofia. Dès qu'elle retrouvait cette dernière, elle était happée par l'instant présent, baignée dans la tendresse et l'amour. Elle retrouvait de l'énergie, comme si sa force vitale ne dépendait plus que de son enfant.

Lorsqu'elle se sentait prête à s'effondrer, elle fermait les yeux et visualisait Sofia en famille d'accueil provisoire, sa lamentable mère gisant sur un lit d'hôpital psychiatrique, l'abandonnant. Elle l'imaginait ensuite le soir, pleurant de détresse chez des inconnus, ne voulant que sa maman. Puis elle se redressait, consciente que Sofia n'avait qu'elle sur qui compter.

Mi-avril, elle reçut un courrier du cabinet d'avocat et l'ouvrit lentement, les tempes battantes, comme s'il s'agissait d'une bombe. Elle venait de recevoir le *Decree Nisi,* qui signifiait que le juge aux affaires familiales accordait le divorce, et que ce dernier serait définitif au bout de six semaines, à moins qu'une raison valable ne vienne contester le jugement dans ce délai. Elle respira à nouveau, soulagée, puis téléphona à Dana.

– Bonjour, Amélie, vous avez reçu la bonne nouvelle ?

– Oui, merci beaucoup... mais si j'ai bien compris, ce n'est pas encore terminé, n'est-ce pas ?

– Effectivement. Mais j'ai déjà envoyé l'application pour le *Decree Absolute,* qui finalise le divorce et le rend définitif. Cela prendra moins de deux mois, c'est une simple formalité, à moins que l'un des époux ne se rétracte.

– D'accord, je comprends, répondit Amélie la gorge serrée. Merci pour tout, bonne journée.

Deux mois... deux mois au maximum. Et après ?

Que ferait Amine une fois que sa peau serait sauvée ? Il restait pour l'instant distant, ne souhaitant pas être trop impliqué dans l'éducation d'une enfant en bas âge, se contentant de lui envoyer un message par mois pour prétendre qu'il souhaitait garder le contact et versant une pension qui, aussi misérable soit-elle, prouvait qu'il ne s'était pas totalement désintéressé de Sofia. Quel était donc son but ? Que ferait-il une fois qu'Amélie aurait rempli sa mission de travailler au Royaume-Uni jusqu'au jour du divorce ?

Il y a deux choses qu'elle avait douloureusement apprises au sujet d'Amine : Il était profondément égoïste, et il n'avait aucun scrupule. Même lorsqu'elle se coupait en quatre pour l'aider, il finissait toujours par affirmer avec aplomb qu'il aurait très bien pu se passer de son aide et qu'il ne lui devait rien. Puis il retournait la situation de manière à se positionner en victime.

Il ne la laisserait jamais quitter Londres avec Sofia, il fallait qu'il se les garde toutes les deux sous le coude jusqu'à obtenir ses précieux papiers, ce qui prendrait encore au moins un an. Elle ne pourrait jamais tenir la distance... elle pourrait peut-être cesser de travailler et survivre grâce aux aides sociales. Non, elle n'assumerait pas de vivre au seul crochet du système et cela la mettrait en position de faiblesse.

Peut-être pourrait-elle demander à son employeur de changer de service et à faire moins d'heures lors de son entretien de fin d'année ? Non, c'était trop tard pour cela, Natascha avait monté tous ses collègues contre elle et plus personne ne voudrait travailler avec elle, d'autant plus qu'elle était allée à l'encontre d'une décision de la direction en témoignant pour Serena et qu'elle n'attendait pas de cadeau de ces derniers.

Tétanisée, elle se rendit à l'évidence : il n'y avait aucune issue, elle était prise au piège. Peut-être fallait-il simplement attendre de voir ce qui se passerait après le divorce ? Les choses finiraient probablement par se tasser chez *Kids and Frogs*, il fallait parfois savoir être patient. Mais tous les matins, elle se rendait au travail dans le même état d'esprit que si elle allait à l'abattoir. Tant pis, elle n'avait pas d'autre choix que de continuer ainsi. Il fallait qu'elle trouve la force en elle de reprendre le dessus sur ses émotions. Elle survécut tant bien que mal aux semaines qui suivirent.

C'est le 30 mai 2018 qu'Amélie reçut un appel de Dana l'informant que le divorce venait enfin d'être prononcé.

Plus qu'un mois et demi et j'aurai quatre semaines de vacances.

Courage, tout ira mieux, après les vacances.

La surcharge de travail atteignait son apogée et Amélie avait beau essayer de calmer son stress, de relativiser et de recalculer indéfiniment ses dépenses, elle continuait à manquer de nourriture, maigrissait à vue d'œil et était de plus en plus épuisée.

Ses idées noires continuaient à l'enfoncer dans l'angoisse et elle ressentait une peur panique, n'ayant plus de nouvelles d'Amine depuis deux mois et demi. Que mijotait-il ? Elle le sentait, quelque chose se tramait.

Il avait beau prétendre que ses menaces n'étaient que des paroles en l'air prononcées sous le coup de la colère, elle savait qu'il n'accepterait jamais que sa fille soit élevée par une athée. Le souvenir de la violence avec laquelle il avait tenté de lui inculquer l'Islam était encore présente dans chaque cellule de son être.

Il la laissait simplement se saigner pour subvenir aux besoins de Sofia tant qu'elle n'était qu'un bébé et que les frais de garde étaient exorbitants, mais ensuite…

Ensuite, l'heure de la vengeance sonnera, je le sais.

Elle repensa à sa discussion avec lui à la veille du premier Noël de Sofia : « L'un de nous gagnera et l'autre perdra tout ». Il était on ne peut plus sérieux lorsqu'il avait prononcé ces mots. Ce n'était pas une menace mais un avertissement.

Tout cela finirait forcément mal, d'une façon ou d'une autre, elle le sentait au plus profond de sa chair. Elle avait osé le quitter. Il restait calme uniquement parce qu'il était en position de faiblesse, jusqu'au jour du divorce...

Puis dès que Sofia aurait l'âge d'entrer à l'école, il l'arracherait à sa mère par n'importe quel moyen. Sachant qu'elle était née après septembre, c'est en 2020 qu'elle serait en mesure d'être scolarisée à l'école publique. Mais pendant les deux années qui restaient, il serait bien obligé de reprendre progressivement le contact, alors pourquoi ne donnait-il toujours pas signe de vie ? Pourquoi n'avait-il pas fait le nécessaire dès la séparation ? Ce qu'Amélie savait, c'est qu'elle ne tiendrait pas une année supplémentaire.

Cela faisait maintenant des mois qu'elle était malheureuse au travail, qu'elle s'y rendait à reculons et qu'elle vivait en permanence dans la peur et la précarité.

Calme-toi, les vacances arrivent, calme-toi, ça va aller...

Retrouverait-elle un jour la sérénité et le sommeil ? Elle en doutait. Elle devait sans arrêt se battre pour obtenir le peu d'aides qui lui étaient accordées. S'il demandait la garde de Sofia, elle n'aurait de toute façon pas les moyens de payer le cabinet d'avocat pour la représenter, ni la mise en place d'une interdiction de sortie du territoire.

Cette dernière était de toute façon inutile : On ne les contrôlait qu'une fois sur deux lorsqu'elles sortaient du territoire britannique, même si Sofia avait un nom différent du sien. Et cela la condamnerait à demander l'autorisation d'Amine à chaque fois qu'elle voudrait se rendre en France pour les vacances.

Nous verrons bien...

Début juin, elle reçut la décision définitive du divorce mais ne parvint pas à s'en réjouir. Le temps des représailles était arrivé. Et en effet, deux semaines plus tard, alors qu'elle venait de coucher Sofia un vendredi soir, Amélie ouvrit une lettre de Dana qui lui transmettait la demande de l'avocate d'Amine, nommée Lucy Chapman, concernant la garde de Sofia. Il la voulait deux jours entiers par semaine. Dana l'informait qu'elle pourrait la représenter dans cette affaire pour mille cinq cents livres.

Amélie succomba à la panique. Comment pouvait-il demander cela après une année sans aucune relation ? Il fallait qu'elle négocie une reprise progressive de contact. Mais s'il ne s'y montrait pas favorable, elle ne serait pas en mesure de s'acquitter de la somme que le cabinet lui demandait pour la représenter.

Il était temps de discuter avec Amine, elle n'avait plus le choix. Elle ne pouvait plus continuer comme cela, il fallait qu'il le sache. Elle lui demanderait l'autorisation de rentrer définitivement en France. Après tout, il l'avait déjà retenue à Londres pendant cinq ans, alors qu'elle l'avait prévenu dès leur rencontre qu'elle ne souhaitait y rester qu'une année ou deux.

Il n'avait aucune famille à Londres, alors qu'il en avait en France, à Lyon, à Marseille et à Toulon. S'il tenait à entretenir une relation avec sa fille, c'était un maigre sacrifice à faire que de changer de pays. Sofia étant française, il n'aurait aucun mal à obtenir un permis de résidence en France.

Non... il n'acceptera jamais... il se contrefiche de ma souffrance, je devrais le savoir depuis le temps... il ne veut pas que Sofia ait de contact avec ma famille, il est même prêt à me séparer de mon enfant... il ne me laissera jamais partir. Je suis coincée ici jusqu'aux dix-huit ans de Sofia...

Prise de violentes douleurs abdominales, elle se roula en boule sur son canapé, pétrifiée d'angoisse.

C'est un cauchemar, il n'y a pas d'issue... je vais crever ici, sans aucun soutien. Je ne peux plus continuer ainsi, je ne peux plus...

Il fallait qu'elle tente de lui parler, c'était sa seule option. Elle sortit son téléphone et lança l'appel. Pas de réponse. Elle réessaya et tomba sur la messagerie au bout d'une sonnerie. Il l'ignorait. Inutile d'insister, songea-t-elle, elle réessaierait le lendemain.

Elle s'allongea aux côtés de Sofia qui dormait paisiblement mais ne trouva ni la paix, ni le sommeil. Elle se tordit de douleur toute la nuit. Son ventre la faisait terriblement souffrir et elle se leva plusieurs fois pour aller aux toilettes, son cœur battant si fort qu'elle pouvait presque l'entendre. Au lever du jour, attendant patiemment que Sofia se réveille, elle vérifia nerveusement ses billets d'avion pour les vacances d'été. Et s'il les bloquait aux frontières ?

Maintenant qu'il était en position de force, il allait pouvoir pourrir la vie d'Amélie et la pousser à bout jusqu'à ce qu'elle craque. Peut-être que c'était son plan, sinon pourquoi refuser de lui parler et passer par une avocate ? Il savait qu'elle était déjà à bout. Une fois qu'elle tomberait d'épuisement physique et nerveux, il n'aurait plus qu'à expliquer aux services sociaux qu'elle avait toujours été instable et paranoïaque.

La vie d'Amélie serait alors un combat permanent pendant les seize prochaines années pour garder un lien avec son enfant. Il monterait Sofia contre elle en la décrivant comme une dépravée déséquilibrée et égoïste qui l'avait empêché d'avoir des contacts avec elle après leur séparation.

Il pourrait de cette manière l'endoctriner à sa guise et avoir un contrôle total sur sa vie jusqu'à ce qu'elle se marie avec un homme qu'il approuverait.

L'un de nous gagnera et l'autre perdra tout...

Après avoir vérifié pour la troisième fois leurs billets, leurs passeports et leur livret de famille, elle les rangea dans sa pochette qu'elle glissa d'une main tremblante dans son sac à main, puis retourna dans la chambre pour regarder Sofia qui dormait toujours.

L'un de nous gagnera et l'autre perdra tout...

Quelles seraient les conséquences de tout cela pour Sofia ? S'il *gagnait*, cela signifierait qu'à plus ou moins long terme, elles n'auraient plus de relations... ou très peu. Elle repensa à sa grossesse puis à la naissance de Sofia et enfin, à toutes ces nuits blanches à la regarder respirer, à lui donner le sein et à la cajoler pour apaiser ses peurs et ses douleurs.

Je suis sa mère. C'est lui qui l'a abandonné, je n'ai jamais voulu cela. Et je ne le laisserai jamais me l'arracher, ce serait la pire chose qui puisse arriver à ce petit ange... les dommages psychologiques en seraient irréversibles.

Il lui restait trois semaines de travail avant de rentrer en Haute-Savoie pour vingt-huit jours, comme la loi l'y autorisait. Brigitte lui avait prêté la somme nécessaire pour pouvoir acheter ses billets d'avion. Celle-ci, qu'Amélie appelait désormais trois ou quatre fois par jour, la suppliait désormais régulièrement de rentrer en France. « Tu ne peux pas continuer comme cela ma chérie, ce n'est pas une vie... tu vas y laisser ta peau ! » lui disait-elle souvent d'une voix angoissée.

Amélie lui répondait alors qu'il lui faudrait l'accord d'Amine pour quitter définitivement le Royaume-Uni, et qu'elle doutait qu'il accepte de le lui donner. Brigitte, impuissante, exprimait alors sa rage et sa frustration l'espace de quelques secondes avant de se ressaisir, consciente que cela n'aidait en rien sa fille.

Il fallait qu'Amélie tienne encore trois semaines, trois longues semaines pour rentrer chez ses parents, manger à sa faim pendant un mois et reprendre des forces. Ou alors pour s'apercevoir qu'il avait bloqué Sofia aux frontières.

L'attente serait interminable, d'autant plus qu'elle ne supportait plus Natascha qui avait recommencé à tout contester et à se plaindre de toutes les injustices dont elle était victime, des collègues qui ne la saluaient pas en la croisant aux chefs de service qui la confrontaient à ses erreurs.

Amélie avait accordé à Serena les dates qui lui convenaient pour ses vacances, sachant qu'elle partait aux Antilles avec son mari et ses trois enfants et qu'elle les avait choisies en fonction du prix des billets, ce qui semblait logique. Toute sa famille élargie, ainsi que celle de son mari s'y trouvaient et ils n'avaient pas pu leur rendre visite depuis des années.

Natascha, qui ne se rendait qu'en région parisienne, d'où elle était originaire, avait alors crié au scandale, bien évidemment une fois que Serena eut tourné le dos, après avoir dit à cette dernière que c'était merveilleux qu'elle puisse revoir sa famille après tant de temps.

– Pourquoi Serena est-elle prioritaire pour choisir ses dates ? avait-elle demandé. Elle ne reviendra que trois jours avant la rentrée !

– Parce que le prix du billet pour la Guadeloupe est d'au moins mille euros et qu'ils sont cinq, avait répondu Amélie d'un ton blasé sans lever les yeux de son écran. Elle va assurer la permanence en juillet.

– Donc j'imagine que nous devons faire en sorte, comme chaque année, d'être deux pendant les deux semaines de permanence d'août, c'est bien cela ? Je n'ai donc pas le choix pour mes dates !

– Pourquoi, tu as l'intention de voyager ailleurs qu'à Paris ?

– Non, mais ça ne m'arrange pas, c'est tout.

– Très bien. Prend les dates que tu souhaites, je me débrouillerai au mois d'août.

– Ok... merci, avait-elle répondu, décontenancée.

De toute façon, je ne supporte tellement plus ta sale face d'hypocrite que je préfère crouler seule sous une tonne de travail que me retrouver en tête-à-tête avec toi pendant quinze jours.

Pendant une semaine, Amélie tenta à plusieurs reprises de joindre Amine mais ce dernier refusait de lui répondre. Ils n'avaient plus aucun contact depuis trois mois et Amélie se demanda si Dana était en mesure de savoir s'il avait fait une démarche pour les bloquer à la frontière.

Elle téléphona donc à l'avocate qui lui répondit qu'il n'avait pour l'instant entamé aucune procédure auprès de la cour, ni pour une interdiction de sortie du territoire, ni concernant la garde d'enfant, et qu'elle ne pourrait plus répondre à ses questions à moins qu'elle ne saisisse le cabinet pour la représenter.

Amélie, sur des charbons ardents, survivait tant bien que mal en attendant son départ pour Genève, supportant les caprices de princesse de Natascha. C'est à la fin juin qu'Amine répondit enfin à l'un de ses appels, à sa grande surprise.

– Allô ?

– Euh... allô ? bafouilla-t-elle. Je... je voulais te parler de tes demandes concernant la garde d'enfant, je...

– Pour la garde d'enfant, tu passes par mon avocate. Je t'appelle pour une demande de mon autre avocate, celle qui s'occupe de mon dossier d'immigration. Il nous faudrait ton passeport ou ta carte d'identité, s'il te plaît.

– Mais... je ne peux pas te donner ma pièce d'identité, j'en ai besoin, je...

– Je croyais que tu souhaitais m'aider, pour le bien-être de Sofia ?

Peut-être que ce serait mieux pour elle de ne plus jamais te revoir et d'avoir une mère sereine et en bonne santé... mais ce n'est pas à moi d'en décider.

– Oui, je vais t'aider. Mais je vais vérifier de mon côté si tu es vraiment obligé de fournir l'original de ma pièce d'identité.

– Bien. N'oublie pas que je suis son père et que j'ai des droits. Il vaudrait mieux pour toi que tu évites de me mettre dans le pétrin.

– Oui, je sais, marmonna-t-elle.

Après avoir raccroché, elle vérifia pour la énième fois ses billets d'avion. Plus que treize jours. Il n'avait entamé aucune démarche, songea-t-elle dans l'un de ses rares moments de lucidité. Il n'avait probablement aucun intérêt à se mettre Amélie à dos avant d'obtenir son permis définitif, et cela prendrait encore un an.

Quant à Sofia, il faudrait continuer à payer sa nounou à temps plein pendant encore deux ans, il n'avait donc pas intérêt à la lui prendre à ce moment-là.

Sauf s'il se remarie... et cela, il ne me le dira pas.

Elle appela le cabinet et demanda un rendez-vous de consultation avec Dana. Cela lui coûterait quatre-vingts livres, mais en se serrant encore un peu plus la ceinture, elle parviendrait à survivre jusqu'à son départ en vacances. Ayant demandé à partir deux heures plus tôt du travail, elle se rendit donc comme convenu au cabinet le jeudi 5 juillet, une semaine avant son voyage pour Genève.

– Bonjour Amélie, que puis-je pour vous ? s'enquit Dana.

– Mon ex-mari me demande ma pièce d'identité pour sa demande de permis permanent, et comme je sais que l'immigration est l'un de vos domaines d'expertise, je voudrais savoir s'il est vraiment nécessaire pour lui d'en fournir l'original, que je ne récupérerai probablement pas avant des mois.

– Non, ce n'est pas obligatoire. Il lui faut une copie certifiée et signée par un agent assermenté. Je peux vous la faire faire très rapidement si vous le souhaitez, je dois justement me rendre au tribunal demain matin, vous pourrez récupérer votre pièce d'identité ainsi que la copie en fin de journée.

– Super, merci beaucoup, c'est parfait, répondit-elle en lui tendant sa carte d'identité. Et... pour la garde d'enfant... il n'a toujours pas entamé de procédure ?

– Non, toujours rien.

– Et à l'avenir, si je lui demande l'autorisation de quitter le Royaume-Uni de manière permanente pour m'installer en France avec Sofia et qu'il refuse, quels recours pourrais-je avoir ?

– Vous pourrez saisir le juge aux affaires familiales, mais plus vous attendrez et plus il sera laborieux pour vous d'obtenir gain de cause, surtout s'il reprend contact avec elle.

– Mais ce qu'il demande est insensé ! gémit Amélie. Il ne peut pas demander à l'avoir deux jours entiers par semaine du jour au lendemain !

– Effectivement. Nous pouvons demander une reprise graduelle de contact en commençant par des visites en lieu médiatisé. Mais nous ne pouvons pas demander à la fois ceci et une autorisation de quitter le territoire définitivement. De toute manière, son avocate n'a pas encore saisi le juge aux affaires familiales. Elle sait très bien que sa demande est déraisonnable et va d'abord tenter de vous mettre la pression, ne vous laissez pas intimider.

– D'accord...

Le problème, pensa Amélie, c'était qu'à terme, s'il respectait une reprise graduelle de contact (ce qu'elle n'obtiendrait jamais sans l'aide de Dana, qui lui coûterait la modique somme de mille cinq cents livres), il obtiendrait un droit d'hébergement. Elle aurait alors toujours peur qu'il ne l'enlève. Mais pourquoi ferait-il cela ? Il prendrait le risque de perdre tous ses droits, ça n'avait aucun sens.

– Dana, reprit-elle, pourquoi Saïda m'a-t-elle recommandé de prendre très au sérieux les menaces d'enlèvement de mon ex-mari ? Je ne vois pas ce qu'il gagnerait à faire ça, s'il emmenait et cachait Sofia en Algérie, il ne pourrait plus jamais revenir en Europe, et à voir comme il se démène pour y rester, je ne crois vraiment pas que cela soit son but.

– Vous savez, en général, les pères qui enlèvent leurs enfants pour les envoyer dans leur pays d'origine souhaitent garder leurs droits en Europe. Amine pourrait parfaitement faire l'aller-retour pour l'amener à un membre de sa famille en Algérie puis prétendre qu'elle a disparu. Cela prendrait alors des années pour la rechercher et pour prouver que c'est bien lui qui est coupable de son enlèvement. Son objectif n'est pas de l'élever lui-même, sinon il se serait manifesté bien plus tôt. Ce qu'il souhaite, c'est qu'elle soit éduquée dans sa culture. Malheureusement, si cela arrivait, les moyens déployés pour la rechercher ne seraient pas non plus les mêmes que pour un enfant britannique, et Sofia ne pourra pas obtenir cette nationalité avant ses cinq ans, à condition qu'elle réside sur notre territoire jusque-là.

– Je vois, fit Amélie d'une voix étouffée.

– Vous pouvez demander une interdiction de sortie du territoire, mais ce n'est pas fiable à cent pour cent.

– Oui, je sais…

– Sinon, vous pourriez demander l'autorité exclusive de Sofia, mais étant donné qu'il a fait le minimum nécessaire pour prouver qu'il ne s'était pas totalement désintéressé d'elle et que vous n'avez jamais porté plainte contre lui lorsqu'il vous menaçait, vous maltraitait ou négligeait votre enfant, cela risque d'être compliqué et de vous coûter une fortune que vous n'avez pas.

Eh oui, il a tout prévu… j'imagine parfaitement la suite des évènements. S'il n'arrive pas à obtenir l'autorité et la garde exclusives de Sofia en prétendant que je suis dangereuse pour elle, il lui reste l'option de l'enlèvement.

– Dana ?

– Oui ?

– Que se passerait-il si *moi*, je rentrais en France avec elle sans lui demander son avis ?

– Je ne peux pas vous encourager à faire cela, désolée.

– Écoutez, j'ai pris rendez-vous pour une consultation en droit. Je vous demande simplement ce que je risquerais si je partais sans lui en demander l'autorisation.

– Eh bien, si vous disparaissiez totalement, vous vous rendriez coupable d'un enlèvement international, ce qui est lourdement puni. Si vous vous installez en France et le prévenez dans un délai de vingt-huit jours après avoir quitté le Royaume-Uni, en lui indiquant dans quel pays se trouve votre enfant, il s'agit d'un déplacement illicite de mineur. Mais sachez qu'il peut exiger son retour immédiat et que vous serez discréditée pour toutes vos procédures à venir.

– Je comprends. Merci, Dana.

– Je vous en prie.

En chemin pour aller chercher Sofia chez sa nounou, les pensées d'Amélie se bousculèrent dans sa tête. N'ayant jamais souhaité couper définitivement les ponts entre Amine et Sofia, elle n'avait aucune intention de disparaître avec elle. Si elle partait, elle l'en informerait, et il exigerait son retour. Cela n'avait donc aucun intérêt.

Si elle lui demandait son autorisation, il refuserait, elle en était certaine. Sofia était sa roue de secours pour ses papiers si cela ne fonctionnait pas grâce à leur mariage. Mais en restant à Londres, elle se condamnait à vivre dans la pauvreté pendant encore deux ans.

Elle n'avait pas pu se rendre en France pendant les vacances scolaires de la Toussaint, de février et d'avril, et n'avait pas pu aller jusqu'en Haute-Savoie pendant celles de Noël. Elle était malheureuse à Londres, toutes ses amies étaient parties à part Sandra qui, comme tous ses collègues, rentrait en France dès qu'elle avait des vacances.

Elle passerait son temps à s'épuiser et à se priver de tout pendant encore deux ans en vivant en permanence dans la peur, et tout cela pour permettre à ce monstre de lui prendre son enfant une fois qu'elle aurait fait tout le sale boulot.

Dana lui avait pourtant dit une chose importante : l'avocate d'Amine savait que ses demandes ne seraient pas acceptées par un juge alors qu'il n'avait fait aucune démarche pour garder le lien pendant plus d'un an et que lorsqu'Amélie lui avait donné l'opportunité de rencontrer sa fille après six mois sans contact, il était simplement parti, sans explication et sans redemander à la voir par la suite.

Cette avocate bluffait, tout simplement. Amine avait toujours intérêt à entretenir de bons rapports avec elle, pour une raison qu'elle ignorait. Elle se creusa la cervelle.

Mes fiches de paie... il a forcément besoin d'une preuve que j'étais bien employée au Royaume-Uni jusqu'au jour du divorce.

Il y avait donc toujours une possibilité de négocier, songea-t-elle. Il fallait absolument qu'elle discute avec lui et tente à nouveau de reconstruire une confiance mutuelle. Il souhaitait voir Sofia ? Elle pourrait lui proposer une nouvelle rencontre en revenant des vacances. Après tout, il s'était montré calme la dernière fois qu'elle l'avait vu. Elle profiterait de cette occasion pour lui parler de son besoin vital de quitter le Royaume-Uni.

Qu'il souhaite s'installer en France ou rester au Royaume-Uni, elle l'aiderait dans ses démarches. Les billets d'avion n'étaient pas si chers que cela entre Londres et Genève, et Amélie avait toujours fait ces trajets tous les deux mois, à l'époque où elle n'avait pas de nounou à payer.

Elle récupéra Sofia puis passa une douce soirée avec elle. Malheureusement, malgré toutes ses tentatives de retrouver un peu de sérénité et de confiance, elle fut de nouveau victime de crises de désespoir et de cauchemars. Peut-être était-elle trop profondément atteinte, depuis trop longtemps.

Elle revivait désormais tous les traumatismes qu'elle avait subis depuis sa rencontre avec Amine et avait beau lutter de toutes ses forces contre ses idées noires, elle n'avait plus aucun contrôle sur ses émotions. Elle se sentait prise à la gorge, et l'étreinte se resserrait un peu plus chaque jour.

Le lendemain, en sortant du travail, elle récupéra sa pièce d'identité ainsi que la copie certifiée et posta cette dernière à l'adresse du cabinet de Madame Chapman avant d'aller chercher Sofia. Plus la date de son départ en vacances approchait et plus le temps passait lentement. Elle tenta de nouveau à plusieurs reprises de joindre Amine, sans succès.

Chaque minute était un supplice. Elle avait en permanence le souffle court, le visage crispé et les jambes douloureuses. Au travail, elle bégayait et bafouillait de plus en plus et souffrait de pertes de mémoires immédiate, si bien qu'elle demandait souvent à ses interlocuteurs de répéter ce qui venait d'être dit.

Malgré tout, elle parvenait toujours à redevenir elle-même lorsqu'elle était en présence de Sofia, du moins lorsque celle-ci était éveillée. Elle en arrivait à se demander par quel miracle cela était possible. Il s'agissait sans doute d'une force puisée quelque part dans son ADN, ou dans son cerveau reptilien... ou peut-être s'agissait-il d'une force divine venant à son aide pour lui permettre de rester debout lorsque ses jambes commençaient à se dérober sous le poids des responsabilités qu'elle portait sur ses épaules.

Elle passait par toutes sortes d'états d'esprit : Lorsque le doute l'assaillait, elle se demandait si elle n'était pas en réalité le monstre égoïste et sans pitié qu'Amine décrivait. Puis elle était brutalement aveuglée par une violente rage, contre lui et contre elle-même. Elle pensait alors à Sofia et son cœur se brisait de tendresse et d'inquiétude. Puis la panique l'étouffait, songeant à l'avenir qui attendait son petit si elle ne faisait pas les bons choix.

C'était elle qui l'avait mise au monde, elle devait à tout prix veiller à sa sécurité et à son épanouissement. Mais que faire ? C'était un véritable casse-tête auquel elle ne voyait aucune solution satisfaisante.

Son entretien de fin d'année avec Monsieur Viechri eût lieu le lundi 10 juillet.

– Alors, comment s'est passé cette année, Amélie ? s'enquit-il avec bienveillance.

– Eh bien... j'imagine que vous savez que ça n'a pas été facile, répondit-elle.

– Effectivement, ça n'a pas été facile pour vous. Si c'est au sujet de Hugo que vous vous tourmentez, sachez que vous avez pris la bonne décision, il ne vous a pas laissé le choix. Autre chose ? demanda-t-il avec appréhension.

Amélie eut envie de lui confier qu'elle ne supportait plus Natascha et qu'elle ne voulait plus jamais travailler avec elle. Elle aurait aussi voulu oser dire que leur décision de déplacer Serena dans son service était une monumentale erreur de gestion qui avait eu des conséquences catastrophiques sur le fonctionnement du service, mais elle se ravisa.

Elle avait vécu cette année comme un échec personnel et pensait tout simplement qu'elle n'avait pas les épaules pour être chef de service. Elle respira profondément.

– Il y a eu beaucoup de problèmes et de contraintes, se hasarda-t-elle, et je me suis sentie... surmenée. Mais cela est également dû à ma situation familiale, s'empressa-t-elle d'ajouter en voyant le visage de son supérieur se crisper.

Au fond, elle savait qu'elle ne tiendrait pas une année de plus, mais l'avenir étant pour le moins incertain, elle était à ce moment-là dans l'incapacité de démissionner. Elle songea toutefois qu'il serait judicieux de tenir Monsieur Viechri informé de la situation, au cas où les choses tourneraient mal.

– Je me suis séparée de mon mari, reprit-elle en regardant le stylo qui était posé devant elle.

– Ah bon ? Depuis combien de temps ?

– Depuis plus d'un an. Sofia n'était encore qu'un bébé. Il était violent et me menaçait sans arrêt de me la prendre. Il... il est dangereux et... je ne sais pas si nous sommes en sécurité à Londres. De plus, j'assume seule mon enfant et vous n'êtes pas sans savoir que la garde d'enfant et les loyers coûtent extrêmement cher dans cette ville. Ces frais égalent quasiment mon salaire à eux seuls, et les aides sociales ne sont pas très généreuses, d'autant plus que je ne suis pas britannique. Bref, je fais ce que je peux pour tenir, mais... ça a été vraiment très difficile et je ne sais pas combien de temps je pourrai encore continuer ainsi, pour être tout à fait honnête avec vous.

– D'accord, répondit-il d'un air un peu perdu. C'est donc à cause de vos problèmes familiaux que vous avez passé une année difficile, dit-il en prenant des notes sur un brouillon.

Oui, bien sûr, le surmenage que j'ai subi n'est en aucun cas dû à la charge de travail supplémentaire que j'ai assumée chez moi pendant de nombreuses nuits, grâce à votre merveilleuse décision de mettre Serena dans mon service avant de l'envoyer trois jours par semaine à son ancien poste et de la pousser à bout jusqu'à ce qu'elle soit mise en arrêt, donnant de surcroît une raison supplémentaire à Natascha de se plaindre.

– Bon, reprit-il, cela devrait se tasser, à présent, non ?

– Je... je ne sais pas. La communication est difficile, voire inexistante. Sofia n'a pas vu son papa depuis un an et ce dernier me menace toujours.

– Oui, je comprends, cela doit être difficile, dit-il d'un air pensif. Ça doit être d'autant plus dur pour vous de réaliser à quel point vous avez manqué de discernement, ajouta-t-il avec un regard compatissant.

Amélie, qui avait toujours eu une immense estime pour son supérieur et qui l'avait toujours placé sur un piédestal, reçut cette remarque comme un coup de poignard en plein cœur.

C'est donc cela... tout est ma faute, je ne peux m'en prendre qu'à moi-même. Il ne fait que dire tout haut ce que je sais déjà...

– Oui, effectivement, répondit-elle en retenant ses larmes. Je pense qu'il en va de même pour mon rôle de chef de service. Je n'ai peut-être tout simplement pas les épaules pour l'assumer.

– Oh, je ne suis pas tout à fait d'accord avec vous. La gestion d'équipe est une tâche très délicate. Vous n'avez pas eu de chance, et il s'agissait pour vous d'une première expérience. Je trouve personnellement que vous avez été bien courageuse et que votre avenir est prometteur.

Vous ne comprenez pas... je ne veux plus jamais être chef de service.

– Par ailleurs, reprit-il, je trouve que vous avez fait preuve d'une honnêteté et d'une conscience professionnelle sans faille. Vous avez tenu à bout de bras le service pendant toute l'année et êtes parvenue, malgré toutes les difficultés rencontrées, à mener à bien toutes vos missions sans retard. Je vous tire mon chapeau.

– Merci, répondit simplement Amélie, la gorge de plus en plus nouée.

– Je comprends que vous traversez une période difficile en ce moment, mais souvenez-vous que vous n'aurez peut-être pas de telles opportunités professionnelles en France.

L'opportunité de mourir à petit feu en croulant sous la pression ? Non merci.

– Oui, je sais. Et je vous remercie de la confiance que vous m'avez accordée en me proposant ce poste.

– Mais vous avez mérité et honoré ma confiance, répondit-il avec un sourire.

– Merci, je suis sincèrement touchée. Je tiens simplement à vous prévenir que ma situation familiale est à ce jour extrêmement tendue, insista-t-elle en le regardant droit dans les yeux, et que je ne sais pas quand ni comment cela va se terminer.

– Oui, j'en prends note, dit-il d'un ton grave, prenant enfin conscience du sérieux de la situation. Vous savez que je pars à la retraite dans deux semaines... et mon successeur n'arrivera qu'en septembre. Si vous m'y autorisez, je ferai part de votre situation à Laurent Cardani qui sera là pendant tout le mois d'août.

– Oui, je pense effectivement qu'il doit impérativement être mis au courant.

– Vous savez, soupira-t-il, j'ai l'impression que ce poste est maudit... il n'y a que des personnes formidables qui y sont passé, mais elles n'y restent jamais plus d'un an...

– Oui, il y a énormément de pression, même quand l'équipe est loyale et solidaire.

– Oui, enfin, il peut s'agir d'un hasard : Katerina et Anika sont parties pour suivre leurs conjoints, Emmanuelle avait le mal du pays, vous avez des problèmes familiaux... et puis, vous n'êtes pas encore partie, ajouta-t-il avec un rire nerveux.

– Oui, soupira-t-elle, peut-être s'agit-il simplement d'un hasard... et en effet, je ne suis pas *encore* partie.

Une fois son entretien terminé, elle réalisa avec joie que seulement deux jours la séparaient de son départ. Elle était persuadée qu'un mois en France avec sa famille la remettrait d'aplomb. Malheureusement, rien ne parvint à apaiser son stress.

Elle ne se sentit pas soulagée lorsqu'elle passa la frontière (une fois de plus sans aucun contrôle douanier), ni lorsque l'avion décolla. Contrairement à ce qu'elle espérait, même ses vacances en famille, dans son pays, ne parvinrent pas à améliorer son état psychologique. Elle ressentait une peur dévastatrice pour l'avenir et son stress était désormais permanent.

Elle envoya un mail à Amine, lui proposant de le rencontrer à la mi-août. Mais comme elle s'y attendait, elle n'eut aucune réponse. Heureusement, les nombreuses réunions familiales agrémentées d'apéritifs lui permettaient d'oublier ses maux l'espace de quelques heures et de s'endormir rapidement sans avoir le temps de souffrir de crises d'angoisse.

Pendant ces quatre semaines, elle récupéra une partie de son sommeil et mangea à sa faim. Quelques jours avant son retour pour Londres, alors qu'elle était seule avec ses parents dans le salon pendant que Sofia dormait, Amélie fut prise d'une terrible panique qui lui coupa le souffle à la seule penser de devoir recommencer à subir ce quotidien infernal.

Brigitte, la voyant pliée en deux sur une chaise, les yeux exorbités, tenta par tous les moyens de la réconforter sous le regard inquiet de Jean.

– Tu devrais peut-être l'accompagner, fit celui-ci en s'adressant à sa femme.

– Oui, c'est une bonne idée, répondit Brigitte en pressant l'épaule d'Amélie. Je pourrais rester avec toi deux ou trois semaines, qu'en dis-tu ?

– Oui, s'il te p... plait mammmm... aaan, bégaya-t-elle en fondant en larmes.

Ses parents l'entourèrent de leurs bras, alors qu'Amélie était à deux doigts de tomber de sa chaise, secouée de sanglots incontrôlables.

Brigitte parvint à prendre un billet pour le même jour, mais pas pour le vol d'Amélie et de Sofia qui était complet. Elle arriverait donc trois heures après elles, dans le même aéroport, à Luton. La dernière semaine de vacances fut un long supplice pour Amélie qui, au moment du départ, monta dans l'avion comme une vache monte dans le camion qui l'emmène à l'abattoir.

Une fois arrivée à Luton, elle ne quitta pas la zone internationale jusqu'à ce que Brigitte arrive. Elle se sentait incapable d'entrer sur le territoire britannique sans sa mère. Elles firent ensuite ensemble le trajet jusqu'à son appartement. En arrivant, Amélie prit son courrier dans sa boite aux lettres.

Son rythme cardiaque s'emballa lorsqu'elle vit qu'elle avait reçu un nouveau courrier de l'avocate d'Amine. Cette dernière lui énumérait toutes les peines et sanctions qu'elle risquait pour non-présentation d'enfant et l'avertissait que, sans nouvelles de sa part depuis son dernier courrier, elle devrait saisir le juge aux affaires familiales.

C'est tellement injuste... j'ai essayé de joindre Amine à maintes reprises... comment ose-t-elle dire qu'ils sont sans nouvelles ?

Le souffle court, Amélie en discuta avec sa mère et décida, sur les conseils de celle-ci, de téléphoner à Amine le lendemain. C'était un jeudi soir et il était déjà tard. S'il ne lui répondait pas, elle pourrait toujours tenter d'appeler Mme Chapman, ainsi que Dana. Il lui restait dix jours de congé avant de reprendre le travail, le lundi 20 août. Il fallait absolument qu'elle règle le problème avant.

Le lendemain matin, elle tenta donc d'appeler Amine puis l'avocate qui le représentait mais n'eut aucune réponse. Elle retenta de les joindre en fin d'après-midi, leur laissant cette fois-ci un message à chacun, leur expliquant qu'elle souhaitait organiser une rencontre et qu'elle souhaitait discuter d'une reprise graduelle des visites, mais qu'elle n'était pas en mesure d'être représentée par son avocate.

Le samedi soir, elle téléphona une fois de plus à Amine mais celui-ci ignora de nouveau son appel. Elle rédigea donc un mail, lui expliquant qu'elle avait bien reçu la lettre de son avocate et qu'elle tentait de le joindre depuis deux jours pour arranger une rencontre et pour discuter.

Le lundi matin, n'ayant toujours aucune nouvelle, elle tenta de nouveau d'appeler l'avocate d'Amine, sans succès. Elle téléphona ensuite à Dana qui lui confirma de nouveau qu'aucune procédure légale n'avait été initiée par Amine ni par son avocate.

Le mardi, elle eut soudain une idée. Il était évident qu'Amine ignorait volontairement ses appels. Elle confia Sofia à Brigitte et se rendit dans une petite boutique pour y acheter une puce prépayée à une livre sterling et cinq livres de crédit. Elle s'assit sur un banc, inséra la puce dans son téléphone, y chargea le crédit et composa le numéro d'Amine. Voyant un numéro qu'il ne connaissait pas s'afficher, il répondit.

— Amine ? C'est moi, ne raccroche pas, s'il te plaît. Je sais que tu m'évites, mais il faut absolument que nous parlions, lui dit-elle d'une voix suppliante.

— Écoute, je n'ai pas le temps de te parler, si tu as quelque chose à me dire, passe par mon avocate.

— Elle ne me répond pas non-plus.

— Elle est en vacances, elle reviendra la semaine prochaine.

— S'il te plaît Amine, arrêtez de me mettre la pression, je n'en peux plus... je suis morte de trouille, gémit-elle. Qu'essaies-tu de faire ? Pourquoi refuses-tu de me parler ? Cela ne nous mènera nulle part... tu sais très bien que tu ne peux pas avoir Sofia deux jours entiers par semaine alors qu'elle ne t'a pas vu depuis plus d'un an... et tu as parfaitement conscience que je crains que tu ne la sépares de moi pour toujours, tu ne peux t'en prendre qu'à toi-même. Il faut absolument que nous rebâtissions une confiance mutuelle, et cela ne passe que par la communication. Je n'en peux plus, Amine, j'ai passé une année épouvantable, je ne survivrai pas à une deuxième...

– C'est bien ce que je disais : l'un de nous gagnera et l'autre perdra tout.

Il raccrocha. Les mains tremblantes, elle lâcha son téléphone puis s'effondra sur son banc, pliée en deux, prise de violentes crampes intestinales.

Il m'aura à l'usure... il me détruira et n'aura plus qu'à cueillir Sofia...

Au bout de cinq minutes, elle se redressa péniblement et, rassemblant tout son courage, se releva lentement au prix de grands efforts puis retourna d'un pas chancelant à son appartement.

– Qu'y a-t-il, ma chérie ? s'enquit Brigitte d'une voix inquiète en la voyant apparaître dans l'entrée. Tu es toute pâle !

Amélie n'eût pas le temps de répondre et sourit de toutes ses dents en voyant Sofia trottiner vers elle en lui tendant les bras. Elle la souleva et la serra contre elle, avant de lui faire des chatouilles et des prouts dans le cou. Elle s'assit sur le canapé et, son enfant dans les bras, raconta calmement à Brigitte la conversation qu'elle venait d'avoir avec Amine.

– Ce n'est pas possible, murmura Brigitte, retenant des larmes d'impuissance. Il ne te laissera jamais tranquille... tu vas y laisser ta peau, gémit-elle en réfrénant un sanglot.

– Non, maman... je vais me reprendre. Je vais être forte... je n'ai pas le choix.

– Ma chérie... tu *es* forte... mais comme tout le monde, tu as tes limites. Je... je suis terriblement inquiète pour toi, et pour Sofia...

– Je sais, maman... je suis désolée.

Le reste de la semaine s'écoula douloureusement lentement. Malgré tous ses efforts pour reprendre le dessus, l'état psychologique d'Amélie continua d'empirer. En plus du silence angoissant d'Amine, elle commençait déjà à appréhender son retour au travail. Puis Brigitte rentrerait en France, et Natascha reviendrait à son tour au bureau deux semaines plus tard, en même temps que Serena.

En repensant à son entretien de fin d'année avec Monsieur Viechri, son estomac se noua. Elle n'avait pas plus envie de reprendre son poste que de continuer à survivre seule dans cette jungle, à la merci d'Amine. Mais elle n'avait pas le choix, elle était bel et bien prise au piège.

A cette pensée, sa gorge se serra.

Non... pitié mon Dieu... je ne peux pas recommencer, je ne peux plus...

Lorsqu'Amélie arriva au travail le lundi matin, elle était totalement seule. Seuls Monsieur Cardani et Youssef, le responsable du service informatique étaient présents à leurs bureaux respectifs, deux étages plus haut. Amélie ouvrit la boite mail commune ainsi que la sienne. Il y avait trois cents mails sur la première et cent-vingt sur la deuxième.

Elle se mit au travail, songeant que cela aurait au moins le mérite de lui changer les idées, mais au bout d'une heure, elle perdit peu à peu sa capacité de concentration. Ses pensées se bousculaient dans sa tête, elle ne parvenait pas à s'immerger dans son travail. Elle se prit la tête entre les mains, respira profondément et tenta de se raisonner :

Sofia est en sécurité avec sa grand-mère, tout va bien.

Elle tenta de se reconcentrer et ouvrit un autre mail.

Mon Dieu... et que se passera-t-il lorsqu'elle sera partie ? Et s'il se rendait chez la nounou et réclamait Sofia ?

Elle se souvint alors qu'elle avait aux dernières nouvelles la garde exclusive de sa fille et décida qu'elle discuterait de la marche à suivre avec Imran avant le départ de Brigitte. Puis elle recommença à lire le mail qu'elle avait ouvert. Elle parvint tant bien que mal à en traiter une dizaine avant midi, heure à laquelle Brigitte et Sofia l'attendraient à la sortie de son travail pour déjeuner ensemble.

A midi cinq, elles n'étaient toujours pas arrivées et Amélie appela Brigitte qui ne répondit pas. Elle la rappela deux fois, sans succès. En quelques secondes, elle perdit toute rationalité et succomba à la panique : Amine avait dû les suivre et avait intimidé Brigitte... ou pire... Amélie se mit à courir dans tous les sens, le cœur prêt à exploser, regardant tout autour d'elle, totalement déboussolée.

Puis elle reconnut au loin sa mère qui poussait la poussette d'un pas pressé. Haletante, elle s'assit sur un muret en se tenant les côtes, peinant à retrouver son calme.

– Je suis désolée ma chérie ! J'ai eu du mal à monter dans un bus où il n'y avait pas déjà deux poussettes. Allons vite manger.

– Maman... j'ai eu peur... tu n'as pas entendu ton téléphone ?

– Ah... non, répondit Brigitte d'un air contrit en le sortant de sa poche, il était en silencieux... désolée, ma puce.

– Ce n'est rien, c'est juste que... j'ai cru qu'il... qu'il vous était arrivé malheur, parvint-elle à articuler avant de fondre en larmes, sous le regard curieux de Sofia.

En voyant sa fille, Amélie se reprit, s'essuya énergiquement le visage et lui sourit tendrement en la détachant de sa poussette pour l'étreindre.

Elle s'efforça d'être un peu plus productive l'après-midi, sans parvenir à retrouver de réelle motivation. Elle rentra chez elle d'un pas lent à la fin de la journée, abattue.

Le premier jour est toujours dur, après une si grosse coupure… ça ira mieux demain.

Le lendemain matin, sa concentration fût aussi laborieuse que la veille. Elle déjeuna de nouveau avec Brigitte et Sofia, qui cette fois étaient arrivées avec trente minute d'avance de peur de déclencher une nouvelle crise d'hystérie d'Amélie. Puis à treize heures, alors qu'elle venait de se rasseoir devant son écran, elle reçut un appel sur son téléphone portable.

– Allô ?

– Madame Leoni ?

– Elle-même.

– Bonjour, je suis Maître Chapman, je représente votre ex-mari dans l'affaire de garde d'enfant qui vous oppose.

Amélie, une boule dans la gorge, perdit momentanément l'usage de la parole.

– Allô ? Est-ce que vous m'entendez ? Allô ?

– Je… oui, je… je suis là. Bonjour.

– Bien. Alors, que proposez-vous comme arrangements pour Sofia ?

– Je… je ne sais pas, vous me prenez de court, je… je suis au travail, vous serait-il possible de me rappeler vers dix-sept heures ?

– Non, je ne serai pas disponible à cette heure-ci. Monsieur Blerdemi n'a pas vu sa fille depuis plus d'un an à cause de votre égoïsme, cracha-t-elle d'un ton condescendant. Souhaitez-vous que je vous rappelle ce que vous risquez pour non-présentation d'enfant ? C'est son père, il a des droits, Madame !

– Je sais bien, fit Amélie sur la défensive, mais il n'a fait aucune démarche pour obtenir des droits de visite, et je…

– Nous vous avons envoyé un courrier, il y a trois mois, l'interrompit-elle. Pourquoi n'y avez-vous pas répondu ?

– Je… j'ai essayé de le joindre, mais il a ignoré mes appels, je…

– Ce n'est pas une excuse, vous avez de la chance qu'il soit patient.

– Mais il a été violent, et m'a menacée à maintes reprises de…

– Arrêtez de jouer les victimes. Il avait besoin de vous pour ses papiers et vous avez profité de sa position de faiblesse pour l'empêcher de voir sa fille, c'est monstrueux. Souhaitez-vous vraiment que nous passions par un juge ? Je crois savoir que vous n'avez pas les moyens de vous faire représenter par un avocat, n'est-ce pas ? Je vous conseille vivement d'accepter les arrangements de mon client. Dans le cas contraire, je pourrais l'aider à obtenir la garde principale.

– Mais je... j'ai tout fait pour qu'il puisse la voir dans un cadre sécurisé, je suis morte de peur, avec toutes les menaces qu'il...

– Vous parlez des paroles qu'il a prononcées dans des moments de colère ? Soit vous prétendez y avoir cru pour pouvoir couper tout contact entre son enfant et lui, soit vous êtes mentalement instable si vous les avez prises au sérieux.

– Mais, mais... bafouilla Amélie au bord des larmes, pourquoi me parlez-vous sur ce ton ? Vous ne me laissez même pas finir mes phrases...

– Bien, je vous écoute. Que suggérez-vous ?

– Eh bien, je... je...

– Oui ? J'attends.

– J'ai tenté d'organiser une rencontre en février, il... il n'est même pas venu voir Sof...

– Que suggérez-vous ?

– Je... je l'ai contacté plusieurs fois pendant l'été pour une nouvelle rencontre, pour que nous puissions discuter de...

– C'est trop tard pour cela, que suggérez-vous ?

– Je... une reprise progressive des contacts, répondit-elle en déglutissant avec difficulté.

– Mon client n'est pas d'accord, il a suffisamment souffert. Souhaitez-vous donc que nous passions par le juge aux affaires familiales ?

– Je... je ne sais pas, répondit Amélie, terrorisée... pourquoi me mettez-vous une telle pression tout à coup ? Cela fait trois mois qu'il ignore mes appels et mes messages... je suis au travail, je...

– Oh... vous êtes sous pression, répondit l'avocate d'un ton moqueur. Très bien, nous vous laissons jusqu'à vendredi à midi pour accepter notre offre. Passé ce délai, c'est une convocation du tribunal que vous recevrez, et c'est la garde principale que nous demanderons. Bonne journée.

D'un geste lent, elle raccrocha puis, en état de choc, se figea...

Je ne peux plus... mon Dieu, je ne peux plus...

Elle aurait voulu mourir sur le champ, pour pouvoir enfin goûter à la paix dont elle avait oublié la saveur depuis si longtemps. Mais au bout de quelques minutes, le petit visage de Sofia jaillit dans son esprit, lui tordant les entrailles d'amour et d'instinct protecteur. Elle n'avait pas le droit de s'effondrer.

Son cerveau se remit doucement à fonctionner. Elle ne pouvait pas rester à Londres, elle finirait par craquer, ce n'était qu'une question de temps. Et Sofia...

Oh mon Dieu, Sofia...

Rester n'était plus une option. La seule solution était de rentrer en France. Dans son pays, Sofia serait protégée de tout risque d'enlèvement, comme le lui avait certifié Alix Morel, l'avocate qu'elle avait consultée deux ans plus tôt. Mais si Amine demandait son retour immédiat au Royaume-Uni ?

Il ne le fera pas... il aura besoin de nombreux documents de ma part jusqu'à l'obtention de son permis permanent.

Mais il n'y avait aucune garantie...

Peu importe... je prends le risque, c'est la seule chose à faire... si je reste ici, je vais crever, je le sais... je ne peux plus. C'est au-dessus de mes forces.

Elle téléphona à Monsieur Cardani en lui disant que c'était urgent. Elle savait que Monsieur Viechri l'avait mis au courant de sa situation. Lorsqu'il arriva, elle lui exposa la situation.

– Je vois, fit-il d'un air pensif. Quand comptez-vous partir ?

– Le plus vite possible. Je... je pourrais travailler à distance, si vous me donnez accès à mon ordinateur, jusqu'à ce quelqu'un prenne la relève.

– Oui... je vais voir avec Youssef.

– Si c'est possible d'installer cela cet après-midi, je partirai demain, lui dit-elle d'un ton sans appel.

– Euh... oui, je comprends.

– Je suis vraiment désolée. Il faut à tout prix que je mette ma fille en sécurité.

– Je vais tout de suite prévenir Youssef.

Il sortit du bureau au pas de course puis revint cinq minutes plus tard accompagné de l'informaticien.

– Salut Amélie, fit celui-ci, l'air choqué par la nouvelle. Tout va bien ?

– Pas vraiment... urgence familiale, lui répondit-elle avec un pauvre sourire.

– Ok... euh... je vais avoir besoin de ton poste pendant deux ou trois heures pour installer un logiciel qui permet le partage d'écran.

– Nous allons en profiter pour nous organiser, dit Monsieur Cardani. Venez avec moi, Amélie, nous allons discuter dans le jardin.

– Il me faudra également ton ordinateur portable personnel demain matin.

– D'accord, merci pour tout, Youssef.

Elle s'installa ensuite sur un banc avec le directeur adjoint.

– Bon, alors, comment allons-nous organiser la continuité du service ?

– Eh bien… je vais travailler à distance pendant que personne n'est dans le bureau, puis… Natascha et Serena seront là lundi prochain, répondit-elle d'une voix mal assurée.

– Ne peuvent-elles pas arriver plus tôt ?

– Eh bien, Serena est aux Antilles et… si vous souhaitez appeler Natascha, peut-être qu'elle acceptera de revenir plus tôt, même si elle m'avait dit que ça ne l'arrangeait pas d'assurer les permanences d'août. J'imagine que c'est à elle que vous allez proposer mon poste, n'est-ce pas ? C'est elle qui a le plus d'ancienneté dans le service, ce serait logique.

– Je verrai cela avec Sandrine. Nous ne sommes pas certains de sa fiabilité, ni de sa loyauté. En attendant, ce serait bien que quelqu'un qui a déjà occupé ce poste prenne la relève. Peut-être qu'Emmanuelle accepterait de revenir pour un mois ?

– Mais elle est à la Réunion !

– Ne vous inquiétez pas pour cela. Vous savez si elle travaille ?

– Aux dernières nouvelles, elle avait postulé à l'éducation nationale pour des postes contractuels de professeur en remplacement.

– Avez-vous son numéro de téléphone ?

– Bien sûr… le voici.

Elle le lui dicta puis Monsieur Cardani lança l'appel en haut-parleur.

– Allô ? fit la voix de Manue.

– Bonjour Emmanuelle, c'est Monsieur Cardani, je suis avec Amélie, elle doit rentrer en France en urgence et j'imagine que vous vous souvenez de la charge de travail à cette période de l'année ?

– Oh que oui ! Que se passe-t-il, *darling* ?

– Je te raconterai dans quelques jours, Manue, ne t'inquiète pas.

– Est-ce que vous seriez d'accord pour venir la remplacer pour un mois ou plus ? reprit Monsieur Cardani. Nous vous paierons le billet d'avion et vous donnerons un logement provisoire de fonction.

– Euh… je… je suis très touchée, vraiment, mais j'ai accepté un poste de professeur d'Histoire-Géographie, je prends mes nouvelles fonctions la semaine prochaine… desolee.

– Aucun souci, Emmanuelle. Bonne continuation et félicitations pour votre nouvel emploi.

– Merci, à bientôt.

– Je peux travailler aussi longtemps que vous en aurez besoin à distance, reprit Amélie lorsqu'il eut raccroché. Le service peut bien se passer d'un chef pendant quelques semaines le temps de recruter, non ?

– Non, je ne crois pas, fit-il d'un ton sans appel.

– Je sais ! fit soudainement Amélie. Anika est toujours en Angleterre.

– Et vous avez ses coordonnées ?

– Oui, bien sûr.

Ils appelèrent alors cette dernière qui leur confirma qu'elle pourrait être là le lendemain après-midi.

– Bien, fit Monsieur Cardani avec un soupir de soulagement. Je vous laisse vous organiser avec Youssef, revenez me voir demain avant de partir. Courage à vous.

– Merci pour tout...

Elle retourna dans son bureau, duquel Youssef s'apprêtait à sortir.

– ton ordinateur est en train de télécharger le logiciel, tu ne peux pas l'utiliser avant que ce soit terminé, ça devrait prendre environ deux heures.

– Ce n'est pas un problème, je vais utiliser un des deux autres postes pour travailler et prendre mes billets.

– Je n'arrive pas à croire que tu doives partir aussi précipitamment...

– Moi non-plus, c'est... c'est une longue histoire.

– Ça ne me regarde pas, j'espère simplement que ça va aller pour toi.

– Je l'espère aussi, répondit-elle, sentant de nouveau sa gorge se serrer. Merci, Youssef.

– Pas de problème. Tu pourras m'appeler, quand le téléchargement sera terminé ?

– Oui, bien sûr.

– Merci, à tout à l'heure.

Amélie alluma un ordinateur et regarda l'horloge. Il était quatorze heures. Abattue depuis des mois, elle se sentait subitement chargée d'adrénaline. En vingt minutes, elle réserva et paya les billets d'avion avec bagages en soute pour un vol le lendemain soir à dix-huit heures, puis demanda à sa mère de lui envoyer les photos de leurs trois passeports par message, l'informant qu'elle lui expliquerait tout le soir même et qu'elle risquait de rentrer plus tard que prévu.

Elle réfléchit à la suite des évènements. Une fois que Sofia serait en France, elle devrait revenir pour vider son appartement et rendre ses clés. Elle travaillerait probablement jusqu'au 31 août à distance. Il fallait qu'elle s'organise pour revenir à Londres la première semaine de septembre.

Elle téléphona à Samy, l'agent immobilier, lui expliquant qu'à la suite d'une urgence familiale, elle devait quitter le pays et ne pourrait pas respecter son mois de préavis. Elle ajouta qu'elle comprendrait parfaitement s'il refusait de calculer son dernier salaire au prorata ou de lui rendre la totalité de sa caution.

– Vous plaisantez ? lui répondit-il. Je me souviens parfaitement de l'état dans lequel était l'appartement quand vous y avez emménagé, et vous n'avez jamais eu de retard pour payer votre loyer.

– Oh, merci Samy, vous êtes adorable !

– Je vous en prie. Que diriez-vous de réaliser l'état des lieux de sortie le mercredi 5 septembre à dix-sept heures ?

– Ce serait parfait, merci.

– Bien, envoyez-moi un mail officiel pour la date de départ, je vous enverrai en retour le montant calculé du dernier loyer à verser pour les cinq jours de septembre.

– Merci beaucoup, Samy, à bientôt.

– Courage à vous, à bientôt.

Elle rédigea le mail pour Samy, puis téléphona à Imran pour lui annoncer à elle aussi que le contrat ne serait malheureusement pas renouvelé.

– Oh, je comprends, répondit celle-ci... je n'arrive pas à croire que je ne reverrai pas Sofia, fit-elle tristement.

– Si vous le souhaitez, je peux demander à ma mère de vous l'amener demain matin pour que vous puissiez lui dire au revoir.

– Oh, ce serait avec grand plaisir.

– Alors c'est noté, merci pour tout, Imran, prenez bien soin de vous.

Une fois qu'elle eut reçu les photos de passeport, elle procéda à l'enregistrement en ligne puis imprima les billets qu'elle rangea soigneusement dans sa pochette. Elle regarda de nouveau l'horloge : quatorze heures quarante-cinq.

Elle travailla d'arrache-pied jusqu'à dix-huit heures trente sans pause et parvint à traiter une soixantaine de mails. Entre-temps, Youssef était descendu dans le bureau pour finaliser l'installation du logiciel et l'avait informée qu'il serait là dès huit heures le lendemain matin.

En rentrant chez elle, elle exposa la situation à sa mère devant un bon repas.

– Nous partons demain soir, toutes les trois.

– Mais... que... quoi ? Comment... tu pourrais avoir des problèmes ! Et ton travail ? Et ton appartement ?

– J'ai déjà tout organisé. Voici nos billets, ajouta-t-elle en les lui tendant d'une main tremblante.

– Mais ma chérie... tu ne peux pas partir sur un coup de tête ! Tu vas t'attirer des ennuis, gémit Brigitte.

– Maman, répondit Amélie d'une voix rauque, je ne resterai pas une seconde de plus dans cette ville... je... je ne peux plus, c'est au-dessus de mes forces... si je reste, il aura ma peau, et... pire que tout, il aura Sofia.

– Mais... mais s'il demande son retour au Royaume-Uni ?

– Alors je reviendrai... mais je n'aurai plus de travail ni de logement... il devra subvenir à nos besoins et ça ne lui coûtera pas cent-cinquante livres par mois, ajouta-t-elle avec un rictus ironique. Il devra prouver qu'il n'en a pas les moyens et crois-moi, je sais qu'il touche un bon salaire. S'il ment sur ses revenus, il risque d'avoir de gros problèmes. D'autant plus que je n'ai plus l'obligation de vivre avec lui maintenant que nous sommes divorcés. Je ne croulerai plus sous toutes ces responsabilités simplement pour rester à sa disposition pendant qu'il joue les victimes et me traîne dans la boue.

– Donc tu me dis qu'il n'y a aucun risque ?

– Non, maman... ce n'est pas ce que je dis... c'est quitte ou double, mais c'est ma seule chance de m'en sortir et d'offrir un meilleur avenir à mon enfant. Rester ici, à sa merci, sans aucun soutien familial... n'est pas une option... ça se terminera forcément mal, conclut-elle avec un haut-le-corps.

– En tout cas, fit Brigitte les yeux brillants, depuis que tu as tout envoyé valser, tu es redevenue toi-même... ça faisait des mois que je ne voyais plus que ton ombre.

Oui, maman... j'ai enfin retrouvé mes esprits, et une lueur d'espoir... même si j'ai très peur, dit-elle en frissonnant. Demain matin, je vais aller plus tôt au travail. Je dois donner mon ordinateur portable au responsable informatique pour pouvoir travailler à distance jusqu'à la fin du mois. La nounou voudrait dire au revoir à Sofia, si tu veux bien la lui amener. J'ai pris nos billets avec bagages en soute, pour pouvoir prendre un maximum de choses... et je devrai revenir vider l'appartement et rendre les clés. Je vais commencer à trier les affaires que je dois prendre en priorité quand j'aurai couché Sofia et je me lèverai tôt demain pour terminer. Je pense revenir vers midi. Notre avion décolle à dix-huit heures.

– D'accord, ma chérie...

Dans moins de vingt-quatre heures, ce cauchemar se terminera enfin...

Plus rien ne pouvait l'arrêter. Grisée par l'adrénaline, elle tria et rangea jusqu'à deux heures du matin et ne s'arrêta pour se coucher auprès de Sofia que lorsque celle-ci se réveilla en pleurant.

Amélie se leva à cinq heures et termina de vider les placards de la cuisine, laissant un peu de place dans une valise pour y mettre le contenu du frigidaire à la dernière minute. Elle répartit tous leurs vêtements ainsi que les denrées alimentaires, les livres et jouets de Sofia et les produits d'hygiène corporelle dans les trois bagages puis les pesa. Il n'y aurait plus qu'à remplir les trois bagages à main en rentrant du travail.

Elle arriva à son bureau à sept heures trente. Elle traita plus de soixante-dix mails et mit de l'ordre dans le bureau pendant que Youssef s'occupait de son ordinateur portable. Après avoir dit au revoir à ce dernier et à Monsieur Cardani, elle sortit au pas de course pour attraper son bus, regrettant de rater Anika de quelques heures. Cette dernière devait maintenant être proche de Londres et prendrait ses fonctions à quinze heures.

Lorsqu'Amélie arriva chez elle, Brigitte avait fait déjeuner Sofia, rempli les trois bagages à main, préparé des sandwiches, fait le ménage et empaqueté toute la vaisselle dans des cartons qu'elle avait rangés sur la table du salon avec la literie soigneusement pliée et les produits d'entretien. Amélie jeta un œil dans chaque pièce : Tout était déjà vidé.

– Maman... tu n'étais pas obligée de faire tout cela, merci beaucoup !

– Avec plaisir, ma puce. Tu sais, je n'ai pas eu grand-chose à faire pour le ménage, c'était déjà très propre. Il ne restera plus qu'à décrocher les posters et les photos des murs.

– Bon, notre avion décolle dans moins de cinq heures. J'ai déjà réservé un cab, il viendra nous chercher à quinze heures.

Elles mangèrent leurs sandwiches et burent un café. Puis cinq minutes avant l'arrivée du chauffeur, Amélie descendit les valises pendant que Brigitte s'occupait de Sofia. C'était une belle journée en soleillée. Dans le cab, Amélie regarda par la fenêtre, impatiente de survoler la Manche.

Cette fois-ci, enfin, elle se sentit revivre lorsque l'avion décolla. Cette fois-ci, elle ne reviendrait pas. Elle ne mettrait plus jamais les pieds dans ce bureau et ne respirerait plus jamais dans la même pièce que Natascha quarante heures par semaine. Elle ne marcherait plus seule avec sa fille dans les rues de Londres en regardant sans cesse par-dessus son épaule. Elle ne passerait plus des heures à réclamer les sommes manquantes de ses aides sociales et ne paierai plus des fortunes pour qu'une nounou élève sa fille à sa place, pendant qu'elle croulait sous la pression au travail.

Portée par un espoir qu'elle n'avait plus ressenti depuis si longtemps, elle en oubliait presque que ce départ précipité marquait peut-être le début d'ennuis bien plus sérieux. Mais en cet instant, tout ce qu'elle savait, c'était qu'elle respirait à nouveau.

Elle songea à tout ce qu'elle devrait faire dans les prochains jours. Il lui restait une semaine et demie de télétravail. Elle y mettrait tout son temps et toute son énergie pour laisser une place propre à Anika. Pour le déménagement, elle devrait probablement louer une camionnette. Ou peut-être se contenterait-elle de faire l'aller-retour en avion et donner ou jeter le reste de ses affaires.

Puis elle clôturerait son dossier d'aides sociales et fermerait son compte bancaire anglais après avoir perçu son dernier salaire et son retour de caution et, enfin, elle annoncerait à Amine qu'elle avait quitté le Royaume-Uni. Il faudrait agir vite : elle n'avait que vingt-huit jours pour l'informer.

Son cœur s'emballa à cette pensée.

Mais que suis-je en train de faire ?

Prise de panique, elle songea à renoncer et repartir à Londres dans le premier avion.

Trop tard... j'ai donné mon préavis pour le travail et pour le logement... c'est fait. Je ne recule plus.

Une heure plus tard, elle pressa Sofia contre sa poitrine en admirant par le hublot la vue panoramique sur le lac Léman entouré des majestueuses montagnes sous le ciel bleu, rose et orange d'un magnifique soleil couchant.